DRIVEN

SLOW FLAME–SAISON 5 K. BROMBERG

Titre de l'édition originale de K. Bromberg : *SLOW BURN*

Première impression : mars 2015

SIGNET ECLIPSE
Publié par the Penguin Group
Penguin Group (USA) LLC, 375 Hudson Street, New York, New York 10014

Note de l'éditeur :
Ce livre est un ouvrage de fiction. Les noms, personnages et événements sont le produit de l'imagination de l'auteur ou utilisés de façon fictive. Toute ressemblance avec des faits réels, des lieux ou des personnages existants ou ayant existé serait totalement fortuite.

Première édition en langue française

Pour la présente édition : *SLOW FLAME – DRIVEN Saison 5*
Photographie de couverture : © Viorel Sima/Nejron Photo/Fotolia

Ouvrage dirigé par Isabelle Solal
Collection New Romance® dirigée par Hugues de Saint Vincent

34-36, rue La Pérouse
75116 – Paris
www.hugoetcie.fr

ISBN : 9782755637076
Dépôt légal : avril 2018
Imprimé en Espagne

DRIVEN

SLOW FLAME – SAISON 5

K. BROMBERG

Roman

Traduit de l'anglais (États-Unis)
par Claire Sarradel

Hugo
Poche

NEW ROMANCE®

CHAPITRE 1

Mes sensations sont comme atténuées par l'alcool. Et, franchement, ça me va *trèèèès* bien. Ok, pour la première fois en six mois, j'ai assez bu pour faire un peu taire la douleur des souvenirs.

Je regarde autour de moi en essayant de me concentrer sur tous les détails – l'abondance de fleurs, l'agréable brise fraîche venant de l'océan, la paire de chaussures à talons abandonnée dans un coin – et j'arrive à penser à une seule chose : à quel point Rylee était belle et heureuse aujourd'hui. Mais mon esprit ne cesse de revenir au souvenir de ma sœur, Lexi, qui était comme elle le jour de son mariage. Ce qu'elle m'a dit, son rire qui résonnait plus fort que celui des autres invités lorsque Danny a prononcé un discours en son honneur, le sourire sur son visage lorsqu'elle pensait que l'avenir lui tendait les bras.

On arrête tout de suite, Had. Ne va pas ruiner cette soirée parfaite. Tu mérites de pouvoir célébrer le mariage de ta meilleure amie sans culpabiliser.

Mais il m'est impossible de ne pas penser à cet autre mariage, même si je commence à en oublier certains détails. Et je veux désespérément me souvenir de toutes les petites choses qui la concernaient. Je dois pouvoir dire à ma nièce Madelyn à quel point sa mère aimait courir sous la pluie parce qu'elle adorait en sentir les gouttes sur sa langue, pourquoi elle mangeait les pizzas à l'envers car c'était la croûte qu'elle préférait, comment elle aimait s'asseoir en position opposée sur les balançoires pour pouvoir me taper dans la main en me croisant quand j'étais en face. Il y a tant de petites choses que j'ai peur d'oublier.

Et tant d'autres souvenirs de l'année dernière que j'aimerais voir disparaître.

– Madame, nous reviendrons demain pour prendre les tables, les chaises et les dernières caisses de matériel.

La voix du traiteur me fait sortir de mes pensées mélancoliques, pensées qui n'ont pas leur place ici après la pure beauté des événements de la journée. Je me tourne pour le regarder, mais les mots sont coincés dans ma gorge.

– Pas de problème.

Je suis surprise d'entendre Becks. Je n'avais pas vu qu'il était encore sur la terrasse, mais je suis tellement contente qu'il ait répondu à ma place, parce qu'entre l'alcool et les souvenirs qui m'envahissent, je ne suis absolument pas capable de formuler une réponse cohérente.

– La gouvernante, Grace, sera là demain matin à dix heures pour vous ouvrir la porte.

J'avale d'un trait le fond de mon verre lorsque le traiteur remercie Becks. Puis je fais demi-tour sur mes jambes instables pour me placer face à lui alors qu'il sort d'un recoin sombre, se mettant alors sous la lumière de la pleine lune. Et c'est probablement à cause du mélange d'émotions fortes de la journée et de mon absence de sobriété, mais lorsque je croise son regard, j'en ai le souffle coupé.

Ce n'est que Becks, le beau gosse un peu quelconque et bien sous tous rapports… des cheveux châtain clair en coupe déstructurée, des yeux bleu piscine si clairs qu'ils ont l'air quasi transparents dans la lumière nocturne… Alors, pourquoi certaines parties de mon anatomie sont-elles passées en alerte rouge d'un seul coup, merde ?

Je passe la langue sur mes lèvres qui picotent et, de son côté, il appuie l'une de ses larges épaules contre le poteau de la treille. Il me dévisage, la tête penchée sur le côté, les premiers boutons de sa chemise défaits et le nœud papillon dénoué pendant autour de son cou. J'entends le bruit des glaçons dans son verre lorsqu'il change de position pour le poser sur la table à côté de lui, mais son regard ne dévie pas.

– Ça va ?

Son accent lent et traînant rompt le silence. Je hoche la tête, toujours incapable de faire confiance à mes cordes vocales alors que j'essaie encore de comprendre pourquoi une subite tension s'est installée entre nous – cette énergie électrique – qui n'a jamais existé jusqu'à présent. Ok, nous flirtons gentiment depuis notre rencontre le jour où nos meilleurs amis respectifs, Rylee et Colton, nous ont présentés, mais là, c'est différent. Et je n'arrive pas vraiment à mettre le doigt sur ce qui a changé entre nous. En fait, je ne sais pas trop si j'en ai envie.

Peut-être parce que là, avec le visage à moitié dans la pénombre, il a l'air un peu dangereux, un peu mystérieux. Il se rapproche beaucoup plus du type de bad boy sur lequel je craque d'habitude. Il m'a toujours donné l'impression d'être l'incarnation même du gentil garçon, un type de la campagne, un peu tradi sur les bords. Mais, bizarrement, le mélange de clair de lune et d'ombres nocturnes fait ressortir un autre côté de sa personnalité dont je n'avais jamais soupçonné l'existence ; il a l'air plus nerveux, il a ce truc sauvage qui me pousse à perdre mon temps avec des vauriens qui me brisent le cœur mais à qui j'ai tant de mal à résister. C'est certainement pour ça que je ressens cette soudaine attirance pour lui.

Bon, alors, si j'ai compris la raison de ce changement, pourquoi mon esprit imbibé d'alcool se demande-t-il toujours quel goût il pourrait bien avoir ? Quelles sensations ses mains pourraient-elles me procurer en caressant l'intérieur de ma cuisse ? Comment se mettrait-il à parler en perdant le contrôle, lui qui a d'habitude une diction lente et régulière ?

Entre nous, le silence fait des étincelles, il n'est interrompu que par le bruit distant des vagues au loin. Je prends une grande inspiration et je secoue la tête.

– Je vais bien, dis-je en riant pour essayer d'éviter les questions auxquelles je n'ai aucune envie de répondre. Je suis juste ivre et je savoure cette sensation.

– *Les sensations* sont définitivement une bonne chose, dit-il en redressant sa longue silhouette athlétique avant de faire un pas en avant. Mais je crois qu'il vaudrait mieux que je te mette au lit avant qu'elles ne deviennent déplaisantes, la Citadine.

Je souris doucement en l'entendant utiliser ce surnom affectueux. C'est lors de notre première soirée à Las Vegas qu'il m'a appelée comme ça, le jour où nous nous sommes rencontrés, mais ça, c'était avant que ma vie ne soit complètement déchirée par la mort de Lexi. J'ai l'impression que c'était il y a une éternité alors qu'en réalité, cette expédition décidée sur un coup de tête avec Rylee et Colton n'a eu lieu qu'il y a un an. C'est dans la ville du péché que nous nous sommes mis à flirter et avons découvert cette attraction mutuelle, sans jamais aller jusqu'au bout… Je ferme les yeux et je me souviens de l'insouciance que j'éprouvais ce soir-là. Je l'ai surnommé *le Campagnard* pour le taquiner à propos de son attitude décontractée, son habitude de prendre le temps pour tout, à l'opposé de tout ce que je trouve attirant d'habitude.

Et pourtant, installé dans son fauteuil dans cette boîte de nuit à Las Vegas, les lumières dansant sur son visage, quand il m'a appelée *la Citadine* en retour, je me suis surprise à me demander ce que ça ferait d'embrasser Beckett Daniels.

La question refait d'ailleurs surface à l'instant. *Oublie ça, Montgomery*, me dis-je en essayant de poser la main sur la balustrade derrière moi. Je la rate d'à peu près un kilomètre, ce qui le fait doucement rire.

Quelques frissons et une traînée de chair de poule plus tard, je n'arrive pas à m'empêcher de glousser. Mon esprit divague pour voguer vers tout ce que j'aimerais mieux ressentir en ce moment même. Quelles autres distractions pourraient bien m'aider à me débarrasser des émotions douces-amères qui me pèsent.

Nom d'un petit bonhomme en mousse ! Pourquoi n'y ai-je pas pensé plus tôt ? Aller au lit – évidemment pas toute seule – est une particulièrement bonne idée.

Ça fera l'affaire. Ça marche à tous les coups, ces six derniers mois me l'ont prouvé. Je vais juste retrouver mes clés et mon portable, appeler Dylan ou Pete et leur dire que j'arrive. Je ferai savoir au premier qui répondra que ce soir je me sens d'humeur *sexuellement festive*. Je me servirai de l'un d'eux pour essayer d'oublier ; pour éprouver un peu moins de choses en en ressentant beaucoup d'autres plus agréables.

– Quelque chose de drôle ?

Je couvre ma bouche de ma main, mais je ne peux pas m'empêcher de rigoler.

– Je me sens juste d'humeur festive, c'est tout.

Et les gloussements reprennent, alors que je pense à Lex et à ses grandes déclarations comme quoi on ne peut pas dire d'une femme que c'est une salope alors qu'en réalité elle n'est que d'humeur sexuellement festive. Et ce soir ? Bon Dieu, ce soir, c'est exactement ça. Je ne veux pas réfléchir. Je ne veux pas me faire de souci. Je veux juste un peu échapper à la réalité de mes pensées.

– Ah oui, festive ? demande-t-il en cherchant le regard scrutateur et les lèvres pleines retroussées d'un côté.

– Ouais ! je réponds en hochant la tête. Il est temps que cette fille déplace la soirée ailleurs, le Campagnard.

Je fais un pas en avant – et pas plus, car je trébuche. *Merde !* Comment je vais faire pour conduire ? Je me remets à avancer, la main posée sur le mur pour garder mon équilibre.

– Bien essayé, Haddie. Tu as oublié que tu es arrivée ici en limousine ? Je dois te reconduire chez toi.

Et re-merde !

J'essaie de rester droite.

– Eh bien, je crois que je vais prendre ta voiture alors, dis-je en continuant à m'éloigner de lui.

– C'est mignon, mais, euh, tu n'es pas en état de conduire.

Sa voix m'interpelle, mais c'est ce ton amusé qui me donne envie de lui arracher la tête lorsqu'il termine :

– Tu n'iras nulle part, festivités ou pas.

– Mais dans tes rêves, je réponds par-dessus mon épaule en continuant à avancer vers la maison.

Dans ma tête, je lui crie un « Lâche-moi. Ne joue pas les mâles dominant avec moi alors que tout ce que je veux de toi, c'est que tu restes tranquille comme d'habitude, parce que je suis bien trop bourrée et trop en manque pour comprendre ce qui m'attire en toi. »

– Vas-y, essaie.

Son arrogance met le feu aux poudres. Elle fait ressortir mon côté connasse réfractaire, histoire de ne pas commettre l'erreur que je n'ai pas envie de faire. Pas envie. Putain, j'arrive à être suffisamment consciente pour savoir ce que je veux, mais je sais que Beckett est le genre de gars avec qui on reste… et il n'est pas question que je me lance dans une relation longue et sérieuse.

Genre jamais.

La douleur revient avec force, les souvenirs l'accompagnent fidèlement. Je m'arrête pour retrouver l'équilibre et je fais un effort pour me rappeler de ne pas commettre les mêmes erreurs que ma sœur.

Je l'entends derrière moi maintenant, je sais qu'il attend ma réponse.

– Ni toi ni moi ne sommes en état de conduire ce soir. Les *festivités* sont terminées.

J'entends qu'il marche sur quelque chose qu'il écrase juste derrière moi et je ferme les yeux de toutes mes forces pour lutter contre la tornade de merdes dans ma tête.

– Allez, Montgomery. Cette journée était parfaite, mais là, je vais te mettre au lit.

Un éclat de rire nasal m'échappe, car même si son commentaire est innocent, puisque j'avais prévenu Rylee que nous resterions chez eux tous les deux ce soir pour superviser le ménage après la réception, Becks vient de taper dans le mille. C'est bien au lit que j'ai envie qu'il m'accompagne, là. *Dans le sien, plus particulièrement.* Stop ! Non, pas ça. Saloperie d'alcoolémie qui fait de moi quelqu'un d'insipide. Je déteste ça.

Il répète encore une fois mon nom, et mes pieds s'embrouillent en entendant sa façon de le prononcer. Nous sommes plantés là, tous les deux, je lui tourne le dos. C'est une sorte de match nul silencieux. Je suis immobile, je ne me retourne pas pour le regarder parce que j'ai simplement envie de partir en courant. De revenir en arrière pour redevenir *moi*, la vraie moi. Cette fille insouciante et imprudente qui maintenant se noie dans le chagrin depuis quelques mois.

Sa main se referme sur mon bras et je ne sais pas pourquoi je suis autant en colère contre lui, mais c'est le cas. Je ne veux pas qu'on me touche avec douceur. Je ne veux pas être chouchoutée. Je veux simplement partir pour échapper aux souvenirs que cette journée a fait remonter à la surface, remuant ainsi le couteau dans une plaie qui ne guérira jamais.

Je me retourne en essayant de me débarrasser de lui, mais le mouvement me fait vaciller.

– Ouh là !

Je l'entends s'exclamer alors qu'une de mes chevilles cède et que je m'effondre sur lui. Le dos au mur, il me reçoit dans ses bras solides.

Ce n'est pas comme si je n'avais jamais été dans cette position avec lui, encore moins ce soir. Nous avons très souvent dansé ensemble pendant la réception, alors pourquoi cette fois-ci, lorsque mes seins entrent en contact avec son torse si ferme, j'en perds toute volonté de me battre ? Pourquoi suis-je dévastée par ce besoin ? Je ne veux même pas y réfléchir, mais impossible de penser à autre chose qu'aux points de contact entre nos corps, des cuisses à la poitrine. Mon esprit est incapable de se concentrer sur quoi que ce soit d'autre, parce que lorsque je le regarde par en dessous, mes yeux s'arrêtent sur sa bouche magnifique.

C'est peut-être l'alcool. C'est peut-être une sorte de reflux sentimental d'avoir vu deux personnes qui vont si bien ensemble s'unir pour l'éternité. C'est peut-être parce qu'aujourd'hui, je me suis sentie plus proche de Lexi que depuis un bon bout de temps. Je ne sais pas. En revanche, ce que je sais, c'est que je n'ai strictement rien à foutre du concept d'erreur ou des conséquences. *J'ai juste besoin de ressentir quelque chose.* J'ai besoin de me perdre. Et merde, ce n'est que Becks après tout.

Je ne le regarde pas en face. Pas envie de savoir s'il en a aussi envie, parce que moi, si. Je me penche en avant et je presse mes lèvres contre les siennes, sans lui donner le temps de réagir. Merde, sa bouche est un équilibre parfait de fermeté et de douceur. Son corps se rigidifie alors que le mien s'arrondit contre le sien et je glisse mes mains contre son torse alors que ma langue s'insinue à son tour entre ses lèvres. Je laisse échapper un gémissement, dans la chaleur de son souffle qui se coupe, en goûtant le rhum sur sa langue. Ses mains puissantes descendent lentement le long de mes bras nus alors que nous approfondissons ce baiser, quand soudain ses doigts agrippent mes épaules et qu'il me repousse. Lorsque notre étreinte est rompue brutalement, nous peinons tous deux à reprendre notre souffle.

– Haddie.

J'entends comme de la douleur dans le ton de sa voix lorsqu'il m'appelle, c'est comme s'il me suppliait et me maudissait à la fois dans une expression contradictoire.

Et même si j'ai les idées un peu embrouillées, mon corps, lui, est tellement remonté par son baiser que je comprends bien que cette fêlure dans sa voix me dit qu'il l'a plus qu'apprécié. Qu'il a autant envie de moi que moi de lui.

Je me force à lever les yeux et j'y lis un choc voilé par le désir.

– Quoi ? Tu n'as pas envie de moi, Becks ?

Je sens la tension dans ses mains reprendre de plus belle sur mes épaules, et un petit rire épuisé force son chemin du fond de sa gorge.

– Oh, c'est plus qu'une petite envie, dit-il avant de fermer les yeux un instant et de déglutir, puis de me repousser. J'essaie juste de faire ce qu'il faut, Had.

Ça fait mal de se sentir rejetée – l'alcool arrondit les angles –, mais je sens qu'il hésite à la tension de ses mains, avant qu'il les éloigne de mes épaules. Et avec tout ce désir qui m'échauffe le sang, mes envies lubriques mettent de l'huile sur le feu, je me sers de mon besoin d'oublier pour lancer une allumette sur le tout.

J'avance vers lui, je glisse mes mains sur son impeccable chemise blanche et je le regarde droit dans les yeux.

– Allez, quel risque y a-t-il ? Je suis avec toi, non ? Tu ne vas pas me faire de mal… hein, Becks ?

J'ai peut-être beaucoup bu ce soir, mais je sais sentir le désir quand il est sous mon nez et, merde, ce soir Becks a l'odeur suave du désir partout sur lui.

Il crispe les mâchoires, penche légèrement la tête sur le côté, et son corps entier se raidit alors qu'il m'observe sous les rayons de lune.

– Et puis d'abord, ce n'est pas la coutume qu'il y ait rapprochement entre le garçon et la demoiselle d'honneur ?

– Haddie.

Sur ses lèvres, mon nom est un soupir interminable. J'entends sa frustration mêlée de désir. Je sens la chaleur de son souffle tomber sur ma bouche.

Sa façon de prononcer mon nom attise encore le désir qui fait rage en moi et j'ai la réponse à ma question : comment s'exprime-t-il lorsqu'il perd le contrôle ? Et s'il croit qu'il va pouvoir me repousser après que j'ai entendu ça, il se fourre le doigt dans l'œil.

Je tends la main pour faire glisser un ongle dans le creux de son cou, l'égratignant dans le petit espace découvert par l'ouverture de sa chemise.

– Personne n'a envie d'éviter les risques ce soir… C'est si bon de vivre un peu dangereusement, lui dis-je avant de m'approcher un peu plus et de murmurer : S'il te plaît, aide-moi à vivre un peu plus.

– Oh, je crois que tu vis très bien comme ça, répond-il, un petit rire aux lèvres, en secouant légèrement la tête.

Mais ses yeux bleus restent plantés dans les miens, engagés dans une guerre d'émotions silencieuses lorsqu'il ajoute :

– C'est ce que j'aime en toi.

Devant sa nonchalance, j'ai encore plus envie de lui. Et putain de merde, quelle *frustration* ! On ne peut pas tirer un coup quand on veut ? Je n'ai pas pour habitude d'avoir à convaincre les gars pour obtenir ce que je veux, alors pourquoi est-ce si difficile ? Fait chier.

– Je n'ai jamais parlé d'amour, le Campagnard, dis-je sur un ton joueur, malgré l'amertume de m'être sentie rejetée par lui. Je n'ai pas besoin de promesses. J'ai juste besoin que tu m'aides à sentir quelque chose… que tu m'aides à m'oublier un peu.

Il penche la tête et nos yeux sont si proches, il prend mon visage dans ses mains pour que je puisse lire la sollicitude et ce désir malvenu danser dans son regard.

– Je ne savais pas que tu voulais te perdre.

– On en a tous besoin de temps en temps, non ?

Ma question reste suspendue dans la nuit immobile alors qu'il cherche à lire en moi des réponses que je ne lui donnerai pas.

Il secoue la tête et je sens bien qu'il essaie de se convaincre lui-même de reculer.

– Je ne veux pas tout compliquer, dit-il, les dents serrées, en laissant doucement tomber ses mains avant de reculer.

Il met une distance physique entre nous afin de renforcer le sens de ses paroles, mais ses gestes contredisent l'expression de son regard.

– Aucune complication, Becks. Je te l'ai déjà dit, je réponds en tentant de dissimuler le désespoir que je ressens soudain. Aucune promesse, que du sexe. Une soupape de décompression après cette journée incroyable. Allez, quel gars passerait à côté d'une pareille opportunité ?

Il pousse un grognement avant de répondre :

– Un gars qui essaie *vraiment* de faire ce qu'il faut et de ne pas prendre de risque *alors que c'est très dur*.

Il revient vers moi, et j'ai l'impression que l'affaire est dans le sac. Il pose un bras sur l'une de mes épaules et me conduit vers la maison.

– Allez, *Haddie la festive*. Je vais te raccompagner à ta chambre.

– Tu es un rabat-joie, Becks !

Je chouine comme une sale môme, à deux doigts de taper du pied dans mes talons de dix centimètres.

– Et tu es complètement bourrée, comme moi, répond-il en parlant dans mes cheveux, juste avant d'y déposer un chaste baiser. Comme si je n'avais pas envie de toi, putain, Had… Comme si je n'étais pas sûr que m'envoyer en l'air avec toi serait une expérience incroyable, mais merde, je n'ai pas envie de faire quelque chose que nous regretterons tous les deux demain matin à cause de l'alcool. Je refuse que tout devienne bizarre entre nous chaque fois qu'on sera amenés à se voir. Et putain de merde, tu ne me facilites pas la tâche alors que j'essaie de faire le bon choix et d'être respectable en te laissant tranquille.

La chaleur de son souffle sur mon crâne provoque une série de frissons tout le long de mon dos.

Sentant que me pieds sont un peu plus sûrs d'eux maintenant que je sais qu'il ne me rejette pas vraiment et qu'il essaie d'être le *gentil garçon* que je l'accuse d'être, je m'exclame :

– Ah ! Tu as vraiment envie de moi !

Il s'arrête immédiatement, puis me regarde comme si j'étais folle, les sourcils froncés et les yeux écarquillés. Il va pour dire quelque chose, mais s'interrompt, secoue la tête avant de soupirer et de reprendre son avancée. Je me tourne vers lui pour pouvoir le regarder alors qu'il nous fait rentrer dans la maison afin de regagner nos chambres respectives. J'observe sa mâchoire carrée et sa peau dorée, puis je me demande quel goût il pourrait avoir si je faisais courir ma langue sur toute la longueur de son cou. La douleur des sensations que je ne peux qu'imaginer à ce stade tourbillonne en moi, je n'en suis que plus déterminée à lui prouver que j'ai besoin de ça, que j'ai besoin de lui cette nuit et qu'on peut bien s'envoyer en l'air sans qu'il n'y ait aucune complication derrière.

Merde, tous les hommes ont besoin qu'on les encourage de temps en temps… Bah, il doit être temps que je m'y mette.

Il s'arrête de marcher et arque un sourcil en levant le menton pour me désigner la porte ouverte de ma chambre. *C'est maintenant ou jamais, Had.* Je presse mon corps contre le sien, le bourdonnement du désir qui s'est emparé de moi repart de plus belle.

– S'il te plaît, Becks ?

Je baisse soudain le ton, même si nous ne sommes que tous les deux.

– Toute la romance et la nostalgie de la soirée n'ont rien remué en toi ? Ça ne t'a pas donné envie du réconfort que peut t'apporter une femme ? Tu ne veux pas l'entendre gémir alors que tu t'enfonces en elle, sentir sa chaleur ?

Bordel, mes propres mots me font de l'effet. J'essaie de séduire Becks et, du coup, c'est mon désir qui en devient insatiable. Je me penche vers lui et j'approche mes lèvres de son oreille pour murmurer :

– Réconforte-moi, Becks.

– Bon Dieu, c'est si dur de faire le bon choix avec toi.

Il me répond comme si c'était une malédiction et lorsque je recule d'un pas, instinctivement, son corps revient vers le mien. Sa réaction redonne brièvement vie à mon ancien moi, et je m'agrippe à cette résurgence. Je la tiens de toutes mes forces pour repousser cette version de ma personne, cruche, sentimentale, en manque d'affection et émotive. J'accueille avec plaisir cette Haddie qui n'y va pas par quatre chemins mais qui a été noyée dans le chagrin.

Et bon Dieu, ce que ça fait du bien de la retrouver, ne serait-ce que pour quelques instants.

– Dur… Mmmm… dis-je en ronronnant. Voilà qui est intéressant.

Je recule d'un pas dans ma chambre, le regard toujours braqué sur lui, qui est resté dans l'encadrement de la porte, les mains agrippées au chambranle. Je sais que j'ai gagné, je sais que je n'ai qu'à l'achever d'un dernier mouvement pour avoir ce que j'ai œuvré pour obtenir. Ce dont j'ai terriblement besoin.

Et je le dévisage, si beau, encadré par les montants de la porte. Je me demande ce qui m'a permis de reprendre contenance en cet instant. Ce qui m'a permis de me débarrasser de cette culpabilité qui me pèse tant pour retrouver mon attitude insouciante. Je repousse le tumulte de mes pensées qui fait constamment rage dans ma tête ces derniers temps. Je ne m'autorise plus à réfléchir à tout ça, parce que tout ce que je veux, c'est ressentir des sensations.

Nos regards plongés l'un dans l'autre, je tire sur la fermeture Éclair de ma robe.

– Hey Becks ?

En m'entendant parler sur ce ton faussement timide, ses yeux s'écarquillent. La robe tombe à mes pieds.

– On s'en fout des bonnes décisions.

CHAPITRE 2

Beckett me dévisage un instant – les dents serrées, le regard braqué sur moi, le corps rigide – juste avant de céder. Aussi éméchée que je sois encore, je remarque que lorsqu'il s'avance vers moi, son regard ne quitte pas un seul instant mon visage. Il ne dévie pas vers ce que je lui propose, mon corps, la dentelle qui souligne mes courbes et toutes les tentations qui vont avec. Ses yeux restent plongés dans les miens, en proie à un véritable conflit regorgeant de désir et d'incrédulité.

Lorsqu'il arrive à ma hauteur, quand ses mains se posent précipitamment sur mon corps pour l'approcher du sien, une main sur ma nuque et l'autre dans mon dos, mes pensées s'envolent et ce besoin physique prend le dessus. Sa bouche trouve la mienne dans une frénésie charnelle. Les lèvres s'entremêlent, les langues goûtent, les dents mordillent.

Une vague de désir se déploie et se fraye un chemin dans les vapeurs de l'alcool. Ses mains dessinent la carte de ma silhouette, ses doigts s'insinuent sous la dentelle de mon soutien-gorge pour séduire et toucher, mais pas pour s'en emparer, pas encore. Les petits gémissements se transforment en murmures exprimant notre urgence : *vite, dépêche-toi, j'ai envie* et *je te veux*.

J'ai désespérément besoin de sentir la chaleur de son torse contre le mien, sa peau contre la mienne, ce lien primaire qui satisfera cette frénésie jusqu'à ce que je puisse mettre à nu le reste de sa peau. Ses lèvres et sa langue continuent leur assaut si plaisant, me détournant minutieusement de la tâche que je me suis assignée : le dévêtir.

Je ne peux pas m'empêcher de glousser en écartant de force ma bouche de la sienne pour reprendre le souffle qu'il m'a volé et permettre à mes doigts de déboutonner sa chemise plutôt que de m'y agripper. Je ris encore en essayant de me concentrer sur les boutons qui refusent de glisser dans les toutes petites fentes du tissu.

Son rire est profond et éreinté. J'en sens les vibrations dans mes mains.

– Laisse-moi faire, dit-il.

Mes yeux remontent vers les siens, mais, en route, ils ne manquent pas de remarquer un sourire amusé à la commissure de ses lèvres. Ses mains se referment sur les miennes pour tirer d'un coup sec sur sa chemise. Le bruit des boutons qui s'éparpillent sur le parquet est le seul qui vient rythmer celui de nos respirations saccadées.

Son regard s'assombrit, puis se voile, et ses lèvres reviennent se poser sur les miennes. Je passe mes mains sur les aplats de son torse doré dès qu'il extirpe ses bras des manches de sa chemise. Mes ongles le griffent légèrement, et sa respiration se fait sifflante quand il empoigne mes cheveux pour me soulever le menton et ainsi laisser sa bouche continuer l'exploration du bas de mon visage, puis du creux de mon cou.

– Douce Haddie… murmure-t-il.

Sa main trouve mon sein et l'extirpe du balconnet de mon soutien-gorge. Les cals de ses doigts remplacent la caresse de la dentelle. Quand sa bouche continue sa descente orageuse, j'en ai le souffle coupé.

– Douce Haddie… Je me demande si ta chatte a la même douceur que tes baisers… que ta peau… juste là.

La chaleur de sa bouche remplace le frôlement de ses doigts sur ma poitrine et je suis bouleversée par toutes ces sensations. Par lui. Ma tête tombe en arrière et les mots sortent de ma bouche :

– Qu'est-ce que tu attends ?

Un léger rire résonne dans mes chairs avant qu'il ne lève les yeux et m'observe de son regard voilé de désir.

– Tu es bien exigeante.

Ses yeux pétillent d'humour, animés par une flamme de provocation. Comme s'ils me disaient : *Essaie un peu pour voir.*

Et d'un certain côté, j'en ai bien envie. J'ai envie de le bousculer un peu, juste pour voir à quel point il est prêt à me céder le contrôle. Est-ce qu'il va m'obéir ou faire ce dont il a envie ?

Je relève le défi.

– Alors goûte-moi, Becks. J'ai envie de sentir ta bouche, ta langue aussi. J'ai envie de tes lèvres sur ma chatte pendant que je jouis et que tu continues à me baiser.

Il redouble d'ardeur sur ma poitrine, et un gémissement torturé lui échappe tandis qu'il se redresse pour me regarder en face.

– Putain, Had, dit-il avant que sa bouche ne s'empare de la mienne comme pour me montrer que je lui appartiens maintenant, est-ce que tu essaies de me dire comment te baiser ?

Je sens la chaleur de son souffle sur mes lèvres, je vois son sourire railleur et son sourcil arqué, mais je n'arrive pas à trouver de réponse suffisamment piquante, pourtant, je sais que j'en suis capable. Ses mains glissent le long de mes flancs et s'emparent de ma taille. Ma respiration se fait erratique lorsqu'il plaque mon corps contre le sien. Son impressionnante érection s'enfonce dans mon bas-ventre, ce qui réveille cette douleur sourde provoquée par le manque, puis l'intensifie.

Becks se penche encore plus vers moi. Ses lèvres effleurent mon oreille dans un geste provoquant une volée de chair de poule sur ma peau.

– Aucune crainte, Haddie, je sais comment m'y prendre. Je sais quoi faire pour que tu jouisses, ajoute-t-il en mordillant le lobe de mon oreille pour appuyer ses paroles. Je sais ce qu'il faut faire pour que ton corps de bombe sexuelle se mette à trembler, à se raidir et que tu me supplies de t'en donner plus… Alors, allonge-toi et laisse-moi me servir de ma langue.

Et juste quand je pense que mon corps ne peut pas supporter plus d'attente et de désir à cause de ses mots si crus et du goût de sa langue sur la mienne, il m'attrape par la taille et me jette sur le lit. J'éclate de rire en atterrissant sur le matelas, mais le choc me coupe le souffle et avant que je puisse le reprendre, Beckett se jette sur moi. Je me trémousse, j'essaie de lui échapper alors que nous rions tous les deux dans notre état d'ébriété consommée, mais je n'ai aucune chance face à lui, il est trop fort.

– Douce Haddie.

Il m'amadoue tout en immobilisant mes poignets contre le lit, de chaque côté de ma tête. Se rapprochant de moi, il taquine mes lèvres en dessinant leur contour du bout de la langue avant de la glisser dans ma bouche. Son érection appuie exactement là où je veux qu'elle soit. J'ondule des hanches ; la patience n'est vraiment pas mon fort. Il recule alors et se met à genoux entre mes cuisses. Je dévore son torse du regard, pourtant ce torse, je l'ai déjà vu tant de fois, mais ce soir, en le voyant assis devant moi comme ça, bon Dieu de bordel, je me rends compte que je n'ai jamais pris le temps de l'apprécier à sa juste valeur.

Je déglutis avec force lorsqu'il penche la tête sur le côté pour me contempler un instant. Je suis tellement absorbée par ce désir incompressible qui fait suinter du liquide entre mes cuisses que lorsque je sens ses doigts effleurer mon string, j'en perds le souffle.

Arquant un sourcil, il se penche en arrière et me demande :

– La question, en fait, c'est plutôt combien de fois je vais te faire jouir ?

Et juste après ces mots, il appuie sur mes cuisses, puis sa bouche se pose sur mon clitoris à travers le tissu. La chaleur torride de son souffle me pousse à agripper la couette sous moi. Ses mots m'ont déjà séduite, je crève d'envie de le sentir me toucher et, maintenant, la barrière de soie qui m'empêche de sentir sa langue sur ma chair me rend complètement dingue. Il m'a donné ce que je veux, sans pour autant me l'accorder.

– Becks.

C'est tout ce que j'arrive à dire en rejetant la tête en arrière, les yeux fermés. Je me laisse absorber par ce plaisir. Des doigts frôlent l'intérieur de ma cuisse et je sens l'air frais souffler sur ma peau brûlante lorsqu'il écarte mon sous-vêtement pour le glisser de côté. Et cette fois-ci, lorsque sa bouche entre en contact avec ma chair, je pousse un cri, une ardeur liquide coule dans mes veines, mes bras et mes jambes se raidissent.

– Bon Dieu, ce que j'aime ton goût.

Le son de sa voix m'atteint directement et je me sens comme aspirée dans une tornade de sensations. Sa langue me lèche encore tandis que je sens ses doigts m'écarter pour pouvoir glisser en moi. Il est si subtil dans ses mouvements que, quoi qu'il me fasse, je me retrouve immédiatement à gémir, les nerfs en feu.

Il poursuit son attaque sur mes sens enflammés, frottant, lapant juste ce qu'il faut pour que la friction me procure, vague après vague, des sensations qui s'abattent sur moi dans un déluge de plaisir me coupant régulièrement le souffle. Son nom sur mes lèvres, je me laisse emporter par mon orgasme alors que sa bouche est encore enfouie entre mes jambes, se frayant un parcours en moi jusqu'à ce que c'en soit presque trop.

Mes paupières sont fermement closes, la pièce tangue pourtant autour de moi, à cause de l'enivrante tornade de désir que je ressens. Il hisse son corps le long du mien. Puis sa bouche vient se refermer sur la mienne, plongeant sa langue entre mes lèvres entrouvertes.

– Est-ce que tu sens à quel point tu as bon goût ? Est-ce que tu peux goûter ce que je viens de te faire ?

Pour toute réponse, je n'ai à proposer qu'un gémissement incohérent. Il positionne ses genoux de chaque côté de mes hanches, puis il attrape ma tête avec précaution pour en contrôler le mouvement et l'angle de son baiser. Il ne retient rien et je me retrouve à bout de souffle tant il est intense, juste avant qu'il s'écarte. Il me regarde alors droit dans les yeux.

– Et d'un…

Il laisse la fin de sa phrase en suspens, et je tends la main pour l'attraper par la taille. Il s'assied sur moi et je savoure le délicieux poids de son corps sur mon bas-ventre tout en m'attaquant à sa braguette. Mon corps vibre peut-être encore de son tout récent orgasme, mais j'en veux davantage.

Lorsque mes mains glissent sur sa peau brûlante dans son boxer, Becks pousse une sorte de sifflement. J'attrape son membre bandé et je le libère. Ma main glisse de haut en bas et mon pouce s'attarde sur son gland, étalant sur toute sa longueur la goutte de liquide qui en a perlé. Il penche la tête en arrière et, les yeux au plafond, il pousse alors un grognement de satisfaction qui me donne encore plus envie de lui.

– Un, alors ?

Je le taquine en essayant de conserver cette ambiance joueuse entre nous, parce que putain, rien que sa bouche me donne envie d'y revenir. J'attrape son membre à pleine main et je poursuis mes mouvements de haut en bas en appréciant le spectacle de ses muscles abdominaux qui se contractent.

– Pitié, dis-moi que tu vas tenir ta promesse parce que j'ai besoin de jouir plus d'une fois, lui dis-je, enchantée de constater qu'il m'a aidée à repousser mes idées noires. Eh, Becks, tu as bu plus que moi ce soir, alors je t'en supplie, promets-moi que tu ne souffres pas du syndrome du mec qui a abusé de l'alcool, parce que je ne supporterai rien de tout ça, là tout de suite.

Il redresse la tête, et son regard vient se planter dans le mien. Son petit rire est de retour. Il secoue la tête en refermant sa main sur la mienne, sa queue toujours prisonnière de mon étreinte.

– On est exigeante, à ce que je vois ? Je ne bande pas assez pour toi ?

Je réprime un sourire suffisant, parce que s'il veut jouer au jeu des promesses avec moi, mieux vaut qu'il soit capable de les assumer, le bougre.

– Tu bandes comme il faut, mais je veux juste m'assurer que ça va durer suffisamment longtemps.

– J'ai comme l'impression que tu es en train de m'insulter, dit-il en reprenant les mouvements de haut en bas avec nos mains jointes, les yeux brièvement fermés pour savourer la sensation.

– Ce n'est pas une insulte si c'est la vérité.

Il se remet à me dévisager et quitte brusquement le lit. Je me redresse sur les coudes pour essayer de voir ce qu'il mijote. *Pitié, faites qu'il ne se soit pas senti insulté par ce commentaire*. Si c'est le cas, autant qu'il continue à tracer, langue magique ou pas. Je n'ai pas besoin d'un mec qui se vexe de la moindre boutade.

Mais bon, c'est vrai que sa langue est *plutôt* fantasticorgasmique. J'ai comme envie de pousser un petit soupir de soulagement lorsqu'il s'arrête, le dos toujours tourné, mais sans pour autant franchir le seuil de la porte. D'un autre côté, je balise un peu parce que s'il reste, il pourrait bien être la grosse surprise du moment, le parfait mélange de gentil garçon et de bad boy expert en parties de jambes en l'air qui pourrait me faire renoncer à la promesse que je me suis faite à moi-même. Promesse sur ce que je ferai et ne ferai pas à long terme.

On ne s'attache pas, Haddie. Aucun sentiment, dois-je me rappeler.

Et puis, toute pensée rationnelle m'échappe, évanouie dans l'air lorsque Becks baisse son pantalon et se retourne vers moi. Je sais qu'il me regarde, mais mes yeux sont incapables de se détacher de son érection recouverte d'un préservatif. À l'évidence, l'alcool n'a eu strictement aucun effet sur lui. Je détache mon regard de l'impressionnant spectacle et j'apprécie la vue d'ensemble quand il revient vers le lit, la démarche prédatrice et déterminée. Son regard est empreint d'amusement et de désir. Son corps me dit que je vais y passer : ses larges épaules, sa démarche confiante et son sourire tentateur me mettent au défi de dire le contraire.

Arrivé au bord du lit, sans dire un mot, il attrape mes chevilles et me tire brusquement vers lui pour que ses hanches se nichent confortablement entre mes cuisses qu'il attrape alors pour les faire dépasser du matelas. Doucement, il fait glisser mon string pour me le retirer, puis il recule pour lui faire passer le cap de mes pieds toujours chaussés de talons avant de le jeter négligemment par-dessus son épaule. Je suis plus qu'excitée, rien que de le voir contempler mon corps avec minutie, sans aucune honte lorsqu'il observe ses doigts jouer avec mon sexe, parcourant ses replis de haut en bas. Son souffle se fait irrégulier, ses narines palpitent et sa bouche s'entrouvre quand il regarde son doigt se glisser à l'intérieur avant d'en sortir.

Nous en avons tous les deux le souffle coupé, moi à cause de ce que je ressens et lui par la vision que je lui offre. Ses mains s'affairent doucement, suivant un rythme régulier qui lance une alerte rouge dans mes chairs déjà sensibilisées. Un gémissement s'échappe de mes lèvres et mon corps s'embrase. Beckett lève brusquement le regard pour le planter dans le mien. Il sort rapidement sa langue et lèche sa lèvre inférieure quand il retire ses doigts tout en me maintenant ouverte, puis il aligne son corps sur le mien.

Il me pénètre doucement, les yeux dans les yeux, enfonçant peu à peu son membre épais, m'emplissant en étirant mes chairs, charmant sur son passage chacun de mes nerfs. Lorsque son sexe est totalement enfoui en moi de la racine au gland, il serre les dents, et son regard se voile de désir. Je dois faire appel à tout ce qui me reste de maîtrise pour ne pas devenir complètement folle tant je suis subjuguée par cette sublime sensation. Je veux le regarder. Je veux me perdre dans ce regard et m'absorber dans la contemplation de son incroyable corps alors qu'il fait monter ma fièvre.

Je contracte mes muscles intimes, comme pour lui dire silencieusement que je suis prête pour tout ce qui est encore à venir, et il me surprend en se penchant vers moi pour m'embrasser. Une lente et hypnotique danse s'empare de nos lèvres tandis qu'il me pénètre encore plus profondément.

J'ai l'impression qu'il est impossible d'aller plus loin. Mon corps cède et ma tête commence à s'emplir d'une tornade de pensées tournant autour du fait que son geste inattendu est en train de nous attacher l'un à l'autre alors qu'il ne le faut pas. Il se redresse un peu, le visage à quelques centimètres du mien, et, un sourire insolent aux lèvres, il me demande :

– Alors, je bande assez pour toi ?

Je me concentre sur son arrogance plutôt que sur les idées qui envahissent ma tête et laisse échapper un petit grognement lorsqu'il se retire légèrement en se redressant tout à fait. Il s'immobilise, le regard toujours planté dans le mien, puis sort son sexe avec une infinie lenteur jusqu'à ce qu'il soit presque intégralement dehors.

– Eh bien ?

Bon Dieu. Oui. Complètement. J'ai envie qu'il me pilonne, qu' il plonge en moi jusqu'à en oublier tout et son contraire. J'écarte un peu plus les cuisses et pose mes mains sur mes seins. Mes muscles intimes se contractent pour répondre à la situation, à toute cette anticipation, en réaction à ce dont il me prive alors que j'en crève d'envie.

– Baise-moi, Becks.

Je ne peux rien dire d'autre, parce qu'avant même que son nom ne franchisse la barrière de mes lèvres, il revient avec force dans un grand mouvement et mon corps vibre, en proie à une onde de choc de pur plaisir. Il empoigne la chair de mes cuisses et reprend son mouvement. Chaque fois qu'il se retire et revient en moi, il me fait escalader l'échelle de la jouissance à un rythme affolant.

Mon pouls bat à toute vitesse et mon souffle a du mal à garder le rythme, ils sont entrés dans une course sans fin vers la ligne d'arrivée. J'ai l'impression d'être droguée, totalement bouleversée par sa maîtrise de mon corps. Mes muscles se raidissent et ma peau se couvre de chair de poule, même si je suis déjà couverte de sueur alors qu'il accélère la cadence encore et encore. Mes mains glissent le long de mon torse, descendent vers mon intimité et ouvrent les replis de mon sexe pour y glisser mes doigts, me procurant ainsi la petite friction nécessaire pour me précipiter dans l'abîme de l'extase.

Je lève les yeux vers lui pour observer sa réaction – histoire de voir s'il fait partie de ces gros cons qui pensent être les seuls à pouvoir me procurer du plaisir – et je vois qu'il baisse les yeux pour se concentrer sur le tableau de mes doigts me masturbant. Ses mains serrent un peu plus, ses hanches redoublent d'ardeur et les muscles de ses épaules se tendent encore plus.

Je pousse un cri quand une détonation explose en moi. Je suis paralysée par cette ardeur – les jambes raidies, les bras rigides, le souffle suspendu – et je succombe à l'orgasme. Même si mon corps sent qu'il ne peut plus rien accepter, Becks continue ses mouvements de va-et-vient, et mes chairs intimes sont tellement saturées de plaisir qu'elles en deviennent douloureuses. Je ne sais pas si j'ai envie qu'il s'arrête ou qu'il continue pour voir jusqu'où il pourrait me faire aller.

– Becks.

Son nom est un cri étranglé sur mes lèvres et mon corps se met à trembler sous la force de sa jouissance. Il ralentit alors, mais interrompt son geste pour y ajouter un mouvement de bassin au passage.

– Tiens bon, tiens bon, gémit-il avant de plonger en moi encore quelques fois.

Il pousse un grognement, la tête baissée, et ses mains maintiennent mes hanches en place. Je sens son membre vibrer en moi alors que lui-même se livre au plaisir, le corps agité par son propre orgasme. Je repose ma tête sur le lit et ferme les yeux, lui laissant quelques instants pour se remettre de son extase.

Je le sens changer de position et je pousse un cri de surprise en sentant sa barbe naissante égratigner la peau de mon ventre quand il dépose toute une série de baisers sur mon nombril en remontant vers ma poitrine. Il s'arrête sous mon menton un instant, reprend son souffle et murmure :

– Et de deux.

– Définitivement et irrémédiablement deux.

Ma réponse est accueillie par le timbre grave de son rire étouffé par ma peau. J'empêche mes mains de se poser sur son dos pour le caresser alors que son poids se repose si agréablement sur moi. Une telle caresse, c'est trop, trop intime, alors que je fais mon possible pour rester détachée.

Nous restons dans cette position un moment, nos non-dits sont remplacés par notre respiration hachée quand, tout d'un coup, Becks se remet à bouger. Je pense qu'il va se retirer pour aller se nettoyer et mettre un terme à notre « dernier verre » inopiné, si bien que je suis surprise de le sentir se remettre à m'embrasser dans le cou, puis à redescendre. Il s'arrête et prend un téton dans sa bouche alors que sa main s'occupe de l'autre. Il caresse ma poitrine jusqu'à ce que mes mamelons durcissent et que je me remette à me tortiller.

Il sort son membre de mon sexe et je pousse un gros soupir de satisfaction. Sa bouche reprend sa route vers mon bas-ventre et je lève brusquement la tête pour le regarder.

Encore ?

Putain de merde, il essaie de me tuer.

Il dépose un baiser sur mon bas-ventre et me jette un regard salace.

– J'ai lu quelque part que les femmes décuplaient leur pouvoir de jouissance au deuxième ou troisième orgasme, dit-il. Tiens-moi informé, s'il te plaît.

Il m'embrasse une fois encore en riant.

– Eh ouais, c'est parti pour le troisième.

CHAPITRE 3

Mes paupières sont closes, mais cette pièce est encore vraiment trop lumineuse, bordel. Le soleil s'infiltre partout. Je ferme les yeux encore plus fort pour essayer de l'ignorer, essayer aussi d'y voir plus clair dans mes pensées. Je lutte pour me souvenir des détails de la soirée d'hier. Comment ai-je pu boire autant d'alcool et ne me souvenir de rien alors que ma tête ne me fait absolument pas mal ?

Je décide de prendre mes aises en m'enfonçant plus profondément sous la couette pour ne pas me réveiller totalement, pas tout de suite. J'ai envie d'éviter cette migraine qui va inévitablement me tomber dessus à la minute où mon corps sera complètement sûr d'être réveillé. Mais le brouillard commence à se dissiper et je repense à la journée d'hier, à quel point tout était parfait. Quelle journée incroyable ! Des sourires, des éclats de rire et de l'amour. J'ai dansé, j'ai bu et… oh putain !

... *On s'en fout des bonnes décisions…*

... *C'est parti pour le troisième…*

Les mots me reviennent brièvement en mémoire et là, je suis parfaitement consciente. J'ouvre brusquement les yeux, ce qui me fait grimacer tant je suis aveuglée par les rayons du soleil. Je cligne des yeux pour m'habituer à la forte luminosité et lorsque j'y vois clair, j'ai Becks en plein champ de vision. *Oh merde !*

Sa tête est inclinée sur l'oreiller, les traits de son visage sont détendus et ses cheveux en bataille forment encore plus d'épis que d'habitude. Là où j'ai l'habitude de voir une peau rasée de près, il y a maintenant une barbe naissante et je me rappelle vaguement la sensation qu'elle m'a procurée en égratignant mon ventre. Mon regard se perd d'admiration en contemplant la ligne qui s'étend de sa gorge à son torse, puis cette zone infinie tellement sexy qui disparaît sous les draps juste là où j'ai le plus envie de regarder. Maintenant que je suis dégrisée, le voir nu comme ça m'accable encore plus.

J'admire la vue un moment en me demandant si le drap glissera suffisamment si je le plaque un peu plus contre moi, pour que je puisse observer tout ce que je veux. Je commence à le tirer doucement vers moi quand tous les souvenirs de la veille me reviennent en technicolor HD.

Des mots susurrés, des gémissements et des soupirs. Le mélange enivrant des taquineries pleines d'humour, de ce besoin charnel sans entrave et d'un désir insatiable. Ses mains habiles et ses lèvres pleines de talent créant un plaisir si douloureusement intense que j'ai cru mon corps embrasé.

Je me souviens qu'il m'a donné exactement ce que je voulais – ressentir tellement de choses sur le plan physique que j'ai pu anesthésier toutes les émotions qui m'assaillaient. Comment, lorsque j'ai regardé ses yeux, je l'ai supplié de m'attirer au bord du précipice pour me pousser dans l'inconscience sensorielle. Et lorsqu'il m'a enfin pénétrée, il est resté un amant attentionné et pourtant exigeant qui a fait de moi une femme à bout de souffle, satisfaite et confuse.

Mes cuisses se raidissent et mes muscles intimes se contractent lorsque je me souviens de toutes ces sensations. Je repose ma tête sur l'oreiller et je ferme les yeux pour essayer de repousser la flamme du désir qui se remet à brûler en moi.

C'était un coup d'une nuit.

Du sexe sans aucunes attaches.

Exactement ce que je voulais.

Alors, pourquoi mon esprit revient-il encore sur les mots qu'il m'a murmurés dans la pièce silencieuse quand je me suis lovée contre lui au moment où il a cru que je m'étais endormie ? Il les a soupirés, ces mots entrelacés d'une frustration confuse : « *Putain d'attaches*. »

Les détails un peu flous à cause de l'alcool continuent à affluer derrière mes paupières closes. C'est comme un diaporama qui défile, et une idée me revient encore et toujours : Mais putain, à quoi je pensais ? Toutefois, je sais pertinemment que je ne pensais pas du tout. Aucune réflexion. J'étais tellement occupée à essayer de cacher mon chagrin qu'égoïstement, je ne me suis jamais dit que je pourrais le blesser, lui, en fin de compte.

Putain. Merde. Fait chier.

L'autre truc qui tourne en boucle dans ma tête, c'est que c'est vraiment un mec bien. Tout est de ma faute. Même si mes pensées dérivent vers les moments que nous avons partagés, encore un peu vagues, j'arrive tout de même à me rendre compte que Becks a essayé de faire ce qu'il faut. Il a essayé de me mettre au lit, de me faire dormir, de m'empêcher de prendre le volant.

Franchement, personne d'autre à blâmer que moi-même. Rien que moi. Pourquoi ne suis-je pas allée jusqu'au bout de mon plan initial, soit partir et aller me taper un mec qui n'aurait strictement rien eu à foutre que je me barre le lendemain matin sans dire un mot ? Pourquoi hier soir, hier soir plutôt qu'une autre soirée, ai-je eu envie de sensations un peu plus fortes ? Avais-je peur que la carapace que j'ai construite autour de mon cœur se fêle ? Peut-être, juste peut-être, que je voulais rester près de quelqu'un qui prendrait soin de moi si ça arrivait ?

Alors, je me suis servie de lui.

Je me suis servie d'un homme qui ne mérite pas d'être utilisé comme ça. Je suis rongée par la culpabilité, mais je décide de me forcer à rouvrir les yeux pour regarder Becks en face. J'apprécie son beau visage d'Américain. Ce mec est la quintessence du concept du type bien, absolument pas mon genre de mec, le bad boy à tatouages. J'étudie son apparence un instant, mon regard se porte sur l'endroit où le drap repose, bien bas sur ses hanches… parce qu'il n'est peut-être pas mon genre, mais ça ne veut pas dire que je ne peux pas admirer le ravissant tableau qu'il m'offre. Il est quand même hypersexy. Rapidement, mon esprit revient sur la sensation de ses muscles bandés sous mes mains et je ne peux pas m'empêcher de me demander si je ne pourrais pas m'habituer à lui. À ça.

J'ai tellement l'habitude de m'épanouir dans des relations pleines de drame, complètement imprévisibles, un peu sauvages mais si fun – *enfin bon, on ne peut pas vraiment dire que ce sont de véritables relations* – avec tous ces rebelles qui peuplent mon passé.

Impossible de réprimer un petit éclat de rire quand une nouvelle idée me vient en tête : Qui aurait pu croire que Ry passerait la nuit – putain, sa nuit de noces – avec un bad boy à la témérité éprouvée tandis que je m'enverrais un gentleman du vieux Sud ? C'est le monde à l'envers. La planète ne tourne définitivement pas rond.

Je sursaute en levant les yeux, car je suis face au regard bleu piscine de Becks. Nous nous dévisageons un instant en luttant contre la gêne qui s'installe entre nous, le temps de trouver comment faire maintenant. Il me regarde sous ses paupières à moitié closes et me salue :

– Bonjour.

Il bâille un peu sans jamais me quitter des yeux, comme s'il attendait de voir comment je réagis avant de dire quoi que ce soit d'autre.

Je lui murmure ma réponse :

– Bonjour.

Du bout des doigts, je fais des dessins imaginaires sur le drap. Un lent sourire endormi éveille le coin de sa bouche et mon cœur se met à battre irrégulièrement.

La panique s'empare de ma gorge qui se ferme.

Je ne veux pas sentir cette chaleur s'emparer de mon corps en voyant son sourire lent et lumineux. Je ne veux pas ressentir cette satisfaction sereine que j'éprouve en ce moment. Et surtout, je ne veux pas voir cette expression dans son regard qui me dit que ça pourrait être encore meilleur si je laissais faire.

C'est ce que Lexi a fait.

Et voilà où ça les a menés, Danny et elle. *Et Maddie aussi.*

Je me secoue pour me débarrasser de ces idées et j'essaie d'avaler la grosse boule d'anxiété qui s'est installée dans ma gorge. Je détourne rapidement les yeux. Je calme mon imagination trop fertile et j'arrête de péter les plombs. Petit rappel : j'ai mis les piles de mon horloge biologique dans mon vibro pour une bonne raison.

Je peux le faire. Je ne me souviens peut-être pas de la totalité de la nuit dernière, mais je me rappelle bien lui avoir dit que ce n'était que du sexe, sans rien d'autre. Il a immédiatement compris la nature de notre relation. Enfin, quelle que soit cette relation, ça n'en est pas une, merde, rien d'autre qu'une interaction physique entre deux adultes consentants. Alors, pourquoi ai-je peur de regarder autre chose que mes doigts qui tripotent le drap pour plonger mon regard dans le sien ?

– Hé ?

Le ton rauque de sa voix est teinté d'inquiétude, je n'arrive plus à supporter mon attitude et je lève les yeux.

– À quoi tu penses… ? demande-t-il en laissant sa question en suspens alors que je retrouve mes cordes vocales.

Je remonte le drap sur ma poitrine et je l'interpelle, un sourire timide aux lèvres :

– Becks, tout va bien, dis-je en secouant la tête pour marquer mon propos. On était peut-être bourrés hier soir, mais d'une part, je ne suis jamais assez ivre pour ne pas me rappeler et savourer tout ça… et bon Dieu, j'ai bien savouré.

Je ne résiste pas à la tentation de rajouter ce petit compliment parce que, même si c'est un coup d'une nuit, ce mec sait y faire, rien à dire. Le troisième a été effectivement encore plus incroyable que le deuxième, genre à entrer sur l'échelle de Richter. Et putain, le quatrième n'était pas en reste. Mon commentaire transforme son petit sourire facile en immense joie un peu gênée qui me donne envie de me réfugier dans ses bras. Et ça, c'est impossible. Ce n'est même pas envisageable, même si je suis toute chose rien qu'en y pensant, je refuse de l'accepter.

– On avait dit pas de sentiments. Aucune complication, j'ajoute en haussant les épaules pour bien lui faire comprendre que ça me va très bien.

Quelque chose traverse son regard et je n'arrive pas tout à fait à comprendre ce que c'est, alors je poursuis :

– Je ne suis pas une fille comme les autres, je ne suis pas de celles qui s'attachent et qui…

– Tu n'as rien d'une fille comme les autres, murmure-t-il, à moitié endormi.

Je le dévisage un instant avant de me conseiller à moi-même d'en venir au fait, histoire d'éviter de dire une connerie.

– Merci, mais ce que j'essaie de te dire, c'est que je ne suis pas le genre de fille qui devient tarée en pistant le mec à la trace après un coup d'une nuit.

– *Quatre* orgasmes à la suite, ce n'est pas qu'un coup d'une nuit, raille-t-il, un sourire joueur aux lèvres qui me fait rire nerveusement.

– Becks, je ne veux juste pas que ça devienne bizarre entre nous…

Je secoue la tête, j'ai besoin de dire ça pour faire disparaître toute cette culpabilité qui pèse sur ma conscience :

– Je suis désolée de t'avoir forcé la main hier soir… Ce n'est pas ce que je voulais…

Je pousse un gros soupir, car je n'arrive pas à trouver les mots justes pour lui dire ce que je pense.

– Personne ne me force à quoi que ce soit. Surtout si c'est pour m'envoyer en l'air.

Son regard cherche le mien, comme s'il voulait me dire autre chose, mais il se retient. Alors, je continue en sortant le premier truc qui me passe par la tête :

– Merci de t'être occupé de moi.

Je grimace en détournant immédiatement la tête. Je suis gênée, mais bien contente de l'avoir dit.

Il continue à me dévisager un instant avec cette intensité si calme qui le caractérise, avant de hocher la tête subtilement et de changer de position pour se préparer à se lever.

– Eh bien, je suis content qu'on ait mis les points sur les « i », dit-il en posant ses pieds par terre.

Il me tourne le dos en se grattant le crâne. Au saut du lit, ses cheveux forment encore plus d'épis. Puis il se lève doucement.

– Pas d'attaches, répète-t-il une fois debout.

Il s'avance vers la salle de bains, complètement nu. Je suis sûre qu'il marmonne un truc à propos d'un lasso, mais je suis bien trop occupée à apprécier la vue pour m'en soucier.

Je n'ai peut-être pas envie qu'on s'attache l'un à l'autre, mais ça ne veut pas dire que je n'ai pas le droit de savourer une dernière fois la vue de son joli petit cul avant qu'il ne ferme la porte de la salle de bains.

Je souris avec complaisance, comprenant pourquoi Colton dit de Becks qu'il est le meilleur chef d'équipe du monde des courses automobiles, parce qu'une chose est sûre, c'est que la nuit dernière, il a bien huilé mon petit moteur.

Je roule sur le dos et je regarde le plafond en entendant le bruit de la chasse d'eau, puis de la douche. Au loin, j'écoute le ressac de l'océan et j'observe le jeu des ombres sur le plafond. J'expire l'air de mes poumons en repensant à la nuit passée, ma peau se souvient trop bien de ses caresses, de son goût, de son odeur.

Et là, je me mets à glousser. À rire comme une dingue, impossible de m'arrêter quand je me rends compte que c'est la première fois depuis une éternité que je me réveille sans souffrir du chagrin de la mort de Lexi qui pèse sur mes pensées et étouffe ma joie de vivre.

J'essuie les coulures de mascara sous mes yeux en me demandant pourquoi, aujourd'hui, j'ai enfin l'impression de pouvoir supporter le chagrin et la solitude que j'éprouve depuis le décès de ma sœur.

Et même si je reviens sur l'homme qui est sous la douche, plus que très bien sous tous rapports et dans tous les sens du terme, je me force à repousser toute forme de pensée qui m'attirerait vers lui. Impossible de pouvoir ressentir tout ça juste grâce à lui et à la façon dont il m'a traitée.

Ce n'est rien d'autre que la conséquence de cette satisfaction physique qu'il m'a procurée. Obligatoire.

Enfin bref. On s'en fout, non ? Parce que je vais prendre ces quatre orgasmes sous le bras et je vais rentrer chez moi en dansant le cœur léger, parade de la honte parfaitement assumée.

– Alors tu apprécies d'avoir monté ta boîte ? Pas trop débordée ?

La question de Becks m'éjecte de mes réflexions alors que le monde extérieur se remet à défiler à travers la vitre passager. Je change de position pour admirer son profil. Une chose est certaine, il a gagné à la loterie générique, question apparence physique. Alors, pourquoi je ne le remarque que maintenant ?

– C'est cool de bosser en indépendante.

Je hausse les épaules, plutôt contente de constater qu'il fait tout pour que ça reste normal entre nous et qu'il évite les situations gênantes.

– J'ai plusieurs événements à venir avec Scandal, l'entreprise qui a racheté plusieurs boîtes de nuit en ville, pour leur donner un coup de jeune. Ils m'ont engagée pour m'occuper de leur communication et organiser les prochaines ouvertures. Si mon travail les satisfait, ils pourraient faire de moi leur principal prestataire.

– Alors, tu ouvriras un grand compte, ce qui te permettra d'attirer d'autres clients. Joli, commente-t-il en laissant traîner le dernier mot sans y penser, tout en hochant la tête.

– Je ne les ai pas encore complètement ferrés. On ne va pas vendre la peau de l'ours avant de l'avoir tué.

Il ricane avant de répondre :

– Tu ferais bien de changer ton fusil d'épaule parce que nous savons tous les deux que ce sera un succès, tout simplement parce que c'est *ton* projet.

D'un certain côté, je suis contente qu'il ait une aussi bonne opinion de moi, même après la nuit dernière. Il met son clignotant et me jette un coup d'œil avant de revenir à la route.

– Alors, c'est quoi ton histoire ?

Je le regarde avec insistance. Cette question est bizarre, on se connaît depuis plus d'un an, mais bon, je me rends compte que nous n'avons eu que des conversations superficielles et n'avons jamais parlé de nos passés respectifs ni de comment nous avons fait pour en arriver là. Et je n'arrive pas à comprendre pourquoi il me pose cette question. Enfin, notre relation est censée rester légère, ce n'est pas la peine de la lester du poids de nos biographies.

– Becks, dis-je en soupirant, j'apprécie tes efforts pour qu'on s'entende bien et que ce ne soit pas bizarre entre nous, mais nous n'avons pas besoin de faire ce truc avec l'inventaire de nos passés.

Il rit doucement et secoue la tête, comme s'il essayait d'accepter ce que je viens juste de dire.

– Tu dois être sortie avec des vrais connards avant. D'abord, entonne-t-il en me jetant un coup d'œil alors que j'essaie de ne pas sembler trop énervée par sa remarque, je ne te le demande pas parce que je m'y sens obligé. Je te trouve intrigante et je suis curieux de savoir comment tu en es arrivée là, alors fais-moi plaisir…

– Et ensuite ?

Je le relance, car je suis un peu désarçonnée par sa question.

– Ensuite ? Euh… ensuite, je ne sais absolument plus ce que je voulais te dire parce que j'ai été distrait par tes jambes de tueuse.

Il éclate de rire, comment faire pour ne pas être flattée ?

– Mais je t'assure que c'était super-bien.

– Pas mal.

Je le taquine en appréciant ce retour à la légèreté.

– Oh, j'ai encore des tonnes de merdes à te balancer, ajoute-t-il le sourire aux lèvres en me caressant le genou. Alors, fais-moi plaisir…

Je pousse un gros soupir, je ne sais pas pourquoi il se livre à cet exercice puisque nous n'avons aucun avenir.

– J'ai grandi à Long Beach. Enfance relativement normale. Une sœur, Lexi, dis-je comme s'il ne le savait pas, et je lui jette un coup d'œil pour voir s'il a remarqué que ma voix s'est mise à trembler, mais il reste concentré sur la route. Tout allait bien à l'école, rien d'exceptionnel non plus. Ma mère est tombée malade quand j'étais au lycée et…

– Malade ?

– Cancer du sein.

J'observe l'onde de choc se dessiner sur ses traits lorsqu'il se rend compte que plus d'une personne parmi mes proches a été touchée par cette maladie qui dévaste tout sur son passage.

Je reprend :

– Elle a subi plusieurs séries de traitements, des opérations et tout ça pendant ma terminale, mais j'ai réussi à me faire admettre à UCLA.

Je souris en me rappelant à quel point j'étais déchirée parce que, de son côté, Lexi était allée à l'université dans l'Arizona. J'avais tellement envie de la suivre et de réaliser notre rêve de prendre un appartement pour vivre toutes seules toutes les deux, mais ils ont refusé ma candidature.

– Au début de ma première année, je suis rentrée dans ma chambre sur le campus et là, il y avait cette brune au regard curieux et au sourire timide, assise face à moi.

– Rylee.

– Ouais. Mes parents sont partis dès le dernier sac déballé et, depuis, Ry et moi sommes devenues inséparables. Nous avons pris nos cinq premiers kilos d'étudiantes engraissées ensemble, notre amitié a survécu aux petits amis, aux peines de cœur et à tant d'autres choses que la vie nous a balancées durant ces quatre années. J'ai obtenu un diplôme en relations publiques et j'ai eu du bol de décrocher un stage dans une entreprise appelée PRX. J'ai fait mon petit bout de chemin en commençant tout en bas de l'échelle et je l'ai grimpée jusqu'à pouvoir gérer toute seule mes propres événements. J'adorais mon boulot et j'ai capitalisé sur mes réussites pour me faire une bonne réputation et un sacré carnet d'adresses, mais il a fallu que je prouve que la jolie petite blonde pouvait servir à autre chose que faire la potiche.

– C'est le moins que l'on puisse dire.

Les mots me manquent quand j'entends son compliment bizarrement plaisant.

– Alors, pourquoi as-tu quitté ton boulot pour fonder HaLex ?

Un sourire me vient aux lèvres alors que mon cœur souffre de la vérité que je suis sur le point de lui avouer.

– Parce que Lexi et moi avons toujours voulu faire un truc ensemble… Même quand on était petites, on jouait à faire semblant d'avoir un business ensemble, on prenait des rendez-vous pour organiser des shootings photos pour nos Barbie et on faisait des publicités avec nos poupées, dis-je en riant, me rappelant cet épisode. Alors, nous avons décidé qu'entre elle, avec son diplôme de commerce, et mon réseau, on avait de quoi se lancer. Qu'est-ce qu'on avait à perdre ? Quelques clients m'avaient déjà proposé des petites missions, alors j'ai démissionné de chez PRX… et deux mois plus tard, Lex se faisait diagnostiquer.

– Had…

Je hausse les épaules en essayant de faire comme si ce n'était rien alors qu'en fait, mon monde entier s'est effondré.

– Ouais, bon… alors…

Je laisse ma réponse en suspens, je ne sais pas trop ce qu'il me reste à dire. J'éclaircis ma gorge pour en chasser les émotions, et le silence s'installe.

– Ta mère va bien maintenant ?

Le couteau se retourne dans ma plaie.

– Elle a été en rémission pendant quatre ans, mais c'est revenu. La deuxième attaque a été terrible.

Les frissons chassent la chair de poule sur ma tête et je poursuis :

– Double mammectomie, des protocoles de chimio et de rayons à n'en plus finir… C'est pas bon.

Il tend la main pour se saisir de la mienne, il me montre son soutien en silence. Je ne m'attendais pas à ce que ça me fasse du bien, alors que d'habitude je fuis ce genre de manifestation. J'apprécie qu'il évite de prononcer le mot « *désolé* ». C'est l'expression la plus éculée sur terre lorsque quelqu'un tombe malade ou meurt. Le calme revient s'abattre sur nous, et nous nous perdons dans nos pensées.

Quelques instants plus tard, Becks caresse le dos de ma main de son pouce, ce geste qui reconnaît simplement ma douleur sans dire un mot, c'est aussi un subtil rappel de la fantastique séance de jambes en l'air de la veille. Mon corps réagit sans réfléchir et, contre toute attente, la petite douleur entre mes cuisses se réveille. Je le regarde en douce, mais il est absorbé par la conduite.

Est-ce qu'il ressent la même chose ?

Et merde. *Tu la boucles, Montgomery*. Pas besoin de penser avec ta chatte alors que c'était un coup d'une nuit. Il n'y a rien qui bourgeonne entre nous, bon Dieu. Pense muflier. Pense plante carnivore. Pense tapette à souris géante tant qu'on y est, tout ce qui se ferme et empêcherait sa bite de prendre le pas sur le cours de tes pensées.

– Hier soir…

Il ne dit rien d'autre, sa voix traîne, alors qu'il regarde derrière lui pour changer de file.

Adieu la domination du pénis.

Bonjour ambiance trop bizarre.

Plus besoin de me refroidir la boîte à plaisir entre les cuisses, parce que putain, ça y est, il m'a donné un coup de jus suffisamment fort pour chasser toute notion de désir.

Je fais semblant d'avoir besoin de me gratter le bras pour trouver une excuse, histoire de retirer ma main et rompre notre connexion.

Son soupir me dit qu'il y voit clair dans mon jeu, alors je le regarde fermement et j'attends que ses yeux reviennent vers moi. J'ai besoin qu'il voie l'expression de mon visage quand je vais lui dire que ce qui s'est passé entre nous me va très bien. Mais il ne tourne pas la tête vers moi – pas même un peu – et je vois où il veut en venir.

– C'était à cause de Lexi ? Enfin, je veux dire, tu as besoin de parler à quelqu'un, sinon…

– Nan.

Je réponds immédiatement, c'est instinctif. Je ne vais pas faire ça maintenant, je n'en ai pas envie.

Pas besoin. *Pitié, Becks, ne me pourris pas ma bonne humeur.*

– Parfois, tu n'as pas envie de t'amuser un peu sans complications derrière ? Tu sais comment ça se passe, Becks. Merde, les vibros, c'est sympa, c'est cool et ça fait passer un bon moment, mais rien n'apporte autant de satisfaction qu'une langue talentueuse.

Il explose de rire et je sais que j'ai réussi à repousser momentanément sa question.

– Je ne sais pas ce qu'il en est de ton côté, mais du mien, les langues sont toujours les bienvenues.

Il me lance un regard suggestif avant de secouer la tête et de repartir d'un éclat de rire. Arquant un sourcil interrogateur, je surenchéris :

– Quoi ? Tu sais que c'est vrai.

Je suis sur le point d'en remettre une couche, mais je m'arrête lorsque je me rends compte qu'il vient de se garer devant chez moi.

J'attrape mon sac par terre entre mes pieds et je vais pour saisir la poignée de la porte quand sa voix me retient :

– Tu es sûre que ça va aller ?

On peut interpréter sa question de plusieurs manières différentes. Est-ce que je vais réussir à me remettre de la mort de Lexi ? Est-ce que je vais supporter le départ de Rylee ? Est-ce que je vais réussir à m'en sortir sans le soutien des deux personnes qui comptaient le plus dans ma vie au jour le jour ?

Je choisis de répondre comme ça m'arrange.

– Tu veux dire, vivre toute seule ? Ce n'est pas comme si Ry habitait vraiment ici ces derniers temps… Maintenant, c'est simplement officiel.

Je lui parle posément, mais je suis envahie par une sensation douce-amère quand je pense que ma meilleure amie ne sera plus jamais ma colocataire. Les choses ont pas mal bougé cette année. Merde. Ça serait bien que tout se calme un peu, comme ça, j'aurais le temps de me mettre à la page.

– Ça va me faire du bien de vivre un peu toute seule. Je vais pouvoir me promener à poil quand je veux… tout ça.

Je lui fais un petit sourire en ouvrant la porte et je commence à sortir de son 4x4 avec mon sac de week-end à la main.

J'ai comme l'impression que je devrais dire autre chose, lui faire part d'un truc intelligent, mais rien ne me vient à l'esprit. Je me lève et je me rends compte que mon téléphone est toujours sur le tableau de bord, alors je tends la main pour m'en saisir. Becks m'attrape le poignet, ce qui me surprend. Je lève brusquement les yeux vers lui et j'y lis de la sincérité, de la gentillesse et de l'honnêteté. Je suis incapable de détourner le regard, même si j'en ai très envie. Je vois beaucoup de choses dans ses yeux et je n'ai pas envie qu'il mette des mots dessus, alors j'essaie de dégager ma main, mais il la tient fermement.

– Tu sais que tu peux m'appeler si tu en as besoin, hein ? Pour tout, ajoute-t-il de son phrasé lent et régulier qui remue tant de choses profondément ancrées en moi.

Impossible de trouver de réplique cinglante ou d'avoir de la repartie.

– Ok. Merci.

C'est tout ce que j'arrive à lui dire. Nous ne nous quittons pas des yeux. Je me penche pour attraper à tâtons mon téléphone avant de m'extraire de la voiture. Je ferme la portière et pousse un gros soupir de soulagement en tournant le dos pour me diriger vers ma maison.

CHAPITRE 4

Je ne sais pas trop comment je me sens quand je rentre chez moi. Je m'adosse à la porte, j'écoute la voiture de Becks s'éloigner, mais une fois à l'intérieur, je reprends mon souffle pour la première fois depuis ce qui me semble être une éternité.

Putain, mais qu'est-ce qui déconne chez toi, Montgomery ? Ce n'était qu'un plan cul. Juste un plan cul avec des orgasmes de dingue en masse. Alors, reprends-toi. Arrête de penser à lui. Passe à autre chose.

C'est ce que veut ma tête, mais mon corps n'est pas d'accord. Pas du tout.

Je laisse tomber mon sac par terre et je jette mes clés avec mon portable dans la coupelle de l'entrée, puis je me dirige vers la cuisine. J'appuie sur le bouton du répondeur et j'ignore la voix du commercial qui m'a laissé un message pour me démarcher, tout en ouvrant la porte du frigo à la recherche d'un Coca light. J'entends un bip, puis un nouveau message commencer, c'est la voix de Maddie qui emplit la cuisine déserte.

« Coucou, Tata. J'espère que tu t'es bien amusée à ton mariage de rêve. Je suis sûre que c'était encore meilleur que tous les bonbons qui piquent de la terre mis ensemble. J'ai trop hâte de te voir demain. J'ai prévu plein de trucs pour nous deux. »

Je souris automatiquement en entendant le son de sa voix et je suis prise d'une grosse bouffée d'amour, comme toujours. Je ne peux qu'imaginer ce qu'elle a prévu pour nous cette fois-ci. La semaine dernière, c'était châteaux de sable et Barbie, sans oublier de jouer à la dînette, et c'est Charlotte aux Fraises qui nous a servi le thé.

La sonnette retentit à la porte et je fais à moitié une crise cardiaque en pensant que c'est peut-être Becks. J'ai peut-être laissé quelque chose dans sa voiture.

Et merde, pourquoi j'ai le cœur qui bat à fond ?

Fait chier. Nous avons juste besoin de passer un peu de temps loin l'un de l'autre pour que je puisse laisser les événements de la veille se tasser un peu et mettre derrière moi tous ces souvenirs.

La main sur la poignée, j'ouvre la porte en me préparant à accueillir Becks et je suis complètement désarçonnée quand je vois qui c'est.

– Putain, mais qu'est-ce que tu fous là ?

– Moi aussi, ça me fait plaisir de te voir.

C'est la même voix rauque qui me mettait dans tous mes états. Ces yeux gris qui peuvent devenir aussi froids que l'acier ou doux comme la soie d'une seconde à l'autre. Ce torse musclé que mes mains et ma bouche ont mémorisé centimètre par centimètre. Rien qu'en le voyant, des images salaces de baise debout contre le mur en s'arrachant nos vêtements me viennent en tête, mais aussi des émotions de schizo et un tempérament versatile.

Et pourtant, l'attraction est toujours là, aussi magnétique que toujours. C'est l'homme qu'un jour j'ai pensé être *le bon*, j'ai cru que ça pouvait valoir la peine de me battre pour lui, jusqu'à ce qu'il disparaisse aussi vite qu'il était apparu.

Comme il le fait à chaque fois.

– Qu'est-ce que tu veux, Dante ?

Je pose ma question en soupirant, les mains sur les hanches.

– Quoi, même pas un bisou ? Pas de câlin ? Je n'ai droit à rien d'autre pour célébrer mon retour ?

Il fourre une main dans la poche de son jean usé, ses biceps ondoient sous sa peau lorsqu'il repose une épaule sur le montant de la porte. J'essaie de ne pas regarder une deuxième fois le nouveau tatouage que je vois poindre sous le col de sa chemise, mais je finis quand même par me demander quel motif il a choisi ce coup-ci. Mes yeux montent de son cou à son visage lorsqu'il passe sa main libre sur sa barbichette. Entre son petit sourire satisfait et la lueur dans son regard, je jurerais qu'il le fait exprès, uniquement pour faire remonter les souvenirs de ce qu'il peut provoquer comme sensations avec ces quelques poils bien positionnés entre mes cuisses.

Je reprends le contrôle de mes idées et j'arrive à me rappeler toutes les blessures qu'il m'a infligées, des peines qui me font encore souffrir.

– Tu as de la chance, j'aurais pu t'accueillir d'un bon coup de pied dans les couilles.

Je croise les bras sur ma poitrine et j'arque un sourcil en le regardant.

Il éclate de rire, et son sourire arrogant renforce encore l'intensité qui caractérise toujours son expression.

– Ah, je retrouve bien ma copine, là, fougueuse comme jamais, putain, juste comme j'aime.

– Je ne suis pas ta copine. Tu as perdu le droit de m'appeler comme ça quand tu t'es barré d'ici sans dire un mot.

D'un air absent, je regarde le gamin des voisins qui court sur le trottoir d'en face avant de revenir à lui.

– Tu as peur que ton Don Juan revienne et fasse une crise de me voir ici ?

– Don Juan ?

Il lève le menton avant de répondre :

– Ouais, ton mec, là. Celui qui t'a déposée en caisse. Tu changes de camp, Had ? Tu passes du risqué au raffiné ?

J'éclate de rire. Beckett, raffiné ? Ce n'est pas franchement le premier qualificatif qui me vient en tête, mais visiblement, du point de vue de Dante, le fait que Beckett ne soit pas tatoué le fait entrer dans cette catégorie.

– C’est juste un pote et de toute façon, c’est pas tes oignons, merde !

– Quand tu es concernée, c’est toujours mes oignons.

Sa réponse provoque en moi un rire de gorge. Il croit vraiment qu’il peut se pointer devant ma porte après avoir disparu il y a plus d’un an et que je vais l’accueillir à bras ouverts ?

– Allez, Bébé, tu vas vraiment me foutre un coup de pied dans les couilles ? En plus, tu sais à quel point j’aime quand tu es brutale avec moi.

Il me taquine en essayant de me mettre dans tous mes états, ce qui marchait toujours avant.

Mais c’est bon, j’ai testé, j’ai joué et je n’ai franchement pas envie de m’y remettre. Les cœurs brisés, ce n’est vraiment pas mon truc.

– Qu’est-ce que tu veux ?

Il hausse les épaules d’un air penaud avant de me répondre :

– Je suis de retour.

– Contente pour toi. Pour quoi faire ? Chercher à réaliser ton rêve qui a foiré ou un truc dans le genre ?

Il rit en secouant la tête, les fossettes sont encore plus marquées sur ses joues.

– Bébé, je cherche toujours à obtenir ce que je veux…

– Ouais, mais entre chercher et réussir, il y a tout un monde.

Il fait un pas en avant et moi un en arrière, je me méfie de lui, pas envie qu’il s’approche trop pour me prouver que la carapace blindée autour de mon cœur a quelques faiblesses.

– Allez, je n'étais pas si horrible, dit-il doucement. On allait bien ensemble.

Lorsqu'il avance la main pour essayer de toucher mon bras, je le tape légèrement pour l'écarter.

– Et les bons moments représentaient environ vingt pour cent de notre relation, lui dis-je. J'ai l'impression de beaucoup mieux me souvenir des quatre-vingts pour cent restants.

– Mais ces vingt pour cent ? J'ai de très bons souvenirs de ces vingt pour cent.

Il me sourit en essayant de me forcer à me rappeler à quel point c'était bon de baiser avec lui. Il va donc falloir que j'enfonce le clou à sa place.

– Pas moi.

Je mens sans le moindre scrupule, après tout, c'est lui le roi des menteurs et des faux-semblants.

Il me dévisage un instant avant de faire un autre pas vers moi. Je me dis qu'il faut que je reste stoïque et, bien sûr, c'est à ce moment-là que je décèle l'odeur de son parfum, ce qui fait revenir des souvenirs au premier plan.

– On dirait bien que tu as la dent dure contre moi, Bébé.

Et impossible d'y échapper : mon esprit revient brusquement à la soirée d'hier. Le mot *dur* me fait penser à la tête de Becks quand il a voulu me prouver à quel point il bandait dur. Je secoue la tête et pousse un soupir exaspéré en pensant à quel point Becks et l'homme devant moi sont différents.

Mais ils sont dangereux tous les deux.

Il penche la tête en avant, le sourire toujours en place, et me regarde dans les yeux.

– Aaaahh, elle cède. Tu sais que tu ne peux pas m'en vouloir trop longtemps. Toute résistance est inutile, Bébé.

Et ça me fout en rogne, parce qu'il a raison. Impossible de lui résister. Bien sûr, j'ai du respect pour moi-même et tout, et je ne me permettrai jamais de refaire les mêmes erreurs avec lui, mais je jure, Dante est capable de me faire revenir sur mes règles de vie comme personne. Je réprime le sourire qui menace de s'emparer de mes lèvres en sachant qu'à la base, c'est juste inutile d'essayer.

– Dante…

Je ne termine pas ma phrase, il y a comme une guerre intérieure en moi alors que j'essaie de comprendre ce qu'il veut ce coup-ci.

– Qu'est-ce que tu fais là ?

Son petit sourire satisfait, déjà ravageur, se transforme en énorme sourire de dingue parce qu'il sait qu'il m'a eue.

– J'ai besoin de squatter quelque part.

Son regard se voile d'une gravité déroutante à laquelle je ne m'attendais pas, mais avec lui, on ne peut jamais savoir à quoi s'attendre ni démêler la vérité de la manipulation.

– Et tu as vu une petite annonce pour une chambre libre quelque part ?

Il pousse un gros soupir. Il a l'habitude de se servir sans poser de question, alors il n'aime pas devoir s'expliquer.

– Allez, Bébé, je sais que Ry est partie.

En silence, je hausse un sourcil interrogateur, ce qui le fait s'arrêter dans son discours pour développer une explication.

– Ce n'est pas comme si *TMZ* n'avait pas fait que spéculer sur son mariage hier soir ou un truc dans le genre.

Il lève les yeux au ciel et me refait son sourire suffisant, mais je tiens bon, les bras croisés et pleine d'impatience.

– J'ai juste besoin de quelques jours, une semaine ou deux au pire, le temps de me sortir de la merde.

Il y a quelque chose dans sa façon de parler – quelque chose dans le stress qui s'est emparé de son visage – qui me fait pencher la tête sur le côté pour regarder au-delà de son apparence de gros dur pour me demander pourquoi il est vraiment revenu dans les parages.

– Alors, tu es venu ici ? Tu te crois tellement irrésistible que je vais simplement oublier toutes tes conneries ?

– T'es trop nulle, va sucer des glaçons.

Sa réponse façon cours de récré me fait presque rire. Une telle merde de la part de ce grand vilain méchant rebelle…

– Pas mon genre.

Je hausse les épaules en regardant directement sa braguette puis en revenant vers ses yeux avant de poursuivre :

– Désolée, mais les petits objets comme le tien présentent des risques d'étouffement si on les avale.

Un petit sourire revient jouer sur ses lèvres. Nous nous dévisageons en silence quelque temps avant qu'il ne se mette à me supplier.

– S'il te plaît, Haddie ?

C'est là que je me fais avoir et je suis prête à accepter, mais il continue sans me laisser le temps de répondre.

– Tu me connais. Tu connais mon histoire. J'ai pensé que tu pourrais avoir pitié de moi alors que tous les autres me tourneraient le dos.

Nous reprenons notre échange de regards silencieux quelques secondes, le temps que j'essaie de comprendre ce qu'il veut dire. Parce que oui, je connais son histoire : fils unique, élevé par sa mère, père inexistant. Alors, qu'est-ce qui a changé ? Est-ce que ça a un rapport avec sa mère ? Son boulot ? Quoi ? Franchement, ce ne sont pas mes affaires, merde, mais entre l'expression de son regard et le désespoir que je décèle dans sa voix, je commence à regretter mon envie de lui donner un coup de pied dans les couilles.

Putain, c'est toujours une option envisageable, mais d'abord je vais m'assurer qu'il va bien. Résignée, je hoche la tête et ferme brièvement les yeux en me faisant la morale parce que je sais que j'invite le désordre et le chaos à revenir dans ma vie.

– Tu ne déconnes pas, Dante ? Je suis sérieuse.

Il lève les mains dans un geste de défense.

– Parole de scout, promet-il, un sourire victorieux aux lèvres.

– Ouais, c'est bien ce qui me fait peur.

Je sais très bien qu'il s'est fait virer des scouts pour y avoir lancé une mutinerie quand il était en primaire.

Il affiche un rapide sourire désinvolte en franchissant le seuil de la porte. Alors qu'il passe devant moi pour entrer dans la maison, tout ce que je me dis, c'est :

Et c'est parti.

CHAPITRE 5

Beckett

Je gare ma voiture, bien content d'être arrivé et qu'il n'y ait pas eu d'embouteillages sur la route. J'éteins le moteur et remercie silencieusement le roi des médias, Howard Stern, de m'avoir permis de repousser les conneries qui tournaient en boucle dans ma tête, toutes celles que je ne suis pas censé penser.

En sortant de ma caisse, je regarde les arbres autour de moi et j'observe le seul endroit dans lequel j'ai toujours réussi à faire le vide, oublier mes soucis et juste passer du bon temps. Alors, pourquoi je psychote toujours sur elle alors que je devrais entrer dans la maison, m'ouvrir une bonne bière et aller squatter le bord de la piscine ?

Haddie.

Putain d'Haddie la douce, et la tête qu'elle a faite hier soir quand je l'ai tirée au bord du lit pour la regarder : ses cheveux blonds étalés autour de sa tête, les joues rouges, la bouche ouverte et la chatte complètement mouillée, et son goût… le paradis. Pourquoi est-ce que je bloque sur son regard, moqueur, innocent et épuisé, et je me demande ce qui a fait naître une telle expression. Est-ce que j'ai raison de penser qu'elle avait envie de sensations fortes pour oublier ?

Je secoue la tête et siffle Rex pour qu'il sorte de voiture, avant de fermer la porte. Ses mots tournent en boucle maintenant que la voix d'Howard Stern n'est plus là pour occuper l'espace. *On a dit pas d'attaches entre nous.* Mais il n'y avait pas de *on* là-dedans, putain. Elle a dit qu'on ne devait pas s'attacher. Elle a bien été claire et elle n'a pas arrêté de répéter que ce n'était qu'un coup d'une nuit. *Pas d'attaches, mon cul.* J'ai l'impression qu'elle m'a chopé au lasso et qu'elle a tiré sur le nœud comme une dingue.

Pas d'attache, ouais… mais la corde, c'est bon, non ? Elle n'a rien dit à propos d'une corde.

Je savais que j'aurais dû mieux résister à ses avances hier soir, je savais qu'essayer juste une fois pour voir, ça ne suffirait pas. Merde, c'est pour ça que je suis resté loin d'elle depuis un an et demi. C'est sûr, elle est canon, mais m'enfermer sous la couette avec elle était un risque que je ne voulais pas prendre, puisque c'est la meilleure amie de Rylee. Et généralement, quand les meilleurs potes sortent avec les meilleures copines, ça dégénère.

Alors, j'ai essayé de faire gaffe. Ça a trop bien marché puisqu'hier je me suis cassé la gueule et j'ai l'impression de n'avoir même pas envie qu'on me sauve, je suis suspendu à une corde.

Je rajuste ma casquette, puis j'attrape mon sac. C'est le problème avec les filles : quand tu veux d'elles, impossible de les avoir, quand tu n'en as rien à foutre, tu as tout ce que tu veux et une fois que tu les as chopées, impossible de te les sortir de la tête.

Et putain, impossible d'effacer le souvenir d'Haddie, j'ai sa chatte partout dans le cortex.

– Hé, trou du cul ?

Cette voix m'éjecte de mes délires. Je lève brusquement la tête et je regarde vers la maison.

– Putain, qu'est-ce que tu fous là, Walker ?

– Content de te voir ici aussi, mec, répond mon frère en se penchant pour accepter la léchouille de Rex.

Il rigole en lui ébouriffant la fourrure avant de revenir vers moi.

Je regarde autour de moi pour m'assurer de ne pas avoir raté son camion en arrivant, mais non, je ne le vois pas.

– Je ne savais pas que tu serais là.

Je prends mon sac à l'épaule et j'avance vers le vieux ranch.

– Ouais, c'est une décision de dernière minute. Aubrey avait un enterrement de vie de jeune fille à Las Vegas, répond-il en haussant les épaules avant de lever sa bière à ses lèvres. Je me suis dit que je ferais bien de venir passer quelques jours ici pendant son absence. Me recharger. Me détendre. Communier avec la nature.

Il me répond en haussant les sourcils. Il répète la devise de notre mère quand elle nous traînait dans cette vieille maison, à Ojai. Elle appartient à sa famille depuis des années. Quand nous étions gamins, sa devise nous faisait lever les yeux au ciel, mais maintenant que nous sommes adultes, nous la comprenons.

– J'ai garé mon camion derrière la grange. Je l'ai prêté à Raul, explique-t-il.

Du coup, je tourne la tête vers la grange pour voir si le gardien est là, histoire de lui dire bonjour, mais je ne le vois pas. Mon frère continue :

– C'est quoi, ton excuse pour être venu ?

– J'avais envie de passer du bon temps. *Tout seul*, dis-je en grimpant l'escalier.

– Oh, le pauvre chéri ! Est-ce que mon grand frère est tout tristounet, maintenant que sa grande histoire d'amour avec son pote est terminée à cause d'un tout petit mariage ?

– Dégage !

Je sais qu'il va rester là. Il ne se barre jamais quand on en vient à parler de la relation très forte que j'ai avec Colton.

– J'ai juste besoin de me détendre et de recharger mes batteries. J'ai trop bu hier soir… J'ai pensé venir finir le week-end ici pour me remettre. *Tout seul*. On peut faire confiance à mon débile de petit frère pour venir pourrir mon plan.

Il m'assène une bonne tape dans le dos et éclate de rire.

– Et il a bien fait, parce qu'il a rempli le frigo de bières bien fraîches.

– Sérieux ?

Cool. Plus besoin de retourner en ville faire le plein.

– Sérieux. Tu me kiffes, là, non ?

Il retourne vers la cuisine, tandis que je me dirige vers la chambre pour y déposer mes affaires. Je lui crie depuis le couloir :

– Je te kifferais encore plus si tu m'en rapportais une. Ou deux. Ou trois.

Je tire sur la visière de ma casquette en m'affaissant un peu plus dans mon fauteuil. La chaleur du soleil sur ma peau est agréable et la fraîcheur de la bière qui coule dans ma gorge encore plus. Walker continue à jacasser comme une vieille, et je n'essaie même pas de l'écouter. Putain, il a définitivement hérité du gène de notre mère qui lui permet de parler de tout et n'importe quoi ad nauseam.

Je ferme les yeux et laisse mes pensées errer vers les souvenirs de la nuit d'hier. Et du coup, je me rappelle à quel point c'était incroyable de baiser avec elle. À quel point elle était géniale. J'ai l'impression d'être une meuf. Impossible de penser à autre chose, mais merde, c'était juste trop bon. Sans parler du fait qu'une femme qui a confiance en elle et qui n'a pas peur de dire ce qu'elle veut au lit, c'est tellement bandant.

– C'est quoi ton délire, mec ?

– Hein ?

Je jette un coup d'œil à Walker.

– C'est qui cette fille ? demande-t-il avec un sourire de petit con aux lèvres.

– Qui ?

Je mise sur une stratégie d'évitement très classique. Walker n'a pas besoin de savoir quoi que ce soit sur Haddie, parce que ce n'était qu'un coup d'une nuit. Et s'il pense que c'est faux – Monsieur J'aime les Relations Longues –, il va courir voir maman pour tout lui raconter et là, elle va commencer à se taper un délire sur des petits-enfants. Et, bien sûr, je vais recevoir un coup de fil de papa qui me dira qu'elle le rend dingue avec toutes ses absurdités pleines de bébés, mais qu'il aimerait bien que je me magne le cul, histoire de retrouver la paix. Merde, je suis d'accord pour avoir des gamins un jour, mais pas tout de suite. J'ai encore trop de coups à tirer, d'endroits à visiter et de femmes à déshabiller avant de prendre le risque de décapoter.

– Becks… tu as le cul posé là, tes yeux sont fermés, tu souris comme un con et tu te tripotes la bite toutes les cinq secondes, putain, dit-il en haussant les sourcils. Alors, soit tu te repasses le film d'un coup que t'as tiré, soit tu fantasmes comme un gros porc sur un truc, et si c'est le cas, putain, t'es malade parce que tu te tapes ton délire alors que je suis assis à côté de toi.

Je le dévisage et je vois que mon petit con de frangin est mort de rire intérieurement.

– La ferme !

On fait mieux comme réponse, mais c'est tout ce que j'ai parce que je me suis fait choper comme un débutant.

– Ah ! Je le savais !

Il se tourne sur sa chaise longue pour me regarder en face et poursuit :

– Qui est cette pauvre fille qui a dû subir ton manque de talent hier soir ?

Et c'est ainsi que commencent les emmerdes. J'adore mon frère, mais putain, il me faut de nouvelles répliques pour l'envoyer chier. C'est sûr, il passe trop de temps avec Aubrey, sa copine, parce qu'il ne pourrait pas supporter plus d'œstrogènes même s'il en était à porter du rouge à lèvres et des chaussures à talons.

Je commence à répondre à sa remarque de mou du bulbe quand j'entends un portable sonner. Je penche la tête de côté et je le dévisage. Eh ouais. Bien trop d'œstrogènes.

– Pitié, dis-moi que ce n'est pas ta sonnerie de portable.

Je supplie mon frère en entendant jouer une chanson de Katy Perry. Il me regarde comme si j'étais dingue.

– Mec, mon portable est là, répond-il en me montrant la preuve. C'est le tien.

Hein ? Quoi ? Je me lève et fonce vers la porte coulissante, j'ai posé mon téléphone sur le comptoir à l'intérieur. Katy continue à chanter un truc sur les California Girls et des glaces qui fondent. Je jurerais que ça ne peut être qu'une des blagues à la con de

Colton. Un cadeau d'adieu avant qu'il ne parte en voyage de noces. La dernière fois qu'il a fait ça, c'était avec la chanson « I Touch Myself[1] », et mon portable s'est mis à sonner au beau milieu d'une réunion d'équipe avec les gars. C'est vraiment un connard parfois.

J'attrape mon iPhone noir où le nom de Rylee s'affiche à l'écran. Il a plutôt intérêt à ne pas avoir foutu la merde dans mon répertoire, en plus. Je réponds prudemment :

– Allô ?

– Becks ? Pourquoi tu as le téléphone d'Haddie ?

La voix de Rylee me parvient, claire comme de l'eau de roche et, d'un seul coup, je comprends tout. Ce matin, Haddie a récupéré le mauvais téléphone quand je l'ai déposée chez elle. Mais quelle fille a une coque de portable noire toute simple ? Haddie est tout, sauf toute simple.

– Becks ? Tu es là ?

Putain, c'est juste énorme. J'aurais pu tout aussi bien poster un truc sur les réseaux sociaux pour dire que je m'étais tapé Haddie, parce que répondre à son portable, c'est juste la même chose. Putain de merde. Une seule option : détourner la conversation.

– Je suis là… Tu ne devrais pas faire autre chose pour le premier jour de ta lune de miel que de m'appeler ?

– On est à l'aéroport, notre vol a du retard.

---

1 Titre d'une chanson des Divinyls : « Je me suis touchée » en français. (NdT, ainsi que pour toutes les notes suivantes)

En arrière-plan, j'entends effectivement quelqu'un appeler un numéro de vol. Je réponds en riant :

– Comme si ça allait empêcher Colton de s'occuper…

– Tu es avec Haddie ? demande-t-elle en me coupant la parole.

J'entends la curiosité poindre dans sa voix. Je ne veux pas avoir à gérer cette conversation, d'autant plus que Walker est dans l'embrasure de la porte et écoute tout ce que je dis.

– Non, je ne sais pas où elle est…

– Alors, pourquoi as-tu son téléphone ?

Elle laisse un blanc derrière sa question, et je lutte pour trouver une explication crédible.

– Est-ce que vous avez… tous les deux…

– Passe-moi le téléphone.

C'est la voix de Colton qui a repris la communication et je sais que je suis baisé. J'entends des bruits de tissu, puis il revient :

– Becks ?

– Salut, M. Alliance et Relation Stable, espèce de vieux connard marié.

Il me répond en riant :

– Mec, au moins je peux m'envoyer en l'air régulièrement. Tu es juste jaloux. Si tu te décidais à être moins regardant, toi aussi tu pourrais y arriver et tu serais bien plus heureux… Oh merde…

Et juré, je peux entendre une petite ampoule s'allumer dans son crâne, car il reprend :

– Tu as couché avec Haddie, c'est ça ?

– Dis pas de conneries.

Je réponds en grimaçant légèrement avant de poursuivre :

– Il ne s'est rien passé.

– Ah ah, tu te l'es tellement envoyée ! crie-t-il en riant pour se foutre de ma gueule. Il ne s'est rien passé, mon cul… D'ailleurs, la seule fois où tu prends le portable d'une fille, c'est quand tu te casses en douce la nuit avant qu'elle ne se réveille ou que tu es tout chamboulé parce que tu ne sais pas si tu dois l'embrasser pour lui dire bonne nuit… et… bonjour, et là, tu l'attrapes sans faire gaffe, finit-il en riant.

– Vas-y, parle. Les deux téléphones étaient dans la cuisine, j'ai pris le mauvais.

Ce qu'il ne sait pas ne le tuera pas.

– Ouais, c'est ça, et je suis le Lapin de Pâques.

– Faut dire que tu aimes la queue.

– Ouais, une seule en fait. J'ai changé.

Après avoir répondu en riant, il laisse un silence planer entre nous.

– De ce côté-là, oui… mais sur les autres aspects de ta vie ? Tu es toujours un gros taré.

J'avance vers le frigo, je me sors une bière IPA et je la décapsule avant de continuer :

– Sérieux, il ne s'est rien passé.

Comme il ne fait que grogner pour me montrer qu'il ne me croit pas, je continue à parler avant qu'il ne se mette à raconter des conneries ou à poser d'autres questions.

– Alors, pourquoi tu appelles ?

– Ah, le subtil changement de sujet de conversation… Le truc à ne pas faire parce que ça gueule un bon gros *Je l'ai baisée.*

– Je vais raccrocher.

En l'entendant rire, je le menace, parce que je sais qu'il peut continuer des heures comme ça.

– Bon Dieu, mec, *on se calme*. Ne te la joue pas chiennasse. En fait, j'allais t'appeler pendant que Ry parlait à Haddie pour te demander de me rendre un service.

– Tout ce que tu veux.

Pas besoin qu'il me donne des détails. C'est Colton après tout. Le frère que j'ai eu d'une autre mère.

– Je viens d'avoir un appel de Firestone. La livraison de pneus a deux jours d'avance…

– Ça, c'est une première… Qu'est-ce qui s'est passé ? C'est la fin du monde ou quoi ?

Je ris, parce que notre camion entier de pneus livrés par notre sponsor se pointe généralement avec deux semaines de retard, ce qui nous force systématiquement à réduire notre période de tests. Et le temps sur la piste vaut de l'or.

– Sans déconner. J'ai dit un truc dans le même genre à Ry.

– Ah ouais. C'est ce que tu gémissais tout à l'heure.

– Comme tu veux, mec. Tu es simplement jaloux, dit-il en riant avant de brusquement s'arrêter. Ou pas. Peut-être que c'est toi qui gémissais des trucs, hein Daniels ?

– Va te faire foutre. Je t'ai dit qu'il…

– Ouais, ouais, ouais… Fais comme si je te croyais et je vais faire pareil. Ou pas.

– Qu'est-ce que tu veux ?

Je soupire pour évacuer ma frustration.

– Ne crois pas que je n'ai pas remarqué que tu essayais de changer de sujet, mais on vient d'appeler notre vol, alors il va falloir que j'y aille… Bon, je sais que tu as dit que tu irais probablement au ranch pour quelques jours…

– J'y suis déjà.

Il soupire.

– Le chauffeur du poids lourd a un itinéraire hyperchargé, il doit repartir avant que cette tornade s'abatte sur le Midwest… Mec, je suis désolé de te le demander…

– Nan, t'es pas désolé.

Il éclate purement et simplement de rire et j'entends qu'il se déplace.

– Tu as raison. Je ne suis pas désolé…

– T'es un enfoiré de me demander ça alors que je viens d'arriver et que j'en suis déjà à ma cinquième ou sixième *cerveza*, mais ouais, je vais retourner en ville demain matin et j'ouvrirai l'atelier pour m'occuper de la livraison.

– Merci. T'es un frère. Je te dois un service.

– Et pas qu'un peu.

– Mmmm. Peut-être qu'on t'a déjà payé en nature, dit-il en riant. Je t'avais prévenu que Ry avait une copine hyperbien roulée. J'ai comme l'impression que tu t'es enfin décidé à te bouger le cul pour mieux voir le sien.

– T'es un gros malade !

– Tu ne m'aimerais pas si je n'étais pas comme ça.

– C'est pas faux. Mais il ne s'est rien passé.

J'entends qu'on appelle son vol derrière lui et, devant mon déni, il ne répond qu'en riant.

– Bon voyage.

– À plus. Et merci.

Je raccroche et je compose immédiatement le numéro de mon portable et, d'un certain côté, j'espère qu'elle va décrocher. De l'autre, j'espère que non.

Encore une sonnerie et je tomberai sur son répondeur, mais elle décroche :

– 'lô ?

Je perds un peu mes moyens en entendant une voix de mec. J'écarte le téléphone de mon oreille et je regarde l'écran pour m'assurer que j'ai composé le bon numéro. Ouais. J'ai pas merdé.

Putain, mais qui répond à mon téléphone ? Est-ce qu'en fait je l'ai perdu au mariage ?

– Allô ?

Le mec se répète d'un ton irrité. Il est irrité ? Il répond sur mon putain de téléphone.

– Putain, mais c'est qui ?

– Qu'est-ce que ça peut te foutre ?

Son arrogance me fout en boule.

– Parce que c'est mon putain de portable que t'as dans la main.

– Quoi ?

Maintenant, c'est à son tour d'être paumé.

– Hé, Bébé ?

Il a écarté le téléphone de sa bouche pour parler, mais je l'entends très bien. Et derrière, j'entends la voix d'Haddie répondre.

Bébé ? J'ai bien entendu ? J'ai raté quelque chose ?

– Y'a un mec qui t'appelle et qui dit que tu as son portable…

J'entends des bruits en arrière-plan et des mots échangés sans que je puisse les discerner.

– Allô ?

Elle est essoufflée et même si je ne sais pas trop ce qui se passe en ce moment, j'ai quand même une petite érection en entendant le son de sa voix tellement sexy.

– Tu as mon téléphone.

Je n'essaie pas de me comporter comme un gros con, mais je ne peux pas m'en empêcher. On s'envoyait en l'air il y a moins de dix heures et, là, un mec répond à mon portable ? J'imagine que quand elle parlait de plan cul sans attaches, elle le pensait vraiment.

– Tu pourrais dégager un peu de temps dans ton agenda si *chargé* pour qu'on puisse se croiser et échanger ?

Impossible de cacher le sarcasme dans ma voix. On dirait bien que la douce et gentille Haddie n'est pas si douce et gentille que ça, putain.

Elle garde le silence quelques instants avant de répondre.

– Becks ?

– Eh ouais.

Au moins, elle se souvient de mon nom. Putain, c'est ridicule.

– Quand est-ce qu'on peut se voir ?

– Becks, ça va ?

Il y a une sorte de sollicitude que je ne veux pas entendre dans le ton de sa voix, mais là, je suis passé de choqué à amer. Putain de bonnes femmes !

– Oh oh, dit-elle lorsqu'elle comprend pourquoi je suis énervé. Ce n'est pas ce que tu crois. Dante est…

– Demain, ça te va ? À quelle heure on peut se voir, demain, *Bébé* ?

Je viens vraiment de sortir ça ? Mais putain, pourquoi je suis jaloux ? On a dit aucune attache, hein ? Alors, pourquoi j'ai l'impression d'avoir été pris dans une putain de toile d'araignée ?

– Oh…

J'entends qu'elle est blessée. Et, maintenant, je suis énervé parce que je me comporte comme un gros con. Cette nuit de sexe était purement incroyable. *Vas-y, passe à autre chose, mec*. Prends tes couilles en main et ravale ta merde.

Puis je l'entends soupirer. Et putain, ce son-là aussi ramène des souvenirs de ma bite qui s'enfonçait en elle encore et toujours hier soir, jusqu'aux petites heures du matin.

– Euh, là, je ne peux pas.

J'entends que la télévision est allumée derrière et le son diminue à mesure qu'elle s'en éloigne pour reprendre :

– J'ai un truc demain et, le soir, j'ai un événement qui va me prendre toute la nuit.

Sans déconner, tu as un truc. Je secoue la tête.

– Il est où ton événement ?

– En centre-ville. Je peux te retrouver en fin d'après-midi avant de devoir m'y rendre, si tu veux.

– Fais chier.

J'espérais pouvoir repartir au ranch après mon rendez-vous avec le livreur.

– Ouais, c'est bon… Je vais trouver un moyen d'y arriver.

– Becks ?

Je déteste l'entendre hésiter comme ça. Si c'était vraiment un coup d'une nuit, alors, pourquoi nous comportons-nous comme des ados tous les deux, putain ?

Et on dit que le sexe ne complique pas tout.

– Ouais ?

Je réponds, mais je commence à devenir impatient. J'ai envie de raccrocher. Récupérer mon téléphone et faire une pause pendant que Ry et Colton sont en lune de miel. Comme ça, je pourrai passer cette phase étrange et pas agréable pendant laquelle on va tous les deux analyser comme des gros cons tout ce que dit et fait l'autre.

Elle soupire encore.

– C'est juste que je… hier soir…

Et là, j'entends encore sa voix.

« *Bébé, je vais sauter sous la douche.* »

– … c'était une erreur.

Je termine sa phrase pour elle. Ça n'a jamais été aussi bon côté cul, mais c'était une énorme connerie. On ne baise pas avec ses potes. J'ai bien retenu la leçon.

– Non, ce n'est pas vrai. Je croyais qu'on…

– Apparemment, si.

Je me bouge pour aller dans ma chambre, juste au cas où Walker écoute encore.

– On a peut-être dit qu'on ne s'attachait pas, Had, mais putain, on a brouillé les pistes.

– Brouillé ?

– Ouais.

Je prends une grande inspiration.

– Putain, mais qu'est-ce que ça veut dire, Becks ? On a fait ça tous les deux en parfaite connaissance de cause.

– Ouais, ça c'est sûr.

SOS, SOS, cette conversation dégénère et je coule de plus en plus rapidement.

– Alors, c'est quoi le problème ?

– On a franchi des limites et maintenant, il faut qu'on les redéfinisse.

– J'ai l'impression que tu es en colère.

– Nan, j'ai trop la pêche, tout va bien. Je t'appelle demain quand je serai arrivé.

– Becks, attends ! Je ne comprends pas…

– Ce sont tes règles. J'espère bien que tu sais où tu en es. Bonne nuit.

Quand je raccroche le téléphone, j'ai mal au bide, à l'intérieur, c'est mi-rage, mi-soulagement. Je m'en fous. C'est fini. Je jette le téléphone sur le plan de travail et je bois une longue gorgée de bière.

– La pêche ?

Je grimace en entendant le son de la voix de Walker. Enfoiré de petit con qui espionne les conversations.

– C'était qui ?

Je lui jette la capsule de ma bière en lui répondant :

– La ferme ! Ça ne te regarde pas.

CHAPITRE 6

Trop la pêche ?

Si nous ne sommes pas censés nous attacher l'un à l'autre – ce qui est ma règle de conduite, bon Dieu – alors, pourquoi je suis plantée là à regarder le téléphone de Becks, attristée par sa nonchalance à propos d'hier soir ?

Merde, il a toutes les raisons du monde de se comporter comme un gros con avec moi. Je grogne devant l'ironie de la situation. Pourquoi est-ce aujourd'hui, parmi toutes les autres journées possibles, que Dante a choisi de revenir et, en plus, de répondre à mon satané téléphone.

Le satané téléphone de Becks.

Je m'appuie contre un meuble de cuisine et même si je m'interdis d'aller par là, je n'arrive pas à m'empêcher de me repasser en boucle les événements de la veille. Je me souviens de l'avoir regardé, ses bras encerclant mon corps. Il était en moi, m'encourageait à le défier, me procurait du plaisir aussi.

Je pousse un autre grognement en essayant de me débarrasser à la fois de la douleur sourde dans mon bas-ventre et de mon inquiétude de savoir Becks en colère. Je serre les dents en secouant la tête. Je ne devrais pas m'en soucier. Rien à foutre qu'il ait été sarcastique avec moi, en principe. M'en tape. C'est exactement ce que je craignais qu'il arrive entre nous. Que ça devienne bizarre.

De frustration, je secoue encore la tête. Non, mais on ne peut plus s'envoyer en l'air sans que le mec ramène sa bite en croyant qu'il mérite d'en avoir plus ?

Je pousse un gros soupir, mon humeur narquoise commence à décliner et la culpabilité prend le relais pour s'installer sur le paillasson élimé de ma journée.

Dante éclate de rire en regardant quelque chose à la télévision dans l'autre pièce et je lève immédiatement les yeux au ciel.

Eh merde !

Je n'arrive pas à imaginer ce qui occupe les pensées de Becks à l'heure actuelle. Je baisse les yeux sur son téléphone, toujours dans ma main, et je comprends comment j'ai pu me tromper. Ma propre coque de portable décorée de strass est sur le plan de travail dans la cuisine. Je l'ai retirée hier pour pouvoir glisser mon portable dans mon soutien-gorge, sous ma robe, sans qu'il se voie.

J'ai presque fini de faire le point dans ma tête, il faut que je le rappelle pour lui expliquer pourquoi Dante est chez moi, mon doigt est prêt à appuyer sur les touches quand le principal intéressé débarque pour poser lui-même la question à laquelle j'essaie de répondre :

– C'était qui ?

Je lève les yeux vers lui. Il s'appuie contre le chambranle de la porte de la cuisine, les mains dans les poches, il fait descendre le tissu de son jean très bas sur ses hanches, ce qui révèle des abdos musclés marqués d'un tatouage en dessous. Un petit sourire naît sur ses lèvres quand il voit mon regard se porter sur ce petit bout de peau. Ce n'est vraiment pas la confiance en lui qui lui fait le plus défaut dans la vie.

– Bonne question, je réponds en murmurant ma réponse plus pour moi-même qu'autre chose tandis que j'essaie de trouver la réponse aussi.

Je suis vraiment perturbée. Dante en renifle tant il est amusé.

– Bébé, tu as son putain de portable, alors c'est plutôt évident que c'est quelqu'un à tes yeux.

Et pourtant, c'est bien le cœur du problème : qui est-il pour moi ? Je sors ma tête du pays des orgasmes à répétition et des « et si », puis je me dis que mes règles doivent arriver bien plus tôt que ce que je ne le croyais pour être tellement perturbée par un coup d'une nuit qui est censé rester une expérience unique.

On se concentre et on oublie sa libido, Montgomery. Je reviens à Dante et je me focalise sur lui – un mec chaud comme la braise, mais surtout une énorme usine à emmerdes – qui essaie de me cuisiner pour obtenir des infos et, si j'en crois ce que je vois dans ses yeux, qui a quelque chose derrière la tête. Dante a peut-être l'impression que j'ai passé une petite annonce pour dire que j'étais dispo, mais il ferait mieux d'y réfléchir à deux fois parce que je ne suis plus cette fille facilement influençable avec qui il est sorti. J'ai peut-être adoré notre relation complètement imprévisible et limite dangereuse dans le passé, à vivre sur la brèche, avec ces mots très durs que nous échangions suivis de séances de réconciliation sur l'oreiller de dingue. Les émotions explosives se calmaient momentanément pendant quelques précieuses journées avant que le cycle des engueulades ne recommence depuis le début.

Je mets fin à notre connexion en détournant les yeux ; je recommence immédiatement à penser à Becks et à ces soupçons de toutes sortes que je ne mérite pas. Je repousse ces idées et je jette le téléphone sur le plan de travail. Le bruit sourd qu'il fait en atterrissant résonne dans le vide que je ressens à l'intérieur.

– Nan, c'est personne. Juste une erreur.

– Je crois que tu as utilisé ces mêmes mots pour me décrire un jour, dit-il sur un ton suggestif en traversant la cuisine pour venir vers moi.

– Ah ! Parfaitement. Et vois un peu où ça m'a menée.

Je connais cette lueur dans ses yeux, je sais exactement ce que sa démarche de prédateur implique et je me retiens au meuble de la cuisine sans trop savoir à quoi je m'agrippe.

J'anticipe et prends une grande inspiration quand il s'arrête devant moi et pose ses mains sur le plan de travail de part et d'autre de mes hanches, juste à côté des miennes.

– Tu veux que je te montre à quel point je peux encore être une belle connerie ?

Sa voix grave déferle sur moi. Je suis tiraillée par la pure virilité qui exsude de son corps, il me donne envie de l'utiliser pour faire taire la confusion chaotique qui s'est emparée de mon cerveau à cause de Becks.

Utiliser un mec pour en oublier un autre. Ouais, super-classe ! C'est quoi mon problème ?

Je lui fais un petit sourire de la même teneur que le sien, mais mon regard lance des éclairs pour l'avertir qu'il ferait mieux d'arrêter tout de suite. Eh putain, mais de qui je me fous, là ? Lancer un avertissement à Dante, c'est comme lui jeter un bon gros défi à la figure. J'ai l'impression de l'entendre déjà me dire qu'il accepte de le relever.

– Tu rêves.

Je force le ton de ma voix pour essayer de cacher mon peu d'assurance. Bien sûr, je suis affectée par sa proximité, par son attraction quasi magnétique, j'ai toujours perdu cette bataille d'attirance et de séduction contre lui.

Nos regards sont rivés l'un à l'autre, et le sien est animé par une bonne dose d'amusement lorsqu'il se penche lentement vers moi. Mes mains se retrouvent immédiatement sur son torse à essayer de le repousser, à essayer de me protéger de tout ce dont j'ai envie d'habitude. De cette tentation dont je n'ai pas besoin, mais bordel de Dieu, j'aurais bien besoin d'éradiquer ces petits tentacules de désir qui se fraient un chemin sous ma peau quand je pense à Becks. Ce besoin de me sentir contre lui ce matin, de faire doucement l'amour sous la chaleur des rayons du soleil qui filtraient par la fenêtre et le lâcher de papillons qui s'est immédiatement opéré dans mon ventre quand j'ai cru qu'il était revenu à la maison.

Dante rit doucement à voix basse et le son résonne dans les paumes de mes mains, contre son torse ferme que je connais si bien et dont je pouvais me servir comme d'une carte vers mon plaisir. Il sait l'effet qu'il me fait, il m'a déjà complètement déchiffrée dans le passé, de soixante-neuf à l'infini.

– Dante…

Je ne baisse pas la voix après avoir prononcé son nom quand il attrape mes mains sur son torse et les repose sur le plan de travail en appuyant les siennes dessus, me maintenant sur place. Je baisse les yeux, et toutes les sonnettes d'alarme se déclenchent. Quand je les lève, je n'ai même pas le temps de dire un mot que sa bouche capture déjà la mienne.

Ma résistance est fugace. Je ne sais pas trop si c'est la confusion, ce besoin de présence physique, putain, je n'en sais rien, mais en quelques secondes, sa langue se presse contre mes lèvres. Au début, je ne le suis pas, je ne réagis pas, mais lorsqu'elle entre en contact avec la mienne, je reprends vie. La flamme est ravivée dans mes chairs. C'est Becks qui a rallumé la petite étincelle de vie nécessaire hier soir.

Pas d'attaches.

Je repousse cette pensée et je plaque mon corps contre le sien. Puis, quand je me mets à agir, Dante prend le contrôle de la situation. Un grognement résonne dans sa gorge et il presse son corps musclé contre le mien. Je suis plaquée au meuble de cuisine par ses hanches. D'une main, il agrippe mes cheveux, l'autre appuie sur le bas de mon dos. J'accepte la domination de son baiser, l'autorité de sa caresse, d'un certain côté, j'apprécie d'être traversée par ce courant électrique. C'est ce côté qui sait à quel point un tour de manège avec Dante peut se révéler puissant et débridé – le bon, le mauvais, le plaisant et le douloureux.

Et j'ai envie de l'accueillir. De goûter son baiser, l'immense chaos qu'il va déclencher dans ma vie parce que je serai tellement occupée par le bordel qu'il va y mettre que je ne remarquerai même pas que je me noie dans les débris de mon existences depuis la mort de Lexi.

Ces débris que Becks a commencé à m'aider à rassembler hier soir.

Becks.

Hier soir.

Putain, mais qu'est-ce que je fous ? Je lutte pour m'extirper du délire dans lequel me plongent Dante et mon besoin quasi constant de tout oublier. J'appuie mes mains sur ses épaules pour essayer de me dégager de sa bouche, mais il me retient fermement par la nuque. Mon corps me dit qu'il a envie de ça. Mon cœur et ma tête m'ordonnent d'arrêter les conneries et de retrouver ma dignité. Que c'est bien d'être d'humeur festive, mais qu'il n'est pas non plus nécessaire de fêter Mardi gras vingt-quatre heures sur vingt-quatre.

– Non.

Je murmure mon refus contre ses lèvres, sachant que plus je me laisse aller à l'embrasser, plus il me sera difficile de les quitter.

– Non !

Je me répète en repoussant son torse d'un air décidé.

Il recule d'un pas, les yeux écarquillés et les narines frémissantes. Ses épaules sont animées par la force de son souffle erratique. Je vois la colère d'avoir été rejeté bouillir juste sous la surface et, l'espace d'un instant, j'ai l'impression qu'il va lui laisser libre cours, mais il la ravale.

Mes lèvres picotent encore de son baiser, mais je sais qu'il n'y a rien de bon là-dedans. D'un geste ferme et définitif, je m'écarte du plan de travail.

– J'ai des trucs à faire.

– C'est quoi ton délire, Had ?

Il y a comme une exaspération contrariée dans sa voix, mais je n'en ai vraiment rien à foutre.

Je continue ma traversée de la cuisine qui me donne maintenant l'impression d'être trop petite pour sa présence.

– Tu veux rester ici ? Ne me touche plus jamais.

Son rire, creux et vide, me suit hors de la pièce. Et il y a quelque chose dans ce son qui me fait tiquer, un truc qui me pousse à m'arrêter dans le couloir après m'y être engouffrée. J'appuie une épaule contre le mur un moment quand je me rends compte pourquoi ça m'ennuie à ce point.

C'est ce côté creux et vide qui résonne le plus fort. Son rire se fait l'écho du mien de ces six derniers mois. Une sorte de simulacre de joie de vivre, qui a l'air normal mais qui en est à des années-lumière. Je reste plantée là, en pleine indécision. Mon côté compatissant me pousse à retourner le voir pour lui demander ce qui ne va pas et lui demander de m'expliquer ce qui a fait disparaître sa chaleur humaine. Je devrais m'assurer qu'il va bien, parce qu'une chose est sûre, bon Dieu, moi, ça ne va pas. Puis, mon autre côté, celui qui est étiqueté « Va-trouver-un-autre-paillasson-pour-t'épancher », celui-là me dit de prendre mes jambes à mon cou et de fuir le plus rapidement possible sur mes talons.

Ne serait-ce pas merveilleux si j'arrivais chez Becks en fuyant ?

Putain, mais tu déconnes à plein tube ! Bon Dieu, Haddie, reprends-toi.

Je soupire et secoue la tête en reprenant ma remontée du couloir. Ça fuse dans tous les sens dans mon esprit, et la brûlure bien trop familière des larmes est déjà là.

Encore une fois.

Je mets de la musique en entrant dans ma chambre. Quelque chose, n'importe quoi qui me permette de me concentrer sur autre chose que sur le flash de désir qui traverse mes entrailles et la lente flamme dévorante de l'homme à qui j'ai piqué son téléphone par accident.

Le problème, c'est que quand on veut faire exprès d'oublier quelqu'un, c'est de cette personne qu'on se souvient le plus. Lexi. Dante. Becks. Je les retrouve tous les trois dans les déferlantes qui s'écrasent dans mon cerveau.

Bon Dieu, ça fait vraiment trop mal de penser à Lexi. J'ai déjà toute la satanée journée de demain où je vais devoir gérer son souvenir partout, je vais devoir lutter contre les larmes et tirer le maximum de tout ce qui me reste d'elle, alors je la repousse du mieux que je peux.

Au fond du jardin, le portillon se ferme brusquement et là, je me mets à penser à Dante. Au *Délectable Dante*. Merde, c'est comme s'il y avait une ligne directe qui reliait la bouche de cet homme à mon minou. Mais elle est accrochée à un boulet de démolition qui passe immanquablement par mon cœur. C'est tellement bon, mais si mauvais.

J'aurais dû comprendre que notre relation serait des plus volatiles le soir de notre rencontre, lorsqu'il m'a prise pour une autre fille devant un night-club. Il m'a fait pivoter, puis embrassée à en perdre le souffle avant de se rendre compte que je n'étais pas la bonne personne. Je n'oublierai jamais la tête qu'il a faite quand il a vu qu'il s'était trompé, les yeux écarquillés par le choc et la bouche grande ouverte. Mais son sourire paresseux et arrogant a pris le relais et nous nous sommes mutuellement toisés. C'est alors que l'expression de son visage s'est mêlée à cette attitude si caractéristique de branleur qui se fout de tout… J'étais perdue dans un océan de désir sexuel et je suis tombée amoureuse peu de temps après.

Nous étions un désastre en devenir depuis le début : un fatras de spontanéité, d'imprudence et d'insouciance juvénile. Le problème, c'est qu'avec Dante, ce n'est jamais facile d'aimer. Notre relation était le fruit de tempéraments explosifs, d'une constante imprévisibilité, et son comportement qui m'a tout d'abord attirée m'a vite rebutée quand son attitude je-m'en-foutiste me concernait. Il a saboté notre couple en ignorant toutes ces choses qui font le ciment d'une relation épanouie. Et pourtant, je l'aimais, malgré le chaos émotionnel qu'il bombardait sur mon cœur.

Mais l'amour ne suffit pas toujours. Particulièrement quand l'objet de son affection part sans dire un mot et disparaît pendant des mois.

Oui, j'ai aimé Dante, comme une folle même, mais il m'a appris qu'avec les hommes, il n'y avait que trois attitudes possibles : va te faire foutre, fous le camp et fous-moi dans ton lit. Dieu merci, la partie *fous-moi dans ton lit* était vraiment spectaculaire, sinon les bons souvenirs de cette histoire seraient très rares et espacés.

Va te faire foutre, Dante !

Va te faire foutre, Beckett !

Je me marre toute seule, parce que c'est exactement ça le problème, c'est très exactement ce que veut mon corps. Et là, bien sûr je pense au cul, alors irrémédiablement, mon esprit va se balader du côté des souvenirs de Becks et de sa très habile démonstration de la veille. J'ondule des hanches et cette si agréable douleur revient dans mes entrailles. Il m'a suffi de me souvenir de ses mains sur ma peau, de sa bouche sur la mienne, de sa bite dans mon ventre. Et de la tête qu'il faisait en se réveillant, puis de la légère trace de tristesse dans sa voix tout à l'heure au téléphone.

Je pousse un grognement en posant mon bras sur mes yeux, vaine tentative de bloquer son image, sa peau dorée au milieu des draps blancs, ses muscles fermes contre le matelas douillet. Ça ne sert à rien. Je ne veux m'attacher à personne. Personne. Alors merde, pourquoi ai-je l'impression qu'il s'est déjà infiltré dans ma tête pour tisser des liens dans mes pensées, nous attachant l'un à l'autre quelque part ?

C'est le genre de mec avec qui on fait sa vie. Aucun doute là-dessus. Dommage que je cherche la version jetable de la même personne. Une consommation sur place, rien à emporter. Mais ce mec refuse de quitter mon cerveau. Je lèche mes lèvres pour retrouver le goût de Dante, mais je regrette que ce ne soit pas Becks.

Putain, c'est vraiment pas cool. Ma tête ferait bien de donner une carte et un itinéraire à mon corps pour arriver au bon endroit, et cet endroit, c'est n'importe où sans lien avec Beckett Daniels.

Mon unique tour de circuit avec Becks est terminé.

Merde.

Il est temps d'attraper le volant à deux mains et de reprendre le contrôle.

CHAPITRE 7

Je me suis trop poussée ce matin. J'ai trop couru, trop loin, trop vite, et maintenant mes muscles crient fatigue. Mais j'ai réussi à échapper à mes émotions en les laissant derrière moi, je suis maintenant capable de supporter le grand coup dans les dents que je me prends chaque fois que je rentre dans cette maison.

Le soleil de Californie réchauffe l'atmosphère, il cogne contre mon pare-brise alors que je mets mes courbatures en mouvement pour sortir de la voiture. Je regarde un instant au bout de la rue, j'observe les arbres qui la bordent et les chiens qui aboient. J'entends la voix des mères qui appellent leurs enfants. La vie, quoi. J'essaie de me concentrer là-dessus, j'essaie d'éviter toute réflexion sur des numérations de globules blancs trop élevées et de marqueurs tumoraux. Je me force à me souvenir de Lex, si courageuse et si forte, déclarer la guerre à son cancer. Elle s'est battue comme une lionne pour le vaincre, puis pour prolonger sa durée de vie et enfin pour voler quelques instants de plus, quelques soupirs.

Mes doigts agrippent avec force le haut de la portière de la voiture. Des larmes brûlent mes yeux tandis que les souvenirs défilent, m'attirant vers ces pensées que je cherche à fuir. De celles que personne ne devrait avoir. Ces souffles brisés, la morphine qui coule goutte à goutte. Les promesses murmurées et les prières silencieuses pour gagner un peu de temps, un peu moins de douleur. Pour obtenir un miracle.

Ces souvenirs douloureux sont encore vifs, je peux encore sentir si facilement sa présence après six mois seulement, mais en même temps, ils sont déjà vagues. Tenir sa main, la regarder s'éloigner de nous, lui dire que je l'aime, lui promettre que Maddie grandira avec sa force d'esprit. Lui donner ma parole : ma mission dans la vie sera que sa fille puisse savoir qui était sa mère, se souvenir d'elle, qu'elle vive pleinement sa vie à sa place. Lui dire adieu une dernière fois alors qu'elle est enfin en paix.

Je prends une grande inspiration, me noyant dans le chagrin alors que je devrais le contrôler et aller de l'avant. Mais chaque fois que je viens ici, je me le prends en pleine gueule. Entrer dans sa maison, où sa personnalité transparaît par touches, alors qu'elle nous a quittés pour toujours.

Et c'est là que j'entends un cri de joie suraigu venir de la porte d'entrée – les petits pieds qui tambourinent et les couinements d'excitation – et quand je vois la copie conforme des yeux de ma sœur en miniature sur le visage de sa fille, ça va mieux. J'attrape au vol ce petit concentré d'amour et de vie et je la serre dans mes bras. Je respire son odeur dans ce bref instant qui précède le déluge de questions et de grands sourires pleins d'amour qui ne vont plus tarder.

– Ouh là !

J'enfouis mon visage dans ses cheveux pour sentir son odeur juste encore un peu alors qu'elle commence à se tortiller pour que je la laisse descendre.

– Tata ! Je suis tellement contente que tu sois là, dit-elle quand je la repose par terre.

Les mots jaillissent de sa bouche tant elle est excitée. Elle me prend immédiatement la main et lève son regard brun bordé de longs cils. Sa bouche en forme de cœur révèle un grand sourire. Elle tire sur ma main pour me guider jusqu'à la porte d'entrée, et son bouillonnement d'amour, sa joie de vivre et sa résilience sont contagieux, ne serait-ce que pour un court instant.

Nous traversons l'entrée, et les bavardages incessants de Maddie sont adorables, ils me réchauffent le cœur tout autant qu'ils me bouleversent. Sa main dans la mienne, elle me tire vers le séjour, sans jamais faire de pause dans la liste des choses qu'elle aimerait faire avec moi aujourd'hui.

– Papa ! Elle est là ! Elle est là !

J'entends Danny rire doucement avant de le voir. Je lève lentement les yeux vers le mur d'en face, il est envahi de photos. Mon cœur se serre devant tous ces souvenirs figés, plus un seul nouveau moment immortalisé, et je me force à détourner le regard pour m'adresser à mon beau-frère.

Nous nous observons mutuellement. Sur son visage, je vois un doux sourire planer sur ses lèvres et un amour débordant pour sa fille, mais dans ses yeux, je ne lis que de la désolation, le reflet d'une tristesse constante.

– Salut Danny, comment ça va ?

Mon apostrophe est classique, mais ce que je lui demande vraiment, c'est : *Tu tiens le coup ?*

– Bien. Ça va, ça va.

Je commence à compter le nombre de fois où il va répéter ces mots dans les cinq prochaines minutes. C'est mon indicateur pour savoir à quel point son chagrin le dévaste aujourd'hui. « Bien » me répète-t-il en hochant la tête alors que Maddie lâche ma main pour sauter sur place d'excitation.

– Bien, je réponds doucement.

Ma propre douleur pèse lourd sur mon cœur. Mes émotions se contredisent avec fracas. Je ne comprends pas comment il fait pour vivre au quotidien dans cette maison pleine de sa présence et, en même temps, j'ai l'impression d'être incapable de vivre ailleurs qu'ici.

Il détourne les yeux pour regarder Maddie qui trépigne d'excitation. Sincère, mais feignant l'enthousiasme, il lui demande :

– Alors, qu'est-ce que vous avez prévu pour la journée ?

Maddie me regarde avec des étoiles dans les yeux, elle me supplie de répondre car, comme à mon habitude, j'ai gardé le secret sur le programme de notre journée à toutes les deux.

Je prends mon temps, histoire de la taquiner :

– Mmmm, voyons voir. Je pensais à un film au cinéma, puis peut-être aller manger une glace et enfin aller écouter une histoire à la librairie Fancy Nancy.

Les émotions qui se peignent sur son visage me serrent le cœur, parce qu'elle en couine d'excitation. Sa voix est si haut perchée quand elle répond, tellement pleine d'émotions, que j'en grimace :

– Vraiment ? On va aller écouter une histoire ?

Et mon sourire ensuite est tout naturel, parce que son amour pour les livres lui vient tellement de ma sœur que je ressens de la joie à la voir tant lui ressembler.

– Eh oui… mais d'abord, je dois parler à ton papa. Alors, file dans ta chambre chercher ton pull au cas où il fasse froid au cinéma, d'accord ?

Son sourire grandit encore un peu, juste avant de disparaître. Elle penche la tête de côté, me dévisage et répond ensuite :

– Tu ne vas pas me quitter toi aussi, hein ?

Je dois lutter de toutes mes forces pour ne pas m'effondrer en entendant sa question. C'est comme si j'avais reçu un coup qui me faisait chanceler. J'entends Danny ravaler un sanglot. Il fait demi-tour pour que Maddie ne le voie pas flancher. Je prends mon courage à deux mains, je sais qu'il faut que je la rassure sans lui montrer ma propre tristesse.

Je m'accroupis pour me mettre à son niveau et la regarder droit dans les yeux. Sa lèvre inférieure tremble, je vois qu'elle essaie aussi de rester forte.

Ma voix se brise un peu quand je lui réponds, en lui caressant la joue et les cheveux :

– Oh, ma chérie. Ton papa et moi n'allons nulle part. Je te le promets. Nous sommes Haddie-Maddie.

J'utilise le surnom que Lexi m'avait donné quand nous étions petites. Le nom qu'elle a choisi de donner à son bébé pour me rendre hommage.

– Nous avons encore bien des cœurs à briser et des talons à porter, non ?

Elle penche la tête sur le côté et me perce de ses grands yeux bruns, le menton tremblant pendant qu'elle refoule ses larmes de toutes ses forces en essayant de voir si je lui dis la vérité ou si je lui mens. Je tends mon petit doigt dans un geste de promesse solennelle digne des meilleures cours de récréation.

– Promis.

Un petit sourire vient enfin jouer sur ses lèvres quand elle croise son petit doigt avec le mien.

– Promesse d'Haddie-Maddie, murmure-t-elle, le sourire plus affirmé. Des cœurs et des talons.

– Pour toujours. Allez, on y va.

Elle me toise une dernière fois et détale dans le couloir. Dès que je constate qu'elle est partie, je me tourne vers les yeux bordés de larmes de Danny. Il n'y a rien que je puisse dire qui n'ait déjà été dit, rien à faire pour apaiser la douleur qui a pris possession de son âme, alors je secoue simplement la tête et je ravale la grosse boule de larmes dans ma gorge. Je contemple une photo de Lexi et de Maddie qui venait juste de naître lorsqu'il prend la parole dans mon dos. Sa voix est douce et inégale :

– Tu sais, quand Lex était malade… quand elle était en chimio et qu'elle a perdu ses cheveux… ça me rendait dingue.

Il secoue la tête, plongé dans ses souvenirs, et je fais un gros effort pour comprendre où il veut en venir – pour lui donner le temps de développer sa pensée –, mais je sais que Maddie va bientôt revenir. Je ne veux pas qu'elle l'entende parler de Lex avec autant de tristesse. Elle en a déjà bien trop eu dans sa courte existence.

– Je n'arrêtais pas de la taquiner en lui disant qu'elle perdait ses cheveux comme un chien ses poils. J'essayais d'en blaguer. On retrouvait des mèches entières dans le canapé, en boule dans mes chemises quand elles sortaient du sèche-linge, dans les fauteuils de la voiture… Il y en avait juste *partout*…

Il rit avec une triste douceur, puis se plonge dans le silence. Je me tourne pour lui faire face. J'écoute, mais je ne veux pas entendre. Je ne veux pas me souvenir de son chagrin quand elle s'est aperçue que ses cheveux tombaient par poignées.

Il soupire, et ses épaules tremblent, mais il se contient.

– Bon Dieu, Had… Elle me manquait tellement l'autre jour. Son odeur disparaît de ses vêtements dans le placard… Je… Je perdais les pédales, j'avais besoin de la sentir.

Il se passe une main dans les cheveux et passe ses doigts sous ses lunettes pour s'essuyer les yeux.

– Et je me suis souvenu que ses cheveux étaient partout… J'étais comme un dingue, je cherchais partout dans cette maudite maison pour retrouver des cheveux. N'importe quoi, même un seul.

Il lève la tête et me regarde en face, mi-chagrin, mi-incrédule, quand il termine :

– Je n'ai pas réussi à en retrouver un seul, Had.

Je prends une lente et profonde inspiration, j'essaie de contrôler la marée d'émotions qui m'assaille pour l'empêcher de tout emporter sur son passage. Et même si je n'y arrive pas, je me dis que je n'ai plus de larmes en moi. J'ai tellement pleuré ces six derniers mois qu'il devrait m'être impossible d'en verser de nouvelles.

– Tu te rends compte, j'en étais à racler le filtre du sèche-linge pour essayer d'en trouver.

Il secoue la tête et jette ses lunettes sur le canapé avant de se passer la main sur le visage. Il serre les dents, les petits muscles sur sa joue en tressaillent, je le vois lutter pour résister et il ajoute :

– J'ai l'impression de devenir complètement dingue ici.

Je m'avance d'un pas vers lui, une larme sur le visage et le cœur lourd. Il m'arrête d'un geste de la main, parce qu'il sait que si je le serre dans mes bras, nous finirons par nous répandre en sanglots en deux secondes.

– Tu aurais dû m'appeler. Tu n'as pas…

– Pour te dire quoi, Had ?

Un léger rire lui échappe, mais j'y décèle une bonne part d'hystérie.

– Je sais que sans elle, tu t'éteins à petit feu, tout autant que moi. Je ne peux pas t'appeler chaque fois que je traverse une mauvaise passe… Je ne peux pas te mettre à terre comme ça.

Les choses que j'ai envie de lui dire sont coincées dans ma tête et j'ai du mal à les laisser sortir. Elles m'étouffent et tranchent ma gorge à coups de lame de rasoir.

– Lexi voulait que tu continues à vivre, Danny. Elle voulait qu'un jour ou l'autre tu trouves quelqu'un et que tu passes à autre chose.

Je parle tout bas, mais je sais qu'il m'a entendue parce que son corps se raidit et que d'un seul coup, il relève la tête, le regard brûlant de colère.

– Jamais, assène-t-il avec conviction. Elle était mon avenir pour toujours et à jamais… Je… je ne peux même pas imaginer une autre histoire. (Il baisse les yeux un instant avant de me regarder en face avec une lucidité absolue.) Personne ne pourra jamais être capable de remplir ce trou que j'ai maintenant dans le cœur. Personne.

J'entends les pas de Maddie se précipiter derrière moi. Le visage et la posture de Danny se transforment immédiatement, son visage reprend une apparence de normalité pour sa fille, mais le sourire sur ses lèvres n'atteint jamais ses yeux.

Alors qu'il la serre de toutes ses forces dans ses bras, contre son cœur, comme s'il avait peur de la perdre elle aussi, ma résolution de ne jamais *m'attacher* à quiconque est renouvelée avec vigueur.

Je me tourne pour être face au mur de photos, incapable de contenir la rage qui monte en moi. En rage contre Lex, en rage contre moi-même, En rage contre le monde entier, bon sang.

Je repense aux résultats « peu concluants » de mon test de dépistage BRCA1 posés dans la cuisine et à quel point le test génétique ne m'a pas apporté de réponse : suis-je porteuse du gène du cancer du sein, oui ou non ? Je suis plus perturbée qu'apaisée par cette non-réponse. Je dois prendre rendez-vous pour une nouvelle prise de sang, mais étrangement rester dans l'inconnu est plus réconfortant que savoir à mes yeux.

Et puis merde. Merde à Lex de m'avoir abandonnée. Merde à tout. Je prends une grande inspiration pour essayer de me calmer, de reprendre le contrôle et de ravaler tout ça. Mais c'est incroyablement difficile. Et quand je me tourne et que je vois Maddie devant moi, à trépigner, ma colère s'évanouit, parce que je sais que je ne peux pas contrôler les « pourquoi » ni les « quand », mais je peux absolument être maîtresse de mes « ici » et « maintenant ».

– Tu es prête à t'amuser, ma jolie ?

– Oui ! s'exclame-t-elle, juste avant de faire un rapide baiser sur la joue à Danny une fois de plus et de foncer vers la porte.

– Amusez-vous bien, nous dit-il avec un sourire contrit.

– Comme toujours, je réponds doucement. Des cœurs à briser et des talons à porter.

Je le salue d'un signe de tête, puis je me tourne pour attacher Maddie dans la voiture.

En route pour notre aventure hebdomadaire, nous chantons des chansons à tue-tête et papotons jusqu'à l'arrivée au cinéma. Impossible de m'empêcher de la regarder toutes les trente secondes dans le rétroviseur.

Je pense à tout ce que je dois lui dire à propos de sa mère. Je me souviens de secrets partagés seulement entre sœurs qu'à ce jour je suis la seule à encore connaître, mais je dois attendre le bon moment pour les lui révéler, quand elle sera assez âgée pour les comprendre. Je m'inquiète de savoir si je serai capable de faire vivre le souvenir de sa mère avec mes seuls mots, avec ces expériences partagées, remplies de rires et d'amour afin qu'elle puisse ressentir sa présence tout comme moi. Comme si elle était encore parmi nous. Puis je me rends compte qu'évidemment, j'en serai capable. Je n'ai pas d'autre choix.

Je suis tout ce qui lui reste maintenant.

CHAPITRE 8

J'éclate de rire en voyant l'image s'afficher sur mon iPad. Maddie m'a envoyé une photo de Danny avec des barrettes et des chouchous plein les cheveux. Au moins, les quelques heures que nous avons passées ensemble l'ont laissée de bonne humeur. Et avec le sourire.

Le mien s'agrandit encore quand je pense à l'immense capacité de résilience de cette petite fille. Nous nous sommes bien amusées cet après-midi. Et j'essaie de tirer un peu de félicité de ce temps que nous passons ensemble, j'essaie de m'en servir pour aller au bout d'une autre promesse que j'ai faite à Lex. Donner corps à notre projet commun : monter notre boîte.

Et pas seulement la créer mais en faire la meilleure entreprise de relations publiques du coin.

Je me repasse les derniers détails en tête tout en détachant ma ceinture. En ce moment, j'ai autant besoin de mon téléphone que de respirer. Il y a tout dedans : ma liste de reste à faire, les noms des VIP à mémoriser, les programmes des événements, tout en fait. Et j'ai besoin de *tout* ça pour être sûre et certaine de me sortir parfaitement et sans le moindre accroc de la première des trois soirées que j'ai organisées pour un client potentiel.

Exaspérée, je pousse un gros soupir et je vérifie l'heure sur l'horloge pour m'assurer que le temps ne s'est pas arrêté depuis que je me suis mise à attendre Becks sur le parking où il m'a donné rendez-vous par SMS. Mais de qui je me moque ? Ce n'est pas contre le temps que j'en ai, je suis plutôt remontée contre le fait que je ne sais pas comment ça va se passer entre nous. Bizarrement ? Normalement ?

Ça fait vraiment chier quand on ne peut pas voir les liens qui se tissent, mais qu'ils sont pourtant encore là à essayer de vous ramener dans le piège de cette toile d'araignée invisible. La grosse question, en fait, c'est : qu'est-ce qui déconne chez moi ? Pourquoi est-ce soudain si important ?

J'essaie d'ignorer les questions qui tournent sans cesse en rond dans ma tête lorsque je lève les yeux, juste à temps pour voir sa voiture entrer dans le parking. Irritée contre moi-même par la petite étincelle de joie qui s'est allumée en le voyant arriver, je marmonne un « Eh ben, c'est pas trop tard, bordel de merde ».

Et rien que ça, c'est un problème. Un énorme problème. Mais c'est un problème sur lequel je n'ai pas le temps de m'appesantir si j'ai envie d'être prête en temps et en heure pour l'événement que j'ai organisé ce soir.

Il se gare à côté de moi, et mon estomac se retourne quand je le regarde à travers nos vitres de voiture. Sa tête est penchée en avant, comme s'il regardait quelque chose sur ses genoux. Ses lunettes de soleil lui couvrent complètement les yeux et j'étudie son profil en attendant qu'il se décide à me regarder à son tour. Il termine enfin le truc sur lequel il se concentrait et me jette un coup d'œil avant de sortir.

Mon cœur s'emballe quand j'en fais de même, et puis merde et re-merde de putain de merde, parce que je n'ai pas envie que mon cœur batte plus vite. Je n'ai pas envie que cette soudaine douleur se réveille entre mes cuisses.

Tout comme lui, je me dirige vers l'arrière de nos véhicules. Et comme de bien entendu, sa présence – le voir, sentir son parfum, apprécier sa démarche aisée – tout ça déclenche une alerte sensorielle de niveau rouge. Il appuie son épaule contre l'arrière de sa grosse voiture, les bras croisés sur le torse et mon portable fermement en main. Ses yeux sont cachés derrière ses lunettes, mais je le sens me regarder en détail, malgré son comportement impassible.

Il se pince les lèvres alors que nous sommes face à face, dans un moment de silence prolongé. Nous essayons tous les deux de voir comment l'autre va réagir. Et le problème, c'est que je suis censée ne pas être affectée par sa présence, mais putain de merde, mes yeux n'arrêtent pas de revenir sur sa bouche et, du coup, je pense à toutes ces choses incroyables qu'il sait faire avec.

Reprends-toi, merde, Had. C'était un coup d'une nuit. Il est temps de se comporter comme une grande fille et de verrouiller ta ceinture de chasteté.

– Salut.

– Haddie.

Il me salue d'un hochement de tête et n'en dit pas plus. C'est un comportement tellement étrange de la part du Becks que je connais, que je ne sais pas trop comment l'aborder. Je suis certaine qu'il a des questions sur le fait que Dante ait décroché mon téléphone, mais en fin de compte, ça ne le concerne pas. Si quelqu'un a à pâtir de la situation, c'est moi. C'est mon image qui a morflé et, franchement, ce n'est pas plus mal car ça pourrait l'aider à conjuguer toute cette merde au passé.

Bref.

Je lui tends son téléphone et il me le prend des mains. Ses doigts effleurent les miens, la décharge électrique cataclysmique remonte le long de mon bras dès qu'il me touche. Je recule immédiatement en me maudissant, car il a obligatoirement remarqué ma réaction. Je me maudis aussi d'être une fois de plus affectée par la seule personne contre laquelle je souhaiterais être immunisée. Le pire, c'est que Becks a une nouvelle fois croisé les bras sur son torse alors qu'il ne m'a pas rendu mon portable. Ni montré le moindre signe de réaction à notre contact. C'est quoi, ce merdier ?

– Tu es en colère contre moi ?

Il me dévisage encore un peu plus longtemps, la tête penchée sur le côté.

– Nan, répond-il en se repoussant de la voiture pour se redresser de toute sa hauteur. Je dois juste me les répéter encore et toujours.

Hein ? Je suis paumée, là.

– Répéter quoi ?

– Mes règles.

Sa bouche esquisse un sourire de travers qui se transforme en expression bien faux-cul. J'ai envie de lui dire de retirer ses lunettes de soleil pour que je puisse le regarder droit dans les yeux, pour que je puisse voir le Becks facile à vivre, le Becks insouciant que je connais et pas ce mec fermé et arrogant planté devant moi. Je secoue la tête, car je n'ai jamais vu cet aspect de sa personnalité et, eh bien, c'est un peu genre chaud, quoi.

Merde ! Pile-poil ce que je ne devrais pas penser à l'heure actuelle. Ni voir d'ailleurs Becks sous cet angle.

– Tes règles ?

– Ouais.

Il réitère son propos en l'appuyant d'un petit hochement de tête tout en continuant à me regarder. Je suis sur le point de lui demander de me les détailler quand il reprend :

– Règle numéro un : ne pas coucher avec les amies… Visiblement, ça complique tout.

Je le vois lutter contre l'énorme sourire suffisant qui menace de s'afficher sur son visage, et mon trait d'esprit sort de ma bouche avant d'avoir le temps de l'en empêcher :

– Eh bien, on dirait que tu as déjà enfreint la première de tes règles, le Campagnard.

Je me contrains à rester sur place, à ne pas avancer vers lui. Je hais ce mélange puissant d'attraction, d'irritation, ce besoin de le sentir contre mon corps et ce désir irréfutable qui vibre en moi.

Et c'est alors qu'il me renvoie une mimique désinvolte en haussant les sourcils par-dessus ses yeux cachés.

– Ouais, et vois un peu où ça m'a mené.

– Eh bien, ce n'est pas comme si nous étions vraiment amis.

Mais merde, Haddie, qu'est-ce que tu veux dire par là ? Bon Dieu, je perds les pédales. Putain, je déconne, complètement, ça y est.

– *Nous ne sommes pas amis ?*

Son air moqueur et le ton qu'il prend pour faire sa remarque me font enrager, j'ai les nerfs en baissant les yeux vers mon téléphone, toujours dans sa main. Il se rapproche d'un pas. Je recule alors d'un pas, mais je me retrouve coincée contre l'arrière de sa voiture. Il avance encore et l'espace entre nous est de plus en plus restreint. Comme il est à contre-jour, je peux à peine voir le contour de ses yeux à travers ses lunettes de soleil quand son regard se plante dans le mien, animé par une certaine curiosité amusée.

J'avale la boule qui s'est soudain formée dans ma gorge à le sentir si proche, mon pouls bat la chamade et les mots qui vont directement de ma tête à ma bouche sont momentanément arrêtés sur le bout de ma langue. Mais pourquoi Becks me fait-il cet effet-là, putain ? C'est stupide, mais c'est bêtement comme s'il me tenait et que j'étais incapable de lui échapper.

Il arque à nouveau les sourcils dans un geste m'indiquant qu'il m'attend et moi je me force à parler, pourtant, ce n'est pas mon genre. Je suis une femme sûre d'elle-même et là, je dis n'importe quoi :

– Non, nous ne sommes pas amis… On est un peu comme de la même famille.

Becks renverse la tête et éclate de rire, parfaitement à l'aise. Son rire sonore détend l'atmosphère, c'en est presque palpable. Puis il la baisse et me regarde. Il la secoue, en proie à une confusion évidente.

– C'est franchement tordu de dire ça après ce qu'on a fait l'autre soir, la Citadine… mais bizarrement, je vois ce que tu veux dire.

Et, pour la première fois, je retrouve le Becks que je connais. Son sourire innocent me dit que je l'ai eu. Que mon commentaire a eu raison de son attitude hostile et qu'il se détend.

– Alors, tu as des règles de vie à présent ?

Maintenant que Becks est redevenu lui-même, tout à sa lenteur et à sa simplicité, je me sens un peu plus sûre de moi. Il me perturbe quand il passe en mode mâle dominant. C'est hypersexy, mais en même temps, ça m'embrouille tellement que c'en est flippant.

Il me fait encore un signe de tête calculé avant de regarder ma main tendue. J'attends qu'il y dépose mon téléphone, mais il ignore mon geste et revient vers mes yeux, un sourire oblique accroché à ses lèvres pincées. Il ne cédera pas tant que je ne parlerai pas. Et ça me va bien. Je peux bavarder jusqu'à ce que ces satanées poules se fassent pousser des dents, mais il ne m'aide vraiment pas en s'approchant comme ça de plus en plus. J'ai l'impression qu'il y a de moins en moins d'air entre nous, comme si l'oxygène devenait rare.

Rah, mais putain de merde. Reprends-toi, Had. Pense ceinture de chasteté. Ceinture de chasteté. J'essaie de m'infliger un peu de mon propre sens de l'humour pour me calmer. Pourtant, ce n'est pas mon genre de stresser, mais là, on dirait bien que je suis montée à bord du flip express.

– C'est bon, j'ai compris, je réponds en hochant la tête.

Je ne sais pas trop si je me parle toute seule pour m'expliquer pourquoi, d'un seul coup, je me suis mise à baliser ou si je me réfère au tout nouveau besoin de Becks d'avoir des règles de vie. Je soupire en prenant le temps de faire le point avec moi-même. Je pense à lui. À lui et rien que lui. Merde, mon esprit salace m'envoie des images suggestives de *lui sur moi et moi sur lui* aussi. Bon Dieu, il faut vraiment que je me remette les idées en place, que je les sorte du caniveau dans lequel elles sont tombées. J'essaie de me débarrasser de mes pensées lubriques. Ma tête se libère, mais mes cuisses se pressent l'une contre l'autre lorsqu'il se passe la langue sur la lèvre inférieure, en toute insouciance, il ne sait pas à quoi je pense.

Me laissant face à ma lutte intérieure pour trouver une réponse, il murmure :

– Mmmmm.

Il tend le bras en avant et je pense qu'il va me rendre mon téléphone et mettre fin à mon douloureux et inattendu mutisme, mais non. Pas de bol.

Ses doigts effleurent ma joue lorsqu'il écarte une mèche de cheveux de mon visage. Ma respiration s'accélère et mon pouls aussi, mais je repousse sa main. Sa caresse, à peine déposée sur ma peau, est la piqûre de rappel dont j'ai besoin pour me réveiller.

– Moi aussi j'ai des règles de vie, tu sais…

J'ai envie de parler comme une gamine irritable, mais les mots sortent de ma bouche comme des chuchotis soupirés.

Son petit sourire entendu grandit un peu plus. Du coup, ça m'énerve encore plus, car en temps normal, je devrais n'en avoir strictement rien à foutre. Je n'en ai rien à battre. Mais ma libido, elle, n'est pas d'accord, la saloperie.

– Ah oui, toi aussi ?

Alors, comme ça, Monsieur Le Bavard est rentré dans le clan des taiseux ? Je peux être plus forte que lui à ce petit jeu.

– Ouais.

– *Ouais ?* C'est tout ce que tu vas me donner ?

Il rit doucement en faisant le dernier pas pour limite se plaquer contre moi en remontant ses lunettes de soleil sur son crâne. Il cligne des yeux plusieurs fois pour s'habituer à la lumière avant de planter son regard bleu turquoise dans le mien juste au moment où ma poitrine effleure son torse musclé.

Eh merde. Qu'est-ce que je voulais dire au fait ? Impossible de m'en souvenir parce que je sens son souffle sur mes lèvres et je suis parcourue d'un frisson géant alors que, pourtant, il fait chaud.

– *Ouais ?*

Il me relance en me taquinant, étirant le mot jusqu'à ce qu'il ne soit plus qu'un long soupir, et l'espace d'un instant, je suis soulagée de le savoir tout aussi affecté que je le suis.

– Mmmmm.

C'est tout ce que je réussis à dire, le désir s'accroît de seconde en seconde.

– Et quelles sont-elles ? réplique-t-il en se penchant vers moi, renforçant encore notre lien.

– Il y en a beaucoup, je réponds à toute vitesse.

Ma tête ne comprend pas mon manque d'esprit, car toutes mes forces vitales semblent dirigées vers un point en haut de mes cuisses. Douleur. Besoin. Désir.

Il recommence son truc avec son rire bouche fermée.

– Vas-y, je te mets au défi de m'en citer une immédiatement.

Son souffle danse sur mes lèvres et sa chaleur incendie mon désir inassouvi. Je sais qu'il m'a posé une question, mais mes synapses sont loin de rentrer correctement en action. Je pense à cette bouche sur moi, cette bouche qui me goûte, cette bouche qui annihile toute pensée cohérente. Il s'approche encore un peu plus, maintenant ma respiration se fait irrégulière et mes yeux commencent à se fermer. Ils anticipent son baiser.

Un baiser dont je ne veux pas.

En fait, si.

Embrasse-moi, Becks.

– Ça va, Had ? murmure-t-il, les lèvres si proches que j'en sens leur mouvement sur les miennes lorsqu'il parle.

Chaque nerf de mon corps est entré en symbiose avec lui : son corps pressé contre le mien, son odeur, son énergie. Je lâche mon deuxième « Mmmm » en quelques minutes et je me donne une baffe mentale pour me dire d'arrêter d'être franchement pathétique. J'ai toujours eu une tonne de mecs à mes pieds… alors, pourquoi Becks me fait-il l'effet d'un chèque d'un million de dollars qu'il m'est impossible d'encaisser ?

– Va falloir faire mieux que ça si tu veux que je te donne ce que tu désires.

Le ton séduisant de sa voix m'appelle, il franchit la barrière de mon brouillard mental et remet de l'huile sur le feu de mon désir déjà incandescent.

– Pas d'attaches.

Je murmure ma réponse en espérant que maintenant que j'ai dit un truc, je vais pouvoir le goûter – obtenir ce que je veux – mais à la seconde où je prononce ces mots, la chaleur de son corps disparaît. J'ouvre brusquement les yeux et la bouche. *C'est quoi ce m... ?*

– Bien essayé, la Citadine, mais cette règle, je la connais déjà, répond Becks en baissant ses lunettes de soleil sur ses yeux d'une main et en me rendant mon téléphone de l'autre.

Il s'éloigne en reculant de quelques pas, son sourire toujours rivé à ses lèvres, mais je vois très bien qu'il est excité, c'est clair comme de l'eau de roche. Et putain, on dirait bien qu'il m'a allumée comme une saloperie d'interrupteur en me laissant suspendue en l'air sans me donner l'espoir d'apporter de l'électricité pour aller jusqu'au bout de son intention.

Ma bouche s'ouvre et se ferme plusieurs fois alors que j'essaie de dire son nom, mais je renonce et je la ferme.

Nous nous dévisageons encore un moment, ma frustration sexuelle est évidente, et il me le fait bien remarquer avec son petit sourire victorieux avant de me saluer d'un signe de tête.

– Bonne chance avec ton client ce soir.

Sur ce, il disparaît de son côté de la voiture. Je contourne la mienne en l'entendant démarrer son moteur, puis avancer sur la place libre face à celle qu'il occupait et finir par partir.

Et je reste plantée là encore quelques instants, le corps saturé d'adrénaline, mon désir pour lui s'est transformé en un mélange de nécessité impérieuse et de damnation.

Bien joué, Daniels. Bien joué.

Putain, à l'heure qu'il est, les liens et les attaches ont l'air plutôt attirantes. J'ai envie de le ligoter, de me servir de lui jusqu'à satisfaction, puis de le laisser emberlificoté dans son désir, tout comme il vient de me le faire.

CHAPITRE 9

Beckett

Je laisse l'eau brûlante ruisseler sur mon dos tandis que je me savonne pour retirer le sel de l'océan qui s'est déposé sur ma peau. Les vagues étaient franchement impressionnantes ce matin. Rien à voir avec celles sur lesquelles j'ai appris à surfer à Santa Cruz, mais tout de même décentes. Ajoutons à ça les quarante minutes passées à courir le long du rivage après ma séance aquatique, et me voilà un homme heureux.

Ouais, bon, je serais mille fois plus heureux si je prenais cette saloperie de douche avec Haddie, à mettre du savon partout sur son corps terriblement sexy. À passer mes mains enduites de substance glissante sur sa peau douce et ses courbes parfaites avant de glisser autre chose en elle jusqu'à ce que nous nous retrouvions tous les deux à bout de souffle, épuisés et en état de devoir reprendre une douche pour nous nettoyer.

Putain de merde.

L'attaque de pensées lubriques et de désir irrépressible au simple souvenir de son corps suffit à me faire bander comme un âne sans aucun espoir d'être soulagé tôt ou tard.

Bon, pas si j'ai mon mot à dire dans l'histoire.

Son corps est peut-être le foutu Saint-Graal de la perfection, mais il y a quelque chose dans son regard qui me dit que tout ne tourne pas rond à l'intérieur. L'assurance dont elle fait preuve – cette absolue confiance en elle qui la caractérisait, comme sa satanée peau dorée – est maintenant ternie par un truc. Tristesse ou chagrin… qui sait ? Merde. Mais de temps en temps, quand le mur derrière lequel elle se cache s'efface, on peut l'apercevoir. Et quand le mur revient en place, il en va de même avec les relations qu'elle entretient avec les personnes autour d'elle.

Enfin, toutes ses relations, sauf celle qu'elle a avec Rylee, et c'est normal puisqu'elles sont meilleures copines et tout. Juste comme Colton et moi.

Et putain, il me manque ce con. Je suis content qu'il ait trouvé le bonheur avec Ry après toutes les merdes qui lui sont arrivées, mais putain, ses commentaires sarcastiques et sa détestable tendance au micro-management au boulot me manquent.

Je me sors de mes divagations en me rendant compte que ma bite est toujours raide comme pas possible dans ma main à force de penser à Haddie. Mais alors, merde, pourquoi Colton a-t-il débarqué dans ma tête ?

Mec, c'est crade. Je ris tout seul sous ma douche en me disant que je dois être sacrément stressé par la tonne de préparations nécessaires à la prochaine saison de courses pour arriver à me défaire de la douleur de penser à Haddie en changeant de circuit pour finir sur Colton au beau milieu de mon délire.

Les fantasmes revenus à leur place sur la belle et douce Haddie, je laisse tomber ma tête en arrière et ma main commence à caresser mon membre, retrouvant seulement un peu du plaisir qu'elle m'a donné cette nuit-là, quand j'ai résisté et essayé de faire ce qu'il fallait pour empêcher ce qui aurait pu se transformer en gigantesque fiasco si notre nuit s'était mise à déconner dans tous les sens.

Dans tous les sens. Hmmm, alors ça, j'aimerais bien voir ce que ça donne de plier son corps de déesse sur une surface quelconque.

Je ferme les yeux en me souvenant du ronronnement qui s'est échappé de sa gorge juste avant qu'elle ne jouisse, comment ses doigts se sont agrippés à moi, ses ongles enfoncés dans ma chair en se laissant aller au plaisir.

Je sens mon corps se tendre, mon orgasme se préparer à laisser sortir ce désir latent qui me ronge depuis que mes souvenirs d'Haddie ont refait surface. Ce désir qui s'accroche obstinément à moi, comme un fantôme, et qui me rappelle absolument tous les détails de ce qui s'est passé entre nous.

Et là, Rex se met à aboyer comme un dingue.

Au début, je me force à l'ignorer pour me concentrer sur l'affaire que j'ai en main, mais alors je me rends compte qu'il y a quelqu'un devant la porte. *Sérieux ?* Je reste planté là, la main sur la bite, à essayer de deviner si je dois terminer ce que j'ai à faire ou si c'est un signe qui me dit d'attendre parce que je vais bientôt pouvoir revivre, sous peu et pour de vrai, mon fantasme.

La pensée positive dans ce qu'elle a de meilleur. Même si la femme après qui je cours est encore plus complexe qu'un Rubik's Cube.

Putain. Bah, je vais attendre. Je ferme le robinet juste au moment où la sonnette retentit une fois de plus. Je peux à peine l'entendre par-dessus les hurlements et coups de queue de Rex contre le mur, à côté de la porte d'entrée. Il la remue comme un taré, alors ça doit au moins être quelqu'un qu'il connaît.

– Une minute !

Je me frotte rapidement une serviette sur la tête avant de l'enrouler autour de la taille. J'arrive à la porte en disant silencieusement à ma bite de se calmer, mais bon, tout fantasme sur Haddie et mon érection féroce disparaissent immédiatement lorsque je vois un sourire poindre de l'autre côté du judas.

– Merde !

Je soupire en tendant la main vers la poignée, puis je vérifie rapidement qu'il n'y a pas de mouvement suspect sous la serviette, ambiance piquet de tente, avant que mon propre sourire s'élargisse directement. La porte s'ouvre d'un seul coup et elle me détaille des pieds à la tête en secouant élégamment la sienne. Elle déboule à toute force dans la maison en me passant devant avant même que j'aie le temps de lui dire bonjour.

– Il est dix heures du matin et tu en étais à peine à prendre ta douche, petite feignasse ? C'est comme ça que je t'ai élevé, Beckett Dixon ?

Elle se faufile pour entrer et je sais qu'elle ne déconne pas parce qu'elle utilise mes deux prénoms. Je me retiens de rire en la voyant flairer partout pour essayer de détecter un indice qui révélerait une présence féminine dans la maison.

– Bonjour, Maman.

Je lève les yeux au ciel, tenant la serviette d'une main alors que mon sourire s'agrandit un peu plus. Je la regarde poser les sacs qu'elle tient à la main sur le plan de travail dans la cuisine puis se mettre à fureter partout dans la pièce de vie. Ses déambulations apparemment sans but entre le canapé et la cuisine sont en fait une expédition en quête d'indices pour voir s'il n'y a pas un exemplaire de *Cosmopolitan* qui traîne sur une table ou une paire de tongs roses dans un coin – d'après elle, ces deux indices seraient un signe infaillible révélant l'imminence de la fin de mon célibat pour une relation stable, et que je suis donc prêt à me marier et lui donner des petits-enfants.

Ah ! C'est à peu près aussi certain que de me voir abandonner les sports mécaniques.

– Tu peux dire à ta petite copine, celle qui était sous la douche avec toi, qu'elle peut sortir maintenant, dit-elle d'une voix forte en passant devant le couloir qui mène à ma chambre sans manquer de caresser Rex d'une main en même temps. Je ne la jugerai pas, promis.

– Maman, je réponds en secouant la tête d'un air mi-amusé, mi-exaspéré, il n'y a personne dans la chambre.

– Et sous la douche ? Tu étais sous la douche, non ?

Il y a tellement d'espoir dans sa voix que j'en suis triste de la décevoir, parce qu'au fond, qui a envie de laisser tomber ses parents ? Mais, sérieux, le mariage et un bébé ? Un jour ou l'autre, j'en aurai bien envie, c'est certain, mais c'est encore un petit point lointain sur mon radar de l'avenir.

Je passe une main dans mes cheveux encore trempés. Dans sa quête pour devenir grand-mère, cette femme est sans pitié. Ça lui a fait du bien de prendre sa retraite anticipée après des années à enseigner, mais du coup, elle s'ennuie et elle meurt d'envie d'avoir un petit être à tenir dans ses bras pour lui apprendre l'alphabet en chanson.

Elle repasse devant moi et, maintenant que ma serviette est fermement nouée, je l'attrape au passage pour la serrer dans mes bras.

– Bonjour, Maman. Ça me fait plaisir de te voir.

Elle passe ses bras autour de mes épaules et me serre contre elle.

– Bonjour, mon bébé. Tu es en train de me mettre de l'eau partout !

Elle me repousse aussi rapidement qu'elle m'a serré contre elle. Elle a eu beaucoup de mal à nous laisser partir, alors elle essaie d'endiguer toutes les émotions qui essaient de s'accrocher à ses cordes vocales, comme si je ne le voyais pas à tous les coups.

– Eh bien, c'est ce qui arrive quand tu débarques alors que je suis sous la douche, non ?

J'accompagne ma question d'un sourcil levé et d'un sourire railleur.

– Oh, tais-toi un peu !

Elle me fait signe de m'éloigner, mais ne s'écarte pas elle-même alors que son regard se remplit d'amour.

Bon Dieu, j'aime cette femme. De l'élégance, de la grâce et du réconfort, le tout en une seule personne. J'observe son visage de près et elle en fait de même. Je remarque alors que les petites rides autour de sa bouche sont un peu plus marquées et que ses joues sont un peu plus rondes, ses yeux brillent de bonheur. Elle est peut-être une épine constante dans mon pied, mais j'arriverais en courant au moindre signal de sa part.

Je reprends ma serviette en main et elle me claque gentiment le bras.

– Du calme. Ce n'est pas comme si je n'avais pas déjà vu ton petit robinet. J'ai nettoyé tes fesses plus d'une fois, tu sais.

– Ouais, genre il y a plus de trente ans.

Je la reprends alors qu'elle me tourne le dos, non sans regarder partout autour d'elle une dernière fois pour s'assurer que je ne lui mens pas et que je suis bien seul à la maison.

Son enquête me donne quelques secondes pour jeter un œil à la pendule, sachant très bien que sa petite visite va me mettre encore plus en retard pour le bureau que je ne le suis déjà. Je me repasse mentalement mon emploi du temps pour la journée et j'essaie de voir si je ne pourrais pas faire ma conférence téléphonique avec Firestone depuis la voiture en allant bosser.

– Alors dis-moi, entonne-t-elle en se dirigeant vers la cuisine pour sortir de ses sacs une boîte en plastique pleine de cookies au chocolat et au sucre, mais aussi d'autres délices, et pour finir une barquette recouverte de papier d'alu qui fait gronder mon estomac parce qu'on dirait bien mon plat préféré, à savoir, ses célèbres lasagnes. Pourquoi mon beau gosse de fils n'emménage-t-il pas avec une jolie petite chose bien sexy comme il faut ?

– Ah ! Maintenant, je suis le beau gosse. Alors, qu'est-ce qu'il reste à Walker ?

Je ne rate pas une chance de le vanner, même quand il n'est pas présent. C'est ça, l'amour fraternel.

– Becks, ne sois pas méchant avec ton frère. Il est aussi beau que toi, mais dans un style différent, me réprimande-t-elle en rangeant ses boîtes dans le frigo.

– Ce sont des lasagnes ?

Je me concentre sur le plus important : la nourriture. J'encaisserais volontiers ses conneries au quotidien si elle me remplissait le frigo tous les jours de ses petits plats faits maison.

Je suis à fond pour l'autosuffisance, mais la cuisine, c'est naze. En plus, je suis nul aux fourneaux.

– Oui, effectivement, répond-elle sans vraiment écouter ma question avant de reprendre son discours. Walker dit que tu es venu au ranch, tout chamboulé à cause de quelqu'un. Pourquoi n'es-tu pas à ses côtés ce matin ?

Putain de Walker et sa grande bouche de merde ! J'aurais dû me douter qu'il ne saurait pas la fermer.

– Alors ? reprend-elle devant mon silence.

Et sa façon habituelle de parler, comme si ça ne l'intéressait pas vraiment, me donne l'idée de lui rendre la pareille et de faire comme si je ne remarquais pas qu'elle est en flagrant délit d'intrusion dans ma vie privée.

– Maman, tu connais Walker. Tu sais à quel point c'est une gonz…

Je m'interromps avant de dire le mot *gonzesse* en entier, je sais que je vais me faire engueuler.

Effectivement, ça ne rate pas :

– Beckett. N'utilise pas *ce mot* devant moi. Tu devrais avoir un peu plus de discernement maintenant. C'est un mot que les hommes utilisent dans les bars et honnêtement, oui, tu es un homme, mais d'une, tu n'es pas dans un bar et de deux, tu as reçu une bonne éducation. Tu devrais savoir que les femmes ne sont pas de petits êtres faibles et sans cervelle.

Même si elle me tourne le dos, je lève les yeux au ciel en entendant son engueulade, ça fait bien cent fois qu'elle me la sort, celle-là.

– Et on ne lève pas les yeux au ciel ! Maintenant, parle-moi d'elle. Est-ce que par hasard elle n'aurait pas une paire de tongs roses ?

– Bon Dieu, Maman ! Toi et tes tongs roses !

– Ne doute jamais de moi. Je t'ai dit que j'ai fait ce rêve prémonitoire et que ta femme avait des tongs roses aux pieds…

– Tu es incorrigible.

– Et tu es beau. Maintenant, arrête d'essayer de détourner mon attention et parle-moi d'elle !

Je m'empêche de pousser un gros soupir avant que des images d'Haddie ne viennent embrumer mon cerveau, et la frustration que je ressens à cause de ce que nous partageons sort de ma bouche, sans trop savoir ce que c'est.

Finalement, donc, gros soupir suivi d'un silence. Elle répond à mon attitude, un sourire si grand aux lèvres, que j'ai l'impression que ses joues vont craquer.

– Si bien que ça ?

Je la dévisage, prêt à la reprendre, mais je m'en empêche. Putain, je suis un adulte – en serviette, rien de moins – et ma mère est là, à me gronder, à m'espionner en espérant que je couche avec quelqu'un. Et pourtant, je n'arrive pas à trouver la force de la décevoir en lui disant qu'il n'y a personne dans ma vie en ce moment ni dans mon proche avenir.

Quand on parle de me foutre les boules… et pas dans le bon sens du terme.

Ce tableau est tellement déconnant que je ne sais même pas par où commencer. Ma mère veut parler de ma vie sexuelle avec moi ? Sérieux, c'est plus que flippant.

Espérant qu'une réponse liminaire pourrait lui suffire, je lui lâche :

– Il y a bien un truc, c'est probable. Comment ça va, sinon ?

Il est temps de changer de sujet de conversation, de la faire parler de sa vie avec papa, de leurs petites emmerdes et de leurs derniers projets de voyage.

J'avance vers elle et je lui fais un bisou sur le crâne en ouvrant la boîte de cookies qui me fait de l'œil depuis tout à l'heure. J'en prends un, m'installe sur un tabouret de bar et je me prépare pour la suite logique de son monologue.

Personne ne presse Trisha Daniels.

Personne.

Pas même son fils aîné qui est tellement en retard pour aller bosser que c'en n'est même pas drôle.

Heureusement que je m'entends bien avec le patron.

CHAPITRE 10

Je tapote mon crayon sur mon bureau, au rythme de la musique qui sort des haut-parleurs. Des notes et des bouts de papiers sont disséminés partout autour de moi et je ne suis concentrée sur rien de ce que j'ai sous les yeux. Non, je n'arrête pas de revenir au SMS que Rylee m'a envoyé :

Ce n'est pas parce que je suis en voyage de noces que j'ai oublié de te rappeler de prendre ton rendez-vous.

– Lâche-moi !

Je marmonne toute seule dans mon coin. Ça m'énerve qu'elle se soit souvenue de ça, mais je ne l'en aime que plus en même temps. Je lève les yeux vers le calendrier accroché au mur à côté de moi et je ris en voyant les cinq rendez-vous chez le médecin qui y sont déjà inscrits, puis les grosses croix ajoutées dessus lorsque j'ai dû soudain les annuler parce que – *parce que je ne sais pas pourquoi au juste* – disons que ce jour-là, le ciel était bleu.

Je suis une vraie poule mouillée pour ces questions, mais le déni est la vérité que je préfère ces derniers temps. J'ai laissé tomber mon crayon et de ma main, sans y réfléchir, j'appuie doucement sur mon sein à travers mes vêtements en faisant un mouvement à l'inverse des aiguilles d'une montre. Je n'appuie pas trop fort, par contre, parce que j'ai trop peur de trouver ce que je sais y être tapi, là tout au fond, sous toutes ces chairs. Les mêmes parasites cancéreux qui ont pris la poitrine de ma mère et volé la vie de ma sœur.

Tout au fond de moi, je sais qu'ils écourteront la mienne aussi.

Je secoue la tête et pousse un gros soupir en tapant du poing sur mon bureau. J'ai besoin de savoir, de découvrir la vérité grâce aux résultats du test, mais en même temps, *j'ai vu Lex mourir.* J'ai vu le cancer la ronger petit bout par petit bout, au jour le jour, jusqu'à ce qu'il ne reste plus rien d'autre d'elle que de la souffrance et des promesses. Des larmes et du déni. Et pour finir, n'être plus que résignée et dévastée.

Je sais comment ça se passe, je connais toute cette souffrance, je sais que ça ne sert à rien… Même s'ils le trouvent en temps et en heure, ça pourrait bien ne faire aucune différence. Elle n'a réagi à aucun traitement. Nous sommes pareilles toutes les deux, alors je sais que ce sera la même chose pour moi. J'essaie de me dire que je préférerais vivre sans la peur, sachant que ce qui m'aide à me définir en tant que femme peut tout aussi bien être ce par quoi la mort pourrait frapper à ma porte.

Je suis soudain en colère – contre Lex, contre moi, contre tout – parce que j'ai peur à en mourir. Connaître la vérité. Ou pas. Je me rends compte que je suis ridicule. Je sais que la bonne chose à faire, c'est faire cette prise de sang, détecter la maladie dès ses premiers symptômes si elle est présente et me donner une chance de me battre… mais, bon Dieu, Lex pensait la même chose, et voilà ce qui lui est arrivé.

Elle nous a quittés en moins de six mois.

– Merde.

Je soupire et je me passe la main dans les cheveux avant de décrocher le téléphone et de composer le numéro que je connais maintenant par cœur. Je prends le rendez-vous et, cette fois-ci, je promets de ne pas annuler. Je termine à peine de noter les détails dans mon agenda – un poids libère mes épaules pour qu'un autre puisse prendre sa place – lorsque mon portable se met à sonner.

Je grogne en voyant le nom de Cal s'afficher. C'est mon contact chez Scandal. L'événement s'est très bien passé le week-end dernier, il y a eu pas mal de monde, beaucoup d'échos dans la presse au sujet de la nouvelle boîte de nuit, et quelques célébrités de plus ont confirmé leur participation au prochain événement ce week-end, mais… c'est Cal. Il n'est jamais satisfait. Je plaque mon sourire « va te faire foutre » sur mon visage en répondant, un hommage à sa personnalité de connard confirmé.

– Salut Cal ! Comment allez...

– Il faut que la fête de samedi prochain soit plus grosse que celle de la semaine dernière.

Je l'entends parfaitement, sa voix est forte et il articule comme il faut ses mots d'un ton sec, l'impatience émanant de son côté du combiné.

Eh bien, bonjour à toi aussi, gros con.

Je me mords la langue pour m'empêcher de dire à ce prétendu spécialiste en n'importe quoi où il peut aller se faire mettre. Il représente une énorme opportunité et un gros client, si j'arrive au bout du contrat. Ils organisent beaucoup d'événements, ce qui représente une source de revenus réguliers tout comme l'assurance de rencontrer de nouveaux prospects. Je me force à parler gentiment, même si ça m'étouffe. Je réponds aimablement :

– D'accord. Qu'est-ce qui vous a déplu, Cal ? Auriez-vous d'autres suggestions à m'apporter ?

– Chérie, je te paie pour ça, non ? C'est toi qui devrais me faire des suggestions.

Je détends mes épaules, je ne suis pas d'humeur, mais je sais que si ça marche, je n'aurai plus à me le taper. Il ne s'occupe que des *nouveaux talents* comme il dit. Après, j'aurai des avances sur honoraires et je changerai d'interlocuteur, je serai débarrassée de lui. Cette idée me fait ravaler la remarque sur le bout de la langue sans que l'arrière-goût ne soit trop amer.

– Je le note.

Je laisse le silence s'étirer entre nous au téléphone pour que je puisse revoir mes notes et me donner quelques secondes pour trouver quoi lui dire, histoire qu'il soit content et pas sur la défensive.

– Grâce à l'événement de la semaine dernière, j'ai fait rentrer trois nouveaux sponsors et quatre VIP de plus parmi le contingent de célébrités. Il y a eu trente pour cent de participation en plus que ce que l'on attendait et on a vu le nom du club fleurir partout sur les réseaux sociaux. Alors, en d'autres mots, je ne sais pas trop ce que vous attendez de plus en termes de dépassement d'objectifs de la part d'HaLex… car je pense que nous avons largement dépassé toutes vos attentes. Et même si, oui, vous me payez, Cal, si je ne sais pas ce que vous voulez dire par plus, je ne vois pas trop comment vous le procurer.

Je prends une grande inspiration en me rendant compte de ce que je viens de dire. Je viens de lui ouvrir grand la porte pour qu'il me sorte toutes ses conneries machistes.

Il rit doucement sous cape et j'ai la chair de poule à entendre son ton de gros dégueulasse. Et à la tonalité de son rire, je sais qu'il va franchir le seuil de la porte, en sautant à pieds joints.

– Oh, Mademoiselle Montgomery, j'en attends toujours *plus* personnellement, si vous tenez vraiment à sécuriser votre contrat de prestataire officiel, je sais ce que Scandal représente pour une entreprise telle que la vôtre.

Et de mon côté, c'est un bon gros « va te faire foutre connard, je ne coucherai pas avec toi pour ça ».

J'ai la nausée rien qu'en l'entendant parler et un sursaut de fierté me fait monter les mots à la bouche, mais mon sens des réalités me force à les ravaler avant de commettre une erreur monumentale. Si je dis ce que j'ai sur la conscience – que je l'envoie chier –, je risque de perdre ce client. Je m'accroche de toutes mes forces à l'idée de savoir que je n'aurai plus à lui parler à la fin du mois.

– Je crois qu'il vaut mieux rester fidèles aux termes initiaux prévus par le contrat. Je vais trouver quelque chose d'autre en plus pour l'événement. Ne vous inquiétez pas.

Le silence me répond de l'autre côté de la ligne et je ne sais pas si je devrais m'en amuser ou si ça devrait m'énerver de savoir qu'il est désarçonné de me voir complètement ignorer ses avances inconvenantes et totalement déplacées.

Ne le laissant pas reprendre contenance pour me prouver à quel point ce mec est une grosse enflure hautaine sous ses grands airs, je continue :

– Eh bien, c'est noté. À moins que vous n'ayez autre chose à me dire, je ferais mieux de me mettre au travail. Il va falloir que je rajoute quelques heures à la facture si je veux ce petit truc *en plus* qui vous manque tant pour l'événement de samedi prochain.

Je raccroche le téléphone avant qu'il ne puisse dire quoi que ce soit et ruiner ma réponse parfaite. Je laisse tomber le téléphone et le bruit qu'il fait en chutant sur le bureau vient briser le silence de la pièce, puis je laisse tomber ma tête entre mes mains. Je reste assise là un petit moment, espérant que le vrombissement dans mes oreilles disparaisse, mais il continue à faire constamment rage jusqu'à ce qu'il devienne presque une sorte de bruit blanc.

J'ai les épaules tendues, et mon corps est en proie à un cocktail Molotov d'émotions qui attendent le pire moment pour exploser, juste quand la bonne allumette y mettra le feu. Je repense à Becks et je me maudis d'avoir laissé s'installer cette saleté de manque entre mes cuisses, parce qu'il ne veut pas partir, même si je me suis réconciliée avec BOB, mon vibro, à de nombreuses reprises depuis dimanche dernier.

C'est juste pas pareil.

C'est même à des années-lumière.

Je pousse un grognement de frustration – des souvenirs de notre nuit reviennent me hanter alors que j'entends la moto de Dante remonter l'allée qui mène à la maison. Je n'ai vraiment pas besoin d'être près de lui en ce moment, un bon mâle alpha de premier choix qui suinte de sex-appeal et une certaine envie de faire un tour au lit.

Ou sur le plan de travail de la cuisine.

Bon Dieu, oui, je sais que coucher avec lui serait une grosse bêtise, énorme même, mais merde, il pourrait bien être la parfaite étincelle pour mettre le feu aux poudres de ma frustration accumulée. Mais même si je sais qu'il est absolument incroyable au lit et qu'il pourra me donner du plaisir, je ne franchirai pas cette ligne.

Impossible.

Pas juste pour moi ou pour satisfaire mes besoins sexuels, mais parce que quand je pense au sexe et à ce qui me fait vraiment envie, c'est vers Becks que se tournent mes pensées. Je le revois debout entre le V formé par mes cuisses avec son sourire tellement sexy aux lèvres, je le vois relever la tête, perdu dans le plaisir, alors qu'il s'enfonce en moi. Et pourtant le fait que je ne puisse pas m'empêcher de penser à lui – à ce que nous avons fait – me conduit à penser que je pourrais faire quelque chose d'aussi incroyablement stupide que de me servir de Dante pour satisfaire ma lubricité bouillonnante.

Et ça ne résoudrait rien, en revanche, ça prouverait à quel point ça déconne dans ma tête.

Je ne peux pas me servir d'un homme pour oublier les sensations procurées par un autre. Enfin si, je le pourrais, mais pour ça il faudrait que je mette les deux en même temps dans mon lit et ça, c'est ouvrir une nouvelle boîte de Pandore.

Un éclat de rire vient talonner l'image née dans ma tête. Ce rire épuisé devant mes pensées immatures de deux hommes dans une boîte avec Pandore me dit qu'il faut que je quitte cette maison.

J'ai besoin de sortir prendre l'air et de calmer mes ardeurs hormonales. De prendre mon désir à deux mains et de le refroidir avec fermeté.

Il me faut une seconde pour jeter un coup d'œil dans le jardin et trouver ce dont j'ai besoin. Et ce n'est certainement pas de regarder Dante enlever son T-shirt pour se frotter les mains avec après avoir réparé un truc sur sa moto. De la peau nue, des muscles ciselés, des tatouages gavés dans la peau.

Je repousse ma chaise.

Il faut que j'y aille.

***

– Tu vois ? C'est exactement ce qu'a prescrit le docteur, Maddie-Haddie.

Maddie rit franchement en léchant un peu plus l'énorme cône de crème glacée dans ses mains.

– Oui, Haddie-Maddie, dit-elle en inversant nos noms comme le faisait Lexi. C'est la meilleure idée de la terre !

– Absolument, je lui réponds en tendant ma propre glace vers la sienne, comme pour trinquer.

Rien de mieux que de passer du temps avec Maddie pour effacer mon stress. Faire le vide dans ma tête et me faire oublier ce gars de la campagne si facile à vivre mais à qui je n'ai pas à penser. Heureusement qu'elle était à la maison quand j'ai appelé Danny pour savoir si je pouvais la prendre pour aller manger une glace. Ça lui a rendu le sourire et moi, j'ai pu oublier toutes les saloperies de ma journée.

Elle continue à bavarder sans cesse, me faisant un compte-rendu point par point de sa vie à l'école, et j'adore voir à quel point les choses les plus simples la rendent heureuse. Je suis forcée de me rendre compte que même si elle a traversé bien des épreuves, son innocence a été préservée et que son âme brille toujours, prête à s'émerveiller de tout.

Nous sommes installées à flanc de colline dans un parc qui surplombe un marché paysan à notre droite, et à notre gauche s'étend la plage. J'attrape mon sac à main pour y prendre une serviette en papier lorsque j'aperçois un pissenlit encore en aigrettes caché à proximité.

J'en ai le souffle coupé quelques instants. Je sais que c'est simplement une mauvaise herbe, mais je n'arrive pas à m'empêcher de penser que c'est un signe de Lexi, un signe qui me renvoie à notre obsession pour ces fleurs quand nous étions petites et surtout à leur hypothétique pouvoir de réaliser les souhaits.

J'arrache la fleur avec soin pour ne pas endommager les aigrettes et je la tends devant moi. Maddie penche la tête de côté et me regarde, curieuse de voir où je veux en venir.

– Quand nous étions petites, ta maman et moi, nous adorions souffler sur ces fleurs pour faire des vœux.

– Vraiment ?

Elle est un peu circonspecte en me posant la question, comme si elle me disait qu'elle était trop vieille pour ça, mais en même temps, elle est ravie de découvrir quelque chose de nouveau sur sa mère.

– Oui. Nous avons même traversé une phase où on les cueillait pour faire des potions avec les graines, pour que notre souhait soit encore plus fort. Puis on les laissait sécher avec tout ce qu'on avait mis dedans, avant de faire un vœu et de souffler dessus dans le sens du vent.

Je souris doucement en me remémorant ce souvenir doux-amer.

– Quoi comme potion par exemple ?

Elle se rapproche alors de moi, la fascination d'en savoir plus lui fait écarquiller les yeux.

– Mmm… On mettait n'importe quoi dedans, tout ce qu'on pouvait sortir de la maison sans que Mamie ne le remarque : du parfum, des paillettes, du sel, un peu de tout mélangé, dis-je en riant maintenant. Ton papi se mettait en colère parce qu'on les faisait sécher un peu partout et qu'on criait dès qu'il voulait les déplacer, parce qu'on avait peur qu'il dérange nos vœux posés dessus. Il s'est même mis à nous appeler le duo pissenlit pendant quelque temps.

– Le duo pissenlit ?

Elle sourit en me regardant, et je désigne la fleur dans mes mains.

– Est-ce que tes vœux se sont réalisés ? demande-t-elle avec tellement de révérence dans la voix que j'en ai mal.

– Tout le temps ! (Je caresse sa joue de ma main libre.) En fait, le souhait dont ta mère rêvait le plus s'est réalisé.

– Ah oui ? C'était quoi ?

Je souris, les larmes me montent aux yeux.

– C'était toi, je lui réponds en murmurant.

Maddie plonge son regard dans le mien, son sourire s'élargit encore un peu plus, mais la tristesse fait briller son regard. Je passe mon bras autour de ses épaules et je la tire contre moi. Nous restons assises là calmement un petit moment, le temps que je trouve un moyen de l'inclure dans cette histoire, pour qu'elle se sente plus proche de sa mère.

– Tu veux devenir un membre du duo pissenlit ?

Étonnée, elle se met à agiter la tête et ses immenses yeux bruns me regardent, pleins d'espoir.

– Je peux ? Qu'est-ce qu'il faut que je fasse ?

– Eh bien, il faut que tu fasses un vœu comme l'ont fait les membres du duo pissenlit, en disant : « J'aimerais, j'aimerais pouvoir faire ce vœu, et que ce vœu se réalise ce soir »… puis tu fermes les yeux, tu penses à ton vœu et tu souffles de toutes tes forces sur les petites graines de la fleur pour qu'elles s'envolent.

– C'est tout ce que j'ai à faire ?

– Ouais. Tu veux le faire maintenant ?

– Oui !

Je lui tends la fleur pour qu'elle puisse l'attraper. Elle me regarde et je hoche la tête pour lui dire silencieusement que la voie est libre.

– J'aimerais, j'aimerais pouvoir faire ce vœu, et que ce vœu se réalise ce soir…

Elle ferme les yeux et laisse le silence s'installer, le temps de faire son vœu et de souffler sur les aigrettes pour qu'elles s'envolent.

– Regarde, lui dis-je pour qu'elle ouvre les yeux et observe la scène. Un jour, l'une des graines qui abrite ton vœu reviendra pour t'apporter ce que tu as souhaité, d'accord ?

Elle hoche la tête avant de la reposer dans le creux de mon bras en regardant les dernières aigrettes disparaître. Les souvenirs envahissent ma mémoire, tellement estompés par le temps, mais tout de même présents, et je ressens une sorte de félicité d'être capable de partager ça avec Maddie.

– Tu vois, maintenant, chaque fois que tu verras un pissenlit, tu sauras que c'est ta maman qui te fait signe, puisque maintenant tu fais officiellement partie du duo pissenlit.

Nous restons assises là un petit moment avant de rassembler nos affaires. C'est sur le chemin du parking que nous décidons de faire un tour au marché avant de rentrer. Bien évidemment, le regard de Maddie est captivé par tous les étals et nous nous arrêtons un bon nombre de fois pour nous émerveiller des différents articles exposés.

Nous sommes en pleine discussion pour lui expliquer pourquoi elle n'a pas besoin de cet énorme sac de pop-corn sur lequel elle louche alors qu'elle a encore les traces de la glace au chocolat du goûter autour de la bouche lorsque je me fige en entendant derrière moi une voix traînante que je connais bien. Je sais que ça ne peut pas être lui, mais ce n'est pas comme si je pouvais résister à l'envie de regarder parce que je tourne la tête avant même que mon cerveau dise à mon esprit de rester concentrée sur ce que j'ai devant moi.

Son regard trouve le mien au moment même où je pose les yeux sur la personne à qui appartient cette voix. Et toute ma détermination, toutes les conneries, tous les mensonges à la con que je me suis répétés encore et encore sur le fait que je veux m'arrêter là avec Beckett me retombent dessus à l'instant où nos regards se croisent.

Je ressens cette étincelle instantanée, ce désir incandescent qui illumine mes entrailles, lorsqu'un lent sourire de travers s'empare de ses lèvres. Ma vanité me fait immédiatement regretter mon short coupé dans un vieux jean et mon T-shirt dix fois trop grand laissant une épaule découverte. Mes cheveux sont empilés n'importe comment sur ma tête pour former une sorte de queue-de-cheval branchée qui compense mon manque de maquillage.

Du moins, c'est ce que je me dis.

Un instant, nous soutenons mutuellement notre regard pendant que nous essayons tous les deux de comprendre ce que veut dire l'autre dans ce silence. Et toutes mes déductions tombent à plat lorsque je remarque un bras passé autour de celui de Becks. Je le suis pour remonter jusqu'à la femme à ses côtés. Elle lui dit quelque chose, et il me regarde encore une seconde avant de se tourner pour observer ce qu'elle lui montre.

Impossible de détacher mon regard du couple. Je ne veux pas reconnaître le petit coup au cœur de jalousie qui commence à me bouffer en le voyant avec une autre fille. Et pas n'importe quelle fille, mais plutôt l'incarnation même de mon opposé. La peau ambrée et d'un style exotique, comparée à mes cheveux blonds et mes yeux marron d'un banal affligeant.

Maddie tire sur ma main et me sort de ma transe. Et, alors qu'elle me tire vers le présent, je lui achète le paquet de pop-corn sans réfléchir, parce que je suis bien trop occupée à voir Becks avec quelqu'un d'autre et consternée car c'est peut-être la première fois de ma vie que je manque de confiance en moi.

Mais qu'est-ce qu'il me fait, merde ?

Je me réprimande moi-même silencieusement en me disant d'enfiler mon string de grande fille et de me sentir aussi à l'aise avec qu'une strip-teaseuse sur sa barre de pole dance, mais je pense que je suis un peu sonnée de m'être rendu compte que j'ai envie de rentrer sous terre alors que, d'habitude, j'ai toujours confiance en moi. Et maintenant, je suis paumée, parce que je remarque soudain que le gars qui me tend le pop-corn me dévisage comme si j'étais en train de perdre les pédales parce qu'en fait, j'ai déjà payé et je bloque la file d'attente.

Merde.

Je laisse Maddie nous guider. Elle me tire sur la main alors que j'essaie de comprendre ce sentiment complètement nouveau d'insuffisance qui s'est insinué en moi. Je ris. Maddie pense que je ris à cause de son excitation devant le paquet de pop-corn, mais en toute honnêteté, je suis abasourdie que, parmi tous les hommes que je connais, ce soit Becks qui m'inspire ce sentiment.

Ça devient tout à fait possible d'en vouloir plus avec lui… mais c'est ce qui vient ensuite qui ne rentre pas dans mon projet de vie.

Et alors que je suis assise à une table de pique-nique, à avaler des poignées de pop-corn sans réfléchir, j'ai une révélation. C'est ce qu'il a dû ressentir lorsqu'il a appelé chez moi et que Dante a décroché son téléphone. Pas étonnant qu'il se soit comporté comme le dernier des cons.

Mais Dante n'est personne et elle… à l'évidence, elle a un rôle dans sa vie.

Ce n'est pas comme si j'en avais quelque chose à foutre.

Avant que j'aie fini de me mentir à moi-même, je lève les yeux du sachet de pop-corn et je le vois directement devant moi. Enfin, plutôt son ventre et, rien que de voir ça, ma respiration s'accélère car ça me rappelle la sensation de mes mains sur les muscles bien dessinés sous son T-shirt. Je dois pencher la tête en arrière pour croiser ses yeux tapis dans l'ombre de la visière de sa casquette de base-ball.

– *Dante.*

Le nom est sorti de ma bouche avant même que je puisse mettre de l'ordre dans mes pensées et organiser mon discours. Et, bien sûr, ce que je veux dire, c'est que je comprends pourquoi Becks était en colère contre moi, j'ai envie de lui expliquer comme il faut les raisons de la présence de Dante, mais mon cerveau est englué dans ce truc qui m'empêche de retrouver toute cohérence.

Becks fronce immédiatement les sourcils et avant même qu'il formule la question que je vois se former sur sa langue, Maddie fait remarquer sa présence.

– Comment appelle-t-on une mauvaise blague sur le pop-corn ? demande la petite voix haut perchée, à ma droite.

Il fronce des sourcils en me regardant un instant avant de se tourner vers Maddie. Vers la petite fille qui m'a posé une question à laquelle je devrais répondre, mais mon regard est fixé sur le visage de Becks et sur les émotions qui s'y peignent : la confusion, l'intérêt, l'humour. Son sourire s'élargit et devient sincère lorsqu'il s'approche d'elle et se baisse pour se mettre à son niveau.

– Mmm, dit-il en se pinçant les lèvres pour réfléchir. Je crois que je connais la réponse, mais je n'ai pas le droit de parler aux étrangers… Alors, désolé, mais je ne te connais pas.

Il reste concentré sur elle, et elle éclate d'un rire profond.

Elle penche la tête en arrière, lève les yeux au ciel en le regardant, toujours morte de rire. Je vois bien qu'elle en oublie son pop-corn et qu'elle est en train de tomber sous le charme de Becks.

– Moi, c'est Maddie.

– Ah… Tu ne serais pas la moitié de ce fabuleux duo appelé Haddie-Maddie par hasard ? demande-t-il.

Mon cœur se serre immédiatement à le voir échanger avec elle et à constater qu'il se souvient d'elle simplement après avoir entendu une conversation à son sujet avec Rylee et qu'il sait à quel point elle compte pour moi. Et, bien sûr, je ne veux pas que mon cœur se serre, parce que c'est impossible si je ne l'apprécie pas *comme ça*, non ? Maddie éclate de rire et me tire de mon analyse trop approfondie qui semble être la norme avec lui ces derniers temps.

– Oui, répond-elle.

– Oh, eh bien, dans ce cas, je te connais vraiment, dit-il en lui tendant la main. Moi, c'est Becks. Je suis un ami de ta tante Haddie.

Ami. Hmmm. Je retourne le mot dans ma tête, j'aimerais bien aimer sa consonance, mais en même temps, j'ai immédiatement envie de le rejeter. « Amant incroyable avec qui toutes les cochonneries sont possibles, attaché à la tête de lit », a une bien meilleure sonorité.

La voix de Maddie me ramène une fois de plus parmi les vivants lorsqu'elle lui serre la main.

– Alors, c'est quoi ta réponse ?

– Comment appelle-t-on une mauvaise blague sur le pop-corn ? répète Becks en se relevant, attrapant au passage une poignée de confiseries dans notre sac, sur la table devant lui. Je dirais *une blague qui fait un flop, ça fait du flop-corn*.

Il rit doucement alors que Maddie en reste bouche bée un moment, sidérée de constater qu'il a deviné la bonne réponse. Puis son sourire lui va d'une oreille à l'autre.

Une fois sa réponse donnée, Becks se retourne vers moi, et je me retrouve à me lever sans réfléchir, comme s'il exerçait une pulsion magnétique sur moi à laquelle je suis incapable de résister. Il penche la tête sur le côté et me dévisage simplement un moment avant de me parler :

– Salut.

– Salut.

Quand je réponds, mon corps se met instantanément à vibrer, mes tétons durcissent, mon pouls bat à toute vitesse et je rougis de partout.

– Dante ?

Je grimace immédiatement en constatant qu'il se rappelle comment je l'ai apostrophé. Il poursuit :

– J'ai raté quelque chose, là ?

Je soupire en secouant la tête.

– Ouais. Je voulais juste t'expliquer qui a répondu à ton téléphone l'autre jour. Dante est…

– C'est pas mes oignons.

Son ton froid et distant m'arrête sur ma lancée, mais je veux qu'il sache la vérité.

– C'est quelqu'un qui vient de mon passé. Il avait besoin d'un endroit où dormir.

Il ne réagit qu'en haussant les sourcils. Je jette un coup d'œil à Maddie qui observe notre échange avec une curiosité teintée d'amusement, du pop-corn à la main, pour assister au spectacle.

– Tu peux dire que c'est ton ex, Had. On a dit qu'on ne s'attachait pas, *tu t'en souviens* ?

Je le jure, je pourrais être une femme heureuse si je n'entendais plus jamais ce mot. Il me taquine à la première occasion venue, par cet assaut verbal qui s'adresse directement à ma conscience. Une manière de me dire… quoi au juste ? Si je voulais que notre histoire ait un avenir, ça pourrait bien se passer ? Nan, mais ce n'est juste pas possible.

– Becks, c'est important, je voulais que tu saches que je n'ai pas sauté d'un mec à l'autre en te quittant. Il ne se passe rien entre Dante et moi.

– Tout comme il ne se passe rien entre toi et moi, non ?

Il a posé sa question sur un ton suggestif et la question reste plantée là, dans l'atmosphère chargée d'énergie sexuelle entre nous. Je détourne les yeux en soupirant, mon regard se porte sur son grand T-shirt, puis son short lâche et enfin sur ses tongs, alors que j'essaie de trouver comment reprendre pied dans ce monde qui continue à vaciller.

Eh merde, je déteste les tremblements de terre.

– Becks…

Ma voix ne retombe pas et je ne sais pas trop quoi dire parce qu'il a raison. C'est sûr, il y a quelque chose entre nous, là. Quelque chose dont je ne veux pas mais à quoi je ne semble pas capable d'arrêter de penser. Peut-être qu'on devrait encore s'envoyer en l'air pour se débarrasser de toutes ces sensations, une bonne fois pour toutes.

Je commence à me dire que c'est une idée brillante. Je le déshabille déjà dans ma tête quand son nom retentit par-dessus le brouhaha du marché.

– Becks ?

Instantanément, je me raidis en entendant cette voix à l'accent exotique qui l'appelle. Il me dévisage encore un peu plus, sort sa langue pour humidifier sa lèvre inférieure alors que son regard m'incite à le questionner.

– Une seconde, répond-il à Miss Exotique en levant un doigt vers elle avant de revenir vers moi, une lueur de défi dans le regard.

C'est comme s'il se moquait de moi, comme s'il voulait que je lui demande de rester ou d'expliquer la nature de sa relation avec elle.

Et j'ai tellement envie de savoir, j'en suis désespérée, mais je me contente de sourire subtilement et de secouer la tête pour toute réponse. Lorsque je tourne la tête, je croise le regard de Miss Exotique qui m'offre un sourire sincère. Je la déteste immédiatement. Pourquoi n'est-elle pas une de ces connasses superficielles belliqueuses qui me donnerait une bonne raison de ne pas l'apprécier ? Et ça m'énerve de la détester rien que pour ça, mais elle ne sait pas qui je suis. Elle n'en a aucune idée. Ni n'imagine comment Becks sait manipuler mon corps en expert.

Et qu'il a pris possession de mes émotions maintenant.

C'est peut-être sa présence qui me donne encore plus envie de Becks. Qui me fait regretter que ce sourire engageant qu'il lui adresse ne me soit destiné à la place de ces sourires moqueurs qu'il me réserve. De ceux qui disent savoir que tu les désires – et d'ailleurs, que tu désires plus de ce truc, quel qu'il soit – alors pourquoi lutter pour le repousser ?

– Haddie ?

Sa voix m'incite à persister dans l'obstination, mais ses gentilles questions curieuses titillent ma détermination.

Je jette un coup d'œil rapide à Maddie avant de revenir à lui.

– Ouais ?

– Tu sais que je suis là si tu as besoin d'aide, hein ?

Je détends mes épaules, je n'ai pas besoin que mes émotions éparses y trouvent refuge, là, tout de suite. Je n'ai pas besoin de cet homme que j'ai, d'une certaine manière, invité dans mon intimité. Je n'ai pas besoin qu'il se mette à m'offrir plus que je suis capable d'accepter. Quelque chose de plus que de l'amitié.

– Merci.

Je déteste entendre ma voix si peu sûre d'elle et tellement prompte à quémander de l'affection. J'essaie de trouver un peu de dignité, j'essaie de retrouver ces traits d'esprit qui me caractérisent.

– On a dit pas d'attaches, hein ?

Mon rire sonne faux ; mes pensées sont contradictoires.

Il fait un pas en avant, tend la main pour caresser mon bras de haut en bas. Je sais que c'est un geste de réconfort, mais mes sens sont complètement détraqués dès qu'il me touche.

– Cours autant que tu veux, Haddie, murmure-t-il, mais la profondeur de sa voix se détache du brouhaha du marché. Mais tu vas te retrouver prise au piège de tes propres liens si tu refuses de t'attacher… Qui viendra te sauver, alors ?

Ses mots me blessent, ils laissent des cicatrices dans mon âme, ils me disent une vérité que je ne veux pas admettre mais que je sais être tangible et réelle. J'ai envie qu'ils soient vrais. Parce que, si je suis empêtrée dans la propre toile de protection que je me suis tissée, comme ça, lorsque l'inévitable arrivera, je ne pourrai blesser personne.

– Je n'ai pas besoin d'être secourue, Becks.

Il recule d'un pas et secoue la tête, le regard empreint de tristesse. Ses yeux cherchent les miens, ils essaient de voir à travers la garde impénétrable que j'y ai installée.

– C'est là que tu as tort, la Citadine. Tout le monde a besoin d'être secouru un jour ou l'autre.

Il soutient mon regard un instant de plus avant de me saluer d'un mouvement de tête, d'ébouriffer les cheveux de Maddie en la faisant glousser, puis de partir. Je suis du regard ses larges épaules et son dos musclé jusqu'à ce qu'il soit aspiré par la foule. Je ne me laisse pas me demander si elle lui embrasse la joue lorsqu'il la rejoint, ou s'il lui prend la main, ou si elle passe son bras autour de la taille.

Non.

Parce qu'avec lui, c'est pour toujours.

Et je ne peux m'accorder que du jour le jour.

CHAPITRE 11

Défoncée de fatigue, je remplis mon verre de vin et je sors dans le jardin m'installer sur le transat. Je me coule dans la chaleur estivale, le visage tourné vers le soleil couchant, les yeux fermés. Puis je laisse déferler sur moi les émotions qui m'ont tiraillée toute cette semaine. Les larmes s'accumulent derrière mes yeux toujours fermés tandis que je lève le verre à mes lèvres pour y boire l'âpre liquide.

Je repense à mon adorable Maddie et à ses sanglots tout à l'heure, lorsqu'elle s'est agrippée à mon cou juste avant que je ne la dépose chez elle. Je pense à tous ces « et si » et ces « ça n'arrivera jamais » qui l'attendent et j'en ressens une telle mélancolie qu'il est finalement plus simple de rester assise ici, dans ce chaud crépuscule, à écouter le bruit des enfants qui jouent de l'autre côté de la palissade que de rentrer dans la maison et d'affronter le silence.

Parce que c'est dans le silence que le doute s'insinue, que les souvenirs reviennent et que ces envies nous étouffent.

Du coup, je reste là, à profiter de la bande originale de la vie qui m'entoure, par-delà la clôture du jardin, et je me dis que c'est une métaphore bien triste de ma personne et de mon cœur. Le vin descend beaucoup trop facilement et, dans cette confortable chaleur qui glisse sur ma peau, je me laisse dériver et je succombe à mon épuisante semaine.

Je me réveille en sursaut en sentant que mon verre m'est retiré de la main. Surprise, j'ouvre brusquement mes yeux encore fatigués pour découvrir Dante assis sur le bord de ma chaise longue. Il vient de déposer mon verre vide sur la petite table à côté de moi. Son regard gris soutient le mien. Il semble à la fois soucieux et amusé de ma sieste dans le jardin, en ce début de soirée.

– Salut, dit-il doucement.

Sa main se pose sur ma joue. Je me raidis en sentant les cals au bout de ses doigts l'effleurer, mais mon cœur, lui, se met à battre à toute vitesse. Je me dis que mon pouls s'affole à cause de mon réveil brutal, mais le bouillonnement dans mes entrailles joue cartes sur table.

Je frotte mes lèvres l'une contre l'autre, histoire de gagner du temps pour comprendre ce qui se passe dans ma tête et trouver quoi dire, mais en fin de compte, je ne fais que dévisager Dante pour essayer de comprendre ce que je lis dans ses yeux. Je réussis finalement à sortir quelques mots :

– Salut, toi. Ça va ?

Je vois un muscle frémir sur sa joue et je sens ses doigts se raidir, et juste quand une lueur se met à animer son regard, elle disparaît.

– Ouais, je n'ai pas l'habitude de te voir si triste, répond-il en penchant la tête sur le côté un instant. Tu n'es plus cette fille qui pétait le feu à laquelle je m'étais habitué.

J'observe les cheveux qui bouclent sur le col de son T-shirt et la petite barbe autour de sa bouche sensuelle. Lorsqu'il caresse ma lèvre inférieure de son pouce, dans un geste non calculé, je me redresse immédiatement, même si sa main est toujours posée dans le creux de mon cou. L'ambiance change immédiatement entre nous et j'ai besoin que la situation retourne dans cette zone confortable pour moi.

– J'ai vu Lex mourir. C'est le genre de truc qui nous change, tu sais ?

Et je sais qu'il le sait, je sais qu'il tenait la main de son grand-père quand il est mort d'un cancer lui aussi, mais c'était il y a plus de quinze ans. J'ai l'impression que la mort de ma sœur remonte seulement à la veille.

Il hoche la tête pour me montrer qu'il comprend, alors que sa main libre passe du coussin du transat à ma cuisse nue, le tout sans jamais me quitter des yeux. Une sirène d'alarme se déclenche dans ma tête, mais je ne sais pas ce qui fait le plus de bruit là-dedans : l'alerte ou le désir.

Je lutte pour déglutir, alors que son pouce esquisse des cercles concentriques à l'intérieur de ma cuisse vers le bas de mon short.

– Qu'est-ce que tu fais, Dante ?

Ma voix est à peine audible, j'essaie de lancer un avertissement, mais il est perdu dans le petit soupir qui le suit. Je sais que je lui ai dit qu'on ne coucherait pas ensemble, de ne même pas y penser… mais, en même temps, j'en ai tellement envie, besoin même, besoin d'oublier tout ça. J'en suis désespérée.

Le problème, c'est que ce coup-ci, ce n'est pas Lex que j'essaie d'oublier.

C'est Becks.

Et ces idées fugaces d'éternité et de lendemain qui chantent dont je ne veux surtout pas. Que je ne me permets pas.

– Tu sais que Lexi n'aurait pas voulu que tu t'arrêtes de vivre. Elle détesterait te voir comme ça.

Il se penche lentement, et je sens mes yeux se plisser, puis ma respiration s'accélérer lorsqu'il s'approche.

– Dante…

Je sais que je devrais l'arrêter, je sais que je devrais le repousser, mais à la seconde où ses lèvres touchent les miennes, où je sens son goût sur ma langue, je me sens revivre. Et je repousse toutes les objections dans ma tête – celles qui me hurlent dessus pour m'avertir que je sais très bien qu'il va me ravager cœur et âme dès qu'il mettra la main dessus – et je me laisse succomber à son charme. J'ai envie de me perdre et je me sens enivrée par ses caresses, son corps, sa domination ; impossible de réfléchir correctement.

Fais-moi tout oublier Dante, aide-moi à ne plus rien sentir.

Là, j'ai juste envie qu'on me prenne. Qu'on me transporte loin de mes idées noires, de mes questions et de mes complexes. Et j'essaie de me perdre dans l'aspect très physique de notre interaction pour me convaincre que j'ai envie de tout ça – qu'on me pousse au bord du précipice si vite et si fort pour que je puisse oublier tout ce que je ne veux pas voir dans ma tête – et que je me rappelle que ça me suffit. Que je n'en veux pas plus, que ça ira bien. Que c'est comme ça que j'ai choisi de vivre ma vie.

Un rapport sexuel avec une personne qui ne veut rien de plus. Quelqu'un qui sortira de ma vie aussi rapidement qu'il y est entré.

C'est ce qu'il y a de plus sûr. C'est ce que je peux accepter.

– Non, non, non !

J'arrête Dante en appuyant sur son très ferme et sublime torse, je le force à reculer pour que ses lèvres s'éloignent des miennes. Je ne peux pas faire ça. Je ne peux pas me perdre en lui alors que c'est Becks que je veux.

Dante me dévisage, il serre les dents tant il est frustré, et son regard me dit qu'il me veut.

– Mais si tu en as envie, murmure-t-il. Je peux t'aider à oublier, Haddie. Je peux t'aider à te sentir vivante.

Mon corps et mon cœur ne pensent pas la même chose, mais je le tiens à bout de bras pour essayer de me calmer. Il penche la tête sur le côté, son regard soutient le mien jusqu'à ce qu'il se baisse vers ses doigts qui se mettent à délacer le ruban qui serpente au milieu de mon décolleté.

… mais tu vas te retrouver empêtrée dans tous ces liens qui traînent si tu refuses de les attacher…

Les mots de Becks m'assaillent à nouveau. Ils m'aident à repousser cette immense connerie que je suis sur le point de faire. Ils me font réfléchir alors que j'essaie précisément de me servir de Dante pour l'oublier lui.

– Non ! lui dis-je avec plus de détermination.

Dante se penche contre mes mains tendues, et ses doigts continuent à tenter de dénouer le ruban qui ferme mon top.

– Allez, Bébé, tu as autant envie de moi que moi de toi.

Dans un geste de défense, je garde mes mains levées, alors que mon cœur l'emporte sur ma tête dans sa lutte pour le contrôle de mon corps. Je le repousse une dernière fois pour que mes jambes puissent tomber de l'autre côté du transat, à l'opposé de l'endroit où il est assis. Mais ses mains sont toujours posées sur moi. Je me tortille pour échapper à ses caresses et je me lève brusquement avant de me diriger vers la maison.

– Putain, mais quelle allumeuse !

J'entends son commentaire narquois derrière moi et je trébuche au moment où je pose la main sur la porte coulissante.

– Réfléchis à ce que tu dis, Dante, avant de cracher des conneries pareilles.

Je tire sur la porte. La colère monte en moi, je suis énervée contre lui, contre moi, et puis merde, contre n'importe qui, même.

– Là, Bébé, tu te la joues genre, tu veux pas. Tu sais ce que ça me fait, dit-il, tout près de moi. Ça me fait bander violent et je sais que t'aimes quand c'est un peu brutal, c'est tellement bon.

Les mots de Dante devraient m'exciter, sauf qu'en fait, non. Ils me hérissent et me font penser à Becks, et à quel point ce type de commentaire serait bien plus tentant en sortant de sa bouche. Eh merde. Pourquoi refuse-t-il de quitter mes pensées ?

– Si tu essaies encore une fois de me toucher, tu devras te trouver un nouveau plan pour squatter, je lui réponds en rentrant dans la maison sans me retourner.

– C'est une menace ou une promesse ? demande-t-il en riant doucement.

– C'est un fait.

J'ai hurlé ma réponse, et j'entre dans ma chambre avant d'en claquer la porte. Et je reste plantée là. Les poings serrés et l'esprit complètement paumé. Putain merde, je suis en colère contre Dante, mais, plus que tout, j'enrage contre moi.

Quand suis-je devenue cette femme qui se sert des hommes pour en oublier d'autres ? Non mais, dans le genre déconnant, on atteint quel degré ? Non pas que ce soit normal, mais s'envoyer en l'air – être un peu festive – pour oublier le chagrin de la mort de Lexi est une chose, mais s'en servir pour oublier un autre homme ? C'est aller un peu trop loin, même pour moi.

Je me dirige vers la salle de bains et là, je prends un virage sec vers mon portable. J'ai juste besoin d'entendre sa voix. C'est tout. Un petit truc juste pour m'aider à reprendre la main sur la réalité et me rappeler cette femme que j'étais. Impertinente et audacieuse. Pas cette ombre geignarde de celle que j'étais avant. Cette femme que je n'aime même pas.

On dirait bien que je n'arrive plus à me trouver.

Sauf quand j'entends sa voix.

Ou lors de cette nuit-là avec Becks.

Bah ! J'appelle ma messagerie vocale et passe les nouveaux messages que je n'ai pas envie d'écouter maintenant. Il n'y a qu'un seul message sauvegardé que j'ai envie d'entendre, et peu importe le nombre de fois où je me le repasse, mon cœur se serre toujours en entendant le son de sa voix.

Je l'écoute divaguer, épuisée et essoufflée par son discours vers la fin. Elle parle de choses et d'autres, suivant le cours de ses pensées incohérentes, mais lorsqu'elle en vient à la partie que je préfère, mes doigts serrent mon téléphone de toutes leurs forces :

« Souviens-toi, Had. Le temps, c'est précieux. Perds-le intelligemment. »

Elle fait ensuite une pause pour retrouver son souffle, sa respiration sifflante me parvient dans le message, elle me serre toujours autant le cœur et me ramène à ses derniers jours.

« Je t'aime. Plus que tout le tour du monde, et encore, ce n'est pas assez, Had. Je t'aimerai toujours. »

Un sanglot me secoue la gorge, et des frissons courent sur ma peau en entendant la respiration de ma sœur lorsqu'elle essaie de raccrocher son téléphone. Je me laisse tomber sur le lit. J'ai tellement besoin d'elle. Elle était mon roc. C'était elle la fille sérieuse, comme ça, je pouvais être la rigolote de service, la désinvolte. Je laisse quelques larmes couler avant de les essuyer rapidement, en colère contre moi d'être triste du dernier cadeau qu'elle m'a fait sur ma boîte vocale.

Je suis surprise d'entendre qu'on frappe à ma porte. Là, je n'ai pas envie de parler à Dante. J'ai juste envie qu'on me laisse tranquille et de tomber dans un sommeil sans rêve. Je l'ignore, puis je rampe un peu plus dans mon lit avant de remonter la couette.

– Haddie, allez… Écoute, je suis désolé. C'est pas ce que je voulais…

Je l'entends soupirer dans le couloir, puis ce que je ne peux qu'interpréter comme un front qui tombe sur le panneau de bois.

– Et puis quoi ? Bien sûr que c'est ce que je voulais. C'est toi, non ? Mais désolé. Je n'aurais pas dû. C'est juste qu'être ici fait tout revenir et, putain, mais t'es tellement bonne… C'est juste… S'il te plaît, Bébé, parle-moi…

Même si j'éprouve un léger choc d'entendre Monsieur Je-n'ai-jamais-tort, alias Dante Teller, me présenter ses excuses, ses mots sonnent creux à mes oreilles. Vides. Rien. Ils ne me sortent pas de la tristesse qui s'est drapée autour de moi telle une couverture. Je ferme les paupières en serrant de toutes mes forces et je passe un bras sur mon visage dans une futile tentative de protection, essayant de me soustraire à tout ce que je ne veux pas ressentir.

– Had…

Sa voix reste en suspens. Alors, je m'assieds et je presse la couette contre ma bouche en attendant qu'il parte, car je veux être seule. J'en ai besoin, même. Environ une minute plus tard, je l'entends pousser un autre soupir, puis je perçois le bruit de ses pieds qui s'éloignent dans le couloir. Il bat en retraite.

Je prends une bonne inspiration et mon corps tremble, en proie aux violents sanglots que je contiens pour ne pas pleurer. Puis j'arrive à me calmer en voyant que la nuit est tombée, et je me retrouve à regarder sans ciller le plafond de ma chambre plongée dans le noir. Le temps passe, et j'ai vraiment envie de parler à Rylee maintenant. J'ai besoin des conseils sensés et raisonnables de ma meilleure amie, qu'elle me dise que je suis stupide. Que je devrais suivre mon propre fichu conseil : vivre un peu. Que la vie commence juste en dehors de ma zone de confort.

J'attrape mon téléphone et j'appuie sur un numéro, pas trop sûre de savoir si je cherche à localiser ma zone de confort.

Mon esprit hésite entre ce qu'il désire et ce dont il a besoin. Entre la colère et la résignation. Peu importe ce que je ressens, parce que quand j'entends le son de sa voix de l'autre côté du combiné, je me sens complètement seule dans cette pièce, mais en même temps, plus aussi isolée.

– Hello ?

Je lutte pour trouver les bons mots qui expliqueraient les raisons de mon appel. Sauf que je n'arrive à trouver rien d'autre que l'embrouillamini qui remplit ma tête, alors j'en reviens à ma nouvelle marque de fabrique : le sarcasme.

– Alors maintenant, ton truc, c'est de briser toutes les règles, c'est ça ?

Je ne sais pas trop d'où me vient ma colère, je ne devrais pas la décharger sur lui, mais c'est ce que je fais. Sans aucune honte.

J'entends qu'il bouge de son côté, puis le son de la télévision diminue quand il s'en éloigne. Attends. Pourquoi s'éloigne-t-il de la télé ? Est-ce qu'*elle* est à ses côtés en ce moment ?

– Had ? Tu veux me donner un petit indice, là ?

Je suis au beau milieu d'un tel tumulte d'émotions que je ne me rends même pas compte que je n'avais pas prévu d'avoir cette conversation avant qu'il ne soit trop tard.

– Ta première règle : on ne couche pas avec les amis. Elle aussi, c'est une amie ?

Et je n'arrive pas à croire que je viens de dire ça à voix haute. J'imagine que lui non plus, parce qu'un silence s'installe, le temps qu'il assimile ma question.

– Est-ce que *Dante* est un *ami* ?

Il y a un truc dans sa voix, cette fois-ci, une sorte d'exaspération mélangée à une irritation qui me fait mâchouiller l'intérieur de ma joue, le temps de trouver comment lui répondre.

Comment pourrais-je lui dire qu'il n'est qu'un ami lorsqu'il y a une heure à peine, j'allais l'utiliser pour oublier l'homme à qui je m'adresse au téléphone ?

– Ce n'est pas de lui qu'on parle.

Je dévie la conversation pour rester sur mes questions. Je n'ai aucune envie de me pencher sur le tas de problèmes variés que j'ai sous le nez.

– Alors, je ne parle pas d'elle. En plus, qu'est-ce que tu en as à foutre, Haddie ? Je te donne exactement ce que tu m'as demandé, non ? Une nuit, pas d'attachement. Pourquoi veux-tu savoir qui est Deena pour moi ? Qu'est-ce que tu en as à foutre ?

Ah, Mademoiselle Exotique a un nom. Deena ? Je déteste ce prénom. Ouais, enfin pas vraiment, mais maintenant si. Je l'imagine immédiatement gémir ce nom, et le son fictif de sa voix me donne la nausée.

– Tu me maintiens à distance, mais ensuite tu m'appelles quand ça t'arrange, continue-t-il alors que je suis murée dans le silence, perdue dans mes pensées.

– Je n'ai jamais fait ça !

Dans la série gros mensonges, on fait rarement mieux, mais tant que j'y suis, autant y aller.

– De la merde, Montgomery ! Dante, ou je ne sais pas trop son nom, te traite peut-être comme de la porcelaine quand tu veux ou plus brutalement quand tu en as besoin et te laisse toute seule le reste du temps, mais je ne suis pas comme ça. Je ne suis pas ce mec. Tu ne peux pas t'asseoir sur les sentiments des autres et t'attendre à ce qu'ils restent là pour toi, en plus.

Il pousse un soupir de frustration, et je suis un peu désarçonnée par le ton de sa voix.

– Putain, mais qui a parlé de sentiments ? Les sentiments ne font pas partie de mon règlement.

Je suis tout aussi puérile que ma réponse.

– Tu veux parler de règles, Haddie ? Tu veux connaître ma deuxième règle ? Je ne joue pas à ces petits jeux.

– Pfff.

C'est un son incrédule, suivi de près par des yeux qui se lèvent au ciel, même s'il ne peut pas les voir.

– Ouais. On peut dire ça comme ça. Il y a une autre raison à ton appel, à part ton envie de fourrer le nez là où ça ne te regarde pas ?

J'ouvre la bouche, puis je la ferme. Je ne sais pas comment lui répondre, parce qu'en fait, à la base, j'avais juste besoin d'entendre le son de sa voix, et on en est arrivés là. Je cherche mes mots et je n'arrive pas à réparer cette merde entre nous, qui pourtant n'a pas besoin de réparation.

Parce que je ne veux rien entre nous. Je ne veux pas de lui.

– Eh bien, si tu veux vraiment parler, plutôt que de me faire ce sketch à la con, je suis là pour toi… mais, Had… ? Ce truc, là… cette merde passive-agressive, quelle qu'elle soit, ça ne me va pas. Nous avons passé cette nuit ensemble. Tu as été très claire, tu ne veux rien d'autre que ce que nous avons partagé cette nuit-là, alors tu n'as pas le droit de m'appeler pour me poser des questions sur ce que je pourrais faire ou non avec quelqu'un d'autre. Tu ne veux pas d'attaches entre nous ? Alors coupe-les… Mais franchement, je ne pense pas que tu saches ce que tu veux toi-même. Alors, d'ici que tu arrives à le savoir, je crois qu'il vaudrait mieux qu'on se dise bonne nuit avant de faire empirer une situation déjà pas géniale.

– Attends !

Ma voix est entrelacée de désespoir, tout est concentré dans ce petit mot. Et à m'entendre comme ça, je me hais, mais je me sens tellement seule, si effrayée. Je n'ai envie que d'une chose : de ce réconfort que lui seul est en mesure de m'apporter.

J'attends que le signal sonore qui me préviendra qu'il a raccroché m'assaille les oreilles. J'attends cette tonalité sans fin qui me confirmera que j'ai eu raison de mettre du fil de fer barbelé autour de mon cœur – c'est douloureux, mais nécessaire. Mais non, il n'y a rien, j'attends et je n'entends que le son de sa barbe qui frotte contre le micro de son téléphone près de son visage.

Et j'attends... Ma gorge me brûle de ces larmes que je veux verser, mais dont je ne veux plus. Je n'en peux plus de ces larmes qui ne me réconfortent plus.

– Je suis là, Haddie. Je ne vais nulle part, d'accord ?

Le timbre de sa voix me révèle son inquiétude et sa sympathie.

Le gargouillis incohérent qui sort de ma bouche porte tout ce que je peux lui offrir en guise de remerciement de ne pas avoir raccroché. De ne pas avoir renoncé à moi.

– Parle-moi. Qu'est-ce qui se passe ?

Il me parle doucement, comme s'il avait peur que je parte en courant pour me cacher s'il me poussait trop. Exactement ce que j'ai envie de faire. Comment fait-il pour aussi bien me connaître ? Eh bien, je n'en ai pas la moindre idée.

– Je suis désolée.

Mes mots sont à peine audibles. Je ne reconnais même pas ma propre voix, je n'arrive pas à comprendre comment s'y prend cet homme que je ne veux pas laisser entrer dans mon intimité pour réussir à m'atteindre si facilement.

Je n'ai rien pu faire pour empêcher la mort de Lexi, mais je ne me serais jamais attendue à me perdre moi-même aussi facilement. Et il y a un truc chez Becks – sa nature facile à vivre et décontractée, sa personnalité, sa gentillesse – qui me pousse à aller au-delà de ma carapace blindée et à vouloir entrer en contact avec lui. J'ai eu envie d'attraper cette ombre de ma personne qui flotte juste hors de portée de main.

Un ballon gonflé à l'hélium sans cordon qui s'est plaqué contre ton plafond. Là. Présent. Mais impossible à attraper.

Jusqu'à ce qu'il se dégonfle. Et tombe inerte.

– Ne sois pas désolée, Had. Jamais, d'avoir besoin de moi.

Je n'ai pas besoin de toi.

Les mots sont sur le bout de ma langue. Mais la gentillesse du ton de sa voix ne fait que renforcer cette douleur maintenant incandescente.

– Tu veux en parler ?

Tu n'as pas idée. Je veux tout te dire. Combien je suis folle de désir pour toi, à quel point j'ai peur, combien je sais que si je t'explique tous ces pourquoi, tu me feras c'est certain, le discours des « il faut passer à autre chose », et c'est vraiment le truc que je ne veux plus entendre, tellement ça me rend malade. Ce « Lex est morte, Haddie. Elle voudrait que tu continues à vivre, continue à rêver. Vis pour elle. Passe à autre chose ».

Et je ne sais pas ce qui est pire pour moi. Qu'il me dise ça et ruine cette image parfaite que j'ai de lui qui me tient à cœur, ou le laisser pénétrer ma carapace, lui permettre d'y vivre un temps et ensuite le dévaster comme Danny à la mort de Lex.

Au loin, j'entends le cliquetis de la médaille d'un chien et, pour une raison que je ne m'explique pas, ce bruit me fait sourire. Alors, je me raccroche à l'idée de Becks avec un ami poilu à quatre pattes pour lui tenir compagnie la nuit. Mon esprit tente une diversion pour oublier la vulnérabilité qui s'échappe de toutes les fibres de mon corps.

– Non.

Le mot est sorti sur un petit soupir.

– Tu vas bien. Tu veux que je passe chez toi ?

Oui.

– Non.

Incapable de franchir le pas et d'admettre à quel point j'ai envie de lui, je mens. Faire venir Becks, c'est admettre qu'il y a une fissure dans la carapace autour de mon cœur. Et le seul problème, c'est que je l'ai laissé entrer – je l'ai laissé s'infiltrer derrière les barrières que j'ai renforcées –, mais il ne doit jamais le savoir. S'il le découvre, s'il me laisse une place dans son cœur, dans sa vie, ensuite je m'ouvrirai à lui en partageant mes sentiments.

– Alors, qu'est-ce que tu veux de moi ?

Mon cœur se serre en l'entendant dire ça. Pas « qu'est-ce que je *peux* faire pour toi » mais « qu'est-ce que tu *veux* de moi » ? Où est mon arrogance quand j'ai besoin de lui ? Pourquoi ne se comporte-t-il pas comme un vrai enfoiré pour que je puisse me raccrocher à ça pour m'aider à le repousser ?

Le protéger et m'isoler ?

– Rien… C'est juste que…

Impossible d'aller au bout de mes idées, parce que j'ai envie de lui dire que j'ai besoin de lui sur tant de plans. Pourquoi je le désire. Mais je me refrène pour ne pas risquer de le blesser. Pourquoi j'ai peur de faire cette stupide prise de sang. Tant de choses, mais tout ce que je peux faire, c'est de vivre au jour le jour, instant après instant.

Mais ce n'est pas ça le problème, du moins en partie ? Si j'en reste à cette théorie, je devrai vivre à fond. Si demain n'est que de l'inconnu, je devrai abandonner toute prudence et vivre dans un abandon total et irréfléchi. Vivre à cent à l'heure. Oui, mais non.

Parce que j'ai peur.

Je ferme les yeux pour laisser couler une larme silencieuse et j'essaie de repousser ma terreur, mais j'ai comme l'impression de ne pas avoir besoin d'en parler, parce que Becks a tout compris.

– Je suis là, d'accord ?

Je hoche la tête comme s'il pouvait me voir, assis à côté de moi, et il me faut quelques secondes pour me rendre compte de mon geste.

– Ok.

– Alors, euh… on n'a jamais terminé notre conversation l'autre jour.

Je laisse le silence s'installer, je ne sais pas trop de quoi il parle et, en même temps, je me demande si j'ai ce qu'il faut pour m'en soucier, même si je sais très bien que c'est le cas.

– Je suis né au Texas. J'ai déménagé à côté de Santa Cruz quand j'avais six ans pour je ne sais quelle raison… Euh, je me sens comme un con de faire ça, mais c'était mon tour, hein ? Voyons voir, il n'y a que mon petit frère, Walker et moi.

Je souris en l'entendant. J'aime qu'il me raconte son histoire à son tour.

– Mmmm.

Je murmure un son indistinct pour qu'il sache que je l'écoute et pour l'encourager à parler.

– Quand j'avais douze ans, je pense que mon père a été muté à Santa Monica… C'était un gros bonnet dans la banque dans laquelle il bossait, et leur siège social était par là, alors on a déménagé. Je lui en ai tellement voulu de me faire quitter mes amis et mon équipe de foot que j'ai fait mes valises et je me suis enfui.

Il rit en se souvenant de cette histoire, et ce son soulève un peu le linceul de mon chagrin. Puis il reprend :

– J'ai bien fait gaffe à ne pas oublier ma Gameboy et à prendre des trucs à grignoter, puis je suis allé m'asseoir sur le coffrage du transformateur électrique à côté de chez nous, un moment, pour me demander où j'allais pouvoir partir. Mais là, ma mère qui connaît ma plus grande faiblesse – les cookies aux pépites de chocolat chaud – en a fait une bonne quantité et a appelé tous les gamins du quartier dans le jardin. Elle a bien fait exprès de les interpeller en parlant très fort pour que tous les mômes de la rue puissent l'entendre… Je n'ai pas pu le supporter, alors je suis rentré à la maison après une fugue d'une heure et demie en tout et pour tout.

Alors, nous avons déménagé dans le coin. J'ai fait du foot et du base-ball, même de la lutte au lycée. Comme élève, j'étais plutôt moyen. Je me suis fait un pote au bahut, Smitty. Son père travaillait sur le circuit de courses du coin. Un jour, il m'a demandé si j'avais envie de venir y faire un tour et ça ne m'intéressait pas vraiment, mais merde, deux heures sur place et j'étais cuit. Par contre, ce n'était pas la conduite qui me parlait. Putain, ouais, ça suintait l'adrénaline de partout, il y avait bien cette attirance pour la vitesse, mais c'est toute cette équipe autour, les calculs d'essence et les chronos… Toute la mécanique du paddock m'a complètement subjugué.

Il soupire, et moi, je suis suspendue à chacun de ses mots. J'ai envie de lui poser tellement de questions sur cette première fois et sur tant d'autres choses, mais je me contente de petits murmures et autres sons variés.

– J'ai demandé si je pouvais donner un coup de main, venir régulièrement sur le circuit et apprendre tout ce que je pouvais. Au début, je suis resté en retrait, mais ensuite, j'ai pris confiance en moi, fait des suggestions, des remplacements quand un des membres de l'équipe était absent. Puis un jour, j'avais environ dix-huit ans, j'ai vu cette espèce d'enfoiré plein d'arrogance nommé Colton prendre le volant d'une voiture qui venait de Fontana. J'ai entendu dire que c'était le fils d'un acteur d'Hollywood, alors je suis resté pour le regarder se viander, parce que ceux qui se prennent pour des cadors finissent toujours par se planter. Il avait l'air d'avoir mon âge, mais putain, il m'a vraiment surpris parce que ce connard avait du talent, vraiment. Je suis allé faire sa connaissance et il est revenu quelques jours plus tard pour essayer une voiture et comme on dit, le reste, c'est de l'histoire.

J'entends encore le collier du chien tinter et j'ai envie de demander à Becks de me parler de leur amitié, de sa vie amoureuse, de ses parents… Mais je m'enfonce dans le silence, bien heureuse de trouver du réconfort à l'entendre s'ouvrir à moi sans pour autant me poser la moindre question.

C'est tellement bizarre, il me comprend, il sait ce dont j'ai besoin et, pourtant, je ne lui ai rien demandé. Cette idée s'installe au plus profond de mon esprit, puis je me demande ce que ça veut dire exactement et comment elle trouve sa place au milieu de tout ce contre quoi je me bats si ridiculement fort.

Il continue à parler de tout et de rien, de son chien, Rex, un bâtard qu'il a sauvé d'un refuge animal, puis de son frère et de leur maison de famille à Ojai. Des sujets qui n'engagent à rien. Plein d'informations sur lui très intéressantes, mais sans rien me dire sur ce que je veux savoir le plus : Qui est Deena ? Qui est-elle pour lui ?

Et c'est là que ça me fout en rogne d'en avoir quelque chose à faire. Je suis furieuse même, alors je le laisse digresser. Je ne veux pas que mon côté connasse refasse surface et qu'il regrette d'être resté à me parler au téléphone.

Le silence s'abat entre nous quelques secondes plus tard.

– Hé, Had ?

– Moui ?

– Comme tu peux t'en douter à m'entendre parler comme ça, je me sens un peu seul ce soir. Ça ne t'embêterait pas de rester en ligne jusqu'à ce que je m'endorme ? Tu n'as pas besoin de parler ni rien… C'est juste sympa de savoir que tu es là.

Je sais parfaitement bien qu'il ne se sent pas seul, je sais qu'il me ment pour que je me sente un peu moins mal et, putain, ça ne me donne qu'encore plus envie de lui. Un petit sourire joue sur mes lèvres, le sel sur mes joues durcit lorsque mes muscles bougent, sa gentillesse vient à bout de ma détermination.

– Bien sûr.

Et je sens que ça vient. Qu'une partie de mon cœur se met à trembler, que les microfractures le fissurent alors qu'il défonce son blindage à coups de patience et de compréhension.

Les minutes passent au rythme régulier de sa respiration et des balancements de la queue du chien contre ce qui semble être son matelas. Je m'enfonce un peu plus profondément dans mon lit, dans le confort du silence de sa présence, et je la laisse me prendre dans ses bras.

– Merci.

Ce mot murmuré tourne en boucle dans ma tête, mais je ne sais pas s'il sort de ma bouche. Et si c'est le cas, il ne m'en parle pas.

CHAPITRE 12

Beckett

Le bruit de la boîte de nuit résonne suivant un rythme continu de basses. Un peu trop fort, un peu trop branché, bien trop superficiel à mon goût. Donnez-moi un petit coin sombre, une bière pression et quelques jupes courtes mises en valeur par une paire de bottes, et je suis au paradis.

Enfin bon, qui pourrait se plaindre de tout cet étalage de chairs qui passent et repassent sous mon nez ? Mais merde, juste comme lors de cette première nuit à Las Vegas, quand nous nous sommes rencontrés, impossible d'empêcher mes yeux de suivre leur cible.

De regarder cette même personne qu'ils n'arrêtent pas de perdre de vue.

Le problème commence à devenir sérieux.

Maintenant que j'ai goûté au fruit défendu d'Haddie – que j'ai connu de près son odeur, les sons qu'elle émet, sa saveur addictive et que je peux la comparer à d'autres – putain, tout a été gravé au fer rouge dans ma saloperie de mémoire.

Eh merde.

Juste merde.

Et puis, il y a cette lueur dans son regard. Celle qui crie qu'elle a besoin de quelqu'un pour l'aider à surmonter son chagrin, qui lui prouvera que s'ouvrir aux autres n'implique pas qu'elle doive se refermer sur elle-même.

Et putain, j'ai ce truc pour les blondes aux jambes interminables qui ont de la repartie et besoin d'une épaule sur laquelle pleurer. Je déconne ou quoi ? Mon épaule, je ne veux lui prêter que pour étouffer ses cris pendant qu'elle jouit. Mais ça ferait de moi un connard insensible, et je suis tout sauf ça. Putain ouais, je le pense peut-être, mais merde, c'est Haddie, quoi.

Je serais vraiment très con de ne plus vouloir d'elle. Ou aveugle.

Quand je la vois œuvrer auprès de ses clients dans la boîte – à rire, à discuter, à divertir les gens –, je pousse un grognement. Heureusement, il est dissimulé par la musique du club et c'est sûr et certain, il y a un truc en elle qui m'attire et me pousse à m'intéresser à sa vie. Un truc du genre à « rester en ligne au téléphone pendant deux heures où elle ne dit rien juste pour m'assurer qu'elle va bien ».

Putain, je n'ai jamais fait de truc pareil de toute ma vie. Elle avait l'air tellement paumée, un peu comme une petite fille. Comment aurais-je pu lui raccrocher au nez alors qu'elle avait clairement besoin de moi ?

Et quand je l'observe de l'autre côté de la boîte, elle n'a absolument pas l'air de ressembler à une petite fille. Sa façon de bouger son corps est plus que bandante. Le balancement de ses hanches, sa façon de rejeter ses cheveux derrière son épaule. J'admire ses longues jambes fuselées et le V profond de son décolleté qui moule sa poitrine absolument parfaite. Lèvres laquées de rouge, regard charbonneux et corps qui crie l'appel au sexe.

Autant ma bite me supplie d'y revenir une deuxième fois – euh on va dire une cinquième en fait – pour la faire jouir et trouver son chemin entre ses cuisses souples et dorées, tout ce que je veux en fait, c'est m'approcher suffisamment près pour voir ses yeux. Pour m'assurer qu'elle va bien.

Je bois une longue gorgée de Coca en marquant le rythme de la musique avec ma tête, sans jamais la quitter du regard.

– Mec, si tu as tellement envie de te la taper, va la chercher. Parle-lui. Va la choper si tu la veux.

Si le concept de regard qui tue existait vraiment, Walker serait enroulé dans un linceul à l'heure actuelle.

– D'abord, on ne parle pas comme ça d'une femme.

Je lance cet avertissement à mon frère avant de pivoter dans mon fauteuil pour lui faire face et aussi lui faire comprendre qu'il ferait mieux de fermer son claque-merde et d'éviter de parler d'Haddie tout court.

– Ouais, mais j'ai comme l'impression que ce que tu as envie de lui faire tombe dans la catégorie « Lady en public, canaille en privé », alors bon, en réalité, on ne parle pas vraiment du côté « dame », là, non ?

Je lui assène un autre regard tueur, j'ai enregistré le numéro de la morgue dans mon portable. Ok, j'admets, il a raison, mais euh, personne n'a le droit de parler d'Haddie comme ça.

Et pourquoi ça ? Pourquoi est-ce si important pour moi alors que ça ne l'est pas pour elle ?

Des conneries, je dis. Bien sûr que ça compte pour elle. Elle ne veut pas se l'avouer, mais c'est le cas.

J'imagine que c'est pour ça que j'ai traîné Walker ici. Je veux dire, merde, je vois bien qu'elle lutte, j'entends sa peur dans sa voix, je la sens émaner de son corps… La question est pourquoi ?

Alors, je la regarde évoluer dans la boîte. La tête rejetée en arrière en riant. La main posée sur le biceps d'un client, ce qui me fait grincer des dents. Sa jupe qui remonte encore un peu plus lorsqu'elle se penche pour récupérer un verre à shots devant elle et le vider d'un trait, comme une pro. Elle est impressionnante. Dommage que mes pensées divaguent vers un autre endroit où ses lèvres pourraient se poser.

– Ooooohhh ! s'exclame Walker.

Ses synapses se sont enfin mises à fonctionner, et il écarquille les yeux lorsqu'il comprend quand je lui rends son regard.

– Je pensais que tu m'avais entraîné ici parce que tu voulais passer du bon temps avec moi. Enfin pour ça et parce que ton *gramouvie* est en voyage de noces.

– *Mon quoi ?*

Je rigole en essayant de comprendre de quoi mon petit frère est en train de parler.

– Bah ouais, le GRand AMOUr de ta VIE, ton *gramouvie*.

Il hausse les épaules en souriant comme un gros malade. Je ris encore. Impossible de m'en empêcher. C'est vraiment un petit merdeux, mais mec, il est franchement tordant. En plus, je sais qu'il est parfois jaloux de mon amitié avec Colton – de savoir que nous sommes si proches – alors, je le laisse me vanner de temps en temps, tout simplement parce que c'est mon frangin.

– Ça te sort d'où, toutes ces merdes ?

– C'est ce qui se passe quand tu es le deuxième, annonce-t-il en buvant une gorgée de bière. Maman a utilisé tous ses gènes instables sur toi, alors j'ai récupéré tous les testés et approuvés, les bons, quoi. Ceux qui ne se sont pas multipliés au premier regard, stimulés par le gros cadeau final, tu vois ?

Il est sérieux ? Il doit déjà être bourré, et pourtant ça ne fait qu'une heure que nous sommes arrivés. Je cligne simplement des yeux, puis je secoue la tête en essayant d'accepter le fait qu'on l'a certainement laissé tomber sur la tête lorsqu'il était bébé. C'est sûr. Maman a dû avoir un accident un jour – elle a fait tomber Walker – puis elle l'a simplement épousseté sans plus y penser, sans se douter des ravages sous la surface de son crâne.

– Prends un autre verre, Becks, et tout deviendra plus logique, me taquine-t-il.

Je lève les yeux au ciel, puis je reviens à mon observation du club devant nous, la cherchant du regard pour voir si elle va bien. Je repère ses fringues qui brillent, les lumières jouent dans les paillettes à chacun de ses mouvements et se reflètent dans ses cheveux si clairs. Instinctivement, ma bite fait un bond quand je l'aperçois. Impossible de m'en empêcher.

Quand je suis certain qu'elle va bien, je reviens à mon petit frère et je lève les sourcils d'un air interrogateur en le regardant. Je veux savoir ce qu'il a compris, parce qu'une chose est sûre, pas question que je lui fournisse gratuitement les informations qu'il cherche à obtenir.

Walker me désigne, puis pointe son index vers une zone proche d'Haddie, puis sur moi à nouveau.

– Alors… euh… c'est Haddie ? Vous deux… euh ?

Il accompagne sa non-question d'un haussement de sourcils mais ne demande pas directement si nous avons couché ensemble avant d'achever sa tirade d'un :

– Ouais ?

– Ouais, quoi ?

Je ne donnerai aucun détail. C'est peut-être mon frangin, mais il va falloir qu'il y mette du sien s'il veut des infos, parce que je sais très bien qu'il va tout lâcher à Aubrey qui ira direct en parler à ma mère. Et franchement, je n'ai pas besoin de l'avoir sur le dos en ce moment pour qu'elle me gonfle avec ses conneries de mariage et de bébés. Et ses putains de tongs roses.

– Mec, je suis vraiment paumé.

Je lui fais une grande claque sur l'épaule pour lui répondre :

– Genre, c'est un scoop.

J'esquisse un mouvement de recul quand il fait mine de me frapper le biceps, c'est un enchaînement que nous pratiquons régulièrement depuis toujours tous les deux.

– Bah, tu te pointes au ranch avec des putains d'étoiles dans les yeux. Deena surgit de nulle part quelques jours plus tard… Je me dis que tu te tapes un cas de chatte régressive…

J'en crache presque dans mon verre – j'ai du mal à me retenir d'ailleurs – alors, je tousse un rire réprimé en lui répondant :

– Chatte régressive ? C'est quoi cette merde, Walk… ?

Je me remets à tousser tellement fort que les larmes me montent aux yeux et que ma gorge me brûle.

– Mais putain, de quoi tu parles ?

Il continue simplement à me regarder, mort de rire intérieurement, ce qui n'est visible que dans son sourire satisfait. Il me répond en haussant les épaules :

– Euh, c'est bientôt ton anniversaire. Tu n'arrêtes pas de dire que tu es « trop vieux pour ces conneries-là », alors je me suis dit que tu t'étais remis à tremper dans ton passé, en commençant par Deena. Genre en revenant à tes chattes d'avant, tu pourrais te sentir comme quand tu étais plus jeune, fringant, plein de foutre et d'hormones. Mais, ce soir, on se retrouve ici et tu regardes cette bombasse comme si tu voulais te la taper ambiance période du rut au fond des bois, alors je me pose des questions.

– Je te jure, impossible qu'on soit sorti de la même mère, je réponds, même si depuis le temps, j'aurais dû m'habituer à tes conneries. Et puis d'abord, rut au fond des bois, genre comme le papa de Bambi ? Nan, moi, je suis plus dans la catégorie étalon.

– Tu rêves ! Tu t'envoies Deena et maintenant tu passes à autre chose, dit-il en désignant Haddie d'un mouvement du menton. Ou pas ? Parce que, mec, franchement c'est pas toi ce genre de merde, non ?

Mode irritation enclenché.

– Je ne m'envoie pas Deena.

Comme il lève simplement les yeux au ciel pour me montrer qu'il ne me croit pas, je continue :

– Sérieux, c'est bon, je sais ce que ça fait. Et je sais que tu l'as toujours kiffée, mais elle n'est franchement pas si géniale que ça.

Maintenant, c'est à lui de s'étouffer dans son verre. Et pour une raison quelconque, je trouve ça plutôt drôle de le voir tousser comme un con.

– Putain, mais si on la notait sur dix, elle aurait genre quinze.

– Ouais, si tu la mesures sur l'échelle de la bonasse, c'est sûr, on atteint le quinze, mais il y a les trucs que je sais maintenant par rapport à ceux que je connaissais à l'époque…

Je balance ma tête d'un côté à l'autre en me rappelant à quel point je pensais que Deena était parfaite. Je me disais qu'au lit, cette fille, c'était le summum, mais maintenant, avec l'âge et un peu plus d'expérience, je me rends compte à quel point on était naïfs. Une simple nuit avec Haddie a dynamité les cinquante nuits et plus que j'ai passées avec Deena.

– Peut-être que Dee a appris encore quelques trucs depuis la fac, elle aussi.

– Probablement.

Je ressasse mes souvenirs d'elle et je me penche sur le concept d'amour de jeunesse, mais rien ne me reste en tête. Quand nous explorions notre sexualité et que nous faisions ces expériences, tout n'était que mains baladeuses un peu tremblantes et fausse confiance affichée. Puis je repense au retour surprise de Deena il y a quelques jours, elle ne faisait que passer, a-t-elle dit. J'étais plus que prêt à raviver la flamme entre nous pour une nuit… et c'est là qu'on a croisé Haddie.

Fait chier. Avec ses yeux de biche et son menton tremblotant qui me posait des questions sans dire un mot. Tellement têtue qu'elle refuse d'admettre qu'elle a besoin d'aide alors qu'elle a mal. Et, un soir, elle m'appelle pour déverser sur moi toutes ses conneries sur les amis, les attaches, et genre j'allais rester là comme un con à me laisser gerber dessus sans rien dire pour me défendre.

Jusqu'à ce qu'elle fasse ce petit son. Ce petit hoquet qui m'a tout révélé. À quel point elle est morte de trouille et combien elle a besoin, voire envie de ne pas rester seule.

– Mec, encore une fois… Tu veux te la taper, on dirait bien qu'elle est du genre open.

Je dois faire appel à tout ce qui me reste de patience pour ne pas l'envoyer chier. Comment ose-t-il la juger alors qu'elle ne fait que son job ? Et là, je me rends compte que c'est exactement ce qu'il veut. Il veut que je réagisse, que je pète les plombs pour savoir exactement ce que je pense et, putain, je ne vais certainement pas tomber direct dans son piège de merde.

– Pour commencer, Walker, c'est un miracle qu'Aubrey ne t'ait pas foutu à la porte à cause de tes idées de merde. Ensuite, tu n'as pas encore compris que parfois, pour gagner une course, il vaut mieux y aller lentement et sûrement ? Je reste en retrait, j'attends le bon moment, j'attire son attention et quand je l'aurai ferrée, alors je pourrai comprendre ce qu'elle veut au juste.

– On n'est pas dans *Le lièvre et la tortue*, mec.

Il marque sa désapprobation d'un geste de la tête, comme s'il avait honte, puis il boit une gorgée de bière.

– C'est vrai.

Je hoche la tête et fais signe à la serveuse d'apporter une autre tournée lorsqu'elle passe à côté. Je me rappelle vaguement un truc que m'avait dit Haddie le soir où on s'est rencontrés à Las Vegas, un truc en rapport avec ce que j'avais dit sur la manière de remporter une course en y allant doucement mais sûrement. Et elle ne m'a pas raté quand elle s'est foutue de ma gueule à la fin.

– Mais, au moins, la tortue reste bien dure de la coquille et a une putain de durée de vie.

– Putain de bordel de merde ! Il va vraiment falloir que tu bosses sur ton côté gros naze si tu penses pouvoir t'envoyer une fille aussi bonne que celle-là.

Il est loin de se douter que c'est déjà fait. Il est loin de se douter que cette femme possède bien plus que mes pensées à l'heure actuelle.

Les verres s'enchaînent moins rapidement, la nuit s'étiole, et je vois bien qu'Haddie est un peu moins stable sur ses talons. Merde. Je sais qu'elle a besoin que la soirée se déroule parfaitement. Cet événement est le deuxième d'une série de trois pour elle, et si elle veut sécuriser ce client, elle doit être au mieux de sa forme. Est-ce qu'elle boit pour oublier qu'elle est trop triste et pour se donner la force d'avoir l'air heureuse ?

Je m'en inquiète vraiment, et ça me fait chier. J'ai les boules de voir que Walker m'observe comme un putain de rapace, à essayer de comprendre pourquoi je suis tellement absorbé par un hypothétique joli petit cul dans mon lit alors qu'il ignore qu'elle a déjà vu le bout de ma bite.

Heureusement qu'elle ne s'est pas aventurée de notre côté – elle ignore jusqu'à notre présence ici – parce que je pense que si elle le savait, elle pourrait boire encore plus. Son besoin de ne pas avoir besoin de moi alimenterait son désir d'y échapper en lui faisant ingurgiter encore plus de verres à shots.

D'ailleurs, je la vois s'en envoyer un autre avant de grimacer. Ouais, elle les espace de plus en plus, mais c'est sûr qu'ils commencent à lui embrumer l'esprit. Merde. Mais qu'est-ce que j'en ai à foutre en fait ? Je me passe une main dans les cheveux pour chasser ma propre irritation envers moi-même. Nan mais, sérieux… qu'est-ce que je fous là ? Pourquoi, bordel j'ai traîné Walker jusqu'ici pour regarder Haddie s'occuper de la boîte comme une sorte de frère surprotecteur ?

Ou comme un con tombé amoureux ?

Merde. Je devrais peut-être appeler Deena. Je devrais peut-être refaire un tour entre ses cuisses pour me rappeler pourquoi Haddie est franchement trop chiante en ce moment parce qu'elle a trop de trucs à gérer.

Et c'est là que je le vois. Le connard à sa droite, les cheveux lissés en arrière, trop de verres dans le nez et sa main parfaitement bien placée sur son cul. Je me lève de mon fauteuil en moins d'une seconde, mais avant même que je puisse faire ne serait-ce que cinq pas, elle serre sa chemise dans son poing et ils se parlent, puis elle le repousse.

Je marmonne un « alors, oui, il y a ça aussi », plus que ravi de voir qu'elle peut prendre soin d'elle toute seule. Et son petit spectacle me donne encore plus envie d'elle. Il me montre que même si elle est parfaitement capable de s'occuper des connards dans son genre, elle a toujours ce petit côté vulnérable que j'ai eu le droit de découvrir, cet aspect d'elle qui a besoin de moi.

Et putain, j'adore ça. Grave. Ce mélange de fille fougueuse et vulnérable est hyperbandant. Quand je me retourne pour me rasseoir, Walker observe chacun de mes mouvements, prêt à me défoncer d'un commentaire pour me dire que je suis une grosse fiotte de rester à regarder une fille et de la laisser me traîner par les couilles.

Mais putain, il ignore tout du pouvoir de la chatte magique d'Haddie.

Je m'étouffe dans mon verre. Est-ce que je viens vraiment de lâcher l'expression *chatte magique* ? Oh, putain de grosse merde. Je me transforme en Colton. Mon cœur accélère d'un coup quand je me rappelle son explication le jour où il a voulu me faire comprendre comment il était tombé aussi amoureux de Rylee en aussi peu de temps. Puis je pense au fait que l'expression est sortie de ma tête et s'est associée directement à son nom.

Putain, il n'y a pas moyen. Elle ne peut pas – je ne peux pas – je veux dire, merde, on s'est juste envoyés en l'air une fois. Il y a eu beaucoup de sexe cette fois-là, certes, mais putain, je ne vais pas laisser une femme m'attraper par les couilles après un simple coup d'un soir.

Un putain de coup complètement incroyable à m'en faire péter la cervelle et les couilles, mais quand même un coup d'un soir. Fait chier.

Je me frappe la tête pour essayer de repousser cette idée. On va mettre ça sur le compte de l'alcool. Je passe immédiatement commande d'une tournée de shots pour Walker et moi. J'ai besoin d'un truc pour faire le vide dans mes idées – ou les anesthésier –, histoire de me débarrasser des conneries qui tournent en rond dedans. Pour dégager cette chatte magique qui n'a absolument pas le droit de revendiquer quoi que ce soit chez moi.

Les verres arrivent, la musique suit le beat insupportable d'un set d'électro – putain, mais qui peut danser sur une merde ? –, et mon frangin me change les idées en m'expliquant son système de notation des femmes qui s'approchent de nous.

– Allez, cette fille, c'est au moins une couille gauche.

En l'entendant, je me contente de soupirer et de descendre mon verre cul sec. Puis je me lève, j'ai besoin de m'étirer.

– Walk, je suis d'accord, la fille d'avant était définitivement « mochier », moche à chier si tu veux, mais je suis certain qu'au lit elle doit avoir des talents de tigresse qui t'en ferait pousser des poils au cul…

Je regarde vers l'endroit où elle a disparu, puis je reviens vers lui avant de poursuivre :

– Mais la dernière ? Je suis désolé, mais je ne donnerais pas ma couille gauche pour coucher avec elle. Trop d'espace vide là-haut.

À peine ai-je prononcé ces mots que je repense à la femme pour qui je donnerais mes deux couilles si je pouvais me mettre sur elle en ce moment même.

– Mec, si je n'étais pas heureux dans mon couple avec Aubrey, le seul espace vide qui m'inquiéterait, c'est celui entre ses cuisses, pas dans la tête. Je veux dire…

Les paroles de Walker se perdent dans la cacophonie de la boîte, parce que sans avoir à y réfléchir, je suis reparti. Le connard aux cheveux gominés et ses mains sont de retour. Il l'a coincée au creux d'un mur, et elle ne peut pas lui échapper. Quand je m'avance vers elle en traversant la foule, tout ce que je vois, c'est du rouge.

Je ne fais pas gaffe et, du coup, je ne sais même pas si elle essaie de le repousser. Impossible de dire si elle répond à son baiser quand sa bouche se pose sur la sienne, parce que je ne pense qu'à une chose : elle est à moi. Et cette fois-ci, quand je prends conscience de cette idée, ça ne me fait même pas grimacer, parce que quelque part dans l'espace-temps, j'ai décidé que je n'en avais rien à foutre du temps que ça me prendrait, mais je le lui prouverai, et Haddie ne me quittera pas une nouvelle fois sans une bonne dispute.

Immédiatement, je sais que je vais regretter ce décret tout personnel, mais je n'ai pas le temps de me lancer dans un débat intérieur, parce que je vois sa tête rouler d'un côté, puis de l'autre, les mains appuyées contre le torse du Gominé, et je vois son genou se lever.

Je l'attrape par les épaules et je le tire en arrière avant même qu'elle n'ait l'opportunité de comprendre. J'agis par instinct et l'alcool attise ma flamme irrationnelle. Franchement, je n'en ai rien à foutre. Je suis aveuglé par la colère et le dégoût quand je projette ce connard contre le mur, et la lumière des stroboscopes donne l'impression que la scène se déroule au ralenti.

Je crie sur le gars, l'avant-bras plaqué à la naissance de son cou, et l'autre main agrippe sa chemise avec force, les boutons cèdent.

– C'est quoi ton problème ? La dame a dit non.

Et cette espèce de gros con se marre. Il a le culot de se foutre de ma gueule sans même me montrer que je lui ai foutu la trouille.

– Va te faire foutre. Je ne pense pas que *encore,* ça veuille dire *non*, Ducon.

Ses mots me font vite redescendre. Quoi ? Est-ce qu'Haddie voulait que ce trou du cul l'embrasse ?

C'est mon nom que j'entends maintenant. Haddie hurle mon nom encore et encore et parvient à percer le bruit blanc qui a envahi mes oreilles. Ses mains sur mes bras, elle me retient de propulser mon poing dans son nez.

Et je suis tellement paumé. À cause de lui. D'elle aussi. Ma tête subit un assaut forcé – déterrant un à un chacun de mes cinq sens qu'elle a marqués de sa présence – et je réagis de la seule façon logique pour mon esprit embrumé par l'alcool.

J'ai oublié le Gominé pour l'instant. Je l'entends prendre une inspiration difficile, mais tout ce bruit est noyé par ceux que fait Haddie lorsque je me tourne vers elle. Sans réfléchir, je la soulève pour la jeter par-dessus mon épaule.

Je ne pense pas à son cul exposé que tout le monde peut voir sous sa microscopique jupe remontée. Rien à foutre de l'événement qu'elle est supposée gérer parce que, franchement, tout est lancé et on dirait qu'elle s'occupe un peu trop bien des clients, à mon goût. Rien à battre de ses poings qui me frappent le dos, exigeant que je la repose par terre, ou des regards des fêtards à moitié bourrés qui me disent que je suis dingue. Strictement rien à foutre.

Du tout.

Parce que je ne peux me concentrer que sur ses mains, posées sur son corps à lui et à quel point j'avais envie d'être à sa place.

J'affermis ma prise sur ses hanches, elle m'oppose de plus en plus de résistance quand j'attends qu'il y ait moins de monde pour pouvoir avancer sans qu'elle ne cogne quelqu'un par accident. La musique est trop forte, je n'arrive pas à entendre toutes ses insultes, ou alors, c'est que je choisis de ne pas les écouter, parce qu'une chose est sûre, quand je passe à côté de Walker, j'entends son commentaire : « C'est mal barré pour y aller lentement mais sûrement, non ? »

Je ne lui réponds que d'un haussement de sourcil et je continue à avancer vers la sortie de service de la boîte, où un gorille m'approche, puis recule quand je lui annonce :

– Elle va gerber. Attention.

Ce qui ne fait que renforcer la colère d'Haddie. Elle lutte de plus en plus, ses poings cognent plus fort et je n'en ris que davantage. Lorsque je passe la porte, je continue à marcher. J'avance sur le trottoir pour remonter les deux pâtés de maison qui me séparent de mon appartement, très bien situé pour le coup.

Je l'entends me lâcher des *Connard* et *Repose-moi par terre* ou des *Comment oses-tu ?*. Je récolte quelques regards interrogateurs de la part des piétons et, en fin de compte, je suis assez choqué de m'apercevoir qu'aucun d'entre eux n'essaie de m'arrêter pour s'assurer qu'elle va bien et que je ne suis pas un psychopathe en plein kidnapping. Soit mon sourire de dément leur dit que tout va bien, soit il trahit ma nature de fou furieux qui leur dit de se tirer vite fait. Quoi qu'il en soit, je suis tellement occupé à essayer de me concentrer pour ne pas faire tomber l'écureuil qui se débat sur mon épaule que je n'ai pas un instant pour réfléchir à ce que j'en déduis de notre société, comme je le ferais en temps normal.

Bien entendu, le temps que j'arrive devant chez moi, la jupe d'Haddie est tellement remontée que mon bras touche sa chair à nu, ce qui veut dire que je ne vois plus que de longues jambes bronzées et des talons de dix centimètres.

Je déglutis une grosse boule dans ma gorge en attendant l'ascenseur. Est-ce que je ne ferais pas mieux de prendre les escaliers ? Ce ne serait peut-être pas plus mal de me débarrasser de toute cette énergie sexuelle qui me donne envie de la prendre direct contre la paroi de l'ascenseur, mais je sais qu'elle ne va pas se laisser faire – elle a déjà commencé, d'ailleurs – et il va me falloir toutes mes forces pour m'assurer qu'elle entende ce que je vais lui dire ce coup-ci.

Parce que je ne la laisserai pas partir avant qu'elle ait bien entendu tout ce que j'ai à lui dire.

Et j'ai pas mal de trucs à lui balancer.

CHAPITRE 13

Je ne peux pas me concentrer sur grand-chose. Mais le peu que j'arrive à saisir entre ma rage et mes coups de poing incessants dans son dos, c'est que Becks est toujours ce gentleman égal à lui-même lorsqu'il me porte dans les rues de Los Angeles.

Lorsqu'il me porte sur son épaule, comme un sac à patates.

Tout en saluant les passants de ses « bonsoir », comme s'il faisait une foutue promenade digestive un dimanche après-midi.

J'écume de rage. Quel enfoiré !

Je suis fatiguée – j'ai l'impression que ma tête pèse cinquante tonnes quand j'essaie de la soulever une énième fois pour comprendre où nous sommes – et je suis à deux doigts de succomber à la fatigue, prête à abandonner sous le coup de trop de verres d'alcool et d'avoir eu à dépenser trop d'énergie, quand subitement, je me retrouve jetée en l'air.

Lorsque j'atterris dans un grand fracas sur la surface moelleuse d'un canapé, je suis en état de choc, enfin c'est ce que j'aime à penser du fond de ma semi-sobriété. (En réalité, j'ai dépassé ce stade depuis un bail.) Mais moelleux ou pas, l'impact des coussins contre mes muscles fatigués est détonnant. Au moment où je tombe dessus – à la minute où mon esprit rattrape mon corps –, je me débats pour me relever et lui demander en face comment il peut oser me traiter de cette façon.

Avant même que j'aie réussi à me lever, Becks se jette sur moi : les genoux de part et d'autre de mes hanches, il immobilise mes poignets avec ses mains, de chaque côté de ma tête. Bon Dieu, ce que je peux être en colère contre lui. J'ai envie de lui donner un coup de genou dans les couilles tout autant que j'ai envie de me pencher en avant pour dévorer sa bouche si attirante, alors qu'elle est si proche de la mienne.

Je sais que j'ai beaucoup bu – c'est l'alcool qui doit me faire le désirer aussi ardemment –, parce que même au fond de ma rage, tout ce dont j'ai envie, c'est qu'il relâche mes mains pour que je puisse attraper ses cheveux au-dessus de sa nuque et forcer sa bouche contre la mienne. J'ai envie de voler un baiser à l'homme qui domine mes pensées.

Est-ce qu'il a vraiment cru que je ne l'avais pas repéré, assis dans son coin de l'autre côté du dancefloor ? Il y a eu comme un courant électrique qui a déchiré l'espace à la seconde où mon corps a décelé sa présence. Un éclair qui a frappé direct en plein dans ma libido. Et pourtant, il a gardé ses distances.

Toute. La. Soirée.

Ça m'a rendue dingue.

Moi. La fille qui a toujours géré. Je sais que Cal était dans le coin à m'observer, pour voir comment je m'en sortais, mais merde, avoir Becks sur le dos comme ça, c'était dix fois pire. J'ai essayé de me dire qu'il était là avec un pote – que ce n'était qu'une coïncidence qu'il fréquente la boîte dans laquelle j'ai organisé l'événement pour Scandal –, mais je n'accorde pas beaucoup de crédit au destin sur ce coup-là.

La soirée passait, et ses yeux restaient sur moi.

Je sais qu'il me regardait en attendant, mais il attendait quoi, au juste ? Il a déjà la fille du marché des producteurs, non ? C'est quoi son nom, au fait ? Et là, j'ai eu mal en y pensant – j'étais un peu paumée aussi – et pendant tout ce temps, j'essayais de faire comme si tout allait bien, à sourire comme une conne pour m'assurer que tout le monde passe une bonne soirée. À prétendre me concentrer sur leur bien-être, alors qu'en fait, je faisais une fixette sur lui.

Et à chaque verre que je descendais, je stressais un peu moins, mais la rage bouillait un peu plus. Comment ose-t-il me donner envie de l'apprécier ? Comment ose-t-il me faire aimer l'idée qu'il était assis là juste pour s'assurer que j'allais bien ? Et comment je sais que c'est le cas ? Parce que c'est ce genre de mec. Putain, je n'ai pas envie de ça. Ce n'est juste pas possible.

Alors, ça m'a encore plus fait enrager.

Alors, j'ai descendu un autre verre, un mec pas trop mal qui me balance un truc sympa dans mon esprit embué par l'alcool et me voilà partante pour céder à mes envies festives. Histoire de me perdre en lui pour oublier Becks. Et au moment où j'ai compris que je ne me servais plus du sexe pour oublier le chagrin de la mort de Lexi mais pour mettre de côté la douleur de ne pas me laisser la chance d'avoir une relation avec Becks, c'était trop tard.

J'étais en train d'embrasser un mec. Sauf que le problème, c'est que même sous l'emprise délirante de l'alcool et l'enivrement d'embrasser quelqu'un d'autre, il n'y avait rien. Pas d'excitation. Je ne voulais pas de lui. Et c'est là qu'a surgi l'objet de mes désirs, en plein mode mâle dominant, exsudant ces phéromones que j'ai envie de dévorer. Lorsque Becks l'a écarté, j'enrageais d'avoir été chopée en pleine action, de m'être révélée sous ce jour, *de lui avoir donné cette image de moi*. J'ai transformé cet embarras en colère et, putain, ça n'a franchement pas tourné à mon avantage.

Maintenant, l'homme dont je ne veux pas me plaît tellement que c'en est comique.

Et c'est tellement excitant de tout laisser sortir.

Continuant à lutter contre lui, je sors quelques mots entre deux souffles :

– Lâche. Moi.

– Non. Non.

Il grogne sous l'effort physique alors que je rue sous lui pour essayer de m'échapper. Et comme de bien entendu, je sens son érection rigide peser lourdement sur mon ventre, ce qui déclenche l'alarme que j'ai mise en place pour protéger ma ferme détermination à ne pas vouloir de lui.

Et c'est à ce moment que mon excitation commence à couler de mon corps, liquide et chaude, la douleur me reprend dans mon intimité, comme une cascade retenue, prête à saisir sa chance pour bondir sans aucun contrôle dans tous les sens.

– Bordel de merde, Montgomery. Calme-toi putain, et je te lâcherai… mais tu ne partiras pas d'ici sans avoir parlé.

– Va. Te. Faire. Foutre.

Les mots sont sortis de ma bouche sans que j'aie pu les filtrer. Je ne le pense pas vraiment, mais c'est lui aussi, là. Il fait tout pour m'énerver. Et pas qu'un peu.

Il rit. Putain, il se fout de ma gueule en m'entendant et, du coup, j'enrage encore plus. J'immobilise ma tête, bien droite pour le regarder, les ombres et la faible lumière du couloir rehaussent les traits de son visage. Il se penche encore plus vers moi, sa bouche est à un souffle de la mienne, ce qui fait accélérer ma respiration. Je suis trahie. Puis il me dit :

– Tu en as envie, hein ? Tu voudrais bien que je me tire sans poser de questions.

Je fronce les sourcils lorsque la lente et régulière cadence de ses paroles entre dans mes oreilles. Il lèche ses lèvres et je jurerais qu'à ce spectacle, mes tétons durcissent un peu plus, ça et le souvenir de ce que peut faire sa langue.

– Va te faire foutre !

J'ai répondu entre mes dents serrées, toujours à me tortiller sous lui, luttant contre l'emprise de ses cuisses, bassin contre bassin. Je perds le fil de mes idées un instant quand je le sens encore durcir contre moi. Fait chier, mon désir s'est infiltré partout, il a remplacé mon sang dans mes veines.

Il me répond d'un petit rire. C'est le son d'un homme très près de perdre le contrôle. Mais il continue :

– Oh, crois-moi, j'aimerais beaucoup. *Mettre du foutre partout sur toi*, mais je préfère quand les femmes sont volontaires et participent à l'acte… et toi, ma douce Haddie, tu es loin d'être docile.

Docile, mon cul ! Il croit qu'il peut me jeter sur son épaule pour m'amener je ne sais trop où et que je vais me montrer docile ? Il est dingue ou quoi ? À l'évidence, oui. Et il est… Il est… Je perds le fil de mes pensées car sa bouche s'approche encore de la mienne.

Par réflexe, j'écarte les lèvres. Elles et ma langue ont tellement faim de lui que ma nuque se creuse dans une supplique silencieuse. Je suis momentanément surprise, mais il ne faut qu'un quart de seconde avant que je ne me rassasie.

Que je prenne.

Je laisse sa langue se glisser contre la mienne, absorber sa chaleur, son confort, son désir, le tout dans un cocktail détonnant qui fait naître des gémissements au fond de ma gorge avant même que les lèvres n'entrent en action. Ses mains serrent mes poignets un peu plus fort, puis sa bouche s'empare de tout mon être sans poser de questions, elle me marque, elle se déclare maître de chaque parcelle de mon corps.

Je serre les poings dans une tentative futile d'arrêter cette déferlante de désir qui s'abat sur moi sans aucun contrôle. Mais il est trop tard… d'autant plus que je sens ce mélange de menthe et de rhum dans son souffle, que je décèle la senteur de son parfum, l'odeur de son shampoing, tout ça parce que je ne veux que celui que je me suis interdit d'avoir.

Avant même que ce baiser ne prenne fin, je me dis que le goût de Beckett Daniels sur ma langue et la sensation réconfortante de sentir son poids sur moi suffisent. Mais je sais que c'est faux. J'essaie de me convaincre que c'est l'alcool qui me crie de le supplier pour que ça continue, de lui demander de m'amener là où je n'ai plus à réfléchir, car je sais qu'il peut m'aider à le trouver. Mais au moment même où je suis sur le point de le lui dire, il arrache sa bouche à la mienne.

Et le poids de son corps disparaît.

– Putain de merde !

Je l'entends pousser son juron à côté de moi alors que je suis encore occupée à essayer de comprendre ce qui vient de se passer. Comment sommes-nous passés de la boîte à un canapé, puis à rien du tout en si peu de temps.

– Une minute.

Je fais un effort pour me lever du canapé et j'observe la largeur de ses épaules de dos alors qu'il s'éloigne, les mains dans les cheveux. Je suis encore plus confuse quand il se met à marmonner un truc sur un « clic » et à quel point tout est ridicule, sans oublier les gros mots.

– Haddie…

Mon nom est un grognement sur ses lèvres, mais quand le silence s'installe ensuite, bon Dieu, je n'arrive pas à comprendre ce qu'il veut maintenant.

Je suis tellement chargée de désir, si revigorée par son baiser et énergisée par la colère que mon corps réagit d'instinct. J'ai envie de lui – non, j'ai besoin de lui – pour calmer la tristesse constante qui ne s'est jamais tue depuis notre dernière étreinte. Et putain, oui, je sais que je veux l'utiliser. J'ai besoin qu'il m'utilise lui aussi. Tout de suite. Parce que je sais que c'est un sentiment mutuel, je n'aurai pas d'arrière-pensée quand je le quitterai car je sais que je ne peux pas m'engager plus que ça avec lui.

Avec qui que ce soit, d'ailleurs.

Je fais un pas vers lui, je l'attrape par le jean et j'avance mes lèvres vers les siennes. Au début, il essaie de me résister, de parler, mais je sens son membre se durcir à travers le tissu. Sa respiration s'accélère et son corps se raidit sous l'assaut de mes mains si exigeantes. Mais quand nos bouches se retouchent, une rencontre brutale de lèvres et de désir insatisfait, il cède. Il me rend mon baiser avec la même dose d'agressivité que moi. Nous fonçons, nous mordons et nous prenons tout de l'autre. Nos actes sont criants de rage, de pure ardeur et d'envie de chair, mais il ne me touche pas. Ses mains sont posées à plat sur le mur.

J'arrache mes lèvres aux siennes, son refus de me toucher – un flagrant déni de mes envies – ne fait que les attiser, il me pousse à le séduire un peu plus. Je suis une femme qui a l'habitude d'obtenir ce qu'elle veut. Et ce que je veux, c'est lui. Je décide de changer de tactique. Je presse mes lèvres sous sa mâchoire, puis je dépose toute une série de baisers dans son cou. Sa peau est brûlante. Le léger goût de sel et de Becks assaille ma langue et attise encore plus le brasier qu'il semble contrôler en moi.

Il reste bien raide – à la fois dans sa position et dans ma main – alors qu'il est encore en plein débat interne pour savoir s'il cède à ce besoin primaire qui fait perpétuellement écho entre nous ou s'il résiste à la tentation, quelles que soient ses raisons de le faire. Et je me fous de savoir ce que c'est. Je n'ai pas non plus envie de penser à son impressionnante capacité à se maîtriser lui-même, parce que tout ce que je veux, c'est satisfaire cette faim dévorante.

– Haddie, on ne peut pas… mes règles… On ne devrait pas…

Je l'arrête immédiatement en mettant mon doigt sur ses lèvres :

– Chut ! Je sais… Mais jusqu'à présent, nous n'avons jamais respecté aucune règle. Alors, pourquoi s'arrêter maintenant ?

Je regarde ses lèvres, puis ses yeux, avant de m'approcher de lui, mes dents tirent sur le lobe d'une de ses oreilles, ce qui me vaut une respiration sifflante de sa part que viennent compléter les mots que je lui susurre à l'oreille :

– S'il te plaît, Becks. J'ai envie de sentir ton corps contre le mien.

– Putain, Had. J'essaie de faire ce qu'il faut, là.

Ses mains bougent maintenant. Sa tête s'incline sur le côté et j'ai peur qu'il tente une manœuvre pour m'échapper, alors j'enroule mes doigts autour de ses cheveux pour le maintenir en place.

J'attends qu'il me regarde droit dans les yeux pour qu'il puisse voir à quel point j'ai envie de lui. À quel point j'ai besoin de lui.

– Tu pourras me respecter autant que tu veux plus tard. Mais là, je n'ai rien contre faire ce qu'il ne faut pas.

Je vois une étincelle de désir illuminer son regard et je sais qu'il a envie de moi. Je sais qu'il se contrôle à peine, qu'il marche sur un fil. Il est temps de peser d'un côté de la balance.

– J'ai envie que tu me fasses sentir que je t'appartiens, que tu me possèdes.

Ses yeux s'écarquillent, ses dents se serrent et je sais que je le tiens. Réagissant à son approbation silencieuse, mon corps se tend.

Nous nous dévisageons, suspendus dans un état d'acceptation de ce qui est sur le point de se produire. Rapidement. Brutalement. J'ai l'impression que tout ce qui fait rage en moi se reflète à la perfection dans son regard et dans sa respiration toujours plus rapide.

Et entre un battement de cœur et le suivant, la bouche de Becks se pose soudain sur la mienne, là où est sa place. Une main s'agrippe à mon top à sequins dans mon dos et presse mon corps contre le sien, tandis que l'autre se pose sur mon cul à travers ma jupe, agrippant mes chairs. Il mordille ma lèvre inférieure, puis apaise la morsure d'une tendre caresse de la langue avant de reprendre la direction de ce baiser.

Il y a quelque chose dans sa manière d'embrasser qui me fait espérer que cette étreinte soit sans fin. Il est doux et ferme. Exigeant, mais généreux. Séduisant, mais désespéré. Je me perds en lui. Impossible de réfléchir. Son assaut incendiaire sur ma bouche ne me le permet pas. Je suis prête et consentante, mon corps est à prendre et il n'a rien fait d'autre que m'embrasser.

Cette simple pensée franchit le brouillard du désir qui étouffe mon esprit et cause l'embrasement de petites flammèches dans mon ventre, puis de fourmillements dans mes doigts de pied, tant j'anticipe ce qui est sur le point de se produire.

Je veux le pousser à se dépêcher, à arracher mes vêtements, là, sur-le-champ, mais quelque chose me dit que j'ai réussi à donner des ordres à Beckett Daniels une fois, mais que ça restera une exception.

En fin de compte, tout au fond, Becks est peut-être l'un de ces rebelles pour lesquels je craque tout le temps. Bon Dieu, de putain de sa mère, oui !

Mes mains trouvent le bas de sa chemise et s'insinuent sous le tissu, ce qui me permet de marquer ses muscles dessinés de mes ongles. Je sens son torse tressaillir, je me sers de mon toucher pour l'exciter, me rapprocher de lui, l'émoustiller. Je caresse ses flancs, puis je remonte en suivant les lignes dessinées de son dos.

Ses mains se glissent sous ma jupe et ses doigts peuvent s'attaquer à ma chair nue. Je suis parcourue de frissons sous ses caresses incendiaires, et le brasier qui me consume s'intensifie à chaque seconde. Je lève une jambe et je la passe autour de ses hanches pour que le point de jonction entre mes cuisses frotte à la perfection contre son érection recouverte du jean.

Un gémissement s'échappe de mes lèvres sans que j'aie à y réfléchir. Mes mains ne fonctionnent que par réflexe lorsqu'elles soulèvent sa chemise pour la passer par-dessus sa tête alors que nos bouches se séparent pour la première fois. Puis, une fois le bout de tissu enlevé, nos lèvres repartent s'écraser les unes contre les autres, comme si nous avions besoin de l'oxygène de l'autre pour respirer.

Désormais, mes mains peuvent circuler librement. Tant d'endroits à découvrir, tant de terminaisons nerveuses à solliciter frénétiquement. Et je sais que ça marche – ce mélange de baisers et de caresses – parce que le Becks lent et régulier commence à prendre de la vitesse, la domination est évidente dans ses gestes, mais il est toujours aussi solide. Prenant mon visage dans ses mains, remontant lentement de mon cul à mon dos pour serrer mes cheveux longs dans son poing, exigeant plus de mes baisers avant de lâcher un peu de pression, puis repartir à l'assaut.

Il est si minutieux que j'en perds le souffle. Aucun homme ne m'a embrassée aussi profondément et je suis prête à lui crier de m'allonger sur le canapé, la table ou par terre et de se presser dans mon intimité humide. De me conduire au bord du précipice pour que je puisse scarifier son dos de mes ongles et crier son nom.

– Becks…

Je halète son nom du bout des lèvres, j'ai envie de lui dire qu'il n'y a plus besoin de préliminaires parce que je me fous complètement de faire péter les plombs et de tout dommage collatéral maintenant.

Là – ici et maintenant –, tout ce qui compte pour moi, c'est la détonation finale, ce besoin d'accomplissement.

Mes mains quittent sa peau un instant, je les croise devant moi pour retirer mon top en le passant par-dessus ma tête avant de le jeter sur le côté sans y réfléchir. Et quand il se rend compte qu'en dessous il n'y a rien (pas de soutien-gorge, rien), le grognement qui s'échappe de sa gorge est tellement sexy. Mon brasier s'enflamme un peu plus.

Je recule d'un pas, prête à faire monter la pression de cette danse érotique. Je reste face à lui en battant en retraite vers le canapé, jusqu'à ce que l'arrière de mes jambes bute contre le meuble. Il me suit du regard, ses yeux rivés aux miens, juste avant de faire un rapide passage sur ma poitrine dénudée, ma minijupe et mes talons vertigineux. Mes lèvres sont comme anesthésiées par la force de ses baisers, et mon sexe est trempé, vibrant d'impatience.

Et il reste planté là, les poings serrés, le corps tendu, à m'observer, comme si sa tête faisait trop d'efforts alors que je préférerais qu'une autre partie de son anatomie soit en surchauffe.

– Baise-moi, Becks.

Je n'ai aucune honte à admettre que j'ai envie de lui. Aucun embarras à confesser mes besoins. Mais une trace de malaise me chatouille la nuque à le voir debout comme ça, à me regarder en penchant la tête sur le côté, ses yeux perçant l'obscurité pour observer les miens.

Il lève brièvement la tête vers le plafond, comme pour rassembler ses forces avant de me repousser. Une vague de panique m'assaille, parce que les mots qu'il a prononcés juste avant commencent à prendre tout leur sens : « *Tu ne partiras pas d'ici sans avoir parlé.* » Je sais qu'il va se mettre à poser des questions auxquelles je n'ai pas envie de répondre. Mais pourquoi maintenant ? Pourquoi au beau milieu de ce qui s'annonce comme une incroyable partie de jambes en l'air à laisser des griffures dans son dos et des empreintes de dents sur mon épaule ?

Parce qu'il en veut *plus*.

J'ai comme une révélation. Enfin, ça commence par une idée fugace qui me traverse l'esprit et ça se termine par un boulet de démolition plein de panique qui déboule sur moi. Je sais que Becks n'est pas aussi manipulateur que ça, je sais qu'il m'a empoignée comme un sac à patates pour m'empêcher de faire une bêtise avec ce gars tout à l'heure, parce que c'est un mec bien, mais putain, le mélange d'alcool et de cette sensation de me sentir probablement rejetée alimente mon côté irrationnel.

Il roule des épaules et crache quelques jurons à mi-voix avant de se détourner pour s'éloigner de moi une deuxième fois ce soir.

Une étincelle met le feu au brasier de rage qui m'incendie, alimenté par un mélange de fierté, de désir et d'un soupçon d'incrédulité.

– Quoi ?

J'ai crié ce « quoi ». Le claquement de mes talons sur le sol rompt le silence glacial qui s'est abattu sur nous quand je reviens vers lui d'un pas martial. Il fait quelques pas dans un sens, puis s'arrête et revient de l'autre côté en secouant la tête, les épaules complètement raides. Je retourne vers l'endroit où j'ai jeté mon top et l'enfile comme si une épaisseur de tissu allait me procurer une armure qui me protégerait de ce qui s'annonce.

– Tu me traînes hors du club, tu m'embrasses comme si tu voulais me baiser et ensuite quoi ? Tu changes d'avis ?

Il y a du feu dans mes veines et de la glace dans ma voix.

– Ouais, dingue, non, soupire-t-il plein de sarcasme, en posant ses mains sur sa nuque.

Il laisse tomber sa tête en avant un instant, et le silence se fait de plus en plus pesant.

– Bon Dieu, Haddie, je sais que tu ne veux rien d'autre qu'un petit coup vite fait et te tirer rapidement en me balançant que tu « espères que ça ne sera pas bizarre entre nous la prochaine fois qu'on se verra ».

Je le dévisage, impassible en apparence en entendant son analyse qui tape en plein dans le mille, avant de le laisser continuer :

– Mais je dois bien faire marche arrière pour empêcher le désastre qui se pointe droit vers nous si on continue, puisque putain, une chose est sûre, tu es bien déterminée à ne rien donner de toi.

– Rien de moi ?

Ma voix est montée d'une octave alors que mon humeur se fait encore plus massacrante. Est-ce qu'il imagine seulement un instant à quel point c'est dur pour moi de me retenir, là ? Combien je pense à lui ? Comment j'ai envie de me jeter dans le vide, sans plus de calcul, pour voir ce que l'avenir nous réserve ?

Mais c'est impossible.

C'est impossible. Tant que je n'en suis pas sûre et certaine. Tant que j'ignore si je peux lui offrir un avenir.

– Je te donne tout ce que je peux, là, Beckett.

Ma voix est douce, mais déterminée et c'est comme si je pouvais voir mes mots flotter dans l'espace qui nous sépare avant de se plaquer à toute force contre lui.

– Mais tu déconnes, ou quoi ? me demande-t-il tout en continuant à avancer vers la baie vitrée.

Il fourre ses mains dans ses poches et observe le monde au loin. Une silhouette solitaire et frappante. Et je n'ai qu'une envie : aller me mettre derrière lui, passer mes bras autour de sa taille et le laisser entrer dans mon univers. Lui dire que moi aussi j'en veux plus, pour pouvoir partager ma peine, ma peur avec quelqu'un, et ainsi ne plus être seule. Mais ça le forcerait à rester à mes côtés quand tout se mettra à déconner, et ce n'est pas juste envers lui, non plus.

Comment pourrais-je lui en demander autant alors que moi-même je me donne l'impression d'être une bombe à retardement.

Je m'efforce de détourner le regard de tout ce qui m'attire en lui, et de prendre un moment pour regarder autour de nous, pour ne pas avoir à accepter ce qu'il vient juste de me balancer. Je la sens émaner de lui pour entrer en collision avec moi. Parce que là, si j'admets l'avoir entendu, si j'accepte ses paroles, alors je pourrais bien faire ce premier pas et lui dire que j'ai envie de m'attacher à lui et de faire de jolis nœuds bouclettes pour unir nos liens.

La totale. Avec un Danny et une Maddie.

Je ferme mes paupières en les pressant de toutes mes forces pour me sortir de la crise de panique qui menace à l'idée que je ne me permettrai jamais d'avoir ça. Je m'intime l'ordre de me refermer, de dégager pour ne rien sentir.

J'ouvre les yeux quand je l'entends bouger. Becks revient vers l'entrée. Il s'arrête, se tourne vers moi, son beau visage prêt à s'excuser.

– Je me suis promis de ne plus jamais enfreindre mes règles, même si tu es atrocement séduisante. Haddie… *soit nous sommes, soit nous ne sommes pas*.

Il hausse les épaules, son regard me supplie de prendre la bonne décision, puis il reprend :

– Alors dis-moi, Haddie, putain. Ce sera quoi ?

La panique referme ses doigts crispés autour de ma gorge quand il me demande de prendre une décision que je suis incapable d'assumer. Soit ma réponse blesse l'un d'entre nous, soit elle le blesse lui et me détruit dans la foulée. Alors, j'essaie de jouer les débiles, en espérant qu'il croie que j'ai trop bu, pour que ça passe.

– Mais putain, de quoi tu parles ? J'ai comme l'impression que tu avais envie de moi, et plus maintenant. J'ai quoi d'autre à comprendre encore ?

Et je sais que je me suis lamentablement plantée parce qu'il s'est remis à arpenter la pièce, à faire des allers-retours entre là où il se trouve et la porte d'entrée. Il tape des poings contre le panneau de bois, et le bruit résonne dans toute la pièce. Puis il pivote sur lui-même, s'adosse au chambranle, les pouces coincés dans les poches, un pied posé à plat derrière lui et le regard scrutateur, détaillant mon corps centimètre par centimètre.

– C'est comme ça que tu veux te la jouer ? Déformer la réalité pour faire comme si je ne te désirais pas ? Que je te rejette ? Haddie, tout ce que tu fais me donne envie de te supplier de te prendre… de te baiser tellement fort que tu en oublieras jusqu'à ton putain de nom parce que tu seras trop occupée à gémir le mien.

Il fait rouler sa tête en arrière sur ses épaules, regarde le plafond un instant pendant que mon corps se remet de la réaction viscérale qu'il a encaissée en entendant ses mots, ma culotte est maintenant trempée de sa sombre promesse. Il m'offre tout ce que je veux.

– Merde, les coups d'un soir et le sexe sans conséquence, je suis à fond pour, Had – j'ai assez donné –, mais ça là, *nous*, notre relation est foutrement trop compliquée pour être ne serait-ce que proche du concept de désinvolte. Alors, fais de moi le sale type si tu veux – *mets-moi tout sur le dos* – mais en fait, tout est entre tes mains jusqu'à ce que tu répondes à cette question : Sommes-nous, oui ou non ?

Des images me traversent l'esprit. De ces souvenirs que nous pourrions créer ensemble si je réponds la vérité. Si je le laisse entrer dans mon univers… si je m'autorise à ressentir avec tout mon cœur et pas seulement les petites parcelles que j'ouvre quand je n'y prends pas garde.

Puis les images passent de l'espoir et la joie aux ténèbres du chagrin : le cercueil de Lexi, les larmes qui coulent comme la pluie, et mon cœur se serre brutalement. Mon corps me crie peut-être de dire oui à tout ce potentiel avec Becks, mais ma tête et mon cœur penchent en faveur du non.

Ils me disent de battre en retraite.

Et je suis réduite en bouillie brûlante. Une débauche d'idées déconnantes et de paradoxes qui me poussent vers cet homme irrésistible tout autant qu'ils me retiennent. J'essaie de rationaliser, de me dire que mon cœur a les meilleures intentions. Que la dispute que je suis sur le point de faire éclater pour le repousser est justifiée. Que je dois le sauver de la catastrophe annoncée, que je suis incapable de contrôler.

Pardonne-moi, s'il te plaît. Je lance cette idée dans le silence de la pièce en espérant que, d'une manière ou d'une autre, l'univers la lui fasse parvenir, qu'elle lui permette de comprendre un jour que je fais ça pour le sauver sur le long terme.

– Ça n'a pas à être comme ça. Compliqué. C'est toi qui t'es précipité sur moi pour me sauver alors que j'étais loin d'avoir besoin de ton aide.

Si je voulais qu'il me regarde, c'était la bonne chose à dire, parce que c'est gagné, il est brusquement revenu sur moi, et ses yeux brillent de colère.

Je vois les petits muscles dans sa mâchoire tressauter devant ses dents serrées alors qu'il essaie de contenir ses émotions. Alors qu'il essaie de relativiser mon mensonge et de cacher le fait que je l'ai blessé, je le vois très bien dans son regard.

– Si c'est ce que tu veux, vas-y, répond-il en se détachant de la porte. Tu connais le chemin pour retourner là d'où tu viens.

Son regard me met au défi, il me nargue, comme pour me dire *Vas-y, essaie*. Eh merde, oui, j'ai envie de m'avancer vers lui, mais pas pour partir. Chaque parcelle de mon corps me dit de répondre honnêtement à sa question – de lui dire que *oui, nous sommes* – et c'est exactement pour cette raison que je dois franchir le seuil de cette porte et repartir.

Sauf que je n'ai pas franchement les idées nettes. J'ai toujours un reste d'alcool qui traîne en moi et le goût de ses baisers sur mes lèvres. Juste assez pour me donner envie de le provoquer, de m'engueuler avec lui à cause de son comportement d'homme des cavernes. Parce qu'il m'a empêchée de m'envoyer en l'air vite fait avec ce type en boîte et de m'avoir traînée ici pour que la situation empire et se complique. Ce qui m'est insupportable à l'heure actuelle. Je sais qu'il ne faut pas me tenter avec ce que je pourrais avoir même si, pour une raison ou une autre, ça me semble tout à fait acceptable avec Becks.

Et il se plante en cherchant à interpréter ma lutte intérieure, il croit que je veux quelqu'un d'autre.

– Tu as perdu ta langue ? Tu pondères tes options, parce que je suis sûr que le Gominé là-bas te traitera comme une dame. Au moins, assure-toi que les chiottes soient vides avant qu'il ne t'y traîne pour essayer de te baiser, assume-t-il en haussant les sourcils. *Superclasse.*

Il me pousse à bout. Je le sais, mais c'est exactement ce dont j'ai besoin pour tenir le coup et réussir à partir, histoire d'empêcher cette erreur que je suis sur le point de commettre. Celle que j'ai envie de faire pour apaiser la faim qui me dévore depuis qu'il m'a plaquée contre ce foutu canapé et m'a embrassée comme un homme qui meurt d'envie d'en avoir plus.

Mais c'est bien plus facile de s'accrocher à sa colère, de la verrouiller, puis de la déverser sur lui. D'utiliser ses mots comme excuse pour m'y accrocher dans une dispute. Je dis à mes pieds de bouger, je dis à mes talons hypersexy de mettre un pied devant l'autre et de recommencer, mais ils restent plantés dans le sol, tout comme mon regard.

Il rit doucement, c'est un rire tissé d'une sorte d'amusement plein d'ironie qui me fout en rogne.

– De quoi as-tu peur ? Pourquoi sa proposition est-elle tellement plus tentante que la mienne, hein ? Oh, je sais pourquoi, s'exclame-t-il, la voix entrelacée de sarcasme. Il va se tirer sans poser de question. Mais pas moi, c'est ça, Haddie ? J'ai plein de questions à poser. La première étant, qu'est-ce que tu fuis *exactement* ?

Je lève brusquement les yeux pour le regarder en face et ce que je vois – ce moment que nous partageons – est trop honnête, trop à vif. Je dois y mettre fin. Je ne peux pas le laisser voir ces vérités auxquelles moi-même j'essaie de me dérober. Ce que je ressens et ce dont j'ai besoin pour me guérir – la réponse étant *lui* – parce que je ne vais pas laisser cette situation se produire.

Je le sens. Je le sais. Mais pas lui.

Je repense rapidement à la nuit après le mariage. Comment je lui ai demandé – enfin sans lui donner le choix en vérité – de coucher avec moi. En détachant ma robe et en l'invitant entre mes cuisses, savais-je que la situation allait en arriver là ? Que j'en voudrais plus ? Que j'allais me retrouver au milieu de son appartement à vouloir faire un pas en avant, mais que j'en serais incapable car retenue otage de mes peurs ?

Alors dis-lui la vérité, Had.

L'idée me traverse l'esprit.

Putain. Merde. Fait chier. C'est impossible.

– Je ne cherche pas à fuir.

Je parle d'une voix stable et j'espère qu'il est incapable de m'entendre chevroter sur le dernier mot.

Je ne sais pas trop à quelle réponse m'attendre, mais ce n'était certainement pas accompagnée d'un sourire de faux-cul et de sourcils arqués.

– Tu n'arrêtes pas de te le répéter et peut-être qu'un jour tu arriveras à le croire, peut-être. Quoi que *ce mec* t'ait fait, ça a dû être spectaculaire pour te faire courir comme ça. À tous les coups.

En entendant le fruit de ses déductions, je dois cacher le choc qui se peint sur mon visage. Il croit que je refuse une relation avec lui parce qu'un autre homme m'aurait abîmée.

– Tu ne sais rien sur moi.

Je commence à bâtir mon argumentaire, mais je me rends compte qu'il serait peut-être plus simple de le laisser croire cette version des faits. Le laisser blâmer un autre homme comme responsable de mes failles.

Alimenter le mensonge.

– Je commence à croire la même chose de moi, dit-il.

Son aveu est un puissant mélange de déception et de jugement à l'emporte-pièce que je lis dans son regard, ce qui ravive la flamme de ma colère.

– Mais, euh, comme je te l'ai déjà dit, vas-y.

Sur ce dernier mot, il penche la tête sur le côté en tapotant la porte à ses côtés.

– Va te faire foutre.

Les mots m'échappent avant que j'aie pu les retenir, ce qui me vaut le retour de son petit rire condescendant.

– Alors oui, c'est toujours possible, mais je n'ai pas encore entendu la réponse à ma question.

Sa nonchalance naturelle me déstabilise quand je n'ai envie d'entendre de lui qu'une supplique de le choisir. Lui. De me donner les mots auxquels me raccrocher pour ne pas fuir et me donner quelque chose pour tenir – les samedis et dimanches matin quand nous retomberons sur nos draps froissés pour passer la journée à faire l'amour, ces soirs où nous préparerons le dîner ensemble en cuisinant, ces jours où je saurai que quelqu'un décrochera le téléphone quand j'appellerai chez moi.

Mais il continue simplement à me dévisager. Puis ça commence à m'énerver de le voir planté là, avec ses yeux rieurs et la patience d'un saint, alors que tout ce que je veux qu'il fasse, c'est de me dire d'arrêter de jouer les allumeuses, d'être une putain de lâche et de soit m'engager dans une relation avec lui, soit me tirer de sa vie, parce que je ne le mérite pas, ni lui ni sa compassion.

Parce que toutes ces petites touches personnelles que je remarque dans son appartement – les jouets pour chien à moitié dévorés, le CD de Carole King sur l'étagère qui me rappelle ma sœur, cette statuette en céramique orange qui représente une girafe sur sa table basse alors que j'aime les girafes – si je me prends à connaître toutes ces petites choses personnelles sur Becks, alors tout ça sera réel. Elles rendent tangibles tous ces sentiments que j'éprouve pour lui alors que je n'en veux pas. Elles le rendent lui authentique, trop parfait et trop accessible pour cette fille qui voudrait que son cœur reste inatteignable.

Prends la décision pour moi.

Ça, je le crie dans ma tête.

Mais non. Il reste simplement planté là, à m'observer, à attendre que je fasse le premier pas. À espérer que ce soit dans la bonne direction.

– Eh bien, si la décision est si dure que ça à prendre, si tu penses que je suis comparable au Gominé, alors je vais la prendre pour toi.

Sans le savoir, il me donne ce que je veux. Il tourne la poignée et ouvre la porte avant de s'adosser à son chambranle et de croiser les bras sur son torse.

J'en ressens un grand choc quand je me rends compte qu'il me fout dehors. Je n'arrive pas à le croire. Je refuse d'en rester bouche bée, même si elle a envie de rester grande ouverte parce que je ne peux pas le laisser voir toutes mes émotions conflictuelles, ce qui lui révélerait bien plus de choses que je ne le souhaite.

Ce rejet pur et simple me fait l'effet d'un grand coup de pied dans le ventre et j'ai l'impression de ne plus pouvoir respirer.

Je regarde autour de moi, cherchant rapidement une autre sortie parce que je suis en colère et que, putain, je n'ai pas envie de lui donner la satisfaction de passer devant lui en sortant. Je n'aime pas voir que c'est lui qui maîtrise la situation, d'autant plus que nous semblons être à un étage élevé et qu'il est adossé à ma seule issue de secours.

Sauter du balcon est une solution de plus en plus tentante.

– Écarte-toi de la porte.

Je fais quelques pas en avant. Mon talon se prend dans un coussin bleu qui a dû tomber par terre lors de son kidnapping ou de la lutte sur canapé qui s'en est suivie.

– Nan.

Un petit sourire de travers tire le coin de sa bouche, et son regard est de plus en plus amusé. Ses cheveux sont en bataille depuis notre altercation et le col de sa chemise est de guingois.

Comment peut-il avoir l'air de ce mec dont j'ai tellement envie alors que je suis tellement en colère contre lui ?

– Daniels, je ne pense pas que tu sois conscient de la puissance de ma colère contre toi, là.

Lorsqu'il me répond de son petit rire condescendant encore une fois, j'ai envie de le faire disparaître avec mes poings. J'avance vers lui, son sourire brille à plein feu et il ne fait que me dévisager avant de hausser les épaules.

– Comme tu peux le voir, je m'en tape un peu, la Citadine.

– Est-ce que tu as seulement idée à quel point tu mets en péril ce boulot si important ? Comment tu m'as kidnappée de ce qui pourrait potentiellement être une énorme opportunité ?

Je lui crie dessus, ma santé mentale a disparu en même temps que son non-respect total de tout ce pour quoi j'ai tant travaillé.

– J'avais bien l'impression que tu mettais très bien toute seule en péril ta relation avec ton client.

Sa saloperie de sourire arrogant me provoque, elle me pousse en avant et il continue :

– Encore quelques verres et une autre langue dans ta bouche, et putain, Had, tu pourrais en tirer encore plus que de ton boulot en relations publiques.

Il lève les sourcils en me regardant, un moyen silencieux de me défier un peu plus, et je ne peux pas m'empêcher de réagir, il m'a poussée à bout sur tous les plans, sauf sur celui qui compte. Et il poursuit :

– Au moins, on te paierait pour ça, hein ?

Je suis incapable de répondre à ça, ce vilain côté de Becks me prend au dépourvu, je suis déstabilisée par cet aspect inconnu de sa personnalité. Alors je bouge, utilisant mes influx nerveux pour faire encore quelques pas vers lui. Les lumières du couloir illuminent une partie de son visage et, malgré le dédain que j'ai perçu dans ses paroles, je vois le désir dans son regard – tout comme la confusion fugace devant mon comportement avec ce mec en boîte.

– Dégage de mon passage, dis-je avec mépris en m'avançant vers la porte.

Ses mains se posent immédiatement sur mes bras avant que je puisse en franchir le seuil. Nos regards se rivent l'un à l'autre, ses doigts se recourbent autour de mes poignets alors qu'il se livre à une bataille intérieure de son côté.

Et franchement, je m'en fous. Merde. Oui, je suis égoïste – je l'admettrais volontiers s'il ne m'avait pas complètement embué le cerveau avec ses conneries – en même temps, j'ai juste besoin de partir pour vider toutes les saloperies de ma tête. Mais ce n'est pas possible tant qu'il me donne envie de le désirer – tant qu'il m'embrasse comme si j'étais son dernier souffle, ce qui me donne envie de rester – juste avant qu'il ne me repousse comme un sac à patates qu'il porterait sur son épaule.

– C'est la décision de la facilité, hein ? Tu es sûre de ton choix ?

Je n'y crois pas, tellement pas, que je renâcle. Il me veut, il me repousse, puis il a de nouveau envie de moi. Est-ce qu'on peut faire plus compliqué ? Je ne vais pas rester là à me faire insulter. À être malmenée, puis embrassée à en perdre le souffle, puis accusée de coucher avec n'importe qui, puis ensuite être priée de rester. J'essaie de dégager mon bras, mais il tient bon.

Je lutte pour ignorer l'excitation qui résonne dans ma colère.

– Lâche-moi, Beckett, laisse-moi partir. Je ferais mieux d'y retourner, au moins quelqu'un pourrait profiter de mon côté pute.

Je lui sors ça les dents serrées, parce qu'à ce stade, je ne sais même plus si je suis en colère parce que j'ai envie de lui et qu'il ne veut plus de moi ou si c'est parce qu'il me désire et que je ne peux pas lui donner ce « plus » qu'il me demande.

J'ai envie de crier, de faire une crise de rage, de l'embrasser, de le baiser, de le haïr, de le laisser partir et de ne pas en vouloir plus. Et rien de tout ça n'apaisera la douleur dans mon cœur chaque fois que je le regarde en face et que je le vois me supplier de lui donner une réponse. Un signe qui lui dirait où notre histoire peut nous mener, pour savoir si nous pouvons travailler sur notre relation compliquée pour en faire quelque chose de bien, de juste.

– C'est toi qui pars, Haddie, je ne reviendrai plus vers toi. Alors, tu ferais bien d'être certaine que c'est ce que tu veux, annonce-t-il d'une voix d'acier. Et si tu restes, je vais me mettre à nouer tes putains d'attache.

Ses mots me donnent la chair de poule, ravivent la douleur dans mon cœur et m'envoient une vague de panique. Parce que merde, oui, j'en ai envie. Ou pas. Tout ce que je ressens est tellement extrême à l'heure actuelle que j'ai l'impression de devenir folle.

Alors que je commence à extirper mon bras, je ne pense qu'à m'échapper, à fuir cette inexplicable emprise qu'il a sur moi, pour pouvoir réfléchir tranquillement sans que sa présence n'envenime ma réflexion, mais il resserre alors son étreinte.

– Vraiment ? Tu vas partir comme ça, hein ? Faire le choix de la facilité ? Je croyais que tu étais une battante, pas une lâche.

Et je ne sais pas si c'est la situation, ses mots, sa proximité ou ma peur, mais tout se concentre d'un coup pour former un boulet de destruction complètement irrationnel lorsque je me tourne vers lui :

– Tu n'as pas le droit de me juger !

Le volume de ma voix a considérablement augmenté, j'ai envie d'expulser toutes ces choses sans queue ni tête. Je me jette sur lui, les mains en avant, la douleur en bandoulière et les émotions en surcharge.

Mes mains entrent en contact avec son torse solide, provoquant un gros choc, et la sensation est loin d'être aussi satisfaisante que je l'espérais. Alors, j'essaie encore et je suis encore plus énervée de le voir planté là, immobile, à tout encaisser. Il ne se défend pas, il n'essaie pas d'attraper mes mains pour m'arrêter. Il est juste là et il accepte ma rage.

Il a même le culot de rire doucement du manque de force de mes coups.

Mes poings frappent avec de plus en plus d'acharnement quand je lui crie :

– Laisse-moi partir ! Espèce de connard ! Comment oses-tu me juger comme ça, mon boulot… dire que je suis une pute après avoir toi-même…

– Alors, arrête de te comporter comme telle… grogne-t-il alors que je lève mon genou qu'il bloque efficacement, ce qui ne fait qu'attiser ma hargne. Tu veux me blesser ? demande-t-il en se marrant. Vas-y. Fais-moi mal, comme tu as envie de faire souffrir l'enfoiré qui t'a fait ça.

Ses mots me déchirent parce que ses déductions sont tellement fausses, et pourtant je suis tellement paumée que je suis en colère de l'entendre parler de Lexi comme ça.

– Tu n'as aucune idée de ce que j'ai pu traverser, lui dis-je en criant, d'une voix brisée par la fatigue, alors que son calme olympien attise ma rage, mes blessures, mon tout. Comment oses-tu…

– C'est tout ce que tu as, Had ? demande-t-il en me tenant d'une poigne de fer, et la voix toujours gaie.

– Je te hais ! Laisse. Moi. Partir !

Je lui hurle dessus, j'ai besoin d'une réaction pour justifier mon comportement hystérique.

Et, bien sûr, je continue à le frapper. Je continue à lui crier des obscénités sur ce qu'il peut bien faire de ses opinions et où il peut se mettre son charme de garçon bien sous tous rapports. Les mots s'envolent et frappent plus fort que mes poings. Et je suis tellement déglinguée que ça me fait du bien de faire mal à quelqu'un d'autre pour une fois, plutôt que de m'en prendre à moi-même.

Je suis sur le point de virer complètement hystérique – ce que je fais n'a aucun sens – et je n'en ai plus rien à foutre parce que j'en ai tellement marre, je suis tellement fatiguée de tout maîtriser que, pour une fois, je laisse tout s'échapper. Toutes ces blessures et cette souffrance d'avoir à me protéger de tout le monde que lorsqu'il me prend enfin dans ses bras, je ne sais plus quoi faire d'autre que continuer à me débattre.

Et il tient bon, il murmure mon nom en boucle, la chaleur de son souffle se répand sur mes cheveux alors que je m'agrippe à lui.

Mais il se passe quelque chose à cet instant, je me débats encore un peu, puis toute velléité de combat me quitte.

Je m'effondre contre son torse, secouée par un immense hoquet, et mes mots haineux se transforment en murmures incohérents. Mes poings cognent encore sur son torse, mais il les prend dans une main, tandis que de l'autre, il me caresse les cheveux, m'incitant à poser la tête sur sa poitrine. Il passe son pouce sur ma joue dans un geste plein de réconfort. Il pose alors son menton sur ma tête et me dit :

– Je suis là, Had. Je ne pars pas, alors laisse tout sortir. Allez… chhhh… ça va aller.

Et putain, c'est tellement bon d'avoir besoin de lui. Tellement bon d'avoir quelqu'un pour m'aider avec ces émotions que j'ai barricadées depuis si longtemps que je ne peux plus les empêcher de sortir à grande eau le long de mes joues. Quel soulagement de le sentir si fort alors que je m'effondre dans cet endroit inconnu, auprès d'un homme dont je ne veux pas mais dont j'ai toutes les peines du monde à me séparer.

Becks me tient et je m'écroule. Alors les mois de chagrin, de deuil et de peur de l'inconnu se transforment en parfaite tempête qui se décharge.

Jusqu'à ce que mon corps se mette à trembler et mon nez à couler. Jusqu'à ce que mes pieds me fassent mal d'être debout sur mes talons depuis si longtemps et que mes doigts soient douloureux de s'être agrippés à sa chemise si fermement. Alors que lui est juste là, il tient bon et ne dit rien d'autre que ces petits mots rassurants me faisant savoir que tout va bien. Que je vais m'en sortir.

Le temps passe.

Ma carapace se fissure.

Je suis relativement certaine que la lune progresse dans le ciel étoilé derrière moi, mais je n'en suis pas sûre, parce que ma vision s'est troublée d'avoir tant pleuré. Je ne sais pas combien de temps s'est écoulé. Et maintenant que mes larmes se sèchent un peu, maintenant que le silence s'est abattu sur nous comme un coussin étouffant, je prends pleinement conscience de ce que je viens de faire. Vient ensuite un sentiment de honte qui le talonne de peu. Je passe par un moment de désespoir dans lequel je sais pouvoir récupérer ma dignité, mais je ne sais vraiment pas comment. Je ferme mes yeux de toutes mes forces, ne sachant pas trop où poser mes pieds sur ce sol en mouvement perpétuel et j'essaie de me libérer de lui, mais il me tient fermement, il ne me permet pas de m'échapper.

Ni émotionnellement ni physiquement.

– S'il te plaît, laisse-moi rentrer à la maison, Becks.

Je ne reconnais même pas cette étrange voix larmoyante qui sort de ma bouche. C'est la voix d'une personne sur le point de perdre les pédales.

– Pas question, Montgomery, répond-il en déposant un baiser sur le côté de mon crâne. Tu n'iras nulle part.

Nous restons là dans la pièce sombre. À un moment donné, il nous déplace sur le canapé. Il est assis et mon corps est positionné dans son giron, les fesses entre ses cuisses écartées. Je ne sais pas comment nous avons atterri dans cette position, mais je sais qu'il n'a jamais desserré son étreinte. Pas à un seul instant. Comme si j'étais un lièvre effrayé qu'il avait peur de voir bondir à l'instant où il me relâcherait.

Et il a une bonne raison de le penser.

Pour une fois, je trouve un étrange réconfort dans le silence. Je me concentre tellement sur mes larmes retenues – ou à essayer de ne pas y penser – que j'ai du mal à entrevoir autre chose : Lexi, Becks, une vie dépourvue d'amour.

Mourir.

Je me console grâce au rythme de nos poitrines qui se soulèvent l'une contre l'autre, de ce contact physique qui me permet de lui voler un peu de chaleur et du rassurant battement de son cœur régulier qui apaise mon âme déchirée.

Et mon esprit doit être tellement épuisé de ce spectacle ridicule auquel je me suis livrée en boîte qu'à un moment, je succombe. Alors, pour la deuxième fois dans la semaine, Becks est là, à mes côtés, pendant que je m'endors.

Sauf que cette fois-ci, je suis dans ses bras.

CHAPITRE 14

C'est cet environnement étrange qui me réveille.

Mes paupières sont enflées, et il me faut une bonne minute pour comprendre où je suis. J'entends une lente et régulière respiration contre mon oreille. Je sens le léger picotement d'une mèche de cheveux dans ma main et je comprends d'un seul coup que mon sein repose sur le torse nu de Becks. Il me faut un instant pour reprendre contenance, le silence qui nous entoure amplifie dans ma tête chaque mouvement et chaque son qu'il émet : le poids de sa main sous mon top contre la peau nue de mon dos, la douceur de la couverture qu'il a jetée sur mes épaules mais qui est tombée autour de ma taille.

Tout d'abord, je suis gênée. Puis je suis assaillie par la peur de m'effondrer alors que je ne suis pas seule. Le témoin du chaos qui se déchaîne dans mon âme n'est plus simplement le très neutre mur d'en face dans ma chambre. C'est maintenant une véritable personne. Un homme qui a vécu aux premières loges les montagnes russes de mes émotions, qui m'a m'aidée à oublier de tenir le rôle que je m'étais assigné afin que les petits morceaux de mon être brisé ne tombent pas tous par terre.

D'un certain côté, je suis soulagée, mais d'un autre, j'ai encore plus peur qu'avant. Il y a enfin quelqu'un qui sait que je ne m'en sors pas aussi bien que je ne le fais croire. Tout ça n'est qu'une façade qui me permet de cacher les tourments qui me déchirent. Rylee m'a vue flancher de temps en temps, mais je me suis contenue pour ne pas trop l'inquiéter alors qu'elle avait tant de choses à gérer. Mes parents en ont eu quelques aperçus, parce qu'eux aussi ont perdu leur enfant, et je ne veux pas qu'ils s'inquiètent encore plus. Danny s'est tellement perdu dans le puits sans fond de son chagrin qu'il est incapable de m'offrir le moindre réconfort. Alors, j'ai contenu toute cette douleur à l'intérieur pendant si longtemps que, ce soir, l'abcès a dû crever, le poison avait besoin de s'échapper.

Et maintenant, Becks est au courant. Il sait que la parfaite Haddie n'est plus aussi parfaite. Je suis un baril de poudre d'émotions que la moindre étincelle pourrait enflammer. Je ne suis pas aussi stable que mon attitude inflexible le laisse paraître, genre mon apparent « j'men-foutisme ». Je suis vulnérable et sacrément dans la merde. Je suis faible et irrationnelle. Et en manque d'affection. Et putain de merde, je déteste être dans cet état.

Mais il est resté. Il m'a tenue bien serrée dans ses bras et il n'a pas laissé ma tirade le perturber. Et alors que je suis allongée là, j'essaie de faire le point sur ce que ça implique et j'essaie de déterminer ce que ça me fait.

Et je ne sais pas trop. Alors, je me concentre sur le tangible. La chaleur de son corps contre le mien. Les sons, les odeurs et les sensations d'être physiquement proche d'une personne à nouveau. Je suis tellement habituée à me sentir vide, cette sensation qui me frappe chaque fois que je me suis tirée en douce au petit matin pour éviter l'embarras de la conversation gênée du lendemain, celle qui noie tous les sentiments qui font rage en moi.

Je me permets de savourer tout ça ; puisqu'il dort, je ne suis pas surveillée, observée ou encore analysée. Je peux simplement profiter de ce moment innocent, parce que je mérite de sentir ça, d'avoir la chance de vivre une relation normale avec lui.

Toute cette année, je me suis si bien conditionnée que cette simple idée – même si elle ne concerne que moi – me provoque une anxiété qui prend le pas sur le reste de mon corps. Et j'ai besoin de prendre mes distances avec cette soudaine douleur dans ma poitrine. La respiration de Becks s'altère un instant, mais elle reprend son rythme normal lorsque je m'écarte précipitamment pour m'asseoir sur la table basse, en face du canapé. Par habitude, j'essuie ce qui reste de mon maquillage sous mes yeux, puis je vais attraper la couverture qui était tombée et je l'enroule autour de mes épaules.

Je lève les yeux pour regarder Becks. Il a plié un coussin sous sa nuque et l'un de ses bras est étiré au-dessus de sa tête, tandis que l'autre est posé sur son ventre dénudé. Mais c'est son visage qui me captive. Son regard scrutateur est fermé – les longs cils noirs reposent sur ses pommettes dorées – et pour une fois, c'est à moi de l'observer. Une légère barbe naissante s'est installée sur son visage d'ordinaire rasé de près et ses lèvres, pincées dans son sommeil, dissimulent les traits qui les encadrent d'ordinaire.

Le détaillant sans la pression d'avoir à dissimuler mes sentiments que je trouve transparents, je ne peux pas m'empêcher de reconnaître que c'est vraiment un mec bien. Un peu vieux jeu d'un certain côté. Pourtant, il est affranchi de tout ce drame qui entoure les bad boys qui m'attirent d'habitude et une chose est sûre, c'est qu'il peut m'offrir plus de stabilité. Il est gentil et attentionné et patient dans toutes ces choses sentimentales alors que la plupart des hommes avec qui je suis sortie sont déjà partis quand la première larme se met à couler.

Même si, ironie du sort, ce mec, – le meilleur ami du mari de ma meilleure amie – est l'incarnation la plus parfaite du genre d'homme qu'on garde *pour la vie*.

Et c'est là que ça me tombe dessus, comme une bonne fessée. C'est un fait tellement déstabilisant que je ne sais pas comment l'assimiler. Je me relève du bord de la table sur mes jambes tremblantes, le cœur battant à tout-va, et je m'avance vers la fenêtre qui donne sur la rue en dessous, celle qui débouche sur cette plage plongée dans le noir un peu plus loin. J'essaie désespérément de me concentrer sur le brouhaha de la vie nocturne. Je me dis que cet appartement ne ressemble pas à ce que je me serais imaginé pour Becks – je l'aurais plutôt imaginé dans une maison avec une balancelle dans la véranda sur un vaste terrain au grand air – et je me rends compte que j'en sais très peu sur cet homme qui a lentement pris possession de mon cœur. J'essaie de penser à autre chose, je me concentre sur tout ce que je ne sais pas sur Becks plutôt que sur ce que je sais de façon certaine.

J'ai la chair de poule, mon cœur bat à toute vitesse. Je perds un peu l'équilibre et je m'appuie d'une main contre la vitre pour essayer de trouver une stabilité imaginaire, mais je sais que je ne devrais pas être surprise. Ce que veut le cœur, le cœur le prend… même quand il sait que son propriétaire ne le permettra pas.

Je suis tombée amoureuse de lui.

Je me laisse emporter par cette révélation, j'essaie de trouver quoi faire, maintenant que j'ai décidé que l'amour n'était pas une option envisageable pour moi. Et je ne sais pas combien de temps je reste plantée là, devant la vitre, avant d'entendre un petit rire doux provenir du canapé. Je sursaute parce que j'ai la tête tellement ailleurs que je ne pourrais pas supporter de lui faire face tout de suite. Avant de lui parler, j'ai besoin de me blinder le cœur, qui est pour le moment ouvert à tout vent, comme un tatouage sur une peau nue.

Je me tourne doucement, pensant le voir assis, à attendre que je vienne vers lui comme l'homme patient qu'il est, mais quand je suis face à lui, je le vois profondément endormi.

– Un rêve.

Je me murmure ces mots à moi-même et je ne sais pas si je parle de ce qui a provoqué ce rire chez lui ou de cet espoir qui naît dans mon cœur. Je le dévisage, allongé là, si chaud et si attirant – à bouleverser mon univers sans s'en rendre compte – et pour la première fois depuis ce qui semble une éternité dans ma vie tumultueuse, je me prends à sourire.

Et ce sourire ne fait que grandir à mesure que j'accepte ces sentiments, et le fait de savoir qu'ils n'iront nulle part. Tout comme il n'a pas fui quand je suis devenue cette tarée sentimentale en plein chaos qu'il a découverte cette dernière semaine. Il est resté à mes côtés, il est resté à l'autre bout du téléphone alors que j'étais plongée dans le silence, pour ne pas me laisser toute seule.

Mes pieds, qui tout à l'heure refusaient de bouger, n'éprouvent aucune difficulté à se déplacer maintenant, mais plutôt que de foncer vers la porte comme je l'aurais cru, ils me rapprochent de lui. Quelque part, mon esprit est plus calme, mais je suis toujours grisée par ces émotions qui me montent à la tête.

Je repousse les doutes qui me dévorent. Bien sûr, c'est hypocrite de vouloir prendre à contre-pied les promesses que je me suis faites à moi-même, celles que je me suis bien remises en tête il y a quelques heures à peine lorsqu'on se criait dessus.

Mais je me dis de la fermer, de prendre possession des talons sur lesquels je marche et de saisir ma chance.

De me jeter à l'eau.

Mon sourire s'agrandit encore parce que je sais que quelque part au paradis, Lexi vient de se lever et de m'applaudir. Et rien que cette idée me donne la confiance dont j'ai besoin pour continuer à aller de l'avant et dire à Becks ce qu'il a besoin d'entendre.

Je suis maintenant debout, à côté du canapé, le regard baissé vers lui. Je me force à avaler la boule dans ma gorge lorsque je me rends compte que mes peurs sont irrationnelles. Que Dieu ne peut pas être aussi vorace, il ne peut pas prendre les seins de ma mère, mettre fin aux jours de ma sœur avant que son heure ne soit venue et, ensuite, vouloir me prendre ma vie dans la foulée.

Et là, debout dans cet appartement plongé dans le noir, avec une machine à café dans un coin à côté d'une boîte pleine de cookies au sucre, ma soudaine prise de conscience m'enlève un énorme poids des épaules : j'en ai envie. J'ai envie de cette vie avec lui.

Je laisse la couverture glisser et atterrir par terre en faisant si peu de bruit. Je retire mon top et le jette à côté de moi. Mes mains trouvent mon portable dans ma poche et le posent sur la table basse avant de se saisir de la fermeture Éclair de ma jupe, de l'ouvrir et de la repousser pour la faire tomber à mes pieds.

Les larmes me montent aux yeux alors que je fais remonter toutes ces émotions que j'ai enterrées ces six derniers mois, chaque fois que j'ai refusé mon désir d'en vouloir plus avec Becks. Je suis plantée là, dans cet appartement que je ne connais pas, devant Becks qui ronfle doucement. Franchement, avoir cette prise de conscience ici me semble idiot, mais quelque part, c'est parfait dans son imperfection. Je suis nue, dans tous les sens du terme, et il m'est impossible d'assimiler l'ampleur de ce à quoi je suis en train de m'ouvrir. Tout ce que je sais, c'est que le silence dans ma tête s'est transformé en un grand bruissement de pensées qui me paraissent évidentes face à la brutale honnêteté de ma décision.

J'ai la tête qui tourne du tourbillon de tous ces possibles quand je me pose sur le canapé à côté de lui et que j'inspire pour sentir son odeur. Ma raison me dit de virer mon cul de ce canapé et de me tirer à toutes jambes, mais l'autre partie de mon être m'incite à me pencher en avant pour presser mes lèvres contre sa poitrine.

Je laisse ma bouche là, et la chaleur de sa peau, puis les battements de son cœur sous mes lèvres se mêlent dans un cocktail enivrant. Je me mets à déposer de petits baisers sur son cœur. Sa respiration change, elle devient moins régulière à chaque inspiration. J'inhale l'odeur de son parfum dans le creux, sous sa pomme d'Adam, avant de lever la tête et d'effleurer ses lèvres. Je répète mon mouvement en le touchant à peine. Je sens qu'il retient un gémissement pendant que je le réveille doucement.

Je réalise que ses lèvres m'embrasent déjà alors qu'il n'est même pas tout à fait réveillé. Ses muscles se raidissent ; puis le bras au-dessus de sa tête glisse jusqu'à tomber sur la peau nue de mon dos.

– Haddie, dit-il d'une voix ensommeillée tout en essayant de comprendre ce qui se passe dans son état semi-comateux.

Je continue simplement à suivre ses mouvements de lèvres avec les miennes sans m'arrêter, jusqu'à ce que sa main dans mon dos se saisisse de mes cheveux et me force à planter mes yeux dans son regard bleu surpris. Il essaie de comprendre comment j'ai fait pour passer de la haine au désir, puis aux larmes, avant d'avoir besoin de lui.

Et l'impertinente qui veille en moi ne peut s'empêcher de penser : « *Bienvenue dans l'esprit d'une femme.* » Mais son mouvement est bien plus poignant qu'un trait d'esprit. Je reste silencieuse et lorsque nos regards se rencontrent, je sais que ce lien muet est bien plus intime que tout ce que pourraient nous apporter des mots.

Nous restons assis dans cette position, sa main dans mes cheveux, nos respirations irrégulières et des questions encore non formulées suspendues entre nous ; lorsque nous y répondrons, elles nous offriront tant de possibilités. Becks continue simplement à me dévisager, je suis otage de son regard bleu cristallin et je me demande bien de quoi j'ai l'air à ses yeux.

– Je… Je me suis réveillée avec l'envie de t'embrasser.

Monstrueux échec de ma tentative de lui dire ce dont j'ai besoin. J'ai du mal à trouver les mots, alors je lui donne l'explication la plus pourrie possible. Je lis du rejet et de la confusion dans son regard et je me penche vers lui pour effleurer ses lèvres le plus légèrement possible, essayant de me procurer quelques secondes de plus pour trouver le courage de lui dire ce que j'ai sur le cœur.

Je recule et regarde ses yeux pleins de sollicitude.

– Je ne peux pas… On ne peut pas continuer…

– Chut !

Je pose mon doigt sur ses lèvres pour l'interrompre, et en regardant ses lèvres, puis à nouveau ses yeux pour appuyer mes paroles, je lui murmure :

– *Nous sommes.*

Il prend une grande inspiration en entendant ma révélation inattendue et en reste bouche bée.

– J'ai besoin de toi, Becks.

Et je n'ai jamais été aussi honnête de toute ma vie.

Ses yeux s'écarquillent, ses pupilles se dilatent et sa bouche esquisse un sourire prudent sous mon doigt. Je me penche en avant, priant pour qu'il ne me rejette pas, et j'incline encore une fois ma bouche sur la sienne. Et cette fois-ci, il réagit. Il écarte les lèvres et me permet de glisser ma langue entre elles, puis de lécher doucement la sienne. C'est un baiser timide, à des années-lumière de la frénésie de nos étreintes de tout à l'heure, mais il est toujours sous-tendu de ce désespoir que je peux encore sentir… et je ne sais pas trop s'il vient de lui ou moi.

Mais je choisis de repousser cette idée. Je choisis de me perdre en lui. Alors, de la main qui n'est pas posée sur sa joue, je me dépêche d'ouvrir la boutonnière de son jean. Je prends une seconde pour savourer la chaleur de sa peau avant de repousser son boxer pour le prendre en main. Il faut quelques mouvements maladroits pour qu'il soulève ses hanches et que je l'aide à se débarrasser de son vêtement.

Aucun mot n'est échangé, aucun n'est nécessaire quand nous nous servons de l'intimité de nos bouches pour exprimer ce que nous ressentons, devant cette chance que je viens de nous autoriser.

Je continue à l'embrasser doucement, de subtiles caresses d'une bouche sur une autre, pendant que ma main encercle son membre et glisse sur toute sa longueur. À chacun de ses gémissements, je répète ce mouvement qui me fait crever d'envie de l'entendre en pousser un nouveau.

Il tend les mains pour les poser autour de ma taille et je sens un sursaut de sa part lorsqu'il se rend compte que je suis déjà nue et prête à l'accueillir. Et je ne peux pas nier que me savoir désirée alors que je peux venir à lui complètement nue m'émeut. Il y a dans cette sensation quelque chose de définitivement sexy et valorisant.

Ses mains m'incitent à me soulever pour m'installer sur son bassin, je me retrouve alors à genoux, toujours à le caresser de ma main entre mes jambes écartées. Je le regarde maintenant. Je détaille sa peau dorée, les petits disques érigés de ses tétons, sa lèvre inférieure que mordent ses dents alors qu'il tâtonne pour enfiler le préservatif qu'il a sorti de son portefeuille. Une fois protégés, son regard se lève vers le mien alors que je me positionne juste au-dessus de son sexe épais. Je vois tout autant que je sens son corps se tendre à ce début infime de pénétration – je l'excite alors qu'il est plus que prêt – et ses mains se plaquent alors sur mes hanches pour me demander de m'abaisser sur lui.

Je ne réprime même pas mon sourire lorsque je choisis d'ignorer cette pression sur mon bassin pour lentement glisser sur lui en le torturant. Ce qui me tue moi aussi, dans un mélange puissant de plaisir et d'impatience, alors que je sais qu'il en est tout autant affecté que moi, sinon plus.

Lorsqu'il me pénètre totalement, il respire avec difficulté. Je reste un instant juste assise là, à laisser la lente brûlure de son sexe si imposant diminuer avant de remettre mon bassin en mouvement et de glisser de haut en bas sur lui, ce qui me vaut d'autres soupirs de plaisir. Je continue à maîtriser le rythme et le mouvement, et je me positionne correctement pour m'assurer que mon point G soit stimulé à chaque passage.

Le plaisir est si puissant, si intense, que je suis indécise – j'ai envie de ralentir pour faire durer le plaisir chaque fois qu'il se retire et ainsi chaque nouvelle pénétration et chaque fois qu'il me pénètre – mais en même temps, j'ai envie d'être impatiente et égoïste et de me pousser vers l'orgasme le plus rapidement possible. Trouver mon plaisir pour qu'il puisse partir à la conquête du sien.

La pénétration est si incroyablement profonde – c'est tellement bon, putain – que je ne me rends pas compte que j'ai fermé les yeux, la tête inclinée vers le plafond, et que je m'agrippe aux mains de Becks qui me tiennent toujours aussi fermement les hanches. La pression commence à monter, à me transpercer de cette chaleur incandescente qui remonte le long de ma colonne vertébrale, accélérant mon souffle, mais je garde le même rythme régulier et lentement séducteur, même si ses mains m'incitent à aller toujours plus vite.

Je me perds dans cette sensation un instant, laissant le courant de notre union me bouleverser jusqu'à ce que Becks me fasse redresser la tête lorsqu'il ajoute un mouvement circulaire du bassin à mes mouvements. Je le regarde dans les yeux, ses paupières sont mi-closes, en proie à ce sublime ressenti qui le tient lui aussi.

Mais nos regards se croisent, l'intimité du moment lorsque nous continuons à nous mouvoir – nos corps, nos pensées, nos âmes sont unies d'un seul coup – est si puissante que nous chancelons un instant. Mon corps est trempé de sueur et la chair de poule menace, l'intensité des émotions que nous expérimentons est bouleversante, je suis momentanément perdue.

Son membre est saisi d'un spasme involontaire, ce qui fait naître un léger sourire sur ses lèvres. Son arrogance est totalement inattendue et plus que sexy. À mon tour, je contracte mes chairs autour des siennes et j'aime entendre le grognement qui me répond. Ses mains sous les miennes, il redonne une impulsion à mes hanches et j'ai envie de conserver ce rythme lent et régulier, pas de me précipiter parce que, putain, c'est tellement bon.

Alors, je reprends le contrôle de nos mouvements et je passe nos mains de mes hanches à son torse pour pouvoir m'y appuyer et ainsi faire levier pour bouger mon bassin en l'inclinant différemment. Je me penche en avant et presse mes lèvres contre les siennes, puis je glisse ma langue entre elles. Ce mouvement découvre un peu plus sa bite jusqu'à son gland contre l'ouverture de mon sexe, et quand je glisse horizontalement, il sollicite chacun de mes nerfs. Merde. Je gémis dans sa bouche, capturant les sons qu'il provoque en moi et, à chacun de ses mouvements de bassin en avant, je pousse dans l'autre sens et mon corps sursaute un peu plus, me précipitant vers le plaisir sans fin qui se rapproche peu à peu.

Je me dis que je devrais tout noter – nos torses qui glissent l'un contre l'autre, le goût de sa langue, sa complète maîtrise de chacune de mes putains de sensations sous la ceinture, le doux soupir de plaisir qu'il lâche quand je le prends complètement en moi. Tous ces facteurs attisent encore mon plaisir et me poussent un peu plus près du précipice.

Cette fois-ci, notre rapport sexuel est tellement différent de la dernière fois. Là où nous découvrions nos corps en éprouvant nos capacités, nous voici maintenant à explorer une lenteur hypnotique. Lorsque mon orgasme m'atteint dans une violente intensité, je ne suis pas prête à avoir le souffle coupé.

Oui, mes orteils se contractent et j'étire mon dos comme d'habitude, mais je suis irrévocablement secouée par l'éclair de vulnérabilité qui me transperce. Mon corps est tremblant, en proie à un plaisir intense qui rebondit partout, mon cœur bat si fort que je n'entends rien d'autre et mes poumons ne semblent pas pouvoir obéir à l'ordre de mon cerveau de reprendre de l'air.

Becks crie mon nom au milieu d'une série d'exclamations, mais ses mains maintiennent mes hanches en place. Je sens son membre grossir et se rigidifier comme de l'acier en moi, faisant vibrer mon corps de cette pression supplémentaire, c'est alors que lui-même s'abandonne à son propre assaut de sensations. Son corps se raidit, ses hanches vont et viennent avec ferveur et sa nuque se courbe en arrière, levant son visage en l'air. Ses doigts creusent un peu plus dans ma peau alors qu'un grognement guttural remplit le silence qui nous entoure.

Je repose ma tête sur son torse pour écouter son cœur que j'ai aidé à faire battre aussi vite, mes propres sentiments prennent le même chemin, mais pour une tout autre raison. Je ferme les yeux quand Becks presse un baiser sur le haut de mon crâne et me caresse doucement le dos du bout des doigts, ce qui me donne la chair de poule. Nous restons assis quelques instants, le temps de redescendre de notre béatitude orgasmique. Son sexe perd en rigidité et sort du mien et je me déplace pour le laisser aller se nettoyer, mais il en profite pour me prendre dans ses bras et me serrer contre son torse.

– *Nous sommes*, murmure-t-il en répétant les mots que je lui ai dits, avant de pousser un petit soupir satisfait. *Nous sommes.*

À ces mots, mon souffle s'accélère, ma propre réponse reste coincée dans la confusion de mon cerveau. Tout me semble tellement normal et juste avec lui, mais en même temps, j'ai peur de n'être qu'une source de souffrance pour lui. Mais je repousse cette inquiétude parce que je sais que tout ira bien. Pas le choix.

– Bonne nuit, la Citadine.

– Bonne nuit.

Je serre les paupières pour fermer les yeux, à la fois satisfaite et effrayée par cet homme coupable d'avoir brisé le premier maillon de la chaîne qui me sert à protéger mon cœur. Alors que j'ai pour habitude d'utiliser le sexe pour faire taire mes pensées, cette fois-ci, c'est le contraire.

Ma tête crie si fort qu'il m'est impossible de l'ignorer.

La transition entre la phase de sommeil et d'éveil est douce. Je suis dans ce brouillard entre rêve et réalité où je laisse mes pensées divaguer, essayant de retomber dans ma torpeur léthargique pour que je puisse retourner au bord de la piscine avec Lex, où nous avions une conversation. Où nous étions en train de rire et où je me suis sentie plus proche d'elle que jamais. Toutes ces choses que j'avais peur d'oublier à son sujet – son rire, sa posture, sa facilité à sourire – tout est là, à portée de main. Si seulement je pouvais m'y accrocher encore un peu.

Je ne suis ni étonnée ni surprise de me retrouver contre le corps nu de Becks, dans son lit. Je me souviens vaguement de l'avoir senti me porter ici depuis le canapé. Je remarque les mouvements de sa poitrine qui se soulèvent sous ma main posée sur son cœur. Bizarrement, je suis plus en paix avec moi-même que je ne l'ai été depuis longtemps et je me love dans cette sensation tout autant que contre son torse.

Mes pensées voguent de-ci, de-là alors que je me force à me rendormir pour voler encore quelques heures, confortablement installée dans cette douce plénitude. Mais je suis dans une position bizarre, mes seins sont écrasés contre les muscles de son buste si ferme, et ce n'est pas agréable. Je commence à faire un mouvement pour me dégager au moment où il bouge dans son sommeil et je me retrouve à étouffer un petit cri lorsqu'il baisse un bras qui me pince le sein.

Ce n'est qu'une fraction de seconde. Je suis certaine que lorsque j'y repenserai plus tard, je ne serai pas capable de comprendre comment j'ai fait pour m'en rendre compte aussi rapidement. La douleur est aiguë et fulgurante, et lorsque, instinctivement, je change de position pour décoincer mon sein pris au piège entre le matelas et son dos, je suis consciente de sentir quelque chose.

Je m'assieds immédiatement, l'esprit en alerte. Même si mon subconscient me dit que je suis dingue, mon esprit rationnel fait défiler une série de pensées qui sont loin d'être les bienvenues. Ma respiration est saccadée. Je me dis que c'est à cause de mon mouvement brusque, mais je connais la vérité : la peur s'est installée.

J'essaie de me raisonner, de me dire que j'étais à moitié endormie, que c'est ma peau qui a été pincée et qu'il n'y a rien qui puisse me causer de douleur dans le sein. Pas de tumeur. Pas de cancer. Rien comme Lex.

Je prends ensuite une grande inspiration pour me calmer, et mes doigts se glissent déjà vers mon sein gauche. Mais, là où je pratique en général des auto-examens timides et en douceur – ayant plus peur de ce que je pourrais trouver que de savoir le cancer présent –, je me retrouve cette fois-ci à presser le plus fort possible et à être très minutieuse, voire trop. Je suis prise de frénésie, et mes idées partent à mille à l'heure. Je poursuis mes mouvements circulaires avec le plat de mes trois doigts, mais alors que mes souvenirs, la peur et l'incrédulité m'interdisent de penser à autre chose, mes gestes n'ont plus aucun sens. Je tire sur mes tissus mammaires, appuyant mes doigts des deux côtés sur ma peau étirée, me faisant mal pour essayer de retrouver une trace de tumeur.

Assise dans le lit de Becks, traversé par un rayon de lune, je réussis la performance de me rendre complètement dingue alors que je devrais me nicher contre le bel homme endormi à mes côtés, vivant, tendre, aimant. Je ne sais pas combien de temps s'écoule parce que je suis tellement inquiète, si paniquée, qu'un voile de sueur se forme sur ma peau ; à un moment, j'ai dû me mettre à pleurer parce que je sens un truc salé couler sur mes lèvres. Mes mains tremblent et je m'en veux de ne pas être capable de retrouver la sensation que j'ai éprouvée il y a quelques instants à peine.

C'était vraiment il y a quelques instants ? Tout ce que j'arrive à me dire, c'est que ce parasite, probablement installé dans mon sein, menace de prendre ma vie. Je suis sur le point d'arrêter les frais – ma chair est douloureuse et ma peau est rougie de mes palpations sans merci –, tellement à bout de nerfs qu'il m'est impossible de relier une pensée à une autre. Je lève les yeux vers le réveil et je me rends compte que ça fait une demi-heure que je me livre à cet examen. Je ne l'ai pas trouvée, pas encore… pas de grosseur, pas de masse, pas d'ondulation. Je suis juste en train de devenir hystérique.

Calme-toi, Had. Tu tires des conclusions hâtives. Ce n'était rien. Tu étais à moitié endormie et tu pensais à Lex, ce n'était qu'un petit pincement.

Je soupire doucement et jette un coup d'œil à Becks pour m'assurer qu'il dort toujours. J'ai déjà pété les plombs une fois ce soir à ses côtés, alors c'est la dernière chose qu'il a besoin de voir. C'est un homme patient, mais je pense qu'il pourrait me proposer de sortir en sautant par le balcon si je recommence.

Mes épaules s'affaissent, et je me dis que c'est la dernière fois que je m'examine et qu'ensuite ce sera terminé pour cette matinée trop précoce. Je lève la main et je procède avec méthode, je suis légèrement rassurée et au moment où je suis sur le point d'arrêter, *je la sens*.

Je m'immobilise.

Mes doigts cessent de bouger, la chair toujours pincée entre eux. Mes yeux s'écarquillent et j'expire un souffle tremblotant qui emplit le silence de la pièce.

Mon corps s'arrête, mais mon esprit tourne dans tous les sens alors que le monde s'écroule autour de moi. Je lève une main tremblante pour ravaler le sanglot à moitié étouffé qui ne veut pas sortir. Mes yeux se brouillent de larmes, je secoue la tête d'avant en arrière, je suis en état de choc. Des images de Lexi s'écrasent les unes contre les autres dans ma tête.

Le temps passe, et je reste assise là, paralysée par la peur, anesthésiée par mon angoisse et vidée de toute sensation.

Becks bouge dans le lit, et son mouvement me fait sursauter. Je me dis que la masse est minuscule, que c'est peut-être un tissu fibreux, pour ce que j'en sais, mais je ne crois pas mes propres mensonges. Je sais que c'est plus grave, parce que j'ai mis un point d'honneur à connaître mes seins sur le bout des doigts depuis l'an dernier. J'essaie de tenir le coup, mais je sens que mes pensées m'échappent alors qu'une fausse sensation de calme étrange et inquiétante s'installe en moi.

Mes mains tremblent, et mon esprit essaie de trouver quoi faire, mais rien ne vient. Je ne vais pas le laisser aller vers la cachette de mes plus grandes peurs, alors je me concentre sur l'immédiat. Sur l'homme à mes côtés. Sur le fait que je viens de lui ouvrir mon cœur, que je viens de l'y inviter et de lui dire que *nous sommes*, et voilà ce qui se passe.

Je me lève du lit sans réfléchir aux dommages collatéraux ni aux conséquences. Ni à Becks, allongé, endormi, ni à ce que je pourrais lui raconter, car il n'y a rien d'autre à lui dire que « pardon » – et franchement, pardon, là, c'est merdique. Pardon ne mène à rien et n'apaise pas cette sensation bouleversante qui m'assaille. Ce mot galvaudé n'apaise en rien la piqûre du manque, d'avoir vu une personne qu'on aime mourir ni celui de quitter quelqu'un pour qu'il n'ait pas à supporter tout ça et à souffrir à tes côtés.

Je détourne le regard, je récupère mes vêtements et je me rhabille doucement, comme en pilotage automatique, me concentrant sur les fermetures Éclair et les boutons, avec des gestes mécaniques. Je dois faire un effort de concentration sur chaque mouvement et m'en acquitter parce que, sinon, je vais me retrouver debout devant la fenêtre à regarder le monde en dehors.

Je continue à faire comme si tout était normal alors que ça ne l'est clairement pas. Une fois habillée, les chaussures en main pour ne pas le réveiller en faisant claquer mes talons, les pieds toujours enfoncés dans le sol, j'ai physiquement mal dans la poitrine, et une migraine s'installe dans mon crâne. Mes yeux me brûlent, j'ai l'impression que mon cœur est pris dans un mouvement de torsion et que des gouttes d'acide percent des trous dans mes muscles à un rythme menaçant.

Je jette un dernier coup d'œil à Becks, je le dévisage à travers le rayon de lune qui perce par la fenêtre. Il y a tant de choses que j'aimerais lui dire, mais je n'arrête pas de penser que j'ai tout cassé. Ce soir, je suis allée contre tout ce que je m'étais promis à moi-même et voilà que le destin est revenu me frapper en pleine gueule pour me remettre à ma place.

Je devrais y être habituée. M'y attendre même. Juste au moment où tout va bien entre Rylee et Colton après leur passage à l'hôpital, juste quand ma plus proche amie pouvait envisager un dénouement à son histoire digne d'un conte de fées, ma sœur affrontait un danger mortel, ambiance fin du monde.

Ces souvenirs me reviennent en tête et me submergent – l'accompagner pour ses mammographies, puis pour sa double mammectomie, puis brosser ses cheveux qui tombaient par poignées, puis la voir lutter, épuiser toutes ses ressources – jusqu'à ce que je me sente suffoquer et que je retrouve la certitude que je ne peux pas faire ça à Becks. Une tristesse brutale se lie au chagrin que je porte déjà en moi, et je lui dis ces mots vides de sens que je déteste plus que tout : « Je suis désolée. »

Ils me font l'effet d'un nœud coulant qui se resserre autour de mon cou.

Je fais demi-tour et retourne pieds nus dans le séjour où je me rends compte que je n'ai ni mon sac à main ni mes clés. Je repère son portefeuille sur la table basse, toujours ouvert après qu'il en a retiré un préservatif, et histoire de retourner le couteau dans la plaie en y mettant un peu de sel, je lui prends le billet de vingt dollars qui en dépasse. Ça me tue de faire ça, mais je n'ai pas vraiment le choix. Encore une raison de plus de me détester. Pour qu'il puisse confirmer ce dont il m'a accusée toute à l'heure : je suis lâche.

Parce que si je ne l'ai pas reconnu tout à l'heure, mon acte parle pour moi, c'est clair comme de l'eau de roche.

Mais je ne sais pas quoi faire d'autre. Je le rembourserai. Je regarde par-dessus mon épaule pour le voir dormir en paix derrière la porte ouverte, puis je sors de son appartement et je me glisse dans la rue en contrebas pour héler un taxi.

La culpabilité que je ressens est lourde et oppressante, elle tombe sur mon âme et occupe mes pensées aussi facilement que la peur qui s'est confortablement installée dans son fauteuil défoncé, là où elle a fait son petit nid douillet ces six derniers mois. Et la seule chose qui revient en boucle dans ma tête, c'est qu'il n'a pas mérité ça.

Putain, mais moi non plus.

CHAPITRE 15

Il fait froid dans cette pièce, et le vieux rembourrage avachi du brancard sur lequel je suis allongée est tout sauf confortable. Merde, même si j'étais sur un matelas du Ritz, je ne le trouverais pas plus confortable. Juré, ce sont ces murs froids et cliniques qui entourent cette salle de consultation du service de chirurgie ambulatoire qui aspirent toute mon énergie vitale à chaque seconde qui passe.

Le valium fait lentement effet tandis que l'infirmière me fait part de commentaires divers et variés. Pas besoin de répondre, ce n'est qu'une conversation innocente pour passer le temps et meubler le silence. Elle fredonne doucement, pour elle-même, en préparant les instruments, elle les pose sur un plateau à côté de moi. Ils résonnent de stériles cliquetis. J'entends mon téléphone vibrer dans mon sac à main, quelque part sous une chaise de l'autre côté de la pièce, et je ravale la boule dans ma gorge en espérant que ce ne soit pas Becks. Encore.

C'est impressionnant de voir combien de fois quelqu'un peut vous joindre en soixante-douze heures.

Sa première salve de textos est arrivée vers sept heures du matin, le jour où je l'ai quitté ; ses messages, tout d'abord soucieux, sont devenus de plus en plus furieux à mesure que je les ignorais. Mon unique réponse est arrivée après la première heure. Elle était nulle, mais en même temps, complètement honnête :

Désolée. J'ai cru que j'y arriverais, mais ce n'est pas possible.

Voilà, c'est tout ce que j'ai écrit, et ça n'a rien fait pour endiguer son avalanche de réponses. Et chaque alerte, chaque sonnerie était comme une pincée de sel sur ma blessure ouverte, parce que mentir à quelqu'un d'autre est une chose, mais se mentir à soi-même, c'est impossible.

Alors, j'ai retourné ma colère intérieure contre lui. Je l'ai accusé de me donner envie d'une chose inaccessible à l'heure actuelle. Je vais laisser mon mécontentement s'exprimer face à son insistance, puis son agacement. Comme ça, je peux passer devant mon téléphone sans avoir envie de regarder s'il m'a écrit ou non.

Et je ne sais même pas trop ce que je préfère : qu'il m'ignore ou me poursuive de ses assiduités ?

Le bruit de mon téléphone qui vibre me tire de mes pensées en me faisant éclater de rire. Je sais que ce n'est pas franchement le bon endroit pour ça. La faute au valium, je me sens toute chose, toute rose de savoir qu'il m'appelle encore. Mais je n'ai pas envie de rire. J'ai envie d'être en colère contre lui de continuer à chercher à me joindre. Je suis égoïste, merde. Il ne l'a pas encore pigé ? Je me suis tirée en pleine nuit, sans même prendre la peine de dire « À plus tard, Charlie Brown », comme dans la BD… Et là, je me remets à rire en pensant à Snoopy et Charlie.

Je suis envahie d'une brève sensation de paix et, franchement, je veux encore de cette merde qu'ils m'ont filée. C'est plus qu'un simple valium, mais quoi qu'il y ait dans ce cocktail de médocs… c'est trop cool. C'est comme faire du poney sur un nuage. C'est comme m'enfoncer dans un matelas avec le poids du corps de Becks sur le mien.

Stop. Je m'entends m'engueuler moi-même dans ma tête. Becks m'est interdit, je me le refuse. Et pas simplement son merveilleux pénis. Cette fois-ci, je rigole en faisant des bruits de cochon, ce qui incite l'infirmière à se retourner pour me demander si je passe du bon temps toute seule sur mon brancard. Je hoche simplement la tête comme une gamine en pensant : *Eh bah quoi ? C'est vrai.*

Puis, c'est là que je me remets à penser à lui et son fantastique pénis revient au galop avec sa copine la culpabilité qui pourrit mon groove en plein trip, certes complètement déplacé. J'aimerais qu'il soit simplement en colère contre moi et qu'il arrête d'essayer de me contacter. Ce serait tellement plus simple. Parce que s'il s'énerve, alors, il me sera bien plus facile de justifier mon comportement de connasse, précisément ce que je fais en l'ignorant.

Je me disais qu'après avoir constaté ma disparition au petit matin et mon silence, il aurait compris le message. Mais non, j'ai eu la preuve que j'avais tort quand, cinq SMS plus tard, il s'est mis à tambouriner sur ma porte d'entrée. Heureusement que Dante n'était pas là, sinon j'ai comme l'impression qu'il m'aurait été impossible de prétendre être absente. Mais putain, quel pied ç'aurait été de les voir se battre pour moi, non ? Je repars dans mon délire alors que des images du combat bad boy contre gentil garçon me traversent la tête, puis je me dis que Becks l'Orgasmique serait tout à fait capable de mettre une raclée au Délectable Dante.

Je me laisse aller à fermer les yeux un instant, portée par le monde merveilleux des produits pharmaceutiques qui me permettent de me rappeler mes plans cul avec Becks en 3D. Dieu merci, mon infirmière et le médecin sont des femmes, parce que là, je suis chaude-bouillante et prête à m'envoyer n'importe qui dans ma blouse d'hôpital très facilement retirable.

Haddie, la patiente en chaleur, attend au bloc tout médecin beau gosse disponible, et que ça saute !

Cette idée me fait rire, les médicaments me font sombrer dans leur brouillard jusqu'à ce que la sonnerie de mon téléphone m'éjecte du pays des cinglées.

Oh Becks, mon lapin. Il mérite une explication. Dieu merci, Rylee est encore trop loin pour capter, sinon je suis sûre qu'il l'aurait déjà appelée. Mais quoi lui dire exactement ? Ce n'est pas comme si je pouvais lui tailler une pipe pour lui faire un dernier cadeau avant qu'on se sépare, ambiance *Le Juste Prix*. « Prochain lot, une pipe par Haddie la Chaudasse. Est-ce que Beckett Daniels saura en deviner la valeur ? À lui d'astiquer le berlingot ! »

Cette fois-ci, je me plaque une main sur la bouche, parce que je ris franchement, j'ai tellement la tête qui tourne, je suis certaine que l'infirmière doit me prendre pour une folle furieuse.

Bon, elle n'aurait pas franchement tort, car c'est un peu ce que je suis. Surtout maintenant. Particulièrement si on se dit que je l'ai quitté, lui, la quintessence du mec bien.

Ce n'est pas comme si je pouvais répondre à mon téléphone maintenant et lui dire : « *Merci pour le petit coup vite fait bien fait. C'était bon, niveau star du porno avec, en plus, une épaule de qualité sur laquelle chialer.* »

Il s'est passé un peu plus de trois jours, et je me suis déjà retrouvée avec le sein écrasé comme une crêpe sur une vitre, puis enduit de gel et compressé sous la sonde d'un échographe. Au moins, si on doit me tâter les seins, le manipulateur pourrait me pincer le téton ou faire une petite caresse, histoire de me donner un frisson au rabais. C'est reparti pour le fou rire et je n'arrive pas à m'arrêter, c'est vraiment drôle ce que je viens de dire. Même défoncée, je le sais.

Oh. Peut-être qu'ils pourraient donner la même saloperie à ma mère. Elle est dans le couloir derrière la porte, à se faire un sang d'encre, comme ça, elle pourrait un peu se détendre. Parce qu'elle n'arrêtait pas de me dire que tout allait bien se passer, mais elle triturait son satané pendentif en me disant ça. Ce qui implique qu'elle mentait.

Les filles, Rover a creusé un trou sous la palissade et s'est enfui, mais je suis certaine qu'il s'est trouvé une nouvelle maison pour l'adopter et que tout le monde l'adore.

Disait-elle en tripotant son collier alors que Lex et moi versions des torrents de larmes.

Haddie, Lexi, je suis malade. Rien de grave, c'est juste quelque chose que les médecins appellent le cancer, mais je vais très vite me rétablir.

En jouant avec sa chaîne pendant toute la conversation. Deux rechutes, vingt-trois cures de chimiothérapie, quinze sessions de radiothérapie et un torse zébré de cicatrices. À côté d'elle, Frankenstein a l'air de s'être fait égratigner par un chaton.

Haddie, Lexi vaincra son cancer et nous en rirons toutes plus tard.

En tripotant son satané collier. Mais elle a joué avec à l'enterrement de Lex, aussi. Ce qui veut dire qu'elle espérait aussi que c'était un mensonge, eh bien non. Putain.

Même chaîne, mais différents pendentifs au fil du temps.

Et aujourd'hui, j'ai eu le droit au coup du collier. Les contre-performances de cette stupide chaîne et de tous les porte-bonheur qui y ont été suspendus me donnent envie de tirer dessus pour la lui arracher et la balancer le plus loin possible, comme ça, je n'aurai plus jamais à la voir, surtout si je suis dans le coin.

Stop. J'en aurais peut-être besoin pour parler à Becks. Peut-être qu'il pigera le truc quand il me verra jouer lorsque je le remercierai pour ces deux superbes heures où il m'a permis de faire partie d'un *nous sommes* avant que le destin ne pointe le bout de son nez et me remette à ma place. Qu'il me rappelle pourquoi je m'étais promis de ne jamais construire de relation avec qui que ce soit.

Le mouvement d'ouverture des portes me tire de mes pensées.

Docteur Blakely entre dans la salle d'examen, un sourire détendu aux lèvres.

– Vous êtes prête, Haddie ?

J'ai envie de lui dire qu'elle a le droit d'être inquiète, parce qu'une chose est sûre, c'est mon cas, putain.

– Des cœurs et des talons.

Je soupire en pensant à la petite Maddie. J'ai envie de poser une question à mon médecin, mais j'ai oublié ce que c'était… ah oui, c'était à propos du truc sur le menu à emporter, il me faudrait de cette sauce spéciale, je vais en avoir besoin quand il faudra me remonter le moral.

Lorsqu'elle fait claquer ses gants chirurgicaux en les enfilant, un sourire fatigué se peint sur mon visage.

– Est-ce que ce valium vous a aidée à vous détendre ?

C'est reparti pour le rire de cochon, mais cette fois-ci, avec un peu de sarcasme en hochant la tête.

Comment se fait-il que cette petite pilule ait réellement réussi à me détendre ? Cette petite pilule que j'ai dû demander pour dénouer les nœuds dans mon ventre et atténuer le contrôle absolu de mon anxiété sur tout mon corps. Parce qu'en fait, se faire taillader le sein est une promenade de santé, non ?

Une réponse sarcastique me vient en tête, mais je me contente de la hocher et de répondre en marmonnant :

– Un peu.

– Ne vous inquiétez pas, répond-elle en souriant toujours alors que je repars d'une salve de gloussements comme si mon esprit était fait d'aigrettes de pissenlits qui flottent dans les airs. Vous sentez ce que je vous fais ?

Elle ignore mon comportement. Je vois ses épaules bouger alors qu'elle fait un truc avec ses mains, mais je ne sens foutrement rien.

Putain, mais pourquoi ne m'ont-ils pas filé de cette saloperie quand Lex est morte ? J'aime bien ce truc où on ne sent rien. Peut-être que si j'en prends suffisamment, je pourrai anesthésier mon cœur et être immunisée contre tout.

– Comme nous l'avons vu, je vais faire une incision semi-circulaire, retirer la masse que nous avons vue et localisée grâce au scanner, puis je l'enverrai au laboratoire d'analyse de cytologie pathologique. Je refermerai la plaie, et vous serez comme neuve.

Elle m'explique la procédure en badigeonnant mon sein gauche de Bétadine, puis le couvre d'un drap chirurgical.

Comme neuve ? Ok. Comme vous voulez, Docteur, parce qu'à ce stade, ça ne me fait pas trop plaisir de vous voir couper dans mon sein absolument parfait. Un bon bonnet D, des tétons bien roses qui pointent vers le haut, parfaitement formé, merde. Je n'ai jamais eu de plainte. D'habitude, ils me valent même un bingo sur l'échelle de l'érection d'acier dès que je montre mes petits chéris et là, elle va me les niquer.

C'est parti pour le charcutage. On y va ?

– Détendez-vous, ce n'est probablement rien.

Son sourire est réconfortant maintenant. Je ferme les yeux et j'essaie de ne rien en déduire, mais j'ai envie de résister et de lui dire que je vais être comme neuve avec des petites traces en forme de X qui vont marquer les points de suture de ma cicatrice, directement située au-dessus de mon probable cancer, mais rien de grave. Juste une petite promenade de santé.

J'expire profondément quand je commence à sentir l'incision et j'essaie de revenir à ces pensées joyeuses qu'il me semblait impossible d'arrêter il y a quelques secondes à peine. Mais soudain, tout ça est devenu bien trop réel, tangible, putain, et je crève de trouille. Je force ma respiration à ralentir et je sens mes aisselles se couvrir de sueur.

Elle passe un truc à l'infirmière à ses côtés, qui quitte la pièce. Docteur Blakely se tourne vers moi et m'explique un truc comme quoi le pathologiste doit vérifier la netteté des tissus de la biopsie à l'incision. Bien sûr, je me mets immédiatement à flipper sur le fait que le seul moyen d'avoir des tissus nets, c'est de les comparer à un truc pas clair, un truc cancéreux quoi.

Le temps passe, et puisque je suis encore sous l'effet cotonneux du valium, je ne sais pas trop si l'attente va être longue ou non.

Le téléphone sonne dans la salle d'examen en me foutant une trouille bleue. À l'évidence, mon valium ne me donne pas autant de courage quand il s'agit de me faire découper au scalpel. Mon médecin discute avec le spécialiste, puis me dit qu'elle doit creuser un peu plus.

Je la regarde droit dans les yeux, pour essayer de deviner ce que lui a dit le pathologiste, mais elle s'active pour se préparer à sonder encore plus mon sein. J'ai envie de lui dire de me regarder droit dans les yeux et de m'avouer la vérité. C'est dans ma vie qu'elle tranche. Je ne mérite pas au moins un indice pour me dire ce qui se passe ?

Mais je garde la bouche fermée, les poings serrés, et j'ai l'impression que mon cœur a cessé de battre.

C'est la même rengaine que la dernière fois, ses mains sont sûres alors que toute mon âme est secouée au plus profond. Mais cette fois-ci, la biopsie est validée.

Au final, la procédure est rapide et je ne sens rien d'autre que le bourdonnement de mes nerfs parcourus par des vagues d'adrénaline. Elle tire sur l'incision pour la refermer, puis je regarde ses mains bouger, même si je n'arrive pas à la sentir non plus quand elle pose les strips sur la plaie refermée. Je la remercie et pousse un soupir de frustration lorsqu'elle refuse de me répondre quand je lui demande si la masse qu'elle vient d'examiner a l'air cancéreuse. Elle me fait juste un petit sourire contrit, que j'ai une nouvelle fois envie de cogner, et me répète que le laboratoire pourrait bien envoyer une analyse préliminaire dans les prochains jours, mais qu'elle a besoin de tous les résultats pour faire un bilan. Impossible de me concentrer sur le vocabulaire qu'elle emploie, car le cocktail de médicaments qu'on m'a injecté et le valium font encore effet et mon corps n'en a pas fini de se calmer.

Ma mère entre dans la salle d'examen et je pense que je lui souris, mais je n'en suis pas trop sûre car je suis trop occupée à la regarder parler avec la doctoresse en me jetant des coups d'œil par intermittence, sans oublier de jouer avec son satané pendentif pendant toute la conversation.

À un moment ou un autre, ils doivent me mettre K.-O. parce que tout ce dont je me souviens ensuite, c'est mon réveil dans la maison de mes parents, dans mon ancienne chambre, celle que je partageais avec Lex, entourée par tous nos souvenirs. Certains joyeux, d'autres tristes. Je fais semblant de dormir quand j'entends la porte s'ouvrir, je n'ai pas envie de parler de cette cacophonie de pensées qui encombre mon cerveau. J'entends mes parents murmurer leurs peurs dans le couloir et je dois faire appel à mes dernières forces pour ne pas me couvrir les oreilles et me balancer d'avant en arrière pour les ignorer.

Et j'aimerais pouvoir me comporter comme une enfant. J'aimerais pouvoir piquer une colère, crier, hurler, pleurer, sans rien avoir à foutre de ce que les gens pensent ni même comprendre les conséquences.

Mais je ne suis pas une petite fille.

Et je comprends tout.

Et putain, je n'ai pas envie qu'on me rappelle à quel point la vie peut être pourrie.

CHAPITRE 16

Quand elle lève brusquement la tête des légumes qu'elle est en train de découper, Rylee en est presque comique. Qu'est-ce que je suis contente qu'elle soit rentrée à la maison ! Je ne m'étais pas rendu compte qu'elle m'avait tellement manqué. Que j'avais besoin de poser mes yeux sur elle et de ne pas voir ce mélange de peur et de pitié sur son visage, pas comme chez mes parents.

Je croise le regard de ma meilleure amie et je sens la pointe de l'épée de la culpabilité appuyer contre ma gorge alors que je fais comme si tout s'était très bien passé ici pendant son voyage de noces. Comme si le médecin n'avait pas appelé pour me prévenir qu'elle avait demandé une analyse pathologique plus poussée sur la masse qu'elle m'a retirée avant de tirer ses dernières conclusions. Comme si elle n'avait pas tout fait pour éviter le mot *diagnostic*… Parce que, ce mot-là, on l'utilise pour vous annoncer que c'est effectivement un cancer. Je n'ai jamais menti à Rylee, et pourtant me voilà, le faux sourire que je me suis plaqué sur les lèvres me semble de plus en plus naturel et je me laisse couler dans la facilité de notre relation.

Et j'ai l'impression d'être toute petite, de forcer pour porter à bout de bras un seau débordant d'indécision, essayant de l'empêcher de se renverser et de me mettre à tout lui raconter.

Mais non. Elle a traversé tant d'épreuves ces dernières années que je n'ai pas envie de lui causer d'inutiles soucis. En plus, c'est la première fois que je la revois depuis qu'elle est revenue de son voyage de noces, et elle m'a tellement manqué. J'ai envie de l'entendre me raconter à quel point elle est heureuse que c'en est dégoûtant, parce que je sais que sa joie allégera un peu le fardeau d'incertitudes que je traîne en permanence derrière moi en ce moment. Ce foutu nuage qui essaie de s'interposer entre le soleil et moi.

Ajoutons à tout ça le petit problème d'avoir à lui expliquer pourquoi ma seule question depuis le début de notre conversation, qui a débuté dès son arrivée, tourne autour de la présence – ou non – de Becks au barbecue qu'elle organise pour fêter leur retour. J'aurais bien aimé pouvoir me mettre des coups de pied au cul pour éviter son regard scrutateur quand je l'ai vue flancher devant ma préoccupation. J'ai tellement fait attention à ce que la conversation ne vienne pas se pencher sur mon cas en changeant de sujet dès que ça devenait trop personnel que je n'ai rien entendu quand elle a évoqué les meilleurs moments de leur lune de miel.

Et évidemment, j'ai tellement la tête ailleurs qu'elle me prend au dépourvu. Je suis tellement distraite que j'admets qu'effectivement, j'ai couché avec Becks le soir de leur mariage et probablement une autre fois aussi. À la fin, j'en suis à marmonner à mi-voix des aveux sous la contrainte d'une meilleure amie qui manie le couteau, et pas seulement pour couper les légumes mais elle a quand même tout entendu.

– Alors, tu es superbe, toute bronzée et complètement shootée aux hormones sexuelles, dis-je par-dessus le rebord de mon verre de vin.

– Oh là ! Attends un peu, ma vieille ! exige-t-elle en agitant son arme vers moi. Tu penses pouvoir me balancer toute cette…

Elle est tellement perturbée par ma confession qu'elle a du mal à trouver ses mots, alors elle continue à secouer son couteau en l'air vers moi, jusqu'à ce que j'explose de rire et qu'elle reprenne :

– C'est pas drôle ! Ça fait des semaines que je ne t'ai pas vue… !

– Je sais. Je suis si heureuse de te retrouver si détendue et reposée. Alors, donne-moi tous les détails… Enfin ceux qui parlent de sexe sur une plage à l'abri des regards…

– Ne pense même pas à changer de sujet. Assise ! m'ordonne-t-elle en prenant une gorgée de merlot avant de me toiser jusqu'à ce que j'obéisse. Déjà, tu me dis que tu t'es envoyé Becks le soir du mariage, ce que j'ai cru comprendre quand il a décroché ton téléphone… mais ensuite, vous avez *recommencé*… ET tu t'es tirée avant qu'il ne se réveille ?

Je mords ma lèvre inférieure et hoche légèrement la tête, ma lâcheté est tailladée au rasoir par ma culpabilité. Il n'y a qu'un seul truc que j'ai peur d'admettre devant Ry parce que je sais que j'ai mal agi. Pas seulement mon départ en douce, mais plutôt mon refus de lui parler en dehors de mon lamentable texto pour lui expliquer que j'avais tort de penser que je pouvais avoir une relation avec lui.

Juste ça. Rien d'autre. J'essaie simplement d'arranger la situation pour nous deux. Avant les changements qui tapent déjà à ma porte et qui sont loin d'être les bienvenus.

Le plus triste, c'est que je ne crois même plus à mes propres mensonges.

– *Pourquoi ?*

Elle finit par reposer son couteau et s'essuyer les mains sur un torchon avant de les poser sur le plan de travail, comme pour rassembler ses forces. Ses yeux violets se plantent dans les miens et, putain, j'adore autant que je déteste cette nouvelle confiance que Colton a permis à ma plus vieille amie de trouver en elle. J'aimerais vraiment mieux qu'elle ne soit pas concentrée sur moi, en revanche.

Je pousse un soupir en rompant le contact.

– Parce que j'essaie de faire le ménage dans mon merdier.

Son rire est profond et généreux et, malgré mon marasme actuel, ce son me fait sourire.

– Quoi ?

– Je crois bien en effet, que le concept d'avoir à faire du ménage dans son merdier m'a conduite à mon état actuel.

Elle accompagne sa taquinerie d'un geste de la main. La lumière se prend dans son alliance. Elle est renvoyée, diffractée, sur tous les murs de la cuisine. Je ris de bon cœur avec elle, maintenant que je comprends où elle veut en venir et que je saisis l'ironie de mon commentaire. Quand ils ont commencé à se fréquenter, j'ai dit la même chose à Colton en lui précisant qu'ensuite seulement il serait digne de mon amie.

– Alors… dans six mois, on devrait s'attendre à la même chose autour de ton annulaire ?

Je m'étouffe dans mon verre de vin.

– On t'a certifiée tarée, Ry ? Après tout ce…

Je m'arrête avant de lui confesser tous les sentiments que je lui ai dissimulés. Tout ce que j'ai essayé de garder à l'intérieur depuis la mort de Lex pour pouvoir continuer à être une bonne amie pour elle, pour pouvoir l'aider à préparer son mariage sans la pression du chagrin, ce qui aurait ruiné son bonheur. Et je sais qu'elle est parfaitement consciente de mes manigances, de mes techniques de distraction, des faux airs de joie – de tout –, mais elle m'a laissée penser que je la dupais parce qu'elle savait que j'avais besoin de temps. Elle savait que c'était ce qu'il y avait de mieux pour moi. Et là, j'ai bien peur que sa phase patiente ne se soit achevée et qu'elle me dise exactement ce que j'ai besoin d'entendre. Sauf que je ne suis pas prête, et même si elle ne connaît pas toute la vérité, je sais que ses propos viseront juste quand.

– Je ne lui ai pas parlé depuis.

– Il ne t'a pas appelée ?

Elle a l'air étonnée en posant sa question.

– Bien sûr qu'il a essayé. Un nombre incalculable de fois. J'ai juste choisi de ne pas répondre.

– C'est très mature de ta part, répond-elle en riant avec condescendance.

Et là, elle retire son gant de velours pour me forcer à affronter la réalité d'une main de fer. Pas de quartier. J'ai définitivement besoin d'une autre bouteille de vin. Je tends la main pour l'attraper, sans y réfléchir à deux fois, et je sens mes points me tirer en frottant sur mes vêtements, me rappelant la présence constante de ma cicatrice, de mon secret, de ma peur, de mon avenir probable.

Dis-lui. Ma conscience me crie de me mettre à table, je sais que je peux m'appuyer sur sa force, mais mon cœur n'a pas envie de la mettre à terre et de la faire s'inquiéter pour rien alors que je ne l'ai jamais vue aussi heureuse.

Je lui parlerai à la minute où j'aurai une certitude. Je me le promets pour justifier de mentir à ma meilleure amie, mais ça n'en allège pas plus ma culpabilité.

Elle penche sa tête sur le côté et, au début, je crains qu'elle n'ait vu clair dans mon soudain silence ou aperçu ma grimace. Son regard me met au défi de détourner le mien, d'essayer de cacher tout ce qui l'encombre.

Et je cède en baissant les yeux pour me concentrer sur mes doigts qui tapotent le pied de mon verre à vin.

– Eh bien, tu sais, en ton absence, je me suis trouvé une nouvelle devise « moins de stress, plus de sexe ».

Pour une diversion, elle est bien pourrie. Elle me répond en levant les yeux au ciel :

– Une nouvelle devise, hein. Je croyais que tu t'en tenais à : « Chaque fois que je refuse d'affronter la mort de Lexi, je vais me taper un mec pour penser à autre chose. » Je crois que j'ai appelé ça *la tactique de la nique*.

Elle hausse les sourcils sur son assaut final en mettant cartes sur table. Je suis donc forcée de montrer les miennes.

Eh merde, ses mots tapent aussi fort et aussi précisément que ceux de Becks l'autre soir quand nous nous sommes engueulés. La différence, c'est que Becks est un mec et, comme tous les représentants de son espèce, il dit des trucs en se tapant sur le torse pour montrer sa testostérone, alors que Ry, elle, n'est pas en compétition et n'essaie pas de me séduire. Elle sait simplement observer – et dit la vérité – et putain, ça m'énerve de voir qu'elle a tellement raison.

Je suis pleine de honte, mais je soutiens son regard en silence encore quelques instants. Je vois qu'elle culpabilise déjà de m'avoir fait entrer dans l'arène, mais je ne l'aime que plus de refuser de battre en retraite, de me dire ce que j'ai besoin d'entendre :

– Parle-moi, Had. S'il te plaît, parle-moi.

– *La tactique de la nique ?* Sérieux ?

Je le mérite, ce qui veut dire que *si la description correspond…* Et putain, mais oui, ça me correspond aussi bien qu'une adorable paire de stilettos avec talons de dix centimètres et des bouts ouverts qui crient *Viens me baiser*. Je garde cette idée pour moi, sachant que Ry n'appréciera pas mon humour si je lui répète ça à haute voix.

Résignée, je pousse un soupir en baissant les yeux pour observer mes doigts jouer avec le bord du verre tandis que j'essaie de trouver mes mots.

– La première fois… pendant ta nuit de noces, je n'ai pas été franchement réglo. Je l'ai séduit alors qu'il essayait de prendre du recul… Puis on était d'accord pour un coup d'une nuit, pas d'attaches, pas de sentiments.

Je me tais ensuite, pensant à tout ce que j'ai déjà analysé un million de fois et questionné pour savoir si je changerais quoi que ce soit si je pouvais revenir en arrière, si je ne défaisais pas cette fermeture Éclair et que je le laissais repartir tout seul dans sa chambre.

Et en fait, non. Et rien que ça, ça m'effraie.

– Et la deuxième… m'encourage-t-elle à poursuivre.

Mais je reste là, assise en silence, incapable de lever les yeux vers elle, alors elle continue :

– Écoute, je t'aime. Tu es comme la sœur que je n'ai jamais eue, alors je vais te le dire et tu m'arrêteras quand je me planterai.

Je hoche la tête, ferme les yeux et prends une grande inspiration pour me préparer à la psychanalyse express qu'elle va me faire et je suis sûre que ce qu'elle va me sortir sera bien plus vrai que ce que j'ai envie d'entendre, mais j'en ai probablement besoin.

– Je t'ai observée regarder Lex mourir et je sais à quel point tu as souffert, Haddie. À quel point tu souffres encore. Je t'ai vue soutenir Danny alors qu'il s'effondrait et ensuite essayer de combler le vide de ce qui manque à Maddie du mieux que tu pouvais. Je t'ai vue tout encaisser sans broncher et refuser d'affronter la réalité. J'ai regardé ma meilleure amie se perdre dans les craintes, la peur et le chagrin. Et c'est plus que compréhensible.

Je l'entends renifler et je suis soulagée de la voir en proie à ses émotions, parce que je dois faire appel à toutes mes forces pour retenir mes propres larmes. Je serre les dents et je suis sûre qu'elle croit que c'est parce que je suis en colère contre elle, mais en fait, j'essaie simplement de retenir la confession de la biopsie sur le bout de mes lèvres.

– Je t'ai vue traîner des pieds pour faire ce premier test génétique, puis refuser de faire le second quand il aurait pu apaiser les peurs qui t'agitent. Cette peur d'avoir un cancer toi aussi. Peur de décevoir tous ceux qui t'aiment, peur de laisser quelqu'un tomber amoureux de toi

– de laisser quelqu'un construire une vie avec toi – parce que tu penses mourir comme Lex et laisser cette personne derrière toi, complètement dévastée, comme Danny.

C'est comme si j'entendais les mots qui valideraient ce que je ressens, mais ils donnent aussi un aspect absurde à mon entêtement. Je mords ma lèvre inférieure alors qu'elle reste assise patiemment face à moi en me laissant le temps d'assimiler ses mots qui tapent en plein dans le mille. Elle a raison sur tous les plans, bien sûr, mais le truc, c'est que Becks a réussi à faire sortir de sa cachette cette partie de moi qui est effrayée à l'idée de s'engager. C'est juste que ça n'a pas duré longtemps. La peur de mon avenir fatal m'a conduite à retourner dans mes retranchements.

Je ne peux pas encore parler, alors je hoche simplement la tête en essuyant la larme solitaire qui s'est échappée.

– Je crois que tu t'es tirée en douce parce que Becks te fout une trouille monstrueuse, continue-t-elle, la voix empreinte de compassion. Il te force à réfléchir et à éprouver des choses que tu ne veux pas ressentir, alors en partant, il t'est bien plus facile d'ignorer ce que vous méritez tous les deux, c'est certain. Il voit cette flamme dans ton regard et il veut jouer avec… et ça ? C'est dur de trouver un type pareil, car la plupart des hommes considèrent cette lueur comme une remise en question de leur virilité.

Rylee se saisit de la bouteille pour remplir mon verre et je finis par lever les yeux pour la regarder en face. Je hoche très légèrement la tête, la laissant voir la peur qui m'habite et le fait qu'elle a vu juste, très juste.

– Haddie, tu ne peux pas te planquer indéfiniment. Une vie sans amour ni passion, c'est comme lentement se laisser congeler jusqu'à en mourir.

Je pousse un soupir tremblotant, ses mots me serrent le cœur à pleines mains, comme si un exorciste savourait l'âcre frayeur qui déchire mon âme. Elle ne se doute pas qu'elle a vu tellement juste, qu'elle s'adresse à cette partie de mon être qui se noie dans la terreur à l'heure actuelle, et je ne l'en aime que plus, mais j'ai aussi envie d'oublier tout ça si possible. Ne plus y penser de la journée. Mettre le tout derrière moi et me sentir normale à nouveau.

– Mais merde, il y a de la passion en moi.

Cette réplique est instinctive, ça fait partie de ma stratégie défensive d'évitement. Je me rends compte de mon erreur à la seconde où les mots sortent de ma bouche, mais elle enchaîne avant que j'aie le temps de me reprendre.

– Un coup d'une nuit, ce n'est pas de la passion. C'est une petite dose pour se soulager.

Je ris nerveusement, je n'aime pas qu'on m'examine à la loupe.

– Eh bien, tu vois que je grandis en sagesse, parce qu'au moins Becks n'était pas un coup d'une nuit. Un coup de deux nuits plutôt.

Elle sourit et me répond en secouant la tête :

– J’ai comme une impression de déjà-vu là, mais avec les rôles inversés. Ça me rend nostalgique.

Sa réponse me fait rire avec sincérité quand je repense au jour où nous avions discuté de son premier plan cul avec Colton. J’avais blagué en lui disant que son coup d’une nuit allait se transformer en coup d’un mois, mais au final, c’est le coup de toute une vie.

– Bon Dieu, Ry… *J’aime bien Becks.*

Ce n’est pas grand-chose, mais c’est un bon début.

– C’est difficile de ne pas l’apprécier, mais franchement pas ton genre de mec…

– Non.

Pas sûre qu’elle comprenne où je veux en venir, alors je reprends :

– *J’aime bien Becks.*

J’insiste lourdement sur le « aime bien », ce qui la fait écarquiller les yeux et ouvrir grand la bouche pour former un O, comme en suspension, avant qu’un sourire satisfait ne s’empare furtivement de ses traits.

Et je ne sais pas trop pourquoi je lui dis tout ça, puisque je ne vais rien laisser d’autre se passer ni se développer entre nous. Je lui donne peut-être ce petit bout d’information pour ne pas trop culpabiliser de ne rien lui dire à propos de la biopsie.

– Okay…

Elle étire le mot en longueur pour m’encourager à continuer. Je lutte pour trouver les bons mots et j’essaie de m’expliquer :

– C'est vraiment un mec bien. Je veux dire, c'est le bordel dans ma tête et je ne peux même pas te dire combien de fois je lui ai hurlé ou pleuré dessus, et lui, il… il reste là, juste pour me faire savoir qu'il est là, mais pas comme une chiffe molle. (Les larmes me montent aux yeux et je déteste me voir aussi transparente.) Mais là… on pourrait bien être dans une situation « la bonne personne, mais au mauvais moment ».

Elle boit une gorgée de vin, puis fixe le liquide dans son verre avant de me regarder en face, et sa bouche s'affaisse.

– Les humains sont attirés par les failles l'un de l'autre. Regarde mon couple avec Colton.

– Eh bien, aux chiottes les failles. Pour ma part, je donne plus dans le déchiqueté ces derniers temps.

J'essaie de détendre l'atmosphère avec de l'humour. Mais en fait, je suis plus proche du stade bris de verre tranchants. Si on m'approche, je blesse.

Rylee est sans pitié, elle ne s'arrête pas là :

– Et pourtant, il continue à appeler ?

– Et je continue à fuir.

De honte, je laisse retomber la tête.

– Haddie, regarde-moi.

Elle attend patiemment que je lève mon regard vers le sien et reprend :

– Je vous aime tous les deux. Vous avez une grande place dans ma vie, alors, bien sûr que ce serait génial s'il se passait un vrai truc entre vous… mais tu dois faire ce qu'il y a de mieux pour toi.

Je sais simplement que Becks est le genre de mec qui a assez de patience pour t'aider à surmonter tes craintes si tu le laisses faire…

– Ouais.

Je réponds positivement, mais elle ne se doute pas un instant que je suis à deux doigts de voir mes pires craintes se réaliser. Elle reste assise là, pleine de patience et le visage impassible, alors que je reprends contenance pour éviter de tout lui dire. Je sais qu'elle a raison, mais je ne suis pas encore prête à l'admettre.

– Ce n'est pas possible pour le moment. Ce n'est pas bien de se jeter dans un truc quand on sait qu'on n'a pas la tête à ça. Ce n'est pas juste pour lui.

– Je crois bien que c'est à lui d'en décider, dit-elle en mâchouillant l'intérieur de sa joue un instant avant de se lever pour aller vers le cellier.

Elle en ressort avec un sac de chocolats qu'elle jette sur le plan de travail devant moi, avant de me dire :

– Mange ça. Ça aide.

– C'est ton remède pour tout ce boxon ? Manger du chocolat ?

Je ris en regrettant que la vie ne soit pas aussi simple : tout pourrait se résoudre avec du chocolat.

– Un remède ? Non, mais ça aide… et je crois que je vais devoir citer une très bonne copine, dit-elle avec un grand sourire en coin. (Et je sais qu'elle va me renvoyer en pleine gueule un truc que je lui ai dit.) La vie commence en dehors de ta zone de confort, Had. Je sais que tu as peur, mais dépasse-toi. Tu pourrais bien passer à côté d'une chance de te remettre à vivre.

Je l'assassine du regard quelques secondes et je me maudis de lui avoir donné les armes nécessaires pour me renvoyer ce conseil dans les dents. Son sourire ne fait que s'élargir, et je sais très bien ce qui pourrait effacer cet air sarcastique de sa figure.

À vos marques.

Prêtes.

Feu.

– J'ai refait le test hier.

Et une biopsie aussi. J'ai les mots sur le bout de la langue, mais je les ravale. Je ne peux pas lui gâcher son premier jour de retour de lune de miel. Elle est toute à sa félicité et si ça se trouve, ce n'est rien.

Le chocolat qu'elle vient de sortir de son emballage tombe sur le comptoir, ses yeux s'écarquillent et sa bouche en tombe grande ouverte.

– Vraiment ?

Son regard croise le mien, et je vois bien que mon aveu lui révèle à quel point Becks pourrait être important pour moi.

– Oui.

Ma voix est à peine plus forte qu'un murmure. Elle se lève immédiatement et me serre de toutes ses forces dans ses bras. Nous n'avons pas besoin de parler. Nous restons dans cette position quelques secondes.

– Eh bah merde, si vous vous mettez enfin à faire des trucs entres filles, c'est moi le premier à regarder. Après tout, en tant que mari, c'est logique.

La voix dans le couloir derrière nous surprend, et nous éclatons de rire, malgré l'émotion qui s'est emparée de nos cordes vocales.

– Nan, dit Rylee en me relâchant, un sourire suffisant aux lèvres et les yeux pleins d'amour en regardant son époux. J'ai un truc pour les joueurs de base-ball. Ils ont des gros bâtons bien durs.

Sa taquinerie provoque un rire profond en lui, ils doivent faire référence à une blague entre eux qu'à l'évidence je ne comprends pas.

– Ah oui ? On en est revenus là ? Souviens-toi que ce n'est pas la taille qui compte, mon cœur, mais la façon de s'en servir.

Son sourire s'élargit un peu plus à mesure qu'il avance dans la cuisine, l'incarnation même de l'arrogance, version sexy, et il prend possession de toute son attention avant de l'embrasser tendrement sur les lèvres.

– La taille compte, Donavan, lui dis-je en récoltant un regard narquois et un haussement de sourcils. Si ce n'était pas le cas, on vendrait des godes de dix centimètres maximum, non ?

Il éclate de rire en jetant la tête en arrière avant d'avancer vers moi et de me serrer dans ses bras, puis de déposer un baiser au sommet de mon crâne.

– Tu marques un point. Ça fait plaisir de te voir, Had.

Je lève les yeux vers le mari à la beauté ravageuse de ma meilleure amie, l'inénarrable bad boy a été ensorcelé et lui est maintenant pieds et poings liés. Son large bermuda tombe bas sur son ventre musclé et bronzé, mais c'est sa façon de regarder sa femme qui fait de lui cet homme si attirant.

– Hé, Colton. Le mariage te va bien.

Il sourit et sa fossette me fait un clin d'œil sous son regard brillant d'humour.

– Ma femme m'irait mieux autour du cou, mais je fais avec ce que je peux, hein ?

Le rire me vient plus facilement cette fois-ci, la charge émotionnelle que je viens de subir s'allège avec cet homme qui est un tel mélange de contradictions et qui s'est avéré être tellement plus que ce à quoi je m'attendais pour Rylee. Et c'était exactement ce dont elle avait besoin.

– Je devrais peut-être vous laisser ?

Je feins de me lever lorsque Colton fait le tour de l'îlot central pour aller se chercher une bière dans le réfrigérateur, et je poursuis :

– Je sais que les jeunes mariés ont besoin de se retrouver en tête à tête, et tout.

Un aveugle ne pourrait pas passer à côté de leurs échanges de regards qui finissent par faire rougir Rylee, et là, je me demande bien ce qu'ils ont pu trafiquer dans l'intimité de leur lune de miel, ces deux-là, j'en ai la tête qui tourne. Et mon cœur se gonfle d'amour pour eux. Après tout ce qu'ils ont traversé, ils méritent tout le bonheur du monde.

Le son très caractéristique de l'ouverture d'une bouteille de bière par Colton interrompt le côté bizarre de ce moment et il me fait un autre énorme sourire.

– Je suis certain que tu vas avoir droit au récit complet, coup après coup – *le jeu de mots est délibéré* – lorsque j'aurai quitté la pièce, dit-il d'un air taquin.

Il éclate de rire, attrape une carotte sur la planche à découper et secoue simplement la tête avant de se diriger vers la terrasse.

Je jette un coup d'œil à Rylee, les sourcils arqués, lui disant silencieusement que je veux tous les détails, lorsqu'elle se met à rougir et essaie de détourner mon attention.

– À quelle heure arrivent les gars ? demande-t-elle à Colton en l'interpellant.

Il jette un coup d'œil à l'horloge sur le mur avant de répondre :

– Genre dans une demi-heure. Enfin un peu plus, juste au cas où, d'accord ?

– Pas de problème. Les burgers seront prêts à temps.

– Ne t'inquiète pas. Merci, chérie, termine-t-il en s'éloignant alors que nous restons toutes les deux à admirer cet exemple de perfection masculine.

La question est sur le bout de mes lèvres quand je regarde Rylee, mais elle répond en souriant avant même que je la formule :

– Nan, je ne me fatigue jamais de le regarder.

Nous rions toutes les deux un instant avant que le silence nous retombe dessus dans toute sa solennité. Ry ne va pas lâcher le morceau aussi facilement.

Et, d'un seul coup, il me vient à l'esprit que tout ça n'est qu'un piège. Que Rylee et Colton ont organisé ce barbecue pour arranger définitivement la situation entre nous, même si elle m'a dit que Becks était retenu par une obligation aujourd'hui. Je commence à paniquer à l'idée d'être forcée de le voir quand je me rends compte qu'elle n'a pas pu monter ce plan puisqu'elle ignorait tout de mon incartade avec Becks il y a encore quelques minutes.

Enfin, sauf si Becks a dit quelque chose à Colton. Je la dévisage et décide de me lancer. *Et puis merde.*

– Est-ce que toute cette fête est un piège ?

– Quoi ?

Rylee lève brusquement la tête, l'air paumée, jusqu'à ce qu'elle comprenne où je veux en venir. Puis elle éclate de rire et me répond :

– Tu flippes tellement de le voir qu'en plein mode parano tu crois que j'ai organisé un faux barbecue pour vous piéger tous les deux alors que j'ignorais même qu'il y avait un « tous les deux » ? Mmmm, tu l'as dans la peau, hein, avoue !

Merde. Est-ce que je viens juste de lui donner encore un peu plus de grain à moudre. Fait chier. Je soupire en jetant un coup d'œil dehors où je vois Colton siffler Baxter, son chien, alors que j'attends qu'elle continue à parler.

– Alors, quoi d'autre maintenant, Haddie ? Qu'est-ce que tu veux ? Tu l'aimes bien, tu t'énerves contre lui, mais tu files en douce après te l'être tapé ? Enfin, je ne comprends pas pourquoi il continue à t'appeler, parce que la plupart te diraient de te tirer pour ne plus jamais revenir. (Elle garde la tête baissée, concentrée sur sa planche à découper, ce qui me permet de lui tirer la langue et de lever les yeux au ciel.) Et ton silence parle de lui-même.

– Ce ne serait pas juste de se lancer dans une relation avec quelqu'un quand tout peut changer du jour au lendemain.

Je repense brièvement à Danny et Maddy, puis à mes propres résultats de biopsie qui se font attendre, et je ne peux même pas concevoir d'infliger ça à quiconque.

– Tu ne penses pas que c'est à lui de prendre sa décision ? Pourquoi gardes-tu toutes les cartes de ton côté ? demande-t-elle en levant finalement les yeux (et les sourcils) vers moi.

Avant le décès de ma sœur, je n'avais jamais fréquenté de personne mourante. Je n'aurais jamais cru qu'il y aurait tant de pression sur Lex pour essayer d'apaiser les conséquences de son départ avant que l'inévitable se produise. J'espère qu'elle ne s'est jamais doutée de notre état de dévastation lorsqu'elle nous a quittés. À quel point notre cœur est encore brisé. Ces idées qui me tombent dessus renforcent encore ma détermination.

– J'ai toutes les cartes en main, parce que c'est pour ma gueule, Ry. Si je nous laisse prendre ce risque, à quel point serai-je égoïste ? Vas-y, aime-moi, et oh, au fait, je déconne tellement en ce moment qu'il m'a fallu trois mois pour faire le test qui me dira si je vais avoir un cancer du sein et mourir dans les cinq prochaines années ?

Je me lève brusquement pour avancer vers la baie vitrée, mes pensées inquiètes m'affectent tout entière. Je sais qu'elle pense que j'en fais des caisses. Putain, même moi, je sais que c'est trop, mais mon destin en suspens alimente mes angoisses. Je me concentre sur la plage, sur les vagues qui s'écrasent. Cette vue m'apaise un peu avant que je n'aille au bout de mes pensées :

– Je veux dire, de mon côté, c'est que de la merde. De l'égoïsme.

J'entends le bruit d'un couteau plaqué brusquement sur le plan de travail en granit derrière moi, puis le bruit sourd d'un torchon déposé.

– Arrête tes conneries, Montgomery. Si je t'entends encore une fois dire que tu vas mourir, je t'étrangle, comme ça, c'est moi qui l'aurai fait. (Je reste dans ma position, à regarder le paysage en l'ignorant.) Je suis restée en retrait pendant six mois à te regarder faire ton deuil, mais tu sais quoi ? Je ne vais pas rester plantée là six mois de plus alors que tu laisses passer une chance de vivre pleinement, parce que tu es trop occupée à penser que tu risques de mourir. Tu es ridicule.

– Ridicule ?

Je suis tellement prête pour une bonne dispute, là. Après avoir parlé à Rylee de toute la culpabilité que je ressens d'avoir planté Becks sans même prendre la peine de lui dire au revoir ou merci, l'avoir entendu répéter ce que me dicte ma conscience l'a exacerbée, alors que je la repoussais et l'ignorais. Je fais volte-face pour l'affronter.

– Ouais, Haddie, ridicule, stupide, entêtée, choisis l'adjectif qui te convient. Tu as fait ce test, tu vas en avoir les résultats et ils seront négatifs.

– Et s'ils ne le sont pas ?

Ma voix tremble tellement, comparée à son ton implacable car les résultats dont elle parle et ceux que j'ai en tête ne sont pas du tout les mêmes.

– S'ils ne le sont pas, alors nous affronterons les conséquences. Lexi a perdu sa bataille, mais putain, Haddie, tu manques de respect envers tous les autres qui l'ont gagnée. Tu pourrais te prendre un camion demain en traversant la rue, est-ce que ça va t'empêcher de vivre ?

– Ce n'est pas tout à fait la même chose.

Je réfute son argument, parce que je ne veux pas accepter sa logique. Oui, je sais que ça fait de moi une connasse, mais j'en ai marre d'avoir l'impression que tout ce qui est en moi est comme dans une machine à laver, en mode essorage. J'ai tellement peur que lorsque le cycle sera terminé, il n'y ait plus grand-chose qui ait un intérêt.

– Tu ne le penses pas ?

Elle continue à me toiser de haut, nos regards se rivent l'un à l'autre, son besoin de prendre soin des autres et de réconforter est en pleine action, jusqu'à ce que je tourne les yeux vers la terrasse pour voir Baxter qui remue la queue.

– Je ne peux pas demander à quelqu'un de rester à mes côtés si je sais qu'un jour viendra où je ne lui apporterai plus que douleur et tristesse.

Ma voix n'est plus qu'un murmure quand je lui précise ces choses que je n'ai jamais dites à haute voix :

– Les mammectomies, la chimio et… Ce n'est qu'une longue et horrible suite de…

Les mots se prennent dans ma gorge, elle passe ses bras autour de mes épaules derrière moi.

Son étreinte me donne envie de céder et de tout lui confesser. D'utiliser sa force pour bâtir mes résistances, mais je ne peux pas lui causer de soucis inutiles quand il n'y a pas encore de quoi s'inquiéter vraiment, sauf qu'il y a ces petites voix pessimistes dans ma tête.

– Je sais ce que c'est. Tu as fait le test. C'est une grande étape pour toi. Nous allons attendre les résultats, et ensuite on verra. Pendant ce temps, tu dois trouver quoi dire ou quoi faire avec Becks, parce qu'il ne mérite pas d'être dans cette situation d'incertitude. Si tu l'aimes bien et qu'il t'aime bien, je ne vois pas où est le problème.

– Je sais… mais je ne peux tout simplement pas m'engager dans une relation à l'heure actuelle, et même si l'utiliser pour faire des cochonneries est une option des plus attrayantes, ce n'est pas juste envers lui non plus.

– Envers lui ou envers toi ? demande-t-elle par-dessus son épaule, en retournant au plan de travail.

– Hein ?

– J'ai bien l'impression que le problème, c'est d'être juste envers toi. Tu l'aimes bien et tu as peur que ce soit encore plus. Becks est tenace, Had… Comment vas-tu faire pour le tenir à distance, le temps que tu fasses le ménage dans ton merdier ?

Je sais qu'elle a raison, je sais que tous ses arguments sont plus que valables, mais je ne veux pas vraiment le lui avouer parce que, sinon, elle va me dire que je devrais laisser la situation évoluer d'elle-même alors que je ne peux pas renier la promesse que je me suis faite à moi-même.

J'en ai tellement marre de penser à tout ça. Comment cette conversation en est-elle venue à être si pesante alors que tout ce que je veux, c'est me détendre avec ma copine et ne penser à rien ?

– Nom d'une bourrique, fait chier !

Je soupire en me glissant sur ma chaise, avant de regarder le plafond pour espérer y trouver un peu de clarté qui ne semble pas vouloir venir.

– En parlant de bourriquer…

Elle laisse planer son dernier mot. Mon regard se pose immédiatement sur elle alors qu'elle croise les bras sur sa poitrine et qu'elle appuie sa hanche contre une porte de placard, un sourire complice aux lèvres. Elle poursuit :

– On n'a pas encore abordé ce sujet.

Le mélange de vin et de Rylee qui change abruptement de sujet bouscule mes pensées, et j'essaie de voir où elle veut en venir. Quand je comprends enfin, j'en reste bouche bée, puis mon sourire s'élargit, un peu comme celui d'un chat qui vient de bouffer le canari. Je suis aussi un peu choquée de voir les rôles s'inverser entre nous et encore plus soulagée de retrouver un peu de légèreté dans cette conversation, car j'en ai désespérément besoin.

– Alors… Il est comment ?

Elle hausse les sourcils, et son regard brille de suggestions.

Incroyable. Incomparable.

Ce sont les premiers mots qui me viennent à l'esprit quand je comprends ce qu'elle me demande, mais j'arrive à me retenir avant qu'ils ne me sortent de la bouche. Les souvenirs me reviennent brièvement en mémoire, à toute vitesse, mes chairs réagissent immédiatement et la très agréable douleur entre mes cuisses me reprend.

Je ferme les yeux un instant pour me rappeler ces sensations et me livrer à la douceur du vin et de l'amitié. Cette effervescence calme l'orage qui m'agite, et je fais ce qui me réussit le mieux. Ce truc qui m'a manqué. Ma capacité à m'amuser et à défier Rylee sur son propre terrain.

Un sourire libidineux aux lèvres, je me lance :

– Eh bien, il a tout du type qui « importe ».

– Ah oui, vraiment ?

– Mmm, je réponds d'un air appréciateur. N'importe où, n'importe quand, n'importe comment.

Merde, ce qui compte dans la vie, c'est combien de fois tu ris et le nombre d'orgasmes que tu peux avoir et, bordel, ce mec peut faire monter les enchères.

Ça fait du bien de sourire, et je sens que le mien s'élargit encore.

Rylee rejette la tête en arrière et éclate de rire avant de me répondre :

– Ah, je retrouve ma copine ! Tu as de la chance que je ne t'aie pas demandé s'il baise comme il conduit, dit-elle en répétant la question que je lui ai posée la première fois qu'elle a couché avec Colton.

Son sourire est bien crâneur quand elle lève son verre pour l'achever d'un trait.

– Ah ah. Je crois savoir que c'est ton mari le pilote.

Je me détends pour la première fois depuis le début de cette conversation. Je sais que ce n'est pas seulement la curiosité qui a conduit Rylee à changer de sujet. Elle m'a dit ce qu'elle voulait que je sache ; elle n'insistera pas plus, maintenant qu'elle sait que je l'ai entendue. Là, elle me laisse ruminer ses conseils et trouver quoi faire avec Becks.

Et la réponse est : rien tant que je n'aurai pas les résultats. Je sais que je m'entête, mais je n'arrive pas à me forcer à passer de l'autre côté de cette ligne imaginaire que j'ai tracée dans le sable.

Je me sors de mes pensées, revenant à ma meilleure amie et au sourire sur son visage, et en souriant aussi, je lui confesse :

– Tout ce que je dirai, c'est que ce n'est pas plus mal qu'il ait un métier manuel, parce qu'une chose est sûre, putain, c'est qu'avec moi, on a les mains pleines et je n'ai certainement pas de quoi me plaindre quand il les a occupées.

Je lève les sourcils pour appuyer mes propos et je m'arrête là. Elle n'a pas besoin d'autre explication.

CHAPITRE 17

Je rapporte un plateau vide dans la cuisine pour Rylee et ça me fait du bien de me sentir sourire. Je le pose à côté de l'évier à moitié plein de vaisselle, puis je range certains condiments dans le frigo pour éviter qu'ils ne tournent.

Je fredonne l'air que j'entends s'échapper de la terrasse sur laquelle se trouve environ une douzaine de membres de l'équipe de Colton qui traînent çà et là, autour de la piscine, à discuter une bière à la main. Je ne me suis pas sentie aussi détendue depuis une éternité et j'espère que c'est un signe qui me dit que tout va bien se passer. Que je vais aller mieux.

Je secoue la tête, je déteste sentir cette bataille constante en moi. J'ai envie d'être optimiste, mais la peur ne me quitte jamais vraiment.

J'ajuste le haut de mon maillot de bain pour m'assurer qu'il couvre le pansement posé sur l'incision et je vérifie mon apparence dans le reflet de la vitre au-dessus de l'évier. Je sursaute violemment quand j'y vois aussi Becks. Je pousse un petit cri et fais demi-tour pour le découvrir debout de l'autre côté de la cuisine, en bermuda, une casquette de base-ball vissée sur la tête et les bras croisés sur son torse nu. Je n'ai qu'une seconde pour apprécier ce magnifique tableau, parce que lorsque mon regard croise le sien, il en est immédiatement prisonnier.

Comme c'est étonnant ! Juste au moment où je me sentais redevenir moi-même (la conversation avec Ry m'a aidée à dépoussiérer certains aspects de ma personnalité bien enfouis et à leur redonner leur place) et que l'espoir tentait de me faire relever la tête, l'apparition de ma plus grande faiblesse – ma complication numéro un – fait tout repartir dans l'autre sens. En voyant Becks, mon cœur se dégonfle et mon après-midi détente se transforme en course d'obstacles semée d'embûches.

Nos regards sont rivés l'un à l'autre. Même si le sien est intense, il est voilé par la visière de sa casquette et j'ai du mal à voir s'il contient la colère que je mérite. Je pousse un soupir, et mes nerfs prennent vie un à un sous son regard calme et observateur. Je jette un coup d'œil vers la porte, puis je reviens vers lui, ce qui me vaut un petit rire condescendant de sa part.

– Tu vas fuir en passant par cette porte sans dire un mot ? Je ne m'attendais pas à grand-chose d'autre de ta part. Ou vas-tu rester pour m'expliquer ce que tu as foutu, putain ?

Son ton mordant pique un peu, mais je le mérite. Je déglutis la boule dans ma gorge, debout devant lui et complètement vulnérable. Je triture la cordelette du bas de mon bikini, ce qui attire un instant son regard avant qu'il ne revienne le planter dans le mien, sans même s'arrêter à mon décolleté.

Et ça, je sais que ça veut dire qu'il est vraiment en colère.

– Ah oui, j'avais oublié, commence-t-il en secouant la tête, le regard plein de dédain. Tu t'expliquerais bien, mais oups, tu es désolée. Tu pensais que tu pouvais, mais en fait non…

Il me renvoie en pleine figure mon excuse pathétique.

Eh ouais, je suis *vraiment* dans la merde. Il n'y a rien que je puisse dire pour expliquer ma fuite silencieuse, et je ne peux pas franchir cette ligne.

– Becks…

Son nom est un soupir sur mes lèvres tandis que j'essaie de trouver les mots pour lui répondre. À l'évidence, je n'ai pas tout à fait pensé jusqu'au bout aux implications de ma phase de silence. Je suis franchement stupide de ne pas m'être rendu compte qu'un jour ou l'autre j'allais devoir lui faire face et expliquer mes actes, puisque nos meilleurs amis se sont mariés ensemble. Merde !

– Est-ce que c'est quelque chose que j'ai dit ?

Il se détache du meuble de cuisine et fait quelques pas vers moi avant de continuer :

– Parce que je crois bien me rappeler t'avoir entendue me supplier de te faire sentir *possédée* par moi. Est-ce que je n'ai pas fait ce que tu m'as demandé ? Tu ne t'es pas sentie assez possédée ?

La dérision dans le ton de sa voix est à la hauteur du dédain dans son regard.

Je n'essaie même pas de lui répondre, je n'ai aucune réponse à lui donner, même si je le pouvais, car non seulement il a possédé mon corps cette nuit-là mais il a aussi commencé à posséder mon cœur. Mon pouls bat la chamade en le regardant, anticipant ses prochains mots, car quels qu'ils soient, je les mérite.

Sa bouche se tord et ses yeux me transpercent, ils me mettent au défi de lui répondre pour qu'il puisse réfuter mes arguments.

– Tu vois, j'ai du mal à comprendre ce qui s'est passé, putain, parce qu'après t'avoir entendue dire ce *nous sommes*, je me suis réveillé dans un appartement vide, ce qui m'a l'air d'être ta façon de me dire qu'en fait, *nous ne sommes pas*. Tu as envie de m'expliquer ce que tu as foutu ?

Ses mots atteignent leur cible et, lorsque je secoue la tête, son parfum me frappe, il est si proche que je repense immédiatement à cet endroit, dans le creux de son cou, où cette odeur est la plus forte.

Mon corps veut répondre – s'avancer vers lui, tendre la main –, mais je ne fais rien de tel parce que je ne peux pas me permettre de le toucher physiquement.

– Non, c'est juste que je…

Les mots me manquent lorsqu'il appuie ses mains sur le plan de travail devant lui, un léger sourire ironique aux lèvres qui ne touche pas son regard. Je le vois bien désormais, tout comme la tension qui raidit ses larges épaules.

Ramenant mon regard vers le sien, je change de tactique :

– Je croyais que tu ne pouvais pas venir aujourd'hui ?

– Oh, je crois que je viens très facilement de démontrer qu'en fait si, la Citadine. Alors, arrête de tourner autour du pot, d'accord ?

– Je ne sais pas ce que…

– Je ne pense pas que tu saches grand-chose pour le moment.

Il penche la tête sur le côté, le type détendu que je croyais connaître a disparu. C'est un autre qui poursuit :

– Je ne t'aurais jamais crue du genre à te tirer sans dire un mot, à refuser de décrocher ton téléphone ou de répondre à un SMS, commence-t-il en haussant les épaules, mais merde, ce ne serait pas la première fois que je me plante sur quelqu'un.

Ses mots me blessent et le fait qu'il me remette ainsi en question me fait passer du stade de la colère à celui de la rage. Putain, mais oui, j'ai envie de cet homme, mais s'il ne peut pas me supporter maintenant, alors que je traverse la pire crise de ma vie, une chose est sûre, il ne mérite pas de me connaître dans les meilleurs moments. Et je sais qu'il a tous les droits d'être dans cet état, mais moi, je suis en mode instinct de survie et je n'ai pas envie de me taper sa merde pour le moment.

Ok, la large quantité d'alcool que je viens d'ingérer n'aide pas à analyser rationnellement la situation.

À mon tour de m'appuyer contre le meuble de cuisine derrière moi. C'est parti pour une démonstration de connassitude de l'extrême. Principe numéro un : on ne me remet pas en question quand on ne sait pas de quoi on parle, sinon, je mords :

– On avait dit pas d'attaches, non ? Est-ce qu'il y a eu un changement que j'ignore ? Aux dernières nouvelles, on ne s'attend pas à de longs adieux avant de se tirer enveloppée de sa dignité après un petit coup vite fait.

Je vois dans son regard qu'il est blessé et ça me tue, mais en même temps, c'est si révélateur. Cette brève étincelle d'émotions me confirme qu'il a des sentiments pour moi et rien que pour ça, mes défenses s'en trouvent renforcées, de même que la panique commence à m'étrangler. Cette nuit-là, je lui ai peut-être dit ce fameux *nous sommes*, mais ça, c'était avant que je ne décèle cette masse et toutes ses conséquences probables. Il ne peut pas avoir de sentiments pour moi.

C'est impossible, je ne peux pas le permettre. Il faut absolument que nous revenions au stade précédent dans notre relation, détendu, simple. Temporaire.

Mon cœur bat à toute vitesse. Je m'agrippe au meuble pour l'empêcher de voir que mes mains tremblent. Mais mon regard est inflexible quand il se plante dans le sien, j'attends que toute cette douleur me soit projetée dessus.

– Un petit coup vite fait ? répond-il en posant sa main sur sa nuque. Un petit coup vite fait ne te fait pas oublier ton propre nom parce que tu étais trop occupée à gémir le mien.

Ses mots réveillent une sensation de désir en moi. Je ne connais pas cette facette de Becks et autant je l'apprécie, autant elle m'excite – autant il m'excite – autant elle me fait bouillir de rage. Contre lui. Contre moi. Contre le monde entier. Rien de tout ça ne fait partie du plan. L'irritation me reprend et nous revoilà à nous lancer des méchancetés. Et je ne suis même pas sûre que nous fassions autre chose que d'essayer de nous blesser mutuellement pour nous protéger.

Ou peut-être qu'il n'y a là qu'un amas de merdes sans queue ni tête, et j'essaie de justifier mon comportement de connasse de premier ordre.

– Tu te la racontes, là, Daniels, non ?

Je n'ai rien d'autre, parce qu'en fait, il a raison. La question, c'est comment je me sors de cette situation sans lui faire plus de mal et en me gardant une ouverture si jamais la chance est de mon côté dans les prochaines semaines.

Il fait le tour de l'îlot central et se plante devant moi dans le petit espace entre les meubles de cuisine. Ses yeux sont pleins de mépris lorsqu'il m'observe et me juge, et je déteste cette sensation. Je déteste voir ces sentiments en lui alors que je n'ai envie que de lui dire de m'attendre en tenant bon. D'espérer contre tout espoir que, dans quelques semaines, je pourrai l'appeler pour tout lui expliquer. Lui expliquer les tiraillements entre nous et les raisons de mon départ silencieux.

J'espère simplement qu'il ne sera pas trop tard.

Nous continuons en silence notre échange si parlant avant qu'il ne le rompe :

– Tu sais quoi, Haddie ? Je sais que tu bluffes… Ce que je ne comprends pas, c'est pourquoi tu me mens, pourquoi tu me laisses t'approcher pour ensuite me repousser.

Ses mots me donnent une lueur d'espoir. J'ai toujours su qu'il était un mec bien, et le voilà de retour. Soudain, j'éprouve à la fois de la reconnaissance et de la peur à l'idée qu'il puisse voir clair dans mon jeu. J'essaie d'improviser une stratégie dans ma tête parce que je sais que c'est nécessaire avec Becks, sinon, il me dira *Vas-y, jouis* et je lui demanderai combien de fois.

Sérieux, il me fait complètement perdre mes moyens quand il s'approche autant de moi. Mon téléphone posé derrière lui me chantonne qu'un texto vient d'arriver et nous sursautons tous les deux en l'entendant, ce qui brise là ce silence accusateur.

Becks se retourne et attrape l'appareil ; l'expression de son visage est effondrée quand il jette un coup d'œil à l'écran.

– Eh bien, j'imagine que j'ai ma réponse. Ce n'est pas que tu ne peux pas avec moi, c'est plus que tu peux avec lui, me lance-t-il, dédaigneux, avant de me tendre mon portable, puis de sortir de la cuisine.

Aussi difficile que ce soit de détacher mon regard de sa silhouette, je ne vois vraiment pas de quoi il veut parler et je ne le saurai qu'en baissant les yeux sur l'écran. C'est Dante. Son nom s'affiche juste au-dessus de son message.

Je le regarde avec attention, comprenant pourquoi Becks vient de me quitter, et je maudis intérieurement Dante tout autant que je le remercie pour son sens du mauvais timing.

Tu rentres à la maison ce soir ou tu restes chez tes parents ? Tu me manques.

Les mots de Dante sont innocents. Enfin, je l'espère. Quoi qu'il en soit, ils suffisent à me faire renoncer à ma réaction instinctive de courir après Becks pour essayer de tout arranger.

– C'était quoi encore, ce bordel ?

La voix de Rylee me fait lever les yeux au ciel et jeter mon portable sur le plan de travail sans m'étendre sur l'homme qui vient de bouleverser celui qui occupe mon cerveau.

– Il avait dit qu'il ne viendrait pas ! lui dis-je, d'un ton incrédule mâtiné de colère.

J'attrape mon verre de vin et le descends d'un trait, l'assassinant du regard pendant toute la manœuvre.

– Effectivement.

Elle hausse les épaules, un petit sourire au coin des lèvres et s'avance vers moi pour s'asseoir sur un tabouret de bar à proximité. Puis elle poursuit :

– Mais il a terminé plus tôt que prévu, alors il a décidé de passer.

Je regarde sur la terrasse, de l'autre côté de la baie vitrée. Il est maintenant aux côtés de Colton, une bière à la main, les épaules tendues. Et il m'est tellement plus facile de l'admirer de loin que de regarder Rylee, parce que franchement, j'en ai marre d'être analysée et scrutée de toutes parts aujourd'hui. J'en ai même tellement marre que j'essaie de trouver un moyen de m'exfiltrer de ce barbecue, parce que tout ce bon temps que je passais il y a encore un quart d'heure a maintenant disparu aux oubliettes, car je sais que je l'ai blessé.

– Ne pense même pas à t'enfuir, m'avertit-elle, capable de lire dans mes pensées grâce à toutes ces années d'amitié.

– Ry…

Je m'écarte du meuble contre lequel j'étais appuyée pour déboucher la bouteille presque vide. Je me verse un autre verre de vin, car j'ai l'impression que je vais en avoir besoin.

– Ne me « Ry » pas comme ça, dit-elle en s'adossant au plan de travail, le regard planté dans le mien.

Je lis de la patience dans ses yeux, mais je vois aussi que mon amie n'est pas prête à faire marche arrière quand elle reprend :

– Je ne vais pas te mentir. Ça va être sacrément bizarre puisque la dernière fois que vous vous êtes vus, sa bite était dans ton vagin…

Je m'étouffe dans mon verre en crachotant des mots incohérents juste avant que ma bouche ne reste grande ouverte. Je la dévisage. Elle a du mal à rester sérieuse et je ne l'en aime que plus pour ça. Elle poursuit :

– Bah quoi, c'est vrai ! C'est un barbecue, on est samedi après-midi, Had, entonne-t-elle pour essayer de calmer la situation et me dissuader de partir. Je ne dirai plus un mot là-dessus. Bois un coup. Cache-toi derrière les buissons là-bas, dans le coin. Parle aux autres gars. Fais quelque chose, parce que sinon, il saura qu'il t'a touchée émotionnellement… et puis, ben, on ne sait jamais… (elle hausse les épaules)… rendre jaloux un mec qui s'intéresse à toi n'est pas toujours une mauvaise chose.

– Qui a kidnappé ma copine et qu'est-ce qu'elle est devenue ?

Je n'y crois pas. Bon, je sais que le message de Dante pourrait bien déjà avoir eu cet effet sur lui. Je n'ai pas envie de trop le chercher sur ce terrain.

Rylee jette un bref coup d'œil dehors et émet un petit grognement appréciateur. Je suis son regard pour voir qu'elle mate Becks qui aide Colton à accrocher un peu plus haut le filet de volley dans la piscine. Sa casquette est inclinée en arrière et son bermuda est tombé un peu plus bas sur ses hanches, alors qu'il s'étire de tout son long. Chaque creux et chaque bosse, chaque muscle est mis en valeur, ce qui me fait contracter les miens tant le désir me tenaille.

– Merde. Il est bien marqué, le V sur son ventre, quand son short de bain est si bas, murmure-t-elle en penchant la tête sur le côté comme moi pour admirer le petit spectacle qu'il nous offre sans le savoir.

– Infini.

Je ne me rends même pas compte que j'ai dit ce mot à voix haute, jusqu'à ce que je la voie se tourner vers moi et m'observer du coin de l'œil.

– Infini ? demande-t-elle, les sourcils froncés.

Je reviens à Becks qui lève son autre bras pour essayer de nouer l'attache du filet sur un poteau, bien au-dessus de sa tête. La vue de son bermuda qui tombe encore plus bas me fait saliver et mes mains me démangent de pouvoir le toucher. Malgré tout ce qui s'est passé, mon désir lubrique pour lui ne m'a pas quittée.

Après quelques secondes d'admiration et de fantasmes, je me rends compte que je n'ai pas répondu à la question de Ry, alors, d'un air absent, je lui dis :

– Ouais. Ce V, c'est sa zone d'infini, c'est cette partie de l'anatomie d'un homme qu'on peut regarder à l'infini et mourir en femme heureuse.

Rylee éclate de rire. C'est un son grave et riche qui me fait sourire.

– Eh bien, c'est un nouveau concept, dit-elle avant de boire une gorgée de vin puis de revenir à notre show privé. Et, franchement, c'est bien vu !

– Hé ! Tu es une femme mariée maintenant. Ne va pas te mettre à mater mon Becks.

Le possessif est sorti de ma bouche avant même que je m'en rende compte. J'espère qu'elle ne va pas le repérer, mais l'interruption immédiate de son éclat de rire et son soudain mouvement de tête me disent le contraire.

Merde. Je ne pourrais pas avoir un peu de bol pour une fois ?

Je garde mes yeux rivés sur Becks. Sur lui et son joli petit cul quand il se penche pour rattraper sa casquette. Sur sa façon d'incliner sa bouteille de bière et de se figer dans cette position un instant pendant que Colton lui dit un truc, avant de finalement la pencher davantage pour boire une gorgée. Tant de petites choses qui me donnent envie de lui, et toutes ont une connaissance des plus intimes des impératifs de ma libido.

– Tout d'abord, je suis peut-être une femme mariée, mais merde, aucune femme saine d'esprit ne tournerait la tête devant pareil spectacle. Ironiquement, mon mec a tous ces tatouages pour lesquels tu as une telle faiblesse et vice versa, mais une chose est sûre, c'est que regarder Becks n'est en aucun cas une corvée.

Elle observe ensuite un moment de silence alors que les rires qu'on entend dehors résonnent jusque dans la cuisine.

L'espace d'une seconde, je pousse le soupir que je retenais depuis que je me suis entendue parler de « mon Becks », parce qu'à l'évidence, elle est passée à côté.

Puis elle se lève de son siège et va pour retourner vers la terrasse en me lançant par-dessus son épaule :

– Oh et, Had ? Ne pense pas un seul instant que je n'ai pas entendu ton petit écart de langage.

Et elle continue à marcher vers la baie vitrée sans regarder en arrière.

CHAPITRE 18

Beckett

– Alors, c'est la meuf de la honte, ou quoi ?

Colton est debout devant moi, mais je garde la tête tournée sur le côté. Comme ça, je peux mater Haddie, installée sur une chaise longue de l'autre côté de la terrasse. Elle est sexy comme pas deux dans son bikini, jusqu'au bout du diamant qui brille dans son nombril. Je ne savais même pas qu'elle avait ce piercing, car elle ne l'a jamais porté devant moi. Et putain, c'est ridiculement bandant sur tous les plans.

– *Meuf de la honte ?*

Il se pose en face de moi, et le coussin fait un énorme bruit sous l'assaut soudain de son poids quand il s'installe confortablement contre le dossier et lève ses pieds pour les poser sur la table basse à côté. Il désigne du menton l'endroit où je matais Haddie.

– Ouais, t'en as honte en face, mais tu la chopes vite fait quand personne ne regarde.

– Sérieux, mec ? Tu viens vraiment de me dire ça ?

Je me tourne pour le dévisager. Comme si je devais être surpris de ce qui pourrait sortir de sa bouche.

– Oh ça va, Daniels. *C'est cool.* Toi et moi savons très bien que tu as déjà promené Popaul dans son jardin. Putain, ça fait trop longtemps qu'on se connaît pour se mentir à propos d'un joli petit cul.

Et autant il a raison – sur tous les points –, autant je me dis qu'il vaut mieux lever ma bière à mes lèvres et boire une gorgée plutôt que de répondre à sa question. Mon regard revient sur elle lorsque je l'entends rire de l'autre côté de la terrasse. Elle est à moitié allongée sur son transat, son corps n'est couvert que de ce qu'un homme pourrait décrire comme un bikini de la trique – des bouts de tissu attachés par des bouts de ficelle – et je me demande si elle a encore des marques de bronzage à cacher.

Et la réponse est non. Définitivement non.

Putain. Le pire, c'est que je le sais vraiment, j'en ai les couilles douloureuses. Et je ne me rends compte qu'après l'avoir matée que l'attention de Colton est fixée sur moi, et pas ailleurs comme je le pensais.

– Eh bien, déjà que tu étais un enfoiré sélectif, on va dire que tu passes à un autre niveau avec elle… Il n'y a pas grand-chose à jeter ici.

– Mec, j'ai juste dit une fois des conneries sur Sandy.

Je secoue la tête en levant les yeux au ciel derrière mes lunettes de soleil.

– Une fois ? Tu t'écoutes parler de temps en temps ? Nan, c'était tout le temps, glousse-t-il. « Elle a une voix de merde, ça fait chier » ou « Elle est trop superficielle ». « Elle est… »

– Allez, même toi, tu dois admettre que c'était vrai…

Je fais comme si je frissonnais encore en me souvenant de ses mauvaises habitudes côté hygiène corporelle.

– Je ne vois absolument pas de quoi tu veux parler, espèce de connard sélectif.

Il s'éclate à mort ce con, je le sais très bien, alors je pousse simplement un soupir en le laissant sortir toutes ses conneries sans broncher avant de lui renvoyer dans la gueule, sur un ton sarcastique, les sourcils haussés, la devise à laquelle il s'est accroché pendant des années

– Eh bah, je devrais peut-être faire comme toi alors, Monsieur Aucune-Chatte-N'est-Assez-Bien-Pour-Que-Je-m'Engage-à-Vie ?

Il éclate de rire avant de répondre :

– Bien vu, mec ! Tu m'as eu. J'ai tiré des leçons de mes erreurs, parce que, merde, celle de Rylee est assez bien pour que j'y consacre ma vie entière.

Il secoue la tête en riant, avant de monter sa bouteille de bière à ses lèvres pour boire une longue gorgée, puis il reprend :

– En parlant de ça… (Il jette un bref coup d'œil à Haddie avant de revenir vers moi.) *Elle est bonne ?*

– C'est comment, la vie d'homme marié ?

Je pose la question, sachant très bien qu'il ne tombera pas dans le piège, mais j'ai quand même besoin d'essayer de le faire changer de sujet. En plus, il n'a pas besoin de savoir ce que donne Haddie sous la couette, merde ! Une litanie de jurons me traverse l'esprit quand je me rends compte que refuser de parler de ses talents sur un matelas est un signe révélateur en soi, et donc que je suis dans la merde. Colton et moi avons parlé de toutes nos conquêtes et de tout ce que nous avons fait avec elles.

De toutes, sauf de Rylee avec laquelle il est maintenant marié.

Et maintenant, Haddie.

Putain, qu'est-ce que ça peut bien vouloir signifier ?

Il jette la tête en arrière, et son éclat de rire attire les regards des mecs qui jouent au volley dans la piscine. Je détourne le mien, ce qui m'empêche d'examiner de plus près ma propre révélation.

– Je crois bien que tu m'as posé cette question il y a une heure. Tu as besoin d'aide pour mettre au point une nouvelle stratégie de distraction. Mais bien essayé. Je te donne un A pour tous tes efforts.

– A, c'est pour Anus de poulpe.

J'ai marmonné ma réponse, mais il a entendu, alors il me fait un grand sourire de salaud qui me fait bien rire.

– Toi et ton alphabet !

– Ouais. Mon alphabet va très bien, dit-il en faisant référence au surnom qu'il a donné à sa femme en souriant tellement que c'est encore un choc de le voir la regarder de l'autre côté de la terrasse. La vie d'homme marié, c'est le pied, mec. C'est Ry, tu vois ? ajoute-t-il en haussant les épaules comme si c'était la seule explication nécessaire.

Il y a tellement de satisfaction dans le ton de sa voix et dans son attitude détendue que la vérité de ses paroles me saute au visage et je ne peux pas m'empêcher de sourire. Après toutes les merdes qu'il a traversées, de son enfance violentée à son quasi mortel accident de voiture l'an dernier, il mérite d'être heureux.

Désignant Haddie du bout de sa bouteille de bière, il relance la conversation :

– Aloooоors. Qu'est-ce que ça donne ? Tu as cette impression de doucement cramer de l'intérieur avec elle, ou quoi ?

Je me marre en grognant. Doucement cramer de l'intérieur, mon cul. C'est plus comme un brasier incandescent.

Je suis toujours aussi perplexe devant les multiples contradictions que représente Haddie Montgomery.

– Putain, si seulement je le savais, mec !

Je soulève ma casquette et passe mon autre main dans mes cheveux avant de la remettre à sa place et l'ajuster, puis je reprends :

– J'apprécie une bonne prise de tête de temps en temps, mais elle… Putain, je ne sais pas comment expliquer toutes les merdes qu'elle fait pour m'embrouiller.

Il me sourit en réprimant un éclat de rire.

– Bienvenue dans le vortex des œstrogènes, mec, là où les prises de tête sont la norme et où les comprendre est aussi simple que rencontrer une licorne dans ton jardin.

– Merci !

Je soupire de frustration avant de jeter encore un coup d'œil vers la cause de ma frustration. Je ne comprends pas. Qu'est-ce que fout Dante dans tout ce bordel ? Si elle voulait jouer sur les deux tableaux, soit, mais dans ce cas-là, pourquoi ne le dit-elle pas ? Et alors pourquoi était-elle jalouse de Deena ?

Je n'arrive pas à la comprendre, mais putain de merde, j'en ai envie. Je veux trouver toutes les pièces du puzzle qu'elle représente. Elle est comme cette première bouchée de cette chose délicieuse qu'on ne peut pas s'offrir tous les jours – cette inestimable gorgée de Macallan –, et peu importe le nombre de fois où tu as la chance de pouvoir en mettre quelques gouttes sur ta langue, ça n'est jamais suffisant pour se prendre une cuite.

Juste une légère extase avec un goût de revenez-y.

Je me penche pour attraper une autre bière dans la glacière devant moi sur la table, et je l'ouvre. Je bois une gorgée et soupire d'aise en la sentant glisser dans ma gorge, une putain de bière quand tout ce que je veux, c'est un peu de ce scotch single malt.

Je n'arrive pas à la comprendre : la femme qui s'est laissée aller avec moi est une personne différente de la connasse bagarreuse comme pas deux qui était dans la cuisine tout à l'heure. Elle souffle le chaud et le froid, mais putain, quand elle est chaude, c'est brûlant et quand c'est l'inverse, c'est polaire.

– Haddie, alors ?

Je le regarde l'observer avant qu'il reprenne :

– Ça pourrait être un milliard de fois pire.

Je réponds en me marrant :

– Ouais, bah…

Il y a tellement de choses sur le bout de ma langue. Mais tout ce que je dirais lui révélerait que je suis beaucoup plus intéressé que je ne le suis en réalité. Enfin, plutôt que je ne veux le laisser paraître, parce que je ne vais pas ouvrir cette porte pour le laisser entrer avec ses sarcasmes à la con.

– Alors, qu'est-ce qu'elle veut ?

– Apparemment, mon cul.

– Putain, mec. C'est exactement ton problème. Arrête de faire ta meuf. C'en est déjà une et elle aime les mecs, alors elle n'a pas besoin de s'en faire une, non ?

– Est-ce que tu essaies sérieusement d'insulter ma virilité ?

– Franchement, il n'y a pas beaucoup de virilité à insulter là. Si elle te plaît, vas-y, fonce. Merde, Daniels, putain, mais qu'est-ce qui s'est passé pendant que j'étais en lune de miel ? Tes couilles ont séché et elles sont tombées par terre ?

– Va te faire foutre !

Je lui réponds doucement, mais ses mots me touchent et, du coup, je me pose des questions.

J'apprécie la bière qui me coule dans le gosier, comme les précédentes, et elles se mettent à m'échauffer les sangs, je suis plus détendu. Je suis moins à cran d'avoir eu à rentrer dans la cuisine et de l'avoir vue dans ce satané bikini. Ces petits bouts de tissu ont donné envie à ma bite de la supplier et ma tête m'a envoyé des images de son cul, comme si je l'avais allongée sur ce plan de travail pour me faire une place entre ses cuisses et la baiser jusqu'à plus soif. Je suis encore énervé qu'elle m'ait quitté sans dire au revoir, qu'elle ait ignoré mes messages et mes appels, et j'ai envie de la prendre sans lui donner le temps de me balancer ses conneries. Juste pour lui prouver pourquoi elle a besoin de moi.

Mais ça, c'est franchement déconnant comme idée. Depuis quand ai-je envie de posséder une femme pour pouvoir affirmer qu'elle m'appartient ? D'habitude, je ne suis vraiment pas prise de tête. Une fille ne me kiffe pas ? Il y en a plein d'autres qui ne sont pas de cet avis. Mais avec Haddie, putain, je ne sais pas pourquoi je suis une telle chochotte. Je me dis de laisser pisser – de la laisser se tirer – et je me rends compte que je n'en ai aucune envie.

Parce qu'elle compte.

Et putain, je ne vais certainement pas admettre ça devant Colton, mais c'est la vérité.

Une capsule de bouteille de bière m'atterrit sur le torse, ce qui a pour effet de me sortir de mes divagations. Un sourire de connard sur la gueule, il me demande :

– À quoi tu penses ?

– Au scotch.

J'observe son sourire se casser la gueule lorsqu'il essaie de comprendre où je veux en venir. Et j'adore le voir se manger un mur de temps en temps, enfoiré de poseur !

Il lui faut une seconde, mais il éclate de rire et se contente de secouer la tête.

– Cette fois-ci, ta stratégie de diversion fonctionne bien mieux. Total respect, mec.

Il s'adosse à son fauteuil et garde le silence quelque temps alors que nous observons une manche furieuse de volley dans la piscine, qui finit la partie en beauté au son de toute une série d'insultes sur une balle de match perdue.

– Alors, qu'est-ce qui s'est passé ? Tu as dû lui sortir le petit vermicelle qui te sert de queue et tu l'as fait flipper…

– Va te faire foutre, mec. Tu ne reconnaîtrais pas une grosse bite même si tu t'en prenais une en pleine tronche.

Si ce trou du cul veut continuer à insulter ma virilité alors que je me rappelle une soirée où, fin bourrés, nous avons sorti le triple-décimètre pour mesurer et comparer, au moins, j'ai de quoi lui répondre.

La gueule qu'il fait – son air choqué et mort de rire à la fois – me pousse à me mordre la langue.

– Je te promets que je ne toucherai la bite de personne – ni avec ma tronche ni avec toute autre partie de mon anatomie – que ce soit aujourd'hui ou à n'importe quel autre moment. À moins que ce ne soit pour envoyer à l'avenir, la tienne au tapis, espèce de sac à foutre !

– Le fait que tu penses pouvoir me faire bouffer le tapis est hilarant.

– Ah ouais, s'exclame-t-il en posant sa bière contre ses lèvres, puis exagérant son expression de satisfaction intense. Tu fais ton grincheux, mon mignon, non ? Pas étonnant qu'elle soit de l'autre côté de la terrasse. Fais-toi une autre bière, mec, dit-il en me jetant une bouteille puisée dans la glacière sur la table, alors que je n'en ai pas encore fini avec celle que j'ai dans la main.

Je le salue du goulot :

– C'est ta solution universelle ? Prends une autre bière ?

– C'est toi qui parles de scotch, pas moi. Alors, balance.

Je suis partagé, j'ai envie de fermer ma gueule, mais parler pourrait bien m'aider. Avoir l'opinion d'un autre mec, celle de mon meilleur pote, et même si Colton a franchement déconné avec sa politique de « tu la tires et tu te tires » comme il l'a poliment nommée, il est plein de bon sens. Il comprendra et m'aidera à y voir plus clair. Il me sortira de la merde qui m'embue le cerveau qui n'arrête pas de tourner en rond. Il me dira ce que j'ai besoin d'entendre.

Bouge-toi ou ferme-la.

Je frotte mon menton de ma main avant de secouer la tête et poursuivre :

– Je ne sais pas, mec. Elle flippe, et je ne sais pas pourquoi. Et juste quand je pense avoir compris, il se passe un truc qui me fait changer d'avis.

– Pour commencer… entonne-t-il en posant ses coudes sur ses genoux. Généralement, on préfère quand elles flippent… ça les empêche de récidiver en squattant ton plumard.

– C'est déconnant sur tellement de plans !

Bon, c'est ce que je dis, mais j'ai du mal à m'empêcher de sourire en comprenant sa logique. Puis je désigne son alliance et j'enfonce le clou :

– Surtout de la part d'un mec marié qui a décapoté.

Il me regarde d'un air suffisant qui me ramène à notre conversation quand j'ai découvert qu'il avait arrêté les capotes, qu'il s'envoyait en l'air sans protection parce qu'il s'était rendu compte que Rylee était *la bonne*. Et je dois m'ébrouer en m'en souvenant, parce que c'est cette conversation qui nous a menés à faire ce voyage à Vegas, et c'est donc un peu plus tard ce jour-là que j'ai rencontré pour la première fois cette bombasse d'Haddie Montgomery.

– Ne déconne pas avec la magie, mec, dit-il en m'éjectant de mon délire avant d'incliner sa bière dans la direction de Rylee. Il y a de la magie hyperpuissante dans le coin.

Je ris avec lui, parce qu'il a fallu une bonne dose de vraie magie pour transformer ce séducteur invétéré en véritable homme fidèle. Sa chatte magique doit certainement détenir un pouvoir spécial pour avoir transformé ce connard.

– Merde, dis-je en tendant ma bouteille vers lui. Il y a de quoi lever son verre en cet honneur.

Il tourne sa tête d'un côté, puis de l'autre, et son sourire me dit tout ce que j'ai besoin de savoir.

– Aux tétons, parce que sans eux, des seins qui ne pointent pas ne servent à rien.

Nous faisons tinter les goulots de nos bouteilles l'un contre l'autre pour saluer ce toast. Le mélange d'un nombre bien trop important de bières et de la bonne humeur de mon meilleur ami me fait tellement rire que je dois retirer mes lunettes de soleil pour m'essuyer les yeux.

Des têtes pivotent vers nous pour nous regarder, morts de rire tous les deux, mais c'est Colton. Il cause des scènes partout où il va, j'ai l'habitude, alors je n'y réfléchis pas à deux fois. Mais là, lorsque je lève les yeux, mon regard se rive à celui d'Haddie juste avant qu'elle ne se mette à me fusiller, puis à détourner les yeux.

– Putain, c'est la banquise, mec.

– Merci pour l'analyse, Donavan.

Comme si j'avais besoin qu'il me fasse des commentaires sur l'attitude d'Haddie !

– Quand tu veux, mon pote, quand tu veux. Mais putain, qu'est-ce que t'as foutu avec elle ?

– Aucune idée.

Je secoue la tête en m'adossant à mon fauteuil, puis je tire la visière de ma casquette vers le bas, mon geste silencieux lui indique que la conversation est terminée.

– Sérieux ? Tu crois qu'en mettant ta visière devant tes yeux, je vais m'arrêter ? Tu me connais mieux que ça, allez, mec.

– Lâche l'affaire.

Ma réplique est mordante. Puis ça me fout en rogne de m'en prendre à lui, parce que tout ce que j'ai en tête, c'est cette image d'Haddie debout chez moi l'autre nuit, ne portant rien d'autre que ses talons et sa jupe, les tétons durcis et les cheveux tombant en cascade sur ses épaules.

Et je l'ai arrêtée ? Putain, mais qu'est-ce qui déconne chez moi ? Une minute, je me dis de ne pas la laisser partir sans une explication et, la suivante, je me réveille tout seul, son parfum sur mes draps et une odeur de sexe sur la peau.

Putain de Dante ! C'est certainement sa faute. Qu'est-ce qu'il a que je n'ai pas ? Je ne l'ai jamais entendue parler d'un ex, et encore moins d'un mec qui a toujours de l'influence sur elle.

Connerie de vortex d'œstrogènes.

Ça me retourne le cerveau, parce que je suis assis là, comme un con, à y réfléchir alors que je devrais balancer des vannes avec Colton sur tout et rien.

Mais non, je remets tout en question : mes propres pensées, mes sentiments, même Dante.

Je n'arrête pas de repenser à cette nuit-là, à essayer de tout retracer pour comprendre comment nous avons fait pour passer du stade de l'engueulade à celui de la chialance puis enfin à ce moment où elle en a voulu plus avec moi et où elle a fini par se tirer. Et je reviens sans cesse à ce moment où elle s'est effondrée. Ça doit avoir un rapport avec la mort de sa sœur qui lui est revenue en tête et qui a tout fait exploser, parce qu'elle retenait tout à l'intérieur.

C'est sûr, on se connaissait – on a passé un peu de temps ensemble ces dix-huit derniers mois –, mais pendant un an, elle a été confrontée à la maladie de Lexi puis aux conséquences de son décès. J'ai vu son feu intérieur s'amenuiser. Sa bravoure la quitter. Et putain, ouais, elle s'y raccroche encore de temps en temps, mais Haddie, la femme qui vit à plein gaz et sans concession que j'ai rencontrée cette première nuit à Las Vegas, semble avoir disparu. Son tempérament de feu s'est éteint. Son attitude insouciante est maintenant engluée dans une saloperie de bordel faite de hauts et de bas absolument extrêmes.

Mais merde, même en plein deuil, alors qu'elle n'est plus que l'ombre d'elle-même, elle reste cette putain de gorgée de Macallan, quand on est assis à un bar où sont présentés tous les autres alcools connus de l'humanité. Crème de la crème du haut du panier.

Saloperie de perfection à la con.

Et je ne peux même pas penser au goût qu'elle a. Il y a de quoi devenir accro à cette satanée bonne femme. Elle est douce et brûlante à la fois, avec une pointe d'imprévisibilité tout juste suffisante pour avoir un doute sur ce qui va se passer ensuite et pour savoir où elle est capable de nous faire aller.

Et ça n'a aucune importance en fait, parce qu'on sait qu'on a envie de la suivre dans son délire, qu'elle qu'en soit la destination. L'enfer comme le paradis, elle est capable de rendre les deux attirants.

Plongé dans mon silence depuis trop longtemps, je m'attends à me prendre une vanne dans la gueule sur le fait qu'on doit déjà me mener par le bout de la chatte, ou sur ce que ça fait de monter à cru, mais contrairement à ce à quoi je m'attendais, Colton ne dit rien. Son sens de l'humour si caractéristique pour échapper à toute conversation sérieuse ne fait pas irruption. Et j'apprécie. Je prends un moment pour remercier silencieusement mon pote qui me connaît depuis si longtemps qu'il sait que j'ai besoin d'un peu de temps pour faire le point sur toute situation.

Alors, je me mets à chercher des solutions. Comment résoudre ce problème : j'ai envie d'elle, mais elle me repousse malgré le désir flagrant que je lis en elle. L'alcool dans mon sang me pousse à aller vers elle tout de suite et à la jeter sur mon épaule. L'enfermer dans une chambre avec moi jusqu'à ce qu'elle me parle et me dise comment

Dante ou Lexi l'empêchent de concrétiser notre relation.

J'ai besoin de calme, putain, comme ça, je pourrais y voir plus clair pour la première fois depuis qu'elle a pressé ses lèvres contre les miennes il y a déjà plusieurs semaines.

– Elle en a chié l'année dernière.

La voix de Colton rompt le silence et probablement juste à temps, parce que j'étais à deux doigts de me lancer dans une scène. C'est franchement le merdier dans mes propres sentiments, elle me fait chier de m'avoir repoussé, ça me fout en rogne, mais j'ai aussi envie de passer mes bras autour de ses épaules pour supprimer cet air de confusion qui l'a envahie et apaiser la colère qui bout juste sous la surface de ses émotions, tellement tangible que je la sens dans le goût de ses baisers.

– On peut le dire.

J'ai répondu en murmurant doucement, je n'ai pas envie d'en dire plus parce que je ne pense déjà qu'à ça.

– Ry s'inquiète pour elle.

Et putain, pourquoi Colton a-t-il dit un truc pareil ? Parce que si sa meilleure copine s'inquiète, putain, c'est sûr que moi aussi. Je garde ma casquette baissée sur mes yeux, la tête en arrière, et j'essaie de conserver un ton impassible en ajoutant :

– C'est logique.

Le silence est lourd entre nous. Il essaie de trouver ses mots pour continuer, parce que je suis certain que mon manque de réaction devant la bombe qu'il vient de lâcher l'a surpris.

– Putain, tu la kiffes vraiment, c'est ça, hein ?

Je soulève la visière de ma casquette et j'incline le visage sur le côté pour le regarder. Je suis certain que la réponse se voit comme le nez au milieu de ma figure.

– J'essaie juste de trouver quoi faire parce que, visiblement, c'est moi le mec de la honte.

Il me répond en souriant d'un air suffisant :

– Continue comme ça, mec. Si Rylee a réussi à me casser pour me faire ça, dit-il en montrant son alliance, alors merde, tout est possible.

Je laisse un léger sourire s'emparer de mes lèvres. Je sais qu'il essaie d'être un bon pote en me faisant parler, en me montrant ce qui pourrait arriver… mais j'en ai marre de jacasser.

Sois un homme, Daniels. Il faut que je me bouge le cul. Bouge-toi ou ferme-la.

Je me sens bien, légèrement pété mais pas trop, et en revenant vers la maison, j'ai pris une décision. Je fais un signe de la main aux gars que je viens de laisser juste avant la balle de match de notre partie de volley, en leur disant de fermer leur gueule car je vais revenir juste après.

Nous avons tous assez bu pour l'instant et ce n'est pas comme si j'avais été discret quand j'ai vu Had passer à côté de la piscine pour rentrer dans la maison. Son putain de maillot de bain m'appelle comme un drapeau vert un jour de course, mais avec beaucoup moins de tissu.

Et un putain de prix bien plus intéressant.

Je jette sur une chaise la serviette qui m'a servi à essuyer mes cheveux et je croise le regard de Colton de l'autre côté de la terrasse. Il a posé une main sur la tête de Baxter et passé un bras autour des épaules de Rylee, mais le regard qu'il me fait – ce regard qui me dit *vas-y mec, va prendre ce qui t'appartient* – est suivi d'un mouvement de menton vers le haut. Il m'apporte silencieusement son soutien moral. Je vois Rylee intercepter son regard et suivre sa direction avant qu'elle ne se mette à sourire en coin en secouant la tête.

Quand je rentre dans la maison, je repère immédiatement Haddie. Son cul absolument parfait est mis en valeur par ce ridiculement minuscule bikini lorsqu'elle se penche en avant pour chercher quelque chose dans le frigo. Je l'entends bouger des choses à l'intérieur, mais j'ai du mal à me concentrer sur autre chose que son cul et ce que je sais niché en haut de ses cuisses.

J'ai envie d'elle sur tellement de plans – en fait, j'ai l'impression de devenir un peu dingue à essayer de le lui prouver – mais putain, j'ai envie d'elle aussi sur le plan de travail. Toute bronzée et tonique, si bandante.

Et rien qu'à la voir, la décision que j'ai prise tout à l'heure s'en trouve renforcée. À tout prix. C'est ma nouvelle devise. Je vais faire en sorte qu'Haddie Montgomery ne puisse pas me résister.

Je vais me servir du sexe qu'elle semble utiliser comme une arme pour se blinder, à mon avantage. Je vais l'attirer et ensuite la forcer à se rendre compte que quoi qu'elle fuie, elle n'a pas besoin de s'en inquiéter avec moi.

La question en fait, c'est comment m'y prendre ?

Bon, la partie sexuelle du truc n'est pas un problème, mais je dois m'assurer qu'elle ne se tire pas à la seconde où ce sera terminé. Et même si l'attacher au lit est définitivement une option qui me fout la trique, ça ne me fait pas gagner sa confiance. Alors mon but, c'est de lui donner envie, la pousser à me le demander, mais ensuite le lui refuser, comme elle le fait avec moi.

Parce que je sais qu'elle en veut davantage, je le vois dans ses yeux. Je dois juste essayer de trouver ce qui va m'aider à défoncer les putains de murs dont elle s'est entourée, tout en lui donnant l'impression qu'elle est encore protégée de ce qui la blesse.

Alors, je rive mon attention sur la courbe de sa hanche et je décide de passer à l'acte. Je fais un pas en avant et murmure un « pardon » avant d'ouvrir un peu plus la porte du frigo d'une main tandis que l'autre se pose distinctement sur son cul. Je la sens sursauter, j'entends son souffle se couper et je ne peux pas nier ressentir moi-même ce courant électrique qui passe entre nous quand nous nous touchons. C'est comme un câble sous tension qui me fait momentanément disjoncter le cerveau pour ensuite s'enrouler autour de mes couilles et les retenir avec les putains d'attaches qui ligotent déjà mon cœur.

Cette femme me fait ressentir des trucs auxquels je ne me serais jamais attendu. Normalement, c'est moi qui devrais avoir envie de me tirer, mais pour une raison qui m'échappe, je n'en ai qu'encore plus envie d'elle. Tout en elle m'attire, m'accroche, me retient, me fascine.

Putain de merde, fait chier. Elle m'a ensorcelé.

Et ce n'est même pas ça qui me fout la trouille. Putain, je devrais trop flipper, je devrais être trop content de continuer à naviguer encore un peu dans la phase rencards et séduction, mais merde, il y a ce truc chez elle, impossible à décrire.

Cette gorgée de Macallan qui fait disparaître tout le reste.

Alors, je me prends par les couilles, au sens figuré, et je plonge la tête la première en espérant qu'elle sera là pour m'aider à flotter en arrivant parce que, putain, je sais qu'elle vaut la peine de se noyer.

Elle recule pour s'écarter du réfrigérateur, et je fais en sorte d'envahir son espace personnel. Son corps se frotte contre le mien lorsqu'elle se redresse. Et la sensation de ses tétons durcis contre mon torse nu me pousse à la maintenir contre moi pour assaillir sa bouche. Pour l'embrasser à lui en faire perdre la raison, jusqu'à ce que ses lèvres soient enflées et roses quand j'en aurai fini avec elle.

Surprise, elle me regarde, mon nom sur ses lèvres n'est qu'un soupir. Nous restons dans cette position un instant, les corps impatients et les esprits échauffés, avant qu'elle ne fasse un mouvement brusque pour s'écarter de moi. Elle semble perturbée, et je vois qu'elle essaie de se souvenir de ce qu'elle faisait avant que je ne l'interrompe. Je vois quand la mémoire lui revient, car elle se retourne vers le frigo et attrape une assiette de Jell-O shots pour laquelle elle était initialement venue.

– Excuse-moi.

En me répondant, elle garde les yeux baissés et il me faut une minute pour regagner contenance, le mélange de bière et d'Haddie est suffisant pour pinter n'importe qui en un rien de temps.

Je ferme la porte en l'observant poser l'assiette sur le plan de travail, de l'autre côté de la cuisine, et triturer les petits tas de gélatine alcoolisée en me tournant le dos. Je me rapproche, mais je ne trouve pas les mots.

Essayant d'avoir l'air le plus détendu possible et sans avoir rien à foutre des petits tas d'alcool gélifiés qu'elle manipule parce que le Macallan que j'ai sous les yeux est douze mille fois plus attirant que les mini-gobelets alcoolisés pour ados qu'elle a dans les mains, je lui demande :

– Des jell-O shots, alors ? Quel parfum ?

– Euh, tequila sunrise, je crois.

Je sais qu'elle a senti que j'étais derrière elle. Je vois ses mains cesser de bouger dans tous les sens. Son corps s'immobilise et son souffle s'accélère. J'approche encore – l'envie de la toucher me démange dans tous les sens du terme – et quand je vois les mini-gobelets orange sur lesquels elle se concentre, je sais exactement quoi faire.

Stratégie d'attaque trouvée.

Je colle mon torse à son dos, elle est coincée entre le meuble de cuisine et moi, mes mains sont posées sur ses hanches. La chaleur de son corps, la douceur de ses courbes, l'odeur du soleil sur sa peau suffiraient à rendre taré tout homme sain d'esprit. Je m'abreuve de tout, de tout son être, en sentant qu'elle expire un souffle tremblotant. Putain, c'est le même soupir qu'elle pousse quand je la pénètre et j'en ai les couilles qui se contractent, la bite douloureuse de l'entendre.

En répétant ça plusieurs fois de préférence.

Je me penche encore pour que mon menton effleure son épaule nue, puis sa nuque. J'y presse mes lèvres pour y déposer un baiser, juste sous ses cheveux attachés. J'entends un petit soupir lui échapper avant qu'elle ne le retienne lorsqu'elle sent la chaleur de ma bouche et ma langue passer brièvement. Je frissonne un peu de savoir que je peux l'atteindre, même après sa fuite.

Ne jamais sous-estimer le pouvoir d'un baiser sur la nuque.

Nos corps sont plaqués l'un contre l'autre, mes lèvres sont posées sur sa peau et je reste simplement immobile pour qu'elle sente la chaleur de mon souffle dans son cou. Pour qu'elle ait le temps de la réflexion et se demande ce que je vais faire ensuite.

Nous restons là, suspendus dans un état d'attente, avant que je ne déplace ma bouche avec une lenteur infinie vers son oreille. Et je ne sais pas si c'est à cause de mon souffle ou de notre proximité, mais ma détermination à la séduire par petites touches et à la titiller, plutôt que de la goûter et la prendre directement, s'en trouve renforcée quand je vois la chair de poule danser sur sa peau.

– Qu'est-ce qu'on doit faire quand on boit une tequila, déjà ?

Je lui susurre ma question à l'oreille. D'une main, j'attrape un petit gobelet, j'effleure sciemment sa peau nue avec mon coude en pressant mon corps contre le sien.

Elle ne répond pas, mais son corps vibre. Alors, je poursuis :

– Un truc comme : *Lèche-la*...

Je laisse ma phrase ouverte, sans baisser le ton, avant de faire glisser ma langue dans le creux de son cou. J'entends un gémissement incohérent s'échapper de ses lèvres, qui me retourne complètement, puis je sens son corps s'affaisser contre le mien quand je goûte le sel de sa peau.

Je lève le gobelet devant nous, dépose une série de baisers langoureux jusqu'au lobe de son oreille et poursuis :

– *Descends-la.*

Je monte le gobelet dans ma main avant de l'incliner doucement contre son sein et de le porter à mes lèvres. Elle prend une respiration soudaine qui la rapproche encore de moi, et je fais glisser la gelée glacée dans ma gorge. Puis je le repose, vide, sur le plan de travail, ma bite se dresse en se frottant contre ses fesses. Son incapacité à parler, née de son désir obstiné, me pousse à continuer.

Ma bouche revient se poser près de son oreille, j'ai tellement envie d'elle que c'en est douloureux. Putain, je teste mes propres limites, là. J'achève alors ma tirade :

– Je crois que le dernier terme est *Suce-la*.

Je sens son corps se raidir, car elle anticipe exactement ce que mes mots laissent présager. Je marque un temps d'arrêt à dessein, la laissant pantelante de désir, c'est exactement ce que je veux.

Je baisse ensuite mes lèvres pour attraper le lobe de son oreille et le suçoter, puis le mordiller avant de le relâcher. Cette fois-ci, elle n'essaie pas de retenir le son qui s'échappe de ses lèvres. J'agrippe le plan de travail de toutes mes forces pour m'empêcher d'en faire plus parce que je n'ai qu'une envie, c'est de les glisser dans le bas de son bikini noir et de la faire jouir.

Une seconde à peine après que j'ai eu cette idée, elles passent à l'acte, conduites d'elles-mêmes par un désir charnel intense. L'une de mes mains se plaque contre son bas-ventre, le petit diamant que j'ai remarqué tout à l'heure alimente encore plus mon délire lubrique, comme si j'avais besoin d'aide. L'autre glisse un peu plus bas et s'arrête juste au-dessus de son clitoris.

– Becks…

Mon nom est revenu dans sa bouche, c'est le seul que je veux lui entendre prononcer. Elle lève les mains pour les enrouler autour de mes avant-bras. Au début, je pense qu'elle va essayer de m'arrêter, mais quand elle raffermit sa prise, je comprends qu'elle me pousse à continuer. Elle me demande de la prendre, de l'aider à trouver l'extase, et *putain de merde*, il n'y a rien de plus désirable qu'une femme qui sait ce qu'elle veut.

Je ne dis pas un mot et j'aime à penser que je prends une décision consciente : les mots sont inutiles à présent, mais merde, je suis tellement concentré sur ses petites lèvres complètement trempées sous mes doigts que j'ai du mal à réfléchir. Les ongles d'Haddie se plantent dans mes bras, quand j'écarte ses pieds avec les miens pour avoir un meilleur accès à ses chairs enfiévrées. Je vais un peu plus loin, j'écarte les replis de son intimité de mes doigts et les fais remonter pour retrouver son clitoris un peu plus haut, puis je le caresse très doucement avant de redescendre.

Ses jambes cèdent sous son poids, et la main que j'ai posée sur son ventre la presse un peu plus contre moi pour qu'elle puisse se servir de mon corps pour se retenir. J'appuie la pulpe de mes doigts contre son intimité, d'abord avec douceur, puis avec de plus en plus de ferveur à mesure que sa respiration s'accélère et que son bassin ondule contre ma main, elle ne dit pas un mot, mais son corps me supplie de lui faire exactement ce qu'elle veut. Je relâche la pression de mes doigts et les redescends sur sa vulve pour les enduire du fruit de son excitation, elle est complètement trempée.

Et autant mon corps réagit de voir que la douce Haddie est à deux doigts de jouir, qu'elle a envie que je la pousse dans le précipice, je sais qu'elle est exactement là où je veux qu'elle soit. Elle a besoin de moi, elle me veut et se désespère de continuer.

Je retrouve son clitoris et j'ajoute un peu de pression, ce qui la fait se tortiller et ruer contre moi. J'entends sa respiration s'accélérer, je sens ses muscles se tendre et même si j'adore provoquer un orgasme chez une femme, ça me fait décoller, j'en bande comme un âne et je m'arrête.

Je reste immobile, j'appuie de part et d'autre de son clitoris mais pas dessus. J'entends qu'elle en a le souffle coupé tant elle est choquée de cette pause dans ses sensations, de sentir son orgasme lui échapper ; et sa respiration ensuite haletante me dit qu'il se livre une bataille entre sa dignité et son envie de me demander de terminer ce que je lui refuse.

Je lui susurre alors à l'oreille :

– C'est toi que je veux, Haddie. Rien que toi.

Je laisse cette idée se planter dans sa tête, mes doigts toujours à cheval sur son plaisir, mon corps tendu de la douleur de me retenir alors que nous restons là, immobiles et le souffle court.

– Je ne te laisserai plus me quitter. Je me tape complètement de ce qui te fait flipper et de tes doutes, des autres mecs que tu fréquentes…

Je dépose un baiser dans le creux de son cou qui m'enivre tellement, ce qui me vaut un autre souffle tremblotant plus que sexy, et je continue :

– Cet orgasme m'appartient. Tu ne le donneras à personne d'autre, pas même à tes propres mains. Je te veux tellement remontée que tu me supplieras de te baiser, de te posséder.

Son souffle se coupe à nouveau, mais cette fois-ci, c'est parce que je retire mes mains. Elle s'effondre contre le meuble de cuisine, mettant fin à notre contact physique.

Je me penche vers elle, ma bouche à un souffle de son oreille, mais je ne la touche plus du tout.

– Et je te posséderai, mais la prochaine fois, c'est moi qui mettrai les conditions.

Quand je recule d'un pas, j'entends un petit « va te faire foutre » sortir de sa bouche, sur un ton mal assuré, et je remarque que la jointure de ses doigts blanchit en s'agrippant au plan de travail.

Je suis curieux, de savoir si elle se retient pour m'empêcher de me choper et me forcer à finir le boulot ou parce qu'elle a envie de me coller une baffe. Dans les deux cas, ce serait super-bandant, parce que je sais que j'aurai obtenu une réaction de sa part. Et qu'elle est assez en colère pour en vouloir plus.

Mais ses mains restent agrippées à moi.

Je rigole doucement, c'est un rire silencieux et taquin, son obstination m'excite tellement que je dois partir immédiatement, avant de céder sous le poids de mon désir et mon envie douloureuse de la prendre. Alors, j'achève :

– Je crois que c'est le but.

Je la regarde une dernière fois avant de me détourner, et je vois sa tête tomber alors qu'elle essaie de maîtriser – à la fois physiquement et émotionnellement – tout ce que j'ai fait naître en elle. Très bien. J'ai ce que je voulais.

Je retourne sur la terrasse et je ne résiste pas à la tentation de porter mes doigts à mes lèvres. Je les glisse dans ma bouche un instant pour la goûter, elle que je désire tellement, et je dois lutter pour m'empêcher de retourner dans la cuisine en niquant tout mon plan pour la prendre direct, ici et maintenant.

Putain de Macallan !

Tellement addictif.

Je vais avoir besoin d'aller aux réunions des Alcooliques Anonymes si ça continue comme ça.

CHAPITRE 19

Je serre les lacets de mes chaussures. Je suis aux abois, Il faut que je sorte de la maison, que je m'éloigne de mon téléphone. Je ne peux plus attendre qu'il sonne. Le docteur Blakely m'a informée que les résultats de mes analyses sanguines et de ma biopsie vont prendre encore quelques jours. Je regarde tout de même mon téléphone avec intensité chaque fois que je passe devant.

Quand il sonne, c'est généralement Rylee qui appelle. Elle veut savoir comment je vais et me demande pourquoi je suis aussi mal lunée. Invariablement, je lui réponds que c'est parce que je suis stressée à cause de mon contrat avec Scandal et des résultats imminents de mon test BRCA1. Généralement, ça la calme et elle me sort l'arsenal de réconfort moral dont j'ai désespérément besoin, mais pour une raison bien plus grave qu'une simple analyse génétique.

Ou alors c'est Cal qui cherche à savoir quel lapin je vais bien tirer de mon chapeau de magicienne pour faire du prochain événement un succès encore plus fracassant que les deux premiers. Et même s'ils se sont impeccablement déroulés et qu'ils ont attiré encore plus de monde que prévu lors de nos premiers échanges, je quémande des services et des renvois d'ascenseur dans tous les sens. Parce que j'ai besoin que ce lapin soit énorme, histoire de couvrir ma soudaine disparition lors de la précédente édition.

Enfin, plutôt celle que Becks m'a infligée quand il m'a traînée dehors en mode homme des cavernes. J'ai dit au client que j'ai eu un problème de santé. D'ailleurs, je ne culpabilise même pas, parce que je n'ai pas raté grand-chose. La soirée était quasiment bouclée, c'était l'heure des dernières tournées et les clients comme les VIP avaient été soignés aux petits oignons, mais Cal a bien remarqué que je n'étais plus là à la fermeture. Au moins, je ne mens pas, j'ai bel et bien détecté la masse dans mon sein cette nuit-là, mais je ne pense pas qu'il ait cru mon excuse… Donc, voilà, je me retrouve à devoir faire de la magie avec une baguette qui a perdu ses pouvoirs.

Allez, on oublie. Je sais que j'ai besoin d'aller courir un peu pour ça. J'attrape donc mon téléphone et machinalement, je jette un coup d'œil à l'écran.

Machinalement. Disons plutôt que c'est une obsession maladive. Je veux voir si l'homme que je n'arrête pas de repousser pousse dans l'autre sens, ou s'il a appelé en mon absence. Ou envoyé un SMS. Ou s'il a essayé de me contacter en m'envoyant des signaux de fumée, bordel. Bon

Dieu, je déconne franchement. Je l'envoie chier, je le quitte après une nuit d'amour absolument géniale sans dire un mot et on se dispute là-dessus ? Et que fait-il pour faire porter ses arguments ? Il me rend complètement folle de désir avec des Jell-O shots et une maîtrise incroyable de ses dix doigts, à quelques pas à peine de nos amis. Puis il m'abandonne à une caresse de l'orgasme en me promettant des nuits sans sommeil, tourmentées par sa performance de la veille, avec un soupçon de menace façon mâle dominant pour m'empêcher de l'apaiser.

Doucement mais sûrement, mon cul ! Ce mec a plusieurs visages, et celui que je viens de découvrir hante mon cortex. Et putain, ça m'énerve, parce que je ne veux pas penser à lui, je ne peux pas me le permettre.

Cours !

Comme si c'était une nouveauté.

J'ai besoin de faire de l'exercice pour faire le tri dans mes pensées, de pousser mon corps au-delà de ses capacités pour me pencher sur les derniers détails de l'événement que je dois organiser pour Scandal la semaine prochaine. Me concentrer là-dessus, devenir obsédée par ça.

Je prends mon portable et, bien sûr, je regarde l'écran pour la millième fois aujourd'hui avant d'ouvrir la porte d'entrée. Je l'actionne vers moi et pousse un cri de surprise en découvrant Becks sur le paillasson. Je pose immédiatement ma main sur mon cœur pour essayer de calmer ses battements frénétiques.

En fait, je devrais plutôt mettre la main sur mon entrejambe, parce que j'ai l'impression que mon afflux sanguin est complètement dirigé vers lui. Juré, mon cœur envoie tout ce désir réprimé, ce douloureux besoin que j'éprouve depuis plusieurs jours entre mes cuisses, et j'ai l'impression que cette partie de mon anatomie pèse plus lourd rien qu'en le voyant lui et son petit sourire en coin.

– Becks ! Qu'est-ce que tu fais là ?

J'essaie de m'adresser à lui normalement, pas comme une femme à bout de souffle et en manque affectif, mais merde, j'ai l'impression de parler comme une actrice porno.

– Had ? Tout va bien ?

Avant même que Becks ait pu répondre, je reconnais la voix de Dante et le bruit de ses pas dans le couloir derrière moi.

J'observe les yeux de Becks quand il entend Dante, alors pas moyen de passer à côté du soupçon d'irritation qui filtre dans son regard. Mmm. Ça va devenir intéressant maintenant.

– Ouais, tout va bien, je lui réponds par-dessus mon épaule.

J'espère qu'il va s'en tenir là et retourner à ses activités, quelles qu'elles soient. Mais je sais que je n'aurai pas cette chance quand je l'entends s'éclaircir la voix dans mon dos. Je remarque également que le regard de Becks devient glacial.

Alors, je me tourne pour les voir tous les deux et, quand j'aperçois Dante, je comprends pourquoi Becks exsude le dédain. Dante est dans le couloir, enveloppé dans une simple serviette blanche. Son corps nu ruisselle de gouttes d'eau. Il essuie ses cheveux trempés n'importe comment avec une autre serviette sur sa tête. Il pose son regard sur moi et j'y décèle une vague d'irritation complétée d'un afflux de machisme possessif. Les épaules en arrière, il vibre de testostérone.

Je reviens rapidement vers Becks.

– Becks, voici Dante. Je l'ai invité à squatter la chambre d'amis il y a quelque temps.

Je ne sais pas pourquoi j'éprouve le besoin de m'expliquer. Probablement parce que le boulet de destruction qu'il a créé réclame quelques doigts pour combler le manque et faire tomber la pression. Mais je trouve tout aussi intéressant de ne pas expliquer à Dante la nature de ma relation avec Becks.

Peut-être parce que j'essaie encore de mettre un nom dessus.

Becks ne dit rien, mais ne se dérobe pas non plus au concours de regard qui tue qui se joue sous mes yeux, ambiance « qui a la plus grosse ». Il hoche simplement la tête pour le saluer et je suis trop occupée à le fixer en retenant mon souffle pour voir la réaction de Dante. Apparemment, il ne bouge pas car quelques secondes plus tard, Becks hausse les sourcils, comme pour dire en silence : « Tu veux bien te tirer ? » La situation reste silencieusement bloquée encore quelques secondes – le temps de marquer son territoire – avant que j'entende Dante repartir d'où il est venu sans dire un mot.

Le regard de Becks reste figé par-dessus mon épaule encore quelques instants, il serre les dents, le corps entièrement rigide. Je nous donne un petit moment, puis je fais un pas en avant pour sortir avant de fermer la porte derrière moi, l'obligeant ainsi à se concentrer sur moi.

Un sourire prudent aux lèvres, je l'apostrophe :

– Salut.

Il serre les dents une fois de plus, ce qui provoque une légère et si attrayante palpitation des petits muscles de sa joue avant que son regard ne revienne se planter dans le mien. Je l'observe alors se détendre physiquement et psychologiquement. La question est sur ses lèvres. Il veut savoir ce que Dante fout chez moi et quelle est la nature de notre relation, mais je dois le rassurer comme il faut, car il ne dit pas un mot sur le sujet quand il me répond :

– Je dois aller quelque part et tu vas venir avec moi.

Il m'a parlé d'un ton assuré, son timbre me fait vibrer de partout. Je ne l'ai pas entendu depuis la fête chez Rylee, quand il m'a fait son petit numéro avec la tequila.

Merde. Je suis déjà dans tous mes états et c'est à peine si le gars m'a dit deux phrases. Et le fait que j'aie failli lui répondre immédiatement oui, sans poser la moindre question, est encore plus désespérant et embarrassant.

Mais qu'est-ce qu'il m'a fait, putain ? Personne ne me donne d'ordre, à moins que cette personne ne tienne mes cheveux dans son poing et me baise par-derrière. Mais là… cette réaction qu'il provoque en moi me perturbe. C'est probablement dû à tout ce qui se trame en ce moment. Certainement la faute à tout cet inconnu et à cette attente qui me donnent envie de sauter sur l'occasion qui m'est offerte. Comme un moyen d'oublier tout ça pendant quelque temps.

– *Quoi ?*

Je retrouve enfin mes cordes vocales lorsque je repousse le désir qui m'assaille, et même si je culpabilise de l'avoir traité de cette manière, je refuse de lui obéir. Je prends une grande inspiration pour regagner les droits pour lesquelles les femmes se sont tant battues, comme Gloria Steinem[2] continue à nous le prouver, et je m'adosse à la porte fermée derrière moi.

– *Nous* n'irons nulle part.

J'accompagne ma réponse d'un petit rire moqueur, comme s'il était dingue, mais bon, ce n'est pas comme si mes yeux ne traînaient pas un peu trop du côté de son bermuda kaki et de son T-shirt Under Armour qui offrent à ma vue juste ce qu'il faut de musculature en dessous.

---

2 Gloria Steinem, journaliste et figure emblématique du féminisme aux États-Unis depuis les années 60. Toujours populaire, elle continue à se battre pour les droits des femmes en intervenant beaucoup sur les scènes politique et médiatique.

Il fait un pas vers moi et appuie l'une de ses mains sur la porte, dans mon dos, juste au niveau de ma tête. Le visage incliné sur le côté, un sourire lascif s'empare de sa bouche irrésistible. Son rire est profond, doux et séduisant.

– Eh bien, c'est là que tu as tort, la Citadine. *Nous* allons définitivement monter en voiture pour nous rendre quelque part.

Je vais pour protester quand il me coupe en plein vol en posant son autre main dans le creux de mon cou. Je le jure, mon corps tout entier est agité de courants électriques partout où notre peau est en contact, les petites explosions ricochent alors jusqu'à mes entrailles, augmentant la délicieuse douleur du besoin de le sentir en moi.

– Et, corrige-moi si je me trompe, mais tu as été bien clair, il n'y a pas de *nous*. C'est donc à moi de prendre cette décision.

Sa langue filtre entre ses lèvres pour les humidifier. Je suis captive de son regard. Ses yeux m'empêchent de lui dire ce que je veux.

– Oh, douce Haddie, tu as peut-être dit qu'il n'y avait pas de liens entre nous, mais sois-en certaine, là, c'est moi qui prends les rênes.

– Mais bien sûr !

J'ai répondu du tac au tac, mais mes mots sont en contradiction avec mes seins qui pointent et le fourmillement entre mes cuisses.

– Ne me tente pas, m'avertit-il en retrouvant son sourire. Mais en fait, si, vas-y, parce que rien ne me ferait plus plaisir que de te jeter sur mon épaule encore une fois pour te prouver ce que j'avance.

Nos regards sont rivés l'un à l'autre dans une lutte aussi tenace que silencieuse, qui nous permettra de voir jusqu'où nous sommes prêts à aller dans ce petit jeu. De mon côté, c'est jusqu'au bout. Vas-y, Daniels, donne tout ce que tu as. Soyons honnêtes : j'ai un vagin, donc c'est moi qui gagne. Je retrouve un peu mon tempérament d'origine, et ce désir réprimé se transforme en colère quand je lui réponds, tout en sarcasmes.

– Tu ne pourrais même pas me gérer, même si tu essayais, SoCo[3] !

Je lève le menton et lui lance un regard meurtrier, n'importe quoi pour me permettre de reprendre pied.

Je vois sa langue bouger dans sa bouche, impossible de me défaire des images de tout ce qu'il peut faire avec.

– SoCo, carrément ?

– Ouais. Tu es comme un verre de Southern Comfort… De loin, tu fais genre que tu es doux et raisonnable, mais en fait, tu t'infiltres comme un traître pour essayer de te faire remarquer.

Je lui ai répondu sur un ton railleur, alors je suis un peu perplexe de le voir cligner des yeux, comme s'il avait du mal à croire ce que je viens de lui

---

3 SoCo est l'abréviation de Southern Comfort, une liqueur fruitée à base de whisky originaire de La Nouvelle-Orléans. Le cocktail est devenu un classique depuis la fin du XIXe siècle, typique du Vieux Sud, et a gardé une image rurale.

dire, avant d'exploser de rire. Je ne vois pas trop ce qu'il trouve amusant dans tout ça.

– *Bon Dieu de bonne femme*, s'exclame-t-il en secouant la tête avant de revenir sur moi. Je suis à fond pour le whisky, mais ma préférence va à des goûts plus raffinés… comme le Macallan.

Le sourire suffisant qu'il affiche est le reflet d'une réflexion interne, comme une blague que je ne saisis pas, même si j'ai l'impression qu'elle se fait à mes dépens. Je réponds en fronçant les sourcils :

– En tant que Campagnard et tout…

Je ne finis pas ma phrase, car mes mots se perdent lorsqu'il approche un peu plus. Nos corps sont si proches, nos torses à un souffle à peine lorsque nous inspirons.

– Eh bien, Had, en tant que Campagnard et tout, j'ai grandi en sachant m'occuper d'animaux sauvages.

Il se penche vers moi, nos lèvres se frôlent, et je ne peux pas m'empêcher de lever le menton, anticipant son baiser qui ne vient jamais. Mes paupières s'ouvrent alors instantanément. Ses yeux sont si proches que je vois des paillettes d'un bleu plus soutenu animer son regard cristallin. Il poursuit alors :

– J'ai appris qu'il faut faire preuve de beaucoup de patience pour les dresser.

Je sais que je devrais être vexée, je sais que je devrais même être en colère de cette comparaison si peu flatteuse entre moi et un animal sauvage, mais merde, je n'arrive à rien trouver de mieux comme réplique que :

– Les dresser ?

Ma question se perd dans la chaleur de son souffle et là, debout tous les deux devant ma porte, j'ai l'impression qu'il n'y a plus personne d'autre au monde que nous.

– Mmm… mm, murmure-t-il en laissant son commentaire flotter entre nous. Mais j'ai appris il y a bien longtemps que l'homme ne devrait pas dresser ce qui est sauvage et qu'il valait mieux le laisser à l'état naturel.

– Ah oui ?

Il effleure mes bras nus du bout des doigts, pour me séduire. Il sait exactement quel effet il a sur moi.

– Ouais, répond-il si doucement que ses lèvres frôlent les miennes.

J'ai envie de pousser un grognement de frustration, mais je me saisis de ma dignité qui s'échappe furtivement de mes griffes.

– Tout ce qui est sauvage oblige l'homme à rester alerte… Il doit être attentif en permanence, ne jamais rien tenir pour acquis. Quand on se repose sur ses lauriers avec complaisance, on peut perdre de vue ce qui compte le plus.

Mon souffle est tremblotant, ses mots si doux me vont droit au cœur. Ils amplifient mon envie et mon besoin de lui. Ils suscitent de l'espoir pour des choses que je ne me mérite pas, que je me suis refusées, car ce serait injuste de les lui demander.

– Becks…

Je déglutis ce que je prétends être une boule chargée de désir dans ma gorge, mais je sais qu'il y a bien plus que ça entre nous.

Il déplace la tête, ses lèvres sont maintenant à côté de l'une de mes oreilles. Ce geste me rappelle ce qu'il m'a dit la dernière fois que nous avons été si proches.

– Est-ce que tu as joui, Haddie ?

Le changement de sujet de conversation ne devrait pas me surprendre. J'aurais dû savoir qu'il allait remettre ça sur le tapis, mais putain de merde, sa question me laisse pantelante.

– Oui. Merci pour hier soir. C'était peut-être ma main, mais c'est à toi que je pensais… et c'était explosif.

Je mens. Je n'ai rien d'autre à ce stade, car si nous continuons à jouer à ce petit jeu de pouvoir, je vais être réduite en flaque de désir à ses pieds dans quelques minutes. Et bordel de merde, non, je ne me suis pas masturbée. Je n'avais pas envie de faire disparaître cette délicieuse douleur qu'il m'a demandé de ne pas apaiser parce qu'il y a ce je-ne-sais-quoi de tellement stimulant à obéir à un ordre, dans le cadre de jeux sexuels.

J'entends que, de surprise, son souffle en est coupé. Ses doigts compressent mon bras, ils laissent une trace sur ma peau, puis il recule la tête pour me regarder droit dans les yeux. À mon tour d'avoir l'air suffisant :

– Qui a la main, maintenant ?

Je le défie en arquant les sourcils. Son regard cherche le mien, et je sais qu'il va bientôt découvrir que je lui cache la vérité, alors je me repasse mes réflexions précédentes. Un sourire accroché aux lèvres, je penche la tête sur le côté et je poursuis :

– J'ai un vagin, je gagne.

Je le nargue. D'un certain côté, j'ai envie qu'il me démasque, ici et maintenant, et qu'il me traîne dans ma chambre pour me prouver le contraire.

Mais non. Il soutient mon regard sans défaillir, sourire narquois pour sourire narquois, défi contre défi.

– Je t'accorde un point, mais tu as tort. Tu as peut-être le vagin, Haddie, mais je suis absolument certain que c'est moi qui l'emporterai.

– Tu es plutôt sûr de toi, n'est-ce pas ?

Et merde, la confiance lui va bien, ça le rend encore plus attirant.

– Euh. Tu as peut-être dit qu'il n'y avait pas d'attaches entre nous, mais tu n'as absolument pas parlé de corde.

Merde.

– Tu veux me ligoter, alors ? Je n'aurais jamais cru ça de toi, Becks.

J'essaie de le faire dérailler avec ma réponse, mais putain, ses mots me donnent encore plus envie de lui.

Son rire est bas et suggestif.

– Peut-être bien que si. Peut-être bien que non. Peu importe ce que je suis, car ce qui compte, c'est que corde ou pas corde, je prévois de te rendre toute molle, enrouée d'avoir trop crié et à bout de souffle. Bébé, je peux être le meilleur des dominateurs. La question, en fait, c'est à quel point tu en as envie ?

Désespérément.

Et c'est reparti pour la démonstration de puissance des deux côtés. La sombre promesse de ses mots me donne envie de céder, parce que ce n'est pas drôle de prendre le dessus quand il n'y a personne en dessous.

Il se penche vers moi, et sa bouche fait taire toutes mes pensées. Nos lèvres se touchent dans un doux soupir avant que sa langue ne les effleure, me demandant l'accès à la mienne. Tout d'abord je le lui refuse, les poings serrés pour me maîtriser. Ma libido proteste contre ma résistance, mais je sais que si je le laisse m'embrasser, si je le laisse prendre possession de chacune de mes réactions comme il en est foutrement capable, je craquerai là, sur mon paillasson, en quelques secondes. Mon désir est si tangible que je le sens m'assaillir par vagues.

Je crois qu'il va m'en vouloir. Je sens que devant mon refus obstiné, ses doigts se crispent. Son rire éreinté me surprend encore lorsqu'il recule. Son regard brille, victorieux.

– Tu bluffes, Haddie Montgomery. Tu n'as pas joui et je vais tellement m'amuser à te le prouver.

Et bordel de merde, il vient juste de reprendre le dessus. Dieu merci, parce que je n'ai aucune objection à l'idée de me retrouver en dessous de ce totem.

CHAPITRE 20

Le soleil brille haut dans le ciel. Le sol est irrégulier sous mes pieds. Je jette un discret coup d'œil à Becks qui marche lentement à mes côtés. J'essaie toujours de comprendre comment j'ai fait pour en arriver là. Comment Becks a fait pour se pointer chez moi, me dire que j'allais l'accompagner quelque part et ensuite me mettre au défi de lui prouver que j'ai tort.

Et comme de bien entendu, comme je suis têtue, niveau âne bâté à peu près, du genre à dire haut et fort : « N'ose même pas me dire ce que je dois faire », eh bien… j'ai cédé.

Putain, j'ai cédé comme une midinette ramollie du bulbe, mais le plus drôle, c'est que pendant tout cet échange devant chez moi, pas une seule fois je n'ai pensé à ma biopsie ni à ses résultats imminents. Pas une seule fois, car j'étais bien trop occupée à essayer de ne pas me perdre en lui.

Alors, quand il m'a dit de rentrer m'habiller et de prendre des fringues de rechange, je n'ai pas posé de question. J'ai fait demi-tour, j'ai emballé des affaires dans un sac et j'ai sauté dans sa voiture pour y trouver un tas de fourrure qui remuait la queue. Impossible de m'empêcher de sourire en le voyant.

Eh ouais. Je ne suis pas dupe. Quand je suis montée dans sa voiture, je me suis mise à espérer que, quelle que soit la Beckstination, il y ait besoin de beaucoup moins de vêtements et de beaucoup plus de Becks. Tout nu. Sur moi. En moi.

Je me force à revenir au présent. Au grand terrain qui entoure l'ancienne mais absolument charmante maison de famille des parents de Becks. À l'écurie qui accueille des chevaux et à ces quelques canards qui rendent son chien, Rex, complètement dingue quand ils passent près de lui alors qu'il ne peut pas les atteindre. J'observe le pré envahi de longues herbes folles dans lequel nous nous promenons. Mais ce que je remarque le plus, c'est la simplicité qui se dégage de ce paysage. L'air pur, le portable qui ne capte pas très bien, l'eau qui luit dans l'étang au loin. Et je savoure le tout.

C'est le genre d'environnement auquel je m'attendais en pensant à Beckett Daniels, pas à cet appartement que j'ai découvert l'autre nuit. Ça n'allait pas, je le vois plus dans cet état d'esprit décontracté, avec des besoins simples et vitaux à ses yeux. Je le regarde et je doute de sa nonchalance. Le silence est peut-être confortable entre nous, mais la tension sexuelle est tellement chargée que j'ai bien peur que l'espace qui nous sépare s'enflamme à la moindre étincelle.

Et là, je me demande pourquoi il m'a fait venir ici aujourd'hui. Au-delà de vouloir me prouver que j'ai tort. Je sais qu'il y a plus que ça, qu'il doit avoir une autre raison que de faire un tour pour m'aérer les idées, comme il me l'a si gentiment expliqué. Je me suis remise à lui parler après avoir décidé de ne plus être en colère contre lui, et la conversation ne m'a pas révélé grand-chose sur son état d'esprit… alors, j'essaie de comprendre où il veut en venir.

Parce que le truc que je veux comprendre plus que tout, là, c'est pourquoi la fermeture Éclair de son foutu bermuda est encore remontée.

Rex déboule sur nous et me détourne de mes pensées salaces alors que Becks ramasse sa balle et la jette loin devant nous. Je décide enfin de rompre le silence de notre promenade.

– Bon, Becks, qu'est-ce que c'est ce truc entre nous, hein ? Tu n'es tellement pas mon genre de mec.

De ma part, ce n'est pas une insulte mais plutôt une observation et je me rends compte qu'il pourrait mal l'interpréter à l'instant où ces mots sortent de ma bouche.

Je le vois hocher la tête pour me montrer qu'il a entendu ce que je voulais dire et, d'une voix amusée, il me demande :

– C'est encore une de tes satanées règles ?

Je ris franchement en me souvenant de mes inepties et de ces règles que j'ai été incapable de trouver quand il m'a défié de les lui énumérer sur l'instant.

Nous marchons encore un peu, j'essaie de me souvenir de ce que je lui ai dit, parce que c'est sûr et certain, je dois en violer au moins cinq à l'instant même, rien qu'en étant ici auprès de lui.

– Sérieux, Haddie, dit-il en me prenant la main. C'est quoi ton type, Dante ?

C'est notre premier contact physique depuis que nous avons quitté la maison, et mon corps se remet à vibrer dès qu'il me touche.

Et sa façon de prononcer le nom de Dante, comme s'il n'était qu'un petit bip insignifiant et pourtant irritant sur le radar, me donne envie de réprimer le sourire sur mes lèvres. Je garde la tête baissée, regardant mes Converse se déplacer sur la terre poussiéreuse. Il serre ma main entre les siennes pour me montrer qu'il attend une réponse. D'un certain côté, j'ai envie de changer le sujet de la conversation pour la faciliter, car j'ai l'impression de le blesser en permanence, mais en même temps, je me rends compte que j'ai envie de lui dire. Peut-être que si je le fais, il comprendra qu'il n'est pas mon type d'homme et il se mettra en retrait. Il arrêtera de pousser pour me faire désirer des choses dont j'ai envie avec lui mais que je ne peux pas lui offrir.

– Oui. Non.

Je trébuche en me lançant dans mon explication. Je m'arrête et je regarde l'immense pré qui s'étend devant nous, bordé par un bosquet. Je ne sais pas trop quelle direction prendre, puis je me lance :

– Merde, d'habitude, je suis plutôt du genre à tomber sur des rebelles. Ceux qui offrent le moins de stabilité possible, les spécialistes de l'inattendu. Tout ton contraire, en fait.

Il réagit en éclatant de rire.

– Eh bien, une chose est sûre, c'est que tu ne me connais pas très bien, non ?

Je lui jette un coup d'œil discret pour essayer de comprendre s'il est sérieux ou s'il blague. Mais il met un terme à ma courte observation en reprenant :

– En plus, Colton n'est plus sur le marché.

– Colton n'a d'yeux que pour Rylee, alors je ne me serais jamais risquée sur ce terrain-là, je réponds immédiatement, un peu énervée qu'il me croie capable de me lancer à l'assaut de son ami. En plus, ce n'est pas comme si c'était le seul à portée de main.

C'est très étrange d'avoir cette conversation avec lui alors que nous nous tenons la main.

– Alors, tu aimes avoir le cœur brisé, c'est ça ?

Il me tire le bras et je suis forcée de lui faire face. Son sourire reflète une sorte d'amusement, mais son regard semble beaucoup plus intense que ça et je n'arrive pas à comprendre de quoi il s'agit.

– C'est le risque, je réponds en arquant un sourcil pour marquer mon point.

– Eh bien, tu ferais bien d'y regarder à deux fois.

Son regard a maintenant un air de défi, il m'incite à explorer une nouvelle direction. Et bordel, oui, je sais où j'ai envie d'aller voir ça, mais je me contente de retirer ma main de la sienne pour avancer sans lui parmi les plantes sauvages. J'attrape une fleur et je m'amuse à lui retirer les pétales en récitant silencieusement : « Il m'aime, un peu, à la folie, passionnément, pas du tout… »

Il m'aime.

J'entends le bruit de ses pas derrière moi, mais je continue à déambuler, à marcher vers l'ombre d'un arbre à l'abri d'une petite clairière. Je m'y assieds en reposant le poids de mon corps sur mes mains derrière moi. Becks s'arrête devant moi, et je suis contrainte de lever le visage pour le regarder. Et bien sûr, au passage, j'ai la joie de découvrir ses abdominaux et son torse dénudé. Il a dû retirer son T-shirt en me suivant. Je me mentirais si j'affirmais que ma bouche n'en est pas restée légèrement ouverte.

Je me reprends rapidement, énervée contre moi-même. Ma réaction est ridicule. Je détourne le regard. Ce n'est pas comme si je ne l'avais jamais vu tout nu, enfin. Alors, pourquoi la vue de son torse et de son ventre voilés de sueur me retourne-t-elle complètement ?

Becks jette son T-shirt à mes pieds et reste debout un instant alors que j'essaie de regarder n'importe où pour ne pas l'admirer. Puis il s'assied à côté de moi en poussant un grand soupir. La sonnerie d'alarme se met à retentir dans ma tête. Je ne sais pas trop si c'est parce qu'il va me faire parler ou parce qu'il va faire monter la pression pour ensuite me refuser tout contact physique ou, enfin, parce qu'il va me donner ce que je veux et que je serai incapable de partir pour nous sauver tous les deux.

Il m'aime... pas du tout.

Je refuse de tourner la tête vers lui pendant qu'il s'installe confortablement. Il étire ses longues jambes et s'appuie en arrière sur ses coudes. De mon côté, je me concentre sur tout et n'importe quoi, sans rien voir en particulier. Nous sommes encerclés par un confortable silence qui n'est perturbé que par le chant d'un oiseau et le son du vent dans les herbes. Et franchement, ça me va plus que bien, parce qu'il est franchement trop près et je suis tellement tendue que je donnerais n'importe quoi pour l'empêcher de me dire ce qu'il est sur le point de m'annoncer. Je n'ai qu'une envie : me l'envoyer dans ce pré. Lui grimper dessus et me perdre dans son corps pour qu'il puisse m'aider à faire le vide un instant dans ma tête et ainsi y voir plus clair.

Il m'aime... à la folie.

– On peut rester ici toute la journée, tu sais, dit-il alors que je garde le silence pour essayer de comprendre où il veut en venir.

– Mmmm. C'est sympa. C'est pour ça que tu m'as fait venir ici, pour se poser dans un pré et ne rien faire d'autre que se détendre ?

Je continue à regarder droit devant moi, mais je sais qu'il sourit, car je l'entends au ton de sa voix lorsqu'il me répond :

– On pourrait faire bien plus de choses que se détendre, mais c'est à toi de voir, non ?

Pas du tout.

Je réprime mon envie de me tourner brusquement vers lui pour comprendre ce qu'il veut dire. Enfin j'espère que ce qu'il sous-entend, c'est qu'il pourrait me baiser comme un dingue.

– Comment ça ?

J'ai réussi à poser ma question en feignant de ne pas être intéressée alors que ce n'est pas du tout le cas.

Je l'entends bouger. Il finit par s'asseoir en tailleur devant moi. Pas le choix, je dois le regarder. Impossible de l'éviter et, merde, il est tellement proche que j'ai les nerfs en pelote et que je suis à deux doigts de le supplier de me toucher.

Beaucoup.

Sa langue sort furtivement de sa bouche pour lécher ses lèvres. Il fait une petite pause pour s'assurer que je lui porte toute mon attention. Ce qui est définitivement le cas. Il me répond alors :

– On va être bien clairs. J'aimerais beaucoup t'allonger par terre et te prendre dans tous les sens, là.

Je vais pour l'interrompre et lui dire que je suis absolument partante, mais quelque chose dans son regard brusquement sévère m'en empêche. Il continue :

– J'aimerais te baiser tellement fort que tu le sentiras encore dans tes rêves et quand tu essaieras de te barrer en douce ensuite, tu n'arriveras pas à m'oublier…

Promis, j'en tremble. La délurée qui est en moi le supplie silencieusement d'aller au bout de son plan.

– … Et je vais le faire.

Un petit éclat de rire contrit m'informe que lui aussi est dévoré par le désir. Je l'observe avec nonchalance tendre la main vers mes cuisses. Mes yeux sont rivés à son mouvement, jusqu'à ce qu'il soit dissimulé par le tissu de ma jupe. Même si je sais ce qui va se passer, j'ai le souffle coupé lorsque je sens ses doigts se poser avec douceur sur mon intimité. La barrière de ma culotte en intensifierait presque cette sensation étouffée par mon vêtement. Je n'éprouve qu'une fraction de ce qu'il peut faire, à cette douleur qui me tiraille si délicieusement. Mon corps se raidit. Mon dos se cambre. Mes lèvres s'écartent.

Pas du tout.

– Douce Haddie, est-ce que tu t'es fait jouir ? Est-ce que tu as glissé tes doigts jusqu'ici en pensant à moi ?

Sa voix est profonde et hypnotique, une mélodie séduisante qui se détache des murmures de la nature autour de nous. Mon corps vibre en l'entendant, le désir s'amplifie à chaque caresse. Son petit rire me fracasse les oreilles, mais je suis perdue dans mes fantasmes car lorsqu'il retire sa main, ma culotte est trempée.

– Oh, Bébé, tu es tellement prête, véritablement prête à tout. Je sais que tu m'as obéi. Je sais que tu ne t'es pas touchée. Et j'ai tellement envie de t'aider à soulager cette douleur… (Sa phrase reste en suspens avant qu'il ne prenne une grande inspiration pour reprendre contenance.)… Mais pas tant que tu ne m'auras pas parlé et dit ce qui se passe entre nous. J'ai besoin de réponses, Haddie.

Un peu, beaucoup, à la folie.

Et comme de bien entendu, la frénésie de désir qui s'était emparée de moi est stoppée net par ses mots. Je romps notre contact visuel et je baisse les yeux pour tomber sur une coccinelle qui s'est aventurée sur le bas de ma jupe. C'est tellement plus simple de la regarder elle plutôt que de lui dire que je ne peux pas faire ça.

– Becks…

Son nom est un soupir bien familier sur mes lèvres et j'essaie encore une fois de trouver les bons mots pour lui parler.

– C'est compliqué, et je n'ai pas de réponse à te donner dans l'immédiat.

– Tu ne les as pas ou tu ne veux pas ?

Je serre les dents en me maudissant d'être tombée dans ce piège. Je garde les yeux braqués sur la coccinelle, mal à l'aise et pourtant réconfortée par sa présence en même temps.

Et je me rends compte que je n'ai plus de pétales.

Merde.

Je dois cueillir une autre fleur pour avoir la réponse que je veux.

– Tu ne veux pas, donc, réfléchit-il à haute voix. Ok, alors qu'attends-tu de moi, Haddie ?

Mes yeux remontent immédiatement vers les siens, mes tétons durcissent et ma libido se met à chantonner en pensant à la tentation que je touche du doigt.

– Je veux que tu me baises à tel point que je ne me rappelle plus qui je suis. Que tu brises celle que je suis devenue pour que je puisse me retrouver.

Je n'ai jamais été aussi honnête de toute ma vie. Je n'avais aucune intention non plus de lui dire tant de choses. Je sais que mes mots ont l'air très vulgaires, presque autant que les siens, mais franchement, je n'ai pas envie de romance pour l'instant. J'ai très exactement envie de ce que je viens de lui dire. Mais maintenant qu'il le sait, je décèle un certain malaise dans son silence.

J'entends qu'il expire un souffle choqué. Une certaine confusion envahit son regard et il penche la tête pour me regarder avec une telle intensité que je commence à tourner la tête. Il pose alors sa main sur ma joue et soutient mon visage pour que je n'aie d'autre choix que de le regarder en face.

– Non, non. Tu crois que tu peux me lâcher un truc pareil sans t'attendre à ce que je te demande de m'expliquer pourquoi ? On ferait bien de se mettre à parler tout de suite, parce qu'en me disant des trucs comme ça, tu me fais bander comme un dingue. Et tu me forces à renier les promesses que je me suis faites à moi-même… Et crois-moi, la Citadine, si je ne peux pas tenir mes propres promesses, alors je ne peux les tenir pour personne…

Il change de position pour ajuster son anatomie dans son bermuda en poussant un grognement douloureux avant de reprendre :

– Alors tu passes à table, ou sinon, il va falloir que tu restes assise ici en silence pendant que je m'occupe de mon érection, parce que putain, tu ne me laisses pas franchement le choix à ce stade.

Sérieux ? Il me demande vraiment de rester plantée là à le regarder se faire un petit plaisir solitaire plutôt que de me le laisser l'aider ? Il est têtu à ce point-là ?

Nous restons assis en silence et j'essaie de dissimuler les réponses qu'il pourrait lire dans mon regard, tout comme mon désir apparent qui se matérialise par mes tétons durcis tendant le fin tissu de mon débardeur. Il hoche la tête pour me montrer qu'il comprend – quoi, je ne sais pas trop – avant que le fantôme d'un sourire ne passe sur ses lèvres.

– Continue à me regarder comme ça avec tes yeux, Montgomery, et tu vas te faire mal.

– Ah bon ?

Je réponds avec légèreté, essayant de nier le fait que tout mon corps se penche vers lui pour qu'il me touche.

– Ouais. Ça craint de vouloir tellement quelque chose que tu vas te mettre à pleurer, ça va couler de partout, dit-il en baissant les yeux vers ma culotte trempée, puis en revenant vers moi, un sourire de petit con sur les lèvres.

Il veut jouer à ça ? C'est parti.

– Nan, je suis une fille qui préfère prendre le taureau par les couilles… Alors si je veux quelque chose, dis-je en reprenant son idée et en laissant descendre mon regard vers son érection qui soulève sa braguette, je me sers.

– Et de quoi veux-tu te servir ?

Il s'appuie sur ses mains, posées derrière son dos. Ses bras soutiennent son poids alors qu'il joue avec moi.

Je tourne sept fois ma langue dans ma bouche en réprimant mon propre sourire narquois, toute à mon désir.

– De toi.

– Mmm. Eh bien, la Citadine, c'est là qu'il y a un problème, parce que d'une part je t'ai fait venir ici pour parler. Juste parler. (Il se pousse en avant et son visage est maintenant dangereusement proche du mien.) Et d'autre part, puisque je t'ai fait venir avec cette seule intention en tête, je suis venu sans préservatif. Pas de capote, rien dans la culotte.

Il hausse les épaules, et son sourire suffisant prend des airs de victoire, d'arrogant il devient subitement joueur.

Et putain, ce mec est magnifique, quel que soit le rôle qu'il joue. Intérieurement, je m'effondre un peu en l'entendant. J'ai besoin de ses caresses tout autant que j'ai besoin de respirer depuis qu'il m'a chauffée en me touchant et en me parlant. Puis je me rends compte qu'il pourrait très bien se jouer de moi.

Il est temps de le mettre au pied du mur. Il ne veut pas me toucher sans mettre de préservatif ? J'adore qu'il soit aussi respectueux, mais, putain, j'ai plutôt envie qu'il me manque de respect. Levant le menton et un air de défi dans le regard, je lui demande :

– C'est aussi l'une de tes règles ?

– Mmm… hmm.

Je vois qu'il essaie de comprendre où je veux en venir. Je vois les rouages de son cerveau se mettre en branle en m'entendant poser une question sur une règle qui semble des plus élémentaires. Je lève ma main au niveau de ma gorge et descends le bout de mes doigts entre mes seins avec une infinie lenteur, comme si c'était un mouvement que j'accomplissais tous les jours. Je vois son regard suivre ma progression. Je remarque les mouvements de sa pomme d'Adam. Je me dis que je peux lui donner le coup de grâce et voir si je peux le prendre à mon propre piège.

– Eh bien, j'aime bien les règles aussi, tu le sais… Et l'une des miennes est de ne jamais oublier ma pilule et de me faire dépister régulièrement.

J'humecte ma lèvre inférieure pour voir sa bouche s'ouvrir et je l'achève :

– Il n'y a rien de tel que de sentir ce contact chair contre chair, non ?

Son regard se lève brusquement vers le mien et je l'entends inspirer profondément avant de reprendre le contrôle sur lui-même pour me répondre d'un air faussement blasé :

– La pilule, hein ?

– Oui, la pilule et un test de dépistage impeccable. Et toi ?

– Est-ce que je prends la pilule ? Non.

Son rire rompt momentanément le charme de la tension sexuelle qui étincelle entre nous.

– Comme c'est mignon ! Adorable, mais je te demandais si tu avais fait le test récemment.

Il penche la tête sur le côté et me regarde intensément. Il ne blague plus, car la question est sérieuse.

– Oui, je suis parfaitement clean, plus pur qu'un diamant.

– Eh bien, je ne connais pas ton petit diamant, mais je suis sûre qu'il y a bien autre chose que je pourrais tailler.

Je lui ai répondu tout sourires, légèrement mielleuse, et j'adore voir ses yeux s'écarquiller devant mon audace.

– Putain de merde, Haddie, jure-t-il en reprenant son souffle.

Je vois qu'il s'approche et que sa détermination est en train de flancher. Son front est plissé et il pousse un soupir, mais tout aussi rapidement qu'il a failli céder, il se reprend et recule.

– Bien joué, bien joué… mais même si j'ai très envie que tu tailles autre chose, j'ai toute une série de règles.

Je continue à le taquiner, appréciant la torture que je lui inflige après sa semaine d'esclavage de ma libido.

– J'aime les hommes fidèles à leurs principes… ceux qui aiment garder le contrôle de toute situation. Mais ma nature profonde, c'est plutôt de briser tout un tas de règles pour obtenir ce que je veux, dis-je en inclinant la tête, les lèvres pincées, le regard perçant, attendant sa réponse.

J'espère qu'il va réagir, et chaque parcelle de mon être a désespérément envie qu'il me presse les épaules, appuie dessus pour m'allonger et se jette sur moi.

– Eh bien, c'est parti pour une bataille. Volonté contre détermination… On verra bien lequel d'entre nous l'emportera.

Il fronce un sourcil et reprend appui sur ses mains, insistant sur le fait qu'aucun d'entre nous ne sera satisfait tant que l'autre n'aura pas cédé.

Nous nous dévisageons quelques minutes, chacun essayant de trouver un moyen de manipuler la situation pour arriver à ses fins. Puis ses lèvres s'animent et il hoche la tête.

– Ok, la Citadine. Tu veux t'envoyer en l'air et je veux des réponses. Alors, j'ai une proposition à te faire.

Je lui réponds silencieusement d'un haussement de sourcil, parce que je lui suis tellement reconnaissante d'instiller un peu de légèreté dans cet échange. Il ne m'appelle par ce surnom que lorsqu'il se fait joueur. Il précise alors :

– À chaque question que je te pose où tu refuses de répondre, ou que tu mentes, je dois retirer un vêtement et inversement. Tu vois, je t'ai déjà donné une longueur d'avance, dit-il en désignant son T-shirt par terre. Tu as encore quelques mensonges à proférer avant de te retrouver à poil.

Sa proposition est intéressante, c'est le moins que l'on puisse dire. Et je suis complètement concentrée sur le fait que je n'ai qu'à mentir trois fois avant qu'il ne soit complètement nu. Du coup, je ne pense pas à toutes les implications. Je ne vois que toute cette excitation que m'a infligée Becks sans m'offrir de quoi la soulager.

– Et quoi ensuite ? Le premier à poil a perdu ? Qu'est-ce qu'on gagne sinon ?

Son rire bas et grave roule dans sa poitrine quand il explique :

– Le gagnant décide de ce qu'on fait ensuite.

Oh putain, ça me va. Parce que là, je suis plus que prête à me faire basculer sur une meule de foin dans le pré. Quand on parle de cliché et d'abandon sans retenue… en voilà la plus parfaite des illustrations.

– Tu es partante ?

Son regard me met au défi d'accepter ses conditions et son sourire me provoque alors que j'ai déjà pris ma décision.

– La question que tu devrais poser, c'est *toi, es-tu partant ?*

– La Citadine, tu sais qu'avec toi je suis toujours au garde-à-vous, répond-il d'un air malicieux. Je vais même te laisser commencer.

– Je ne voudrais pas que tu dises que j'ai triché quand tu seras nu, et moi…

Je m'interromps. Je n'ai pas envie d'abattre mes atouts tout de suite et lui révéler ce que je veux. Car si je lui dis que j'ai très envie de le goûter en le prenant dans ma bouche, j'ai comme l'impression qu'il va faire exprès de mentir. Mais bon, nous sommes tous les deux sexuellement frustrés, en partie par sa faute, alors je ne sais pas s'il va céder aussi facilement que ça.

Et le problème, c'est que si je mens, il va m'allumer comme un fou, puis se tirer pour me prouver qu'il a raison alors que je n'ai aucune envie de raison à ce stade.

– Je commence, alors ? Ne réponds pas à cette question, dis-je en me reprenant, voyant que j'ai presque gaspillé une de mes questions.

Son sourire s'élargit lorsqu'il hoche la tête pour m'inciter à me lancer.

– Qui est Deena ?

– Deena qui ? réplique-t-il comme si, effectivement, il ne connaissait personne répondant à ce nom.

Et même si j'adore l'idée qu'il fasse comme si elle ne comptait pas à ses yeux, je lève un sourcil interrogateur. Je veux ma réponse. Résigné, il pousse un soupir.

– Deena est la fille avec qui je sortais au lycée.

Ok, je le crois. Même si j'ai soudain envie de poser une autre question à la suite, mais il a déjà pris son tour.

– Alors, tant qu'on est dans les D... Est-ce qu'il se passe quelque chose entre Dante et toi ?

Je vais pour mentir – pour lui dire qu'il n'y a rien –, mais je me reprends en comptant le nombre de vêtements que j'ai sur le dos.

– Dante est un ex. Il y a bien longtemps, j'ai cru que c'était le bon. Jusqu'à ce qu'un jour, il disparaisse sans laisser de trace. J'ai un faible pour lui, oui. Est-ce que nous nous sommes embrassés depuis qu'il est venu squatter à la maison ? Oui. Est-ce que je veux reprendre notre histoire ? Non. Est-ce qu'il en veut plus ? Probablement. Est-ce que j'ai envie de coucher avec lui ? Non.

Je ne sais pas pourquoi je lui ai tout balancé. Peut-être que j'ai envie de lui lancer un avertissement en lui révélant que Dante et moi avons un passé, que nous nous sommes embrassés, mais quand je regarde Becks, je le vois sourire de toutes ses dents.

Comme il explose de rire, je lui demande :

– Quoi ?

– Eh bien, tu m'as tout dit et je n'ai eu à utiliser qu'une seule question. Alors, merci. Ce qui me permet d'arriver à ce qui compte le plus, plus rapidement, commente-t-il en passant une main dans ses cheveux.

Je me maudis moi-même alors qu'il tend la main pour soulever le bas de ma jupe. Je lui tape sur les doigts quand il la lève au-dessus de ma tête.

– Arrête ! Je t'ai répondu !

Il continue à tirer dessus et je continue à résister. Puis je tourne la tête, et ses lèvres se posent sur les miennes. J'arrête immédiatement de me débattre quand la chaleur de son souffle et de sa langue s'approche de la mienne. Un gémissement s'élève librement et je ne sais pas trop si c'est lui qui le pousse ou moi, car je suis complètement sous le charme. Mon corps se détend et, pourtant, il est prêt à bondir sur tout ce qu'il pourrait m'offrir.

Je reviens à la réalité quand il met un terme à notre baiser et qu'il passe ma jupe par-dessus ma tête. Tactique de distraction cent pour cent efficace.

– Tu mens, murmure-t-il, alors que je suis encore totalement captive de son baiser.

Rien à foutre que mon débardeur prenne le même chemin que ma jupe ou qu'il pense que je mens, car je ne peux me concentrer que sur sa présence.

– Tu veux encore coucher avec Dante. Mais tu ne veux pas l'admettre. Il appartient à ton passé. C'est peut-être compliqué avec lui, mais comme vous avez été intimes tous les deux, il peut facilement t'aider à oublier tout ce que tu sembles fuir, tout aussi aisément que moi. Et le truc, c'est qu'avec lui, tu sais qu'il ne sera pas là au petit matin, ou encore le lendemain… et quelque part, ça t'attire. Alors que tu en as peur avec moi. Tu aimes ta politique du non-attachement et pourtant tu ne veux pas couper le cordon qui te retient à ce qui te fait peur, quoi que ce soit. Et tu restes seule.

Je prends une inspiration tremblotante en l'entendant parler de ce que je ressens avec une honnêteté tellement brûlante. Je suis effrayée de le découvrir si clairvoyant. Et pire encore, s'il voit cette vérité-là, que voit-il d'autre que j'ai tellement envie de lui cacher ? D'un seul coup, toute cette merde est devenue bien réelle. Vraiment rapidement, mais je n'en ai pas envie.

Je déglutis la boule dans ma gorge et je le prive de toute réaction à son commentaire, espérant sauver ce qui me reste de santé mentale si je passe à autre chose. C'est mon tour de poser une question et, parmi tout ce que j'ai envie de lui demander, impossible de penser à autre chose qu'à l'exotique Deena. J'ai besoin de savoir s'il a couché avec elle l'autre jour, quand nous nous sommes croisés au marché des producteurs. Je ne sais pas pourquoi. Si c'est le cas, est-ce qu'il nous a comparées ? Est-ce qu'il se disait qu'elle était tellement moins compliquée que moi ? Je ne veux pas perdre de question là-dessus, mais impossible de trouver autre chose.

– Est-ce que tu as couché avec Deena ?

Il me regarde d'un air perplexe et répond :

– Non. Je n'arrive pas à croire que tu te poses la question et que tu gaspilles un tour là-dessus. Tu ne comprends pas qu'elle ne t'arrive pas à la cheville ?

Ses mots réchauffent mon petit cœur tout mou alors que je n'ai aucune envie qu'il s'en approche, et je me rends compte à quel point ce jeu est stupide. À quel point ce mec est un livre ouvert alors que je suis une encyclopédie complètement fermée.

Je vais pour me lever. J'ai envie de changer de sujet et d'immédiatement mettre un terme à cette conversation avant qu'il ne s'approche d'un peu trop près de ce que je veux lui cacher.

– Bien essayé, dit-il en m'empêchant de me relever.

Je suis maintenant allongée sur le dos et il est assis à califourchon sur mon ventre. Il me maintient les poignets au sol. On dirait bien que nous finissons souvent dans cette position.

Eh merde, je ne vais certainement pas m'en plaindre.

– C'est quoi le problème, Haddie ? Ça devient un peu trop personnel pour toi ? Tu te rends compte que *nous sommes* et tu n'arrives pas à le gérer, c'est pour ça que tu veux te tirer ?

Il incline son corps vers le mien et reste à quelques centimètres à peine alors que la vérité pénètre mes oreilles. Il continue :

– Devine quoi. C'est moi qui ai les clés de la voiture. Nous n'irons nulle part et nous ne ferons rien d'autre tant que tu ne nous auras pas laissé notre chance.

J'arrête de gigoter. Je laisse la colère passer en entendant toute l'émotion contenue dans sa voix. J'ai envie de lui dire tant de choses, de les lui expliquer, mais la peur qui me tenaille sans cesse est le seul rempart qui m'empêche de déverser ce déluge de vérités.

– Haddie…

Je me demande ce qu'il voit à présent quand il me regarde. Est-ce la peur, la petite fille effrayée qui a besoin de la présence de quelqu'un tout en craignant de s'attacher à cette personne, ou est-ce la femme pleine de confiance en elle qui joue avec son cœur ?

Je me demande ce que je verrais si j'étais à sa place. Parce que ni l'une ni l'autre n'est attirante ni admirable.

Il pose alors son front contre le mien. Mes yeux se ferment lentement et nos lèvres se touchent à peine.

– Je ne vais pas te faire parler. Je ne peux pas te forcer quand je vois que ce truc, peu importe ce que c'est, te donne ce regard qui me brise le cœur.

Il marque un temps d'arrêt et je ne sais pas si c'est pour moi ou pour lui, mais j'apprécie son geste. Il me donne le temps d'essayer de me débarrasser de cet air et de regonfler mes poumons puisqu'il semble m'avoir dérobé tout mon oxygène.

– Accorde-nous cette journée. Oublie ce truc qui te donne envie de me repousser encore et toujours et laisse-nous tenter cette chance. Nous sommes bien ensemble… Tu ne le vois pas ? Mets tes craintes de côté et si, demain, tu veux encore lutter contre ce lien que nous partageons, alors vas-y. Tu partiras sans avoir tissé ces putains de liens dont tu ne veux pas parce que je sais que tu ne le feras pas.

Je ne me rends même pas compte que je retiens encore mon souffle ou que mon corps s'est complètement détendu à ces mots. Je repense immédiatement à ce qu'il a dit sur les clés, incapable d'assimiler la générosité de son discours. Je ne peux me concentrer que sur mon propre désespoir qu'il a si bien évoqué. J'en ai envie. J'ai envie de saisir cette opportunité de ne pas réfléchir à mes actes, d'oublier la peur, de ne pas la ressentir. Pourtant, je sais que si je prends ce risque, je finirai par m'attacher, en fait, je sais que c'est déjà le cas.

Il est déjà en train de faire des doubles nœuds qui m'empêcheront de partir.

Je veux être capable d'éprouver des choses, de réfléchir et d'espérer sans être handicapée par la peur. Même pour une journée seulement. Je veux me donner ça. Nous faire ce cadeau, même si je sais que c'est égoïste de ma part.

Il se méprend sur mon silence. Il croit que je ne suis pas d'accord et reprend donc sa tirade :

– Quel que soit ce truc entre nous, Haddie, ça en vaut la peine. Tu en vaux la peine. J'ai juste envie que tu me laisses l'opportunité de te prouver que je ne te blesserai pas. J'aimerais simplement que tu me laisses te montrer que je suis sincère.

CHAPITRE 21

Je suis tellement bouleversée par tout ce que je ressens qu'il m'est impossible de parler, alors je le lui montre. Je presse mes lèvres contre les siennes et je laisse mes mains parcourir les lignes dessinées de son dos. Je meurs d'envie de tout lui prendre, d'atteindre la satisfaction et d'accumuler les sensations mais, en même temps, je veux y aller doucement et mémoriser chaque son, chaque baiser et chaque caresse.

– Haddie.

Il murmure mon nom comme un serment, comme une malédiction, et je lui vole tous les mots qu'il voulait me dire en glissant ma langue entre ses lèvres. Je lui prends tout ce dont j'ai besoin pour me permettre de ne pas m'effondrer.

– Fais-moi ressentir des choses, Becks.

Et cette fois-ci, quand je le lui demande, quand je murmure contre ses lèvres, ce n'est pas pour oublier le chagrin d'avoir à faire le deuil de ma sœur, mais plutôt pour prendre le dessus sur tous les sentiments que j'éprouve maintenant pour lui. Ceux que je ne peux plus nier.

Nous commençons à lentement nous déshabiller, retirant son bermuda et ma culotte parce que là, nous avons tous les deux besoin de sentir la friction de nos corps l'un contre l'autre. Plus que tout. Je m'assieds et le repousse, les mains sur ses épaules, mes lèvres sur les siennes. Je l'égratigne tout en douceur du bout des ongles, suivant les lignes de son torse, puis de son ventre, jusqu'à ce que je me saisisse de son membre.

C'est tellement enivrant de le sentir si dur, de savoir que je peux susciter cette réaction si rapidement chez lui.

Il pousse un grognement quand ma main se resserre et que je commence à le caresser sur toute sa longueur rigide, de haut en bas. J'éloigne avec difficulté ma bouche de la sienne, mes lèvres décèlent le goût salé de sa peau, mon nez respire son odeur, mes mains sentent son cœur battre et son envie de continuer sans dire un mot. Je lèche, puis je mordille les disques plats de ses tétons, ce qui me vaut une respiration hachée de sa part et son poing serré dans mes cheveux. En proie à un désir fulgurant, il m'incite à descendre plus bas sur son corps. Moi, je préfère prendre mon temps. Lécher, embrasser, caresser avec ma bouche. Le tuer à petit feu lors de cette lente descente. Comme ça, quand j'arriverai au niveau de son sexe, il sera tellement remonté qu'il perdra toute retenue dans l'intensité du moment. Oubliant sa décision d'être stoïque, il criera mon nom comme s'il lui appartenait.

Je glisse ma bouche le long de sa zone d'infini et quand mes tétons effleurent ses cuisses à travers le fin tissu de mon soutien-gorge, je pousse un gémissement. L'érotisme de cette friction vient renforcer chacune des incroyables sensations que j'éprouve. J'arrive enfin à son gland et, après une dernière caresse de ma main, je referme mes lèvres autour du bout de sa queue. Son bassin ne peut se retenir d'effectuer un brusque mouvement en avant, son poing serre encore plus mes cheveux et il s'écrie :

– *Putain, Had !*

Je m'assieds à califourchon sur l'une de ses cuisses en prenant soin de faire frotter mon sexe contre sa peau à chacun de mes mouvements. Je passe ma langue sur toute la longueur de son pénis, par en dessous, ajoutant un peu de pression, avant de revenir et d'insister sur le gland. Je l'allume comme ça encore un peu, ne permettant à mes lèvres que de se refermer sur la pointe sensible de son sexe, lui refusant toute autre succion alors que mon corps tremble déjà sous l'assaut de sensations que je me procure au passage.

Son poing dans mes cheveux m'indique qu'il voudrait que je le prenne complètement dans ma bouche, tandis que son autre main caresse ma joue et mon cou de façon étrangement intime par rapport au reste de ses actes. Je prends mon temps, le léchant, stimulant ses testicules du bout des ongles, me retirant juste au moment où je les sens se contracter.

– Bon Dieu, Had. Vas-y, suce-moi.

Sa voix se brise et son bassin sursaute brusquement dans une supplique tandis que je gémis de plaisir. Mon clitoris a reçu la plus parfaite des stimulations.

– Baise-moi avec ta bouche.

Ses mots m'incitent à lui donner ce qu'il veut. À lui procurer ce plaisir qu'il mérite. Il a été un amant si généreux avec moi. Je place ma tête au-dessus de son sexe puis je l'aspire totalement. Je le sens buter contre le fond de ma gorge. Et une fois arrivée au bout, je m'immobilise un instant, jusqu'à ce que ce soit trop. Je dois lentement remonter, alors je creuse mes joues au passage pour ajouter un effet de succion.

J'aime entendre son cri de plaisir étranglé et j'éprouve un plaisir intense d'être capable de lui procurer de telles sensations, de lui faire un tel effet. Je continue mes mouvements, changeant la pression de ma langue, le degré d'aspiration, puis sa main m'incite à aller de plus en plus vite. J'accède à sa demande et je m'y emploie en alternant les effets de ma bouche et de ma main. Mon propre plaisir s'intensifie alors que son sexe s'élargit et se durcit encore sous la pression sanguine.

Et je crois qu'il est sur le point de jouir – je suis tellement partie dans mon envie de le pousser à bout que je ne me suis pas rendu compte qu'il se relevait – lorsqu'il se saisit de mes épaules et redresse mon buste pour pouvoir m'embrasser. Cet homme est sans retenue avec ses lèvres, et ses baisers sont empreints de possessivité. Il revendique quelque chose que je lui ai déjà donné, mais rien ne l'arrête. Sa langue continue à me marquer au fer rouge, ses lèvres sont sans merci et l'une de ses mains pousse mes hanches vers lui.

Son autre main est posée sur mon visage et le retient. Je suis alors la victime consentante du barrage de sa bouche tandis que l'autre main remonte sur son sexe, puis vers le mien, complètement trempé, pour le guider. Je sens déjà la largeur de son membre prêt à me pénétrer et à conquérir mes émotions intensifiées par cette réalité physique lorsqu'il approfondit encore notre baiser. Il déverse dans son étreinte tout ce qu'il a, et même plus. Je suis tellement plus bouleversée que lors d'un rapport sexuel normal.

Laisser un homme revendiquer sa possession sur moi avec sa bite est une chose, mais laisser Becks m'embrasser à en perdre la raison et posséder mes réactions est bien plus émouvant et intime que tout ce que j'ai pu vivre avec mes autres amants dans le passé.

Il m'a incitée à m'ouvrir, rendue vulnérable et m'a faite sienne. Reculant légèrement la tête, il me dévisage, et nos souffles se mêlent autant que nos cœurs.

– Tu sens ça, Haddie ? Je sais que tu le sens aussi. Tu sais que tu ne peux plus nier ce qu'il y a entre nous. Impossible. Explore tes sensations, explore-moi… Tu en as envie et tu me veux.

Nos regards sont rivés l'un à l'autre, puis il rapproche sa tête et effleure mes lèvres des siennes dans un assaut de tendresse d'une douceur sans pareille.

Puis, au moment où ses mains appuient sur mes hanches pour les inciter à descendre, il lève son bassin – ce moment où nos corps se joignent – et je sens mon cœur chuter sans que je puisse le contrôler. Il tombe dans cet espace noir, au plus profond de moi, que je suis incapable d'atteindre même en m'étirant de tout mon possible pour le rattraper. C'est impossible. Je ne sais pas si je pourrais l'atteindre même si j'en avais envie.

Car je viens juste de tomber amoureuse de Beckett Daniels.

L'idée me vient alors que son sexe descend, que le mien se contracte et que ma tête tombe en arrière. J'en ai le souffle coupé.

La bouche de Becks vient alors se poser sur mon cou dégagé pendant que nous bougeons à l'unisson pour donner à nos corps ce dont ils ont besoin pour atteindre ce sommet à portée de main. Les dents enfoncées dans ma lèvre inférieure, je me perds dans ce moment. J'accepte les sentiments et les frictions. Je me noie dans cette chance qu'il veut que nous saisissions.

Je gémis en sentant à la fois les sensations que ses mains me procurent et les émotions qui en découlent. Sa bouche s'éloigne de mon cou, et je me retrouve à le regarder dans les yeux lorsque l'une de ses mains passe de mon cou à mon sein droit. De son pouce, il écarte le tissu et caresse mon mamelon tendu de plaisir, m'envoyant une vague de plaisir qui se répercute dans tout mon corps. J'en perds la raison. Je pousse un cri, l'incitant à continuer, nos regards rivés l'un à l'autre. Je vois ses pupilles se dilater alors que nous pourchassons notre plaisir.

Et quand nous le trouvons, quand le désir s'envole pour exploser dans une nuée de chaleur et de sensations qui me traînent dans ce brouillard addictif, je suis incapable de me concentrer sur autre chose et je le laisse m'emporter dans cette errance incroyable et inespérée. Mon corps tremble et mes chairs convulsent autour de Becks qui tente de s'immobiliser pour nous laisser sentir tous les deux l'impact de ma jouissance dans son intégralité.

– *Haddie…*

Mon nom n'est plus qu'un grognement guttural derrière ses lèvres. Ses mains creusent ma peau nue et son bassin roule une dernière fois contre le mien tandis qu'il déverse son plaisir en moi. Sa bouche se pose sur mon épaule et ses dents me mordent alors qu'il se livre à son orgasme. La sensation légèrement douloureuse provoque des contractions dans mon intimité. Je ne m'attendais pas à une réaction si excitante.

Nous restons là, assis quelques instants, nous caressant le dos lentement de haut en bas. La sueur qui a voilé nos corps se dissipe sous la fraîche brise de cet après-midi qui nous glisse dessus comme une couverture.

Il se retire quelques instants plus tard et me dévisage. L'intimité qui se dégage de son regard est si profonde qu'il m'est maintenant impossible de nous refuser cette chance qui nous est offerte, quoi que puisse nous apporter le futur. Il penche la tête sur le côté et me murmure si doucement :

– Tu es belle. Tu le sais, ça ?

Et j'ai envie de rire, envie de lui dire que je suis sûre d'avoir une tête affreuse avec de l'herbe dans les cheveux, de la sueur partout sur le corps et mon soutien-gorge de travers, mais il y a quelque chose dans sa manière de le dire, ce truc sur son visage qui m'en empêche et me désarme complètement… parce que je me rends compte qu'il dit que je suis belle comme si c'était mon prénom.

Même dans cet état, je suis toujours belle à ses yeux.

Mon cœur se gorge de tant de sentiments que, pour une fois, il m'est impossible de faire la part des choses, alors je laisse tout m'emporter – tout – et je savoure cet instant pour ce qu'il est. Je lève les mains pour prendre son visage et je me penche vers lui pour déposer un baiser sur ses lèvres. Je ressens tellement d'émotions et je ne veux pas qu'il les lise immédiatement dans mon regard. Je suis bien trop exposée, trop vulnérable en cet instant, alors je m'en sers pour alimenter mon besoin d'agir innocemment.

Il accepte mon baiser, aussi léger qu'un soupir, et nous nous laissons aller, prolongeant ainsi l'intimité qui nous unit. Je change de position et son sexe sort alors du mien. Sa bouche recule très légèrement pour déposer une série de petits baisers le long de mon cou. Mon corps qui était tellement satisfait il y a quelques instants à peine en réclame encore. Merde, ce mec sait comment me faire perdre la tête juste du bout des lèvres. Ce n'est juste pas normal d'être aussi affectée par lui, trop bizarre.

– Bon Dieu, la Citadine ! murmure-t-il entre ses baisers.

Je le sens à nouveau lentement durcir contre ma cuisse et je m'émerveille de le voir retrouver du répondant aussi rapidement, mais je ne vais certainement pas m'en plaindre.

Il rit doucement, la vibration de son rire se répercute sur ma peau alors que mes doigts s'accrochent à ses bras. C'est la seule chose logique que je puisse faire. Il recule légèrement la tête en riant de plus belle et j'incline le visage pour le regarder.

– Ta copine la coccinelle a décidé d'être plus rapide que moi, là, dit-il hilare.

Je ne vois pas trop de quoi il parle, alors je baisse les yeux juste à temps pour le voir passer un doigt sous le bonnet de dentelle gauche de mon soutien-gorge. Il tire dessus pour laisser s'échapper la coccinelle, décidément coquine. J'ai tellement la tête ailleurs après cette étreinte et le tumulte d'émotions qu'elle a provoquées, à cause de sa bouche aussi et de sa petite distraction, que je réagis cinq secondes trop tard.

Et je suis vraiment une grosse merde, plus conne que n'importe quoi, en colère contre moi-même de m'être tellement laissé emporter par ce moment que j'essaie de cacher les points de suture qui dépassent des strips avant qu'il ne puisse les voir, mais c'est trop tard.

– Haddie ?

Sa voix ne tremble pas, mais j'entends clairement toute son inquiétude et sa confusion.

Je le repousse immédiatement – il ne s'y attendait pas, il est donc déstabilisé – et j'arrive à échapper à ses bras qui m'enlacent. Je panique. Je ne sais pas trop quoi faire, alors j'obéis à la seule idée que mon esprit puisse suivre. J'attrape ma culotte qui traîne par terre et je m'essuie avant de remettre ma jupe en place. Je récupère mon débardeur, puis je pars à grands pas avec tellement d'idées en tête que je n'arrive plus à réfléchir.

J'entends Becks derrière moi, il jure comme un charretier en remettant son bermuda, mais je m'en fous. Je ne pense qu'aux questions qui vont suivre et à la manière dont je vais m'y prendre pour y répondre, car il sait très bien que la cicatrice et les points n'étaient pas là il y a deux semaines. Je suis prise de vertige devant tant d'incertitudes, ce qui m'incite à me remettre à courir. Le problème, c'est que je ne sais pas où aller. Je suis au milieu de rien et je n'ai aucun moyen de transport. Merde !

Mais je n'ai même pas le temps de penser à ce qui va arriver ensuite que Rex se met à me tourner autour en aboyant, tant il est excité. Je passe mon débardeur par-dessus ma tête et je me perds dans les bretelles. Je suis paumée, frustrée.

Et effrayée.

J'ai peur, car je viens juste de le laisser entrer dans mon monde et il va probablement falloir que je l'en dégage. Merde, putain, fait chier.

– Putain de merde ! Arrête-toi, Haddie. Stop !

J'entends la note de désespoir dans sa voix et j'essaie de l'ignorer pour garder une contenance. Je continue à avancer, je marche pour me débarrasser de toute cette frénésie qui me fait tout faire, sauf m'immobiliser.

– Had ! Tu n'as nulle part où aller.

Sa voix est maintenant plus ferme, plus résolue, et je sais qu'il a raison, mais je ne veux pas lui parler maintenant.

Malheureusement, mes jambes me trahissent et le mélange de soleil et d'anxiété me donne l'impression que ma peau est en feu. Je sais qu'il approche, j'entends le bruit de ses pas accompagner ses jurons à mi-voix. Alors, j'essaie de me mettre en retrait, de me préparer à être distante. J'espère pouvoir rester comme ça.

Comme pour me protéger à plus d'un titre, je croise les bras sur ma poitrine. Puis j'avance à l'ombre d'un immense chêne, la tête basse et parcourue de mille pensées. Quand ses mains se posent sur mes épaules, je me dégage d'un geste brusque. C'est stupide, vraiment. Comme si j'allais lui échapper, mais je continue à marcher d'un pas lourd en espérant que ma stratégie d'évitement m'aidera à faire face à tout ce qui pourrait bien arriver.

– Tu ne peux pas continuer à fuir indéfiniment, Montgomery.

Ses mots m'arrêtent net. Je trébuche, et mon corps me lâche parce que je sais qu'il a raison. Je sais que je pars en courant à la moindre occasion, mais je l'ai trop fait et, à l'évidence, je n'y arrive plus.

Je lui tourne le dos. Rex s'assied face à moi, la langue sortie d'un côté et la tête penchée de l'autre. Il a l'air tout excité, comme si j'avais une balle à lui lancer. La forte respiration de Becks emplit l'espace entre nous et les battements de mon cœur font rage dans mes oreilles.

Je ferme les yeux quand je sens ses mains se poser sur mes épaules. Je blinde mon corps, pour ne pas avoir à sentir la chaleur de sa caresse et tous les mots qui veulent sortir de ma bouche. Mais rien ne vient. Mon esprit est tellement sens dessus dessous que je ne sais pas par où commencer, ma bouche s'entrouvre plusieurs fois, mais elle se referme sans rien avoir dit.

– Hé.

La tendresse dont il fait preuve en me tirant contre son torse solide me donne l'impression que tout pèse une tonne. Et c'est le cas, car l'effort que je dois fournir pour naviguer dans ce terrain miné est monstrueux. Becks m'encercle de ses bras et m'étreint en prenant garde de ne pas malmener mes points de suture. Il me serre juste contre lui. Il dépose un baiser dans le creux de mon cou, puis pose son menton sur mon épaule et reprend :

– J'essaie de ne pas être un gros lourd. J'essaie de te laisser un moment pour trouver comment m'expliquer ce que j'ai vu et pourquoi tu as flippé avant de te barrer en courant… mais là, tu me fous franchement la trouille. Ton silence, ta fuite… tout ça me fait peur.

Je mords ma lèvre inférieure pour essayer de réprimer les tremblements de mon menton et je me laisse quelques secondes pour donner à ma voix toute la confiance que je n'ai pas mais que j'ai besoin de lui faire croire que j'ai.

Je dois aller au bout des choses. Je dois être forte. Je ne peux pas me permettre de flancher. Les poings serrés, le corps rigide, refusant tout réconfort de sa part, je me lance :

– La nuit où j'ai dormi chez toi… je me suis réveillée. J'ai senti une sorte de pincement. J'ai cru que je me faisais des films. J'ai passé une éternité à essayer de me prouver le contraire, mais j'ai trouvé une masse.

Ses bras fléchissent légèrement en m'écoutant et je lui suis reconnaissante de garder le silence. Alors, je continue :

– J'ai paniqué. Je suis partie discrètement pour me rendre immédiatement chez le médecin. Elle a pratiqué une biopsie et retiré ce truc. C'est tout.

J'essaie de prendre un ton léger pour minimiser l'effet de mes paroles, mais quand je l'entends prendre une inspiration incertaine, je sais qu'il ne mord pas à l'hameçon.

Je vais pour m'écarter de lui, mais ses bras me retiennent fermement.

– Non, non, murmure-t-il contre mon épaule. Accorde-moi une minute.

La chaleur de son souffle se répand sur le tissu de mon débardeur et s'insinue entre sa bouche et ma peau.

Et nous restons alors dans cette position pendant qu'il assimile ce qu'il a entendu et que j'essaie de voir quelle direction prendre maintenant, parce que, putain de merde, je l'ai laissé entrer. Il se sert de tout ce qu'il a pour soulever le couvercle que j'ai minutieusement posé sur tous mes secrets, et j'en crève de trouille.

– Qu'est-ce qu'a révélé la biopsie ? demande-t-il enfin.

La question reste comme suspendue entre nous, comme une sorte de nuage oppressant.

Je ravale la vérité, je l'enterre profondément et je tente une approche prudemment optimiste.

– Je ne sais pas encore. Ça doit tomber d'un jour à l'autre.

Il commence à me répondre en faisant un son étrange, et son pouce me caresse doucement dans un geste rassurant.

– J'ai du mal à digérer tout ça, Had…

– Je sais. Je suis désolée. Je ne voulais pas que ça se sache. C'est juste que…

Il me relâche et avance de quelques pas. Il me dépasse, les épaules tendues et visiblement en proie à de fortes émotions. Il va pour dire quelque chose, mais s'interrompt. Une main plaquée sur sa nuque, il plonge son regard dans l'étang à côté, avant de se retourner vers moi.

– Tu ne voulais pas que ça se sache ?

Sa colère me surprend. Je m'attendais à de la pitié. De l'incrédulité aussi… pas à de la colère.

– Tu as une si mauvaise opinion de moi ? Tu penses que je pourrais te mettre dans mon lit sans avoir rien à foutre de toi en tant que personne ? Tu déconnes ou quoi, Had ? Merde !

Il secoue la tête, puis plante son regard dans le mien. Je vois ses poings se serrer puis se desserrer. Son torse se soulève rapidement en proie à la colère alors que nous nous faisons face, en pleine confrontation.

– Tu ne comprends pas, c'est ça ?

La question reste en l'air et je ne sais pas si je dois répondre ou pas. Et si c'est le cas, qu'est-ce que je ne comprends pas ? De tout ce que j'ai fait qui l'a énervé, qu'est-ce que je n'ai pas compris ?

Il serre les dents et lève les yeux au ciel un instant, comme s'il demandait à l'univers de lui accorder de la patience. Quand il me regarde à nouveau, je vois qu'il est blessé et même si je meurs d'envie de détourner le regard, je me force à le soutenir en me disant que cette blessure n'est rien, comparée à ce qu'il éprouverait si nous nous étions accrochés à ce truc qu'il y avait entre nous.

– Tu comptes pour moi, Haddie. Je t'aime bien, *plus que bien* même.

– Ce n'est pas possible.

Je repousse immédiatement cette idée. Non, non. Pas possible. Ce genre de sentiment mène à la dévastation la plus totale et je ne peux pas être responsable de ça aussi.

– On a dit pas d'attaches, tu t'en souviens ?

Je crache ces mots comme s'ils étaient faits d'acide. Les mécanismes de défense, tout ça. Je vois leur impact immédiatement dans son regard avant de me faire taire. *Merde !* Comment puis-je me dire que c'est normal de tomber amoureuse de lui et pourtant refuser qu'il ait des sentiments pour moi ? Mais une femme n'a-t-elle pas droit à un peu d'hypocrisie quand elle a dû se taper toutes ces merdes comme celles qui me sont tombées dessus depuis l'an dernier ?

Il avance vers moi, le regard noir et la bouche pincée.

– Va te faire foutre, toi et *tes attaches à la con*. Je suis peut-être trop cynique pour croire au coup de foudre, Montgomery, mais je crois au *clic* entre deux personnes. Et toi, tu peux rester plantée là autant que tu veux à me mentir à travers tes lèvres pulpeuses tellement sexy et me dire qu'il n'y a rien entre nous… mais il y a bel et bien eu un clic.

Il me crie dessus en me mettant des petits coups secs de son index sur le torse, et il achève :

– *Et je crois en ce clic.*

Il me fusille du regard et me met au défi de le nier. Impossible de tourner la tête pour lui dire le contraire. L'honnêteté de ses paroles et sa présence si réelle devant moi lorsqu'il m'avoue tout ça, c'est trop.

Il s'approche encore, telle une boule de colère, d'inquiétude et de confusion en perpétuelle rotation.

– Pourquoi…

Mais il s'arrête là. Il reprend ses esprits et repose sa question :

– Pourquoi ne m'as-tu pas réveillé cette nuit-là ? Pourquoi ne m'as-tu rien dit ? Pourquoi n'as-tu pas décroché le téléphone pour m'expliquer ce qui se passait ? J'aurais pu être là pour toi. Je ne comprends pas…

– Ce n'est pas ton problème.

C'est l'explication la plus facile à ma disposition. Je lui en ai plus dit que je ne le voulais. Plus que je ne l'avais prévu et, pourtant, j'ai toujours l'impression d'être paumée. Je ne suis pas du genre à jouer les demi-mesures et, malgré tout, c'est exactement ce que je fais à Becks en ce moment. Dans le genre pathétique et lamentable, on fait rarement mieux.

– Et voilà, tu recommences à m'insulter, dit-il plein de cynisme. Ce n'est pas mon problème, hein ? Tu te barres au milieu de la nuit, seule et complètement flippée ? Ouais, tu as raison, continue-t-il avant de hocher la tête. Ce n'est pas mon genre de me préoccuper de trucs pareils ? Quand tu es concernée ? Mais putain Haddie, tu n'es même pas logique…

Il pousse un gros soupir, complètement sceptique.

– Becks…

Toute excuse que je pourrais trouver meurt immédiatement, séchée sur le bout de ma langue quand je vois à quel point il est blessé.

– Je ne voyais pas ça comme une insulte.

Il pousse un grognement d'exaspération et de frustration.

– S'il te plaît, dis-moi que Ry pense que tu es juste aussi têtue et frustrante que je le pense.

Je ne sais pas trop ce qui me trahit, mais la brève hésitation dans mon mouvement ou ma respiration qui se coince lui révèlent la vérité. Ses yeux s'écarquillent et ses narines palpitent.

– Quoi ? Putain, c'est pas croyable. Tu ne lui as rien dit ?

Sa voix est montée d'un cran alors qu'il s'éloigne de moi et donne un coup de pied dans une branche qui traîne par terre. Elle s'envole pour s'écraser contre le tronc de l'arbre, sur son chemin, des petits grains de poussières flottent dans l'air.

Je me concentre sur ces particules qui luisent dans leur innocence grâce aux rayons du soleil. Elles ont l'air si libres, si légères, et je donnerais n'importe quoi pour devenir l'une d'entre elles en cet instant.

Les cendres aux cendres, la poussière à la poussière[4]. Cet extrait de prière me traverse la tête

4 Citation extraite du *Book of common prayers* de la tradition anglicane. Prière rituelle des enterrements, souvent confondue en français avec le passage de la Genèse 3 : 19 : « Souviens-toi que tu n'es que poussière et que tu retourneras en poussière. »

– ces mots si usés et si vrais pour une fois –, mais leur portée est un peu trop forte pour moi à l'heure actuelle. J'essaie de me débarrasser des images qu'elle m'évoque et je n'arrive qu'à paniquer et désespérer un peu plus.

– Il n'y a encore rien à dire.

Je lui crie dessus en espérant que cette intensification du ton de ma voix renforce mon message.

– Mais ouais, il n'y a rien d'important, et pourtant tu l'as caché à la personne dont tu es la plus proche sur cette putain de terre. Je suis sûr que tu as une maison avec vue sur l'océan dans l'Arizona que tu aimerais me vendre puisque je suis aussi crédule que ça, putain.

J'ai l'impression d'avoir reçu une gifle, et pourtant, bon Dieu, je la mérite, mais la colère prend le pas sur ma confusion et ma peur maladive.

– Va te faire foutre !

Le ton de ma voix était bas et régulier, froid même, et c'est indigne de lui. Comment ose-t-il me juger, se moquer de moi et dire quoi que ce soit sur ma relation avec Rylee ?

Mon amie, mes affaires. Et là, je pousse un grognement silencieux car il a raison. Pour tout. Et d'un seul coup, je me prends cette révélation en pleine figure. Ne rien lui dire, c'est aussi mentir, quelles que soient mes intentions.

– Tu aimerais ça, hein, Montgomery ? me défie-t-il en s'approchant, s'écrasant même contre moi en vibrant de colère. Tu préférerais que je te baise à tout oublier, comme ça tu n'auras pas à te souvenir de tous tes mensonges ni de toutes ces personnes qui se font du souci pour toi et que tu traites pourtant comme de la merde en les repoussant. À quel jeu tu joues, là ? Tu veux voir à quel point tu peux te retrouver toute seule ? Prouver que tu es la plus têtue ? (Exaspéré, il passe ses mains dans ses cheveux.) C'est comme si tu essayais de me faire douter de mes sentiments pour toi…

Il a commencé en explosant, mais sa tirade se perd dans sa dernière phrase et je vois le moment où le *clic* se produit dans sa tête. Quand les pièces éparses du puzzle de mes actes irréguliers et confus, soudain, se mettent à former une image cohérente.

Oh ! putain de sa mère la pute.

Becks penche encore une fois la tête sur le côté et fronce les sourcils. Je vois qu'il essaie d'accepter ce qu'il vient de déduire. Il fait un autre pas en avant et entre dans mon espace personnel et même si je suis dehors au milieu de rien, mes pieds sont comme collés au sol. J'ai l'impression d'être dos au mur.

– C'est ça, hein ?

Impossible de parler. Je me contente de le dévisager, les yeux brûlants de larmes contenues que je n'ai pas envie de verser. Je déglutis la boule dans ma gorge et je le vois m'examiner. Je lutte pour laisser les mots franchir la barrière de mes lèvres. Il se radoucit immédiatement. En une seconde, ses bras – ceux dont je ne veux pas autour de mes épaules et que je désire pourtant tellement – sont là, m'attirant vers lui.

Je me donne l'ordre de me battre, de ne pas accepter ce réconfort car je ne le mérite pas, mais l'instinct prend le dessus. Mes poings serrent le T-shirt qu'il a enfilé en partant à ma poursuite et mon visage trouve sa place juste sous son menton. L'une de ses mains se pose sur l'arrière de mon crâne pour me maintenir contre lui, nos cœurs battent à l'unisson l'un contre l'autre.

La terre tourne sous nos pieds et le chant de la nature s'élève autour de nous, mais j'ai l'impression que le temps s'est arrêté et je me tiens fermement à Becks, agrippée à cette idée réconfortante.

– Rien à foutre, Montgomery, tu peux me repousser autant que tu veux, je n'irai nulle part, murmure-t-il sur le sommet de mon crâne, m'incitant à me lover plus encore contre lui. Tu n'as pas à faire ça toute seule.

Mes émotions partent en vrille. J'ai envie de lui dire que ce n'est rien – lui, moi, nous, un mauvais diagnostic –, mais j'en ai assez de repousser tout le monde. Alors, pour une fois, j'ai envie de me laisser aller. Mes poings se serrent un peu plus dans le tissu tandis que j'essaie de retrouver un semblant de contrôle sur mon drame intérieur, mais en vain. Nous restons dans cette position un moment, à l'écoute de l'autre, essayant de comprendre nos réactions mutuelles.

Quand mes doigts se décrispent enfin, lui continue à s'agripper à moi et, sur un ton neutre et détaché qui me surprend moi-même, je lui dis :

– Il ne s'est encore rien passé, Becks. Rien.

Il pousse un soupir et je sens ses mâchoires se contracter.

– Tu flippes tellement que tu fuis en permanence… Ce n'est pas rien. *C'est plus que rien.*

J'accepte ses paroles, sachant qu'elles sont vraies, mais j'ai toujours besoin de lui lancer un nouvel avertissement.

– Je ne sais pas encore ce que c'est, mais si c'est ce que je crains, demander à quiconque de rester à mes côtés, de souffrir en même temps que moi, de se taper toute cette merde… les effets secondaires, les séquelles, les cicatrices internes, comme externes… je ne peux pas te demander ça. Ni à toi ni à personne. Jamais.

Ses doigts compressent mes épaules lorsqu'il me repousse pour me forcer à le regarder dans les yeux. Son regard fouille le mien pour y déceler les semblants de vérité qui y restent. Il sait qu'ils sont là, mais je ne veux pas les dire à haute voix : la vie, la mort, me faire couper les seins, perdre mes cheveux, les cicatrices, la stérilité. J'essaie de garder ces peurs à l'intérieur. Je ne veux pas m'aventurer aussi loin, je ne veux pas les lui avouer.

– Et une fois encore, tu dis franchement de la merde. Ce n'est pas à toi de choisir qui doit se faire du souci pour toi. Ce n'est pas à toi de faire ce choix pour les autres, de leur dire quoi ressentir ou même de les empêcher de le faire à cause de ce que toi, tu penses les forcer à supporter.

La colère le reprend, je l'entends malgré la douce caresse de son pouce contre ma joue. Ce petit geste doux et rassurant qui s'érige contre l'assaut de sa réprimande que j'entends mais que je lutte pour accepter.

– C'est mon choix, celui de Ry. C'est à nous de voir comment affronter ça… pas toi. Je voudrais juste que…

Il ne termine pas sa phrase et secoue la tête avant de poser son front contre le mien.

– Becks, j'essaie juste de faire ce qu'il y a de mieux pour nous.

– Ce qu'il y a de mieux ? demande-t-il en reculant, à nouveau énervé. Bon Dieu, ce que tu es obstinée ! Arrête de jouer les martyres, putain. Ce qu'il y a de mieux, c'est de me laisser prendre mes propres décisions, merde. Et que tu arrêtes de me mentir pour que je puisse le faire.

Il me libère et marche quelques pas, tellement plein d'énergie qu'il éprouve le besoin de bouger.

– Ce qu'il y a de mieux, ce serait que tu te sortes la tête du fion assez longtemps pour te rendre compte que tu comptes pour moi, pour Ry aussi…

– Je ne veux pas qu'elle le sache.

Je l'ai interrompu d'une voix implacable. Quand je pense à toutes les horreurs que Ry a dû surmonter ces dernières années, je n'ai pas envie d'en rajouter avant d'avoir une réponse définitive. Je ne veux pas la stresser inutilement.

– Et je ne t'ai jamais menti…

Il mord sa lèvre inférieure en grimaçant.

– Putain, grogne-t-il en regardant l'arbre au-dessus de lui, avant de rouler des épaules pour se débarrasser de toute la tension qui s'y est accumulée. Tu joues avec les mots, ce n'est pas une excuse. C'est un mensonge par omission et tu le sais très bien, Haddie, mais tu ne comprends pas ce que je te dis. Il ne s'agit pas de savoir si c'est un mensonge ou pas. Tellement pas, putain. Ce qu'il y a, c'est que tu t'es servie de nos relations sexuelles pour t'anesthésier alors que ça devrait être le contraire. Ton corps aurait dû prendre feu, cette étincelle aurait dû se nicher sous ta peau si profondément que tu n'aurais dû penser qu'à la prochaine fois où nous aurions pu recommencer… Parce que, merde, c'est ce que tu m'as fait. Alors, je te le dis : tu bluffes et je le sais. Je continuerai à t'appeler tous les jours jusqu'à ce que tu admettes que tu as envie de moi, qu'être avec moi te fait le même effet… Mais tu ne le feras pas, hein ? (Je reste impassible, en surface. En dessous, mon corps est ravagé par tous ces sentiments.) Tu choisis de rester là, à me dire que tu préfères t'anesthésier, tout ce vide, ce rien, plutôt que d'avoir besoin de moi.

Son regard a son propre langage quand nous nous dévisageons. Le poids de ses mots arrache tous les miens de ma bouche et me donne envie de pleurer.

– Je faisais simplement ce que je pensais être le mieux pour tout le monde, protéger mes proches pour leur éviter d'être blessés et plus encore.

Et je hais cette anesthésie, je crie en silence. *Je la hais tellement, putain, que chaque fois que nous nous touchons, je me sens si vivante que je me rends compte à quel point je suis morte à l'intérieur depuis l'année dernière.*

Je ne sais pas pourquoi je ne lui dis pas cette dernière partie. Comme si en lui révélant tout ça, je scellais mon destin, ambiance Loi de Murphy, soit tout ce qui peut mal tourner tournera mal. Alors, je me tais.

– Vraiment ? C'est tout ce que tu as pour moi ? La prochaine fois, assure-toi que tes yeux soient sur la même longueur d'onde que ta bouche, la Citadine, parce que tu ne fais que mettre du sel sur la plaie en m'insultant après m'avoir blessé. Ça m'énerve tellement de t'entendre refuser de répondre. *Appuie-toi sur moi, Haddie*. Sers-toi de moi comme de ton foutu punching-ball émotionnel ou réel, d'ailleurs, mais bordel, repose-toi sur moi. Je ne suis pas le premier connard venu qui va se tirer à la première occasion venue. Et ça me tue que tu ne le voies pas.

Il pousse un gros soupir, ses mâchoires sont crispées. Il irradie de colère en reprenant :

– Bon Dieu, je suis tellement énervé, mais aussi totalement subjugué par toi, et je ne sais pas quoi faire ou dire, merde. Tout ce que je sais, c'est que vouloir protéger quelqu'un en lui cachant la vérité est un autre moyen de te soustraire à sa présence.

À ces mots, mon regard se lève brusquement vers le sien et je ne sais pas quoi lui répondre. Aucun mot ne pourra effacer le fait que je l'ai blessé, mais en même temps, son discours me comprime la poitrine et je n'ai d'autre choix que de sentir mon cœur s'envoler peu à peu. J'essaie de me justifier et de présenter des excuses sous forme d'explication.

– Peut-être que c'est ma manière de ne pas forcer mes proches à réagir par devoir ou de les obliger à rester quand tout ce merdier commencera à sévèrement dégénérer. Je n'ai ni besoin ni envie de recevoir de la pitié par association.

– Par *association* ? demande-t-il en reculant. C'est un mot bien formel pour décrire notre relation, surtout si on pense à notre *association* dans le pré tout à l'heure.

J'essaie de réprimer le sourire qui s'empare de mes lèvres. Cette conversation est tellement sérieuse que mes nerfs commencent à lâcher et s'agrippent à son trait d'esprit. Sans réfléchir, je lui rétorque :

– On s'est associés ? Je croyais qu'on avait *cliqué*.

Le sourire de Becks s'élargit, les petites rides autour de ses yeux se font malicieuses et il y a quelque chose dans sa façon de pencher la tête sur le côté pour me regarder avec amusement et adoration qui réchauffe certaines parties de mon anatomie qui ne sont pas directement touchées lors de nos relations plus physiques.

– Oh, la Citadine, on a définitivement cliqué.

Il éclate ensuite de rire. C'est un rire franc et entier, et ça me fait tellement de bien de l'entendre.

J'ai encore des doutes et quelques réserves. Je crains, si les résultats sont mauvais, d'avoir à le traîner dans une horrible situation, mais pour l'instant, j'ai juste envie de me laisser bercer par ces sensations quand je suis à ses côtés. De me permettre de vivre de tels moments. C'est le calme avant la tempête.

Et avant que j'aie terminé mon analyse des raisons pour lesquelles j'ai envie de tenter quelque chose avec cet homme malgré toutes les circonstances inattendues, Becks s'avance vers moi, m'attrape sans préambule et presse ses lèvres contre les miennes. Son baiser est si chargé d'émotions contradictoires que lorsque nos langues entrent en contact, je décèle le goût de la colère et d'un désir absolu. Sa bouche me marque au fer rouge, sans présenter d'excuse. Il prend autant qu'il donne en exprimant ses sentiments sans dire un mot.

Car quand on expérimente un pareil baiser, les paroles ne servent pas à grand-chose.

Il se détache ensuite et m'attire encore une fois dans ses bras, où je retrouve le réconfort de son corps contre le mien.

– Je suis désolé de t'avoir crié dessus, mais tout ce qui est illogique me rend dingue et, Bébé, ta façon de penser s'y apparente pas mal, commente-t-il avant de soupirer et d'embrasser mon crâne. Nous n'avons pas fini d'en parler, mais je pense que c'est ridicule de se prendre la tête sur un truc qui ne sera probablement pas un problème, ni maintenant ni à l'avenir. Et si tu as encore d'autres choses à me dire, tu ne me les cacheras pas.

Sa main manipule ma tête de haut en bas, je suis donc forcée d'opiner pour accepter ce qu'il me dit.

Son mouvement me fait rire. Je ne me suis pas sentie aussi légère depuis bien longtemps.

– *Nous sommes*, Haddie. Tu ferais bien de t'y habituer, car c'est un fait.

Ces deux petits mots me percutent les tympans et allègent un peu le poids qui pesait sur mon âme, la réchauffant au passage. Je lui réponds alors en silence :

– *Nous sommes*.

J'aperçois son bref sourire avant que nos bouches reviennent se poser l'une sur l'autre.

Nous nous laissons emporter par ce baiser, mais il recule légèrement pour attraper quelque chose dans mes cheveux et m'explique en souriant :

– Il y a des feuilles dans tes cheveux.

– C'est une nouvelle mode.

– Mmm.

Il regarde par terre et aperçoit le sol jonché de feuilles. Il revient ensuite vers moi, les yeux animés d'un éclat malicieux quand il conclut :

– Eh bien, je prévois de te rendre vachement plus tendance.

CHAPITRE 22

Becks

Du café.

Son arôme m'appelle comme un moteur qui monte en régime un jour de course. Je suis réveillé d'un coup et j'attrape l'oreiller à portée de main pour me couvrir les yeux et me protéger de la luminosité de la chambre. Il n'y a pas de rideaux dans cette maison, donc, salut rayon de soleil.

Merci pour ça, Maman.

Je marmonne un juron, le matin et moi ne sommes pas très copains aujourd'hui.

C'est peut-être parce que j'ai l'impression que mes yeux se sont fermés il y a quelques heures à peine. D'abord, il y a eu cette incroyable partie de jambes en l'air avec Haddie. Incroyable ? Je déconne ou quoi ? On va plutôt dire qu'elle a défini un nouveau standard pour jauger le reste de ma vie sexuelle.

Putain de Macallan.

Elle me tue. Genre, impossible de penser à n'importe qui d'autre qu'à elle. Deena ? Qui ?

Puis, après cette phase où je me suis enivré de son corps, elle s'est roulée en boule à mes côtés et s'est endormie. Mais moi, je n'ai pas pu. Je suis resté allongé là pendant une heure à revivre les étapes de cette journée : la faire venir ici, faire l'amour avec elle dans le pré, découvrir ses points de suture, se disputer, remettre une tonne de feuilles en plus dans ses cheveux en nous réconciliant, dîner et parler devant la cheminée avant de se lancer dans des préliminaires, ce qui nous a amenés à définir ce nouveau standard.

Même si cette journée était purement incroyable, je n'arrive pas à m'empêcher de penser à ces résultats d'examens qui tardent à arriver. À ces sentiments qu'elle a éveillés en moi et à la possibilité que ces résultats puissent l'affecter alors qu'elle est déjà effrayée.

Son corps est si chaud, si foutrement séduisant, je l'ai laissée apaiser les inquiétudes qui me pèsent pour finalement m'endormir aux premières lueurs de l'aube.

Du café.

Son odeur, et le léger fredonnement que j'entends en me sortant de mes élucubrations. Celles auxquelles je ne veux pas me livrer, mais Haddie s'est profondément glissée sous ma peau et m'a donné envie de plus avec elle, plus que je ne le devrais. Elle me fait penser à des trucs qui feraient bondir ma mère de joie.

Des idées qui traînent du côté des théories de Colton sur son nouveau mantra : Une-Chatte-Est-Suffisante-Pour-Toute-Une-Vie, histoire de voir si ça pourrait s'appliquer à mon cas.

Et rien que ça, c'est énorme.

Ma gaule matinale est en pleine forme et l'odeur du café me mène par le bout du nez, de pair avec ma libido qui pointe littéralement le chemin vers la personne qui peut satisfaire tous mes besoins. Alors, je me lève et fais route vers la cuisine.

En traversant le couloir, je trouve le meilleur endroit où la conduire en la ramenant à la maison tout à l'heure. Elle a besoin de passer une journée sans souci. Elle est assez préoccupée comme ça et n'a pas le temps de réfléchir à l'inconnu qui, je le sais, domine son monde à chaque minute qui passe.

J'ai l'impression d'être au sommet quand je débarque dans la cuisine. Mais quand je la vois, c'est comme si je tombais au fond du trou.

Merde.

Mais merde, quoi !

Elle est assise au bord de la fenêtre, dos au mur, les genoux repliés contre la poitrine, sur lesquels elle a posé une tasse de café entre ses mains. Son visage est tourné vers le paysage qui s'étire derrière la fenêtre. Les rayons du soleil passent à travers les carreaux et illuminent l'or de ses cheveux en formant une sorte de halo. Elle porte mon T-shirt et je ne sais pas quoi d'autre en dessous, puisqu'il lui couvre les hanches et qu'il me bloque la vue, alors que c'est ce que j'aimerais bien voir. Un doux sourire anime sa bouche. Elle regarde Rex essayer en vain d'attraper des mouches qui volent un peu trop haut au-dessus de sa tête.

Il y a ce truc en elle qui a l'air si pur, si fragile, alors que ça ne lui ressemble franchement pas. Mais ça m'attire. Je mets ça sur le compte des rayons du soleil pour commencer, histoire de me convaincre que c'est l'effet de la voir détendue dans mon T-shirt qui rend ma bite douloureuse. Qui fait passer l'idée saugrenue qu'*elle a l'air d'un ange* dans mon esprit embrumé.

Mais putain, je suis complètement désarçonné par ce que je vois.

J'ai désespérément envie qu'elle me regarde, j'ai envie de lire son regard, mais je ne trouve pas le courage d'interrompre un si beau moment. Pour elle ou pour moi. Parce que j'essaie de comprendre pourquoi je me sens tellement con d'un seul coup.

J'étais un homme en quête de café et probablement d'un peu de dessert, pris sur la douce Haddie, et là, je suis devenu muet et je sais qu'il m'est impossible de revenir en arrière maintenant.

Elle m'aperçoit dès qu'elle change de position, mais ne sursaute pas, alors que je m'y attendais. Un lent sourire naît sur ses lèvres parfaites quand son regard se plante dans le mien. De loin, on dirait qu'ils sont brillants parce qu'elle a pleuré et, pour la première fois de ma vie, putain, je suis incapable de me bouger le cul. Je reste là, planté comme un con à la dévisager, ne parlant qu'avec mon regard. Tellement que je dois tourner la tête pour qu'elle ne voie pas tout ce que je pense. Mais c'est impossible parce que je me rends compte que je n'ai pas du tout touché le fond.

Nan. Pas du tout.

C'est mon cœur qui se casse la gueule. Il tombe.

Eh bien… *merde.*

Je ne devrais pas péter un plomb parce que la femme en face de moi vient juste de me couper le souffle et de changer toute ma vision du monde ? Ma raison me dit que nous nous fréquentons depuis si peu de temps que l'espèce de grappin que je viens de sentir se planter dans mon cœur ne peut pas être vrai. En plus, toutes ces conneries sur Cupidon, son arc et ses flèches de merde, c'est vraiment débile.

Mais le *clic* ? Là, non. Ce putain de clic est aussi réel que possible. Et putain, il était tellement fort qu'on aurait dit un éclair qui s'abattait en plein orage.

J'ai déjà l'impression qu'elle m'a frappée avec la foudre, alors c'est normal de l'entendre après l'avoir vue. Logique, quoi.

Sa voix me sort de mes divagations.

– Bonjour. Le café est prêt.

Du café.

Oui.

Ça va m'aider à y voir plus clair et à me délier la langue aussi, j'espère. Parce que d'un seul coup, j'ai l'impression qu'elle est collée. En même temps, j'ai peur que ma petite révélation change tout.

– Tu es sûr ?

Elle me pose la question avec un air curieux. Je vois bien qu'elle veut saisir l'opportunité que je viens de lui présenter, mais elle en a également peur. Et je comprends tout ce qu'elle ressent, mais je sais aussi que la laisser prendre le contrôle de quelque chose l'aidera à trouver ses nouvelles racines, lui donnera moins l'impression que sa vie entière est en train de partir en vrille.

– Tu me fais confiance ?

Son rire est grave et lourd de sens, et accompagné d'un sourire coquin et d'une lueur dans le regard.

– Après ce que je viens de te laisser me faire, tu vas me demander si je te fais confiance ?

Bordel de merde.

Ça ne fait que quelques heures, mais son commentaire m'envoie des images de notre sexacapade pré-petit déjeuner dans la tête, en HD. Je ne pense pas être capable de refaire un dîner de Thanksgiving sur cette table sans repenser à ce que j'ai goûté chez Haddie ce matin. La tête en bas, le cul en l'air, les mains obligées de rester accrochées aux bords de la table, sinon j'arrêtais de jouer avec ma langue sur son clitoris. Son corps qui se contorsionne, sa bouche qui gémit et son goût si entêtant qui revenait sur ma langue alors qu'elle ruait contre mes mains pourtant fermement accrochées à ses hanches. Elle a joui en criant mon nom.

Puis, elle m'a sorti un seul mot : *plus*.

Je croise son regard en sortant de voiture et je sais qu'elle pense à la même chose que moi. Comment je l'ai tirée contre le rebord de la table, puis pénétré d'un coup sa chatte si serrée alors qu'elle savourait encore son propre orgasme. Et putain de merde de sa mère la pute. *Tellement incroyable.* Cette sensation, peau contre peau, c'est tellement plus bandant. Maintenant, je ne pense plus être capable de m'en passer.

Je me remets à triquer rien qu'en me remémorant cet épisode. Je n'ai pas une seule fois eu l'idée de prendre mon temps car, cette fois-ci, je n'avais en tête que le résultat final, puisqu'elle prenait déjà son pied. Je me revois encore la prendre par-derrière, lubrifier mon pouce et pousser contre le petit cercle de muscles résistants. Elle s'est tortillée et s'est mise à crier : « Oh oui. Oh mon Dieu, oui, Becks. Vas-y. Fais-le. Je vais jouir. » Ses mots m'ont donné le consentement dont j'avais besoin pour introduire mon pouce dans son cul si parfait en synchronisant mes mouvements avec ceux de ma bite dans sa chatte.

Derrière mes lunettes de soleil, je ferme les yeux un instant, revivant son cri lorsqu'elle a joui si fort que ses jambes l'ont lâchée et que tous ses muscles se sont contractés autour de ma queue et de mon pouce. Je n'ai pas pu me retenir plus longtemps et je me suis immédiatement perdu en elle.

Bon Dieu. Juste au moment où j'ai cru qu'elle ne pouvait pas me faire ressentir des trucs encore meilleurs que la nuit précédente, voilà qu'elle remontait encore le niveau d'un cran.

S'il continue encore à monter, je vais me mettre à regretter de ne jamais avoir fait de saut à la perche.

– Becks ?

Sa voix me fait stopper les pistons qui essaient de faire des étincelles dans ma tête, parce que merde, maintenant, le seul carburant dont j'ai besoin pour faire démarrer mon moteur, c'est elle.

– Mmmm.

Le grondement sourd qui s'élève de ma gorge lui révèle clairement le cours de mes pensées.

– Parle-moi encore de ce matin, et je pourrais bien me dire que j'ai besoin de recommencer.

– C'est une promesse ? demande-t-elle en souriant malicieusement tout en faisant le tour de la voiture pour me trouver près du coffre ouvert.

Elle lève un sourcil ironique en se penchant à angle droit, la poitrine en avant et le cul en arrière. Elle me tente tellement de la baiser jusqu'à plus soif.

– Bon Dieu, Bébé, je ne pense pas que tu aies envie de jouer avec le feu.

Je m'avance lentement vers elle, voulant prendre ce qu'elle m'offre, sauf que je sais qu'à quelques pas de là, plusieurs gars de l'équipe nous attendent.

Elle tortille du cul quand j'arrive derrière elle et caresse d'un doigt le bas de son short en jean. Je l'entends prendre une grande inspiration lorsque ses hanches s'immobilisent après s'être pressées contre ma main tendue. Je la retire et fais un pas en arrière. Je la prendrais bien sur-le-champ, mais je n'ai pas franchement envie que les gars la voient comme ça et aient des images bien réelles de ce qui va traîner dans leur imagination quand ils la verront face à face.

Elle se retourne quand elle me sent reculer et incline la tête sur le côté :

– Tu sais ce qu'on dit sur les gens qui jouent avec le feu, hein ?

Elle se penche vers moi et m'offre ses lèvres. Du putain de miel pour essayer de m'adoucir.

Quelle allumeuse !

– Ils se font brûler ? je réponds en haussant les sourcils, essayant de trouver où elle veut en venir, parce que je sais très bien que ce n'est pas la réponse qu'elle veut.

J'ai répondu un truc banal, et Haddie est tout sauf banale.

– Mmm, murmure-t-elle contre mes lèvres. Oui, mais ça veut juste dire que tu dois sortir ton tuyau pour éteindre les flammes.

Elle frotte alors légèrement son corps contre le mien. Putain, si elle recommence encore une fois, toute cette idée d'aller sur le circuit peut dégager direct, comme ça je pourrai jouer au pompier avec elle.

Parce que mon tuyau est plus que prêt à se faire mouiller encore une fois.

– J'aime bien cette idée.

Je lui réponds juste avant de glisser ma langue entre ses lèvres de tentatrice, alors que mon alerte incendie a été déclenchée à l'intérieur.

– Hé, Daniels ! On le fait, ton truc, ou tu veux tourner autour du pot toute la journée, histoire de nous faire perdre notre temps ?

C'est Smitty qui m'interpelle. Il est juste derrière moi, et sa voix résonne contre les murs en béton du paddock.

Sérieux ? Ce mec a un truc pour arriver au pire moment.

Je lève ma main en l'air, le majeur brandi pour lui dire bonjour. Son rire nous parvient immédiatement.

– Peut-être plus tard, mon lapin, mais là, on a préparé la caisse à fond, alors ramène ton cul.

– Je suis sur le coup, je réponds en criant, le regard toujours rivé à celui d'Haddie.

– Promis ? me murmure-t-elle d'un air taquin en se trémoussant suffisamment pour me frôler de sa poitrine une dernière fois avant de reculer.

Impossible de m'empêcher de sourire encore plus, parce que, merde, quelle chance j'ai de pouvoir me trouver dans cette position avec une fille à l'esprit aussi vif. Déformer des phrases innocentes pour en faire des répliques salaces. Putain, si ça, c'est pas bandant.

Et franchement, ce n'est pas mon genre de revenir sur une promesse.

Ou une règle de vie que je me suis donnée.

Nous soutenons mutuellement nos regards un peu plus longtemps. J'aime tellement voir cette lueur fougueuse dans ses yeux alors que, lorsque nous avons passé du temps ensemble, ils étaient principalement déchirés, prudents et tristes. Je ne sais pas ce qu'il va me falloir pour y arriver, mais j'ai envie de lui faire garder cette nouvelle expression pour toujours.

– N'aie aucune inquiétude à ce sujet, douce Haddie, lui dis-je alors que nous nous tournons vers le paddock pour avancer main dans la main. Je vais te mettre le feu comme il faut avant de me servir de mon tuyau pour l'éteindre dans une glorieuse explosion. Tout le plaisir sera pour moi.

Elle ne se doute pas un instant que je parle de bien plus encore que simplement de sexe.

CHAPITRE 23

Je n'arrive simplement pas à m'empêcher de sourire et j'ai l'impression que ça ne m'était pas arrivé depuis une éternité. Je ne sais pas comment Becks a fait pour savoir que son idée m'aiderait, mais bizarrement, je me sens comme neuve.

Qui aurait cru qu'enfiler un casque et me mettre derrière le volant d'une vieille voiture de rallye pour faire des tours de circuit puisse être aussi vivifiant ? Et ce n'est pas seulement dû à l'adrénaline. C'est plus l'impression de pouvoir contrôler mon destin.

Enfin, je sais que j'ai juste atteint un quart de la vitesse à laquelle roule Colton quand il est en course, mais je m'en moque. L'idée de savoir que, quelle que soit la vitesse à laquelle je conduis, je pourrais me prendre un mur me donne l'impression de pouvoir contrôler ma vie. Je continuerais à piloter toute la journée si je le voulais, sauf qu'il faut bien s'arrêter pour refaire le plein.

Mais au moment où je me remets à psychoter, je n'ai qu'à appuyer un peu plus sur l'accélérateur, aller un peu plus vite et, comme ça, je dois me concentrer sur ma conduite, sur mon choix de vivre ou de mourir.

Quelle idée !

Becks me raccompagne jusqu'à la porte, sa main dans la mienne. Je me rends alors compte que je ne suis pas encore prête à le laisser partir. Ce matin, quand il m'a découverte à la fenêtre, les larmes dans mes yeux venaient d'un puissant mélange de peur du lendemain et de l'idée rassurante de savoir que j'essaie de le laisser entrer dans mon monde… pour le moment du moins. J'ai clairement un pied de chaque côté du dilemme, fermement ancré, et j'attends le premier signal venu qui me dira qu'il est temps de fuir.

Et maintenant ? Bah, là, j'ai l'impression que l'un de mes pieds est toujours aussi solidement attaché tandis que l'autre est en l'air, et mon cœur me pousse à le verrouiller pour être toujours aux côtés de son double, mon partenaire.

Et le tout en moins de quarante-huit heures.

Qu'est-ce qu'il me fait ?

Si j'étais plus sage, je dirais qu'il me mène par le bout du gland, mais ça n'est pas possible. C'est sûr, ses talents sur un matelas sont foutrement formidables, mais ce n'est pas tout, et autant ça m'inquiète, autant c'est attirant. Il y a comme une promesse de futurs possibles qui pourraient déjà pointer à l'horizon.

Mais bon Dieu, qu'est-ce que j'en sais, moi ? Comme Rylee me l'a dit l'autre jour, je pourrais me prendre un camion en traversant la rue dès demain.

Ou on pourrait me diagnostiquer un cancer.

Je me débarrasse de cette idée en frissonnant. Elle n'a pas sa place ici ni maintenant, surtout après cette trentaine d'heures en compagnie de Becks.

Oh mon Dieu. Je sais vraiment combien d'heures se sont écoulées, j'ai calculé cette durée inconsciemment. Il me mène vraiment par le bout de la bite. *Eh merde.* Oh oui, sa bite… Mais je me force à faire sortir mes pensées du caniveau dans lequel elles sont tombées (et bien plus) et je me concentre sur l'impossible de cette situation.

Autant j'aime les mâles dominants, autant je m'assure toujours que nos parties de jambes en l'air soient tellement incomparables que même s'ils croient contrôler la situation, je peux toujours les réduire à des masses gémissantes si je fais de la rétention d'activité sexuelle pour obtenir ce que je veux. Et me voilà. Debout aux côtés de Beckett Daniels – Monsieur Lentement et Sûrement – et il me mène par le bout de la bite, par le gland, par les couilles, je suis servie sur un plateau avec les jambes grandes écartées, oui, toutes les expressions sont bonnes.

Est-ce que la grosse caisse a chanté ?

Et avant que j'aie pu lancer une recherche dans le quartier pour voir où elle se planque, Becks tire sur ma main et m'attire contre lui alors que nous approchons de la porte. Je m'appuie contre son torse solide, et il passe ses bras autour de moi. Puis je ferme les yeux et j'absorbe tout le réconfort qu'il me procure, car nous sommes à des années-lumière de notre situation d'hier matin, exactement au même endroit, à nous hérisser dans un torrent de tension sexuelle.

Le truc drôle, c'est que nous nous sommes essentiellement bouffés l'un l'autre et, pourtant, je ressens dix fois plus ce désir et ce besoin d'être avec lui.

Il dépose un baiser sur mon crâne alors que nous nous serrons dans nos bras.

– Merci de m'avoir accompagné au ranch.

Je sens vibrer le ton de sa voix, et ce son me va jusqu'au cœur, mon torse contre le sien. J'ai l'impression qu'il fait maintenant partie de moi.

– De t'y avoir accompagné ? lui dis-je pour le taquiner. Je croyais que tu ne m'avais pas donné le choix parce que tu avais tellement l'intention de me prouver que j'avais tort.

– Ha ha… Mais c'était tellement plus drôle de monter sur tes arguments et d'aller les chatouiller de près, non ?

Mon corps réagit viscéralement au double sens de ses mots, et un petit soupir satisfait passe sur mes lèvres. Il peut me prouver tout ce qu'il veut sur l'instant – une fois encore – s'il le veut, parce que merde, mon corps collé au sien est déjà en train de partir en vrille pour tomber dans l'abîme sans fin du désir, et lui seul détient le parachute.

– Tu veux entrer ?

Il me répond d'un rire et d'une caresse du haut jusqu'en bas de ma colonne vertébrale avant de conclure :

– Même si j'en crève d'envie, je ne peux pas.

Bizarrement, je me sens rejetée, comme si je n'avais pas déjà eu mon comptant.

– Tu as quelque chose de mieux à faire que moi ?

Je recule légèrement en faisant la moue sans oublier de battre des cils.

– Pas le moins du monde, répond-il en se penchant pour déposer un très léger baiser sur mes lèvres tendues. Tu es mignonne quand tu boudes, mais je ne veux pas enfreindre mes règles en rentrant chez toi, et tu sais à quel point je déteste ça.

Lui et ses règles à la con.

– Tes règles ? Quelles règles ?

Allez, vas-y Becks, balance un peu que je puisse les défoncer.

Sa bouche s'élargit pour former un immense sourire ultra-bright en secouant la tête.

– Eh bien, ça en enfreindrait deux… La règle du petit doigt de pied et celle du premier rendez-vous.

– Puis-je jouir d'une explication ?

– Oh, jouis donc, répond-il avant que je me rende compte de ce que j'ai dit, et je lève les yeux au ciel en l'entendant.

– La règle du petit doigt de pied ?

– Ah ouais, si je rentre, je vais vouloir te baiser sur toutes les surfaces disponibles chez toi, tout comme tu te vernis l'ongle du petit doigt de pied. C'est un truc inévitable et ça arrivera forcément, explique-t-il en haussant les sourcils, ce qui me fait rire. Et je n'en ai pas envie parce que, d'une part, si j'en juge à la moto garée devant chez toi, ton coloc bien trop masculin et beaucoup trop présent est à la maison. Même si j'adorerais qu'il t'entende crier mon nom, je n'ai aucune envie de partager quoi que ce soit qui te concerne avec lui, ne serait-ce que le son de sa voix. Impossible, pas question. Je ne partage pas. *Je ne partage rien.*

Même si je rigole en l'entendant expliquer son raisonnement sur les petits doigts de pied, le côté possessif de ses paroles et cette lueur dans son regard – cette domination amusée – me séduisent complètement.

– Et d'autre part, continue-t-il sous mon regard attentif, enfreindre la règle numéro un m'amènerait à briser la deuxième : on ne couche pas ensemble au premier rendez-vous.

– Premier rendez-vous ?

Je postillonne en secouant la tête pour essayer de comprendre où il veut en venir.

– Oui. C'est la première fois que je suis venu chez toi pour t'emmener quelque part, explique-t-il en haussant les épaules. Dis que je suis vieux jeu autant que tu veux, mais pour moi, c'est un *premier rendez-vous*.

J'explose de rire, puis j'essaie de me maîtriser en répondant :

– Eh bien, on dirait que tu as déjà enfreint cette règle, hier, la nuit dernière et ce matin. Juste au cas où tu aies oublié et si c'est le cas, je m'en sentirais insultée, et pas qu'un peu.

Je m'approche alors de lui pour lui murmurer :

– Nous avons déjà couché ensemble.

– Oh, je t'assure que je ne l'ai pas oublié, mais c'est la première fois que j'arrive à te ramener chez toi et que j'ai le droit de t'embrasser pour te souhaiter bonne nuit. C'est une première des plus importantes, et je ne vais pas passer à la trappe un baiser si important parce que tu es trop occupée à te demander comment je vais te baiser contre le battant de cette porte dès que nous l'aurons franchie.

J'ai du mal à ravaler la grosse boule dans ma gorge après l'avoir entendu me dire une chose pareille. Il me dit qu'il ne veut pas entrer et, pourtant, il me balance un truc pareil.

– Sexe à la verticale, hein ?

J'essaie de minimiser mon attrait pour cette idée.

Il réprime un sourire sur ses lèvres, presque avec succès, mais ses yeux trahissent son désir revigoré.

– Ouais. On sous-estime toujours les vertus d'une bonne séance de sexe à la verticale, dit-il sur un ton neutre en faisant un pas vers moi.

Je recule d'autant pour m'apercevoir que j'ai déjà le dos collé à la porte d'entrée.

– Pourquoi donc ? je demande dans un souffle.

La proximité entre nous et le sujet de la conversation a commencé à faire battre mon cœur de plus en plus vite.

Il s'approche encore et presse son corps contre le mien, impossible de battre en retraite. Levant sa main contre mon visage, il me force à regarder ses yeux hypnotiques :

– Parce que quand tu seras plaquée contre cette porte avec tes jambes enroulées autour de mes hanches, le poids de ton corps te mettra dans une position qui me permettra de te pénétrer le plus profondément possible.

Il pousse un petit grognement appréciateur qui fait écho à ce que j'éprouve. J'ai tellement envie de ressentir ce qu'il vient de décrire. J'ouvre la bouche pour le supplier, mais je reste digne, pour combien de temps, je ne sais pas trop.

Son regard braqué sur le mien, il caresse légèrement mon épaule, puis mon torse, et s'arrête juste au niveau de ma hanche, où ses doigts peuvent m'agripper. Ma respiration accélère, et j'attends qu'il me soulève en me plaquant contre cette foutue porte. J'ai complètement oublié que nous étions dehors et que ça n'arrivera donc pas.

Ses doigts me serrent un peu plus lorsqu'il baisse lentement son visage contre le mien. Sa bouche – que j'aimerais tellement active sur plusieurs endroits de mon anatomie – effleure doucement mes lèvres tandis qu'il m'écrase contre la porte. Et plutôt que de sentir cette sorte de désespoir, Becks m'embrasse avec une telle tendresse et une telle révérence que nous nous laissons doucement embarquer. Et je me perds en lui.

Il me soulève délicatement et, d'instinct, mes jambes enserrent sa taille, mais nos lèvres ne se séparent pas un instant et l'érotisme de la situation est loin de m'échapper. Nos corps se complètent parfaitement, son érection se niche contre le haut de mes cuisses aussi facilement que nos lèvres s'accueillent mutuellement.

Alors même que le désir atteint un niveau de chaleur sans précédent, le baiser reste lent, mesuré, significatif, et nos doigts se perdent maintenant dans nos cheveux. Il se termine en douceur. Une protestation va pour sortir de mes lèvres désormais enflées lorsqu'il recule légèrement la tête pour me regarder dans les yeux.

– Les baisers pour dire bonne nuit sont mes préférés, murmure-t-il.

Merde, je vois très bien pourquoi, surtout s'ils sont tous comme ça. S'ils coupent le souffle en réduisant les genoux en bouillie alors que la tête bourdonne tellement qu'on ne peut plus réfléchir correctement. Ses mains sont sur mes hanches lorsqu'il me dépose par terre, et je suis tellement secouée que j'en oublie un instant que je n'étais pas debout.

Il incline la tête sur le côté, le regard si lourd de sentiments que j'ai peur de l'examiner de près.

– Bonne nuit, la Citadine.

Il recule d'un pas, et j'ai envie de pousser un petit cri pour protester, mais je me contente d'un :

– Bonne nuit.

Il me regarde encore un instant, un fantôme de sourire attaché aux lèvres, puis il fait demi-tour et remonte l'allée devant chez moi.

Mon esprit revenant lentement, maintenant qu'il y a un peu de distance entre nos corps, je l'interpelle :

– Hé ! Est-ce que tu as aussi une règle des trois jours ?

– Trois jours ? Tu vas devoir attendre pour le savoir maintenant, non ? répond-il en me faisant un sourire en coin. Je ne révèle jamais mes secrets.

Il se retourne alors pour partir, mais s'arrête après quelques pas pour pivoter vers moi.

– Hé Montgomery ? La question que tu devrais me poser, c'est si j'ai une règle des trois jours pour le téléphone ou pour le sexe à la verticale.

Là-dessus, il me fait un petit sourire et se retourne encore pour partir. Je l'entends rire de là où je suis, les cuisses serrées l'une contre l'autre et la tête baissée alors qu'il me laisse encore une fois avec une envie de revenez-y.

Va te faire foutre, Beckett Daniels !

Je le regarde sortir de sa place de parking, sachant que la douleur dans ma poitrine ne va faire qu'empirer si je continue à tomber de plus en plus bas dans le terrier du lapin.

Quand sa voiture disparaît, j'ouvre ma porte, je la ferme et je m'effondre contre le battant. Je suis complètement épuisée et ça fait tellement de bien. Puis je me marre quand je me rends compte que je suis exactement là où j'espère retrouver Becks dans trois jours.

Et le sexe à la verticale.

Merde !

CHAPITRE 24

Je jette mon sac à main sur le bar de la cuisine et je m'y repose, complètement épuisée. Je dois rattraper le sommeil que j'ai perdu en passant la nuit avec Becks à Ojai et celui envolé lors de nos conversations téléphoniques nocturnes jusqu'au petit matin de ces derniers jours. Nous avons passé plus de temps à apprendre à nous connaître. Non pas que ça me gêne, car ne pas dormir tout en étant avec Becks est une si bonne manière de perdre des heures de sommeil. En plus, j'ai été occupée à lui faire plaisir en suivant ses règles complètement absurdes et sans queue ni tête. Mais aussi ridicules qu'elles soient, elles sont aussi mignonnes.

Et puisque nous avons discuté tous les soirs, on va dire que la règle des trois jours ne s'applique pas au téléphone. Je ne peux qu'espérer, ce soir, avoir le droit à une petite expérience debout contre la porte, comme il me l'avait suggéré.

Le plus tôt sera le mieux.

Becks a fait monter la pression avec tellement de dextérité que la chambre n'est même pas une option.

J'attrape un verre et je vais m'installer dans le jardin, comme je le fais presque tous les soirs. Les derniers rayons du soleil m'appellent avant que la nuit ne s'installe. Je m'assieds sur ma chaise longue préférée et je lève mon verre de limonade à mes lèvres. Je repense à l'après-midi que j'ai passée avec Maddie. Elle était si joyeuse et si véritablement heureuse. J'ai eu beaucoup moins mal dans la poitrine quand je l'ai laissée chez son père cette fois-ci.

Je sais qu'elle portera toujours cette tristesse en elle, comme un rappel constant. Mais en même temps, je commence à retrouver la petite fille qu'elle était l'an dernier quand ce cauchemar sans fin a commencé. Et ces petits flashs me disent qu'il y en a encore bien d'autres à venir.

Je repense rapidement au travail et à la dernière soirée que je dois organiser pour Scandal dans quelques jours. Je suis plus que satisfaite de mon boulot pour eux et je sais que le message que j'ai reçu ce matin des big boss, qui me félicitaient pour ce que j'ai accompli, m'a boostée. Je suis confiante, je sens qu'ils vont devenir des clients fidèles après ce dernier événement.

Et bien sûr, je repense à Becks. Je n'essaie même pas de faire disparaître le sourire qui s'empare de mes lèvres en pensant à lui et à tout ce qu'il est devenu pour moi en si peu de temps. Il compte tellement. Enfin, si quelqu'un m'avait dit que je pourrais tomber aussi facilement amoureuse d'un homme, je lui aurais dit qu'il était dingue. Mais j'essaie d'être rationnelle et de me justifier en disant que nous sommes amis depuis plus d'un an, alors la transition *amitié-amour* n'est pas aussi drastique qu'elle en a l'air.

Et putain, c'est si bon. Les papillons dans le ventre quand mon téléphone sonne, les nuits blanches à parler au téléphone, à parler de tout et de rien, juste envoûtés par le son de nos voix. C'est encore le tout début et même si c'est génial, j'essaie de me retenir un peu, de thésauriser tout ça parce que la peur est encore là, agrippée à mon âme. Elle me rappelle sa présence à chaque pensée, à chaque acte, ce qui me fait douter de moi, mais j'essaie de l'ignorer de toutes mes forces. De la repousser. De la maintenir loin de moi.

Je ferme les yeux et lève mon visage vers le soleil. Je me laisse aller à toutes ces sensations quand mon téléphone se met à sonner à côté de moi. Je tâtonne pour l'attraper les yeux fermés en m'attendant à ce que ce soit Becks qui appelle car il sort de son travail généralement à cette heure-ci, et j'espère doucement le voir ce soir. Ça ne fait que quelques jours et j'ai l'impression que c'est une éternité. C'est toujours comme ça quand on en est à la phase où on apprend à se connaître.

– Allô ?

Je souris de toutes mes dents et mon oreille est impatiente d'entendre le timbre et la cadence de sa voix qui me parlent à tant de niveaux.

– Bonjour, je souhaiterais parler à Mademoiselle Montgomery, s'il vous plaît.

Le ton neutre et monotone de la voix me choque. Partagée entre mon envie de regarder l'écran pour voir qui m'appelle et mon anxiété qui grimpe en flèche et me dit que je le saurai bien assez tôt, je réponds.

– Bonjour, oui, c'est moi.

Mais je sais déjà qui m'appelle.

– Bonjour, Mademoiselle Montgomery. C'est le docteur Blakely. Comment allez-vous ?

Elle se force à me parler d'un ton enjoué, j'en ai les poils qui se hérissent sur les bras.

– Tout dépend de ce que vous allez me dire.

Je lui ai répondu en parlant à peine plus fort qu'un murmure.

– Eh bien, j'aimerais que vous passiez me voir au cabinet pour discuter.

Je n'ai plus de salive et mon cœur cogne jusque dans mes oreilles. J'aimerais penser que ça m'a empêchée d'entendre correctement ce qu'elle m'a dit, mais je sais que ce n'est pas le cas. Je sais qu'on donne les bonnes nouvelles au téléphone quand les résultats sont bons et, quand ils sont mauvais, on prend rendez-vous. Et même si le ton de la voix de mon médecin est très plaisant, j'entends qu'elle me parle comme à ma sœur quand elle lui a présenté son pronostic avant de l'envoyer en chirurgie reconstructrice et chez l'oncologue.

Contre tout espoir, je lui demande :

– Vous ne pouvez pas m'en parler au téléphone ?

– Je crois qu'il vaudrait mieux que vous veniez pour en discuter face à face.

C'est bon, j'ai compris. J'ai tout de suite compris, mais je tente ma chance.

– Je peux venir quand bon vous semble.

Si elle me propose une date dans une semaine ou deux, c'est que je pourrais bien avoir tort et qu'il n'y a pas à s'inquiéter des résultats. Je sais que je joue à la plus maligne contre moi-même, mais je m'en fous.

– Que pensez-vous de demain après-midi ? Quelques collègues passeront le matin pour discuter de votre dossier, alors j'aimerais m'entretenir avec vous juste après. Ça vous va ? Quinze heures, c'est bon ?

Ça ne sert plus à rien de se mentir. *Demain*, ça veut dire urgent. *Demain*, ça veut dire cancer.

Demain, ça veut dire *Va te faire foutre,* Haddie.

Je me force à ravaler l'énorme boule dans ma gorge et je cherche le mot pour répondre : « Okay ». Je suis étonnée qu'elle m'entende, car c'est à peine audible. Je laisse tomber mon téléphone et je reste assise là à regarder le ciel.

J'ai un cancer.

Elle n'a peut-être pas dit le mot, mais elle n'en a pas besoin.

Mon verre me tombe des mains et s'écrase par terre. Je regarde la limonade couler et s'infiltrer dans la terre. Partie pour toujours.

Le facteur n'est pas passé.

Je me demande s'il fait froid là-bas, sous la surface de la terre, quand on enterre votre corps.

Il ne passera jamais.

Je reste scotchée à cette idée. Je me demande si Lexi a froid.

Lundi, mardi, mercredi, jeudi...

Incapable d'accepter la vérité, je refuse de croire que le destin est venu frapper à ma porte. Je ferme les yeux. Alors, je me soustrais au monde extérieur et j'accueille cette anesthésie, ce détachement qui est en train de se produire, car je ne verse pas une seule larme et je suis incapable de me mentir ou de marchander avec moi-même pour m'aider à accepter le message de ce coup de téléphone.

Demain. Demain, je trouverai des mécanismes de défense. Là, j'ai juste envie de me refermer sur moi et d'oublier le reste du monde.

Le temps passe. J'entends des portières de voiture qui claquent et les voisins qui rentrent du travail. J'entends des mères qui appellent leurs enfants pour leur dire de rentrer dîner. La nuit ronge le ciel et toute lumière est peu à peu avalée. Dans la rue, les lampadaires s'allument en tremblant.

Et pourtant, je reste là. Je ne veux pas bouger. Car si je me déplace, la journée de demain sera encore plus proche et je n'ai pas envie qu'elle vienne.

Mon téléphone sonne et m'avertit que des SMS sont arrivés, mais je le laisse sur la table sur laquelle je l'ai posé. Je n'ai pas l'énergie de le ramasser, même si je le voulais. Or, je n'en ai pas envie.

Malgré la tiédeur de la nuit, j'ai tellement froid. Mon âme est glacée et mes réflexions gelées. Je suis obsédée par les paroles du médecin qui tournent en boucle dans ma tête.

– Salut.

La voix derrière moi me fait sursauter, même si je savais qu'il me trouverait d'une manière ou d'une autre. Je ferme les yeux de toutes mes forces, m'attendant à un afflux de sentiments, m'attendant à être bouleversée, à péter les plombs, et pourtant rien. Absolument rien. Que dalle, putain. Les sentiments, les émotions, les réactions sont tellement négligeables, quasi inexistants, que je devrais être effrayée, mais non. J'attends que les papillons dans mon ventre prennent leur envol, que la douleur dans mon cœur et les picotements entre mes cuisses prennent le relais en entendant la voix qui les fait toujours réagir, mais rien de tout ça.

Car je ne sens plus rien.

– Ta voiture est garée devant chez toi. Je n'arrête pas de t'appeler sur ton portable et tu ne réponds pas, mais je l'ai entendu sonner depuis la porte, alors je suis entré, explique-t-il, la voix de plus en plus forte à mesure qu'il approche.

Je regarde droit devant moi et marmonne un truc incompréhensible alors que ses pas se rapprochent de plus en plus. Quand son corps est à côté du mien, je dois faire appel à toutes les forces qui me restent pour essayer de convoquer un sourire et forcer ma tête à s'incliner vers la sienne pour lui répondre.

– Salut.

Il voit tout immédiatement. Je sais qu'il peut déceler tout ce qui se passe en moi, mais il se reprend rapidement. Il fronce les sourcils et me regarde avec attention. Il se baisse à la hauteur de ma chaise longue et pousse mes jambes de sa hanche pour s'installer.

– Ça va ?

Est-ce que ça va ? Ha ! J'ai envie de rire à sa question. Je me contente de marmonner un :

– Hmmm.

Il tend la main et prend mon visage d'un côté en me caressant la joue du pouce. D'ordinaire, ce geste me fait complètement fondre, mais je reste passive. Pas de réaction.

– Tout va bien avec Maddie ?

Je hoche la tête, je sais qu'il cherche une explication à mon silence.

– Est-ce que ton médecin a appelé ? Des nouvelles ?

J'entends l'inquiétude teinter sa question et, là, c'est le moment de vérité pour moi : je mens pour le protéger ou je lui dis la vérité et c'est un test des promesses qu'il m'a faites au ranch. Funambule, j'essaie de garder l'équilibre sur la corde raide de la morale, mais alors, je prends une décision en un quart de tour. Je pense l'avoir en fait prise à l'instant où j'ai reçu ce coup de téléphone.

– Non, pas encore. Elle m'a appelée pour me dire qu'il y avait un truc au laboratoire d'analyse, mais après avoir revu mon scan, elle m'a dit qu'elle ne s'inquiétait pas trop.

Le mensonge sort de ma bouche aussi facilement que le soulagement qu'il cause le fait s'effondrer sur place.

Je vais aller en enfer. Je viens juste de mentir à Becks. Je vais aller en enfer et je le mérite. Je mérite chacune des flammes qui me calcineront les chairs, putain.

Puis c'est la panique. Je change de position pour poser mes mains sous mes cuisses, histoire qu'il ne les voie pas trembler sous le coup de l'adrénaline. J'ai la tête qui tourne sous le coup de mes pensées complètement déconnantes alors que chacune d'entre elles s'extirpe du tourbillon de la démence pour se fracasser contre ma conscience. À chaque seconde qui passe, c'est encore pire.

Je devrais lui confesser la vérité, redresser la situation. Je sais que c'est ce qu'il faut faire, mais les mots ne me viennent pas, car je vois Lexi, Danny et Maddie entrer dans la danse et se confronter à toutes les vérités que je devrai leur révéler, et ça m'anéantit.

– Haddie ?

Je suis rappelée au présent quand Becks prononce mon nom encore une fois, et j'essaie de me concentrer sur lui à travers les larmes qui ne veulent pas couler mais qui me brûlent tant les yeux. C'est l'enfer. Mouais. La description est appropriée. La punition méritée.

– Je…

Je ne sais pas où aller avec cette conversation, quel chemin emprunter pour prendre un peu de distance et réussir à tout assimiler sans la pression d'avoir à penser aux conséquences sur tout le monde. Je repense à cette expression hantée dans le regard si vivace de ma sœur. Elle savait ce qu'elle laissait derrière elle et nous quittait avec un deuil à affronter.

J'ai maintenant trois options : lui faire tellement mal que je le repousse pour gagner un peu de terrain, cracher le morceau et avouer mon mensonge pour lui demander un peu d'espace ou le supplier me faire ressentir quelque chose pour voir si c'est encore possible ou constater que je suis morte à l'intérieur.

Je le dévisage, son regard bleu irradie d'inquiétude. Il m'accorde sa patience, le temps que je trouve les mots que j'ai besoin de lui dire. Et je ne suis pas prête à parler. Pas encore.

Je l'attrape sans y penser et tire sa bouche contre la mienne, j'irradie de désespoir, il s'écrase contre mon malheur et en prend le contrôle. Si je vais en enfer, autant emporter avec moi un petit bout de paradis d'abord. Et putain, oui, ça fait de moi la femme la plus égoïste de la planète, mais je n'arrive pas encore à prendre de décision, je n'arrive pas à mettre de mots sur mes sentiments, alors je cède à la vénalité et je prends tout ce que je peux.

En quelques secondes, nos bouches s'entrechoquent, après son soupir étranglé de surprise, il se précipite pour prendre ce que je lui offre.

Mes mains sont déjà sur sa fermeture Éclair et je tire son sexe qui s'épaissit à vue d'œil vers moi.

– Had… Quoi ? Attends… Est-ce que…

– Chut. Ne dis rien. On baise, c'est tout. D'accord ? C'est le troisième jour.

Je récupère l'excuse toute trouvée en espérant qu'il se laissera faire et qu'il arrêtera de me poser des questions.

Je sens qu'il hésite. Il essaie de saisir la situation et de comprendre comment il se fait qu'il bande et que sa bite soit déjà dans ma main. Nos bouches continuent leur assaut sauvage, les dents mordillent et tiraillent, j'aspire sa langue, il manque s'étrangler en grognant. À l'entendre, je sais qu'il est prêt pour ce dont j'ai tellement besoin : une oblitération mentale absolue.

Je change de position et je glisse de la chaise longue en me penchant pour ne pas rompre le contact. Ses mains suivent les miennes lorsque je m'attaque aux boutons de mon short. Puis je le retire avec ma culotte dans un même mouvement. Maintenant libérées de la phase déshabillage, elles trouvent leur place entre mes cuisses, écartant les plis de ma vulve pour savoir si je suis prête, mais je m'écarte en me tortillant avant qu'il ne puisse avoir la réponse.

Je ne mérite pas ce type de prévenance de sa part, je ne mérite rien de lui, puisque je ne lui donne rien en retour. Je me tourne d'un seul coup pour me retrouver à califourchon sur ses jambes. Il est assis au bord de la chaise longue et je lui tourne le dos. Je n'arrive pas à le regarder en lui faisant ça – en l'utilisant – et une chose est sûre, il n'a pas besoin de voir les larmes qui menacent de couler un peu plus à chaque seconde qui passe.

Entre mes jambes, je tends la main vers lui et Becks prend une soudaine grande inspiration lorsque j'attrape son érection et que je la positionne à l'entrée de mon intimité. Je frotte son gland contre mes chairs quelques instants pour les lubrifier et ensuite, sans lui donner le temps de se préparer, j'abaisse brusquement mon bassin contre le sien, l'engloutissant en un mouvement fluide.

Son grognement emplit l'air nocturne qui nous entoure, et nos corps sont dissimulés à la vue de mes voisins par le ciel d'encre et les branches d'arbres. Je ne lui donne même pas le temps de savourer la sensation que je me mets à bouger. Je ne suis pas tout à fait prête, alors mes muscles s'étirent, mes chairs me brûlent et mon corps rattrape mes idées qui s'échappent. Il se lance dans la course.

Mais au moins, *je ressens quelque chose*. Je ne suis pas complètement anesthésiée. Aussi perverse que soit cette idée, j'accueille la douleur comme une punition pour mon mensonge et ce que je sais que je vais faire en fin de compte.

Je me glisse de haut en bas autour du sexe de Becks à une vitesse ardente, sans jamais lui laisser le temps de réfléchir ou de résister. J'ai besoin de contrôler ce que nous faisons sur le moment, car je ne peux contrôler rien d'autre et la peur me bouffe autant que la culpabilité me ronge. Alors je le possède, je prends le contrôle de cet instant sans jamais oublier de me haïr au passage.

Je le fais jouir rapidement, la friction et la vigueur de notre rapport l'aident à se livrer à la détonation d'un orgasme d'une telle violence que je l'entends dans son cri et le sens dans les muscles de ses cuisses qui se raidissent et dans ses doigts qui creusent mes hanches.

– Putain de merde, s'exclame-t-il après avoir repris son souffle.

Ses bras passent autour de mon torse et il appuie son front contre mon dos. Il redescend alors de son brouillard post-orgasmique et me demande :

– Bon, c'était quoi ça, putain ?

Son ton reflète le choc autant que la satisfaction, et je mords ma lèvre inférieure pour retenir le sanglot qui déchire ma gorge.

– Je crois que tu devrais y aller.

Le ton de ma voix est si plat que je me fais peur. Je sens son corps sursauter en m'entendant. Son torse haletant dans mon dos s'immobilise et le fruit de notre union goutte de mes chairs.

– Quoi ?

Je l'admire de rester aussi calme, mais je regrette presque qu'il ne soit pas en colère car il me serait bien plus facile de m'y raccrocher, de m'en nourrir.

– Ça t'emmerderait de me dire ce que c'est que ce bordel ?

Je me lève pour ramasser mon short et ma culotte qui gisent par terre, juste à côté de mon verre de limonade renversée. Je me sers de mon sous-vêtement pour m'essuyer, puis je le lui jette pour qu'il s'en serve de même sans croiser son regard. Je remarque qu'il tombe à côté de lui sans qu'il fasse un mouvement pour l'attraper.

– Comme tu veux.

Je remonte mon short après avoir marmonné mon commentaire. J'ai repris le mode pilote automatique. Entamant un retour vers la maison, je lui dis par-dessus mon épaule :

– Tu connais le chemin de la sortie.

Il me fait pivoter d'un quart de tour pour que je sois face à sa colère. Il essaie de parler, mais chacun de ses mots est dépassé par un autre. La confusion a pris le dessus de ses émotions. Son visage accordé à ses sentiments, il arrive enfin à me dire :

– Je suis paumé, là. Ça te dérangerait de me dire ce qui se passe, putain ? Je suis patient comme mec, mais putain, là, tu es en train de tester mes limites avec ton petit jeu.

Nos regards restent rivés l'un à l'autre, sauf que les ténèbres qui nous entourent me permettent de garder mes secrets pour qu'il ne voie pas les vérités que je protège.

– Aucun petit jeu, Becks.

Je secoue la tête et m'éclaircis la gorge pour essayer de retrouver un peu de conviction et renforcer un peu plus la force de mon leurre.

– Je crois qu'on va beaucoup trop vite tous les deux et je n'ai vraiment pas besoin de tout ce stress dans ma vie en ce moment.

– Tu veux bien me répéter ça ?

Sa voix enfle lorsqu'il s'approche, les dents serrées et la tête en mouvement.

– Est-ce que tu ne viens pas juste de me chevaucher ? Parce que ça, franchement, ce n'est pas l'acte d'une femme qui essaie de prendre de la distance.

– Prends ça comme un cadeau d'adieu.

Je regrette instantanément ce commentaire désinvolte quand je le vois grimacer. L'escalator qui mène droit en enfer prend de la vitesse à mesure que j'accumule les mensonges et les blessures.

– Un cadeau d'adieu ? demande-t-il en riant de dérision. J'essaie vraiment fort de comprendre comment nous avons fait pour passer de l'orgasme à la prise de tête aussi rapidement et, franchement, je ne vois pas.

Je serre les poings pour combattre la douleur de son regard qui me perce le cœur, et il reprend :

– Est-ce que j'ai déconné quelque part ? Il y a un truc que tu me caches ? Est-ce que c'est Dante qui est enfin venu à bout de ta résistance ? Quoi ?

Avec cette suggestion, sans le savoir, Becks a ouvert les portes de l'enfer et a pavé le chemin pour que je les franchisse allègrement. Je m'en empare et je la fais mienne, comme si c'était vrai. N'importe quoi pour le faire dégager le plus rapidement possible et me laisser le temps de réfléchir. C'est tellement plus facile de lui faire mal comme que de lui jeter au visage toute cette merde qui accompagne le cancer.

Au ranch, il m'avait demandé de lui accorder une journée. Une journée pour lui laisser me montrer à quel point nous pourrions être bien ensemble. Je lui ai donné cette journée, et même plus. Mais maintenant, je ne peux plus rien lui donner avec tout ce qui me pend au nez. Bon Dieu, oui, c'était si bien, mais il ne mérite pas d'avoir à affronter cette maladie. Merde, moi non plus, je ne mérite pas ça. C'est juste tellement plus facile de couper les ponts plutôt que d'avoir à me le traîner derrière moi, enchaîné par les liens de l'obligation.

– Oui, je réponds.

Ma voix se brise sur ce simple mot et je dois m'éclaircir la gorge pour continuer :

– Oui, Dante et moi avons eu une conversation à cœur ouvert tout à l'heure. Nous allons trouver une solution pour faire marcher notre relation. Tu sais, il est plus mon genre que toi, alors ça ne devrait pas te surprendre que je le choisisse lui.

L'expression du visage de Becks est celle d'un mec qui vient de s'enchaîner neuf rounds sur un ring quand il se prend mes mots en pleine gueule. Je vois qu'il essaie de comprendre ce que je lui dis, de l'accepter aussi, mais ça, c'est impossible.

Nos regards ne cillent pas lorsqu'il avance encore vers moi et lève ses deux mains pour prendre mon visage. Je suis incapable de détourner les yeux.

– Je ne sais pas ce que tu fous, Montgomery. Putain, je n'en ai aucune idée. Tu veux que je te laisse tranquille ? Très bien, je vais te laisser, mais ne pense pas une seule seconde que je te crois. Tu n'as pas pu choisir ce gros con plutôt que moi.

Il pousse un soupir haché en essayant de trouver les mots pour aller au bout de son idée. Mon cœur bat à tout rompre, je n'entends plus rien. Mon souffle est aussi erratique que le sien, mais pour une raison complètement opposée.

– Je vais partir, maintenant. Je vais franchir le seuil de cette porte et te donner un peu de temps pour faire le point dans les merdes qui t'encombrent la tête, mais ne crois pas un instant que je te quitte.

Il ferme ses yeux de toutes ses forces avant de les rouvrir brusquement, et son regard si franc me donne l'impression qu'il voit directement le fond de mon âme.

– Je ne quitte pas les personnes que j'aime sans me battre et j'irai jusqu'au bout de l'enfer, putain, Haddie Montgomery. Mieux vaut te préparer pour la bataille car, oui, je suis tombé amoureux de toi.

Je reste bouche bée en l'entendant m'avouer ses sentiments et je n'arrive même pas à les comprendre que les lèvres de Becks sont déjà sur les miennes. Il a clairement été conduit par l'émotion de sa déclaration. Son baiser est court mais, putain, qu'est-ce que c'est bon ! Incroyable. J'en suis à bout de souffle lorsqu'il arrache sa bouche à la mienne.

Et quand nous nous séparons, il ne me regarde pas en face. Il recule, tourne les talons sans dire un mot de plus et rentre dans la maison. Il claque la porte en sortant. Le bruit est si fort que je l'entends depuis le jardin, où je reste figée sur place en proie au choc et à l'incrédulité.

Les frissons me gagnent, mon corps tremble de cette vérité qu'il a déposée à mes pieds et mon cœur se déchire de l'avoir blessé puis laissé partir sans avoir fait l'effort de me battre pour lui.

Je sais qu'une bataille encore plus âpre m'attend. Une bataille dans laquelle je n'ai envie d'entraîner personne d'autre.

Putain de bordel de merde.

Il m'aime. Cette foutue fleur ramassée dans le pré avait raison après tout.

Je ne sais pas combien de temps je reste assise, enveloppée dans le noir et le silence de la nuit, utilisant son calme pour apaiser l'émeute sentimentale que je me suis infligée. Puis je me décide enfin à me lever et rentrer. J'agis mécaniquement. Je lave mon verre, fais un peu de rangement. Je suis penchée la tête la première dans un placard bas à remettre un bol à sa place quand je suis surprise par la voix de Dante.

– Putain, Haddie. Tu ne peux pas allumer un mec comme ça et t'attendre à ce qu'il se barre sans goûter un peu à tes charmes. Ou se batte.

Je me relève tant bien que mal, referme la porte du placard et j'entends ce que me balance Dante, mais je me dis que Becks aurait tout à fait pu me dire la même chose. Je jette un coup d'œil vers lui pour le trouver adossé au mur, torse nu, une bière à la main et une expression de dégoût des plus évidentes sur le visage. J'ai plusieurs vannes à lui renvoyer, mais je me retiens. Je n'ai pas envie de mettre de l'huile sur le feu et je sais qu'il a du mal à se maîtriser quand il boit.

Et un Dante bourré est un Dante imprévisible. Ça, je le sais d'expérience, alors je garde le silence.

– C'est sympa de rentrer à la maison après ta petite *baise* dans le jardin, dit-il d'un ton dégoulinant de sarcasme, mais avec peine tant il a du mal à articuler. On dirait bien que tu te la joues sauvage ces derniers temps, Bébé.

Je hoche la tête, le ton de ma voix est maîtrisé et je me redresse de toute ma hauteur quand je lui réponds enfin :

– Dante.

– *Dante*, m'imite-t-il en riant sans aucune chaleur. Sérieux, Bébé ? Tu vas faire ta frigide quand il y a une heure à peine tu te faisais niquer dans le jardin par *ce mec, là* ?

Il s'avance vers moi en me jaugeant. Sa démarche est instable.

– Qu'est devenue la petite sauvage que je connaissais ? Cette fille avec qui je sortais et qui n'avait peur de rien. Celle qui avait envie de baiser n'importe où et n'importe quand ? Celle que je pouvais défier autant qu'elle me défiait ? (Il s'arrête, boit une gorgée et rit encore un peu.) Tu es trop bien pour te contenter de ça, Haddie. Une baise rapide de trois minutes au fond du jardin avec ce con me dit que tu cherches définitivement à t'en contenter.

– Va te faire foutre !

Les mots me sortent de la bouche avant même d'y réfléchir. Comment ose-t-il me chercher, me dire que je veux me contenter de peu alors que je ne pense qu'à Becks, à ce que je lui ai fait, comment je l'ai blessé et sa confession.

... Mieux vaut te préparer pour la bataille car, oui, je suis tombé amoureux de toi...

Quand je me rends compte que Dante était là alors que je batifolais dans le jardin avec Becks, une douleur vive et tenace s'installe.

J'étais tellement empêtrée dans tout ce qui se passe que je n'ai même pas pensé qu'il pouvait être de retour à la maison. Je voulais repousser toute cette horreur, me perdre, et pas une seule fois Dante ne m'est venu à l'esprit. Dante à la maison. En spectateur.

Putain de merde !

Je lève rapidement les yeux vers les siens et il voit que je comprends à ce moment-là que j'ai eu un public.

– Ouais, confirme-t-il en hochant la tête. Je suis rentré à la maison en pleine action. Désolé, mais il n'y a pas un mec qui refuserait de mater un porno gratos dans son jardin, non ?

Il s'approche d'un pas, et ma colère étincelle de cette invasion de mon intimité.

Oui, j'ai fait l'amour en plein air, mais c'était chez moi et la seule possibilité de nous voir était depuis ma propre maison. Si la situation était différente, j'aurais pu être excitée à l'idée d'être observée, mais l'approche dédaigneuse de Dante me met mal à l'aise. Je me maudis d'avoir été aussi imprudente.

– T'inquiète pas. Je n'ai pas regardé longtemps. Juste assez pour me rappeler que tu es super-bonne… (Je serre les dents en l'entendant rire encore.) Putain, Bébé, tu m'as fait un super-show. Tu sais comment je me suis mis à bander en te voyant ? Pour les mecs, faut que ça sorte, et putain, grogne-t-il en rajustant ses parties de sa main libre. J'aurais bien besoin d'aide puisque t'es là à me mater comme si tu avais un gros panneau marqué « prends-moi » avec toi.

Putain, il est sérieux ? Je suis peut-être bouleversée, mais je ne suis pas assez stupide pour entrer dans son délire. Et même si je déteste l'entendre prononcer ces mots, j'accueille aussi à bras ouverts la colère qui crépite déjà.

Bordel, je suis plus que parée pour une bonne engueulade. N'importe quoi du moment que ça m'occupe l'esprit et que ça me permet d'oublier ma journée.

Vas-y, balance ta merde.

– Désolée, mais ne me prends pas pour une de tes radasses habituelles. Je n'enchaîne pas les mecs sur rendez-vous toutes les heures.

– Ah, maintenant tu m'insultes alors que, putain, tu sais très bien qu'avec moi ça dure bien plus qu'une heure quand je m'occupe de toi.

Il me fait un clin d'œil, accompagné d'un petit sourire de travers, en entrant dans la cuisine pour se servir une autre bière dans le réfrigérateur. Le son de la capsule qu'il fait sauter emplit le silence entre nous. Je réponds alors.

– Pas de panneau, pas de dispo. Ni maintenant. Ni jamais.

J'arque un sourcil en le fixant du regard. Je sais très bien que notre échange imagé peut virer rapidement au vilain avec Dante.

Son sourire est lent et arrogant. Ses sourcils haussés et le regard tentateur quand il rétorque :

– Mmm… mm… mm. On va voir ça.

Il s'approche encore en réfléchissant visiblement à ce qu'il va dire :

– Il ne te mérite pas, Had. Ce n'est pas de lui dont tu as besoin. Tu as vu à quelle vitesse il s'est barré après t'avoir baisée… ou devrais-je dire, après que tu l'as baisé. Merde, quand tu chevauches, tu sais où donner de la chatte.

Il me refait un clin d'œil, se rajuste encore l'entrejambe, et moi, je le regarde. Je l'observe pour essayer de voir s'il blague ou si le Dante ambiance connard qui a trop bu est sur le point de venir me faire coucou.

Il porte sa bière à ses lèvres et l'achève d'une longue gorgée, sans jamais me quitter des yeux. Il repose la bouteille de force en la cognant contre le comptoir, et le bruit résonne dans toute la pièce. Puis il se rapproche encore de moi, il est entré dans mon espace personnel.

La sonnette d'alarme se déclenche dans ma tête, mais je l'ignore. J'ai déjà vécu ça avec Dante. Je sais comment le gérer. Rien de mieux qu'un bon coup de genou dans les couilles pour prouver ce que j'avance si mes paroles ne servent à rien. Après tout, il est certainement bourré et ses réflexes ne seront pas assez rapides.

– Eh bien, je suis contente de t'avoir proposé un bon divertissement pour la soirée, dis-je pour essayer de détendre l'atmosphère.

Puis je me dis à moi-même un bon « Et puis merde ! ». C'est vraiment un connard de nous avoir regardés et, en plus, de me faire chier avec ça.

– Ce qui est intéressant, c'est que tu me fais plein de critiques et pourtant tu es resté planqué à l'intérieur. Tu n'es pas venu dans le jardin pour me prouver que tu es tellement meilleur que Becks. Tu me dis que je ne suis plus la même fille que celle que tu connaissais, mais je pense la même chose de toi. Tu n'es plus le même gars non plus.

J'adore le voir s'énerver, ça se voit sur sa figure. Il essaie de rester imperturbable malgré mon attaque. Je l'achève alors :

– Ça s'appelle grandir, vieillir si tu veux, au cas où tu n'aies pas encore atteint cette phase.

Je fais un pas sur la droite, mais sa main m'agrippe le bras à la vitesse de l'éclair. Il s'approche encore. Je sens son haleine chargée d'alcool sur ma joue quand je regarde dans le vide derrière lui. Je refuse de le regarder dans les yeux.

– Tu n'as rien à faire avec lui, répond-il les dents serrées.

– Eh bien, c'est là que tu vas te rendre compte que je n'ai strictement rien à foutre de ton opinion.

Comment je vis ma vie, ce que je fais, tout ça, ce ne sont pas tes oignons. Tu as perdu le droit de t'y intéresser quand tu t'es barré en me plaquant sans un mot. Je crois que nous avons déjà abordé ce sujet, non ?

– C'est pas mes oignons mais, par contre, n'importe qui dans le quartier peut s'y intéresser ? Tout le monde a pu t'entendre le faire jouir dans ton jardin. Allez, Had, je mérite mieux que ça.

Il presse son corps contre le mien, mais je ne sens absolument rien. Pas comme avec Becks. Je lui réponds sèchement :

– Lâche-moi !

J'apprécie de moins en moins la situation délicate dans laquelle je me retrouve. J'essaie de me débarrasser de sa main sur mon bras, mais je me retrouve projetée avec force contre le mur.

– Non, non, grogne-t-il en me poussant.

Son visage est maintenant à quelques centimètres du mien, sa bouche si près de mon oreille et son corps sur le côté.

– Puisque tu fais une distribution gratuite, moi aussi je pourrais avoir ma part du gâteau.

Le signal d'alarme sonne de plus en plus fort, et je fais mon possible pour cacher ma panique. Mais je n'ai pas perdu la tête. Je sais que je suis seule chez moi, avec un homme plus fort que moi, physiquement parlant. Alors même si j'ai très envie de frapper tout de suite, je dois d'abord m'assurer que c'est le bon moment. Le sentiment de malaise qui me picote la nuque me dit que je n'ai qu'une seule chance de m'en sortir.

– Prends une autre bière et continue à y penser, ça pourrait bien arriver… genre… *dans tes rêves*.

Je ris de ma réplique en essayant d'afficher une confiance que je n'éprouve pas vraiment. J'ignore son dernier commentaire, je ne veux pas entrer dans une conversation sur ce qu'il veut de moi quand nos corps sont pressés l'un contre l'autre.

– Oh, ma douce Haddie, murmure-t-il.

Ma respiration s'accélère en l'entendant m'appeler comme Becks.

– Quoi ? Lui, il a le droit de t'appeler comme ça mais pas moi ?

Il lève la main pour me caresser la joue d'un doigt. Je réprime le frisson de dégoût que je ressens face à cette caresse si intime et si peu désirée.

– Allez… Arrête de tourner autour du pot. Arrête de m'allumer comme ça, de me draguer, de m'embrasser, puis de me dégager. Je veux dire, merde, j'ai toujours aimé choper les filles qui ne se laissent pas faire tout de suite, mais ce n'est pas comme si je ne t'avais pas déjà baisée, hein ? Alors, pourquoi tu joues comme ça, Bébé ? Parce que là, j'en ai marre et je suis prêt à prendre ce pour quoi je suis venu.

Son commentaire me perturbe, jusqu'à ce que les innombrables sentiments qui se bousculent en moi entrent en réaction, et je commence à comprendre ce qu'il veut dire. Étonnée, je tourne la tête et le regarde en face pour la première fois et là, j'ai une révélation. Je suis conne à ce point-là ? Ai-je été si préoccupée avec Becks, puis par le test et les résultats de la biopsie, que j'ai ignoré les signes depuis le début ? Et ajoutons à ça que les quelques fois où j'ai embrassé Dante, j'ai mis de l'huile sur le feu. Il est revenu pour une raison : reprendre notre relation là où elle s'était arrêtée.

S'il s'était pointé il y a quelques mois, j'aurais certainement balayé ses conneries en les planquant sous le tapis et je lui aurais donné une deuxième chance. Mais maintenant, maintenant, il y a Becks. Et quelle que soit la nature de notre relation, je sais qu'elle a dix mille fois plus de potentiel que ce que j'ai vécu avec Dante.

La respiration bruyante de Dante me ramène au présent et à son visage plein d'espoir qui me dit qu'il est parfaitement sérieux.

Il ne prendra rien de moi, rien d'autre que mon poing dans la figure s'il insiste.

– Dante, je pense que tu ferais mieux de partir.

Mon pouls se remet à battre avec force, je l'entends quand il me dévisage, les dents serrées, le regard assassin, les épaules et la nuque raidies par la tension. Je vois qu'il est en proie à l'indécision alors que, de mon côté, j'essaie de maîtriser ma respiration et mon langage corporel pour ne pas montrer que je suis sur la défensive. Il me répond avec une dérision patente :

– Juste comme ça, hein ? Je crois que j'ai le droit de me battre, sinon c'est pas juste. Tu l'as baisé. Maintenant, c'est mon tour et, ensuite, tu pourras prendre ta décision. Tu choisiras celui qui t'a fait jouir le plus fort. C'est aussi simple que ça.

Je lutte pour trouver les bons mots et lui dire qu'il déconne complètement et qu'il délire à plein tube s'il pense que je vais coucher avec lui. Même si j'en avais envie, sa manière si romantique de *m'informer* qu'il va me baiser me donnerait envie d'enfiler une ceinture de chasteté et de la boucler à double tour.

– Sérieux, tu te fourres le doigt dans l'œil jusqu'au coude si tu crois que tu vas m'avoir avec ton opération séduction à deux balles, Teller.

J'essaie de conserver un ton blagueur pour adoucir mon avertissement, mais je lui fais bien savoir que je ne rentre pas dans son délire.

Son rire est bas et discret, mais il y a ce je-ne-sais-quoi dedans qui me serre la gorge et m'empêche de déglutir correctement.

– Je crois que tu ne m'as pas compris. Je ne te demande pas de baiser. Je te dis que tu vas le faire. Personne ne se refuse à moi, toi encore moins…

Sa voix reste en suspens et ses doigts s'enfoncent plus profondément dans la chair de mon bras lorsqu'il se penche pour effleurer mon oreille de ses lèvres. J'ai repris du poil de la bête en entendant ses propos insensés. Je regarde partout dans la cuisine et je repère un plat sur la table à quelques pas de mon portable, à côté d'un vase et de mes clés. Il poursuit :

– J'ai été plus que patient. Je t'ai laissée m'allumer, me draguer et pendant tout ce temps tu te l'es envoyé. Eh bien maintenant, c'est mon tour de dire ce que je pense.

– Si c'est ta manière de *dire ce que tu penses*, tu te plantes, Dante. Merci, mais non merci.

Côté émotions, j'ai touché le fond. Il n'y a plus rien. Alors, je le regarde bien en face. Je refuse de battre en retraite, parce que, merde, je ne vais pas me laisser bousculer par lui. Il peut réserver sa place pour le premier vol direction l'enfer avant que j'accepte de coucher avec lui.

Sa main se crispe sur mon bras. Il essaie de gérer mon rejet. Il essaie de parler, puis s'arrête, recommence et avant même que je puisse réagir, il pose sa bouche sur la mienne.

Je ne laisse même pas le choc s'emparer de moi avant de lui mettre un bon coup de genou dans les couilles. Il grogne sous l'impact et ses lèvres quittent enfin mon visage quand il se plie en deux sous la douleur. Son cri emplit la maison. Je crois entendre un *fils de pute,* ou peut-être que c'est moi qu'il traite de pute. Je ne sais pas et je m'en fous, parce que l'attirance que j'éprouvais pour Dante Teller, que je trouvais irréfutable, est désormais morte et enterrée.

Tout ce que je vois maintenant, c'est un petit con manipulateur qui n'avait pas les couilles de me dire qu'il voulait qu'on se remette ensemble. Et qui, ensuite, a essayé de faire valoir ses arguments de la pire des manières possibles. Par la force ? Non, mais il se fout de ma gueule ? C'est qui ce type ?

Jouer les gros bras est une chose. Se comporter comme un connard de première en est une autre. Je me précipite vers la table et j'attrape mon portable. Je compose le numéro sans réfléchir.

– Dante, tire-toi, sinon j'appelle les flics. Plus qu'une touche, et c'est bon.

Il lève la tête pour me regarder. Son visage est rouge, ses dents serrées, mais le doute habite toujours ses yeux injectés de sang. Je sais qu'il a déjà eu à faire à la justice et il n'a aucune envie de recommencer. J'avance vers lui, j'attrape ses clés sur la table. Je reprends celle de ma maison avant de lui jeter son trousseau. Il se le prend dans l'épaule et tombe par terre en grognant.

– Casse-toi !

Je lui hurle dessus, l'adrénaline parcourt mes veines à toute vitesse maintenant que je suis loin de lui et que je peux physiquement réagir à ses menaces.

Il prend ses clés d'une main, l'autre toujours posée sur son entrejambe. Il lui faut une minute, mais il claudique jusqu'à la porte d'entrée, attrape la clenche en tremblant et l'ouvre enfin.

– Je foutrai ton merdier sur le paillasson dans la soirée. Tu pourras le récupérer.

Quand il sort, j'entends qu'il murmure mon nom, presque comme s'il voulait s'excuser. Un petit peu trop tard pour ça, pauvre con. Je sais qu'il a des sentiments pour moi, je sais qu'on a eu une histoire sérieuse, mais il vient juste de tuer tout ce qui aurait pu être en essayant de forcer nos rapports et je pense qu'il en est tout à fait conscient.

Je le sais à son manque de réactivité.

Il essaie de se redresser, de mettre ses yeux à la hauteur des miens et j'y lis ses regrets, mais je ne dis plus un mot en claquant la porte derrière lui avant de refermer le verrou de sécurité. À la seconde où elle se ferme, je m'effondre contre le battant, tremblant tellement que je n'ai d'autre choix que me laisser glisser jusqu'au sol pour m'y asseoir.

Je reste là un petit bout de temps. J'éprouve tellement de choses que lorsque j'arrive enfin à me relever, je suis épuisée physiquement et émotionnellement. Je laisse tomber mon téléphone d'une main et je remarque que mon autre main s'est mise à vérifier les masses dans mon sein, par habitude.

J'en reviens toujours à ça. Peu importe que la personne en face de moi ou la situation soit parfaite ou imparfaite, en fin de journée, le destin qui m'attend est toujours là, comme suspendu au-dessus de ma tête.

CHAPITRE 25

– Had, je suis là. Maintenant, tu vas me dire ce qui se passe ?

Rylee retire ses lunettes de soleil et se tourne pour me regarder, puis reprend :

– Il se passe un truc. Tu me donnes des demi-réponses sans me dire où on va ni pourquoi tu as besoin de moi.

Je regarde ma plus vieille amie et je sais que j'ai besoin de son soutien et de son sens des réalités. Elle a la tête sur les épaules, je sais qu'elle m'aidera.

– J'ai besoin que tu ne m'en veuilles pas, parce que je suis déjà rongée par la culpabilité de t'avoir caché ça… Mais il faut que tu saches que mes intentions étaient bonnes.

Je vois ses émotions jouer sur les traits de son visage et je me rappelle Becks hier soir. Sa réaction est si semblable que je ravale une double dose de remords en la voyant.

Je vois ses neurones qui s'agitent. À l'évidence, elle retient les questions qui lui passent par la tête.

J'apprécie qu'elle tienne sa langue et qu'elle refrène son besoin compulsif de tout planifier.

Elle fronce les sourcils et attrape ma main pour la serrer.

– Ok. Tu sais que je te tiendrai la main dans toutes les situations, même pour les résultats de tests sanguins les plus négatifs, dit-elle en appliquant son optimisme sans faille à une situation qu'elle ne saisit pas vraiment.

– Merci…

Je n'arrive pas à continuer ma phrase, ma voix reste en suspens. Si je continue à la berner, je m'enfoncerai encore un peu plus et deviendrai encore plus dégueulasse. J'ai assez de merdes sur la conscience, pas besoin de rajouter un poids par-dessus. Alors, je me lance :

– Mais il y a plus que des résultats sanguins négatifs.

Son corps entier est secoué par ce que j'implique, ses doigts serrent ma main avant qu'elle ne prenne une grande goulée d'air frais.

– Had… ?

– J'ai détecté une masse, Ry.

Je parle doucement, ma voix est à peine audible, mais je sais qu'elle m'entend, car elle hoche la tête pour me dire de continuer.

– J'ai fait faire une biopsie quelques jours avant que tu ne rentres à la…

– Pourquoi ne m'as-tu rien dit ?

Je vois qu'elle est blessée que je ne me sois pas confiée à elle, mais j'aime aussi le fait qu'elle n'insistera pas car elle sait que ce n'est pas le plus gros problème.

Je baisse la tête et réprime les larmes qui menacent de l'avoir déçue avant de répondre :

– Je sais que tu m'en veux, mais je n'arrivais pas à te parler. Je n'arrivais pas à me résoudre à te rendre triste alors que tu mérites tout le bonheur du monde. Je veux dire, tu reviens juste de lune de miel. Je ne voulais pas t'affliger direct avec ça.

Les larmes fusent et elle accepte les excuses que je n'ai pas réussi à formuler.

– Alors, tu as fait faire cette biopsie… dit-elle en revenant à mes soucis. Alors, qu'est-ce qu'on fait là ? Tu sais déjà quelque chose ou… ?

– Non. Rien. Les résultats.

J'en suis réduite à répondre par mots. La réalité de ce qui se passe me frappe de plein fouet. C'est comme si en parler à Rylee avait donné corps à mes inquiétudes.

Parce que c'est elle, ma personne à contacter en cas d'urgence.

Nous regardons le paysage en silence à travers les vitres de la voiture. Nous observons le monde s'agiter devant nous alors que mes réflexions marchent au ralenti. Elle me serre encore la main, puis ouvre sa portière. Elle marche devant moi, je stresse un peu plus à chaque pas.

La salle d'attente est vide et, pourtant, nous parlons quand même à mi-voix, discutant de tout et de rien. Au bout d'un moment, le silence s'installe et nous nous occupons à regarder les réseaux sociaux s'animer sur nos portables. Et même si je n'ai pas envie qu'il le fasse, la seule raison pour laquelle je regarde mon téléphone, c'est pour voir si Becks n'aurait pas essayé de me joindre. Après tout ce que je lui ai sorti hier soir, c'est franchement déconnant. Je ne sais pas trop si son silence me rend triste ou joyeuse.

Un quart d'heure plus tard, nous sommes appelées. Nous nous installons sur les chaises face au docteur Blakely. Je lui présente Rylee et inversement et pendant ce temps, une voix me crie dans ma tête : *C'est elle qui a mon destin entre ses mains*.

Une fois les politesses achevées, le docteur Blakely croise les mains sur son bureau et me regarde, un léger sourire aux lèvres, sans pour autant se départir de sa gravité. Je sais que Rylee le remarque aussi parce qu'elle tend sa main vers moi et enlace ses doigts avec les miens.

– Comme vous le savez, quand nous avons fait la biopsie de votre masse, il y avait un risque pour que ce soit un cancer.

Je serre encore plus fort la main de Rylee. Ce qu'elle est sur le point de me dire pourrait me détruire ou m'aider à me construire. Mes oreilles vrombissent et je suis sur les nerfs. Je suis suspendue aux lèvres du médecin.

– Les résultats sont revenus, Haddie, et je suis désolée de vous apprendre que la tumeur est maligne.

Je me fige sur place – mon cœur, mes espoirs, mon souffle, tout est suspendu – alors que tout mon monde s'effondre autour de moi. Les fragments de ma vie, mes espoirs, mon futur, tout s'écrase par terre en se fracassant au fond du puits de mes émotions. Je suis perdue dans les ténèbres et je ne vois plus rien. Le vrombissement est si fort que je vois ses lèvres bouger, mais je n'arrive plus à l'entendre. Ma poitrine se serre, c'est si douloureux de respirer. Je me persuade que c'est le parasite du cancer qui me dévore le sein qui envahit mes poumons et les prend aussi en otage. Mes idées partent en vrille dans tous les sens. Tout ce que je pensais savoir me semble maintenant étranger et effrayant à souhait.

C'est l'unique sanglot qui échappe à Rylee qui me fait revenir à la réalité. Je braque mon regard sur ce que j'entends, même si les paroles du docteur Blakely ne me parviennent pas au cerveau. Ses lèvres ont cessé de bouger. Je vois qu'elle s'inquiète aussi pour moi, des larmes luisent au coin de ses yeux. Elle me laisse un peu de temps pour accepter ce qu'elle vient de m'annoncer.

Je ne sais pas qui serre le plus la main de l'autre, Rylee ou moi, mais j'entends sa chaise bouger, puis je sens qu'elle lutte pour extirper sa main de ma prise d'acier. Je la relâche à contrecœur, seulement pour sentir ses bras passer autour de mes épaules et me tirer contre sa poitrine en tremblant.

Je serre les dents en me disant de lâcher prise et de me vautrer dans le vide glacé qui me tend les bras. Il s'infiltre déjà dans mes os. Je me contiens – je maîtrise tout ce que je peux – et je me blinde pour pouvoir m'en occuper plus tard.

Plus tard, enfin *jamais* quoi, mais me mentir à moi-même fait partie du bordel et, franchement, je n'aurai peut-être pas à souffrir des répercussions de mes mensonges. Je serai peut-être morte avant, alors on s'en tape, non ?

Quand je regarde à nouveau le docteur Blakely, ma voix est chargée de sentiments que je ne pense pas ressentir.

– Est-ce que vous pouvez revenir en arrière et tout me réexpliquer, s'il vous plaît ? J'ai arrêté de comprendre après *tumeur maligne*.

Elle hoche la tête et jette un coup d'œil à Rylee pour la remercier silencieusement de son aide avant de revenir vers moi.

– Le rapport de pathologie montre des cellules cancéreuses, et mises en regard avec les scans que nous vous avons fait passer, nous diagnostiquons un cancer de stade 2.

– Nous ? intervient Rylee en formulant la question que j'ai sur le bout de ma langue mais que je suis incapable de poser car je ne suis toujours pas remise du choc initial.

– Oui, mes collègues et moi.

Je repère que le docteur Blakely adresse un sourire appréciateur à Rylee avant de me regarder droit dans les yeux.

– J'avais rendez-vous avec eux pour discuter du dossier d'une autre patiente et je leur ai demandé leur avis sur le vôtre aussi.

Je la dévisage, la bouche bée et le regard vide. J'ai l'impression d'être un cerf pris dans les phares d'une voiture, à la différence que je ne sais pas si je veux sortir du halo lumineux ou me faire percuter direct. Je cligne des yeux et j'ai l'impression d'avoir du sable sous les paupières. J'essaie d'assimiler tout ce qu'elle me dit, mais c'est impossible.

Et je trouve ça bizarre, parce qu'intérieurement, je le savais déjà ; l'histoire médicale familiale m'y avait préparée. Mais c'est une chose de le sentir et une autre de le savoir et encore une autre, complètement différente, de se l'entendre énoncé comme un fait, d'avoir des médecins qui se rencontrent pour parler de vous, enfin de votre dossier plutôt car le corps contaminé n'est pas présent.

– Alors, qu'en avez-vous conclu tous ensemble ?

C'est encore la voix de Rylee. Elle est forte et stable, elle rentre dans le rôle du conseiller du patient, ce qu'elle fait tous les jours dans son boulot, sauf que cette fois-ci, c'est de sa meilleure amie dont il s'agit, pas d'un des petits garçons maltraités dont elle est responsable.

– Nous pensons qu'il faut agir rapidement. Au regard du passé médical de votre famille, les formes de cancer que votre sœur et votre mère ont affrontées étaient agressives sur tous les fronts, alors nous voulons nous assurer de taper vite, fort et en plein dans le mille avant qu'il ne puisse s'adapter.

J'ai envie de croire à la conviction dont elle fait preuve, à la compétence derrière son diagnostic qui me dit qu'on peut réussir à l'annihiler, mais j'ai du mal à convoquer assez d'enthousiasme pour ça.

Je ne suis pas concentrée quand elle m'annonce qu'on va poursuivre les ablations des tumeurs, se lancer dans un protocole de chimio et de rayons pour forcer une réaction et, elle l'espère, une rémission. Je l'écoute m'expliquer le calendrier des traitements et j'ai la tête qui tourne, je me dis que ce n'est pas possible, car il ne me reste que quelques jours avant de sécuriser mon contrat pour Scandal. Puis mon esprit se balade du côté du contrat d'assurance santé et de mutuelle que j'ai heureusement réussi à signer il y a quelques mois pour me couvrir moi ainsi que mes éventuels futurs employés.

J'écoute la conversation d'une oreille distraite, sachant qu'elles parlent de mon corps, de ma vie et, pourtant, je n'arrive pas à rentrer dedans. Je n'arrive pas à croire que je suis sur le point de combattre ce que j'ai aidé Lexi à affronter. La brutalité de tout le processus, cet anéantissement total du corps et de la maladie dans sa dévastation la plus complète.

Et c'est là que je pense à mes parents. Oh mon Dieu, mes parents. Avoir à le leur dire, les effrayer, les regarder souffrir cette peine une troisième fois dans leur vie. Ma mère qui va s'en vouloir encore et encore, comme elle l'a fait pour Lex. Elle va se blâmer de porter la mort sur ses épaules, comme si c'était sa faute. Je serre mes poings si fort que mes ongles déchirent ma peau. J'accueille cette douleur avec soulagement, parce qu'elle me permet de ressentir quelque chose et de me sortir de ce bourdonnement qui retient mon corps en otage.

Égoïstement, je pense aussi à mon corps. Mon corps qui bientôt ressemblera à celui de Frankenstein : des morceaux de carcasse cousus entre eux pour en former un nouveau. Je sais que c'est de la vanité, mais les horribles images des cicatrices de Lex sur mon corps me passent par la tête et m'assomment encore un peu plus.

Et pourtant, Rylee et le docteur Blakely continuent à parler logistique, agenda et calendrier. Puis je pense à Maddie et j'en suis brisée de douleur. Quand un sanglot se prend dans ma gorge, elles se tournent soudain toutes les deux vers moi, et ma décision est prise.

Aux chiottes les ablations de masses.

Je veux vivre.

– Je veux une double mammectomie.

Je vois un éclair d'approbation traverser le regard de mon médecin alors que Ry me serre l'avant-bras, toute à sa surprise.

– C'était ma suggestion suivante. C'est la meilleure chose à faire, mais je dois vous informer que…

– Je sais que mes seins me tueront si je les garde. Je n'en veux plus, je veux qu'ils partent.

J'annonce ça avec plus de confiance que je n'en ressens vraiment, mais mon courage fait la différence, parce que je suis tellement morte de trouille que ma voix devrait dérailler complètement et non pas seulement légèrement trembler comme je l'ai fait. Alors je reprends :

– Rien n'a aidé ma sœur, mais je veux une chance de pouvoir me battre… alors je veux qu'on me les retire le plus rapidement possible. Je veux qu'on soit radical. Lexi est partie en six mois. Six mois. J'ai une vie et je veux la vivre. J'ai des choses à faire et je ne peux pas tout condenser en six mois parce que je ne les ai pas encore prévues, alors…

Je ne termine pas ma phrase, elle reste en suspens, comme toutes ces choses que j'ai toujours voulu faire qui me passent en tête. Les larmes arrivent maintenant, comme une vague d'espoir qui essaie de surfer sur la tempête émotionnelle qui fait rage en moi.

– Je n'ai encore rien prévu pourtant, leur dis-je entre deux sanglots étranglés.

Je suis concentrée sur le ciel au-dessus de ma tête. Les nuages y flottent si bien, ils dessinent des formes, puis dérivent pour en créer une autre. Ce ne serait pas plus simple d'être comme eux – de changer, de se métamorphoser, de s'ajuster – sans plus penser à la tempête qui s'approche et qui va les décimer.

Rylee me laisse réfléchir en silence et j'en profite pour écouter les oiseaux chanter, le bruissement des feuilles dans les arbres au gré de la brise. Cette section du parc est vide à cette heure du jour et je suis tellement contente qu'elle ait su que je ne pourrais pas faire face à la réalité tout de suite.

Elle soupire. J'entends qu'elle renifle, mais elle essaie de me le cacher en tournant la tête. Nous sommes allongées sur le dos, à flanc de colline sur l'herbe verte, et nous regardons le ciel.

Rompant à peine le silence, je lui murmure :

– Il va falloir que je le dise à mes parents.

– C'est notre prochaine destination. Je t'accompagne, d'accord ?

Je murmure mon accord. Je suis contente qu'elle me l'ait proposé, parce que je sais qu'elle saura être la voix de la raison quand tout partira en couilles.

– Nous avons trois semaines avant ton opération et il y aura ensuite deux semaines avant que la chimio ne commence.

J'apprécie son ton très factuel, son approche quasi professionnelle de mon calendrier de traitement me donne l'impression que ce n'est pas à moi que ça arrive.

– On va se faire un planning la semaine prochaine, comme ça, entre tes parents, moi et Becks, et qui que soit que tu veuilles auprès de toi, tu auras toujours l'aide dont tu auras besoin…

– Non.

Je sens qu'elle a sursauté. Elle a été surprise par ma subite sortie.

– Non quoi ?

Elle parle avec prudence, elle craint mes prochains mots.

– Je ne veux personne d'autre que mes parents… et toi à mes côtés…

Ma phrase reste en l'air, je me mets à penser à tout et son contraire.

– Ok.

Elle fait traîner ces deux syllabes en longueur, clairement paumée.

– Je ne te suis pas, Had. Tu en as pris plein la gueule aujourd'hui, alors je vais laisser couler jusqu'à ce que tu sois un peu plus à l'aise et que tu te rendes compte que tu dis n'importe quoi.

Je ne mords pas à l'hameçon, je sais qu'elle essaie de me faire réagir. Elle utilise mon tempérament volatil pour me forcer à agir sans réfléchir. En revanche, comme je reste impassible, elle est effrayée. C'est ce qu'il y a de mieux et de pire quand on a une amie si proche. On sait à quoi s'attendre de sa part, et elle sait exactement comment me faire réagir.

Mais là, je suis tellement dans le gaz que je ne réagis pas.

– Ok, répète-t-elle exactement de la même façon, ce qui commence à me taper sur les nerfs. Alors il n'y aura que tes parents, moi et Becks pour…

– Becks ne doit pas savoir.

Les mots sortent avec conviction – c'est le premier vrai truc que j'ai dit depuis que je suis entrée dans le bureau du docteur Blakely – même si ma tête et mon cœur ne sont pas d'accord sur cette décision prise après bien des nuits d'insomnie. Je ferme les yeux et chasse les images de nuages qui flottent dans l'air pour laisser de la place à ma culpabilité, mais en fait, c'est la peur qui prend le dessus. Mes frayeurs sont réelles maintenant.

– Comment ça, Becks ne doit pas savoir ?

Parce qu'il m'a dit qu'il m'aime. La tête me crie ces mots, mais mes lèvres restent fermées, elles préparent le terrain pour des mensonges si énormes que je ne pense pas pouvoir passer par-dessus.

J'entends qu'elle bouge pour s'asseoir et je sens la chaleur de son regard assassin qui me défie d'ouvrir les yeux, mais je la fais attendre. À la place, je me refais la liste de mes raisons. Celle que je me suis déjà repassée hier soir. Ce sont toujours les mêmes, j'ai juste faibli quand j'ai laissé mes sentiments se mêler de toute cette histoire. Pour obscurcir mon jugement.

Je ne peux pas laisser Becks entrer dans la danse. Je ne peux pas lui demander d'entrer dans ma vie de bombe à retardement en espérant que le détonateur ne se déclenche pas plus tôt que prévu, nous abattant tous les deux de façons différentes mais tout aussi dévastatrices.

Et c'est là que je me dis que c'est très arrogant de ma part. De penser que je serai le grand amour de sa vie. Que nous sommes des âmes sœurs.

Mais pour une raison ou une autre, je le sais. C'est tout. C'est ce foutu clic. En plus, je n'ai pas le temps ni assez de ressources sentimentales pour m'investir dans une relation amoureuse alors que toutes mes pensées seront dirigées égoïstement vers moi, pour essayer de survivre. Ce n'est pas juste de mettre quelqu'un dans cette situation, même si cette personne demande à prendre cette décision elle-même.

Je ne peux pas le laisser tomber amoureux de moi comme je suis tombée amoureuse de lui. Les cœurs peuvent guérir avec le temps, mais accepter l'amour de quelqu'un quand on fait l'expérience de la brutalité de cette maladie de plein fouet est l'ultime acte d'égoïsme.

Et je suis peut-être égocentrique de temps en temps, j'ai beau ne penser qu'à moi parfois, mais là, c'est au bien des autres que je pense. À Becks et à ce sourire qui gagne son regard, à la douceur de ses caresses et à son cœur en or si solide, qu'une femme mérite de connaître. Une femme en bonne santé. Une femme qui l'aimera sans que le ciel ne leur tombe sur la tête.

Je me rends compte que j'ai ouvert les yeux et qu'ils cherchent quelque chose pour une raison ou une autre plutôt que de regarder Rylee, et c'est là que je comprends. Je cherche un pissenlit, un signe de ma sœur qui me dira que tout va bien se passer. Mais je n'en vois pas un seul.

Et aussi stupide que ce soit, je ne m'en trouve que plus confortée dans ma décision.

Mais comment le dire à Rylee ? Je sais ce qu'elle va me dire. Elle me dira que je suis folle. Que j'ai besoin de rester positive, que ma mère a réussi à vaincre ce monstre. Que je ne fais que nous blesser tous les deux à écarter Becks alors que j'ai besoin du plus de monde possible pour m'aider. Et, histoire de retourner un peu le couteau dans la plaie, elle se servira d'autres personnes pour me mettre la pression et faire ouvrir les portes de mon âme et y accueillir tout le monde, alors que je n'ai envie que de les refermer pour aller me cacher dans un coin sombre un petit bout de temps.

Alors, je mens à ma meilleure amie. Pour gagner du temps. Histoire de faire dérailler sa tirade contre mon obstination.

– Pour le moment. S'il te plaît ?

Je rouvre les yeux et croise son regard confus. Alors, je poursuis :

– J'ai juste besoin de temps pour accepter tout ça avant de pouvoir embarquer quelqu'un d'autre, beaucoup d'autres même, dans cette situation. Je ne veux pas être sous le regard scrutateur et plein de pitié des gens, recevoir tous ces coups de téléphone où on parle en rond pour dire de la merde juste parce qu'ils ont la trouille de venir me voir et me demander mon pronostic de survie, ou pire encore, ceux qui vont frapper à ma porte sans que je m'y attende avec un foutu plat en Pyrex recouvert d'un papier alu avec un putain de ragoût dedans qui me guérira à coup sûr.

Rylee hoche la tête, et je sais qu'elle n'a pas encore compris. Mais elle n'a pas à comprendre cette décision. Et honnêtement, j'en ai marre d'avoir à m'expliquer. Mes émotions frisent la schizophrénie et me reviennent en pleine face, plus fortes que jamais. Le chagrin cède la place à la colère, qui se transforme en incrédulité, celle-ci vire à son tour en un sentiment d'isolement bienvenu. Impossible de suivre tous ces revirements, et je n'en ai plus rien à foutre.

Je me lève d'un coup, j'ai besoin de bouger, d'accueillir à bras ouverts la rage que j'ai en moi mais que je n'arrive toujours pas à ressentir. J'essaie de me calmer et de me concentrer sur ce que j'arrive à ressentir : mon cœur serré d'avoir besoin de pleurer sans y parvenir.

J'ai envie de lui dire que mon corps est déjà brisé, mais je sais qu'elle haussera les sourcils et me regardera avec l'air de dire « tu peux mieux faire que ça, Montgomery ». Elle maîtrise ce regard à la perfection. Ça fait presque dix ans que nous sommes amies, elle a eu le temps de pratiquer.

– Tu te souviens de ce goulasch dégueu que le voisin d'en face nous a apporté quand Lex…

Elle n'achève pas sa phrase, elle s'arrête avant de prononcer les mots *a été enterrée*, mais je me souviens de ce plat immonde qui maintenant me fait sourire.

– Le truc qui sentait la bouffe pour chien ?

– Ça en avait aussi l'odeur.

Je me suis tournée pour la regarder, et je vois son nez se plisser. Et je ne sais pas d'où ça sort, mais je suis prise d'un fou rire. Au début, le son sort de ma bouche et arrive droit dans mes oreilles. C'est très bizarre, comparé au tumulte dans ma tête.

Mais impossible de m'arrêter.

J'entends toute cette hystérie, et l'anxiété qui la sous-tend, et pourtant je ris de plus en plus fort. Le vent emporte mon hilarité au loin.

Quand je lève les yeux, je vois que Rylee aussi est morte de rire, mais le contraste vient des larmes qui ruissellent sur son visage alors qu'elle ne me quitte pas d'une prunelle.

Je pense à plein de trucs. Ma peur s'envenime, mais je la repousse pour l'instant car j'ai besoin de ça – de ce ciel, du vent, de ma meilleure amie. J'ai besoin d'avoir quelque chose à quoi me raccrocher, à tirer vers moi quand j'en aurai besoin dans les jours très sombres qui m'attendent. Ces jours qui essaieront de me voler mon âme et d'éteindre ma lumière.

Mais ce moment me donne la certitude que je vais me battre comme une lionne.

Je vais me battre comme une fille : avec du rouge à lèvres, une coiffure impeccable, avec fierté et courage.

Parce que merde, j'ai encore des cœurs à briser et bien des talons à porter.

Des cœurs et des talons.

Des cœurs et des talons.

Putain. Je suis effrayée. Je suis pétrifiée.

J'essaie de garder le contrôle sur la réalité de toutes mes forces.

J'ai tellement peur de l'inconnu.

CHAPITRE 26

Je me regarde dans le miroir, complètement vidée. J'observe mes yeux enflés, cerclés de noirs et toujours aussi perplexes dans leur reflet insignifiant. J'entends encore les cris de ma mère quand je leur ai annoncé la nouvelle tout à l'heure, tout comme l'air foudroyé de mon père, suivi de sa mâchoire crispée et de son soudain départ pour sa chambre où il a pu craquer. Il s'accuse de ne pas avoir été capable de protéger la dernière femme dans sa vie qui n'avait pas encore été touchée par le monstre qui a décimé sa famille.

Je me débarrasse de ces souvenirs douloureux avant de retirer mes vêtements. J'ai soudain désespérément envie de prendre une douche pour nettoyer toute cette journée et la retirer de mon corps. Je sens encore le parfum de ma mère sur ma peau. Ce parfum que je ne devrais pas sentir, car je n'aurais pas dû la voir aujourd'hui.

Alors, j'accueille avec plaisir la sensation de l'eau brûlante et je frotte, je savonne, même si je sais que je ne peux pas laver *ce truc*. Il faudrait que j'appelle Rylee tout à l'heure pour lui présenter des excuses. J'ai été grossière et dure avec elle alors que j'aurais dû lui être reconnaissante après tout ce qu'elle a fait pour moi. Je sais qu'elle comprend, mais ça n'en est pas moins nul de ma part.

Je sors de la douche et j'attrape une serviette. Je l'enroule autour de ma tête pour retenir mes cheveux. Toujours aussi vidée, sans réfléchir correctement, j'en attrape une seconde et je commence à me sécher en revenant dans ma chambre où ma robe de chambre est étalée sur mon lit. En m'approchant, j'aperçois le reflet de mon corps nu dans le miroir accroché au mur à côté de ma commode.

Je m'immobilise. Puis j'avance vers la surface vitrée, totalement absorbée par mes peurs. Impossible de quitter mes seins du regard.

Ils sont fermes et rebondis, pleins et rehaussés de jolis tétons roses. Je les regarde en me demandant comment quelque chose qui a l'air si inoffensif peut détenir autant de pouvoir sur moi ? Je me demande comment un organe peut apporter du plaisir, nourrir un bébé et voler une vie aussi facilement.

Puis je me demande de quoi je vais avoir l'air quand ils ne seront plus là. Vais-je ressembler à un patchwork de cicatrices ? Est-ce qu'ils pourront sauver mes tétons ? Comme ça, je n'aurai pas besoin de m'en faire tatouer pour avoir l'air normale. Que restera-t-il de ce trait physique majeur qui exprime mon genre et ma sexualité ?

Je n'aurai même plus de cheveux pour m'aider là-dessus… alors je deviendrai chauve, plate, avec du maquillage sur mon visage enflé pour montrer que je suis une femme.

Je vacille en voyant cette image. Je suffoque.

J'aime à me dire que je ne suis pas futile, mais tout le monde l'est un peu dans un certain sens. Est-ce que c'est la façon qu'a trouvée Dieu de me punir de toujours avoir été jolie ? De n'avoir jamais traversé la phase ingrate de l'adolescence quand toutes les autres filles poussaient comme des asperges et étaient mal dans leur peau alors que j'étais svelte et que tous les garçons me désiraient ? Ces choses que je considérais comme acquises, avec lesquelles j'ai toujours été très à l'aise et qui vont m'être prises. Et même si je n'aurais jamais cru accorder la moindre importance à ça, je suis soudain terrifiée par l'image que je vais projeter. De quoi vais-je avoir l'air ? Que vont dire les gens ?

Les larmes que j'ai retenues en otage toute la journée se mettent enfin à couler dans un maelström de sanglots. Je laisse tomber la serviette et je pose mes mains sur mes seins. Je les prends en coupe, je sens leur poids, leur rondeur, la douceur de ma peau. Je les ai eus toute ma vie et pourtant je ne pense pas avoir jamais eu l'idée de tout mémoriser sur eux. Quelle idée bizarre.

En pleine explosion de chagrin, je me dis que quand tout sera terminé, je les ferai refaire. Même si mes seins au naturel sont proches de la perfection à l'heure actuelle, quand j'aurai soixante ans, ils pendouilleront lamentablement, alors j'ai de la chance, parce que ces nouveaux seins resteront bien fermes et pleins, même au fin fond de mes derniers jours en maison de retraite. L'art de la rationalisation à son plus haut degré.

Et alors, je me mets à rire à travers mes larmes quand je me rappelle le poème de Shel Silverstein que j'ai lu à Maddie l'autre soir. Celui sur le petit garçon qui s'est rasé le crâne parce qu'il détestait ses boucles et qui a fini par découvrir qu'en fait, ses cheveux étaient raides, mais que c'était sa tête qui frisait.

Je ne sais pas pourquoi je trouve ça si drôle maintenant, mais je ne peux pas m'empêcher de rire en me regardant dans le miroir. Je me demande ce que je vais trouver sous mes cheveux. Les larmes coulent aussi vite que mon rire s'échappe de mes lèvres, jusqu'à ce que le son disparaisse mais que les larmes continuent à couler.

Je continue à me regarder à travers ma vue trouble. Mes cheveux mouillés sont filiformes. Ma serviette m'est tombée de la tête pendant mon épisode rire et larmes. Mon corps est encore tout rosi de l'eau brûlante. C'est le même corps que j'observe depuis vingt-huit ans et pourtant, dans les prochaines semaines, il ne semblera plus m'appartenir ni n'aura cette apparence.

Je ferme les yeux. Je ne veux plus penser à ce qui ne sera plus jamais comme avant. Je rampe sur mon lit pour m'enfouir sous la couette, essayant de trouver une sorte de réconfort, mais je ne pense pas que ce soit possible quand on vient de vous annoncer que vous avez un cancer.

Je me perds dans mes réflexions et, soudain, je remets en question la décision instinctive que j'ai prise cet après-midi dans le bureau du docteur Blakely. Ne devrais-je pas opter pour une simple mammectomie et sauver mon autre sein ? Garder une petite partie de moi ?

C'est stupide. Cet autre sein ne serait qu'une bombe à retardement. J'ai pris la bonne décision. Je me le répète encore et encore alors que les larmes roulent sur mon visage et trempent l'oreiller sous ma tête.

Mais le doute se fraie un chemin à travers mon âme.

Je sais quoi faire pour renforcer ma décision. Je tâtonne au bord du lit pour attraper mon portable. En quelques instants, j'accède à ma messagerie vocale et j'entends la voix de Lexi :

Le temps c'est précieux. Perds-le intelligemment.

Dans le silence de ma chambre, je me murmure alors : « Donne-moi la force, Lex. »

Je me rends alors compte que je n'ai pas envie d'être seule. Je sais que c'est la solitude qui parle, mais ça me manque de ne pas entendre Dante déambuler dans la cuisine. J'ai avoué à Rylee à contrecœur ce qui s'était passé avec lui et pourquoi il n'était plus là, simplement parce que je ne voulais plus lui mentir. Mais je sais qu'elle s'inquiète de me savoir seule.

J'ai été limite choquée qu'elle cède à mon besoin de solitude quand je lui ai expliqué qu'avec son don pour la planification, je sais très bien qu'après l'opération je ne serai probablement plus jamais tranquille. Et j'avais besoin d'autant de temps pour moi que je le pouvais. Mais, allongée dans mon lit avec mes seules pensées pour compagnie, elles qui crient dans le silence, je regrette de ne pas avoir accepté la proposition de Rylee. Nous aurions pu passer la soirée toutes les deux à nous réconforter.

Mais non.

Alors, je me repasse le message de ma sœur.

Encore.

Et encore.

Parce que je sais que si je continue à me repasser ce message, ça m'empêche d'appeler Becks.

Il me manque. Atrocement. J'ai pris la bonne décision. Si je me sens comme ça aussi rapidement, je me rends compte que lui sera dans un état encore pire s'il traverse tout ça avec moi pour finir tout seul en fin de compte.

Putain, c'est brutal.

L'épuisement commence à remporter la bataille sur le tourbillon de mes pensées. Mon doigt appuie sur « réécouter » toutes les deux minutes treize, et le message repart depuis le début.

Le sommeil commence à m'emporter.

Je ne quitte pas les personnes que j'aime sans me battre et j'irai jusqu'au bout de l'enfer, putain, Haddie Montgomery. Mieux vaut te préparer pour la bataille car oui, je suis tombé amoureux de toi.

Les mots me reviennent brièvement et je suis tellement fatiguée, épuisée par cette journée. Je me demande vaguement si je me souviens d'avoir laissé mes doigts composer son numéro et si je l'ai vraiment entendu me dire ça.

Quoi qu'il en soit, je succombe à l'appel de Morphée et mes dernières pensées semi-conscientes sont consacrées à Becks qui conquiert mon cœur, et pas à l'invasion de mon corps par des cellules cancéreuses.

CHAPITRE 27

Becks

Le moteur baisse en régime dans le dernier droit. En face de moi, l'ordi me remonte tous les indicateurs de progression. D'habitude, je les scrute, les dissèque, les analyse religieusement.

Mais pas aujourd'hui.

Aujourd'hui, la fluctuation constante de ces chiffres me passe complètement au-dessus de la tête. Je les vois. Je les enregistre, mais là où normalement ils me donnent des informations précieuses sur la voiture, aujourd'hui, pas moyen de faire fonctionner mon cerveau.

– C'est bon ?

La voix désincarnée de Colton s'élève dans mon casque et je me rends compte que je n'ai même pas vérifié ce que j'étais censé suivre. Impossible de lui répondre. Je n'en ai pas la moindre idée.

J'aimerais lui répondre : « *Ouais, c'est cool* », mais c'est la vie de mon meilleur ami en jeu dans cette voiture qui file à près de trois cents kilomètres/heure. Je ne peux pas lui dire de connerie, même si l'idée me traverse la tête.

– Désolé, Wood, lui dis-je en employant le surnom qu'un mec sur le circuit lui a filé il y a plusieurs années. Je pensais à un autre truc. Je n'ai pas pu suivre.

J'ignore les regards en coin des gars de l'équipe quand ils m'entendent dans leurs casques. Ils ont vu que j'avais le cul posé devant mon ordi. Rien n'aurait pu m'en empêcher. Je reprends alors :

– Deux secondes, je vais les faire ressortir, reste bien dans la fourchette.

– J'ai l'impression que c'est bon, dit Colton, la voix éreintée par son entrée dans le troisième virage. Elle ne chasse plus du cul sur la droite. Je crois que les gars ont stabilisé le problème au dernier réglage.

– Cool.

Je me précipite sur les résultats pour étudier les chiffres et confirmer son impression.

Putain, Haddie me tient par les couilles – c'est son putain de vaudou – mais pas question de le dire à Colton. De lui expliquer que je suis distrait à cause d'une fille qui n'arrête pas de me repousser, et que je ne peux pas me concentrer sur mon putain de boulot. Ouais. Parce que là, je suis trop pro. À mort.

– *Cool ?* T'as rien d'autre pour moi ?

La voiture accélère en sortant du premier virage, sa voix vibre à cause de la pression qu'il subit, mais il continue :

– Pourquoi tu ne bosserais pas à te sortir la tête du fion pour faire ton putain de job, connard ?

Je ravale la réplique que j'allais instinctivement lui sortir pour lui dire d'aller se faire foutre. Je mérite son engueulade, surtout après avoir fait foirer notre réunion chez Penzoil hier parce que j'avais la tête ailleurs.

– Les chiffres sont dans la fourchette, lui dis-je, les yeux rivés sur la dernière jauge. On est bon.

Plus rien dans la radio maintenant, c'est le silence, et je sais que c'est parce que je déconne. Il ne me demandera pas pourquoi, parce que merde, on est des mecs et qu'on ne fait pas dans la dentelle émotionnelle de meuf. Mais, putain, je n'avais jamais déconné avec un sponsor. Et j'ai franchement abusé avec Penzoil.

Le silence est très présent. Je n'entends que le bruit du moteur dans le micro ouvert et j'attends de voir s'il va me pousser à bout où s'il va me défoncer en privé.

Dans un cas comme dans l'autre, Colton n'est pas le genre de gars à laisser passer ça. Non pas parce que j'ai déconné, mais parce qu'il se fait du souci pour moi, même s'il ne l'admettra jamais. Espèce d'enfoiré obstiné !

– Cool. Je vais encore m'en taper vingt. À fond les ballons, annonce-t-il enfin.

Je sais que c'est sa manière de me dire : *C'est bon là, tu suis, Ducon ?*

La caisse est parfaitement réglée, et il sait que je déteste quand il roule à fond. Il prend le risque de niquer la perfection qu'on a ajustée. Il me force à réagir et, putain, j'ai assez de merdes à gérer comme ça, je n'ai pas besoin de l'avoir sur le dos lui aussi.

– Éclate-toi.

Je remarque qu'à l'autre bout de l'atelier, Smitty lève brusquement la tête pour me regarder quand il ne m'entend pas me lancer dans une engueulade avec Colton sur la prise de risques inutiles.

Putain, je ne dois pas être discret, faut que je me reprenne.

La seule réponse de Colton est une brusque montée en régime de la caisse, ce qui à mes oreilles est un énorme *Va te faire foutre... profond*. Je commence à remballer mon merdier en enregistrant inconsciemment les chiffres des virages un à quatre alors qu'il les attaque en poussant le moteur comme un dingue.

Je me demande si je reste pour l'attendre à sa sortie de la caisse et me taper la merde qu'il va m'envoyer en pleine gueule, mais je me dis que ce n'est pas la peine. Je suis énervé et de mauvaise humeur et je n'ai pas envie de m'engueuler avec mon meilleur pote.

Même si, merde, c'est plutôt tentant.

Peut-être que j'ai juste envie d'obtenir une réaction de la part de quelqu'un puisque je n'arrive à rien avec Haddie.

Que dalle. Zéro. Le néant.

De la colère, des accusations, de l'indifférence… n'importe quoi serait mieux que le silence dans lequel elle s'est murée.

Je l'ai trouvée dans son jardin chez elle il y a cinq jours. Je vois encore son regard hanté, je devine encore le désespoir de ses caresses. Mais je goûte encore le rejet sur sa langue et la piqûre de ses mots.

Et ensuite, elle m'a tellement perturbé que je lui ai dit que je l'aimais. Putain, la déclaration. Je ne me le suis pas encore complètement avoué à moi-même, parce que le penser est une chose, mais le dire à voix haute – le balancer à l'univers entier –, c'en est une autre. Impossible de revenir en arrière dans ton merdier. Et qu'est-ce qu'elle a fait quand elle m'a entendu ?

Rien.

Putain, mais vraiment rien.

Pas un seul *Becks, attends* ! Ou *T'en va pas.* Même pas un *Euh, c'est un peu trop rapide, là* ni même un *Putain, mais t'es dingue ?* Elle ne m'a rien donné d'autre qu'un regard prudent et un silence radio absolu.

Je planque ma blessure. Repousse les coups de téléphone qui sonnent dans le vide et les SMS pas ouverts, toute la série de passage en caisse devant chez elle pour voir si elle est à la maison et les minutes passées à taper sur sa porte hier soir parce que sa voiture était dans l'allée. Je l'ai suppliée d'ouvrir et de me parler, de me dire qu'elle allait bien ou qu'elle me haïssait ou même qu'elle avait vraiment choisi Dante. Un truc. N'importe quoi. Être suspendu dans les limbes comme ça, ça craint.

Cette femme a fait de moi une fiotte en manque d'affection, et je déteste ça.

Mes réflexions sont plus rapides que Colton sur le circuit et j'ai juste besoin de me calmer quelque temps. Je me lève de mon siège, j'ignore les regards de travers des gars à côté et je vais choper mes clés. Je jette un coup d'œil à mon portable pour faire genre je lis un texto et je me casse.

– Dites à Wood qu'il s'est passé un truc. Je dois y aller. J'irai le voir plus tard.

Je n'attends pas leurs réponses, car j'ai besoin de faire un Haddie.

Me perdre un peu pour ressentir beaucoup moins de trucs.

Merde.

Écouter ce que me dit mon foutu cœur, c'est nouveau pour moi. Et ce n'est qu'un satané muscle, alors pourquoi est-ce que j'espère qu'il va me donner des réponses ?

Les muscles ne sont peut-être pas capables de comprendre ce qui se passe, mais putain, ils peuvent vraiment faire mal si on tire trop dessus et qu'on abuse.

Et putain, c'est clair qu'elle abuse.

Alors, pourquoi ai-je toujours envie d'elle ?

Putain d'amour.

***

La musique est plus ou moins blues. La lumière minimale, du côté sombre. Et la bière est fraîche à souhait quand elle me coule dans le gosier. Le truc le plus cool d'être dans mon pub préféré, à part le fait qu'on me laisse peinard, c'est que je n'ai qu'à lever le menton en regardant Vivian pour qu'elle m'apporte une nouvelle tournée, sans que j'aie à dire un mot.

C'est peut-être sa première semaine ici et on vient juste de se rencontrer, mais rien que pour ça, Viv est ma nouvelle meilleure copine.

Après deux heures de harcèlement non-stop, les textos ont enfin cessé d'arriver. Mais pas un seul n'a été envoyé par celle que je veux.

J'apprécie la sensation de m'apitoyer sur mon sort, de me vautrer dans un océan de malt et de houblon avec quelques shots de temps en temps. Je ne sens plus mes lèvres, ma tête a arrêté de me faire chier – enfin elle tourne, mais elle ne fait pas chier – et je n'ai toujours pas compris comment elle a pu le choisir lui plutôt que moi.

– Plus mon genre, mon cul.

Je marmonne tout seul dans mon coin en repensant au dernier truc qu'elle m'ait dit. Putain de merde. Je peux toujours mettre mon incompréhension sur le dos de mon alcoolémie, mais le brouillard n'est pas assez épais pour effacer les raisons qui me poussent à boire. Après tout, je n'arrive pas à comprendre non plus quand je suis sobre.

Je lève mon menton en regardant Vivian une fois de plus. Je pourrais bien faire grimper le nombre de verres alignés sur ma table.

Je m'adosse au mur derrière moi dans le box que j'ai réquisitionné au fond du pub et je croise les jambes en les étirant sur le banc d'en face. Je me repasse les différents scénarios en tête, essayant de comprendre comment nous sommes passés des nuits sans sommeil, et de cette lueur dans son regard quand je l'ai quittée après notre escapade à Ojai, à là où nous en sommes.

Enfin, merde, quoi. C'était dur de ne pas aller au dernier événement pour Scandal il y a quelques jours. J'ai dû faire appel à toutes mes forces pour ne pas m'y pointer, m'asseoir dans un coin sombre et la regarder, juste pour m'assurer qu'elle va bien. Juste pour la voir elle – parce que merde, elle me manque –, mais bon, ça ferait de moi un gros pervers.

Je m'en suis empêché en descendant un pack de bières devant le match.

Je remercie Vivian quand la nouvelle bouteille glisse sur la table devant moi et je me demande si je ne devrais pas appeler Rylee. C'est franchement con de faire ça, mais me reste-t-il un autre choix à ce stade ? Ça doit être l'alcool, je deviens une vraie gonzesse.

Mais merde, l'alcool a peut-être mis le doigt sur un truc.

Puis je me rends compte que même si je crève d'envie de savoir ce que pense Haddie, j'ai aussi envie de demander à Rylee si elle a déjà eu les résultats de ses examens. Je sais qu'il n'y a rien, mais il y a ce mini-doute qui ne me fout pas la paix. Et puisqu'Haddie refuse de communiquer avec moi de toutes les manières et moyens possibles, je me dis que je peux toujours poser la question à Rylee.

Putain, c'est pathétique.

Attends. Je ne peux rien demander à Rylee, car elle n'est même pas au courant pour cette satanée biopsie. Et mon plan tombe à l'eau.

Je ferme les yeux, accueillant le tourbillon de mon monde désaxé parce que si rien n'est logique dans la vie, mieux vaut se bourrer la gueule et tout faire tourner, non ?

– Tu vas te pinter jusqu'à ce que tu sois de bonne humeur, ou quoi ?

Je lève brusquement la tête en entendant la voix de Colton et je cherche immédiatement à repérer Vivian. Elle a l'air toute chiffonnée et me dit du bout des lèvres qu'elle est désolée, puis elle désigne Miller, le barman qui sait que Colton et moi sommes des clients réguliers.

Putain. Depuis quand a-t-il commencé son service ? Je croyais n'avoir pas eu de bol avec une nouvelle serveuse, et le vieux Earl qui n'en avait rien à branler de ce que je foutais tout seul dans mon coin.

J'ignore Colton et referme les yeux, reposant ma tête dans sa position initiale, posée contre le mur à l'arrière du box.

J'entends qu'il se marre, puis pose son cul en face de moi. Il ne s'écoule que quelques secondes avant que j'entende le bruit d'une autre bouteille se poser sur la table et un remerciement courtois.

Et allez, c'est parti, une tonne de merde à me manger en pleine gueule. Mais il ne dit pas un mot. Alors, je reste le cul sur mon banc, les yeux fermés, jusqu'à ce que le suspense de savoir ce qu'il fout me bouffe tellement que je ne peux pas m'empêcher de soulever les paupières. Je penche la tête pour le voir assis dans la même position que moi, mais lui a le regard plongé sur l'étiquette qu'il arrache de sa bouteille.

– Salut, m'apostrophe-t-il en levant la tête avant de revenir à son étiquette sans même croiser mon regard.

– Salut.

J'essaie d'accepter sa nonchalance alors que, d'habitude, il est du genre à en venir au fait plutôt direct.

– Qu'est-ce que tu biberonnes ? demande-t-il en désignant mes verres vides rassemblés au milieu de la table.

– Du scotch.

– Du scotch ?

– Macallan.

– Pas dégueu, ta merde, approuve-t-il en grognant légèrement.

– Effectivement.

Je soupire en m'intéressant de près à l'étiquette de ma propre bière avant de reprendre :

– Un goût de paradis, doux, addictif, mais putain, ça arrache la gueule.

– Pourquoi ai-je l'impression qu'on ne parle pas d'alcool ?

Mes yeux se lèvent pour rencontrer l'intensité des siens. J'y lis de la sollicitude et de la compassion.

D'un côté, j'ai envie d'en parler, d'un autre je préfère éviter toute discussion.

Sur Haddie.

Et j'ai encore plus envie de lui poser des questions sur elle que de céder à mon besoin de déballer ce que j'ai dans les tripes. Les meufs parlent de merdes comme ça – pas les mecs – alors peut-être qu'Haddie s'est ouverte à Rylee. Qu'elle lui a dit pourquoi elle me repoussait, que je lui avais avoué mon amour comme un gros con.

Putain, c'est tellement frustrant, merde.

– Désolé pour Penzoil.

Colton sursaute, ambiance coup du lapin en plein changement de vitesse après avoir rétrogradé.

– Ça arrive.

Je sais que j'ai beaucoup bu, mais je n'arrive pas à saisir le gars cool et détendu qui réagit super-bien. J'ai l'impression qu'il se retient, qu'il marche sur des œufs et qu'il évite de me pousser alors que c'est son truc d'habitude.

Ce qui rajoute probablement un peu de bordel dans la tempête confuse qui tourbillonne déjà dans le carrousel qui tourne en rond dans ma tête.

– Nan. J'ai déconné. C'est de ma faute. J'ai pas mal de bordel à gérer en ce moment.

– Ça va ? Tes parents et Walk vont bien ?

– Ouais, c'est cool… Désolé. Tout roule.

Sa réelle inquiétude pour ma famille me fait immédiatement présenter des excuses, pour la deuxième fois en quelques secondes. Je penche la bouteille sur mes lèvres, je ne goûte même pas les parfums qui se posent sur ma langue, car la saveur du rejet est bien plus puissante. Nous restons assis là en silence avant que je ne finisse par confesser :

– C'est ce *putain de Macallan.*

C'est tout ce que je lui donne et, pourtant, il hoche la tête avant de boire une gorgée de bière.

– On n'a jamais honte de boire du Macallan, Daniels.

– Je sais.

Je suis aussi bien content qu'il ait fait le lien entre Haddie et le scotch, alors je poursuis :

– Honte ou pas, impossible d'en profiter si quelqu'un d'autre se tape ta bouteille.

Il pousse un gros soupir et s'effondre sur son siège en secouant la tête.

– Mec, c'est chaud, dit-il avant d'ajouter en levant les yeux vers moi pour me sonder : Elle t'a envoyé chier ?

– On peut dire ça.

– Je te demanderais bien si tu as compris pourquoi, mais vu les bouteilles vides sur la table et le simple fait que ce soit une fille, je dirais un bon gros putain de non.

Je ne lutte pas contre le sourire qui naît sur mes lèvres quand il ajoute :

– Je te l'avais dit, mec, c'est le *vortex des œstrogènes*. Ça ne sert à rien d'essayer de piger quoi que ce soit.

– C'est pas faux.

Je salue sa clairvoyance d'un mouvement de bouteille et retombe dans le silence. C'est plus facile de regarder ma bouteille que Colton quand ma confession prend forme :

– C'est de ta faute, tu sais.

Il éclate de rire, la tronche de travers, en essayant de comprendre où je veux en venir. Il claque ses mains et les frotte l'une contre l'autre avant de m'encourager à poursuivre :

– Je sens que ça va être bon. Vas-y frère, balance. J'ai hâte d'entendre ton raisonnement à la con.

Je l'assassine du regard :

– C'est toi qui as commencé. On – toi et moi –, on allait super-bien. Tranquille en solo, à aller draguer de temps en temps. Et là, tu t'es fait choper par le vaudou tout-puissant.

Il rit tellement fort qu'il attire l'attention des clients qui ont commencé à remplir le bar.

– Choper ? Je dirais plus que je me le suis pris en pleine gueule. Mec… Désolé… Tu sais quoi. En fait, non. (Il frappe la table du plat de la main.) Je ne vais pas m'excuser, parce que quand ça t'arrivera, tu comprendras. Tu comprendras tout. Décapoter, être d'accord pour qu'une autre personne te tienne par les couilles, le…

La tête de Colton se relève brusquement quand toutes les pièces du puzzle forment un ensemble cohérent. Il écarquille les yeux et un sourire commence à naître sur ses lèvres.

– Putain, non, tu n'as pas…

– Viv ?

Je tourne la tête pour lui échapper et je cherche ma nouvelle copine et son offrande perpétuelle de substance anesthésiante.

– Pour l'amour de tout ce qu'il y a plus sacré… tu n'as pas… tu n'es pas… Tu te fous de ma gueule, non ?

Il finit par s'étouffer. Super. C'est parfait : maintenant, Donavan sait que je me suis fait envoûter.

Que la tempête de merde commence !

Je refuse de le regarder, je ne veux pas qu'il lise toute la misère qu'expriment mes yeux, maintenant que tout est officieusement posé sur la table. Putain. C'est parti pour le foutage de gueule. Ok, je le mérite, mais merde, je n'ai franchement pas besoin de ça. Viv pourrait tout aussi bien envoyer la dernière commande en double, parce que je pense que je vais en avoir besoin.

Il ne me reste plus qu'à opter pour le déni.

– Nan…

– Putain de merde, mec. Je me casse en lune de miel, tu te tapes la demoiselle d'honneur et ensuite tu te fais des nœuds à la bite à cause d'elle…

– Au moins, tu reconnais qu'elle est assez longue pour que je fasse des nœuds avec.

Je hausse les épaules, la bière qui glisse dans ma gorge est si agréable, j'ai l'impression que je peux respirer un peu plus, maintenant que je ne mens plus à mon meilleur pote. Il répond en renâclant :

– Va te faire foutre ! Et merci. Je crois que je vais en prendre une autre.

Je repose ma tête sur le mur en soupirant. J'ai envie d'en dire plus, mais je ne sais pas trop si c'est une bonne idée de lui donner plus de munitions, parce que franchement, je n'ai pas besoin de me manger plus de conneries dans la tronche.

– Parfait. C'est pour moi. Comme ça, je pourrai te bourrer la gueule, ça me va.

– Je crois que j'y suis presque, j'avoue.

Il murmure son assentiment et je me force à rouvrir les yeux pour que la pièce arrête de tourner derrière mes paupières. Et comme ça, je ne la vois plus danser devant moi, avec sa bouche qui me dit de me tirer et ses yeux qui me supplient de rester.

– C'est juste que… C'est pas logique en fait… Je… *Merde !*

– Ça résume bien la situation.

J'apprécie son silence après ça et j'essaie de mettre la main sur les idées qui me passent par la tête.

– Avec Ry… Est-ce que tu… Enfin tous les deux, vous…

– Est-ce qu'on était complètement paumés ? Est-ce que ma bite me suppliait d'y retourner, mais que ma tête disait de me casser ?

J'entends, au ton de sa voix, qu'il se marre doucement, c'est qu'il a compris, il sait où j'en suis.

– En gros, ouais, je réponds me frottant le visage de la main. C'est tellement le bordel.

– Ouaip. Et si je ne sentais pas que tu morfles, je me foutrais de ta gueule. T'es perplexe de la foufoune ? C'est juste trop drôle, je n'ai rien d'autre à dire.

– Va te faire foutre !

– Oui, merci. Je pense que je vais aller m'occuper de mon foutre justement ce soir, pendant que tu chialeras dans ta bière. Ce serait plus simple si tu admettais qu'Haddie la Magie t'a jeté un sort et que tu marches à fond.

Je lève mes yeux au ciel, mais je m'arrête quand il fait tinter le goulot de sa bière contre la mienne.

– C'est du vaudou, mec. Ne dis rien tant que tu n'y es pas passé.

– Ah. Alors maintenant, tu dis que c'est trop de la balle et pourtant, l'année dernière, tu l'as combattu à chaque étape.

– J'ai lutté jusqu'à ce que je me rende compte qu'une chatte magique, c'est un porte-bonheur pour adulte.

Putain, mais c'est quoi son délire ?

– Pardon ?

– C'est juste magiquement délicieux.

Je ne cherche même pas à m'empêcher de rire. Colton, égal à lui-même.

– Tu es tellement barré.

– Et où veux-tu en venir… ?

– Je veux dire que… tu as raison. Sur toute la ligne.

Son sourire s'estompe et son regard se plante dans le mien par-dessus sa bouteille de bière.

– La vie ne l'a pas épargnée cette année.

Sa déclaration est très factuelle et, autant que je sache, il a raison. C'est toujours le cas d'ailleurs. Avec tout ça.

– C'est vrai, dis-je en hochant la tête, tout en mettant mes synapses en branle à travers le brouillard alcoolisé qui m'envahit. Mais il y a un truc que je ne pige pas. Pourquoi m'a-t-elle dit qu'il y avait un truc entre nous, pour changer d'avis et m'annoncer qu'elle préfère un autre mec ?

– Et est-ce que *tu la crois* quand elle parle de l'autre ?

Je regarde Colton et j'essaie de comprendre ce qu'il ne me dit pas mais me montre. Comme s'il voulait s'excuser avec ses yeux… De vagues indices de ce que ça pourrait être flottent au loin, mais je n'arrive pas à examiner ça de plus près.

– Quand elle me parle, c'est à peu près clair comme du gras.

Colton rit de ma douleur mais aussi du fait que la graisse, c'est tout sauf clair. Ma blague avait l'air de marcher, mais en fait, non.

– Putain ! Tout ce que je sais, c'est qu'elle m'a dit qu'elle allait se remettre avec Dante pour reprendre leur relation et essayer de la faire marcher.

– Le coloc qui, en fait, est son ex ?

Son air étonné rivalise avec ce que je ressens, et il reprend :

– Bah, tout ce que je sais, c'est qu'elle va devoir se taper pas mal de merdes à partir de maintenant et que…

– Quelles merdes ?

Je me rappelle immédiatement la tête que faisait Colton il y a quelques secondes. Pourquoi était-il désolé ? Parce qu'Haddie m'a largué ou qu'il sait un truc que j'ignore ?

– Colton ?

– Eh bien, eh bien, eh bien, ce ne serait pas le petit prodige en personne ?

La voix à ma droite me déconnecte de Colton immédiatement et met le feu à ma mauvaise humeur comme un chalumeau sur un cierge.

– C'est l'ex ?

La voix de Colton est grave et sans inflexion. De son regard, il me dit de me calmer, mais sa posture gueule *Va te faire foutre, Dante. Vas-y, balance tout ce que t'as.*

– Dante.

Je hoche la tête sans même le regarder. Je sais que si je cède à la tentation qui me taraudait tout à l'heure de pousser quelqu'un, ça me reviendra dans la tronche puissance dix. Je jette un coup d'œil à Colton et je vois qu'il jauge Dante, la main sur le goulot de sa bouteille de bière vide, *juste au cas où*.

On ne peut qu'aimer un pote prêt à massacrer une binouze pour assurer les arrières de l'autre.

– Qu'est-ce que tu fous là, à chialer dans ta bière ? C'est parce que tu as tellement baisé notre petite pouliche qu'elle ne veut plus se battre ?

Alors maintenant, son commentaire m'incite à lever les yeux vers lui. Le regard d'avertissement que je croise est à la hauteur du défi qu'il me jette. Mais il se prend pour qui, ce con, et de quoi il parle ?

Rien à foutre. Rien d'autre ne compte. Il vient de lui manquer de respect et je n'ai pas besoin d'en savoir plus.

On ne manque pas de respect envers les femmes. *Jamais*. Qu'on couche avec elle ou pas.

– Lâche l'affaire, me recommande le roi des têtes brûlées de sa place, de l'autre côté du box.

– C'est bon, je gère, je réponds à Colton alors que l'adrénaline commence à faire son effet.

Je fais une fixette sur ce trou du cul et sur la correction qu'il mérite s'il continue à merder comme ça.

Dante se fout de ma gueule en riant.

– Apparemment, tu *ne gères pas* ça.

Je suis déjà à moitié sorti du box quand il me répond et poursuit :

– Tu voudras peut-être refaire une petite remise à niveau, parce que quand j'étais avec Haddie l'autre soir, un truc est sûr, c'est qu'elle en voulait encore. *Plus*, je crois que c'est le mot qu'elle a choisi.

Je repense immédiatement à Haddie sur la table de la cuisine au ranch, quand elle m'a dit *Plus*, et je n'ai pas besoin de réfléchir.

Je réagis, direct.

Je lui rentre dans le lard, en y mettant toutes mes forces. Je ne prends même pas la peine de lui foutre un coup de poing, ça ne me traverse pas l'esprit, je veux juste que cet enfoiré se casse la gueule, qu'il se retrouve par terre. Il est balaise, mais moi aussi quand j'entre en collision. Avec l'élan, nous nous retrouvons sur la table derrière lui.

Des verres se brisent et des cris retentissent au loin quand nous tombons tous les deux. Il arrive à balancer le premier coup quand nous essayons de nous relever et je le sens bien s'abattre sur moi, j'entends le sifflement de l'air qui quitte mes poumons lorsqu'il tape direct dans mon rein, mais je n'ai pas mal. J'ai accumulé tellement de trucs la semaine dernière que mes émotions en bordel se manifestent par l'impact de mon poing sur lui lorsque je reprends le dessus.

Quand ma main s'écrase sur son bide, j'ai comme l'impression qu'un poids m'est ôté des épaules. Et putain, ça fait du bien.

Il m'en colle une.

Moi aussi.

Il m'insulte entre deux coups. Je n'entends même pas ce qu'il me dit, parce que je ne pense qu'à une chose : *Vas-y, continue à ouvrir ta gueule pour que je puisse m'occuper de tes jolies dents.*

Mais la sensation de l'impact quand je lui décroche une droite est fugace, parce que l'idée qu'il ait passé la nuit avec Haddie l'autre soir revient me hanter. Qu'elle lui ait demandé ça, alors qu'elle n'a voulu que mon départ.

Je vois rouge. Rien d'autre, parce que je suis trop préoccupé par Haddie, par l'idée que ce connard l'ait touchée.

Seul le cri sévère de Colton qui m'appelle passe à travers le brouillard hypnotique de la rage.

Ce sont ses mains que je repousse quand elles essaient de me séparer de Dante. Et je me débats contre lui, même quand je reprends conscience et que je m'aperçois que Dante est bien allongé par terre, sous moi, le visage maculé du même sang que celui qui couvre mes poings.

– Putain, Becks ! Lâche-le.

Colton est assez fort pour que ses bras puissent encercler mes épaules et m'empêcher de continuer.

– Ils vont appeler les flics si tu n'arrêtes pas.

Je grogne pour lui faire comprendre que j'ai entendu, ma respiration est trop hachée et ma tête trop pleine de rage pour pouvoir lui répondre. J'accepterais les menottes en un clin d'œil si ça voulait dire que Dante a été remis à sa place comme il faut.

– C'est bon ? me demande-t-il.

Je hoche la tête avant qu'il me relâche.

Et que je sois foudroyé sur place d'avoir menti à mon meilleur pote, mais à la seconde où il desserre son étreinte, mon poing retourne se planter dans la gueule de Dante. Le son que j'entends alors résonne dans ma tête. Le craquement est des plus satisfaisants.

– Putain de merde, Becks !

Les bras de Colton reviennent m'enserrer et, cette fois-ci, je me débats encore plus. J'ai envie de finir ce boulot. Il réussit à m'écarter de ce connard et, même en luttant contre mon pote, j'arrive quand même à voir qu'il essaie de se relever et qu'il se sert de son T-shirt pour essuyer le sang au coin de sa bouche.

– Calme-toi.

– Lâche-moi !

Je suis prêt à en coller une à Colton aussi si ça peut l'inciter à me lâcher.

– Bordel, mais arrête, merde. Ils appellent les flics, mec.

Il me tire en arrière d'un coup sec et je fais tout pour me libérer de la cage de ses bras maintenant que je suis debout et que Dante bat en retraite.

– Putain, mais calme-toi, merde !

– Je vais tuer ce fils de pute.

Je suis tellement parti dans mon délire, rendu sourd par le vrombissement de la haine que je ne l'entends même plus.

– C'est pas de le tuer qui va la débarrasser du cancer, mec.

Mais ça, par contre, je l'ai entendu.

J'ai l'impression que tout s'arrête, puis il y a comme une brusque inspiration quand Colton se rend compte de ce qu'il vient de me dire, mais ma tête n'a pas envie de le croire.

– Qu'est-ce que tu viens de dire ?

Je suis calme d'un coup et je n'en crois pas mes oreilles. Le ton de ma voix frémit encore plus de rage que tout ce qui vibre en moi. Je me tourne vers mon meilleur pote maintenant. Je reconnais cet air désolé, je vois qu'il réalise la duperie qu'il m'a infligée et je suis juste sur le cul.

– *Tu savais ?*

– Becks.

Il a repris son ton apaisant, celui que je déteste.

– Tu savais ?

Je réitère la question, la voix de plus en plus forte à mesure que j'approche de lui, les poings et les dents serrées.

– Elle ne veut pas que ça se sache. Que personne ne soit au courant.

Il prend soin de bien insister sur les derniers mots pour que je puisse entendre que ça le faisait chier de me le cacher, mais mon côté rationnel n'écoute pas.

En revanche, l'irrationnel, si.

– Alors, tu as gaffé ?

Je continue à lui crier dessus en approchant :

– Tu ne me l'as dit – tu as gaffé – seulement pour me calmer ?

Il rit doucement en regardant l'espace qui nous sépare avant de revenir vers moi.

– *Calmer*, ce n'est pas le verbe que j'emploierais pour décrire ton état, là.

Il s'avance vers moi et je serre les dents. Comme je suis en colère contre lui, je n'ai pas besoin d'accepter ce qu'il vient de m'avouer.

Haddie a un cancer.

– Tu veux m'en mettre une aussi, Becks ?

Il me provoque en se sacrifiant pour que je ne pète pas un câble et que j'évite de m'en prendre à quelqu'un d'autre. Il lève le menton et le tapote du doigt.

– Juste là, Ducon. Vas-y, frappe. Mais je te parie tout ce que tu veux que ça ne fera rien pour aider Haddie.

– Je me sentirais déjà mieux, je grommelle.

Je suis toujours sous l'emprise de la colère, mais le côté *Oh merde* des choses commence à prendre le dessus.

Colton évalue mon état alors que je reste planté là, complètement éberlué, les poings se desserrant peu à peu et la tête qui part dans tous les sens pour tenter de comprendre l'étendue de tout ce qu'il vient de me dire.

Pour tenter de comprendre comment va Had. Pourquoi ne veut-elle pas que je sache ce qu'il lui arrive ? Elle doit affronter tellement de peurs.

Mon pote s'approche de moi, sur la défensive, mais le regard plein de sympathie. Il pose une main sur mon épaule et me dirige vers le box avant de me forcer à m'y asseoir.

– Tu ne m'as rien dit.

Je me répète, mais c'est le seul aspect du problème que je peux appréhender pour le moment.

Il pousse un gros soupir en s'asseyant face à moi et fait signe à Viv de s'approcher.

– Je sais, ça craint, je suis désolé mais, mec, je suis marié maintenant. J'ai promis à Ry. J'étais en plein au milieu du merdier, coincé entre toi et elle.

– Et c'est elle qui te suce la bite, j'ai compris.

Je sais que c'est vulgaire, mais je n'en ai rien à foutre, je suis toujours bourré d'adrénaline.

– Tu me diras quand ta bouche arrêtera de dire des conneries et que tu seras d'attaque pour que je te botte le cul d'avoir parlé de Rylee comme ça.

Message bien reçu. Il reprend :

– On dirait que tu es encore d'humeur combative. Je te promets que j'ai un meilleur crochet du gauche que cette espèce d'enfoiré, dit-il en levant le menton vers l'autre côté du bar où Dante se fait soigner son nez ensanglanté, le videur à ses côtés lui disant de se barrer.

– Désolé… Tout ce truc craint tellement… C'est juste que…

Colton hoche la tête pour me montrer qu'il comprend. Son pardon est mêlé de culpabilité et ça le bouffe, je le vois à son regard. Et je me sens un peu mieux de le voir dans cet état. Enfin un tout petit mini-peu. J'attrape mon poignet droit et j'entreprends de le plier dans tous les sens avec ma main gauche. Putain, ça fait super-mal d'avoir tabassé ce con.

– Putain.

Il l'a dit plutôt comme un soupir et j'aurais pu faire exactement pareil.

– Qu'est-ce que je vous sers, les garçons ?

Viv est de retour et essaie de faire comme si tout était normal – qu'il n'y a pas eu de baston au milieu du bar – et je baisse la tête. Je me noie dans mes propres pensées, trop occupé pour éprouver de l'embarras.

– Du Macallan, sec, répond Colton.

Mes épaules se tendent en comprenant la portée de sa demande.

– Un shot chacun, mon lapin ?

– Deux verres, une bouteille, s'il vous plaît. Et une poche de glace pour sa main.

Viv et moi levons la tête ensemble pour regarder Colton, elle pour le pourboire qu'elle pourrait bien recevoir et moi parce que je ne veux pas rester assis là pour picoler. Je veux qu'il me conduise chez Haddie.

Genre il y a dix minutes déjà.

– C'est pas donné comme…

– C'est pas un problème, merci, répond Colton en lui faisant son sourire « relations publiques » pour la faire partir.

– Merci, Wood, mais je n'ai plus envie de boire. Il faut que tu m'amènes voir Haddie.

Je commence à me lever et Colton me suit tout aussi vite, mais il pose une main sur mon épaule et me rassied de force avant même que j'aie trouvé mon équilibre.

– Pas possible, mec.

Il appuie un peu plus sur mon épaule et reprend place avant de continuer :

– Déjà, tu es bourré. Ce n'est pas une bonne idée de te pointer chez elle en ce moment. L'alcool te fait dire des conneries, mec… genre avouer que tu l'aimes alors que c'est la dernière chose que tu aimerais qu'elle entende sortir de ta bouche… Elle penserait que c'est de la pitié…

J'ai le regard braqué sur la table quand Viv glisse deux verres devant nous. Elle commence à nous servir, mais Colton la remercie en l'interrompant et prend la bouteille pour verser lui-même l'alcool, histoire d'être tranquille.

Il me passe le sac de glace, mais je me contente de le regarder. Je mérite de ressentir de la douleur dans ma main. Haddie a le cancer. Elle va souffrir bien plus que ça. J'aimerais qu'un simple sac de glaçons puisse la guérir.

– … et puis tu lui diras que tu ne fais ça que parce qu'elle est malade. Pas parce que c'est vraiment ce que tu ressens.

Je grimace en entendant le mot *malade* et je pousse alors un gros soupir. Je sais qu'il a raison… que la dernière chose dont elle a besoin, c'est de me voir, tout bourré, lui balancer mes conneries. Mais merde, j'ai tellement envie de la voir, de la toucher, de lui parler.

Il pousse le verre dans ma main et, comme je ne réagis pas, serre mes doigts autour. Mais si je ne bois pas, alors je vais dessaouler plus vite et je pourrai la voir plus rapidement.

– Je lui ai déjà dit.

Les mots sortent dans un soupir alors que je fixe le Macallan dans mon verre. Je ne me rends même pas compte de ce que je viens de dire avant que Colton se mette à cracher.

– Putain, mec, la vache ! Je crois qu'il va nous falloir une autre bouteille de cette merde.

Il trinque avec mon verre et conclut :

– Cul sec.

Je suis en pilote automatique lorsque j'avale le verre de scotch. C'est une honte de gâcher un tel nectar dans l'état où je suis. Je n'apprécie pas son goût à sa juste valeur ni sa douceur, parce que je ne pense qu'à elle.

Le goulot de la bouteille tape contre le verre quand Colton les remplit de nouveau.

– Respire, mon frère.

Mes doigts sont agrippés au verre, je suis surpris de ne pas le voir voler en éclats.

– Qu'est-ce que je vais… Comment…

Je pousse un soupir de frustration, parce que je n'arrive pas à saisir le sens des trucs qui me traversent la tête à toute vitesse.

– Ry est avec elle. Ella a l'air de gérer, tu sais. C'est une coriace, Daniels.

– Ouais, mais, merde…

Je n'arrive même pas à faire des phrases. J'avale d'un trait le deuxième verre de Macallan. Ce coup-ci, ça brûle un peu moins et je sens un peu plus la chaleur.

– Je sais, Becks.

C'est tout ce qu'il peut dire et j'apprécie le fait qu'il ne cherche pas à me dire de la merde, genre qu'elle va s'en sortir ou que je suis vraiment con d'être tombé amoureux d'elle.

Mes yeux me brûlent autant que ma gorge maintenant. Il y a tellement de questions que j'ai envie – non, besoin – de lui poser, et la première de toutes est comme un fantôme qui n'arrête pas de me glisser entre les doigts. L'alcool diminue assez mes capacités de réflexion pour que je puisse saisir ce que mon subconscient essaie de me faire comprendre, mais je n'arrive pas à mettre le doigt dessus.

– Elle a viré Dante de chez elle la semaine dernière.

Bah, merde, alors. Ça marche. Je n'arrive pas à penser correctement pour le comprendre. La question est juste là.

– Elle n'est pas avec lui ?

– Nan… Elle l'a foutu dehors. Soit il te cherchait pour le plaisir parce qu'il est jaloux, soit il a vraiment essayé de se la faire et elle lui a dit de dégager… et si c'est le cas, j'aurais dû cogner un peu plus avec toi pour lui démolir le portrait.

Je suis tellement soulagé. Ensuite, la confusion est suivie d'une vague de colère. Elle est toute seule ? C'est quoi ce bordel ? Putain, je me prends tellement de merdes en pleine tronche que j'ai du mal à accepter.

Et là, je me prends un train dans la gueule d'un seul coup. J'ai compris. *Elle savait.* Putain, ce soir-là, elle le savait. Elle me repoussait pour essayer de me protéger, elle a essayé de décider à ma place. Exactement ce que je lui ai dit de ne pas faire.

Eh bien, je m'en tape.

J'essaie encore de me relever d'un coup. D'un seul coup, je vois tout noir et toute la salle du bar m'emporte dans une tornade sombre et pleine d'étoiles.

– Oh, vas-y mollo.

J'entends la voix de Colton. Je sens ses mains sur moi, mais je n'arrive pas à me concentrer. Le siège est de retour derrière mes genoux et mon estomac est projeté dans ma gorge un instant, jusqu'à ce que j'arrive à ravaler ma bile et le décalitre d'alcool que j'ai ingurgité.

– Il faut que je la voie.

Je le supplie. Parce que même si je suis tellement bourré que je n'arrive pas à me lever, je ne supporte pas que ma stupidité et mon entêtement me renvoient ça en pleine tronche encore et encore. Comment ai-je fait pour ne pas voir clair dans ce qu'elle m'a dit ? Comment ai-je pu être aussi con ?

– Je sais, mais pas avant demain matin. Ce soir, tu couches avec moi, ajoute-t-il en se marrant pour essayer de détendre l'atmosphère.

– Quand les poules auront des dents !

Mais c'est peut-être le cas, parce que merde, Haddie est vraiment malade.

– Je crois que c'est déjà le cas, mec.

Je lève la tête aussi vite que possible sans faire effondrer le monde qui tourne autour de moi.

– Quoi ?

Il fait tinter son verre contre le mien et boit cul sec le liquide couleur ambre.

– Tu l'aimes ? Qu'est-ce que tu fous, putain ? J'avais compris que tu trempais ton biscuit, mais maintenant, tu veux rester au même endroit pour t'astiquer la bougie ?

Il secoue la tête en riant avant de la reposer sur la cloison du box derrière lui.

Impossible de m'empêcher de rire. Je suis content qu'il ait une saute d'humeur, là.

– M’astiquer la bougie ?

– Mais ouais.

Il est assez fait pour ne plus vouloir continuer le fil de sa pensée. Du coup, nous retombons dans le silence, les yeux fermés, la tête en vrac et le verre vide.

– Il reste encore un quart de la bouteille. On va la finir. C’est Sammy qui nous ramènera chez moi, dit-il en parlant de son garde du corps et chauffeur occasionnel. On va dormir là-dessus, tu y verras plus clair demain et, ensuite, tu pourras aller la voir et te battre comme un dingue pour lui prouver que tu veux faire partie de sa vie. Malade ou pas.

Je ravale les émotions qui m’encombraient la gorge, étonné de découvrir que mon meilleur ami est capable de savoir ce qu’il me faut et ce que j’ai besoin d’entendre alors que lui-même n’a jamais été très à l’aise avec tout ce qui touche au sentimental et aux relations.

Et juste d’entendre le mot *malade* prononcé à haute voix en parlant d’Haddie, aussi.

– Ouais.

C’est à peine si on entend ce mot franchir mes lèvres.

– Elle sera plus forte que cette merde, Daniels.

Des images de Lexi me repassent en tête. J’ai vu des photos chez Haddie. Je ne la connaîtrai jamais autrement. Et je n’ai pas d’autre choix que de repérer la peur tapie qui me saisit de savoir qu’un jour il ne me restera peut-être plus grand-chose d’autre d’Haddie non plus.

Je m'en veux immédiatement d'avoir pensé un truc pareil. Je suis furieux d'avoir cru, même un instant, qu'elle n'allait pas réussir à mener son combat pour laisser tout ça derrière elle. Mais putain, j'ai peur. Même avec une solution de courage liquide dans les veines, comme si c'était mon propre sang.

– Elle n'a pas le choix.

CHAPITRE 28

J'ai laissé Rylee avec un petit mot sur lequel j'ai écrit : « *J'ai besoin de réfléchir.* » Elle a passé la nuit à la maison, comme au bon vieux temps. On s'est descendu beaucoup trop de bouteilles de vin, on s'est rappelé bien trop de nos bêtises passées et on a tellement ri qu'on en a eu mal aux côtes et les joues douloureuses.

Et c'était tellement bon que Ry soit restée avec moi. Elle ne me surveillait pas du coin de l'œil ni ne m'a dévisagée avec un air de pitié que je déteste pour s'assurer que je ne vais pas flancher et mourir.

C'est pour ça que j'ai caché le diagnostic à tout le monde. Je suis à l'aise avec ma décision – je suis contente d'avoir décidé de rester discrète là-dessus et de n'avoir mis que Rylee et mes parents dans la confidence – mais merde, j'ai le cœur en compote.

J'allais bien. Enfin, c'est ce que je croyais. J'avais la tête pleine à penser à l'opération la semaine prochaine. Du coup, j'ai repoussé toute réflexion sur Becks. Et les derniers mots qu'il m'a dits.

Ces mots m'ont fait l'effet d'un tremblement de terre, mais j'ai aussi remarqué que, chaque jour qui passait, il essayait de moins en moins de me contacter. C'est clair, à sa place, j'aurais cessé toute tentative de rapprochement après m'être fait jeter, mais en même temps, j'en avais besoin. Ses textos énervants, ses appels téléphoniques incessants, ses passages en voiture devant la maison quand il ne savait pas que j'étais rentrée car j'avais garé ma voiture à l'intérieur. Tout ça me rassurait. Alors, le fait que ses tentatives se soient espacées après le cinquième jour m'a prouvé qu'il disait de la merde.

S'il cale au bout de cinq jours, c'est sûr, il ne va pas rester auprès de moi pendant des mois de chimio et de rayons. CQFD.

Ce n'est que tard hier soir que je me suis rendu compte qu'inconsciemment, je le testais. J'attendais de voir sa réaction. Je le forçais à me prouver l'amour qu'il m'a déclaré.

J'ai cru qu'il avait cédé, que ce n'était que du vent, jusqu'à ce que je reçoive un nouveau texto et un message vocal hier soir. Et c'est là qu'il a fait exploser en mille morceaux toutes mes théories soigneusement élaborées. Je suis assise dans ma voiture et je me les repasse en mémoire. Je pose mon front sur mes mains, elles-mêmes agrippées au volant.

C'est peut-être à cause des litres de vin ingurgités. C'est peut-être parce que Ry a passé la nuit dans son ancienne chambre. C'est peut-être la surcharge émotionnelle de tout ce qui est en train de m'arriver. Quelle qu'en soit la raison, quand je lis son SMS, je ressens une petite vague d'excitation qui massacre ma détermination, qui ne tient déjà plus qu'à un fil.

Mouais. Fil. Lien. Attache. Impossible de m'éloigner de ce sujet quand j'en viens à penser à Beckett Daniels.

Tout ce qu'il y a écrit dans le texto, c'est :

Je t'appelle dans 2 minutes. Pas besoin de décrocher. Mais écoute le message stp. B.

J'ai l'impression qu'il y a un truc différent dans son SMS ce coup-ci. Je ne sais pas trop si c'est à cause de moi ou de quelque chose dans le ton du message, mais j'ai eu des fourmis dans les doigts quand mon portable s'est mis à sonner ensuite, j'ai eu envie de répondre. À la place, j'ai serré les poings et j'ai attendu la seconde où mon téléphone m'a annoncé que j'avais un nouveau message dans la boîte vocale.

Quand je l'ai entendu, mon cœur s'est serré d'un seul coup. J'avais mal.

« Had… Je ne sais pas si tu effaces mes messages ou si tu les écoutes vraiment, mais je veux que tu m'entendes ce coup-ci. Je veux que tu sois attentive au son de ma voix et que tu saches que je suis déterminé… Rien n'a changé. Tu mérites qu'on se batte pour toi. *J'ai enfilé mes gants*. J'irai jusqu'au bout de chaque round pour te le prouver.

Tout ce que tu as à faire, c'est de monter sur le ring avec moi. Tu m'as déjà mis K.-O., mais je suis encore prêt à lutter. Prends ce risque. La cloche va sonner. »

Je crois que je l'ai écouté un millier de fois, les larmes coulant à flots sur mes joues. J'ai envie de l'appeler, mais j'ai trop peur de le faire entrer dans mon monde. J'ai enfilé mes gants de boxe, mais pour mener un autre combat, alors comment pourrais-je avoir la force de l'affronter lui aussi ?

Je lutte contre mon subconscient qui me dit que je n'ai pas besoin de mettre de gants si je me contente de lui ouvrir la porte et de lui dire d'entrer. Puis je me demande si ses mots légèrement embrouillés sont le signe d'une alcoolémie avancée. Parce qu'alors ce ne serait que du vent, une expression de sa solitude. Et après ça, je suis restée assise dans mon lit à me demander s'il sait… Si Colton lui a dit la vérité.

Le sommeil est venu par bribes. Chaque rêve était envahi de sa présence, alors je me réveillais avec une forte envie d'entendre le son de sa voix, de sentir ses mains, de voir son sourire. À six heures du matin, j'étais tellement crevée et agitée que j'ai fini par me lever, écrit un petit mot à Ry et je suis venue ici pour me rapprocher de la seule personne qui comprend mon dilemme, plus que quiconque.

C'est si calme ici, si joli et légèrement froid. Alors, je m'adosse à mon siège mis en position allongée, et je ferme les yeux un instant, permettant la sérénité de me sentir près d'elle de me calmer.

Au loin, le vacarme d'un camion poubelle me réveille. Je sursaute en reprenant conscience et je me rends compte que le soleil est bien plus haut dans le ciel. Puis je relève mon fauteuil, bois une gorgée d'eau de la bouteille près de moi et vérifie mon téléphone, passé en mode silence.

J'ai raté quelques appels de Rylee et de Becks. Je ferme mes paupières de toutes mes forces et jette mon portable sur le siège passager. Je dois d'abord lui parler à elle. Histoire de déblayer un peu le merdier dans ma tête avant de trouver quoi faire ensuite. La soudaine sensation de papillons dans ma poitrine me reprend quand je sors de la voiture et que je marche sur l'herbe au milieu des pierres tombales.

À chacun de mes pas, je ressens de plus en plus de culpabilité et de tristesse. Je ne suis pas venue ici depuis le diagnostic. J'étais assez embrouillée comme ça, je me sens merdeuse de ne pas être venue plus souvent parler à Lexi. D'avoir l'impression de la laisser tomber. D'avoir développé un cancer moi aussi.

Je ne veux pas qu'elle s'inquiète. Je sais que c'est stupide, car nous sommes dans un endroit où techniquement, son esprit est partout autour de moi, alors je sais qu'elle est déjà au courant, mais bon, je culpabilise quand même.

Je souris doucement en arrivant à son emplacement sous un grand chêne, les branches de l'arbre procurent une ombre bienfaisante aux fleurs déposées sur sa tombe qui peuvent ainsi vivre plus longtemps sous le dur soleil de la Californie.

– Salut, grande sœur, dis-je en m'asseyant par terre.

Je passe mes doigts sur son nom gravé sur la pierre tombale, avant de m'y adosser. Les premiers mois après son décès, j'ai passé des heures dans cette position.

Je jurerais pouvoir entendre le son de sa voix quand je suis ici. Je sais que tout est dans ma tête, mais je m'en fous. C'est tout ce qui me reste, alors c'est suffisant. Du moins c'est ce que je me dis.

Je lui parle un instant, lui racontant quelques petits riens. Je lui dis des trucs sur Maddie qu'une mère aimerait savoir. Je retarde le plus possible le moment où je vais lui révéler qu'on m'a diagnostiqué un cancer. Je lui annonce que le dernier événement pour Scandal s'est déroulé à merveille et que notre entreprise a sécurisé son premier gros client. C'est ridicule, mais quand la nouvelle de ma maladie est partagée, je me sens plus légère et le ciel ne me tombe pas sur la tête. Je pousse un soupir de soulagement.

Je lui explique à travers mes larmes que je vais le cacher à Maddie le plus longtemps possible. Pour la protéger des vilains souvenirs et de la dévastation. Je lui décris la réaction de nos parents et comment ils tiennent le coup. Le porte-bonheur du collier de maman marche à plein tube. Il fait des allers-retours constants sur sa chaîne.

Et là, je retombe dans le silence. J'ai envie de lui avouer le reste, mais je sais qu'à la seconde où les mots quitteront ma bouche, je vais me rendre compte que j'ai été complètement stupide. De le tester, de le repousser, de prendre des décisions à sa place alors que c'est à lui de le faire.

Je remets de l'ordre dans l'arrangement floral pour gagner du temps, et même ça, c'est débile. Ce n'est pas comme si elle allait partir. Une légère brise parcourt le cimetière et je finis par m'installer face à la pierre tombale, assise en tailleur. J'attrape sans y penser un brin d'herbe que je me mets à dépiauter.

Finalement, je commence le récit en murmurant :

– J'ai rencontré quelqu'un, Lex. Tu m'as probablement déjà entendu parler de lui. Il s'appelle Becks.

Je ris doucement, car je sais très bien qu'elle voit qui c'est. C'est tellement cliché de tomber amoureuse du garçon d'honneur. Je reprends :

– Ouais, c'est celui qui a un joli petit cul, que j'ai rencontré lors de notre escapade à Las Vegas.

Je lui détaille ce qui s'est passé lors de la nuit de noces et le jeu constant d'attraction et de rejet entre nous depuis lors, sans oublier sa déclaration d'amour et mon dernier mensonge pour le protéger.

– Je ne peux pas lui demander de traverser ça à mes côtés, Lex.

Les larmes se remettent à couler quand je sens la brutalité de ce qui m'attend et d'avoir à y faire face toute seule. Ce n'est pas vraiment ce que je veux, mais c'est ce qu'il y a de mieux en fin de compte.

– Il a trente-deux ans. Il devrait sortir en boîte et rencontrer des femmes pleines de charme. Vivre sa vie. Pas se retrouver coincé avec une fille qui a des cicatrices à la place des seins. Ne pas avoir à me soutenir pour que je puisse vomir, parce que je suis trop affaiblie et malade à cause de la chimio. Il mérite une femme qui aura le temps de s'occuper de lui. Pas une chauve toute gonflée et sans poitrine qui est tellement fatiguée d'être malade qu'elle n'a pas envie de sortir.

J'essuie mes larmes. Je sais que je dis la vérité, mais j'ai tellement envie d'être égoïste et de lui demander de rester près de moi. D'affronter tout ce bordel, parce que merde, je le vaux bien. Mais c'est impossible. Il est peut-être monté sur le ring, mais je ne sais pas si je peux le forcer à se battre pour quelque chose qui finira par l'anéantir.

– Je sais que je fais ce qu'il faut, Lex. Si tu pouvais voir ce que ton départ a fait à Danny… C'est…

Je ferme les yeux, pour essayer de chasser les images de mon beau-frère complètement brisé, pleurant si fort qu'il est incapable de parler. De cet homme qui ressemblait tellement à un zombie que mes parents ont emmené Maddie chez eux pendant quelque temps pour qu'il puisse se reprendre et éviter de lui faire peur.

Et là, je me rends compte que je ne veux pas écarter ces images. J'ai besoin de m'en souvenir et de m'en servir pour me rappeler à quel point je ne peux pas entraîner Becks là-dedans.

Pourquoi il ne doit pas savoir que moi aussi je l'aime.

Oh putain oui, je voudrais monter sur le ring avec lui, j'aimerais tellement qu'il se batte à mes côtés.

Je murmure alors dans le silence :

– Je l'aime. Et je crève de peur.

Les sanglots secouent mon corps quand je lui avoue les deux choses que je retenais en moi, celles que je m'éfforçais à ignorer ces deux dernières semaines. Et c'est vrai, avouer une vérité très dure en la disant à haute voix la rend effectivement plus tangible, et cette révélation n'en est que plus cathartique. Presque comme s'il m'était impossible de les renier, même si je suis toute seule dans un cimetière.

– Fais-moi un signe, Lex. S'il te plaît, montre-moi que tu m'écoutes. Que je n'ai pas à avoir peur, parce que tu me protèges de tes ailes déployées pour que le pire n'arrive pas. J'ai besoin de savoir que tu es avec moi.

– Elle est avec toi.

Je sursaute en entendant sa voix. Il m'a foutu une trouille bleue même. Et je sais que c'est parce que je pensais être seule, mais d'un autre côté, je me demande ce qu'il a entendu.

– À chaque seconde de chaque jour, elle est avec toi.

J'essuie mes larmes avec mon T-shirt en me retournant pour tomber sur Danny. Il est debout derrière moi, les mains profondément enfoncées dans les poches de son jean et sa tête est penchée sur le côté.

– Jusqu'à ce qu'elle ait Maddie, tu étais la seule personne dont elle s'occupait. La seule qui passait avant elle-même. On s'est même disputés à ce sujet, en fait. Pourquoi elle te faisait passer avant moi.

Je me relève. Mon pied droit est gourd d'être restée assise aussi longtemps. J'ai l'air de rien, mais je m'en fous car je suis captivée par ce que me dit Danny. C'est un truc sur Lex que j'ignorais. Un fait auquel m'agripper alors que je ne pensais plus jamais découvrir de nouvelles choses sur elle.

– Je suis désolée.

Je lui ai répondu en murmurant, mais quelque part, je souris intérieurement d'avoir eu un tel lien avec ma sœur.

– Ne le sois pas, dit-il en s'approchant avant de regarder sa tombe un instant. C'est quelque chose que j'aimais en elle. Sa famille comptait tellement à ses yeux, toi surtout. Je savais que lorsque nous aurions des enfants, elle les protégerait avec férocité et elle serait incroyable avec eux. Je l'ai vu à son comportement envers toi.

Je mords ma lèvre inférieure pour m'empêcher de me remettre à pleurer, mais je sais déjà que je vais lamentablement échouer. Je me place à côté de Danny, dans la même position que lui. Nous regardons tous les deux les dates sur la pierre tombale. Elles nous rappellent avec force que Lex ne reviendra jamais.

– Tu ne m'as rien dit.

J'entends qu'il est blessé et j'en ai le cœur serré. Je lui prends la main pour essayer de lui expliquer pourquoi je ne lui ai pas parlé de mon diagnostic.

– Ta mère me l'a appris hier soir quand elle est venue déposer Maddie. Elle avait besoin de parler à quelqu'un d'autre que ton père et elle ne savait pas que je n'étais pas au courant… Je suis désolé. Had… Je ne sais même pas quoi…

– Il n'y a rien à dire. C'est ce que c'est. On l'a décelé rapidement. Avec un peu de chance, ça aidera.

Je prononce ces mots, mais je ne sens pas de vérité tangible derrière eux. J'ai l'impression d'être un disque rayé qui répète les mêmes phrases. Il n'y a aucune conviction dans le ton de ma voix. Il hoche simplement la tête et me serre la main. Le silence qui était jusque-là rassurant se fait pesant.

– La plaie est encore béante… Le départ de Lex. Je me disais que peut-être si j'attendais l'opération, après j'aurais de meilleures nouvelles. Ça ferait moins remonter *tout ça* pour toi. Je ne sais pas, dis-je en secouant la tête avant de pousser un gros soupir. Je ne sais plus rien, Danny. Je suis désolée de te l'avoir caché, mais j'essayais juste de faire ce qu'il y a de mieux pour toi.

– Ce n'est pas à toi de prendre ces décisions, Haddie. Ni pour moi. Ni pour quiconque. *C'est mon choix.* C'est leur choix. Tu n'es pas Dieu, alors arrête d'essayer d'intervenir dans le destin de tout le monde. Tu nous dérobes toute possibilité d'agir.

Il tombe dans un silence qui ne fait qu'amplifier le sens de ses paroles, puis il se tourne vers moi. Quand je lève les yeux pour rencontrer son regard, je fais face à un homme bien différent. Oui, le poids du chagrin lui pèse encore lourdement sur les épaules, mais je vois aussi une calme détermination qui n'était pas là avant. Il me dévisage un instant avant de très légèrement secouer la tête et de me tirer vers lui pour me serrer dans ses bras.

Au début, je reste immobile. L'engourdissement que j'ai choisi dicte mon immobilisme. Ses mots s'infiltrent dans mon âme, un revers verbal à ma façon de penser. Et je sais qu'il a raison. Sur toute la ligne. Alors, quand la culpabilité, la honte et la conscience de ce que j'ai fait subir à Becks me tombent dessus comme le camion fou dont m'avait parlé Rylee, tout ce que je retenais en moi sort en bouillonnant.

Je me remets à bouger, à sentir des choses. Je le prends dans mes bras et je m'agrippe à lui. Les larmes coulent à flots de plus en plus torrentiels alors que le château de cartes que j'ai construit autour de mon cœur pour le protéger s'effondre peu à peu. Danny me tient toujours pendant que j'expurge tout mon mal-être, me murmurant calmement des mots d'encouragement, mais rien de plus, jusqu'à ce qu'il ne me reste plus de larmes, rien que des sanglots secs.

Il me serre encore dans ses bras un petit moment avant que nous nous écartions l'un de l'autre en essuyant nos yeux. Il fait un pas en avant, embrasse le bout de ses doigts et caresse son nom gravé dans la pierre.

– Elle me manque tellement, Had. À chaque instant de chaque journée.

Il s'abîme alors dans le silence pour ravaler ses larmes avant de reprendre.

– Tous les jours, je pense qu'elle va pousser la porte de la maison, qu'elle va m'engueuler parce que j'ai laissé traîner mes chaussures dans le couloir, que je vais l'entendre rire quand je lui parlerai de ma journée, que je vais voir l'amour dans son regard quand elle tiendra Maddie dans ses bras… Tous les jours, putain…

Sa phrase reste en suspens. Ses mots me déchirent et réveillent une tristesse que j'avais mise à nu d'une manière ou d'une autre et, avant même que j'aie eu le temps de réfléchir, la question me sort de la bouche :

– Est-ce que tu ne regrettes pas de l'avoir rencontrée ?

Il tourne brusquement la tête, si choqué et plein de colère que je bredouille une explication à ma question :

– Enfin, je veux dire : est-ce que l'aimer en valait la peine ? Si tu n'avais pas eu cette relation avec elle, alors tu n'aurais jamais eu à supporter tout ça. Tu n'aurais jamais eu à la regarder mourir, à te retrouver seul…

Danny baisse la tête un instant avant de relever les yeux vers sa pierre tombale.

– Je ne regrette pas un seul instant passé à ses côtés, les bons, les mauvais, les horribles, commence-t-il avant de revenir vers moi. Elle était tout pour moi, Haddie. Et, bon Dieu… putain, ça m'a brisé de la voir souffrir et mourir… Regarde-moi. Je suis encore cassé, dit-il en levant les mains. Mais, pour rien au monde, je ne renoncerais à une seule seconde passée avec elle, car même si la fin a été brutale, as-tu seulement idée de la quantité de lumière qu'elle m'a laissée en partant ? Tout ce à quoi je peux me raccrocher ?

Le fantôme d'un sourire éclaire son visage et, pour la première fois depuis le décès de Lex, l'expression gagne son regard.

– Elle m'a donné l'espoir et le rire. Elle m'a donné un amour si fort que je le sentirai toute ma vie, je la sentirai elle, toute ma vie. Elle m'a donné des souvenirs pour l'éternité durant ces quelques années que nous avons partagées… et plus que tout, elle m'a donné Maddie.

Et sa façon de me le dire, empreint d'une gratitude étonnée, me fait également doucement sourire.

– Est-ce que je donnerais n'importe quoi pour l'avoir à mes côtés ? Est-ce que je renoncerais à tout ce que je possède pour lui permettre de regarder Maddie grandir et d'aller s'asseoir sur la balancelle devant la maison et vieillir avec moi ? Sans un seul doute, putain, Oui, je le ferais… Mais tu sais quoi ? Nous avons vécu chaque instant ensemble comme si c'était le dernier, même avant qu'elle ne tombe malade. On se disait toujours : « *Aucun regret.* » On ne se doutait pas que ces deux petits mots allaient devenir une devise si importante dans notre couple…

Il passe une main dans ses cheveux et s'éloigne de quelques pas avant de s'arrêter.

– Tu m'as demandé si ça en valait la peine, reprend-il de dos, avant de se retourner vers moi. Elle me manque. Je l'ai perdue… mais vois un peu ce à côté de quoi je serais passé, ce que je n'aurais jamais vécu si je ne m'étais pas ouvert à elle. Est-ce que le destin est cruel ? Oh putain, ouais. Est-ce que j'aurais préféré ne jamais l'aimer pour ne pas ressentir ce chagrin insondable ? Jamais de la vie. Elle en valait la peine… Chacun de ces putains de risques en valait la peine… Tous.

Et même s'il y a des larmes qui brillent dans ses yeux, le ton de sa voix n'a jamais été aussi déterminé.

Nous nous dévisageons un instant avant qu'il ne marmonne qu'il a besoin d'un moment pour reprendre contenance. Il fait quelques pas pour s'éloigner, mais je lui dis de rester. Je vais aller me promener pour lui laisser du temps avec Lex.

Je déambule avec précaution dans le cimetière et je tombe sur un petit coin d'herbe inoccupé, sur une colline qui surplombe le site. Je m'assieds par terre et pose les mains derrière moi pour lever mon visage vers le soleil et savourer la chaleur de ses rayons qui sèchent mes larmes. Les mots de Danny ont trouvé un écho en moi, mon cœur se gonfle de joie de savoir que ma sœur a fait l'expérience d'un amour si fort lors de sa courte vie. Et c'est là que je me mets à penser à Becks et je commence à me demander si je ne nous vole pas une chance de pouvoir aussi essayer.

Pourrait-il être mon grand amour ? Pourrions-nous avoir une relation aussi forte ? Je n'en sais rien, mais Danny a raison. Qui suis-je pour essayer de contrôler ce que le destin nous réserve ? Oh putain oui, la peur est toujours là, et le désir de le repousser pour le protéger aussi. Mais en même temps, je ressens cette petite excitation d'un possible avenir.

Du coin de l'œil, je repère un pissenlit, et un nouveau sanglot me transperce la gorge. Les souvenirs affluent et je ne peux pas m'empêcher de penser que c'est un signe. Lexi m'a entendue, comprise et se place à mes côtés.

Je m'étire pour attraper la fleur et la tiens devant mon visage. Je regarde la myriade de petites aigrettes qui m'invitent à souffler dessus pour les envoyer danser dans le vent. Je ferme les yeux. La première larme roule sur ma joue, mais celle-ci est l'expression d'un mélange d'acceptation, de tristesse et de soulagement.

Je prononce alors la formule rituelle du duo pissenlit.

– J'aimerais, j'aimerais pouvoir faire ce vœu, et que ce vœu se réalise ce soir. Je souhaite avoir *du temps* pour pouvoir faire encore un millier de vœux supplémentaires toute seule.

Puis je ferme les yeux et je souffle le plus fort possible. Quand je les ouvre, je vois les aigrettes voler et danser dans la brise et je ne peux pas m'empêcher de gaspiller le premier vœu immédiatement. J'aimerais tellement être l'une de ces aigrettes, libre, à voler sans aucune inquiétude.

– Le temps, c'est précieux, Haddie, ajoute Danny solennellement en arrivant sur ma droite, alors que je continue à observer les aigrettes voler.

– Perds-le intelligemment, dis-je en finissant la devise de ma sœur à sa place.

Et j'en ai déjà bien trop perdu.

CHAPITRE 29

Becks

Les percussions se sont enfin un peu calmées dans ma tête quand je m'installe sur le balcon. Je m'enfonce doucement dans un sommeil réparateur, les pieds sur la balustrade et une bouteille d'eau à la main.

J'ai la tête qui carbure à mille à l'heure. J'ai passé la majeure partie de la matinée sur mon ordinateur, à faire des recherches sur les mammectomies et pour savoir à quoi s'attendre quand on s'occupe de quelqu'un qui subit une chimio et des rayons.

Putain, c'est flippant.

En gros, on essaie de te tuer pour te guérir.

On pourrait penser que la médecine moderne aurait une meilleure solution pour guérir ça, mais j'imagine qu'on s'engage sur le chemin sûr et éprouvé jusqu'à ce que ce soit nécessaire d'en essayer un autre. On se contente de ce qui marche, et tout.

Et mieux vaut que ça marche. Pas de « si », ni de « et » ou de « mais ».

Maintenant, j'ai juste besoin de la voir. De la tenir dans mes bras. De lui dire en face que j'ai enfilé mes gants de boxe et que je l'attends sur le ring.

La première de mes stratégies d'attente est en place.

Après s'être excusée de ne rien m'avoir dit, Ry m'a promis de m'appeler à la minute où elle aura des nouvelles. Elle m'a dit qu'elle pensait qu'Haddie rendait visite à sa sœur et elle y a dépêché son beau-frère pour voir si elle ne serait pas au cimetière et si elle allait bien.

Je rebouche ma bouteille d'eau et baisse la visière de ma casquette sur mes yeux. Mon téléphone m'indique que j'ai reçu un SMS. C'est probablement le centième de la journée entre tous mes échanges avec Ry et Colton. Alors, je ne m'attends pas à grand-chose quand je le prends pour regarder l'écran. Mais quand je le fais, je suis sur le cul.

Tu me rejoins sur le ring ?

Un sourire s'étale sur mon visage. La réponse qu'elle me donne est bien plus significative qu'au premier degré. Je me dis de me calmer, qu'on est déjà passés par là et que si je lui fous la trouille, elle se tirera encore une fois.

Mais ça n'empêche pas cette sensation de soulagement de me saisir. Je me précipite pour répondre et je suis plutôt énervé quand j'entends la sonnette, parce que c'est dix fois plus important de répondre à ce SMS. Tête baissée et concentré sur mon téléphone, je crie alors à la cantonade :

– Entrez.

Rex lève la tête pour regarder la porte et je suis sur le point d'appuyer sur « envoyer » quand je l'imite et là, je lâche mon téléphone qui tombe lourdement sur la table.

Haddie est dans l'entrée. En short, débardeur et un sweat noué autour de la taille, mais c'est quand j'arrive à ses pieds que je suis complètement désarçonné.

Merde.

Elle porte une paire de tongs roses.

Je repousse le délire complet de ma mère sur ces godasses – elle est dingue, après tout –, mais je n'arrive pas à me défaire de la portée de cette notion pour moi. Que ma mère pourrait avoir raison. Je me détache des pieds d'Haddie pour apercevoir ses cheveux attachés avec une barrette, ses joues cramoisies et ses yeux rougis et enflés d'avoir pleuré.

Elle a l'air d'avoir traversé l'enfer et d'en être revenue, mais je ne l'ai jamais trouvée aussi belle qu'en cet instant.

Elle soutient mon regard. Il y a tant d'émotions dans ses yeux, mais celles que je repère et auxquelles je me raccroche me font l'effet d'un drapeau vert un jour de course. J'y lis de l'espoir, de l'acceptation et de la détermination.

Je me lève de mon siège, sans pouvoir détacher mon regard d'elle une seule seconde, je l'admire des pieds à la tête. J'avance, le cœur battant et le sourire de plus en plus grand.

J'espère qu'elle le sent – ce truc entre nous – parce que moi, j'ai envie de le lui prouver avec chaque parcelle de mon être. Là, maintenant, tout de suite. Je veux lui prouver que je l'aime. Que je serai là pour elle.

Quand je ne suis plus qu'à quelques pas, je trébuche en lisant toute l'histoire dans son attitude – c'est clair comme de l'eau de roche, maintenant –, et j'espère simplement qu'elle me laissera l'aider à écrire la fin heureuse de ce conte de fées.

CHAPITRE 30

Becks avance vers moi, les muscles de son torse nu se contractent à chaque pas. Il affiche un sourire prudent et, de tout mon être, je sais que j'ai pris la bonne décision. Je le veux, j'ai besoin de lui à mes côtés. Il sera bon avec moi.

Ma lèvre inférieure se met à trembler quand il approche. C'est la honte qui prend le dessus sur mes autres émotions. Honte d'avoir créé tant de problèmes alors que ce n'était pas nécessaire. Je contrôle mon envie dévorante de courir vers lui ; je veux le laisser faire le premier pas, voir s'il sait à quel point je suis déglinguée et, si c'est le cas, s'il veut toujours de moi.

Mais il s'arrête en chemin et je vois qu'il essaie de légèrement reculer pour me laisser donner le tempo. Ses yeux sont le reflet du soulagement, de l'espoir, de l'amour… mais je vois aussi qu'il essaie de les contenir. Nous restons là, dans cette position, et je me dis que c'est moi qui suis venue vers lui ce matin, alors c'est à lui de faire le pas suivant, mais il s'écoule quelques secondes et avec tout ce qui passe, j'ai tellement envie de me coller contre lui que ma détermination se carapate au grand galop.

Je vole vers lui et je ne sais pas lequel d'entre nous a été plus rapide que l'autre. Je m'en fous, parce que c'est si bon.

Je lui répète encore et encore que je suis désolée et il me serre si fort dans ses bras que j'ai du mal à respirer. J'ai juste assez d'air pour renouveler mes excuses.

De son côté, il me répète des « chhh, Bébé » sans cesse, jusqu'à ce qu'il recule un peu et prenne mon visage dans le creux de ses mains pour déposer un baiser sur mes lèvres. Les larmes ruissellent sur mon visage et je m'en fous, car tout ce qui compte, c'est sa bouche sur la mienne, ses bras autour de moi et mon nom sur ses lèvres.

Il me regarde en m'interrogeant silencieusement avant de parler.

– Haddie ?

Tu es sûre ? Est-ce que je peux t'accompagner ? Es-tu prête à me laisser me battre à tes côtés ?

Toutes ces questions sont contenues dans sa façon de prononcer mon nom.

Je hoche la tête pour lui répondre, me penchant en avant pour l'embrasser mais aussi pour donner corps et soutien à mon affirmation. Son cœur bat la chamade contre le mien et ses mains procurent un réconfort agréable à mes joues striées de larmes quand je glisse ma langue entre ses lèvres. Je gémis lorsqu'elles entrent en contact avec les siennes et se mettent à danser ces lentes et séduisantes retrouvailles.

Je sais que ça ne fait qu'une semaine, mais j'ai l'impression qu'il s'est écoulé une éternité.

Mes mains se posent sur son torse nu, affamées et effrayées à la fois. J'espère encore qu'il ne me rejettera pas, malgré son baiser, ses caresses et ses murmures constants d'encouragement qui me disent le contraire. Mes dents tirent et griffent légèrement sa lèvre inférieure quand il m'offre un grognement de satisfaction qui me pousse à continuer.

– Haddie, soupire-t-il en essayant d'arrêter en vain de m'embrasser.

– Mmm… mmm ?

Mes mains glissent sous la ceinture de son large bermuda pour se saisir du renflement au-dessus de ses fesses.

– Had, grogne-t-il. Il faut qu'on parle.

Mes mains sont stoppées en plein vol, mes lèvres immobilisées contre les siennes, et je me cambre légèrement pour le regarder dans les yeux. Je glisse alors mes mains sur son torse, ce qui me vaut un nouveau grondement, et je les monte jusqu'à son visage.

– Oui, il faut effectivement que nous ayons une discussion. Et je te parlerai toute la nuit… je répondrai à toutes tes questions, je te présenterai mes plus plates excuses, jusqu'à en être carpette, lui dis-je en reprenant notre baiser, mais là, tout ce que je veux, c'est toi, Beckett.

Je vois qu'il est sceptique. Il est immédiatement pris du doute que nous sommes revenus à la case départ. Je dois refréner mes envies. Pour la première fois, j'ai envie d'utiliser toutes ces sensations pour les bonnes raisons et non plus pour chasser la douleur. Je me rends alors compte que j'ai peut-être pris la décision de monter sur le ring, mais ce n'est pas juste de le laisser dans les cordes.

Il a raison.

Autant j'ai envie de cimenter le lien qui nous unit en me servant du désir physique que nous partageons, autant nous avons réellement besoin de parler. Je pousse un petit grognement, en même temps qu'un soupir tremblant, en m'éloignant de la chaleur de son corps. Je contemple un instant le petit creux à la base de son cou, soudain stressée à l'idée de lui parler, parce que maintenant, tout ça est bien réel.

– Tu as raison, dis-je enfin à voix basse et le cœur battant, avant de lever mon regard vers le sien. Tu mérites des explications.

Les larmes s'accumulent dans mes yeux car même si je sais que j'en ai envie, je n'ai jamais pensé à ce que je lui dirai pour expliquer ma conduite sans avoir l'air d'une débile.

– Viens par là, dit-il en posant ses mains sur mes hanches pour m'attirer contre lui. (Me voilà de retour contre la fermeté de son torse.) J'ai juste envie de te tenir contre moi pendant une minute, d'accord ? Donne-moi juste ça, parce que là, tu n'as pas besoin d'expliquer quoi que ce soit.

Tu n'as qu'à me dire pourquoi tu ne recommenceras jamais tes conneries, pour nous.

Et je m'étrangle sur un sanglot, car je pense immédiatement à ça, au poison dans mon corps et au fait que je n'aurai peut-être pas le choix : je le blesserai peut-être encore. Mais il a parlé de *nous*, ce qui me permet de calmer mes esprits échauffés et de me lover un peu plus dans la chaleur de ses bras aimants et réconfortants.

Il sourit en se rendant compte de ce qu'il vient de dire et de la manière dont je l'ai pris. Il resserre un peu son étreinte pour en renforcer la signification.

– Pas maintenant, Haddie. Ne pense pas à ça tout de suite. Nous avons tout le temps, des jours entiers où le cancer s'immiscera entre toi et moi, mais ne le laisse pas infecter ce moment. Parce que là, tu es simplement cette femme magnifique, pleine de feu et d'audace, et je suis ce gars de bonne composition à qui tu as tellement manqué. Tu n'es pas malade et je ne suis pas en bonne santé… *Nous sommes, simplement.*

Ses mots se fraient un chemin dans mon âme, prennent possession de mon cœur et font des doubles nœuds avec les cordes qu'il a jetées autour pour me relier fermement à lui. Et pour la première fois, la peur ne vient pas incendier la situation parce qu'il a raison : nous avons besoin de vivre ce moment pour ce qu'il est, de l'apprécier à sa juste valeur, il n'y a que lui et moi.

La Citadine et le Campagnard.

Plus nous restons dans les bras l'un de l'autre, plus il m'est facile de croire qu'on peut y arriver. On peut le faire. Je peux le laisser entrer dans mon cœur et lui faire confiance, il prendra les bonnes décisions pour lui-même.

Quoi qu'il en soit, je pense toujours qu'il est important qu'il les prenne en toute connaissance de cause. Il doit savoir dans quoi il met les pieds.

– Becks, est-ce qu'on peut discuter ?

Il rit doucement, et ce son me procure une vibration bienvenue dans la poitrine.

– Tu parles comme moi, maintenant.

– Très drôle…

Il me tire contre lui pour nous diriger vers la terrasse protégée du soleil par une treille. Il ne me lâche pas, garde ses mains autour de moi, me guide vers le canapé d'extérieur, et je me retrouve dans son giron, le dos contre l'accoudoir et mes jambes sur les siennes. Il me regarde en fronçant les sourcils, un fantôme de sourire en biais lui orne le coin de la bouche.

– Salut.

Impossible de m'empêcher de sourire en l'entendant, j'ai une tonne de papillons dans le ventre. Ces sensations sont si différentes de celles que j'éprouve depuis quelques semaines.

– Salut.

Il se penche en avant et dépose un de ses baisers familiers sur mes lèvres. Un effleurement des plus innocents, mais qui donne l'impression qu'il vient juste de s'ouvrir à l'autre, comme un morceau dérobé de son cœur qu'il ne rendra jamais. Et c'est une bonne chose, car il n'a plus besoin de voler le mien, morceau par morceau, maintenant… Non, je suis prête à tout lui donner, avec joie.

– J'ai quelques trucs à te dire : des explications, des excuses, tout ça. Alors, j'aimerais bien que tu me laisses parler, d'accord ?

Il hoche la tête et la recule un peu avant de se lécher les lèvres. Il arque ensuite les sourcils pour m'indiquer que je peux procéder.

Le ring est à moi.

– J'ai regardé Lexi mourir. Jour après jour, souffle après souffle. Et quand je ne l'observais pas elle, je voyais Danny s'effondrer peu à peu. Quand elle est morte, nous étions dévastés, mais lui s'est même complètement perdu quelque temps. Et puis il y a aussi Maddie et tout ce qu'elle a dû subir…

Ma voix s'étiole alors que j'essaie de reprendre le dessus sur mes émotions. J'ai besoin de tout lui dire sans faillir parce qu'il m'écoute, c'est nécessaire. Il ne doit pas seulement entendre mon discours d'une oreille distraite.

Il passe sa main de haut en bas sur ma jambe nue. Je suis tellement concentrée pour garder le cap que je ne m'en rends compte que lorsque mes chairs intimes sont en proie à une délicieuse douleur. Je savoure la sensation, mais je sais que je ne pourrai pas satisfaire ce besoin tant que je n'aurai pas raconté tout ce que j'ai à dire.

J'essaie de changer de méthode : d'abord on parle, ensuite on agit. La raison avant la passion.

– Alors, après la mort de Lex, toute ma famille s'est mise à s'inquiéter pour moi. J'y avais déjà pensé, je savais tout au fond de moi que, quelque part, le même destin m'attendait.

Il se met à secouer la tête pour me reprendre, mais je l'arrête en lui mettant l'index sur la bouche.

– Pas la partie sur la mort, mais celle sur le cancer du sein. Ça me pesait sur la conscience, ça me bouffait tellement que je n'étais plus moi, en fait. Puis, une nuit comme une autre, après avoir ramassé Danny en petits morceaux par terre dans son salon en sachant qu'il ne serait plus jamais pareil et qu'il lui manquerait toujours un bout de lui-même, je me suis juré de ne jamais infliger pareille chose à quiconque. Je ne laisserais jamais personne s'approcher de moi au point d'en souffrir comme lui quand je tomberais malade un jour ou l'autre. J'ai juré de protéger les gens qui comptent pour moi, ceux qui ont le choix de subir cette situation… De ne jamais laisser personne m'aimer.

La première larme roule sur ma joue.

– Haddie.

Mon nom est un soupir sur ses lèvres. Il va pour essuyer cette larme de la main, mais je secoue la tête pour lui dire de la laisser tranquille. Il ne peut pas me toucher, sinon je vais m'effondrer et je ne peux pas me le permettre. J'ai besoin de finir ces explications avant de me briser. Ensuite je pourrai l'utiliser – *nous utiliser* – pour m'aider à prendre des forces et ainsi aller de l'avant.

– Je sais, mais ça me semblait parfaitement logique. *Et ensuite, c'est là que tu es arrivé.*

Je le regarde et je vois en lui tant de choses auxquelles je ne me serais pas attendue, principalement ces morceaux de moi perdus à la mort de ma sœur.

– Je ne sais pas comment expliquer ce que… comment tu as…

– Tu n'en as pas besoin, je ressens la même chose, dit-il en abaissant son visage vers le mien pour que nos yeux soient à la même hauteur.

– Non, c'est nécessaire, je réponds en retrouvant mes mots. Tu m'as dit que tu m'aimais, et je suis restée plantée là et, ensuite, je t'ai viré de chez moi. J'ai fait exprès de te blesser et ça me bouffe complètement. Je mourais d'envie de t'appeler pour te dire que j'étais désolée, que je ne pensais pas ce que j'avais dit, mais j'essayais de te protéger de tout ça.

Je tends mes mains devant ma poitrine. Les yeux fermés, j'essaie de trouver un moyen pour mettre l'accent sur mes excuses.

– Had.

Ses mains sont de retour sur mon visage. Elles l'incitent à se relever. Pas le choix, je dois le regarder dans les yeux.

– Je t'ai dit que j'étais prêt à combattre de toutes mes forces. Je ne vais nulle part. Je suis toujours là et je le resterai.

Il se penche pour déposer un baiser sur mon front quand nous acceptons tous les deux notre avenir probable et la lumière certaine qui luit au bout du tunnel.

– Mais tu n'as pas peur d'entamer une relation avec cette fille qui va devenir un vrai monstre… qui va perdre ses cheveux, probablement devenir stérile, être malade comme un chien à cause de la chimio et des rayons, et peut-être même ne pas s'en sortir ?

Ma voix se brise. Mes mots sonnent creux, ils sont tellement étrangers, car j'essaie d'éviter ces abominables vérités, mais j'ai quand même besoin de clarifier la situation.

– Montgomery.

Je suis tellement partie dans mon délire qu'il doit répéter mon nom au moins trois ou quatre fois pour que je l'entende. Je finis par sursauter et le regarder en face.

– Je vais te dire ça avec le plus de courtoisie possible… *mais ferme ta gueule.* Je n'ai pas envie d'entendre…

– Je sais, mais c'est la réalité, et la réalité est…

Joueur, il pose sa main sur ma bouche, la fin de ma phrase est perdue dans un grommelot incompréhensible.

– Non, non. C'est maintenant que tu te calmes et c'est à moi de parler. Pigé ?

J'entends son ton badin, mais aussi l'autorité sous la taquinerie.

Je hoche la tête quand il pousse un soupir et passe sa main libre dans ses cheveux avant de la reposer sur ma cuisse nue.

Il sourit doucement et penche la tête pour me regarder bien en face. Son pouce esquisse de petits cercles sur ma cuisse.

– Tu ne vois rien, c'est ça ? Cette première fois… putain, tu as demandé à ce que ça reste un coup d'une nuit sans attaches, mais je savais que si je couchais avec toi, j'en voudrais plus. Puis j'ai essayé de nouer ces putains de liens quand même, mais tu les coupais aussi rapidement que je les attachais.

Il secoue la tête un instant avant de replanter ses yeux, animés d'une limpidité vivace, dans les miens.

– Tu es le genre de fille qu'on ne rencontre qu'une fois dans sa vie, Haddie.

– De quoi tu parles ?

– Tu es ce putain d'inestimable Macallan.

Je fronce les sourcils en plissant le nez. Puis notre conversation sur le pas de ma porte, il y a quelques semaines, me revient en mémoire. Je comprends enfin le sens de ses mots. C'est ensuite sa sincérité qui me retourne, et sa conviction me serre le cœur avec tout ce que je ressens pour lui.

– Eh bien, au moins j'ai bon goût, dis-je en provoquant un sourire.

– Le meilleur, acquiesce-t-il en hochant la tête, un murmure appréciateur aux lèvres. Si tu étais une piquette infâme à deux balles, je n'en aurais rien à foutre… Je te choisirai toi, tout le temps, Haddie. Pleine de cicatrices, stérile, chauve, malade, instable émotionnellement… tu es tellement belle à mes yeux. Dans tous les sens du terme. C'est toi que je choisirai à chaque fois.

Je suis transpercée par son regard.

– Il y a toujours eu ce truc en toi auquel je suis incapable de résister…

Les larmes me viennent aux yeux, par torrents. Et je suis bouleversée du degré d'acceptation qu'il vient de me témoigner. Je ne le mérite pas, mais ça me donne le courage de nouer mes gants de boxe pour m'attaquer au combat de ma vie.

Avec lui à mes côtés.

Et c'est drôle. Depuis le début, je lui dis « pas d'attaches », je les ai repoussées à la seconde où je les sentais arriver. Je ne m'étais jamais rendu compte à quel point je me sentirais libre et légère en les nouant volontiers.

Je commence à être à l'aise avec cette idée, à l'accepter, et je me souviens brusquement d'un truc dont il avait parlé au ranch.

– *C'est le clic.*

– Oui, le clic, répond-il en riant doucement. Mais tu sais quoi, le clic n'a plus d'importance maintenant. Le clic, c'était pour nos premiers rapprochements. Maintenant, c'est le « glang ».

– Le « glang » ?

De quoi parle-t-il ?

– Ouais. C'est le son que font les chaînes quand je les entortille autour de ton cœur pour fermer ce foutu cadenas, explique-t-il en me faisant un grand sourire suffisant et farceur qui me remue ridiculement de l'intérieur. Aux chiottes, les attaches et les cordes ! On peut toujours les couper. Maintenant, je me sers de chaînes pour nous lier l'un à l'autre, parce qu'elles sont beaucoup plus dures à briser.

J'essaie de dissimuler le petit soupir de dinde que mes lèvres menacent de laisser passer, tant j'ai le vertige. Le cœur léger et le désir de plus en plus prégnant, je lève les sourcils pour lui faire une remarque :

– C'est coquin, ça, non ?

– Tu sais, la Citadine, ça fait un peu impitoyable, dit comme ça, répond-il en souriant lentement. Il va peut-être falloir qu'on fasse un essai. Ça m'excite un peu pour tout dire.

Je me penche vers lui pour l'embrasser et, mes lèvres sur les siennes, je lui susurre :

– *C'est une promesse ?*

– Je te promets tout ce que tu veux tant que tu me jures que tu ne me repousseras plus jamais.

Son regard, joueur, se fait soudain solennel. Je vois que je l'ai profondément blessé et je m'en déteste un peu plus.

Je tends la main pour la plaquer sur son torse, puis la poser dans le creux de son cou.

– Je ne vais pas te promettre d'arrêter de te repousser, Becks, parce que je vais avoir de plus en plus peur. Putain, c'est déjà la panique quand je pense à tout ce qui m'attend… mais je te promets de ne plus jamais partir en courant. Je ne me renfermerai plus sur moi-même en t'éjectant. Parce que *nous sommes*.

Il me fait un sourire dévastateur et je me penche vers lui pour goûter à la tentation et me perdre un instant.

Je repose ensuite mon front contre le sien. Ma dernière confession me brûle la langue.

– Je me suis servi du sexe pendant si longtemps pour sentir des choses et en oublier d'autres. Je ne veux plus faire ça.

Je murmure mon aveu contre ses lèvres quand je pose cartes sur table. Je sens la chaleur de son souffle, l'odeur de son parfum et j'attends pour être sûre qu'il m'écoute :

– Tu m'as fait changer. J'ai enfilé mes gants de boxe, Becks, mais je les réserve pour une bataille que je n'ai pas encore menée… Je n'ai pas besoin de les porter avec toi.

Je dépose un autre baiser sur ses lèvres et déplace mes mains sur sa nuque pour pouvoir jouer avec ses petits cheveux.

– Je sais ce que je ressens pour toi et il est temps que je te le montre. Laisse-moi te faire l'amour.

J'entends son souffle subitement se couper. Je sens son corps se raidir avant que ses lèvres n'esquissent un sourire contre les miennes.

– Tu n'as pas besoin de me le dire deux fois, rit-il.

Et dans un geste fluide, il passe mon débardeur par-dessus ma tête.

À la seconde où mon visage est dégagé, je n'ai que quelques instants pour voir le feu briller dans son regard avant que ses lèvres se posent sur les miennes. Je me noie dans l'intensité de son baiser. Il domine totalement mes sens quand sa bouche possède les sons et les petits cris qu'il suscite en moi. Ses mains s'attaquent à la peau dénudée de mon dos.

Elles vont ensuite frôler ma cage thoracique et ma poitrine. Je me raidis lorsqu'il prend mes seins dans ses mains. Une réalité dure et froide me fait oublier l'érotisme du moment.

– Becks…

Ses lèvres contre mon oreille, son souffle réchauffe ma peau quand il me parle :

– Tu es tellement Belle, Haddie Montgomery, avec ou sans eux.

Il passe ses pouces sur mes tétons durcis, ce qui me coupe le souffle.

– Ce ne sont pas tes seins qui font de toi la femme que j'aime. Pas un seul instant. *Compris ?*

Et il dépose un discret baiser sous mon oreille. C'est alors que je réalise les sentiments qu'il exprime et le sens de ses paroles. Les larmes me viennent encore aux yeux, mais je n'ai pas le temps de comprendre quoi que ce soit d'autre parce que Becks referme sa bouche sur la pointe de l'un de mes seins et entreprend de le sucer.

Les émotions se mêlent aux sensations et m'assaillent de tous côtés. J'ondule des hanches pour diminuer la pression qui s'accumule dans mon corps à force de baisers et de doux éraflements du bout des dents.

– Douce, douce Haddie, murmure-t-il avant de pousser un petit grognement de satisfaction du fond de sa gorge.

Il prend son temps pour savourer ma poitrine, tout en retirant mon short et ses vêtements. Je suis tellement absorbée par sa minutie et son talent que je suis surprise de découvrir que j'ai changé de position. Mes fesses sont maintenant à moitié appuyées sur le canapé, mes épaules contre son dossier et mes jambes écartées.

Il commence par descendre le long de mon ventre en y laissant une file de baisers. Je sens les caresses légères du bout de ses doigts remonter de mes genoux à l'intérieur de mes cuisses. Doux et affectueux. Minutieux et attentif.

Tellement addictif, bordel.

Je soupire quand ses doigts effleurent mon sexe, comme s'il voulait me narguer et m'exciter. J'en relève les hanches pour physiquement y aller plus fort. Il rit doucement, et ses doigts écartent doucement les replis de mes chairs tandis qu'il souffle avec légèreté sur mon clitoris.

– Becks…

– Moui. J'ai envie de te goûter, murmure-t-il une seconde avant que je ne le voie se pencher vers moi et que je sente sa bouche sur ma chair à nu.

Et ce n'est pas comme si je ne le regardais pas faire, mais la chaleur de sa bouche me surprend et je me tends d'un coup.

Ses doigts glissent de haut en bas, une fois, puis deux, avant qu'il ne me pénètre avec. Je suis immédiatement trempée. Mon corps est tellement prêt pour lui quand il commence à les insérer puis à les sortir de mon intimité, en même temps que sa langue s'attaque à mon petit paquet de nerfs.

Je m'agrippe à ses cheveux, je pourrais alors doucement le prévenir que les sensations se font trop pressantes. Quand je tire dessus, il se contente de rire et la vibration de son corps ajoute alors un effet supplémentaire. Il ignore totalement ma demande.

Il lève les yeux vers moi, son regard est affamé d'une sensualité toute charnelle.

– Tu as dit que tu voulais ressentir des trucs pour les bonnes raisons… Alors, installe-toi confortablement et fais tout ce que tu veux, mais continue à parler – putain, tu peux même crier si tu veux – et laisse-moi te procurer des souvenirs sensoriels… pour ne pas oublier.

Il dépose un baiser sur mon sexe avant de se servir de sa langue pour écarter les replis de mon anatomie et ensuite redescendre. Cette fois-ci, en revanche, il retire ses doigts pour glisser sa langue. Je me force à ouvrir les yeux pour le voir jouer avec mon corps, me posséder… m'aimer.

Et il y a quelque chose de si cru et de si réel dans cet instant qu'il lève les yeux et rencontre les miens. Il me goûte, et mon corps est à sa merci. Je me mets alors à trembler, car les premières pressions de mon orgasme commencent à m'agiter.

Je pousse un cri quand il m'atteint de plein fouet !

– Oh, mon Dieu !

Je suis perdue en lui et dans le moment, car même si le détonateur est physique, la plénitude que je ressens est aussi émotionnelle. Je lui ai offert mon cœur. Mon corps se liquéfie doucement à mesure que les spasmes se font moins fréquents. Becks grogne encore de désir en goûtant mon plaisir.

Je jurerais l'entendre marmonner : « Et d'un ! », mais je suis tellement partie que je n'ai plus aucune énergie pour lui répondre.

Je laisse ma tête retomber en arrière, les yeux fermés et les muscles encore secoués par des répliques de mon séisme orgasmique. Sa bouche quitte alors ses retranchements entre mes cuisses, et l'air frais de la brise sur ma chair nue et enflée me surprend. Son sexe effleure l'intérieur de mes cuisses quand je sens la douceur veloutée du bout de son gland se positionner juste à l'entrée de mon intimité.

– Regarde-moi, Haddie.

Ses mots me font sortir de ce coma provoqué par le plaisir. Le mélange d'autorité et de compassion dans sa voix me tiraille dans toutes les directions possibles et imaginables. Il me donne un aperçu de ce qui m'a toujours attiré et de ce que je trouve maintenant incroyablement sexy.

Il n'y a que Becks pour être capable d'un tel cocktail.

La seule chose qui me traverse l'esprit avant qu'il me pénètre à une délicieuse et presque douloureuse lenteur, c'est que j'ai vraiment, vraiment de la chance de l'avoir trouvé.

Et de ne pas l'avoir perdu.

Nos regards sont rivés l'un à l'autre quand nous succombons tous les deux à la douce et amère brûlure du plaisir lorsqu'il me pénètre à fond. Il s'immobilise et fléchit les genoux, me prouvant qu'il peut aussi se retenir. Son regard me dit qu'il meurt d'envie de me pilonner à un rythme fracassant. Mais ce simple petit mouvement, lent de rien du tout, lui a permis de repositionner son bassin, et je sens maintenant son sexe appuyer exactement là où j'ai besoin de le trouver.

Ma respiration s'accélère, et mes ongles s'enfoncent dans mes propres cuisses lorsqu'un plaisir étourdissant me saisit. Puis il se retire très lentement. Chacun de mes nerfs est parfaitement sollicité quand il se met à donner le rythme. Je baisse les yeux pour regarder nos corps joints, seul le haut de son pénis est encore en moi, mais le reste brille du fruit de mon excitation. Il reprend son lent mouvement. Je ne peux me concentrer que sur l'image la plus érotique qui soit : le voir devenir une partie de moi, dans tous les sens du terme.

Je suis perdue dans cette idée et cette image jusqu'à ce que je relève les yeux et que je croise les siens. Il est à quelques centimètres à peine de mon visage, impossible de me tromper sur la nature des émotions qui baignent son regard cristallin : l'amour, le désir, le besoin d'être aimé et l'ardeur.

Elles solidifient tout ce que je ressens pour lui et même plus : *de l'émerveillement*.

Mon cœur s'envole, et un sourire s'empare de mes lèvres quand je me penche vers lui pour l'embrasser. Cet acte me vaut un grognement brutal et tout mon corps se tend dans ce mouvement. Mes muscles se contractent alors autour de lui.

Toute retenue vole en éclats, chez lui comme chez moi.

Le désir nous consume lorsqu'il me tire en avant d'un coup sec pour plaquer sa bouche contre la mienne. Je goûte mon excitation sur ses lèvres et, mêlés au tempo toujours plus soutenu de ses hanches, les petits frémissements que je ressentais se transforment en tremblement de terre.

Mes mains errent sur son corps, toujours plus exigeantes, elles s'agrippent à en faire des bleus, mes ongles griffent, alors que sa bouche prend possession de mon corps et que sa queue domine toutes mes sensations. L'assaut est si intense, si chargé de passion et d'urgence, que mon corps commence à se contracter et je perds le contrôle.

Impossible de me concentrer. Je dois me rappeler qu'il faut respirer et dire à mes cuisses de ne pas l'étouffer alors qu'elles pressent son torse à mesure que la pression augmente. Ma bouche est ouverte, je ne sais plus embrasser tant je suis inondée de sensations. Il y en a trop d'un coup. Je suis incapable de faire quoi que ce soit… rien d'autre que *ressentir*.

Je le regarde, lui, le mec lent et nonchalant et, là, il est tout sauf ça. Son regard transperce le mien, il exige que je lui donne tout de moi, sur l'instant. Ce simple regard m'assèche la bouche, j'ai un petit aperçu de ce que peut être mon bad boy de temps en temps. Ses mains se saisissent de mes hanches, ses doigts creusent ma chair lorsqu'il fait bouger mon bassin pour varier mes sensations.

Et cet éclat dans son regard, la possessivité de ses caresses, ce souffle qu'il m'a volé et son cœur qu'il m'a donné, tout cet ensemble me fait basculer de l'autre côté. Mon corps explose dans un océan de feu liquide qui quitte chaque parcelle de mon corps incendiée par la marque indélébile de Becks.

Il me tire vers lui, plaquant sa peau contre la mienne, pour accélérer encore la cadence, toujours plus fort, toujours plus rapide, étirant mon orgasme pour lancer le sien. Il enfouit son visage dans le creux de mon cou et crie mon nom à chacun de ses mouvements de bassin, encore et encore. Il nous fait basculer, nos corps mêlés l'un à l'autre, et nos cœurs s'habituent au poids des chaînes et du cadenas qui les retiennent définitivement prisonniers.

Mon cœur bat si fort que je manque ne pas entendre les mots qu'il prononce. Mais il n'y a pas d'erreur d'interprétation possible quand je comprends ce qu'il dit. Je me raidis un instant, les larmes brûlent mes yeux. Elles complètent parfaitement le doux sourire sur mes lèvres. Je le serre un peu plus fort entre mes bras, et mon âme pousse un soupir de contentement avant que je m'écarte légèrement pour le regarder en face.

J'ai besoin qu'il me voie prononcer ces mots pour la première fois :

– Moi aussi, je t'aime, Beckett.

CHAPITRE 31

– Je me suis super-bien amusée aujourd'hui. Je te revois quand je rentre de voyage, d'accord ?

Le mensonge me fait grimacer. J'espère que Maddie n'entend pas que je culpabilise. Au début, elle reste silencieuse à l'autre bout du fil, et je me balance d'avant en arrière en attendant qu'elle me démasque.

– Éclate-toi ce soir à ta pyjama party, d'accord ?

– Oui, d'accord. Ça va être tellement rigolo !

Elle éclate de rire comme la petite fille qu'elle est, et ce son me réchauffe le cœur parce qu'elle revient à la normale à tout petits pas. Et j'ai peur qu'elle fasse un grand bond en arrière quand elle découvrira que je suis aussi malade.

– Fais un bon voyage dans le ciel avec les anges. Et appelle-moi souvent si tu peux. Je t'aime, Haddie Maddie.

– Promis, dis-je en pensant au seul ange dont j'ai besoin pour me protéger. Je t'aime encore plus, Maddie Haddie.

– *Des cœurs et des talons.*

Je rattrape le sanglot qui menace de sortir en l'entendant dire ça, heureusement, j'arrive à le réprimer.

– Des cœurs et des talons, mon petit chat.

Le téléphone qu'elle vient de raccrocher m'indique la fin de notre conversation, et je prends une grande goulée d'air frais en retirant la main plaquée sur ma bouche. Je me laisse glisser contre le mur. Mon téléphone se fracasse par terre et je lutte contre tout l'éventail d'émotions qui m'assaillent sans cesse depuis ce matin.

Je déteste mentir à Maddie, même si je le fais pour son bien. Mais c'est quand même toujours aussi terrible de lui dire que je pars en voyage alors qu'en fait je vais aller me faire opérer. Je ne veux pas qu'elle soit effrayée ou inquiète. Je veux qu'elle reste cette petite fille qui se remet lentement et qui apprend à vivre sans sa maman.

C'est Becks qui a eu l'idée de lui dire que je partais en voyage. Il a demandé à nous accompagner lors de notre dernière journée entre filles, la semaine dernière. Au menu : pizza et jeux d'arcade chez Chuck E. Cheese's, pédicure, shopping de sandales à lanières et une glace sur la promenade du bord de mer. Quand Maddie m'a demandé pourquoi c'était sa grand-mère qui l'amènerait chez les scouts la semaine suivante, j'ai eu un blanc. J'étais trop concentrée sur tous les détails du contrat que je venais juste de signer avec Scandal et sur ce que je dois mettre en place pour tenir mes engagements pendant mon traitement qu'elle m'a prise au dépourvu.

Et c'est alors que Becks a pris les devants et lui a annoncé qu'il m'emmenait en voyage pour me gâter. Maddie a été tellement excitée par l'idée de voler en avion que ce sujet a dominé tout le reste de la conversation.

Je pousse un soupir et appuie la tête contre le mur derrière moi. Je profite de mes derniers instants de solitude avant que Becks ne débarque. Je ferme les yeux et savoure ce sourire qui me vient si naturellement quand je pense à lui. Pendant les longues heures d'attente entre les examens sanguins avant l'opération, les scanners qui n'en finissent pas et tous les autres rendez-vous médicaux, il a fait preuve d'un humour sans faille. Il m'a tenue dans ses bras certaines nuits, alors que je pleurais toutes les larmes de mon corps quand la peur s'insinuait en moi, avant de me faire jouir tellement fort qu'épuisée, je n'avais même plus la force de m'appesantir sur mon chagrin.

Et il a partagé sa boîte de cookies aux pépites de chocolat faits par sa mère.

Là, c'est du sérieux.

Mon sourire s'élargit encore un peu plus et mon corps se réchauffe en pensant à lui. Mon cœur se gonfle d'amour et mon âme se réjouit de l'avoir laissé monter sur le ring, parce que j'ai tellement de chance de l'avoir à mes côtés pour mener ce combat.

Je l'aime.

L'idée me stupéfie encore… C'est pourtant si simple de ressentir cet amour pour lui, de l'accepter, alors que j'ai tout fait pour le repousser.

Et c'est tellement plus simple de se concentrer là-dessus depuis quelques jours, beaucoup plus que de penser à l'opération qui aura lieu demain. Je gère ça plutôt bien – les crises de panique épisodiques plus ou moins rapprochées –, mais la peur est toujours là, l'inquiétude est une présence constante.

Becks dit que c'est mon ombre – la peur et l'inquiétude – et il a même réussi à en faire un jeu pour essayer de me faire rire et d'alléger tous mes soucis. Chaque fois que nous sortons, mon ombre m'accompagne et il se place exactement dedans pour lui marcher dessus. Au début, je trouvais ça dingue, mais c'est alors que nous nous sommes mis à en jouer tous les deux : deux tarés marchant bizarrement sur la jetée de Santa Monica dans une sorte de compétition bizarre, à crier et rire. Chaque fois qu'il essayait de la piétiner, je faisais un pas de côté à la dernière seconde. Arrivés au bout de la promenade, j'emportais la manche haut la main : j'avais le meilleur ratio d'évitement/piétinement.

Puis Becks m'a attrapée par le bras, attirée contre lui et a pressé ses lèvres contre les miennes. Impossible de rivaliser avec ce baiser sous le soleil, entourés par les bruits du parc d'attractions à côté et le goût de caramel au beurre salé sur sa langue. Et quand il s'est mis à rire en rompant notre baiser, je l'ai regardé pour essayer de comprendre ce qui était si drôle. Il a juste haussé un sourcil et baissé les yeux pour me montrer qu'il était très exactement debout sur mon ombre.

Il a piétiné mes peurs et mes inquiétudes avec ses baskets, puis, un sourire diabolique aux lèvres, il m'a dit :

– J'ai gagné.

Je frissonne de plaisir en me rappelant à quel point c'est bon de perdre contre Beckett Daniels. Qui peut se disputer contre un mec qui vous ramène à la maison pour un dîner romantique, acheté chez McDonalds, sur une couverture à carreaux posée sur le balcon ? Couverture qui s'est révélée très utile pour la suite du programme quand il a décidé de me faire mon affaire après une partie d'Action ou Vérité en regardant les étoiles. La meilleure partie de cette soirée, le plus évident mis à part, c'est quand il m'a promis que la prochaine fois, j'aurai le droit de goûter aux lasagnes de sa mère.

Cette idée me fait sourire et, quand je m'échappe de mes souvenirs, je me rends compte que je triture le porte-bonheur que j'ai attaché à une chaîne autour de mon cou. Le collier est en fait composé de deux chaînes reliées entre elles et le pendentif est un cadenas en forme de cœur. Il me l'a offert il y a deux jours avec un petit mot, sur lequel il n'y avait écrit que « *glang, glang* ».

Je dois être comme ma mère après tout, à triturer mon pendentif porte-bonheur, mais Becks a piétiné mon *ombre*, alors, l'espoir mis à part, il ne me reste plus qu'à m'attacher à ça, à cet amour que je ressens et à celui de ceux qui m'aiment.

Comme je commence à rire dans le silence vide de ma maison, je me rends compte que je me suis longtemps inquiétée de savoir Lexi seule contre sa maladie, à l'avoir affrontée sans personne. C'était son corps contre le cancer… mais après ces deux semaines, après avoir laissé Becks m'aimer, j'ai alors pris conscience qu'elle était tout sauf seule. Elle avait une armée de gens en soutien, des personnes qui l'aimaient tendrement, tout comme moi si j'acceptais de mettre mes proches au courant, et cette idée me réconforte infiniment.

D'abord l'opération, et ensuite annoncer la nouvelle. On va y aller doucement.

J'ai trouvé la paix pour la première fois depuis longtemps et je fais le deuil de ma sœur. C'est peut-être grâce à la présence de Becks, c'est peut-être la procédure que je vais subir demain, je ne sais pas, mais je sais que, maintenant, je suis envahie par cette sensation de calme et qu'elle a trouvé sa place au milieu des douloureux tumultes de mon âme, et ça me manquait.

Je baisse la tête et je laisse mon rire s'épanouir librement.

– Alors ça, c'est le meilleur son de la terre.

Je lève la tête pour trouver Becks adossé à la porte de ma chambre, en jean, avec une chemise déboutonnée au col et les manches retroussées. Je ne pense pas pouvoir facilement m'habituer à le voir aussi à l'aise dans ma chambre ni à m'en lasser d'ailleurs. Je suis tellement habituée à voir mon homme détendu et décontracté que j'oublie à quel point il est renversant quand il délaisse ses bermudas adorés. Quoi que j'apprécie beaucoup l'absence de T-shirt qui accompagne fréquemment le bermuda informe. Ce style a tendance à faire ronronner mon petit moteur comme il faut. Je prends tout mon temps pour détailler son corps et admirer son sourire désarmant avant de croiser son regard.

– J'avais oublié que tu n'étais pas si mal quand tu faisais un petit effort, le Campagnard.

Mon sourire s'élargit encore quand il avance vers moi et s'accroupit pour se mettre à ma hauteur.

– Et il n'y a aucune chance pour que j'oublie à quel point tu es belle, putain.

– Pas mal, M. Daniels, pas mal du tout.

Il se penche en avant et dépose un léger baiser sur mes lèvres dans un mouvement qui réveille les cinq pour cent de mon corps qui ne se mettent pas en alerte dès qu'il est présent. Je glisse ma langue entre ses lèvres et pose mes mains sur sa nuque lorsqu'il se met à genoux pour approfondir ce baiser.

– Hmmmm, grogne-t-il pour protester lorsqu'il écarte ses lèvres des miennes. J'adorerais pouvoir continuer, mais il faut qu'on aille quelque part.

Je secoue la tête et le regarde en face, un peu perturbée. C'est ma dernière nuit avant l'opération et nous étions d'accord pour la passer à nous faire des câlins, manger n'importe quoi avant minuit, ma limite imposée, et ensuite discuter jusqu'à ce qu'il soit l'heure d'aller à l'hôpital.

– Je croyais qu'on avait dit que…

– Effectivement, dit-il en souriant d'un air suffisant avant de me faire un bisou sur le front et de se lever en me tendant la main pour m'aider à en faire de même. Mais j'ai menti. Lève-toi, ma jolie. Tu as vingt minutes pour te préparer, sinon on va être en retard.

Je le regarde, lui, nos mains jointes et nos cœurs unis. Je vois alors tellement plus qu'un joli garçon.

Je vois mon avenir.

Il me tire pour m'aider à me lever. Je me penche ensuite vers lui pour recevoir un baiser, mais il me fait pivoter d'une main de maître et me donne une petite claque sur la fesse.

– Pas de magouille, Montgomery. On a tout le temps pour ça tout à l'heure. Bougez vos jolies fesses, *Votre Majesté*. Votre carrosse vous attend.

Je lève les yeux au ciel en renâclant quand je l'entends utiliser ce ton snobinard.

– Je suis ce que tu trouveras de plus éloigné d'une princesse, dis-je en me dirigeant vers mon dressing.

Nos mains restent jointes, mais je continue à avancer alors qu'il reste sur place. Étirées à fond, elles finissent pas se séparer.

– Je ne partage pas cet avis, dit-il en finissant par me suivre, comme s'il refusait de me lâcher.

– Eh bien, dans ce cas-là, tu te retrouves dans le rôle du chevalier servant, avec une jolie armure qui brille, dis-je en arquant un sourcil moqueur.

Je sais très bien qu'il va vouloir répondre à ça. Il prend alors un air canaille avant d'éclater de rire :

– Tu veux voir mon épée ?

– Seulement, si vous savez vous en servir, Monseigneur.

– Oh, j'aime bien cette idée, dit-il en haussant les sourcils. Et nous savons tous les deux que je sais manier l'épée.

Impossible de m'empêcher d'exploser de rire quand je me précipite vers lui pour l'embrasser. Je suis bien trop heureuse pour une fille qui doit subir une double mammectomie le lendemain. Mais la devise de Lex me revient en tête.

Le temps, c'est précieux. Perds-le intelligemment.

Et j'en perds très peu à m'habiller. Je ne veux pas gaspiller cette soirée en la laissant filer trop vite car demain, c'est le jour J. Je ne sais pas trop ce qu'il mijote, mais je suis secrètement excitée. Même si nous avions convenu d'une soirée tranquille, d'un certain côté, je lui suis reconnaissante de faire ce truc. Il essaie de faire quelque chose de cette dernière nuit où je suis *pleine et entière*.

Tout comme il a essayé de donner son importance à chaque instant de ces dernières semaines. De les faire compter.

Ou je me plante peut-être. Becks essaie-t-il de donner du relief à tous nos instants passés ensemble à cause de ce qui va se passer demain ou est-il toujours comme ça dans une relation ? Quoi qu'il en soit, j'ai énormément de chance.

Une fois prête, je vais dans le séjour pour le retrouver, mais il n'y est pas. Personne en vue. Je l'appelle, mais pas de réponse.

Je jette un coup d'œil dans la cuisine, puis du coin de l'œil, j'aperçois le soleil couchant à travers la porte d'entrée laissée ouverte. Je m'avance vers le palier, curieuse de savoir ce qu'il fout. Quand j'arrive à destination, ma main se plaque sur ma bouche pour étouffer le petit cri qu'il m'est impossible de dissimuler.

Je dois y regarder à deux fois pour m'assurer que je vois bien ce que je vois.

Ouais. C'est sûr.

Becks est à côté d'une calèche, avec tout le toutim : les chevaux, le cocher et un immense sourire aux lèvres.

– Ton carrosse est avancé.

Je remarque que les voisins admirent le spectacle depuis le pas de leur porte, alors je m'avance vers lui, plus que troublée, à essayer de comprendre ce qu'il fait.

– Qu'est-ce que tu…

Ma phrase est interrompue par le hennissement d'un cheval.

– Si tu dois te lancer dans ce combat, la Citadine, mieux vaut faire ton entrée sur le ring avec panache.

Dans son regard, je vois qu'il est fier d'avoir eu cette idée, et sa prévenance me fait fondre.

– Les princesses ne portent pas de gants de boxe, lui dis-je pour le taquiner en prenant sa main tendue, complètement sous le charme.

Becks tire sur ma main et m'attire contre lui. Nos corps sont l'un contre l'autre et il me répond en déposant un léger baiser sur mes lèvres :

– Cette princesse-là, si. Des cœurs et des talons, Montgomery. Des cœurs et des talons.

– Où m'emmènes-tu ?

– Tu aimerais bien savoir, hein ?

Becks me taquine en effleurant encore mes lèvres d'un léger baiser, comme il m'en dispense de temps en temps depuis le début de la promenade. Je suis pelotonnée contre lui, sous son bras, pendant que nous cheminons, tirés par des chevaux bien moins mécaniques que d'habitude.

Le silence occasionnel qui s'installe entre nous est confortable et nous nous perdons tous les deux dans nos pensées liées à la journée de demain. Ma curiosité me bouffe aussi complètement. Comme le sac avec mes affaires pour l'hôpital est posé devant nous, j'en déduis que nous ne retournerons pas chez moi, mais je n'en sais pas plus. Becks sait que ce suspense me tue complètement et il adore me voir me remuer les méninges.

Le ciel passe au noir à mesure que nous progressons. Dans les voitures qui nous doublent, les passagers nous dévisagent, mais je ne remarque pas la folie furieuse de Los Angeles défiler car je suis trop occupée à regarder l'homme à mes côtés. Parce que j'ai bien retenu la leçon : mieux vaut tenter la route lentement et sûrement.

– On est arrivés ! annonce-t-il contre toute attente quand la calèche s'engage dans une banale zone industrielle.

Je jette un coup d'œil à l'immeuble de bureaux vides à côté, avec sa porte de garage coulissante d'un côté et son entrée officielle de l'autre.

– Becks ?

– Ne pose pas de questions, dit-il en haussant les sourcils un immense sourire sur les lèvres. On y va.

CHAPITRE 32

Je fronce les sourcils en regardant Becks de dos. Il fait jouer une clé dans la serrure et déverrouille la porte en verre fumé qui ouvre sur la zone bureau de l'un des bâtiments.

– Tu montes une nouvelle boîte ?

Je tente de trouver ma vingtième explication en moins de trois minutes.

– Est-ce que tu pourrais te taire et faire preuve de patience ?

Becks baisse les mains et laisse la clé en place, puis se tourne pour me regarder en face et déposer un chaste baiser sur mes lèvres, ce qui a plus ou moins l'effet escompté.

Je mords simplement ma lèvre inférieure et hoche la tête en essayant de refréner mon envie de poser une autre question qui est déjà sur le bout de ma langue.

Becks revient alors à la porte, le cliquetis de la serrure qui s'ouvre s'élève dans la nuit qui nous entoure. On n'entend rien d'autre que le bruit de la mécanique et le martèlement des sabots des chevaux impatients contre l'asphalte. Il me fait entrer dans le bureau plongé dans le noir et pose une main sur mes reins pour me faire avancer. Nous passons une autre porte quand, tout d'un coup, je suis assaillie d'un tsunami de sons et de lumières fluorescentes.

– Bon voyage, les nibards !

Une pièce entière remplie de monde se met à claironner, et je trébuche en arrière. Retombant sur Becks, je perds mon équilibre, en proie au choc et à la surprise. Il me faut une seconde pour comprendre la scène qui se déroule sous mes yeux.

Nous sommes dans une sorte d'entrepôt avec des châteaux gonflables tout autour – des immenses toboggans et différentes autres structures – et l'une d'entre elles au milieu de la pièce me fait éclater de rire. C'est un immense ring de boxe gonflable, avec tous les accessoires, y compris des gants de boxe géants, et tout est *rose*.

Mes joues sont douloureuses tant je ris. Mais ce n'est que lorsque j'arrête de regarder l'ensemble du décor que je peux me concentrer sur les détails. Quand je vois ce qui se dresse devant moi, mon cœur se gonfle d'amour, toutes mes craintes s'évaporent, même si Becks les avait déjà piétinées dans mon ombre.

Toutes les personnes que j'aimerais avoir à mes côtés dans mon combat sont là : mes parents, Rylee et Colton, Danny sans Maddie, les parents de Rylee, les amis de Lexi, des collègues de chez PRX et des vieux copains de fac… Je suis sans voix de voir autant de monde, tous applaudissent et poussent des cris d'encouragement, pour lancer cette soirée si étrange.

Et tous portent un soutien-gorge, d'une manière ou une autre. Certains hommes en ont des teintés posés sur la tête ou enroulés autour d'un bras. Certaines femmes les portent par-dessus leurs vêtements sur la poitrine, ou autour de la taille pour se couvrir les fesses avec les balconnets.

Je passe tout le monde en revue, incapable d'identifier tous les invités d'un coup, et c'est ensuite que je croise le regard de Rylee. Ses yeux sont pleins de larmes, elle est debout, parfaitement immobile, alors que tout le monde s'agite autour d'elle. Nous tombons immédiatement dans les bras l'une de l'autre. Nous nous étreignons fermement, nos gestes parlent pour nous. Depuis le temps que nous nous connaissons, pas besoin d'échanger des mots pour nous comprendre.

– J'avais tellement peur que tu m'en veuilles d'avoir mis tout le monde au courant, me dit-elle discrètement à l'oreille pendant notre embrassade. Mais je ne pouvais pas te laisser penser que tu affrontais ça toute seule.

Je me recule un peu pour regarder ma meilleure amie, *celle vers qui je me tourne spontanément* et, les larmes aux yeux, un sourire me vient si naturellement aux lèvres que je sais alors que c'était inévitable.

– Tu crois vraiment que je pourrais t'en vouloir ? dis-je en levant les mains sur son visage pour essuyer ses larmes avec mes pouces. Tu ne ferais jamais rien pour me blesser.

Je la serre encore une fois rapidement contre mon cœur et essuie mes propres larmes. Étrangement, je suis très à l'aise avec cette soirée, car c'est comme si on avait actionné un interrupteur en moi d'un seul coup. Entre Becks ces deux dernières semaines et Rylee, avec tout cet amour et ce support dont ils ont fait preuve, je me rends compte que j'ai l'impression de m'être retrouvée.

J'ai enfin réussi à reprendre possession de ma personnalité, juste au moment où j'en ai le plus besoin.

– Maintenant, arrête de pleurer, lui dis-je. Il est temps de dire adieu à mes nichons, et avec style !

Je l'entends rire lorsque je la relâche pour qu'on me fasse immédiatement pivoter sur moi-même. Les mains sur mes épaules sont celles de Colton. J'explose de rire quand je vois ce bad-boy tatoué arborer fièrement un soutien-gorge en dentelle rose et noire autour de son biceps.

– Colton ! Je crois que j'aimerais bien avoir ce soutif quand j'aurai mes nouveaux seins, dis-je alors qu'il me serre dans ses bras comme un papa ours.

Son rire me vient aux oreilles quand il répond :

– Désolé, Had, mais Ry m'a promis de le porter tout à l'heure. Tu vas t'en sortir et quand tout sera fini, Ry et toi allez vous offrir une putain de virée shopping de lingerie, ok ?

Je rigole franchement, mais mon rire s'étiole quand je constate l'intensité de son regard vert.

– Tu vas gérer, Montgomery. Et nous, on assure tes arrières, compris ?

Je m'éclaircis la gorge pour en chasser la grosse boule qui vient de s'y nicher. L'imperturbable et stoïque Colton Donavan vient de faire preuve d'un soupçon d'émotion pour quelqu'un d'autre que sa femme. Je suis profondément touchée et je lui serre le bras en le remerciant silencieusement. Il me suffit de mimer le mot avec mes lèvres. Mais on me fait alors pivoter dans une autre direction.

J'arrive directement dans les bras de ma mère qui me serre si fort contre elle que j'ai du mal à respirer, et mes larmes n'ont nulle part d'autre où aller, alors elles coulent de mes yeux.

– Je t'aime tellement, mon Haddie, murmure-t-elle à travers ses propres sanglots. On va s'en sortir. Hors de question qu'il en soit autrement.

Je hoche la tête, incapable de parler tant je suis émue. Nous nous dévisageons toutes les deux un instant avant qu'elle ne baisse le regard et ne remarque mon nouveau collier.

– Oh, c'est si joli, me dit-elle.

Impossible de m'empêcher de sourire. Je repense aux blagues que j'échangeais avec Lex sur les foutus pendentifs de ma mère.

La demi-heure suivante, j'ai l'impression d'être en plein mode essorage dans la machine à laver. Je suis tirée d'une paire de bras à une autre, à recevoir les vœux et encouragements de mon entourage. Mon père, puis Danny, etc.

J'ai mal aux joues à force de sourire. Mon cœur déborde d'amour et de reconnaissance. Cette affection et cet appui dont je pensais me passer, mais maintenant je réalise à quel point j'en avais besoin.

J'étreins une vieille copine de chez PRX, puis je me retourne pour me retrouver nez à nez avec Becks. Son bras est posé sur les épaules d'une femme d'âge mûr. Quand elle lève la tête, pas d'erreur possible tant la ressemblance entre mère et fils est frappante.

Elle est très belle. Ses cheveux sont de la même couleur que lui, elle est aussi assez grande et se déplace avec élégance. Quand Becks me désigne d'un mouvement de tête, elle se tourne vers moi et son regard croise le mien. Le sourire qui étire ses lèvres est si chaleureux et si accueillant que le stress que j'aurais dû ressentir en rencontrant la famille de Becks est inexistant. Tendant la main vers elle, je lui demande :

– Madame Daniels ?

– Oh, pas de ça, voyons, dit-elle en s'avançant pour me prendre dans ses bras. Moi, je suis plutôt câlins. Mieux vaut t'y habituer.

Elle me serre contre elle avec détermination. Elle garde ses mains sur mes épaules en reculant et reprend :

– Je suis tellement contente de te rencontrer, Haddie. Beckett, elle est si jolie, s'exclame-t-elle en regardant son fils à qui elle sourit de toutes ses dents.

Devant son air approbateur, Beckett lève les yeux au ciel et, de mon côté, je ris, un peu mal à l'aise.

– Je suis aussi très heureuse de vous rencontrer, Madame. Désolée que ce soit dans ces circonstances.

– Mais non, voyons. Moi, c'est Trisha au fait. Et ne t'avise même pas de t'excuser pour ça !

Elle plisse le front comme Becks, ce qui me réchauffe le cœur.

– Je vais te laisser voir tes amis, mais j'avais envie de rencontrer la fille pour qui Becks m'a demandé de faire des lasagnes. Tu sais que s'il accepte de les partager, c'est qu'il doit vraiment t'apprécier.

Elle me reprend dans ses bras encore une fois, tout aussi brusquement, et me dit alors à l'oreille :

– N'hésite pas à te servir de mon garçon quand tu as besoin de sa force. Il a les épaules solides, mais son cœur pourrait ne pas s'en remettre si tu ne le fais pas.

Elle me fait ensuite un bisou sur la joue et recule un peu. Ses mains glissent de mes bras à mes mains. Elle les presse tandis que j'accepte le conseil qu'elle vient de me donner. Elle a tellement raison.

– Mon Becks est un homme bien… Je suis tout à fait d'accord pour qu'il fasse baver ton rouge à lèvres, mais s'il s'attaque à ton mascara, tu dois venir voir sa maman, comme ça, je le remettrai sur le droit chemin.

– Bon Dieu, Maman ! s'écrie Becks, les joues cramoisies.

Il est franchement adorable. Mon sourire va d'une oreille à l'autre quand je regarde Trisha, les sourcils arqués d'un air interrogateur, comme pour vérifier que je l'ai bien entendue. Je hoche la tête et lui réponds en riant :

– Promis.

– Allez, maintenant, va voir tes amis. Mon garçon va me raccompagner. Je voulais juste rencontrer la femme pour qui je dois cuisiner quand tu te sentiras mieux. Je suis très heureuse de t'avoir rencontrée.

– Moi aussi.

Trisha s'éloigne alors, et Becks la gronde déjà quand elle s'arrête et se retourne pour me poser une dernière question :

– Tu n'aurais pas une paire de tongs roses, par hasard ?

Perplexe, je la regarde, un peu décontenancée.

– Si, même plusieurs en fait. Pourquoi ?

Le sourire de Trisha bat tous les records de brillance et, se retournant vers la porte, elle s'exclame :

– Parfait, je le savais !

Depuis le milieu de la pièce, je l'entends s'entretenir avec excitation avec son fils.

C'est quoi son délire ?

Je me retourne et découvre l'ensemble de la scène. Mes amis, ma famille, tout le monde est là pour m'apporter son soutien, et je m'estime très chanceuse. Je me dirige vers le buffet, légèrement consciente qu'il ne me reste pas beaucoup de temps pour manger avant de devoir jeûner pour préparer mon corps à l'opération.

J'attrape un petit four sur la table en papotant avec tout le monde, puis j'accepte un cocktail mis d'office entre mes mains. À Rome, on fait comme les Romains, non ? J'arrive au bout de la table et je me remets à rire comme une tordue en voyant le gâteau. C'est un torse de femme, décoré de sous-vêtements assortis, mais c'est ce qu'il y a d'écrit sur son ventre qui déclenche mon hilarité : « Sauve tes boobasses, repère tes masses ».

– C'est drôle, non ?

La voix de Becks me parvient à l'oreille alors que son bras se glisse autour de ma taille pour m'attirer contre lui. Je ferme les yeux pour me lover dans la chaleur et le calme que me procure son étreinte. Fermant les yeux, j'accepte le risque qu'il a pris en organisant cette soirée si particulière et je lui murmure dans le creux de l'oreille :

– Merci.

– Rylee m'a beaucoup aidé, alors elle mérite la majeure partie de tes éloges, mais on se disait que tu en valais bien la peine, me taquine-t-il en m'embrassant sur la tempe.

– Beaucoup plus, même ! résonne la voix de Rylee à ma gauche.

Je me tourne, toujours dans les bras de Becks, et éclate encore de rire en la voyant porter un plateau plein de verres à shots remplis à ras bord d'un liquide de couleur ambrée. Une lueur dans le regard, elle m'annonce :

– Ce toast n'a jamais été plus nécessaire ce soir que de toute notre vie.

Elle fait référence à notre devise, celle qui nous a accompagnées lors de toutes nos soirées étudiantes, avec les horribles petits copains et tout ce que la vie nous a réservé.

Je m'écarte de Becks et l'aide à poser le plateau sur la table pour ne rien renverser. Quand je me tourne pour en tendre un à Becks, je me rends compte que presque tout le monde dans la pièce serre dans chaque main un petit verre comme ceux disposés sur le plateau. J'imagine que j'étais trop absorbée par mon gâteau d'adieu à mes seins pour le remarquer.

Ry attrape un verre et m'en tend un.

– Prête ?

– Autant que possible, je lui réponds, un sourire aux lèvres, en hochant la tête.

Son regard me dit qu'elle sait que je ne parle pas seulement du verre, c'est bien plus que de me descendre un shot cul sec.

– Ok, vous tous ! À trois, on y va. Pour ma meilleure copine, la sœur que je n'ai jamais eue… Nique le cancer !

Tout le monde se met à hurler des encouragements. Nous levons tous notre verre.

– Un, deux, trois…

– Un pour la chance, l'autre pour le courage !

Toute l'assemblée a crié notre devise à l'unisson, puis le silence s'installe tandis que chacun boit d'un trait son premier, puis son second verre. Les exclamations reprennent ensuite, suivies de peu par quelques jurons pour dire que ça brûle la gorge.

Eh oui, putain, ça brûle… mais ça fait aussi tellement de bien. Tout ça, tous ces gens, tout fait du bien, parce que ça veut dire que je suis vivante. Cette idée contribue davantage à me brûler la gorge que l'alcool que je viens d'ingurgiter, quand je ravale les larmes qui me piquent les yeux devant l'importance du moment que je suis en train de vivre.

Je m'absorbe dans le silence en observant tous mes proches et je me rends compte que je suis partie seulement lorsque Becks me retire les verres des mains. Étonnée de me voir si perdue dans mes divagations, je lui dis :

– Désolée.

Et je pense qu'il voit toutes les émotions qui m'assaillent parce qu'il s'approche et dépose un léger baiser sur mes lèvres.

– Je pense qu'il est temps d'enfiler tes gants, Mademoiselle Montgomery, murmure-t-il en essayant de chasser mon blues en me faisant pivoter vers le ring de boxe gonflable. Il va falloir un peu t'entraîner… Allez, frappe, montre-moi ce que tu as dans le ventre.

– Tu vas voir ça, le Campagnard.

– Je suis sûr que je peux trouver l'une de ces tenues de boxe pour filles super-sexy pour toi.

Je le frappe à l'épaule et secoue la tête, dépitée par son commentaire.

– Va falloir taper plus fort que ça. Tu te bats comme une fille.

– *Absolument.* J'espère bien que je me bats comme une fille.

Je serre Rylee dans mes bras pour la millième fois ce soir et je lui assure qu'on se verra demain matin… enfin, plus tard dans la journée, quand je me réveillerai de mon opération, et je lui dis de partir avec Colton en la chassant de l'entrepôt.

Je pousse un gros soupir pour reprendre mes esprits et j'observe son mari lui ouvrir la porte du Range Rover avant de se glisser à ses côtés. Sammy fait démarrer la voiture et je suis du regard les feux arrière de la jeep lorsqu'elle sort sur le parking, à cet horrible horaire de trois heures du matin.

Je suis épuisée. Émotionnellement comblée, mais complètement crevée tout de même.

Et je me dis que c'est peut-être ce que Becks voulait. Que je sois tellement fatiguée que je ne puisse pas m'inquiéter de ce qui va se passer dans trois heures à peine, car je suis trop occupée à me repaître de tout l'amour qu'on m'a témoigné.

Comment pouvait-il savoir que c'était exactement ce dont j'avais besoin, même si je n'en avais pas conscience ?

Je secoue la tête, incapable de savoir si je mérite un mec pareil, après tout ce que je lui ai fait subir, mais déterminée à ne pas renoncer à notre histoire sans me battre, quoi que le destin puisse nous réserver.

– Tu as un vilain crochet du droit, tu sais…

Sa voix me fait sursauter. Je ne m'étais pas rendu compte qu'il était dans les bureaux. Je croyais qu'il rassemblait encore les cartes et les cadeaux laissés par mes amis.

Il actionne l'interrupteur, plongeant la zone dans le noir, lorsque je me tourne vers lui. Il s'avance vers moi, éclairé par la seule lumière de l'entrepôt, les traits de son visage soulignés pas les ombres en contre-jour. Je me souviens alors d'une scène qui s'est déroulée il y a quelques semaines : il avait exactement la même tête, la nuit du mariage de Rylee et de Colton.

Et voilà où nous en sommes.

Je me contente de le dévisager. Il y a tant de mots qui me passent par la tête, mais aucun d'entre eux ne peut décrire la pureté des sentiments que j'éprouve pour lui. Je pensais que le diagnostic de mon cancer allait faire voler mon univers en éclats ; effectivement, c'est arrivé, mais l'homme devant moi a fait encore plus de ravages. Comme je ne réponds pas à son commentaire, il reprend :

– Fatiguée ?

– Ouais, mais j'essaie surtout de tout me rappeler. Je n'arrive pas à trouver les mots pour décrire ce que cette soirée représente pour moi. Je croyais ne pas avoir envie que tout le monde le sache et, pourtant, tout l'amour que j'ai ressenti… Je suis sans voix, alors merci.

Il traverse le petit espace qui nous sépare et tend la main pour écarter une mèche de cheveux de mon visage.

– Tu sais que je ferais n'importe quoi pour toi, hein ?

La promesse dans ses mots et l'éclat qui anime ses yeux plongés dans le noir renforcent encore ce que je ressens pour lui. Je presse mes lèvres contre les siennes, son goût repousse les idées sombres qui commençaient à revenir, parce qu'en cet instant, il n'y a plus que Becks et moi.

Ses mains glissent sur mon torse, tous mes sens crépitent sous sa caresse, malgré la fatigue. Elles se posent sur mes seins pour les prendre en coupe. Des larmes douces-amères me montent aux yeux quand il se penche vers moi pour les embrasser avec déférence à travers mes vêtements.

Quand il lève les yeux vers moi, j'y vois toutes les émotions qui le traversent, je sens son amour si tangible et si réel qu'il résonne dans l'espace entre nous. Puis, effleurant mes lèvres de l'un de ses baisers à la douceur dévastatrice, il me murmure :

– Douce Haddie, je t'aime.

Je soupire de bonheur en l'entendant susurrer ces mots qu'il n'a plus besoin de me dire parce qu'il me le montre si facilement dans chacun de ses actes.

– Moi aussi, je t'aime.

Et quand il prend un peu de recul pour me regarder en face, je sais qu'il voit le reflet de ses propres sentiments.

Il m'attire dans ses bras et me serre quelques instants. Je mémorise tout de son étreinte : la sensation de sécurité, l'impression que tout va bien se passer. Ces petites choses auxquelles je pourrai me raccrocher plus tard quand je douterai du bien-fondé de ma décision de lui avoir fait subir une pareille torture. Et c'est alors que je me rappelle une promesse qu'il m'a faite.

– *Hé, le Campagnard ?*

– Moui, murmure-t-il, le menton posé sur mon crâne.

– Tu as bien dit que tu ferais n'importe quoi pour moi, non ?

– Oui.

Il fait durer ce oui, comme pour essayer de comprendre où je veux en venir.

Je lève les yeux vers lui, je sais que mon sourire est diabolique.

– Tu sais que tu n'as jamais tenu tes engagements de la règle des trois jours, n'est-ce pas ?

Il arque un sourcil interrogateur en me regardant, un sourire mutin aux lèvres.

– Ah oui, lequel ? demande-t-il en feignant l'innocence.

– Eh bien, tu as été réglo sur la partie téléphone, mais…

Je caresse d'un doigt la peau nue de sa gorge, et ma lèvre inférieure se retrouve prise entre mes dents. Mon corps est passé en alerte rouge, j'apprécie à l'avance ce qu'il ne me refusera pas, c'est certain.

Il jette un coup d'œil au mur derrière moi, d'un air joueur.

– Si tu insistes… grogne-t-il en m'attrapant la main.

Nos corps entrent en collision dans leur précipitation pour retirer tout vêtement sans pour autant que nos bouches se séparent. Notre besoin de nous aimer est si fort.

– On doit bientôt aller à l'hôpital, murmure-t-il en me soulevant pour me plaquer contre le mur.

Je passe aisément mes jambes autour de ses hanches en lui répondant :

– Le temps, c'est précieux, Daniels. Perds-le intelligemment.

ÉPILOGUE

Becks

Un an plus tard

Je fais le même rêve depuis un an. Il revient régulièrement. Je sais que c'est un rêve, mais je n'arrive pas à me débarrasser de son atroce réalisme. Je me le prends en pleine gueule comme un seau d'eau glacée.

Le cimetière est calme, même si elle crie mon nom pour m'appeler et me supplier de la trouver. Je la cherche en vain, pour essayer de la rejoindre, mais je sais que c'est impossible. À moins que l'on se fie à mes empreintes digitales encore chaudes contre le froid granit de la pierre sur laquelle est gravé son nom, tout comme aux traces d'amour qu'elle a sculptées dans mon cœur.

C'est un endroit étrange, tellement paisible et pourtant si cruel. Un endroit qui vous arrache les gens que vous aimez. Impossible de penser au fait qu'elle s'y retrouve si jeune après avoir abominablement souffert. Elle a livré un rude combat, pas de doute là-dessus, mais en fin de compte, son crochet du droit n'a pas suffi.

Je me mets alors à courir. Je sais qu'elle a besoin de moi, qu'il faut que je la retrouve avant qu'il ne soit trop tard. Une dernière caresse, un dernier regard, un dernier baiser avant qu'elle ne disparaisse pour toujours. C'est la partie que je préfère et que je hais le plus dans ce rêve, parce que d'un côté, j'ai envie qu'elle soit présente et, d'un autre, je ne le veux pas. En gros, je perds à tous les coups.

Que la personne qui a dit qu'il vaut mieux avoir aimé et perdu son amour que ne l'avoir jamais trouvé aille se faire foutre !

C'est tellement cruel d'aimer encore et toujours et de savoir qu'on ne reverra jamais cette personne ailleurs que dans ses rêves.

Je vois ses cheveux blonds voler dans la brise, de l'autre côté de l'arbre sous lequel elle s'assied toujours pour m'attendre. Notre dernier rendez-vous, dernière caresse, dernier baiser… dernier souvenir. Je tends la main pour toucher ses cheveux d'or et…

Rex aboie et me réveille au meilleur moment, quand je vais la toucher. Je grogne un juron. Mon corps est secoué par le réalisme de mon cauchemar. Même s'il se répète régulièrement, il me chavire toujours profondément et me fait penser à tous ces « et si… » et tout ce qui aurait pu se passer autrement.

Mon cœur bat encore à mille à l'heure quand je serre mes paupières avec force pour éviter d'être aveuglé par le soleil. Il pénètre à flots dans ma chambre à cause de la stupide politique anti-volets et anti-rideaux de ma mère au ranch. Je tends le bras pour tâtonner l'espace à mes côtés. Il est vide. Je me redresse immédiatement.

C'est une chose de faire ce rêve et d'y croire chaque fois que je le subis, c'en est une autre de me réveiller sans trouver, à mes côtés, la personne qui pourra me rappeler que rien n'est réel là-dedans. Quand je suis physiquement incapable de la toucher du bout des doigts pour me confirmer qu'elle est bien là, elle tout entière, les conséquences émotionnelles de mon rêve ne s'estompent pas aussi facilement.

Je me frotte le visage plusieurs fois pour essayer de m'en débarrasser. De ce rappel constant qui m'empêche d'oublier à quel point j'ai du bol. Je m'extirpe du lit en me demandant si mon programme pour la journée n'est pas à l'origine du retour de mon rêve, alors qu'il m'avait foutu la paix ces dernières semaines.

Avant de gagner la pièce principale, j'ouvre le tiroir du haut de la commode et je tâte son contenu pour m'assurer que c'est toujours là, bien à l'abri. Je détecte les arêtes pointues de la boîte cubique et ma respiration se fait plus aisée, alors que je commence à stresser.

Je vais dans la salle de bains, puis je me brosse les dents et je reviens vers la pièce principale pour m'accorder mon premier petit plaisir : une tasse de café.

Il y aura beaucoup d'autres plaisirs aujourd'hui, mais pas de la famille de la caféine.

J'arrive dans la cuisine et j'ai comme une impression de déjà-vu qui remonte à la première fois où nous sommes venus ici. Tant de choses ont changé depuis l'année dernière, mais en même temps, beaucoup sont restées les mêmes.

Elle me coupe le souffle par son courage, son esprit fougueux, son amour inflexible et aussi sa beauté, intérieure comme extérieure.

Haddie est devant la fenêtre. La lumière matinale souligne sa silhouette, plus fine maintenant. Elle essaie de retrouver la masse musculaire qu'elle a perdue avec son traitement. Ses cheveux sont courts. Ils ont enfin assez poussé pour lui permettre de les faire couper. Elle a pu aller chez le coiffeur pour la première fois la semaine dernière. Elle en était si heureuse. Mais je vois bien ses doigts jouer contre sa nuque dégagée et je sais qu'elle doute encore de son apparence, même si elle est bourrée de charme. En tout cas, elle assure avec sa coupe courte, hyper-branchée.

Je me souviens de son rire quand je lui ai dit que j'avais du bol d'avoir une nouvelle femme dans mon lit chaque fois qu'elle change de coupe de cheveux. Je dirais n'importe quoi pour apaiser les rides d'inquiétude qui marquent son visage.

Cette idée me fait sourire. Lors de ces douze derniers mois, nous avons traversé l'enfer et nous en sommes revenus – notre relation toute récente a été plus éprouvée que n'importe quelle autre – mais nous voilà… Plus solides que jamais.

Elle a enfin arrêté d'essayer de me repousser.

Et a commencé à accepter que je suis là et que je ne la quitterai pas.

La voix soudain enrouée quand le rêve me revient, je lui murmure :

– Bonjour.

Elle se tourne doucement vers moi, des larmes coulent en silence sur son visage. Dans une main, elle tient son portable.

Mon cœur s'arrête et mon estomac fait un salto arrière, espérant contre tout espoir que ce que je crains n'est pas vrai. Je l'ai amenée ici pour qu'elle soit occupée et n'ait pas à rester à la maison à attendre en stressant les résultats de ses derniers examens. L'attente typique de quatre ou cinq jours est ce qu'il y a de plus dur à supporter dans tout ça.

Pour elle comme pour moi.

C'est brutal. Voir la personne qu'on aime espérer et essayer de rester positive après avoir enduré des séances de chimio à n'en plus finir, et plus récemment les radiations, pour voir toutes ses espérances anéanties quand on lui annonce que le cancer est toujours là, à la ronger petit bout par petit bout, jour après jour. Il a peut-être un peu reculé, ou est resté stable – c'est une hypothèse –, mais il est encore là.

C'est si dur d'affronter cette bataille avec une énergie renouvelée chaque fois qu'on doit recommencer.

Je m'avance vers elle, les larmes brûlent ma gorge et ma poitrine me fait physiquement mal quand je la vois sangloter. Elle est tellement bouleversée qu'elle ne peut plus parler. J'attire sa mince silhouette contre moi, faisant attention à ne pas la serrer trop fort. Elle souffre encore de la première procédure thérapeutique qu'elle a subie la semaine dernière pour préparer le terrain à sa probable chirurgie reconstructrice.

– Becks.

Elle essaie de m'interpeller, mais je n'arrête pas de l'empêcher de parler pour essayer de l'apaiser et accepter la résignation d'avoir à recommencer tout un protocole à zéro. Perdre les cheveux qu'elle vient à peine de retrouver.

– Becks !

Sa façon de dire mon nom me sort de mes pensées, et je la regarde reculer légèrement.

J'observe ses larmes, mais ensuite, je repère son sourire. Je me force à déglutir la grosse boule dans ma gorge, j'ai peur d'espérer que ce sourire m'indique ce que je crois penser. Mon cœur bat à toute vitesse et ma tête bascule d'avant en arrière quand je la vois hocher la sienne, répondant à ma question muette.

– Sérieux ?

Elle sourit d'une oreille à l'autre maintenant, et son rire éclate. Il me consume et dépasse toutes mes peurs et inquiétudes – son ombre, celle que j'ai portée sur mes épaules depuis l'an dernier. Ces sentiments n'ont plus leur place ici maintenant.

– Tout a disparu, dit-elle en vibrant d'excitation, de vivacité et d'avenir. Les scans ne montrent plus rien.

J'entends un cri de joie et je ne me rends même pas compte que c'est le mien lorsque je la soulève doucement pour la faire tourbillonner tant je suis excité. Puis j'essaie de tout accepter en pressant mes lèvres contre les siennes sans m'arrêter. Mais c'est impossible.

Je ne peux me concentrer que sur une seule chose à présent, c'est mon amour et mon admiration pour cette femme. Comment il m'est impossible de vivre sans elle.

C'est enfin une victoire par K.-O. après douze rounds sans merci.

Elle est toujours hilare et je continue à l'embrasser sans cesse, c'est ma seule manière de m'exprimer après ma quasi-crise cardiaque.

Elle me repousse pour essayer de parler :

– On m'a appelée juste avant que tu ne te réveilles… Je pensais à tout ça. Je n'arrivais pas à parler. Désolée de t'avoir fait si peur.

– Oh, Bébé, lui dis-je en prenant son visage dans mes mains sans arrêter de l'embrasser.

Le goût du sel sur ma langue provient de ses larmes de joie, et je n'ai rien contre ce changement.

Et là, j'ai une idée.

– Attends. Je reviens tout de suite, lui dis-je en me précipitant dans la chambre.

C'est l'incrédulité qui prédomine dans mon corps usé et fatigué en ce moment. C'est la sensation la plus délicieuse qui soit. Je suis contente que Becks m'accorde un instant pour essayer d'accepter l'incroyable. Pour me dire que j'ai remporté mon combat.

Putain de bordel de merde !

L'adrénaline prend le relais, et même si Rex aboie toujours devant la porte pour que je la lui ouvre, je tremble tellement que je m'adosse au mur et me laisse glisser par terre.

Je ferme brièvement les yeux et je vois le visage de Lexi. Je la remercie alors silencieusement de m'avoir aidée. Ma sœur aux pissenlits, celle qui soufflait sur les aigrettes pour faire des vœux et laisser le vent les emporter, espérant qu'un jour ou l'autre ils reviendraient.

Le mien a tenu sa promesse. J'ai obtenu plus de belles choses que je n'en avais souhaité.

Mes pensées s'envolent, et je reviens en arrière pour essayer de me souvenir des détails de ce que m'a annoncé mon médecin au téléphone, mais je ne me souviens pas de grand-chose après le *tout a disparu* et *il ne reste plus aucune trace tumorale*. Je me pince une cuisse pour vérifier que je ne rêve pas, parce que si c'est le cas, je ne veux pas me réveiller.

Il faut que j'appelle mes parents et Rylee et Danny aussi, mais j'ai du mal à appuyer sur les touches sur mon écran tant mes mains tremblent. Je retente la manœuvre – j'ai la tête qui part dans tous les sens – mais c'est à ce moment-là que Becks revient.

Je laisse tomber mon téléphone sur mes genoux et j'essaie d'essuyer mes larmes, sachant que ça ne sert à rien. *J'ai mérité ces larmes de joie*. Quand je lève les yeux et que je le vois debout, il fait cette tête, là, avec son regard débordant d'amour qui me coupe le souffle.

Soudain un peu mal à l'aise d'être scrutée de la sorte, avec mes cheveux super-courts et mon torse bandé, je croise les bras sur ma non-poitrine et je lui demande :

– Quoi ?

– Oh non, dit-il en s'accroupissant pour se mettre à ma hauteur et en attrapant mes mains pour m'empêcher de me cacher. N'ose même pas planquer ton magnifique corps.

Je lève les yeux au ciel, ce qui me vaut un plissement du front de réprimande, qui incidemment me fait sourire. Il se penche vers moi et dépose un léger baiser sur mes lèvres avant de s'asseoir par terre à mes côtés. Il pousse un gros soupir avant de hocher la tête dans un geste d'acceptation complète – de quoi, je ne sais pas trop.

– Aujourd'hui, j'avais prévu de faire venir ta famille, Ry et Colton pour un barbecue. J'avais prévu des activités et des moments drôles pour t'occuper l'esprit et te libérer de ton *ombre*. (Sa prévenance me fait sourire. Il est si bon avec moi.) J'avais prévu de faire un feu à côté de l'étang. Des amis, de la famille… de t'entourer d'amour pour que je puisse faire un truc… Tout était parfaitement planifié, ajoute-t-il en baissant le regard sur nos mains jointes et en riant doucement. Mais comme nous l'avons appris au cours de cette année, parfois, le destin nous réserve autre chose.

J'acquiesce à la vérité de sa déclaration. Comment le cancer fut une mise à l'épreuve. Comment HaLex aurait dû péricliter à cause de mes préoccupations et de mon traitement. Mais comment, en fin de compte, Danny s'est proposé d'aider et a réussi à en faire une entreprise florissante. Comment j'ai dépassé mes propres peurs et j'ai noué ces liens dont je ne voulais pas avec l'homme qui est à mes côtés.

– C'est si adorable de ta part. On peut quand même les faire venir pour célébrer tout ça à la place, je lui réponds en me méprenant sur la raison pour laquelle nos mains sont jointes, croyant qu'il est déçu.

Il lève doucement les yeux vers les miens et son petit sourire me fait fondre comme je ne l'aurais jamais cru possible.

– Qu'ai-je retenu de plus important dans tout ça ? demande-t-il.

– Que le cancer, ça craint du boudin.

Il rejette la tête en arrière et éclate d'un rire sonore si agréable à mes oreilles. Il s'inquiétait tellement du résultat de ces examens.

– Effectivement, mais je ne voulais pas en venir à ça.

– Euh… Que s’envoyer en l’air à la verticale, c’est super-bien, dis-je en taquinant son torse nu.

Maintenant, je me mets à penser à toutes les manières de célébrer avec Becks en profitant de mon humeur festive.

– Tu es incorrigible ! s’exclame-t-il en attrapant fermement mon poignet, la voix chargée d’humour et la braguette soulevée.

Au moins maintenant, je sais que c’est envisageable.

– Mais, encore une fois, tu as bien raison. Et peut-être que si tu es d’humeur sérieuse un instant, nous pourrons nous envoyer en l’air comme des dingues dans quelques minutes.

Il arque un sourcil en me regardant et, à son sourire suffisant, je sais qu’il vient juste de me lancer un défi que je suis plus que prête à relever.

– Alors, si je trouve la bonne réponse, on peut baiser à la verticale contre le mur ?

Il hoche la tête. Ma libido se réveille, et je réfléchis à toute vitesse pour essayer de comprendre où il veut en venir.

– Euh… voyons voir… Tu aimes tes règles.

– Et tu aimes les enfreindre, petite délurée.

– J’ai besoin d’aide, M. Daniels, parce que tu as parlé de t’envoyer en l’air avec style et maintenant je n’arrive pas à penser à autre chose qu’à toi me plaquant contre le mur, là-bas, lui dis-je en désignant la paroi derrière lui. Et qu’ensuite, tu me pénètres de…

– Tu cherches à me distraire !

Il éclate de rire en se penchant vers moi pour m'embrasser. Sa langue s'attarde contre la mienne, juste un instant avant qu'il ne se retire, l'air redevenu grave.

– Quelle est la seule règle que tu aies suivie cette année ? Notre devise ?

J'incline la tête pour le dévisager en me demandant comment la devise de Lex, que nous avons adoptée, peut avoir un sens maintenant que nous avons tout notre temps.

– Le temps c'est précieux. Perds-le intelligemment, je lui réponds, un fantôme de sourire aux lèvres en me rappelant combien ce message laissé sur mon répondeur (que j'écoute encore de temps en temps) prend tout son sens en ce moment.

– Exactement, murmure Becks. Si c'est notre devise, il va falloir devenir sage… Je ne veux plus perdre un seul instant précieux sans que tu sois mienne, Haddie Montgomery.

Je commence à lui dire que c'est déjà le cas quand je comprends. Mes mains se remettent à trembler, mais cette fois-ci pour une tout autre raison. Je le regarde mettre la main dans sa poche et en sortir une boîte noire que je n'avais jamais remarquée, car j'étais trop stupéfaite. Je prends une grande inspiration. Ses mots et son geste me font réaliser ce qu'il est sur le point de faire.

Et je ne sais pas trop où j'ai le plus envie de poser mon regard : sur la boîte qu'il ouvre ou sur ses yeux quand il me pose la question. Je choisis la dernière option, car c'est ma seule chance de capturer cet instant – et cette expression dans son regard –, et j'ai toute l'éternité pour admirer la bague à mon doigt.

Je ris nerveusement en me disant qu'il a plutôt intérêt à me demander de l'épouser, parce que dans ma tête, j'ai déjà accepté.

– Nous avons traversé l'enfer et nous en sommes revenus. Je t'ai aimée un peu plus à chaque pas dans ce voyage. Je ne peux qu'espérer que tu ressentes la moitié de ce que j'éprouve quand tu me regardes, quand tu m'aimes ou quand tu ris avec moi. Le monde se fige, le temps s'arrête quand je passe mes bras autour de tes épaules. J'aime cette sensation et j'aime n'avoir ressenti ça qu'avec toi. Je veux être la première personne que tu touches le matin et la dernière que tu goûtes le soir avant de te mettre à rêver. Je veux passer le restant de mes jours avec toi, Had… Je veux arrêter de perdre mon temps. Veux-tu m'épouser ?

Je me jette sur lui en poussant un cri. Nos corps entrent en collision, puis tombent par terre alors que je dépose une pluie de baisers sur son visage, répétant sans cesse que je l'aime. Quelque part au milieu de ma démonstration d'amour sans limite, il réussit à immobiliser suffisamment mes mains pour glisser à mon annulaire un solitaire taillé en forme ovale.

– C'est un oui ? demande-t-il en riant alors que je m'installe à califourchon sur ses hanches et que je me penche vers lui pour reprendre mes baisers.

Sourire, embrasser, sourire, recommencer.

– Oui !

C'est un cri du cœur et je déborde d'amour. Le futur que j'envisage me dit que cet homme magnifique, attentionné, merveilleux et sexy sous mes hanches a vraiment envie d'épouser une femme fougueuse, franche et entière telle que moi.

Mon côté citadine et son côté campagne.

Je reprends ma série de baisers en pressant mes lèvres contre les siennes. Je glisse ma langue dans sa bouche et entreprends des mouvements de bassin. Ma réaction est purement physique. Il grogne en me sentant bouger et j'explose de rire.

Ok, le sexe à la verticale, c'est chaud bouillant.

Mais s'envoyer en l'air par terre dans la cuisine juste après une demande en mariage, c'est encore mieux.

Pourquoi perdre son temps à manœuvrer pour atteindre le mur ? C'est tout aussi précieux, après tout.

Vous les avez vus tomber amoureux.
Maintenant, assistez à la rencontre de Becks et Haddie.
Tournez la page pour découvrir une scène bonus !

• • •

Les pulsations sourdes de la musique me rentrent dedans avec force, dans cette boîte. Je passe en revue les femmes quasiment à poil qui nous entourent, elles sont presque toutes mûres à point. Paré à la récolte. Un battement de faux cils. Un mouvement accidentel par-dessus le bar pour montrer ses seins. Des lèvres peintes en rouge vif, offrant ce qui est littéralement sur la table.

Pourquoi ai-je du mal à me trouver un joli petit lot pour lui proposer de monter dans notre chambre ? Merde, après le stress de cette longue semaine, je pourrais relâcher la pression.

C'est la faute de Wood. C'est ce que je me dis systématiquement. *C'est toujours sa faute.* Et putain, mon pote avait raison quand il m'a balancé que Rylee avait une copine bien roulée.

Bien roulée, *mon cul.* Haddie Montgomery est tellement chaude qu'on s'approche de la lave en fusion, putain.

Je balaie du regard la piste de danse pour voir d'autres filles qu'elle, mais ça ne sert à rien, merde.

Arrête de te mentir, Daniels. Tu l'as matée toute la soirée. Je vide d'un trait le reste de mon verre, mais mes foutus yeux restent fixés sur elle quand elle lève les bras en l'air pour se mettre à onduler des hanches. Ses longues jambes fuselées bougent en rythme et, putain, j'aimerais bien me glisser en elle sans qu'elle retire ses godasses à talons super-sexy. Impossible de me débarrasser de l'idée de ses jambes autour de ma taille, putain.

Je regarde ailleurs pour me changer les idées et me distraire avec l'une des nombreuses cibles faciles qui peuplent cette boîte, mais aucune autre ne m'attire autant. Et, comme de bien entendu, je reviens à elle juste à temps pour voir sa robe remonter encore un peu plus haut sur ses cuisses. Chaque centimètre de peau bronzée et ferme est en exposition alors qu'elle ondule du bassin en rythme. Je pousse un grognement. Et je m'en fous complètement, parce que, merde, n'importe quel Américain au sang chaud aurait la même réaction et serait incapable de détacher son regard de cette perfection.

– Hé !

Sur ma droite, la main de Colton cogne contre mon bras, il m'apporte un nouveau verre.

– Merci, dis-je en me forçant à décoller mes rétines de sa silhouette pour me concentrer sur le mec qui n'est autre qu'un frère pour moi.

Mais quand je croise son regard, je remarque qu'il m'observe, un peu paumé et visiblement mort de rire. *Et c'est reparti.* Je déteste quand Colton fait cette tête.

– Quoi ? Pourquoi cette tronche ?

– Sérieux ? T'as franchement l'air con, mec, ambiance deux virgule cinq, dit-il en buvant une gorgée de bière en secouant la tête comme s'il avait honte.

– *Deux virgule cinq ?*

Je m'étouffe dans mon verre, franchement choqué que lui me dise un truc pareil après ce qu'il m'a balancé cet après-midi. Ce mec qui a admis que lui, le roi de la capote, s'était mis à poil jusqu'au bout du latex devant sa copine, Rylee. Qu'il avait sauté le grand pas de la confiance pour la première fois et qu'il avait décapoté avec une femme. Je suis encore déstabilisé par sa confession, même après une bonne série de cocktails.

Et il m'accuse d'avoir l'air con « ambiance deux virgule cinq » ? Je ne pense pas qu'il lui reste encore deux fils pour se connecter dans sa tête.

– Deux virgule cinq ? De la part d'un mec qui s'est mis à monter à cru ? *Ouais, genre.* Tu ne sais franchement pas de quoi tu parles. Tu devrais reprendre un verre.

– C'est laquelle ? demande-t-il en me passant un bras sur les épaules pour me tourner vers le dancefloor.

– Aucune, dis-je en essayant de lui faire changer de cible. C'est juste qu'il y a pas mal de chair fraîche exposée et, franchement, il y a pire comme paysage pour se prendre une bonne cuite. Mon patron est un connard, alors ça fait du bien, dis-je en riant. (Je sens son bras se resserrer autour de mon cou à cause de ma vanne.) Et cette fille, là…

– Putain de merde ! dit-il en me chopant sur le fait.

Ma langue a fourché et j'aimerais bien mettre ma langue quelque part dans son corps, effectivement, mais putain, je viens juste de tendre le bâton pour me faire battre au roi de la contradiction et il va pouvoir s'en donner à cœur joie. Il m'assène une grande claque dans le dos et reprend :

– En voyant ta tête de con, je savais que tu matais une fille, que tu fantasmais sur ton futur bonheur marital et sur les deux virgule cinq gosses que tu vas avoir avec elle.

– Ferme-la, mec. Tu es trop parti dans ton délire…

– Alors, c'est laquelle ?

Il continue à me faire chier et je sais qu'il ne fait que commencer. Il va continuer jusqu'à ce que je lui donne un os à ronger, et donc de quoi me chambrer.

Je reviens à mon observation de la piste de danse et il suit chacun de mes putains de gestes pour essayer de trouver quelle fille a captivé mon attention. Il sait que je suis un enfoiré de la famille des hyper-sélectifs. Et là, je suis soulagé qu'Haddie et sa meilleure amie, la copine de Colton, Rylee, ne dansent plus… Et d'un autre côté, ça me fait chier parce que, merde, j'appréciais le spectacle.

– La bombe blonde, robe rouge, à deux heures ? demande Colton en suivant mon regard.

Elle se remue le cul comme si elle devait se lancer dans une démo de pole dance. C'est sûr, c'est une bombe. Elle a tout ce qu'il faut là où il faut, mais non, c'est pas mon genre. Être à l'aise avec sa sexualité est une chose, mais en faire une performance ? Très peu pour moi.

Je regarde Colton en levant les yeux au ciel.

– Sérieux ?

– T'as vu comment elle bouge ? demande-t-il en revenant brièvement vers elle. *Putain.*

– Mec. Bouger comme ça, je suis complètement pour, mais dans un plumard.

Ma réponse le fait marrer, c'est ce rire qui me fait toujours sourire d'ailleurs, quelle que soit mon humeur, et je continue mon explication :

– Mais si je veux m'envoyer un mannequin, je peux aller dans un grand magasin. En plus, est-ce que manger du plastique n'est pas dangereux pour la santé ? Le Bisphénol A ou une connerie dans le genre, c'est ça ?

Il éclate alors de rire pendant que je bois une longue gorgée de Merit Rum et de Coca. Et, bien sûr, je me sens mal d'avoir trashé une fille qui ne se doute de rien.

– Bisphénol A, ça fait très nom de maladie vénérienne pour moi, mais putain mec, va faire un tour du côté obscur, répond-il en me donnant un coup d'épaule. Ce n'est pas d'y goûter une fois de temps en temps qui te tuera.

– Et ça, c'est de la part de M. Discrimination ? Je t'assure, ce n'est définitivement pas pareil.

– Ouais, ok, tu marques un point là-dessus, réplique-t-il en tremblant pour mimer le dégoût.

Impossible de ne pas me marrer. Il revient alors à la piste de danse et désigne du menton la zone dans laquelle la fille en robe rouge est toujours en train de se secouer le cul.

– Même pas pour une nuit ?

– Nan, tu me connais. C'est pas mon truc.

J'entends un rire flotter vers moi par-dessus la musique avant de les apercevoir. Je suis content qu'elles nous interrompent. Je m'accoude à la rambarde et me tourne pour les regarder avancer en faisant comme si je n'en avais rien à battre d'elles. Colton se tourne aussi quand il entend Rylee, alors je peux les regarder déambuler sans qu'il le sache. J'observe la poitrine plus que généreuse d'Haddie qui rebondit légèrement quand elle marche. La combinaison de ses cheveux blonds et de sa peau bronzée me pousse à admirer le reste de sa silhouette athlétique. Quand je remonte du bas vers le haut, ses lèvres s'écartent, traversées par un sourire, et putain, il y a autre chose que j'aimerais voir écarté pour pouvoir m'y insinuer. Je me perds dans mon délire et quand je reviens à l'instant présent, elle me regarde bien en face, les lèvres pincées et l'air interrogateur.

– *Oui ?*

Ses yeux couleur chocolat soutiennent mon regard. Ils me tentent. Ils me défient. Ils me questionnent.

– Désolé, dis-je en secouant la tête, l'air penaud mais souriant. Je pensais à un truc.

Bien joué, Becks. Dans le genre brillant, on fait pas mieux comme réponse pour expliquer que tu la matais comme si tu voulais te l'envoyer pour le dîner. Merde, le petit déj aussi, car avec son corps en plat principal, ça peut durer toute la nuit.

– Tu pensais à un truc ? demande-t-elle en me prenant mon verre des mains avant de me le montrer pour me demander silencieusement si ça ne me gêne pas.

Je hoche la tête et elle le lève jusqu'à sa bouche, en boit une gorgée et me le rend.

– Merci. Dis-moi, le Campagnard, tu sais que tu es en boîte à Las Vegas. C'est par excellence l'endroit où toute réflexion est interdite !

Elle se glisse à mes côtés, son corps effleure le mien et chacun de mes nerfs se met au garde-à-vous.

– *Le Campagnard ?*

Putain, mais ça sort d'où, son délire ?

– Ouais, dit-elle en souriant avant de secouer la tête pour se débarrasser de ses cheveux dans la figure. Décontracté. Poli. Un bon gars, quoi. Celui qui gagne la course en y allant doucement et sûrement.

Elle arque un sourcil moqueur pour me défier de répondre à sa description.

Et putain, mais ouais, elle a raison. Alors pourquoi ai-je l'impression que pour elle, *le Campagnard*, c'est pas le pied ? Et pourquoi en ai-je quoi que ce soit à foutre ?

– Rien de mal avec « doucement et sûrement », lui dis-je en appréciant de la voir pencher la tête sur le côté pour m'observer. On ne peut pas en vouloir à un mec de faire durer le plaisir pour s'assurer que la fin de partie soit bien meilleure.

Et j'ai l'impression d'avoir transformé l'essai quand je la vois écarquiller les yeux. Je repère son souffle saccadé aussi. Intéressant. Visiblement, la chasse est ouverte. C'est pas plus mal que je sois patient, parce que cette fille n'est franchement pas du genre à rester sur le banc de touche.

– Comme c'est gentil, dit-elle en se penchant pour me susurrer ces mots à l'oreille. Mais certaines filles aiment bien quand c'est un peu plus épicé.

Elle retourne à la verticale et me refait son grand sourire espiègle. La balle est dans mon camp, à moi de la relancer. Putain, sa réplique m'a foutu le feu au slibard, j'ai un penchant pour les belles poitrines mais aussi pour les répliques spirituelles.

– Tu sais, *la Citadine*, je t'assure que j'ai des talents qu'on ne peut pas mettre dans son CV, je réponds en buvant, les sourcils arqués et échouant lamentablement dans ma tentative de planquer mon sourire. En plus, ce ne sont pas les épices qui comptent, mais plus le mec qui sait les doser.

Match nul. Nous nous dévisageons en silence un instant pour essayer de comprendre nos implications respectives. Elle est intéressée ? Est-ce que ça en vaut la peine ? Merde, on s'en branle, non ? Parce que c'est sûr, avec elle, la chevauchée sera sauvage.

Un lent sourire complice s'empare d'un coin de sa bouche. La musique change et se fait plus séduisante, alors qu'elle remue subtilement la tête.

– *La Citadine, alors* ? demande-t-elle en passant sa langue sur sa lèvre supérieure pour me tenter.

Complètement en transe à regarder sa bouche, je bloque complètement. Merde, va falloir la jouer fine. Pour ce que je sais, elle est peut-être comme ça avec tout le monde, à flirter avec légèreté et à s'amuser avec majesté. Après tout, rien n'est plus compliqué que de partir à la conquête de la meilleure amie de la copine de son meilleur ami.

C'est probablement innocent.

Mais bon, *merde, quoi. Merde !*

Impossible de résister. Si je ne peux pas encore la toucher physiquement, mieux vaut laisser une trace avec mes mots. On va la laisser réfléchir au fait qu'un mec décontracté de la campagne n'est peut-être pas un si mauvais choix, après tout.

– Ouais, la Citadine. Classe, qui ne s'arrête jamais et qui veut toujours être au cœur de l'action.

Je bois une gorgée sans la quitter des yeux tandis qu'elle m'observe en réfléchissant à ce que je viens de dire.

– Le cœur, hein ?

Elle me prend mon verre des mains et sourit comme une diablesse avant d'aspirer son contenu en buvant lentement à la paille.

Et une fois encore, mon regard est attiré par ses lèvres rouges et j'observe sa façon de sucer ma paille. *Alors, c'est pour ça qu'ils mettent des pailles dans les verres des mecs.* Je viens juste d'apprécier à leur juste valeur ces petits objets emmerdants. Je la regarde jouer avec sa langue autour un instant et je me rends compte qu'une des raisons pour laquelle je la trouve hypersexy, c'est que consciemment, elle n'essaie pas de l'être.

Un truc attire son attention, et je suis la direction de son regard lorsqu'elle se tourne pour observer Colton et Rylee grimper les escaliers qui mènent à la mezzanine. Au moins, je n'ai plus à m'inquiéter de le voir fourrer le nez là où ça ne le regarde pas. Quand je reviens à Haddie, elle s'est avancée vers moi et son visage est plus proche du mien. Je sens l'alcool de mon verre dans son souffle et, putain, je ne comprends pas pourquoi ça me donne encore plus envie d'elle.

– Ouais. À toujours vouloir être au cœur de l'action, dis-je en retirant la paille de mon verre pour en boire une gorgée.

Haddie pince les lèvres jusqu'à ce que son sourire reprenne le dessus.

– C'est toujours bon, un peu d'action. En être le cœur, c'est encore mieux.

Elle me regarde, l'air taquin, et j'essaie de trouver ce qu'elle va dire ensuite, mais je garde le silence. Il est temps de la laisser se demander ce que je pense, pour changer. Je soutiens son regard. Les lumières changeantes au-dessus de nous se reflètent dans ses cheveux blonds et elle m'achève en disant :

– Et je crois que j'ai envie d'action, là.

Je me force à déglutir. Ses mots espiègles, et pourtant innocents, provoquent une réaction viscérale en moi. J'essaie de l'ignorer.

– Quel genre d'action ?

Là. On va la laisser deviner si je la drague ou si je suis toujours comme ça, parce qu'avec elle, je ne sais pas où j'en suis. Merde, d'habitude, j'arrive toujours à percer les gens à jour. Alors, qu'est-ce qu'elle a de différent ?

Elle ne répond rien. Elle se contente de se tourner et de me demander par-dessus son épaule :

– Tu viens ?

Et putain… Il y a tellement de solutions possibles là, certaines plus salaces que d'autres, que je me mets à grogner. Je ravale la douleur que me causent notre petite séance de flirt et la vue de son cul absolument parfait.

– Tu sais ce qu'on dit ?

– Quoi ? demande-t-elle en s'arrêtant un instant. La meilleure place d'un homme est derrière une femme ?

Je me marre doucement. Ce n'est définitivement pas là que j'allais emmener cette conversation, mais là revoilà encore, à essayer de me faire mordre à l'hameçon.

– La seule raison qui pousse un homme à se tenir derrière une femme, c'est de mater son magnifique cul.

Et franchement, ça n'a jamais été si vrai qu'en ce moment.

Elle se lèche les lèvres et j'ai du mal à détourner le regard de sa langue qui va et qui vient comme ça.

– Je n'ai jamais enregistré aucune plainte jusqu'à présent, le Campagnard, dit-elle en secouant la tête et, incidemment, en remuant ses cheveux dans son dos. Et… Euh… J'aime quand les hommes sont dans beaucoup d'autres positions, dit-elle en me faisant un clin d'œil avant de reprendre sa progression dans la foule sans même vérifier si je la suis.

Ouais, moi au-dessus. Ou toi. Ou... Merde, il y a tellement de possibilités.

Elle pense peut-être que je suis lent et constant, mais putain, je suis loin d'être con. Entrons dans la danse.